LISA ROSENBECKER

MAGIE AUS TOD UND KUPFER

Für Una
sei stolz auf dich!

DRACHENMOND VERLAG

Drachenmond Verlag GmbH
Auf der Weide 6
50354 Hürth
http: www.drachenmond.de
E-Mail: info@drachenmond.de

Lektorat: Stephan R. Bellem
Korrektorat: Michaela Retetzki
Satz & Layout: Astrid Behrendt
Illustrationen: Sophie Usui / Yomiya

Umschlagdesign: Marie Graßhoff
Bildmaterial: Shutterstock

Druck: Booksfactory

ISBN 978-3-95991-561-8

ACHTUNG,
dieses Buch enthält Themen wie selbstverletzendes Verhalten,
Tod, Verlust, Trauer, Suizid und Gewalt.

Für alle,
die mehr aus der Welt von MAGUS wollten.

Das habt ihr nun davon. (:

Playlist

OneRepublic – Wanted
Bishop Briggs – River
Billie Eilish – No Time To Die
Imagine Dragons – Whatever It Takes
OneRepublic – Rescue Me
Nico Santos – Play With Fire
David Arnold & Michael Price – Irene's Theme
Dorothy – Raise Hell
OneRepublic – Didn't I
Thirty Seconds To Mars – Walk on Water
Valerie Broussard – Trouble
Jonas Brothers – What A Man Gotta Do
X Ambassadors, Jamie N Commons – Jungle
OneRepublic – Somebody To Love
Bishop Briggs – White Flag
Valerie Broussard – A Little Wicked
Bea Miller – S.L.U.T.
Lauv – Chasing Fire
Mike Shinoda – Fine
OneRepublic – Apologize
R3HAB, ZAYN, Jungleboi – Flames
Royal Deluxe – Dangerous
Sam Tinnesz – Legends Are Made
The Phantoms – Watch Me
Young Tribe – Kingdom

KAPITEL 1

Ich bin enttäuscht von dir, Ilena.«

Mágissa Nephele verzog bei diesen Worten keine Miene, ihre Stimme aber zeugte von erschöpfter Ratlosigkeit und schlecht unterdrückter Ungeduld. Mit dieser Reaktion hatte ich gerechnet. Immerhin kannte ich die *Ischyró Mágo*, die Anführerin der *Mageía Mésa*, schon lange genug, und es war nicht meine erste Vorladung in den Tempel der Magierinnen.

Nephele hatte ihr Gefolge bei meiner Ankunft fortgeschickt. Wir waren allein in dem Bau, der vom Olymp direkt hierherversetzt zu sein schien und dem Hekate-Tempel aus der antiken Stadt Lagina nachempfunden war, dem ersten und bisher einzigen Ort auf der Welt, an dem der Göttin zu Ehren ein solches Gebäude errichtet worden war. Marmorsäulen reckten sich zwei Stockwerke nach oben und trugen ein reich verziertes Dach auf ihren Schultern, das heute bedrohlich und dunkel über uns schwebte. Normalerweise genoss ich es, die von schwebenden Kristallen beleuchteten und stuckverzierten Decken und Wände zu betrachten, die üppig gefüllten Blumenamphoren zu bewundern und durch die Gärten außerhalb der Tempelmauern zu streifen. Heute fehlten der Glanz und das Licht. Nur das Prickeln der Magie in der Luft war gleich geblieben. Sie tastete meinen Körper ab, berührte jeden Fleck nackter Haut, um zu testen, ob ich diejenige war, für die ich mich ausgab. Die Antwort auf diese Frage interessierte mich, denn ich war mir dessen selbst nicht sicher.

Nepheles graublaue Iriden flackerten verräterisch, ihre Magie brodelte unter der Oberfläche. Die goldenen Symbole auf ihrer Haut leuchteten kurz auf und ich machte einen Schritt zurück.

»Weshalb genau?«, hakte ich nach und erkannte im selben Moment, dass diese Erwiderung ein Fehler gewesen war. Nephele hatte meinen Sarkasmus nie verstanden und heute war nicht der Tag, an dem sich das ändern würde. Sie presste die Lippen aufeinander und ihre Finger verkrampften sich um die Lehne des steinernen Throns, auf dem sie saß. Ihre Knöchel wurden weiß wie der Marmor unter ihren Händen. Ich kniff die Augen zusammen, weil ich fürchtete, dass das Material jeden Moment ihrer Wut nachgeben und zersplittern würde. Sie richtete sich im Sessel auf und der Stoff ihrer hellen Toga raschelte.

Dann stieß sie einen tiefen Seufzer aus und schloss die Augen. Ihre Muskeln entspannten sich, als sie sich kurz sammelte. Ich warf einen Blick auf die Statue, die hinter ihr über dem Thron aufragte. Es war ein Abbild Hekates, die ich mir in diesem Moment an meine Seite wünschte. Die Statue fing nur eines der drei Gesichter ein, mit denen die Göttin heutzutage assoziiert wurde. Sie zeigte die wunderschöne Version einer Frau Mitte dreißig, die ich kennengelernt hatte. Die anderen Gesichter, eines jünger, eines älter, welche die Wegkreuzungen hinüber zur Magie- und Götterwelt symbolisierten, waren zu Lebzeiten der Künstlerin noch nicht geläufig gewesen und daher nicht dargestellt. Doch egal welche Version von Hekate gerade durch den Olymp wandelte, nur ein Wort von ihr und die *Mageía Mésa* hätten mir alle Ausrutscher vergeben. Doch seit sie uns dabei geholfen hatte, Athenes Fluch zu brechen und die Gorgonen sowie den Perseus-Orden zu befreien, hatte niemand mehr die Göttin der Magie zu Gesicht bekommen.

Ich schluckte schwer und es war so still im Tempelsaal, dass das Geräusch sich in jeden Winkel ausbreitete. Zumindest bildete ich mir das ein.

Nephele hob den Blick. »Die Liste deiner Verstöße ist lang. Du hast dich im Krieg auf eine Seite gestellt. Du hast verbotene Blutmagie angewandt, um den Orden des Perseus zu unterstützen. Du hast einen Großteil deiner Magie geopfert, um eine Gorgone zu retten.«

»Du hast dabei geholfen, eine jahrtausendealte Fehde zu beenden?«, schob ich hinterher. Die *Mágissa* ballte die rechte Hand zur Faust und knallte sie auf die Lehne. Eine durch Magie ausgelöste Erschütterung ließ den Tempel erzittern und riss mich fast von den Füßen. Bei Hekate, wieso konnte ich nicht einmal den Mund halten? Aber warum erkannte die *Ischyró Mágo* nicht, dass es für alle von Vorteil war, wenn sich die Gorgonen und der Orden nicht mehr an die Gurgel gingen?

Als das Gebäude sich beruhigte, zupfte ich meinen dunkelgrauen Pullover zurecht, bevor mir weitere Dummheiten über die Lippen kamen.

»Ilena«, sagte die *Mágissa* mahnend. Ich verschränkte die Hände hinter dem Rücken und zwang mich, zu ihr aufzusehen. Sie schüttelte kaum merklich den Kopf. »Ich glaube, dir ist der Ernst der Lage nicht bewusst. Du hast nicht nur gegen unsere Regeln verstoßen, mit deinen Handlungen hast du zudem vielen Frauen der *Mageía Mésa* die Lebensgrundlage entzogen. Ohne den Krieg gibt es niemanden mehr, der ihnen Aufträge erteilt.«

Ich verkniff mir die Erwiderung, dass es in der Welt da draußen genug normale Jobs gab, die man würde annehmen können, um das Geld für jene Sachen zu verdienen, die sich nicht zaubern ließen. Doch die Arbeit von Normalsterblichen war angeblich unter unserer Würde und nicht Sinn und Zweck unseres Daseins. Wir sollten Hekates Magie in die Welt hinaustragen und am Leben erhalten. Ich verstand diesen Gedanken, befürwortete ihn sogar, doch wenn die Menschen weder für unsere Magie noch das dazugehörige Wissen sowie dessen Bürde bereit waren, gab es kaum Alternativen.

Ich drückte die Schultern durch und sah mit allem mir möglichen Selbstbewusstsein zur *Mágissa* auf.

»Es tut mir leid für sie. Aber es war mir wichtiger, diesen Krieg zu beenden und meinen Freunden zu helfen. Ich bereue es nicht, ich würde es jederzeit wieder tun.«

Nephele zog eine Augenbraue nach oben.

»Wirklich? Dann ist es für dich sicherlich kein Problem, das Mondbecken mit Wasser zu füllen, oder?« Sie hob eine Hand und deutete über meine Schulter in den Saal hinein. Auch ohne mich umzudrehen wusste ich, wovon sie sprach. In der Mitte des Tempels, zwischen zwei Reihen griechischer Säulen, war in den Marmorboden ein circa zehn Quadratmeter großes, knietiefes Becken eingelassen. Dunkelblaue Fliesen aus Lapislazuli mit eingelegten Halbmonden aus Citrin kleideten es aus und schimmerten im trüben Schein der mystischen Lichter. Allein bei der Vorstellung zog sich eine Gänsehaut über meine Arme.

Das Becken des Mondes war jeder *Mágissa* bekannt, es war so alt wie die *Mageía Mésa* selbst und das einzige Artefakt aus Lagina, das die Zeit überlebt hatte. Es war jener Ort, an dem die Novizinnen ihre Magie erhielten und sie sich in Form der goldenen Symbole auf unserem Körper manifestierte. Dort, auf diesem kleinen Fleck Erde, entschied sich, ob Hekate jemandem ihre Gunst schenkte, damals wie heute. Jedes Mal, wenn ich herkam, lockte es mich zu sich. Seine intensive Aura fuhr über meinen Rücken, meine Schultern, als wollte sie mich packen und umdrehen. Mein Körper reagierte darauf, das letzte magische Zeichen auf meiner Stirn, bestehend aus einem Kreis, einem Pfeil und einigen filigranen geometrischen Strukturen, erwärmte sich.

Aber meine Macht reichte nicht, um der Aufforderung von Nephele nachzukommen. Nicht mehr.

Wie jetzt reagierte meine Magie hin und wieder auf äußere Impulse und erwachte aus ihrem Dämmerschlaf, doch wirken ließ sie sich nicht. Sie war nur noch ein Schatten ihrer selbst. Trotzdem hoffte ich weiter und wurde jedes Mal enttäuscht.

Ich verschränkte die Arme vor der Brust, als mein Herzschlag sich beschleunigte. Aus Verzweiflung, aus Wut und ein bisschen aus Angst. Trotz meiner Bemühungen um eine ruhige Atmung merkte die *Ischyró Mágo*, was in mir vorging. Mit einem milden Lächeln erhob sie sich von ihrem Thron und stieg die drei Stufen herab. Im Vorbeigehen legte sie mir eine Hand auf den Arm und drehte mich zum Mondbecken um. Ihre Berührung sandte beruhigende Wellen meine Haut hinauf.

Nephele fuhr fort, ohne mich anzusehen. Mitgefühl schwang in ihrer Stimme mit. »Man hat mir zugetragen, dass du nach wie vor Probleme damit hast, deine Magie zu nutzen. Es schmerzt mich, dich so schwach zu sehen, wo du doch eine der Mächtigsten von uns warst.«

Meine Brust schnürte sich zusammen. Nephele war nicht die Erste, die sich mir gegenüber so äußerte, trotzdem traf es mich. Das Mal auf meiner Stirn prickelte unangenehm. Ob aus Protest oder Zustimmung, ließ sich nicht deuten.

Wie von selbst glitt meine Hand zu der Stelle auf meinem Dekolleté, an der ich den Rosenquarz-Anhänger von Medea getragen hatte. Doch meine Finger griffen ins Leere, die Kette war ebenfalls fort, zusammen mit der Magie hatte ich sie Rya überlassen. Ich hatte ihr beides freiwillig gegeben, das würde ich jederzeit wieder. Aber es wäre gelogen, zu behaupten, dass ich meine Magie nicht vermisste.

Dass ich mich nicht mehr wie ich selbst fühlte.

Eine warme Brise wehte zwischen den Säulen hindurch und legte sich wie eine Decke um uns.

Nephele musterte mich und richtete den Blick dann auf das Mondbecken.

»Es wird eine Anhörung vor dem *Kýklos ton Dekatrión* geben«, sagte sie. *Der Zirkel der Dreizehn*, bestehend aus der *Ischyró Mágo* und zwölf ihrer engsten Vertrauten, würde mich mit allerhand Fragen zu meinen Vergehen löchern und im Anschluss ein Urteil fällen, das meinen weiteren Lebensweg bestimmen würde.

»Ich habe es befürchtet.«

»Wir müssen die Regeln befolgen, Ilena. Wir alle. Normalweise hätte ich den Zirkel schon einberufen, aber wir haben allerhand zu tun, um den Scherbenhaufen aufzuräumen, den der Krieg hinterlassen hat. Deswegen wird es eine Weile dauern. Bis dahin solltest du dich bedeckt halten.«

»Ich bin die Zurückhaltung in Person«, murrte ich und fing mir damit einen tadelnden Blick der *Mágissa* ein. Ihre Augen glitzerten verschwörerisch, sie kannte mich schon fast mein ganzes Leben lang und wusste, was für eine dreiste Lüge das war. Dabei stimmte es im Moment sogar. Nur dass ich mich nicht freiwillig von den Missionen fernhielt, zu denen meine Freunde aufgebrochen waren. Gern hätte ich Rya, Nick und Xanthos bei der Suche nach den ehemaligen *Ágalmas* geholfen, doch ohne meine Macht nützte ich ihnen nichts. Zunächst hatte ich mehrere Wochen gebraucht, um mich von den Nachwirkungen der Magie-Opferung zu erholen, und danach waren mir nicht mal die einfachsten Zauber gelungen. Ich hatte es immer wieder versucht und war jedes Mal gescheitert, bis Rya mich nach Hause schickte und mir Ruhe verordnete.

Ich hatte sie im Stich gelassen. Ich biss mir auf die Lippe, als ich von der Enttäuschung über mich selbst übermannt wurde.

Nephele seufzte. »Steig in das Becken.«

Sie gab mir einen sanften Stups nach vorn. Ich riss die Augen auf und starrte sie an.

»Es wird nicht klappen«, sagte ich mit zitternder Stimme und hasste es, wie flehend ich klang. »Ich kann das Mondbecken nicht füllen.«

»Darum geht es nicht. Steig hinein. Ich möchte etwas ausprobieren.«

Die *Ischyró Mágo* schloss die Augen und eine Welle aus Magie überrollte mich. Die zahlreichen Male auf ihrer Haut leuchteten auf, hüllten sie und mich in einen goldfarbenen Schimmer. Sie errichtete eine magische Barriere um uns, einen Schleier, der uns vor den Augen anderer abschirmen würde, sollte sich doch jemand in die Tempelhalle verirren. Es war mir schon immer leichtgefallen, in Magie zu lesen. Zu erfühlen, welcher Natur sie war und welches Ziel sie verfolgte. Das schien mir als Einziges geblieben zu sein, wenn auch eingeschränkt und nicht immer zuverlässig.

Es lohnte sich nicht, der *Mágissa* zu widersprechen. Ihren Befehlen zu folgen war unsere Pflicht. Ich nickte und streifte die Klamotten ab, da man das Becken nur völlig entkleidet betreten durfte. Als ich mit nackten Füßen die mit Mondsicheln verzierten Fliesen betrat, erinnerte mich das Gefühl des glatt polierten Steins an den Tag der *Éfesi*, der Berufung durch Hekate.

Nach dem ersten Novizinnen-Jahr musste sich jede junge Frau diesem Ritual stellen. Dadurch leitete man die nächste Stufe der Ausbildung ein, an deren Ende man sich *Mágissa* nennen durfte. Im Zuge der Berufung erhielt man seine Gabe von Hekate und mit ihr die für immer sichtbaren goldenen Symbole auf der Haut. Wenn das Ritual erfolgreich abgeschlossen wurde, stand man von da an in der Gunst und im Dienst der Göttin der Magie. Damals war ich aufgeregt gewesen, voller Vorfreude auf all das, was kommen würde.

Ich drehte mich um und sah zu der Statue von Hekate auf. Sie schien übermächtig, riesengroß und kalt. Mittlerweile wusste ich, dass sie in Wirklichkeit nicht so angsteinflößend aussah und ihre Gestalt wandeln konnte, wenn sie wollte. Dennoch hatte ich nicht weniger Respekt vor ihr; wenn überhaupt, fürchtete ich mich umso mehr vor ihrem Urteil.

Rya, die anderen und ich hatten mit der Beendigung des Krieges auch ihre Wünsche erfüllt, aber ob das reichte, um die weiteren Vergehen aufzuwiegen, vermochte ich nicht beurteilen. Ich bat die Göttin im Stillen um ihre Vergebung.

Mein Blick schweifte zum Sockel der Statue. Dort hatte Medea gestanden, als ich zum ersten Mal in das Becken gestiegen war, kurz vor ihrer eigenen Berufung. Unsere Herzen hatten vor Aufregung gebebt, doch nur ein Lächeln von ihr und ich hatte mich beruhigt. Mit Entschlossenheit hatten wir beide dem Ritual entgegengeblickt. Zwei Waisenmädchen, die endlich ihre Rollen in der Welt gefunden hatten.

Heute war der Platz leer.

Mit starrer Miene wartete Nephele darauf, dass ich bereit war.

Ich wandte mich dem Becken zu, nickte und die *Ischyró Mágo* hob die Arme. Ihre Male leuchteten heller, wie Sonnenstrahlen, die ihre Haut durchbrachen. Ein onyxfarbener Schimmer überzog ihre Augen und verdeckte das Graublau ihrer Iriden. Messingfarbene Sprenkel blitzten darin auf, ähnlich Sternen im Nachthimmel.

»*Dóste tis ti mageía. Alláxte ti mageía. Deíxte mas ti mageía.*«

Schenk ihr Magie. Verwandele sie. Zeig sie uns.

Nepheles Zauber stob über mich hinweg, brachte meinen Körper zum Zittern.

Ich sah hinunter zu meinen Füßen. Aus den mondförmigen Verzierungen aus Citrin quoll eiskaltes, nachtfarbenes Wasser hervor und schlängelte sich durch die Fugen der dunkelblauen Fliesen bis hin zu meinen Zehen. Ich zuckte zusammen, als die Kälte mich traf. Bibbernd verschränkte ich die Arme vor dem Oberkörper und beobachtete das Wasser dabei, wie es das Becken Stück für Stück eroberte.

Als es mich kniehoch umspielte, kam es zur Ruhe. Ich spürte die Zehen nicht mehr, der Rest meines Körpers kribbelte voller Erwartung. Schwer atmend ließ ich die Arme sinken. Sich vor der Magie oder der Kälte verstecken zu wollen war aussichtslos.

Und gleich würde es warm werden. Heißer, als mir lieb war. Zwei Worte von mir und das Ritual würde beginnen. Jenes, das ich vor etlichen Jahren schon einmal hinter mich gebracht hatte. Jenes, das eigentlich keine *Mágissa* zwei Mal durchlebte. Aber wenn Nephele es so wollte …

Ich lächelte schwach, als ich mich an die erste Begegnung mit Rya erinnerte, in der sie sich in einer ähnlichen Position befunden hatte wie ich jetzt. Sie hatte sich meiner Magie hingeben müssen, keines ihrer Geheimnisse war mehr sicher gewesen.

»*Eímai étoimos.*« *Ich bin bereit.*

Zunächst war da nur ein verspieltes Blubbern, das in große Blasen überging wie bei kochendem Wasser. Verzögert breitete sich die Hitze aus, die meine Zehen zum Kribbeln brachte. Der Drang, die Füße aus dem Wasser zu ziehen, wurde übermächtig, doch ich kämpfte dagegen an, auch wenn es sich anfühlte, als würde ich bei lebendigem Leibe gekocht. Schweißperlen liefen mir vom Nacken auf den Rücken und kitzelten mich. Der Dampf des heißen Wassers erschwerte das Atmen. Doch ich musste still halten.

Das Toben ebbte ab. Meine Mundwinkel zuckten, als der nächste Schritt folgte. Wie Fäden, die jemand aus der glatten Oberfläche zog, bahnte sich das Wasser seinen Weg meine Beine empor. Es kitzelte, als die dünnen Gebilde an meiner Haut hinaufkrochen, sie umschlossen. Es gefiel mir, wie die Stränge meinen Körper überzogen, jeder für sich, und wie sie am Ende doch eine Einheit, ein Netz formten, das mächtiger war, als es den Anschein hatte. Schon damals hatte es mich fasziniert, weswegen meine Zauber davon inspiriert waren.

Wabernde Fäden aus Licht, ein verzauberter roter Faden, an dem ich mein Wissen aufbewahrte … Ein Kloß bildete sich in meinem Hals. Das letzte Mal, dass ich meine Magie in dieser Form gesehen oder genutzt hatte, war viel zu lange her.

Die Wasserstränge krochen über meinen Bauch und meine Muskeln zuckten zusammen. Je näher sie dem Herzen kamen, umso langsamer wurden sie, als wollten sie meinen Puls nicht verschrecken. Als lauschten sie darauf, was mein Innerstes ihnen zu sagen hatte. Die flüssigen Fäden wuchsen weiter. Sie erreichten mein Tattoo und hielten einen Moment inne. Mir stockte der Atem.

Nach kurzem Zögern floss das Wasser an den Konturen des lavendelfarbenen Totenkopffalters entlang, der knapp unterhalb meiner Brüste seine Flügel ausbreitete. Der Kopf des Insekts ruhte auf dem unteren Brustbein, darüber leuchteten eine Mondsichel, ein Kristall sowie filigrane geometrische Symbole, die dank Tinte und Magie meine Haut verzierten.

Jede Linie wurde vom Wasser erobert und abgetastet, bevor es sich auf dem Rest meines Körpers ausbreitete. Wenig später bedeckte es meine Haare und hielt mich von Kopf bis Fuß gefangen. Ich hatte die Augen geschlossen und lauschte auf meinen Herzschlag, neben dem ich das Pulsieren einer fremden Macht spürte.

Bei meiner ersten Berufung waren zu diesem Zeitpunkt die goldenen Symbole auf meiner Haut erschienen, das untrügliche Zeichen dafür, dass Hekate mir Magie schenkte. Ein Kribbeln hatte mich damals bis in die Zehenspitzen erfüllt.

Heute geschah nichts.

Ich öffnete die Augen nicht, als das Wasser sich zurückzog und mich freigab. Ich öffnete sie auch dann nicht, als es wieder in den mondförmigen Vertiefungen versickerte.

Ich zitterte. Vor Kälte, vor Wut und Enttäuschung. Es schien so, als wäre ich Hekates Gabe nicht mehr würdig. Ich schluckte, um die Tränen zu bezwingen, die sich ihren Weg an die Oberfläche bahnten.

Ein sanfter Schwall prickelnder Wärme deutete an, dass die *Ischyró Mágo* einen Zauber wirkte. Im nächsten Moment schmiegte sich ein weiches Handtuch um meinen Körper. Ich griff danach und zog es enger, ehe ich mich endlich dazu durchrang, zu Nephele aufzusehen.

Sie hatte den Kopf schief gelegt und lächelte traurig. Großartig. Wenn sie so viel Mitleid zeigte, dann stand es schlimm um mich. Doch sie entschuldigte sich nicht. Wieso auch, nichts von alledem war ihre Schuld.

Nur wusste sie jetzt, dass ich vermutlich auch in Hekates Augen eine Versagerin war. Jemand, der es nicht verdiente, eine *Mágissa* genannt zu werden. Wie sich das auf die Entscheidung des Zirkels auswirkte, konnte ich mir vorstellen.

Ich trocknete mich ab und schlüpfte in meine Klamotten.

Mit einem Wink ihrer Hand ließ Nephele das nasse Handtuch verschwinden. »Ilena, ich werde dich rufen lassen, sobald der Zirkel für deine Anhörung bereit ist.«

Ich schnaubte. »Wozu? Ihr könnt mich auch gleich verstoßen.«

Nephele zog verärgert die Brauen zusammen. »Das ist nicht die einzige Option, und das weißt du.«

»Entschuldigt«, erwiderte ich zerknirscht, was mich genauso überraschte wie die *Mágissa*. Sie blinzelte heftig, ehe sie sich fing. Sie löste den magischen Schleier auf, den sie um uns errichtet hatte. Eine kalte Böe erfasste mich und bescherte mir eine Gänsehaut.

Nephele faltete die Hände vor dem Schoß ineinander. »Ich will ehrlich zu dir sein. Ich denke nicht, dass der Zirkel dich verstoßen wird, zumal ich ein Wörtchen mitzureden habe. Allerdings befürchte ich, dass dein Traum, selbst einmal *Ischyró Mágo* zu werden, in unerreichbare Ferne gerückt ist. Ich bedaure das sehr.«

»Wirklich?«

»Du bist intelligent, kreativ, stur und loyal. Und du hast Magie auf eine Art beherrscht, von der andere nur träumen können. Du wärst eine hervorragende Anführerin gewesen.«

»Mit der Betonung auf *gewesen*«, erwiderte ich kraftlos. Der Gedanke war mir selbst schon gekommen, es überraschte mich nicht, das Nephele ebenfalls so dachte. Dass es ihr leidtat, das allerdings war unerwartet und tröstete mich mehr, als ich zugeben wollte. Sie hatte mir gegenüber nie etwas Vergleichbares geäußert, mir war nicht klar gewesen, dass sie meinen Traum nicht lächerlich fand. Umso härter traf es mich, dass er niemals wahr werden würde.

Ich verneigte mich vor ihr. »Ich danke Euch.«

Als ich aufsah, hatte Nephele den Kopf zur Seite gedreht und blickte mit zusammengezogenen Brauen in einen entfernten Winkel des Tempels. Ihre Augen zuckten umher, schienen in den Marmorschatten zu lesen.

Ihr Mund verzog sich, als wäre sie sich nicht sicher, ob sie die Gedanken, die ihr gerade durch den Kopf gingen, laut aussprechen sollte. Ich wartete, bis sie sich einen Ruck gab.

»Dieses Jahr könnte alles für uns verändern«, begann sie mit schwacher Stimme, in der ein Funken Aufregung mitschwang, das Hochgefühl einer neuen Erkenntnis. »Zum ersten Mal seit einer Ewigkeit dienen wir in keinem Krieg mehr und sind nicht an die Schicksale anderer gebunden.«

Ich schluckte ein »Habe ich Euch doch gesagt« hinunter und wartete geduldig auf weitere Ausführungen. Trotzdem sah Nephele mir die Genugtuung an und warnte mich mit messingblitzenden Augen und einem kaum wahrnehmbaren Mundwinkelzucken vor zu viel Übermut.

Doch stumme Duelle lagen mir nicht.

Ich tippte mir spielerisch ans Kinn. »Und das ausgerechnet in diesem für die *Mageía Mésa* bedeutsamen Jahr. Zufall? Oder Schicksal?« Die *Ischyró Mágo* so offensichtlich zu necken brachte mir keine Pluspunkte ein, aber ich konnte nicht anders. Sie ließ sich zu einem gequälten Grinsen hinreißen.

»Du hast es also nicht vergessen«, sagte sie und ging an mir vorbei zu ihrem Thron, um sich zu setzen.

»Wie könnte ich?« Seit einem Jahr war bei den *Mageía Mésa* kaum ein anderes Thema so präsent wie die Feierlichkeiten zum Gedenken an den Gründungstag Laginas vor dreitausend Jahren. Die Stadt war vor einer Ewigkeit von der Menschheit in Vergessenheit geraten, doch ihr Erbe und ihre Ehre lebte in uns weiter, uns gab es nur dank ihr.

Nicht dass ich daran gedacht hätte, als ich mich auf Ryas Seite stellte, es war nicht von Belang für mich gewesen. Aber vielleicht stimmte es den Zirkel milde, wenn er es als Schicksal auslegte, dass ausgerechnet in diesem Jahr etwas so Unvorhergesehenes passiert war.

Nephele drohte mir mit dem Zeigefinger. »Du solltest über unsere Geschichte weder spotten noch sie zu deinen Gunsten verbiegen. Schon gar nicht in Anwesenheit des Zirkels.«

»Das werde ich nicht. Ich werde nur die Wahrheit sagen.« Etwas anderes war ohnehin nicht möglich, sie würden mich bis auf den Grund meiner Seele ausleuchten, wenn sie wollten, und jede Lüge aufdecken.

Zufrieden nickend und mit den Fingern auf die Marmorlehne tippend musterte Nephele mich. »In jedem Ende steckt auch ein Neuanfang. Es ist ein schöner Gedanke, gerade in diesem Jahr den Geist von Lagina wieder stärker aufleben zu lassen. Es ist sogar notwendig. Viele Mädchen und Frauen wissen derzeit nicht wohin. Damals wurden sie in der Tempelstadt willkommen geheißen und beschützt, nun müssen wir in Bellmont dasselbe tun. Wir müssen die *Mageía Mésa* zusammenhalten. Aber du solltest dich erst mal nur um dich kümmern und auf die Anhörung vor dem Zirkel vorbereiten.« Ihr Mund blieb einen Spalt offen stehen. Als wollte sie noch hinterherschieben: Und mach dich auf das Schlimmste gefasst. Sie rang stattdessen nach anderen Worten, fand sie. »Auch du wirst immer willkommen sein, Ilena. Wenn du es möchtest.« Nephele neigte den Kopf zum Abschied. Sie drehte ihre Handflächen nach oben und darin begann es zu leuchten. Gerade noch schnell genug kniff ich die Augen zusammen, ehe ein gleißend helles Licht erstrahlte. Als es erlosch und ich die Lider hob, war ich zu Hause.

Kapitel 2

Im Wohnzimmer warf ich mich auf den mit Kissen bedeckten Boden. Von dem Chaos, das Rya mit ihrer Wassermagie vor einigen Monaten angerichtet hatte, war nichts mehr zu sehen. Das verdankte ich Nick, Linos und Xanthos, die nach Ryas Versteinerung tatkräftig angepackt und aufgeräumt hatten. Bereits damals, noch bevor ich meine Magie geopfert hatte, war mir das Zaubern schwergefallen. Als Rya zur Statue erstarrt und ich davon überzeugt gewesen war, nie wieder mit ihr reden zu können … Das hatte Erinnerungen hervorgerufen, die mich jedes Mal überwältigten, egal wie lange sie schon zurücklagen.

Wieder glitt meine Hand zum Hals, wieder griff ich ins Leere. Ich hätte mich nicht als materialistisch bezeichnet, aber dass eine Kette mir so sehr fehlte …

Du vermisst nicht die Kette, Ilena.

Super, jetzt verhöhnte ich mich schon selbst. Ich rappelte mich auf und ging in die Küche, um mir zu entkommen. Das war unmöglich, aber eine Beschäftigung würde mir dabei helfen, die düsteren Gedanken zu kontrollieren. Ich wollte nicht in dieses Loch fallen, nicht schon wieder. Doch dann erinnerte ich mich an den letzten gescheiterten Kochversuch und mein Magen grummelte warnend. Das Essen war ein Desaster gewesen. Ich hatte mich dafür bisher immer auf Magie verlassen, das war nun das Resultat. Ich versagte beim Kochen. Zauber entsprechend einer Anleitung durchzuführen war überhaupt kein Problem, aber ein Gericht nach Rezept zuzubereiten?

Ich scheiterte jedes Mal kläglich daran. Schulterzuckend schob ich eine Tiefkühlpizza in den Ofen. Früher wäre das undenkbar gewesen, da die technischen Geräte der Menschen sich nicht mit meiner starken Magie vertrugen und mit Aussetzern und Kurzschlüssen reagiert hatten. Doch seit Athenes Fluch gebrochen worden war, hatte sich einiges verändert. Nicht nur ich.

Während die Pizza aufbackte, räumte ich die Küche auf und checkte meine Vorräte. Einkaufen gehen musste ich in nächster Zeit zum Glück nicht. Zehn Minuten später war das Essen fertig. Ich machte es mir im Wohnzimmer gemütlich und …

Plötzlich fühlte ich die erwachende Präsenz einer fremden, mächtigen Magie. Das bisschen, was noch in mir lebte, reagierte darauf mit einem Kribbeln. Vergessen war der Hunger und ich sprang auf, gerade in dem Moment, als sie sich lautlos vor mir manifestierte.

Hekate.

Ich hielt den Atem an. Das letzte Mal, als wir uns begegnet waren, war sie in der Gestalt von *Mágissa* Ora gewesen, eine Verkleidung, die dazu gedient hatte, sich in Athenes Spiel mit den Gorgonen und dem Perseus-Orden einzumischen. Doch ihre Augen verrieten sie, ebenso ihre fast schon leuchtende Aura, die in ihrer wahren Gestalt noch schöner wirkte. Das lange dunkelbraune Haar umspielte weich ihre Schultern und die Brust, es reichte fast bis an die Hüfte und den goldenen Gürtel, den sie zu der purpurvioletten Toga trug. Der Stoff schimmerte und umspielte ihre dünnen Beine. Auf dem Kopf, den sie leicht zur Seite neigte, thronte ein filigranes und scharfkantiges Diadem aus Gold mit einem Halbmond in der Mitte. Sie machte einen Schritt auf mich zu und ihre nackten Füße sanken in die Kissen ein, die den Boden bedeckten.

»Hekate«, presste ich hervor und verneigte mich schnell. Meine Stimme war nicht mehr als ein heiseres Krächzen. Die Göttin der Magie blickte mich an und wartete darauf, dass ich weitersprach. Doch meine Lippen waren vor Überraschung wie versiegelt.

»Bei unserer letzten Unterhaltung warst du weitaus gesprächiger«, sagte sie und schmunzelte.

Ein zaghaftes Lächeln legte sich auf meine Lippen und ich nahm all meinen Mut zusammen. »Damals stand ich unter Zeitdruck, es ging um Leben und Tod. Außerdem habe ich mir vorgestellt, dass Ihr nicht Hekate seid, weil ich sonst sicherlich kein einziges Wort herausgebracht hätte.«

Ihre violettblauen Augen fixierten mich. »Und du wolltest einer Freundin helfen, nicht dir selbst. Das macht uns oft mutiger, als wir es uns zutrauen.«

Ich nickte nur.

Hekate strich sich die Haare über die Schultern und sah sich um. Ihr Blick fiel auf die vollen Regale, die ohne das Zutun meiner Magie leblos wirkten. Nichts blubberte, glimmerte oder regte sich. Sie wandte sich den Schnüren zu, die sich nur noch im hinteren Teil des Raumes durch die Luft spannten, nicht mehr durch das ganze Wohnzimmer. Ohne zu wanken, schritt sie über die Kissen darauf zu. Sie griff nach einem Papier, das ich mit einer Klammer an dem Faden befestigt hatte, dann nach einem Bund Kräuter. Schließlich berührte sie mit dem Finger die Schnur. Ich meinte, sie selbst fühlen zu können, ihre Macht an meiner, doch einen Lidschlag später verschwand dieses Gefühl.

Hekate war hier. Die Göttin. *Meine* Göttin. Und ich brachte kein weiteres Wort heraus. Als würde sie meine Unsicherheit spüren, drehte sie sich um. Ihr Kleid widerstand der Schwerkraft und wallte wie in Zeitlupe um ihre Beine. Auch ihre Haare trotzten allen irdischen Regeln und schienen immer in Bewegung zu sein.

»Man hat heute versucht, an dir erneut die Berufung durchzuführen«, sagte sie, ohne dass ihre Stimme verriet, was sie darüber dachte. Das Blitzen ihrer Augen zeugte von schlichter Neugierde. Ich zupfte meinen Pullover zurecht, um ein paar Sekunden Zeit zum Nachdenken zu gewinnen. Hekate wartete geduldig, musterte mich genauestens. Ihr Blick glitt an mir herab, ehe sie mir wieder direkt in die Augen sah. Ich reckte das Kinn und ihr Mund verzog sich zu einem fast unscheinbaren Grinsen.

»Die *Ischyró Mágo* wollte etwas versuchen. Es war töricht. Bitte verzeiht uns.«

Hekate machte eine wegwerfende Handbewegung. »Du musst dich nicht entschuldigen. Es ist nur natürlich, dass du deine Macht vermisst und eine *Mágissa* dir helfen möchte. Doch es wird nichts nützen. Magie, die du einmal freiwillig verschenkt oder von dir gewiesen hast, ist für immer verloren. Die Regeln des Olymps verbieten es mir, demselben Menschen zweimal das Geschenk der Magie zu machen, und nach der Sache mit Athenes Fluch wird das Handeln aller Götter streng überwacht. Nephele weiß das, aber ihre Hoffnung in dich – und mich – ist wohl sehr groß. Leider musste ich euch beide enttäuschen.«

»Es bedeutet nicht, dass ich nicht mehr in Eurer Gunst stehe?« Mein Herz klopfte schneller.

»Nein. Ich kann Magie nur verschenken; was eine *Mágissa* daraus macht, vermag ich nicht zu beeinflussen. Deine Entscheidung hat großen Mut erfordert, und das bewundere ich. Ich selbst wäre vermutlich nicht so weit gegangen.«

Erleichtert atme ich auf. »Danke«, antwortete ich. »Das bedeutet mir sehr viel.«

Langsam kam Hekate auf mich zu. Ich zuckte nicht zurück, als sie eine Hand ausstreckte und mir eine Strähne hinters Ohr strich. Sie fuhr mit dem Daumen über das letzte golden schimmernde Mal auf meiner Stirn. Unter ihrer Berührung glomm die Magie auf, ihr leiser Puls erwachte, doch es war nichts im Vergleich zu früher.

»Es ehrt dich, dass du Ryas Leben gerettet hast«, sagte die Göttin und senkte den Kopf in einer Geste der Anerkennung.

»Ich habe mich auf meine Instinkte verlassen«, erwiderte ich.

Sie nickte und zog die Hand zurück. »Wie man es von einer *Mágissa* erwartet. Selbst wenn der Preis dafür hoch ist. Du bist weiterhin eine meiner Auserwählten, vergiss das nicht. Du musst lernen, mit der übrigen Magie umzugehen. Passe dich ihr an, bring deine Emotionen unter Kontrolle. Dann wirst du wieder Zauber wirken können.«

»Ist das wirklich möglich?«

»Nach deiner Berufung hast du dich schon einmal mit ihr arrangiert. Die jetzige Situation ist nicht anders. Hör auf deine Instinkte. Mit etwas Geduld und starkem Willen schaffst du es.«

Mein Herz wurde leichter, ich atmete durch und vergaß wieder für eine Sekunde, dass Medeas Kette nicht mehr um meinen Hals hing und griff danach. Hekate folgte der Bewegung mit ihrem Blick und presste die Lippen fest aufeinander, als ich meine Finger in den Stoff des Pullovers bohrte.

Ihre Miene wirkte traurig und sie neigte den Kopf zur Seite. Sie strich mir über die Wange, ihre Magie hüllte mich ein wie eine Umarmung. »Sieh nach vorn und verfolge dein Ziel. Lass es nie aus den Augen.«

»Ich danke Euch.«

Und dann war sie weg. Ohne ein weiteres Wort. Ich taumelte einen Schritt zurück und stützte mich am Tisch ab. Unterschiedlichste Emotionen überrollten mich. Erleichterung. Freude. Ehrfurcht. Und der kleinste Funken Hoffnung. Denn wenn die Göttin der Magie der Meinung war, dass sie ihre Gabe an mich nicht verschwendet hatte, musste doch etwas dran sein.

Ein halb freudiges, halb hysterisches Lachen stieß aus meiner Kehle hervor, als mir die Dimension dieser Begegnung bewusst wurde. Hätte ich vor ihr auf die Knie gehen sollen? In all den Jahren der Ausbildung war nie ein Wort darüber gefallen, welches Verhalten einer Göttin gegenüber angebracht war. Offenbar war niemand davon ausgegangen, dass sie sich dazu herablassen würde, sich jemandem außerhalb des Zirkels zu zeigen. Und nun war ich ihr, wenn man die Gelegenheiten aus der Vergangenheit dazuzählte, bereits drei Mal begegnet. Und ich hatte mich nie besonders ehrfürchtig verhalten.

Mehr Glück als Verstand, lautete wohl die Devise dahinter.

Sie war also noch da, meine Magie. Doch anscheinend stellte nicht sie das Problem dar, sondern ich und meine Emotionen.

Die Pizza war mittlerweile lauwarm, der Hunger erloschen. Ich stieß mich vom Tisch ab und ging zu den Schnüren, die Hekate vorhin berührt hatte. Ich duckte mich unter dem Labyrinth hindurch und setzte mich in die Mitte des Netzes auf den Boden. Mitten ins Herz. Ich hob den Blick und betrachte all die Dinge, die ich an den Fäden befestigt hatte. Pflanzenbüschel, Kristalle, Papiere und allerlei andere magische Utensilien waren darin verwoben. Möglicherweise war darunter etwas, das mir mit den Emotionen helfen konnte.

Ich schloss die Augen und überließ meinem Instinkt die Kontrolle.

Ich legte die Hände auf die Knie und horchte in mich hinein. Das Wohnzimmer lag still da, als würde es den Atem anhalten, nur mein eigener Herzschlag leistete mir Gesellschaft. Und das schwache Kribbeln der Magie, ausgelöst durch Hekates Impuls. Die wahre Gestalt meiner Zauberkraft kannte ich nicht, ich stellte sie mir wie eine flimmernde bunte Sphäre vor. Ihr Grundton war lavendelfarben, dazwischen funkelten blassgelbe Punkte wie Sterne. Seit ich nur einen Bruchteil meiner Kraft besaß, waren die Farben vor meinem inneren Auge verblasst, die hellen Lichter nahezu erloschen.

Trotzdem hielt ich daran fest, streckte meine Sinne aus. Doch die Magie reagierte nicht.

Ich öffnete die Augen und sackte in mich zusammen, als das Netz über mir nicht leuchtete, so wie ich es mir erhofft hatte. Nein, die Magie schwieg nach wie vor. Es brauchte Geduld, hatte Hekate gesagt. Das war noch nie eine meiner Stärken gewesen.

Meine Schultern meldeten sich schmerzhaft. Ich versuchte, sie zu lockern, doch es half nichts. Keine Ahnung, ob es eine Sache der Haltung oder Stresssymptome waren, es nervte jedenfalls. Seit Wochen plagten brennende Schmerzen meine Muskeln und nichts half. Ich hätte eine andere *Mágissa* um Hilfe bitten können, aber da kaum jemand gut auf mich zu sprechen war, fiel das flach. Ein altmodisches Hilfsmittel musste her, das zumindest vorübergehend Linderung verschaffte.

Ich ließ mir ein Bad ein. Der stetig steigende Wasserpegel erinnerte mich an meine Begegnung mit der *Ischyró Mágo* und an das Mondbecken im Tempel. Damit verbunden waren die Erinnerungen an Medea …

Ich fuhr herum und starrte in den Spiegel, während die Wanne hinter mir plätschernd volllief. Mit dem Finger deutete ich auf das müde Gesicht, das mir entgegenblickte.

»Stell dich nicht so an!« Mein Spiegelbild taxierte mich mit einem bösen Blick. Die Schatten unter den Augen waren mir mittlerweile vertraut, doch der Anblick des letzten goldenen Symbols auf der Stirn war jedes Mal ein kleiner Schock. Einerseits zeigte es den Mut auf, den es brauchte, um fast alle Macht aufzugeben, andererseits war es ein Zeichen meiner Feigheit. Ich hätte Rya alles geben können, hatte mich aber nicht getraut.

Dieses Symbol sowie die Magiereste in meinem Brusttattoo hatte ich behalten, um mich nicht selbst zu verlieren. Was letzten Endes trotzdem geschehen war.

Ich streifte die Klamotten ab und drehte den Wasserhahn zu. Mit gezielten Bewegungen griff ich nach ein paar Edelsteinen und Kräutern am Wannenrand und ließ sie ins Wasser gleiten. Dann stieg ich hinterher und seufzte wohlig auf, als die Wärme mich bedeckte. Der frische Duft von Eukalyptus stimulierte meine Sinne und fuhr mir belebend in die Nase. Ein Wechselspiel aus Hitze und Kälte entwickelte sich und rüttelte meine Zellen wach. Wie erhofft, entspannten sich meine Muskeln, doch mir war bewusst, dass diese Erleichterung nur von kurzer Dauer war.

Mit den Zehen schob ich einen der Edelsteine unter Wasser hin und her. Ein Buch wäre zur Ablenkung nicht schlecht gewesen. Ich richtete mich auf und betrachtete das Tattoo des Nachtfalters unterhalb meines Brustkorbs.

Es gehörte schon so lange zu mir, dass ich es gar nicht mehr als fremd wahrnahm. Es war ein Teil von mir, ein Teil meiner Geschichte. Der traurigen Seite davon.

Motten, wie diese kleinen Tiere auch genannt wurden, hatten viele Bedeutungen. Unter anderem symbolisierten sie Veränderungen, Transformationen und neue Richtungen.

Medea hatte die Idee dazu damals im dritten Jahr unserer Ausbildung gehabt. Wir hatten gerade die Prüfung zur nächsten Novizinnen-Stufe abgelegt und wollten unseren Erfolg gebührend feiern. Den Zauber hatte ich mir bei dem Schlangentattoo für die Gorgonen abgeschaut, Medea besorgte die Zutaten. Es war verboten, weswegen wir niemals jemandem davon erzählt hatten.

Mageía apó Aíma, Meláni kai Téfra. Magie aus Blut, Tinte und Asche war in den Zauber und uns geflossen. Medeas Nachtfalter war hellbraun gewesen, die kleinen Monde darauf ockerfarben.

Damals hatte uns die Welt zu Füßen gelegen. Bis sie wenig später zerbrach.

Wie um mich an dieses Gefühl zu erinnern und gleichzeitig den Schmerz zu vertreiben, strich ich über die lavendelfarbenen, mit hellgelben Mondsicheln verzierten Flügel der Motte und ihren Rücken mit der Totenkopf-Musterung. Anschließend sank ich unter Wasser und fuhr mir durch die Haare. Als ich wieder auftauchte, lehnte ich den Kopf auf den Wannenrand und versuchte, meine Gedanken zu klären. Ich stellte mir einen Schwarm voller wunderschöner, flauschiger Motten vor, der durch das Badezimmer flog. Eine nach der anderen zählte ich sie und endlich, endlich gab mein Körper sich der Entspannung hin.

Dann klingelte es an der Haustür.

Kapitel 3

Mit einem tiefen Seufzen erhob ich mich, stieg aus der Wanne und streifte einen Bademantel über. Ein erneutes Klingeln trieb mich zur Eile an, als ich den Gürtel festzog. Ich riss die Badezimmertür auf und rief: »Eine Sekunde!«

Ich schlüpfte noch in meine Socken, dann lief ich die Treppe hinunter, griff nach der Klinke der Haustür und hielt inne. Ich spürte nichts. Ich konnte nicht sagen, wer hinter der Tür stand. Dabei bemerkte ich sonst jeden Besucher, noch bevor er das Grundstück betreten hatte. Auch damit schien es vorbei zu sein. Sollte ich fragen, wer es war? Oder offenbarte das meine Schwäche? Prompt kehrte der Schmerz zwischen meinen Schulterblättern zurück. Also doch der Stress …

»Ilena? Ist alles in Ordnung?«, klang es dumpf von der anderen Seite. Trotzdem erkannte ich die Stimme sofort. Erleichtert stieß ich die Luft aus und öffnete die Tür.

»Hallo, Rya.«

Sie erwartete mich mit einem Lächeln auf den Lippen. Ihre braunen Augen strahlten, als sie mich sah, und sie fiel mir fast augenblicklich in die Arme. Ich drückte sie ebenfalls. Dann schob sie mich von sich und musterte mich von Kopf bis Fuß. Ihre gute Miene bröckelte und ich wandte den Blick ab.

»Willst du reinkommen?«, fragte ich, ehe sie etwas zu meinem Zustand sagte. Es waren nur ein paar Kilo, die ich abgenommen hatte, nichts Dramatisches. Ich musste mich erst noch an die Umstellung beim Essen gewöhnen.

Sie setzte ein fröhlicheres Gesicht auf und nickte. »Gern. Ich bin allerdings nicht allein. Nick und Xanthos stellen noch den Wagen ab.«

Ich hob eine Augenbraue. »Und dazu braucht es zwei Personen?«

Rya zuckte mit den Schultern. »Neues Auto, neue Technik und tausend Begriffe, die ich nicht kenne. Angeblich kann das Auto von allein einparken und das wollen sie ausprobieren.«

»Also braucht es zwei Krieger *und* eine künstliche Intelligenz, um ein Auto in eine Lücke zu quetschen. Das nenne ich Fortschritt.«

Kichernd folge Rya mir auf den Flur und streifte die Schuhe ab. »Ich habe deinen Humor vermisst«, sagte sie. Ich zuckte zusammen, was Rya mit einem irritierten Ausdruck zur Kenntnis nahm. »Ist alles in Ordnung?«

»Ja«, sagte ich zögernd. »Ich habe dich auch vermisst. Ich ziehe mir schnell was anderes an, bin gleich wieder da.« Den ganzen Weg die Treppe hinauf spürte ich ihren Blick im Rücken. Im Schlafzimmer ließ ich mich gegen die Wand sinken und fuhr mir mit den Händen übers Gesicht. Es stimmte, ich hatte sie während ihrer Missionen sehr vermisst, aber Rya war es auch gewesen, die mich nach Hause geschickt hatte. Weil ich ohne Magie keine Hilfe war. Dieser Stachel saß noch tief und ich musste endlich darüber hinwegkommen. Oder meine Macht zurückbekommen, damit ich ihnen wieder eine Stütze statt einer Bürde war. Ich schlüpfte erst in meine Unterwäsche, dann in eine dunkle Jeans und einen schwarzen Strickpullover. Meine Haare fasste ich mit einem Gummiband zu einem Knoten zusammen. Mit Schminken hielt ich mich gar nicht erst auf, denn genau wie das Kochen war das eine Fähigkeit, die ich ohne Zauber nicht beherrschte. Puder und Wimperntusche befanden sich in meinem Repertoire, der Rest stellte mich vor ein Rätsel.

Als ich ins Wohnzimmer zurückkehrte, waren die Krieger bereits eingetroffen. Aus dem Augenwinkel sah ich Xanthos rechts auf einem Sessel sitzen und widerstand dem Drang, ihn direkt anzusehen. Mein Puls beschleunigte sich, gleichermaßen aus Freude und Nervosität. In den letzten Wochen hatten wir nicht viel voneinander gesehen, aber in der Zeit, die wir zusammen gewesen waren, hatte sich etwas in mir verändert. Meine anfängliche Abscheu ihm gegenüber war verpufft, als er nach der folgenschweren Nacht im Museum kommentarlos mein Haus auf Vordermann gebracht und mir bei den alltäglichen Herausforderungen einer Normalsterblichen ohne Magie unter die Arme gegriffen hatte – ohne sich über mich lustig zu machen. Das hätte ich von Nick erwartet, bei Xanthos hatte es mich überrascht. Genauso wie seine Geduld, als ich den dreien bei den Missionen mit meinen unzähligen gescheiterten Zauberversuchen auf den Keks gegangen war. Dabei brachten wir uns sonst gegenseitig in fast jeder Unterhaltung zur Weißglut.

Am meisten Angst machte es mir, wie sehr mich das erste ehrliche Lächeln von ihm aus dem Konzept gebracht hatte. Deswegen wollte ich mich noch einen Moment fassen und in Sicherheit wiegen, bevor ich mich ihm und seinem durchdringenden Blick stellte. Der Tag hatte den Großteil meiner Kraftreserven bereits aufgebraucht, jede Sekunde Auftanken galt es zu nutzen.

Ich ging auf Nick zu, der zusammen mit Rya auf dem Sofa saß. Er stand auf und drückte mich zur Begrüßung überraschend fest, sodass mir die Luft wegblieb. Dann hob er mich ein Stück hoch und ein Lachen kämpfte sich aus mir heraus.

»Du Angeber«, murmelte ich und zupfte an seiner schwarzen Jacke, nachdem er mich wieder abgesetzt hatte. Er gab mich frei und grinste mich spitzbübisch an. Bei Hekate, Rya tat ihm so gut. Ich hatte ihn noch nie so glücklich und strahlend gesehen.

»Wie geht es dir?«, fragte Nick. Er wandte den Blick nicht von meinem Gesicht ab, doch mir war klar, dass er trotzdem sehr aufmerksam jede meiner Bewegungen abschätzte, wie ein Krieger im Kampf, der in Körpern las wie in Büchern.

»Gut, danke. Und selbst?«

»Auch. Es ist schön, dich wiederzusehen.« Nick trat einen Schritt zur Seite und gab den Blick auf den Sessel frei. Jetzt gab es kein Zurück mehr.

Xanthos machte keine Anstalten, aufzustehen. Er nickte mir lediglich zu und musterte mein Gesicht. Mein Blick huschte über seinen

Körper, der in einer dunkelblauen Jeans und einem khakifarbenen Pullover steckte. Die Musterung entging ihm natürlich nicht.

»*Mágissa*«, sagte er knapp. Sein rechter Mundwinkel zuckte.

»Idiot«, erwiderte ich die Begrüßung.

Es würde nicht lange dauern, bis es eskalierte. Jede Begegnung endete in einer Auseinandersetzung, mal mehr, mal weniger laut. Es war anstrengend, aber auch ein Ritual, das mich beruhigte und mir zeigte, dass manche Dinge sich nicht änderten. Mein Bauch kribbelte voll Vorfreude.

Doch diese sackte in sich zusammen, als mir die weiße Strähne auffiel, die von der rechten Schläfe aus Xanthos' Haar durchzog. Ich legte den Kopf schief und musterte sie prüfend. Nein, die hatte er sich sicher nicht selbst gefärbt. Im Raum wurde es still, was meinen Verdacht bestätigte, dass etwas nicht stimmte. Ich ging auf Xanthos zu, der sich aufrichtete, ohne mich aus den Augen zu lassen. Er hielt mich nicht auf, als ich an seiner Seite stehen blieb und meine Hand nach seinem Haar ausstreckte. An den Seiten trug er es kurz, dafür war es oben etwas länger als früher. Es stand ihm gut, verpasste ihm etwas Verwegenes. Aber diese Strähne …

Ich fuhr mit den Fingern hindurch. Das Prickeln auf meiner Haut verriet mir, was ich bereits geahnt hatte. Es war keine natürliche Verfärbung und auch kein Friseur hatte hier nachgeholfen. Ich fixierte die Stelle, konzentrierte mich auf die Energie, die …

Xanthos packte mich am Handgelenk und unterbrach die Verbindung.

»Lass das«, sagte er streng und schob mich sanft, aber mit Nachdruck von sich. Seine stahlblauen Iriden strahlten Kälte aus, wie immer lag dieses herausfordernde Glitzern darin.

»Ein *Katára*. Du wurdest verflucht«, stellte ich feixend fest. Es konnte nur ein schwacher Fluch sein, denn Schlimmeres hätte ich gespürt und mich dann auch nicht darüber lustig gemacht. Xanthos kniff drohend die Augen zusammen, doch ich redete weiter. »Wie hast du das angestellt? Ach, was frage ich? Zu lange mit dir in einem Raum und auch mir juckt es in den Fingern.«

Xanthos starrte mich wortlos nieder, während Rya und Nick mit größter Mühe versuchten, ein Lachen zu unterdrücken. Ich drehte mich zu ihnen um. »Im Ernst, was hat er ausgefressen?«

Rya hob abwehrend die Hände und auch Nick schüttelte den Kopf.

»Das geht dich nichts an«, knurrte Xanthos neben mir und stand auf. Er überragte mich um fast einen Kopf, aber das schüchterte mich nicht ein. Ich wollte etwas erwidern, doch dann erkannte ich ihn – den Grund, aus dem sie hier waren.

Sie wollten meine Hilfe, um den Fluch zu brechen. Und ich musste sie enttäuschen, weil das aktuell nicht in meiner Macht lag. Wie so vieles andere auch.

Xanthos verschränkte die Arme und forderte mich mit finsterem Ausdruck dazu auf, ihm zu widersprechen. Ich wich seinem Blick aus und machte mich auf den Weg Richtung Küche.

»Ich mache Tee.«

Niemand sagte ein Wort, als ich das Wohnzimmer verließ. Doch sobald sie mich außer Hörweite glaubten, redeten die drei miteinander. Der Wortlaut war nicht zu verstehen, nur die Tonlage ließ darauf schließen, dass sie sich nicht einig waren, egal worum es ging. Während der Wasserkocher seine Arbeit verrichtete, lief ich in der Küche auf und ab. Ich bemühte mich darum, mich zu sammeln, damit ich zumindest versuchen konnte, den Fluch zu brechen. Doch meine Magie war nicht mehr als ein dumpfes Gefühl, ein schwacher Schatten in mir, der nichts würde ausrichten können.

Ich konnte nicht helfen. Wieder nicht. Ich hatte Rya und die anderen bereits ein Mal im Stich gelassen und ich würde es wieder tun. Der Preis für die schlechteste *Mágissa* auf der Welt ging an mich. Ich war nutzlos.

Das Klacken des Wasserkochers riss mich aus meinen Gedanken. Ich schüttete das kochende Wasser in die Kanne und hängte einen mit Darjeeling gefüllten Filter hinein. Rya und die anderen redeten noch immer hitzig miteinander. Es versetzte mir einen Stich, dass sie sich meinetwegen uneins waren. Sie hatten beileibe andere Probleme. Ich wollte nicht auch zu einem werden.

Mit geschlossenen Augen holte ich ein paarmal tief Luft und bemühte mich um Ruhe. Und um ein Lächeln. Ich rief mir schöne Erinnerungen ins Gedächtnis, um auf andere Gedanken zu kommen. Auf bessere. Als ich mich bereit fühlte, richtete ich die Kanne zusammen mit ein paar Tassen, einem Schälchen voll Zucker und einem kleinen Kännchen Milch auf einem Tablett an und brachte alles ins Wohnzimmer. Die Stimmen verstummten, als ich um die Ecke trat, doch die drei standen so eng beieinander, dass es keinen Zweifel gab, worüber sie geredet hatten.

»Setzt euch doch«, sagte ich bemüht fröhlich. »Ihr müsst mir erzählen, wie es mit der Suche nach den *Ágalmas* läuft. Habt ihr schon alle gefunden?« Ich stellte das Tablett auf dem Couchtisch ab und setzte mich im Schneidersitz davor. Rya nahm auf dem Sofa Platz und zog Nick mit sich. Die beiden lächelten mich aufmunternd an und nahmen die Tassen entgegen, die ich ihnen reichte. Xanthos ließ sich in den Sessel fallen. Er wirkte angespannt. Nichts Neues also, nur gerade stresste mich das mehr, als es sonst der Fall war. Er war verflucht und ich konnte ihm nicht helfen. Ich konnte nicht das tun, wofür ich ausgebildet worden war, wofür ich lebte.

Meine Hände zitterten leicht, als ich auch ihm eine Tasse einschenkte. Er nahm sie wortlos entgegen und stellte sie auf seinem Knie ab.

»Wir haben ungefähr neunzig Prozent der *Ágalmas* gefunden«, begann Nick zu erzählen. »Luce und Cathy kümmern sich gemeinsam mit ein paar ehemaligen Gorgonen um sie und helfen ihnen bei der Akklimatisierung. Einige von ihnen haben sogar noch lebende Verwandte oder Familie, und wir helfen ihnen dabei, zu ihnen zurückzukehren. Es gibt noch einiges zu tun, aber wir sind sehr zuversichtlich, dass wir es schaffen.«

Ich goss mir selbst Tee ein, schüttete Milch und Zucker hinterher und rührte um. Plötzlich hustete Rya und ich sah auf. Sie fasste sich mit einer Hand an den Hals, in der anderen hielt sie noch die Tasse.

»Verschluckt«, röchelte sie, während Nick ihr sanft auf den Rücken klopfte. Es dauerte nur ein paar Sekunden, dann hatte sie sich gefangen. »Es geht wieder, danke.«

Nick ließ die Hand auf Ryas Rücken liegen und nahm selbst einen Schluck Tee. Er zögerte kurz, ehe er die Tasse wieder absetzte. Seine Lippen waren zu einem Strich zusammengepresst und er schluckte angestrengt, sagte nichts. Mochte er keinen Darjeeling? Was war noch mal sein Lieblingsgetränk? Ah ja, richtig. Ich hob eine Hand und wollte die Flüssigkeit in seiner Tasse mit einem Schnipsen in Kaffee verwandeln, als mein Herz sich schmerzhaft zusammenzog.

Ich hatte es schon wieder vergessen. Diesen Trick beherrschte ich ebenfalls nicht mehr.

Rya und Nick, die mit Sicherheit genau wussten, was ich vorgehabt hatte, starrten auf meine erhobene Hand, als wäre mir ein dritter Arm gewachsen.

»Ich habe auch Wasser da«, sagte ich in die Stille hinein.

»Danke«, antwortete Nick und nahm zögerlich noch einen Schluck. »Passt schon.«

Xanthos murmelte etwas Unverständliches, dann hob er seine Tasse. Er roch an dem Inhalt, zog die Brauen irritiert zusammen und probierte einen winzigen Schluck. Er verzog angeekelt das Gesicht.

»Das schmeckt ja grauenhaft.«

»In deinen Tee habe ich ja auch reingespuckt«, schoss ich zurück.

Er stellte die Tasse auf den Tisch. »Selbst wenn dem so wäre, würde das mit Sicherheit besser schmecken als dieses Zeug.«

»Stell dich nicht so an«, sagte ich.

Auch ich versuchte nun einen Schluck des Darjeeling und hätte ihn fast quer über den Tisch gespuckt. Er schmeckte wie schmutziges Spülwasser, in das man saure Milch hineingekippt hatte. Meine Zunge fühlte sich ganz pelzig an, als ich das Zeug hinuntergewürgt hatte.

Ich starrte auf den Tee, als wäre er schuld daran. Dann knallte ich die Tasse auf den Tisch und erhob mich. Ich nahm die Kanne mit, da ich dieses Zeugnis meines Versagens schnellstmöglich in den Abfluss befördern wollte.

»Ich hole Wasser.«

Rya stand ebenfalls auf. »Ich helfe …«

Ich hob eine Hand und würgte sie ab. »Keine Sorge, ich zapfe es aus dem Hahn. Da kann nichts schiefgehen.« Ich drehte mich auf dem Absatz um und stürmte aus dem Zimmer. Als Rya jetzt die Stimme erhob und Xanthos anfuhr, verstand ich jedes Wort, doch ich hörte weg. In der Küche angekommen, stellte ich die Kanne ab und griff nach einem Handtuch, das ich quer durch den Raum schmiss. Mehrmals, so lange, bis die Wut auf mich selbst ein bisschen verraucht war.

Ich war zu unfähig, um Tee zu kochen. Tee! Das waren ein paar klägliche Pflanzenblätter, über die man heißes Wasser goss. Einfacher ging es nicht. Und trotzdem verbockte ich es.

»Das Handtuch ist unschuldig«, sagte eine Stimme hinter mir. Xanthos lehnte im Türrahmen und beobachtete mich mit ausdrucksloser Miene.

Ich seufzte. »Soll ich es lieber an dir auslassen?«

»Kannst du gern versuchen, weit wirst du aber nicht kommen.« Er verschränkte die Arme vor der Brust – definitiv seine Lieblingspose – und ließ die fein definierten Muskeln seiner Arme spielen. Er zog die linke Augenbraue herausfordernd nach oben und ich schüttelte schmunzelnd den Kopf. Vermutlich würde er mich mit nur einer Hand und nur einem Bruchteil seiner Kraft überwältigen können. Und das wussten wir beide. Verdammte Krieger.

»Du bist sicher nicht in die Küche gekommen, um meine Einrichtung vor mir zu retten, oder?«

»Nein. Rya hat mich geschickt, damit ich mich für meinen Kommentar entschuldige.«

»Und?«

»Ich werde es nicht tun«, sagte er und schnaubte, als wäre es töricht von mir, das überhaupt als Option in Betracht zu ziehen.

»Wieso nicht?«

»Weil ich nur die Wahrheit gesagt habe.«

»Auf ziemlich harsche Weise.«

Er zuckte zurück. Nach einem Moment des Zögerns biss er sich kurz auf die Unterlippe. »Es tut mir leid, *wie* ich es gesagt habe. Nicht *was*.«

Ich griff mir an die Brust. »Dass … Dass ich das noch erleben darf«, hauchte ich theatralisch. Ich zwinkerte. »Entschuldigung angenommen.«

»Sagst du ihr das auch?« Er deutete mit dem Daumen hinter sich.

»Natürlich.«

»Gut. Dann werde ich dir jetzt helfen.«

»Wobei?«

»Einen richtigen Tee zu machen.« Er stieß sich ab und ging auf die Dose mit dem Tee zu, die noch immer dort stand, wo ich sie zuvor hatte stehen lassen. Er öffnete sie, roch daran und verzog das Gesicht. »Wo genau hast du das Zeug her?«

»Aus einem Teeladen.«

»Stand der auf einer Müllhalde?« Xanthos räumte die Dose beiseite und öffnete dann alle Schränke auf der Suche nach einer Alternative. Ein Bild blitzte vor meinen Augen auf. Erst vor wenigen Monaten, kurz bevor wir Ryas wahnwitzigen Plan im Museumsgarten in die Tat umgesetzt hatten, hatten wir uns hier versammelt und ein gemeinsames Frühstück vorbereitet. Ich starrte auf den Herd, auf dem ich damals Apfelstücke karamellisiert hatte. Mithilfe von Magie.

»Xanthos?«

»Mh?« Er ließ sich bei seiner Suche nicht stören. Immer wieder zog er Dosen aus den Regalen, von denen ich nicht mal mehr wusste, wie sie da hingekommen waren. Ein paar davon kamen in die engere Auswahl, er stellte sie auf der Theke ab.

»Mir tut leid, *was* ich gesagt habe. *Und* das *wie*.«

Er hielt inne. Mit misstrauischem Ausdruck drehte er sich zu mir um. »Wovon redest du?«

Ich leckte mir kurz über die Lippen, was ihm nicht entging. Es sorgte dafür, dass er nur noch verwirrter dreinblickte und ein Stückchen näher kam.

»Erinnerst du dich daran, wie wir hier zusammen gekocht haben? Also Nick und ich, und wie du nur danebengestanden und uns gedrängelt hast?« Xanthos lächelte schwach und sah zum Ceranfeld, als sähe er dasselbe Bild wie ich. Er nickte und ich fuhr fort. »Damals habe ich dich angefahren und dich damit aufgezogen, dass du wahrscheinlich gar nicht kochen kannst. Tja, es stellt sich heraus, dass ich ohne meine Magie darin wohl fast genauso schlecht bin wie du, und deswegen sage ich: Es tut mir leid.«

Er schüttelte amüsiert den Kopf. Dann streckte er mir die Hand hin. »Quitt?«

Ich schlug ein. »Quitt.« Sein Händedruck war so, wie ich ihn mir vorgestellt hatte. Fest und mit Nachdruck, und mit einem klitzekleinen Hauch einer Drohung. Meine Finger wirkten neben seinen dünn und zerbrechlich, aber ich gab mir alle Mühe, die Kraft zu erwidern.

»Mittlerweile kann ich es übrigens«, sagte er, während er erst den Wasserkocher anmachte und dann neuen losen Tee in einen Filter füllte.

»Was?«, hakte ich nach und beobachtete seine Bewegungen genau. Er nahm für eine Kanne fünf Löffel Tee aus der roten Metalldose.

»Pfannkuchen machen.«

Ich versuchte mir vorzustellen, wie er dabei aussah. Ob er dabei genauso konzentriert und bestimmt dreinblickte wie gerade? Oder ganz anders? »Trägst du eine Schürze dabei? Mit Rüschen?«

»Nein«, sagte er trocken. »Ich koche ausschließlich nackt.« Mir klappte der Mund auf. Dann schoss mir ein Bild in den Kopf, das ich meinen Lebtag wohl nicht mehr vergessen würde. Xanthos, der Mistkerl, wusste es genau. Mit einem süffisanten und äußerst zufriedenen Grinsen goss er das heiße Wasser in die Kanne. »Atmen nicht vergessen«, neckte er mich und sah auf seine Armbanduhr, um die Ziehzeit im Blick zu behalten. Mir fiel partout nichts ein, was ich darauf antworten sollte. Allein die Vorstellung … Sie erheiterte mich nicht nur auf eine Art. Ich betrachtete Xanthos von der Seite und mein Herz zog sich zusammen, als ich die weiße Strähne in seinem Haar entdeckte. Ich hatte sie schon fast wieder vergessen.

»Ich kann dir nicht helfen«, sagte ich. Xanthos drehte sich zu mir um und hatte schon eine mit Sicherheit anzügliche Antwort parat, als er meinen Gesichtsausdruck bemerkte und ihm klar wurde, wovon ich redete. Von einer Sekunde auf die andere verflüchtigte sich der Schalk in seinen Augen. Der heitere Moment war vorbei.

»Mein Fluch, mein Problem.«

Ich kniff die Augen zusammen. »Deswegen seid ihr doch hier, oder? Weil ihr meine Hilfe braucht?«

»Ja, aber nicht wegen des Fluchs.«

»Nicht? Warum dann? Und was genau bewirkt der Fluch?«

Er zuckte mit den Schultern, als er den Filter aus der Kanne holte. »Keine Ahnung.«

Ich stieß mich von der Theke ab und erhob die Stimme. »Keine Ahnung?! Ist das dein Ernst? Mit so etwas ist nicht zu spaßen.« Er blickte mich vorwurfsvoll an, zu Recht, denn ich hatte mich selbst darüber lustig gemacht.

»Schon klar. Trotzdem weiß ich es nicht. Bisher schränkt es mich nicht ein, daher ist es mir gerade egal. Wir haben wichtigere Dinge zu besprechen.« Er nahm die Kanne und ging mit ihr ins Wohnzimmer zurück, ohne darauf zu achten, ob ich ihm folgte.

Was bitte war wichtiger als ein Fluch?

Kapitel 4

Rya und Nick rückten nicht damit raus, was genau der Fluch bei Xanthos bewirkte. Wäre ich im Besitz all meiner Kräfte, hätte ich es herausfinden können, aber so … Ich grummelte leise in meine Tasse und ließ mir den wirklich hervorragenden Tee schmecken. Dann kniff ich mir in die Nasenwurzel und schob den Gedanken an Xanthos' Fluch beiseite … wenn er nicht darüber reden wollte, bitte schön. Eins nach dem anderen.

»Wobei braucht ihr meine Hilfe?«

Nick wechselte einen Blick mit Rya, dann zog er eine lange schwarze Feder aus der Innentasche seiner Jacke hervor. Ihre Spitze war silbern, als hätte sie jemand in Farbe getaucht. Er streckte sie mir hin und ich griff danach. Sie war überraschend schwer und weich und ich ließ sie durch meine Finger gleiten. Bei näherer Betrachtung zeigte sich, dass sie keinesfalls rein schwarz war, die Oberfläche schimmerte ganz leicht bläulich, wenn man sie im Licht wendete. Sie war wunderschön.

»Wo habt ihr die her?«, wollte ich wissen.

»Sie lag auf der Dachterrasse unseres Hauptsitzes«, antwortete Nick. »Hast du so eine Feder schon mal gesehen?«

Ich drehte den außergewöhnlichen Fund hin und her und musterte ihn genau. »Nein. Bei den *Mageía Mésa* wird zwar auch mit Federn gearbeitet und gezaubert, doch so ein Exemplar ist mir noch nicht untergekommen.«

»Schade.«

»Wieso glaubt ihr, dass die Feder wichtig ist?«

Xanthos beugte sich vor und übernahm das Wort. »Wir sind uns nicht sicher, ob es einen Zusammenhang gibt, aber einer unserer Ordensbrüder ist wie vom Erdboden verschluckt. Und am Tag seines Verschwindens haben wir diese Feder im Kies auf dem Dach entdeckt.«

»Glaubt ihr, dass er entführt wurde? Von etwas mit Flügeln?«

»Möglich.«

Ein Schauder lief mir über den Rücken. »Und dass er einfach nur abgehauen ist, weil er jetzt selbst über sein Leben bestimmen kann? Wäre das eine Option?«

Nick trommelte mit den Fingern auf seinem Bein herum. »Theoretisch. Aber da sich die mysteriösen Zwischenfälle in der Stadt in letzter Zeit häufen, gehen wir nicht davon aus.«

»Wieso, was ist passiert?«

Er beugte sich vor. »Es treten vermehrt Überfälle auf, bei denen Menschen auf brutale Weise ermordet werden. Es gibt keine Spuren, keine Zeugen. Die Wunden sind meistens gleich: Aufgerissene Brustkörbe und Verletzungen, die von Krallen stammen könnten. Die Organe im Inneren sind intakt, nur Haut, Muskeln und die Rippen sind betroffen. Wir glauben schon seit dem ersten Vorfall vor ein paar Wochen, dass etwas Magisches dahinterstecken muss, denn normal ist das nicht.«

Ich strich mit dem Daumen über den Federkiel. »Ob magisch normal ist, ist eine Frage der Perspektive«, antwortete ich und Rya nickte verständnisvoll. »Für mich bedeutet Magie Normalität. Aber ich weiß, was du meinst.«

Während ich die Feder genauer betrachtete, breitete sich erneut Stille im Raum aus. Ich wusste, was sie von mir erwarteten. Was sie sich erhofften. Ich wollte ihnen helfen, von Herzen gern, nur ob ich das schaffte …

»Warum habt ihr mir nicht früher davon erzählt?«, fragte ich.

Nick warf einen Blick zu Xanthos, der mir antwortete. »Wir waren nicht dafür zuständig, da wir wegen der *Ágalmas* unterwegs waren. Es gab keinerlei Beweise, nur Theorien. Mit dem Fund der Feder hat sich das geändert und wir haben den Fall, wenn du es so nennen willst, freiwillig übernommen. Du bist die einzige *Mágissa*, der wir auch nach dem Ende des Krieges vollkommen vertrauen.«

Ich erhob mich. »Mal sehen, ob ich etwas herausfinden kann.« Es bedeutete mir viel, dass sie so große Hoffnungen in mich setzten, nur vereinfachte es das nicht.

Mit der Feder in der Hand ging ich zu dem Netz aus Fäden. Vielleicht fand sich in dem Geflecht ein Hinweis und meine Magie würde sich endlich einmal wieder nützlich machen. Wenn sie es schon nicht für mich tat, dann vielleicht für meine Freunde, die Hilfe brauchten. Immerhin hatte ich all die Jahre nach der Devise gelebt, anderen zu helfen, und meine Macht hatte mitgespielt. Das konnte sie doch nicht vergessen haben.

»Streng dich an«, sagte ich sowohl zu ihr als auch zu mir. Fürs Erste schloss ich nur die Augen und ließ die Feder durch meine Finger gleiten. Doch außer einem flüchtigen Prickeln fühlte ich nichts. Da war etwas, nur versteckte es sich gut vor mir. Oder meine Kraft reichte nicht aus, um es an die Oberfläche zu holen. »Komm schon.«

Ich versuchte es erneut, doch das Resultat blieb dasselbe.

»Ilena …« Rya war aufgestanden und kam auf mich zu.

»Schon gut. Ich will euch helfen. Ich brauche nur etwas Zeit.« Und ein Wunder, fügte ich in Gedanken hinzu. Ich ließ die Schultern kreisen und fasste nach meiner … nicht mehr vorhandenen Kette. Ob ich es irgendwann endlich lernen würde?

Ich trat einen Schritt auf das Netz zu und streckte die freie Hand aus. In diesem Netz bewahrte ich all die Zaubersprüche und Informationen auf, die ich mir nicht merken konnte. Wenn ich bereits etwas über so eine Feder gehört hatte, würde ich dieses Wissen hier finden. Und wenn nicht hier, dann gab es immer noch andere Möglichkeiten und Orte, um danach zu suchen.

Ich zupfte an einer der Schnüre, die mit einem summenden Geräusch nachgab, dachte an die Feder und …

hörte eine Violine, die eine zauberhafte Melodie spielte.

Sie gab zaghafte Töne von sich, als wollte sie zunächst sichergehen, dass ich ihr zuhörte. Dann wurde ihr Spiel lauter, schneller, noch immer beruhigend, wie eine Begrüßung. Wie eine Einladung. Ich folgte ihr und ließ mich fallen. Die Musik trug mich weiter, trug mich fort. In einen Zustand, in dem es nichts mehr gab und in dem dennoch alles wunderschön war. Es war hell und dunkel zugleich, traurig und fröhlich, schwer und leicht. Mein Herz erhitzte sich, nur um im nächsten Moment kalt in sich zusammenzufallen. Die Klänge der Saiten strichen über meine Haut, durch mein Haar; hielten mich fest und stießen mich weg. Eine Träne rann über meine Wange, aus Freude und Leid zugleich. Dann wurde mein ganzer Körper warm und ich ließ mich weiter in dieses bittersüße Nichts tragen. Es nahm mich bei der Hand und zog mich mit sich …

Jemand schlug mir ins Gesicht und ich riss die Augen auf. Mein Kopf flog zur Seite und ein höllisch brennender Schmerz überzog meine linke Gesichtshälfte bis runter zu meiner Brust. Wie von selbst schoss mein rechter Arm nach oben, ich breitete die Finger aus und überließ meinen Instinkten das Handeln. Dunkel wabernde Schatten bündelten sich auf dem Inneren meiner Handfläche, nur um im Bruchteil einer Sekunde später auf meinen Angreifer loszugehen. Mit einer Druckwelle entlud sich die Spannung, und der Ball aus Magie bohrte sich in den Torso von …

Xanthos.

»Nein!«, schrie ich, doch es war zu spät. Xanthos wurde von dem Zauber fortgeschleudert und flog in einem hohen Bogen durch den Raum. Meine Knie zitterten, als ich seinen Flug mit dem Blick verfolgte. Mein Hirn war wie leer gefegt, ich stand einfach nur da und sah zu. Im nächsten Moment kam er mit einem dumpfen Geräusch auf dem Boden auf, sein Sturz wurde von den Hunderten Kissen abgefedert.

Doch er blieb reglos liegen.

Meine Beine gaben unter mir nach, dann war Rya an meiner Seite und fing mich auf. Sie ließ mich vorsichtig zu Boden gleiten, wo ich mich hinkniete. Nick rannte zu Xanthos hinüber und fluchte, als er sich durch die Kissen kämpfte.

Ich starrte auf meine leeren Hände. Die Feder war fort, dafür bedeckten dicke Ascheflocken meine Finger. Blinzelnd sah ich auf und wurde mir des Rauchgeruchs bewusst, der in der Luft lag. Rya neben mir hustete. Auch in ihren Haaren hatten sich graue Flocken verfangen, ihre Augen waren gerötet.

Aus der Ecke, in der Xanthos gelandet war, ertönte ein gequältes Stöhnen.

»Er lebt«, rief Nick und mein Herz setzte vor Erleichterung einen Schlag aus.

»Was ist passiert?«, fragte ich.

Rya deutete hinter mich.

Ich traute mich fast gar nicht, mich umzudrehen. Ein gepresstes Schluchzen entfuhr mir, als ich sah, was ich angerichtet hatte. Das Netz aus den schillernden Schnüren war zerstört. Nur ein paar einzelne Fäden spannten sich noch durch den Raum, der Rest lag verkohlt und rauchend auf dem Boden. Auch die Kräuter, Papiere und andere Utensilien waren Feuer zum Opfer gefallen. Ihre Überreste ruhten rußgeschwärzt auf dem Boden. Wie war das möglich?

Erst auf den zweiten Blick entdeckte ich das Funkeln von Wasser, das die gesamte Ecke des Raumes überzog.

»Ich habe es löschen müssen, sonst wäre das ganze Haus abgebrannt«, sagte Rya entschuldigend.

»Immerhin hattest du dieses Mal einen guten Grund, um es unter Wasser zu setzen«, murmelte ich. Ryas Antwort war halb Lachen, halb erleichtertes Schluchzen.

Meine schmerzende Wange meldete sich. Vorsichtig fuhr ich mit den Fingern darüber und zuckte zurück, als es brannte. Rya strich meine Haare zur Seite und begutachtete den Schaden.

»Du warst wie in Trance. Wir haben versucht, dich aufzuwecken. Als es dann angefangen hat zu brennen, wollte Xanthos deinen Griff um die Feder lockern, doch du hast nicht losgelassen. Dann hat er dich aus lauter Verzweiflung geohrfeigt. Tut es sehr weh?«

»Bestimmt nicht so sehr wie das, was sie mir angetan hat.« Xanthos kam unterstützt von Nick auf uns zugehumpelt. Er presste sich Nicks Jacke gegen die Brust und verzog das Gesicht vor Schmerzen. Da ich noch immer saß und meinen Beinen nicht traute, griff ich nach dem Stoff seiner Hose. Ich legte meine Hand auf seine Wade und krallte mich in der Jeans fest, ohne ihm dabei wehzutun.

»Es tut mir so leid«, sagte ich. Xanthos schnaubte. Er ließ sich neben mir auf den Boden gleiten. Die Geräusche, die er dabei von sich gab, taten mir mehr weh als mein eigener Schmerz.

»Mir auch«, knurrte er und bemühte sich um ein klägliches Grinsen. »Mir scheint, wir sind schon wieder quitt.«

Nick fragte mich: »Ilena, hast du Verbandsmaterial im Haus? Und irgendein richtig gutes Zeug, um die Heilung von Wunden zu unterstützen?«

»Oben im Bad, im Wandschrank neben der Badewanne. Da ist so ein schwarzer Tiegel. Daneben sollten auch Mullbinden und so was liegen.«

Er nickte und eilte aus dem Wohnzimmer. Rya stand auf und öffnete die Fenster, damit Rauch und Qualm abziehen konnten. Xanthos zog zischend die Luft ein. Mein Blick fiel auf Nicks Jacke, die er noch immer vor der Brust hielt. Seine Haut war blutverschmiert.

»Ist nur eine Schürfwunde«, brummte Xanthos.

»Zeig sie mir«, befahl ich.

»Nein.«

»Xanthos!«

Leise schimpfend hob er die Jacke an, die sich mit einem schmatzenden Geräusch von dem verkohlten Fleisch darunter löste. Ein übler Geruch stieg mir in die Nase, mir wurde schlecht und ich würgte.

»Fang jetzt bloß nicht an zu kotzen«, murmelte der Krieger.

»Idiot«, presste ich hervor und atmete nur durch den Mund. Xanthos wollte die Jacke wieder auf die Wunde pressen, doch ich hielt ihn davon ab. »Es blutet nicht mehr, lass lieber etwas Luft dran. Ich bin gleich wieder da.« Bei dieser Verletzung würde die Salbe aus Türkis nichts helfen. Es brauchte etwas Stärkeres.

»Rya«, rief ich, und meine Freundin war sofort an meiner Seite. Sie half mir beim Aufstehen und folgte mir in die Küche.

»Was brauchst du?«, fragte sie.

»In dem Regal neben dem Ofen müsste eine Flasche mit einem Glasdeckel stehen. Darin ist eine bernsteinfarbene Flüssigkeit. Nimm die mit. Ich brauche etwas aus dem Kühlschrank.«

Sie wirkte skeptisch, suchte aber nach der Flasche. Mittlerweile trugen meine Beine mich wieder und ich schaffte es allein, die Tür zum Kühlschrank und das kleine Gefrierfach ganz oben zu öffnen. Das Räucherbündel mit Beinwell, Minze und Eukalyptus lag noch da, wo ich es vor gefühlt ewigen Zeiten abgelegt hatte. Damit ich mir keine Frostbeulen an den Fingern holte, wickelte ich es in den Saum meines Pullovers. Rya hatte die Flasche gefunden und wir eilten zu Xanthos. Auch Nick war zurück und war schon dabei, das Verbandsmaterial bereitzulegen.

Ich kniete mich neben ihn und deutete auf Xanthos.

»Rya, mach bitte den Deckel ab und gib ihm die Flasche.« Sie kam der Aufforderung nach und Xanthos griff zu meiner Verwunderung ohne Widerrede nach dem Gefäß. Es zitterte leicht, als Rya losließ.

»Was genau …«

»Frag nicht, trink es einfach. Und du, Nick, setz dich bitte hinter Xanthos und halte ihn fest.« Die Krieger sahen mich skeptisch an. »Muss ich es euch aufmalen?«

Xanthos lachte in sich hinein und setzte die Flasche an. Seine Augen wurden groß, als die Flüssigkeit seinen Mund erreichte. In weiser Voraussicht hielt ich meine Hand gegen das Gefäß, damit er es nicht frühzeitig absetzte. Xanthos' Augen wurden dunkel und er warf mir düstere Blicke zu, während er Schluck um Schluck hinunterwürge. Nach vier ließ ich los und er schleuderte die Flasche fast von sich. Rya bekam sie gerade noch so zu fassen, bevor sie auf dem Boden zerschellte.

Xanthos hustete stark und wischte sich mit dem Ärmel über den Mund. »So stelle ich es mir vor, wenn du etwas mit deiner Spucke verfeinerst.« Schweißperlen glänzten auf seiner Stirn. Es blieb nicht mehr viel Zeit.

»Nick, zieh ihm den Pullover aus.« Dieses Mal gehorchte der Krieger sofort und griff nach dem Saum des Oberteils. Xanthos blinzelte träge und wehrte sich nicht, seine Augen wurden glasig.

»Willst du das nicht lieber selbst machen, *Mágissa*?«, säuselte er, die Zunge schwer von dem Trank. Endlich setzte die Wirkung ein. Wenn alles glattlief, dann würde er gleich nichts mehr spüren. Sein Kopf sackte zur Seite und er bekam nicht mehr mit, dass ich seine Frage nicht beantwortete.

Rya half Nick dabei, das Kleidungsstück über Xanthos' Arme und Kopf zu ziehen, während ich das Räucherbündel aus meinem Pullover wickelte und neben mich legte. Meine Finger zitterten und ich sah wieder vor mir, wie ich diesen schimmernden Ball aus Magie abgegeben hatte. Wie hatte so etwas passieren können?

Xanthos jaulte auf, als Nick den Stoff von den Wundrändern löste. Rya hatte den Blick abgewandt, sie war etwas blass um die Nase.

Ich zog scharf die Luft ein, als ich das ganze Ausmaß der Verletzung betrachtete. Es sah schlimmer aus, als es war. Die Wunde war nicht sehr tief und blutete nicht mehr, das war gut. Der Stoß hatte augenscheinlich eher der Abschreckung und Verteidigung gedient, nicht einem Angriff. Wobei es mir immer noch ein Rätsel war, wie ich das zustande gebracht hatte. So etwas hatte ich nicht mal beherrscht, als ich noch im Besitz all meiner Macht gewesen war. Doch das musste warten. Jetzt musste ich Xanthos heilen.

Ich rutschte näher an ihn heran und konnte es nicht verhindern, dass mein Blick über seine nackte Haut glitt. Seine Bauchmuskeln waren angespannt, obwohl er nicht mehr bei vollem Bewusstsein war. Die feinen Haare, die vom Bauchnabel aus in einer dünnen Linie bis unter den Bund seiner Hose führten, klebten nass auf seiner Haut. Ich streckte meine Finger nach ihm aus und er zuckte leicht zurück, als ich ihn an der Taille berührte. Er kochte. Das wiederum war nicht gut. Wir mussten uns beeilen. Ich hob das Bündel an und löste die Schnüre, um an alle Bestandteile heranzukommen.

»Rya, setz dich auf seine Beine. Er darf nicht so viel Bewegungsspielraum haben. Nick, du musst ihn gut festhalten. Trotz der Bewusstlosigkeit wird sein Körper darauf reagieren. Und er muss etwas flacher liegen.«

Beide kamen meiner Aufforderung nach. Mit ein paar geübten Handgriffen umschloss Nick Xanthos' Oberkörper und fixierte seine Arme. Nur der Kopf in seinem Schoß hatte noch Spiel, doch darum würde ich mich gleich kümmern. Fürs Erste zog ich aus dem Räucherbündel einen dünnen Stock aus Sandelholz, den ich Xanthos quer in den Mund steckte, damit er sich nicht auf die Zunge biss. Dann breitete ich den Rest der Materialien auf der Wunde aus. Sie war in etwa so groß wie meine beiden Handflächen und erstreckte sich vom Brustbein aus in alle Richtungen. Ich legte die Kristalle darauf, dann die restlichen Zweige, die Kräuter und Blüten, und ganz zum Schluss platzierte ich die Schnur obenauf. Sie war einst Teil meines Netzes gewesen, bis ich sie für diesen Zauber daraus entfernt hatte. Es steckte hoffentlich noch genug Magie darin, um den Schaden, den ich angerichtet hatte, zu beheben. Denn so lauteten die Regeln: Was von Magie zerstört wurde, vermochte auch nur Magie wieder richtig zu heilen. Wie gut, dass ich noch fertige Zauber-Vorräte aus der aktiven Zeit des Krieges hatte. Diese hatte ich immer wieder aufgestockt, für den Fall, dass akut etwas gebraucht wurde.

Das halb getrocknete Blut in der Wunde fing an zu zischen. Sobald die Kristalle und Pflanzenteile eine gewisse Temperatur überschritten, ging es los. Ich rutschte näher an Xanthos heran, neben seinen Kopf, der schlaff auf Nicks Schoß lag. Ich strich ihm die Haare aus der Stirn und seine Augenlider flackerten.

»Es wird alles gut.« Ich legte die Hände auf seine Wangen und schob die Finger in seinen Nacken. Mit den Daumen strich ich ihm über die Wangenknochen, dann packte ich etwas fester zu.

Keine Sekunde zu spät, denn im nächsten Moment verkrampfte er sich. Mit einem goldschimmernden Leuchten entfalteten die Steine auf Xanthos' Brust ihre Wirkung. Ein schwacher Windhauch glitt über uns hinweg, dann zerfielen die Kräuter und Blüten, lösten sich auf und wurden Teil des Fleisches um sie herum. Ihnen folgen die Edelsteine, dann der dünne Faden, bis von den Materialien nicht mehr als feines Pulver übrig blieb. Eine wabernde Masse formte und legte sich wie eine beschützende Decke über die offene Stelle. Das alles geschah nahezu lautlos, nur Xanthos' Keuchen war zu hören. Sein Körper bäumte sich auf, und wir hielten ihn mit vereinten Kräften zurück. Da erst kam mir in den Sinn, dass es vielleicht keine gute Idee war, die Hände, mit denen ich ihn so verletzt hatte, direkt an sein Gesicht zu pressen. Doch ich spürte kein magisches Prickeln unter der Haut und hoffte, dass es auch so bleiben würde, bis die Heilung abgeschlossen war.

Es dauerte nur ein paar Minuten, die sich wie Stunden anfühlten. Doch dann, endlich, trocknete und löste sich die magische Substanz auf seiner Brust auf und rieselte zu Boden. Darunter kam unversehrte Haut zum Vorschein, die zwar leicht gerötet, darüber hinaus aber vollkommen in Ordnung war. Es war endgültig vorbei, als Xanthos in Nicks Armen erschlaffte und reglos liegen blieb. Ich nahm ihm den Stock aus dem Mund und strich ihm erneut das Haar aus der Stirn. Er fühlte sich kühler an. Die verheilte Haut war ebenso normal temperiert, was ich als gutes Zeichen deutete.

»Ich hole ihm etwas Wasser. Er muss in den nächsten Stunden viel trinken.«

Rya hielt mich am Arm zurück, als ich aufstehen wollte. »Warte, lass mich das machen.« Wenige Sekunden später formte sich in der Luft eine Kugel aus reinem Wasser. Rya fixierte sie mit dem Blick und führte sie allein mit der Kraft ihrer Gedanken zu Xanthos' Mund. Erst benetzte sie seine leicht geöffneten, schön geschwungenen Lippen. Dann drang das Wasser in seinen Mund. Nick hielt Xanthos' Kopf, als dieser blinzelte und intuitiv ein paar Schlucke trank.

Rya lächelte stolz. Ihre Magie war nach ihrer zweiten Versteinerung zeitweise so schwach gewesen wie meine, doch im Gegensatz zu mir zeigte sich bei ihr eine Regeneration. Vermutlich lag es daran, dass ihre Magie angeboren war und durch ihre Adern floss, während meine nur ein temporäres Geschenk einer Göttin gewesen war.

»Es wird von Tag zu Tag einfacher«, sagte sie, als sie meinen Blick auffing. »Ich verdanke das dir. Ohne dein Geschenk wäre ich nicht hier.«

Anfangs hatte es Rya Schwierigkeiten bereitet, die vielen verschiedenen Kräfte in ihr zu kontrollieren. Doch das Wirken von Magie war ihr in die Wiege gelegt worden, und so fand sie schnell ihren Weg, um die neuen Kräfte auf ihre Weise anzuwenden. Neue Grenzen hatten sich aufgetan, in der Blutmagie beispielsweise, aber Rya trauerte nicht darum. Sie war froh, diese Form der Magie mitsamt den Erinnerungen daran hinter sich gelassen zu haben.

»Ich finde es cool, dass ein bisschen meiner Magie jetzt in dir steckt«, sagte ich. »Wenn ich sie schon nicht nutzen kann, dann zumindest jemand anderes.«

Rya nickte gedankenverloren. Gespräche wie diese hatten wir nicht erst einmal geführt. Sie schwankte zwischen Dankbarkeit und Reue, obwohl ich ihr immer wieder versicherte, dass sie mir nichts schuldig war. Jedes Mal, wenn ich sie lächeln sah, oder wenn ihre Augen vor Freude funkelten, fühlte ich nichts als Erleichterung darüber, dass ich ihr hatte helfen können. Meine einzige Sorge war, dass ich nicht wusste, ob ich das auch in Zukunft konnte.

Xanthos zitterte.

Ich stand auf, um eine Decke zu holen. »Ihr solltet ihn jetzt nach Hause bringen. Er muss sich ausschlafen und wieder zu Kräften kommen.«

Nick zog eine Augenbraue nach oben. »Wie sollen wir ihn in den Wagen bekommen? Er ist viel zu …«

»Wenn du jetzt fett sagst, haue ich dir eine rein«, knurrte Xanthos. Er hatte die Lider halb geöffnet. Die Wirkung des Tranks ließ wohl schon nach. Er musste einen sehr guten Stoffwechsel haben. Schwerfällig hob er die Hand und tastete seine Brust ab. »Ich bin rosa«, brummte er.

»Soll ich noch etwas Glitzer drüberstreuen?«

Xanthos blinzelte träge und sah zu mir auf. Er wirkte verwirrt, musterte mich genau, als sähe er mich zum ersten Mal. Ich klaubte die Decke vom Sofa und übergab sie Nick, der sie Xanthos um die Schultern legte. Letzterer konnte schon wieder allein sitzen. In wenigen Minuten würde er sicherlich allein zum Auto laufen können.

»Was ist mit der Feder?«, fragte er plötzlich. Wir anderen sahen uns an. Wir hatten total vergessen, worum es ursprünglich gegangen war.

»Wo ist sie überhaupt?«, wollte Nick wissen. Xanthos deutete in die Richtung des Netzes, von dem nichts mehr übrig war.

»Ich glaube, sie ist runtergefallen, als Ilena mich umbringen wollte.«

Nick eilte los, um die Feder zu finden.

»Fass sie nicht mit bloßen Händen an«, warnte ich ihn. »Wickel sie in irgendwas ein. In den Regalen müssten ein paar Stofffetzen herumliegen. Sofern sie nicht verbrannt sind.«

»In Ordnung.«

Rya stand auf. »Was genau ist passiert, als du die Feder berührt hast?«

»Zunächst gar nichts. Erst als ich auch gleichzeitig die Fäden angefasst habe, war da plötzlich eine Melodie, gespielt von einer Violine oder etwas Ähnlichem. Ich kenne das Stück nicht, es war wunderschön und traurig zugleich. Keine Ahnung, was das zu bedeuten hat. Die Feder könnte verzaubert oder verflucht sein, ähnlich wie damals deine Phiole. Nur …« Ich schluckte schwer. Rya legte mir eine Hand auf den Arm und drückte sanft zu.

»Du kannst es nicht spüren.«

Nickend wandte ich den Blick ab. »Ich bin keine große Hilfe, oder?«

»Du hast getan, was du konntest, und das zählt.«

»Habt ihr denn gar nichts bemerkt, als ihr die Feder berührt habt?«, fragte ich. Rya verneinte.

Xanthos sah auf seine Hände hinab. »Ich hab sie nicht angefasst, wenn überhaupt, dann nur mit den Knöcheln gestreift.«

Nick kehrte zurück, er schob sich die Feder, die er in ein rotes Stück Stoff gewickelt hatte, wieder in die Jacke.

»Niemand, der die Feder bisher in den Fingern hatte, hat etwas wahrgenommen. Das waren zwei Krieger, Rya und ich.« Er warf mir einen entschuldigenden Blick zu. »Bist du sicher, dass diese Reaktion etwas mit der Feder zu tun hatte? Oder könnte es auch sein, dass das von dir kam?«

»Nick«, zischte Rya, doch ich hob die Hand und ließ nicht zu, dass sie ihn tadelte.

»Er könnte recht haben«, sagte ich. »Vielleicht war die Feder schuld, vielleicht auch meine eigene Magie. So etwas ist mir vorher noch nie passiert. Wir sollten die *Mageía Mésa* um Hilfe bitten.«

Xanthos erhob sich. »Dann mal los.«

»Du gehst heute nirgendwo mehr hin«, erwiderte ich. »Dich will ich frühestens morgen Mittag wieder sehen, dann können wir zusammen Nephele besuchen.«

»Es geht mir gut«, murrte er und schmiss die Decke weg. Das Spiel seiner definierten Muskeln zog meinen Blick sofort auf sich. Bei Hekate, diese Krieger waren wirklich schön anzusehen. Selbst verschwitzt und mit fiebrig glänzenden Augen wirkte Xanthos anziehend. Wenn da nicht dieser Ausdruck völliger Selbstüberschätzung gewesen wäre.

»Du siehst schrecklich aus«, sagte ich und wandte den Blick ab. Er sollte mir nicht am Gesicht ablesen, dass das eine Lüge war. »In dem Zustand schmeißt die *Ischyró Mágo* dich sofort wieder raus. Geh nach Hause und schlaf dich aus. Morgen sehen wir weiter.«

»Aber ...«

»Xanthos«, sagte Rya ruhig und tatsächlich verstummte er. »Bitte, geh mit Nick nach Hause.«

Nick legte den Kopf schief und musterte seine Freundin fragend. »Und was hast du vor?«

Sie legte ihm einen Arm um die Hüfte und gab ihm einen Kuss auf die Nase. »Ich werde noch etwas hierbleiben und Ilena beim Aufräumen helfen.«

»Das ist nicht nötig«, warf ich ein.

»Doch, ist es. Das letzte Mal habe ich mich vor dem Saubermachen aus dem Staub gemacht. Lass es mich jetzt nachholen.«

Ich sah mich in dem Raum um. Etwas Hilfe würde nicht schaden. »In Ordnung.«

Rya lächelte und stellte sich auf die Zehenspitzen, um Nick einen Abschiedskuss zu geben. »Holst du mich später wieder ab?«

»Natürlich«, antwortete er und strich ihr mit den Fingern über die Wange.

»Je schneller wir anfangen, desto eher könnt ihr euch nachher ein Zimmer nehmen«, sagte ich schmunzelnd. Ich wandte mich ab, um den beiden einen Moment lang so etwas wie Privatsphäre zu geben, und fand mich vor Xanthos' Brust wieder. Aus dieser Nähe roch ich seinen Schweiß, und den Duft der Kräuter und Pflanzen, die bei dem Zauber zum Einsatz gekommen waren. Er steckte die Hände in die Hosentaschen und fixierte mich. Ich konzentrierte mich auf seine Augen, damit mein Blick und meine Gedanken nicht zu anderen Dingen wanderten.

Er mochte nach außen hin so tun, als fühle er sich blendend, seine Augen verrieten mir etwas anderes.

»Nimm die Decke mit«, sagte ich. Seine Lider verengten sich minimal und wir lieferten uns ein Blickduell. Mit einem Knurren gab er ein paar Herzschläge später auf, bückte sich nach der Decke und schlang sie um seine Schultern. Zufrieden sah ich ihm hinterher, als er sich Nick schnappte und die beiden das Haus verließen.

Rya und ich blieben in der Stille zurück. Ich atmete auf und betrachtete zum ersten Mal das Durcheinander in meinem Wohnzimmer. Mittlerweile roch es wieder frisch, aber die verkohlten Überreste des Netzes sowie die überall verstreuten Ascheflocken zeugten eindeutig von dem … Zwischenfall.

»Ich weiß, wie es dir geht. Glaube ich.« Rya trat neben mich. »Als ich damals auf der Polizeistation den Mann versteinert habe … Das war ein Schock. Und du hast vorhin genau so ausgesehen, wie ich mich damals gefühlt habe.«

»Ich sollte das nicht können. So etwas steht nicht in meiner Macht. Zumal ich … zumal ich nie jemanden mit meiner Magie verletzen wollte. Im schlimmsten Fall hätte er sterben können.«

»Dann wäre er wiederauferstanden, nur um es dir heimzuzahlen«, sagte Rya und lächelte schief.

»Ja«, antwortete ich leise. »Vielleicht.«

Stille. Jene Stille, in der man die Worte, die gerade sorgfältig gewählt wurden, schon spürte, ehe sie ausgesprochen waren. Rya atmete einmal tief ein, dann sagte sie endlich, was ihr auf der Seele brannte.

»Es tut mir leid, dass du das meinetwegen durchmachen musst.«

Ich stemmte die Hände in die Hüften. »Wie oft haben wir das schon durchgekaut? Zehn Mal? Hundert Mal? Du musst dich nicht entschuldigen. Meine Magie, meine Entscheidung.« Bei Hekate, jetzt eiferte ich schon dem Wortlaut eines Kriegers nach.

»Wir werden es vermutlich noch tausend Mal besprechen müssen, ehe ich es dir glaube. Und bis du verstanden hast, wie dankbar ich dir bin.«

Ich rollte mit den Augen. »Ich habe es verstanden. Nur du stellst dich stur«, brummte ich. »Können wir jetzt aufräumen?«

Sie nickte. Dann breitete sie die Arme aus und drückte mich kurz an sich. »Du bist die beste Freundin, die ich je hatte«, sagte sie.

»Ich bin auch die einzige Freundin, die du je hattest«, ergänzte ich und erwiderte die Geste. Sie schob mich von sich und stöhnte.

»Du bist echt anstrengend.«

»Du auch.«

»Sollen wir loslegen?«

Viel konnten wir nicht mehr retten. Die Fäden meines Netzes waren vollständig verkohlt oder verbrannt, der Rest der Materialien bis auf ein paar der Edelsteine ebenfalls. Wir klaubten alles noch Brauchbare zusammen, den Rest packten wir in eine Pappkiste. Bei Gelegenheit würde ich die Überreste verbrennen und versuchen, noch etwas Magie daraus hervorzuziehen, auch wenn es sicherlich schwierig werden würde. Es einfach wegzuschmeißen brachte ich nicht über mich.

Die noch intakten Steine reinigten wir mit Wasser und einem Schwamm und stellten sie dann zu den anderen ins Regal. Der Teppichboden, der unter dem Netz gelegen hatte, war nicht mehr zu retten. An einer Stelle war er vollständig verkohlt, an anderen schwer angesengt. Ich würde ihn rausreißen und neu verlegen lassen müssen. Mit einem Fingerschnippen war es nicht mehr getan.

Es klingelte an der Tür.

»Das wird Nick sein«, meinte Rya und ihre Augen strahlten vor Vorfreude.

Ich schob sie sanft in Richtung Tür. »Fahrt nach Hause, den Rest schaffe ich schon.«

»Bist du dir ganz sicher?«

»Ja.«

»Und bleibt es dabei, dass du die *Mageía Mésa* aufsuchen willst?«

»Noch mal Ja.«

»Okay. Dann sehen wir uns morgen. Wann sollen wir vorbeikommen?«

»Wenn ihr irgendwas mit Koffein mitbringt, ist mir die Uhrzeit egal. Und denkt an die Feder.«

»Geht klar.«

Ich öffnete die Haustür, winkte Nick nur kurz zu, ehe ich ihm Rya in die Arme drückte. »Pass gut auf sie auf«, warnte ich ihn und schmiss die Tür zu. Die beiden lachten leise, als sie sich entfernten.

Ich lehnte meine Stirn gegen das Holz. Ein paar Sekunden verharrte ich dort, ehe ich die Stille nicht mehr aushielt. Im Wohnzimmer ließ ich mich in die Kissen fallen.

Was, bei allen Göttern, war heute hier geschehen? Es musste eine logische Erklärung geben. Die gab es immer. Selbst in einer Welt, in der Magie existierte. Nur würde ich sie mit Sicherheit nicht allein finden. Aber mit der Suche anfangen, das konnte ich auch allein.

Ehe es mir zu gemütlich wurde, stemmte ich mich hoch. Ich nahm mir die Kiste mit den kläglichen Überresten meines magischen Netzes und ging in den ersten Stock. Auf der anderen Seite des Flurs öffnete ich die Tür, die zu meinem Arbeitszimmer führte. Wobei ich den Raum viel lieber als Bibliothek bezeichnete, obwohl er mit einer solchen nicht viel gemeinsam hatte, außer dass sich in jeder Ecke, auf jedem Regalfach und auch auf den Fensterbrettern Bücher, Folianten und Papyrusrollen stapelten. Hier lag alles kreuz und quer – Fachliteratur, Belletristik, Comics und was die Buchhandlungen meines Vertrauens noch so auf Lager hatten. Einen Teil des Bestandes dürfte es allerdings eigentlich gar nicht geben. Zumindest nicht in meiner Wohnung … aber wenn die *Mageía Mésa* so schlecht auf ihre Unterlagen achteten, riefen sie doch quasi dazu auf, dass man sich diverse Dokumente *auslieh*. Ich würde jedes einzelne Blatt Papier zurück an Ort und Stelle bringen, sobald ich es studiert hatte. Angesichts der noch ausstehenden Berge ein langwieriges Unterfangen, doch es gab fast nichts Schöneres, als sich zwischen den Buchstaben zu verkriechen.

Ich stellte die Kiste unter den Schreibtisch. In einer ruhigen Minute würde ich die Sachen sichten, und dann noch mal überlegen, was ich damit machen sollte. Mein Blick glitt über die Regale. Ein paar der hier verstauten Bücher handelten von mystischen Wesen, vielleicht war eines davon hilfreich. Ich suchte sie zusammen und packte sie auf einen Stapel auf dem Tisch. Einige Titel waren mit Zaubersprüchen belegt, sodass nur eine *Mágissa* sie würde öffnen können. Hoffentlich reichte meine Macht aus, um diese Hürde zu überwinden.

Ich vermied es, die Tür zum Nebenraum zu betrachten. Zu viel Schmerz lauerte dahinter, zu viele Erinnerungen. Selbst nach all den Jahren bildete ich mir ein, dass sie jeden Moment unter dem Türspalt hindurchsickern könnten.

Um mich abzulenken, griff ich nach dem ersten Buch und blätterte darin herum. Wesen aller Arten und Herkunftsorte waren auf die Seiten gebannt worden, manche so realistisch, dass ich fürchtete, sie würden mir gleich entgegenspringen. Die *Ischyró Mágo* behauptete immer, dass außer den Gorgonen keine Kreaturen aus der alten Welt, wie sie es nannte, in der heutigen Zeit noch existierten. Sie waren allesamt vernichtet worden. Angeblich. Doch wer konnte schon sagen, ob sich nicht doch etwas in den Schatten verbarg, die es überall auf der Welt gab? Wieso sollten wir die einzigen verbliebenen Träger eines mythischen Erbes sein? Das war anmaßend. Arrogant. Und die Feder möglicherweise ein erster Kratzer in unserem Ego.

Denn auch wenn ich nicht viel hatte spüren können, so war ich mir sicher, dass diese Feder zu etwas Lebendigem gehörte und nicht künstlich erschaffen worden war. Und die Tatsache, dass ich diese Musik gehört und mir bis dahin ungeahnte Kräfte entwickelt hatte, sprach ebenfalls dafür, dass es nichts Stinknormales war.

Eine gute Stunde überflog ich die Seiten der Bücher, die ich zu meiner Freude alle öffnen konnte. Ein paar geflügelte Wesen stachen mir ins Auge und ich notierte sie auf einem Blatt Papier. Bei keinem waren die Federn derart gefärbt wie bei dem Exemplar, das die anderen mir gebracht hatten. Das mochte jedoch eine neuere Erscheinung sein und deswegen sortierte ich zunächst nichts aus, was von der Körpergröße her passte. Die Liste würde ich mit zu den *Mageía Mésa* nehmen und sie dazu befragen.

Meine Augen brannten, und als ich mir mit dem Ärmel meines Pullovers übers Gesicht wischte, musste ich husten, als der Gestank von Rauch mir in Nase und Rachen stieg. Als hätte ich den Abend in einer übelsten Spelunke verbracht, in der allerhand gequalmt wurde und dazu noch ein Kaminfeuer brannte. Widerlich.

Zum zweiten Mal innerhalb eines Tages ließ ich mir ein Bad ein. Während das Wasser die Wanne füllte, schälte ich mich aus den Klamotten und stopfte sie in den Wäschekorb. Den hatte ich früher nie gebraucht, jetzt suchte ich ab und an einen Waschsalon auf, damit ich mir nicht alle paar Tage neue Klamotten kaufen musste.

Haushalt.

Das Wort hatte es in meinem Sprachgebrauch lange nicht gegeben. Nun war es eines, das ich leise fluchte, wenn ich die dazugehörigen Arbeiten erledigte. Mehr schlecht als recht, aber es reichte. Sobald ich die Kontrolle über meine Magie zurückhatte, würde sich das ändern.

Wenn.

Falls.

Während das Wasser rauschend in die Wanne floss, betrachtete ich erneut meine Hände. Ich rieb die Fingerspitzen aneinander und versuchte, mich an das Gefühl zu erinnern, wenn die prickelnde Magie durch sie floss. Jene Magie, die mir vertraut war, nicht diese unbändige Macht, die heute durch meine Adern geflossen war. Doch es fiel mir schwer. Wie das Atmen, war das Wirken meiner Gabe ein Reflex gewesen, auf den ich nicht weiter geachtet hatte. Etwas, was ich beherrschte, ohne darüber nachzudenken. Und heute half mir keinerlei Grübeln dabei, wieder einen Funken Magie aus mir zu locken.

Hoffentlich hatte Hekate recht. Hoffentlich würde ich mich erneut anpassen können.

Ich sah aus dem Badfenster nach draußen. Der Mond, eines ihrer Wahrzeichen, hing strahlend hell am Nachthimmel, nur ein kleiner

Teil hing noch im Erdschatten. Noch deutete nichts darauf hin, dass er uns in knapp drei Wochen, am Jahrestag der Gründung Laginas, ein Schauspiel liefern würde. Er würde sich in den Super-Blau-Blutmond verwandeln. Dahinter steckte eine Mondfinsternis, gepaart mit einem Supermond und dem zweiten Vollmond in einem Monat. Jedes für sich waren diese Spektakel nicht selten, aber diese Kombination an genau diesem Tag – das gab es nur ein Mal in einem Jahrtausend.

Ich öffnete das Fenster und ließ das Licht herein, in der Hoffnung, dass seine Magie ein wenig auf mich abfärbte.

Nachdem ich allerlei Steine, Blätter und Badesalze im Wasser versenkt hatte, ließ ich mich hineingleiten. Vermutlich würde ich acht Mal am Tag baden können, ohne dass ich dessen überdrüssig wurde.

Seufzend ließ ich mich treiben und wusch mir den Gestank vom Körper. Ich rieb mir über die Arme, die Schultern, die …

Mein Blick fiel auf meine Brust. Genauer gesagt, das Tattoo.

Die Farbe der Motte hatte sich verändert.

KAPITEL 5

So gut es ging, stützte ich mich mit beiden Händen am Wannenrand ab und drückte mich hoch.

Auch die freie Sicht auf die Motte änderte nichts an der Tatsache, dass deren Farbe gewechselt hatte. Es war keine optische Täuschung, keine Verzerrung durch das Wasser oder die Badezusätze.

Die Flügel der Motte waren nicht mehr lavendelfarben, sie strahlten nun in einem dunklen Kupferton. Wunderschön, und ebenso beängstigend. So schnell wie möglich, aber langsam genug, um nicht vornüber auszurutschen, stieg ich aus der Wanne und lief ins Schlafzimmer, eine Spur aus Tropfen hinterlassend. Ich stellte mich vor den Wandspiegel und betrachtete das Tattoo in Gänze. Es hatte sich wahrhaftig verfärbt. Mein Brustkorb bebte, als mein Puls sich beschleunigte. Das war nicht gut. Das war ganz und gar nicht gut. Ich strich mir die nassen Strähnen aus der Stirn und atmete tief ein und aus, bis ich nicht mehr das Gefühl hatte, mein Herz würde mir gleich durch die Rippen springen.

Mit zitternden Fingern tastete ich das Bild unter meiner Haut ab. Es fühlte sich an wie immer, nicht mehr oder weniger erhaben. Mit dem Daumen rieb ich etwas fester über eine Stelle, doch auch das änderte nichts an der Farbe oder Beschaffenheit. Die Mondsichel und der Kristall waren wie zuvor, ebenso die Musterung der Motte. Nur die Färbung nicht.

Ich betrachtete mein Spiegelbild.

»Was hast du jetzt schon wieder angestellt?«

Die Nacht war reine Folter. Meine Gedanken waren ein pulsierendes Wirrwarr, das mich immer wieder aus dem Schlaf riss, wenn ich gerade dabei war, wegzudämmern. Jedes Mal wurde ich mit hämmerndem Herzen und rasselndem Atem zurück in die Realität geholt und fuhr hoch. Jedes Mal fluchte ich laut, schlug auf mein Kissen ein und ließ mich auf die Matratze sinken. Doch das Spiel wiederholte sich, bis ich einsah, dass ich nicht würde gewinnen können.

Mit brennenden Augen und fürchterlichen Kopfschmerzen trat ich den Rückzug ins Wohnzimmer an. Ich entzündete ein paar Kerzen und machte es mir mit einem Buch aus meinem Arbeitszimmer auf den Kissen gemütlich. Die Zeilen flogen an mir vorbei, ohne dass ich ihren Sinn verstand, doch mein Geist war beschäftigt und verhielt sich still. Von all den Informationen überschüttet, gönnte er mir einen Moment Ruhe, und zum Morgengrauen hin kam ich zu etwas Schlaf.

Als auch der jäh durch ein Klingeln unterbrochen wurde, stand ich entnervt auf. Ich war eine wandelnde Katastrophe auf zwei Beinen. Dass ich auch so aussehen musste, zeigte mir Ryas Reaktion, als ich die Tür öffnete.

Sie riss die Augen auf und ihr wären fast zwei Kaffeebecher aus der Hand gefallen. »Was ist denn mit dir passiert?«

Erst da entdeckte ich Nick und Xanthos. Meine Sicht war verschwommen und erst nach mehrmaligem Blinzeln konnte ich sie vom Hintergrund unterscheiden. Silberne Stickereien auf ihren dunkelblauen Pullovern funkelten im fahlen Licht des anbrechenden Tages. Zu genau wollte ich gar nicht hinsehen, denn Xanthos zog eine Augenbraue hoch, während Nicks Ausdruck irgendwo zwischen Mitleid und Belustigung lag. Für einen Schlagabtausch fehlte mir die Energie. Die beiden Krieger sagten irgendetwas, ich blendete es aus. Mein Hirn hatte noch nicht so viele Kapazitäten frei.

Ich schüttelte den Kopf, gähnte und winkte sie herein. Der Duft von Kaffee umwehte Rya und mein Magen grummelte. Lächelnd hielt sie mir einen der Becher entgegen und ich nahm ihn mit einem Grunzen an mich.

»Danke.« Schlurfend lief ich ins Wohnzimmer voraus. Ich nahm einen Schluck aus dem Becher und – bei den Göttern – Koffein war das Ambrosia der Menschheit. Der Kaffee war schwarz und stark, und ich fühlte mich nicht mehr ganz so tot. »Danke«, sagte ich erneut, diesmal mit mehr Kraft in der Stimme.

Plötzlich war Xanthos neben mir. Er griff nach meinem Kinn und klemmte es zwischen seinem Daumen und Zeigefinger ein. Mit sanftem, aber unnachgiebigem Druck brachte er mich dazu, ihn anzusehen.

»Was ist los?«

Ich zog den Kopf zurück. Nur widerwillig ließ er mich los, das Blau seiner Iriden strahlte vor Kälte. »Nichts, worum du dir Sorgen machen müsstest«, erwiderte ich. »Sag mir lieber, wie es dir geht.«

»Gut«, murmelte er und sah mich an, als hätte ich ihm etwas getan. So eine Reaktion hätte ich gestern erwartet. Aber heute? Ich schüttelte den Kopf.

Wortlos übergab er mir ein zusammengelegtes Kleidungsstück. Es war dasselbe, was die drei trugen. Das Oberteil gehörte zu der Ausrüstung des Perseus-Ordens, es schützte den Träger vor Waffenangriffen und überzog ihn gleichzeitig mit einem magischen Schleier, der ihn vor den Augen anderer Menschen versteckte. Ein Relikt aus Kriegszeiten, die doch noch nicht hinter uns zu liegen schienen. Ich nahm das Bündel entgegen.

»Hilfst du mir beim Umziehen, Rya?«

Sie betrachtete mich skeptisch, dann ging ihr auf, was ich von ihr wollte. Sie nickte und folgte mir nach oben in mein Schlafzimmer. Während ich die Tür hinter uns schloss, setzte sie sich auf mein Bett.

»Geht es Xanthos wirklich gut?«, fragte ich und stellte den Kaffeebecher auf die Kommode.

»Ja. Er hat die ganze Nacht geschlafen wie ein Stein. Aber das ist nicht das, weshalb du mich hierhaben wolltest, oder?«

»Nein.« Ich zog mir erst meinen Pullover, dann mein T-Shirt über den Kopf und warf beides auf einen Stuhl neben dem Bett. »Es geht um das hier.« Ich deutete auf mein Tattoo, das man trotz des BHs gut sah.

Rya musterte es interessiert. Sie wollte etwas sagen, doch dann hielt sie inne. Ein trauriger Ausdruck lag auf ihrem Gesicht und ich wusste genau, woher dieser rührte. Ich biss mir auf die Lippe, weil ich nicht wusste, was ich sagen sollte. Rya vermisste Amaris sehr und mein Tattoo erinnerte sie daran, dass sie nicht mehr da war.

Rya rang sich ein Lächeln ab. »Es ist wirklich schön. Oder sie? Oder er?«

Ich winkte ab. »Die Motte kann nicht lebendig werden. Es ist nur ein Tattoo. Ein magisches zwar, aber nichts im Vergleich zu euren. Das Problem ist nur … die Farbe hat sich verändert.«

»Oh. Wann? Gestern?«

Ich nickte. »Das ist kein Zufall, oder? Könnte es eine andere Erklärung geben?«

Rya legte den Kopf schief, betrachtete die Motte. »Amaris und die anderen Schlangen haben ihre Farbe gewechselt, wenn wir sehr starke Emotionen hatten. Das war immer nur vorübergehend. Ansonsten hatten sie die Farbe, die am ehesten zu uns passte. Fühlst du dich seit gestern anders?«

»Nein. Ich meine, ich bin leicht verwirrt wegen dieser ganzen Sache mit der Feder, aber grundsätzlich fühle ich mich nicht besser oder schlechter als sonst.«

»Welche Farbe hatte sie vorher?«

»Lavendel.«

»Passt zu dir. Kupfer irgendwie auch.«

»Okay. Danke.«

»Ich war ja nicht wirklich eine Hilfe.«

»Du hast mir zugehört, das …«

Die Tür wurde aufgerissen und Xanthos stürmte herein. Hinter ihm eilte Nick ins Zimmer und versuchte, ihn am Arm zurückzuhalten. Doch vergeblich, der Krieger war zu sehr in Rage, um darauf zu achten. Zielsicher deutete er mit dem Finger auf mich, als ich herumwirbelte. Rya sprang auf und stellte sich neben mich, als er zu zetern anfing.

»Hör zu, ich habe keine Lust mehr auf diese Spielchen. Wenn etwas passiert ist, will ich es wissen«, donnerte er. »Ich habe genug von Lügen und …«

Sein Blick fiel auf mein Dekolleté. Er stockte, ließ den Arm aber nicht sinken. Nick sah Hilfe suchend zu Rya neben mir.

»Raus hier«, zischte ich. Ich schämte mich nicht, aber ich konnte es nicht ausstehen, wenn jemand Grenzen nicht respektierte.

»Was ist los?«, fragte Xanthos, seine Stimme rau vor unterdrückter Wut und noch etwas anderem, was seine Augen dunkel werden ließ. Rya schob sich vor mich, Nick stellte sich Xanthos in den Weg.

»Wir sollten in Ruhe darüber reden, Xanthos.«

Dessen Blick bohrte sich in den von Nick. »Weißt du auch Bescheid?« Wir alle hörten sie, die unterschwellige Drohung, die in diesen Worten mitschwang. Nicks Schultern versteiften sich, er reckte das Kinn. Die beiden ehemaligen Krieger standen sich gegenüber, fast Nase an Nase, die Spannung in der Luft war kurz vor dem Zerreißen.

»Lass uns runtergehen«, bat Nick, hörbar um einen ruhigen Ton bemüht. Doch Xanthos schnaubte nur. Was bitte passte ihm nun denn nicht? Ich hatte wirklich geglaubt, dass er sich geändert hatte und nicht mehr der impulsive Berserker von früher war.

Ich atmete tief durch. »Ich sage es nur noch ein Mal. Raus hier.« Xanthos trat einen Schritt zur Seite, seine Kiefermuskeln zuckten vor Anspannung. Über Nicks Schulter hinweg warf er mir einen bittenden Blick zu. Hitze wallte in mir auf, als meine Wut zu kochen begann. Rya drehte sich erschrocken zu mir um. Sie riss die Augen auf.

»Xanthos, verschwinde!«, befahl sie ihm. »Ilena, du musst dich beruhigen!«

»*Ich* soll mich beruhigen?«, keifte ich. »Er ist doch hier reingestürmt und …«

Rya packte mich am Arm. »Du musst dich beruhigen.«

Ich wollte widersprechen und mich aufregen, als ich es bemerkte. Das Kribbeln in meinen Fingern, das heiße Prickeln in meinen Handflächen. Ich sah hinunter. Oh, verdammt. In meinen Händen bildeten sich helle Lichtflecken, die mich blendeten. Sie wuchsen stetig an, ich spürte ihren Puls auf meiner Haut. Schweiß bildete sich in meinem Nacken. Die Magie entzog sich meiner Kontrolle. Xanthos bemerkte es. Er wollte Nick zur Seite drücken, doch sowohl Rya als auch Nick stellten sich ihm erneut in den Weg.

»Ich will ihr helfen«, zischte Xanthos.

Die Lichtkugeln in meinen Händen wuchsen immer weiter an. Lange würde ich sie nicht mehr halten können.

»Ihr solltet alle gehen«, krächzte ich. »Jetzt.« Nick und Rya zögerten nicht lange, sie schoben Xanthos, der endlich nachgab, aus dem

Zimmer. Ihre Schritte auf der Treppe verhallten, während das Schlagen meines Herzens immer lauter wurde. Ich schloss die Augen, suchte nach innerer Ruhe, doch da war nichts.

Ich stieß einen Laut der Verzweiflung aus, als ich die Magie nicht mehr halten konnte. Ich richtete meine Hände auf das Fenster und das Licht explodierte. Licht, Feuer und Funken sprühten aus meinen Fingerspitzen hervor und schossen auf das Glas zu. Die Fensterscheibe zersprang, der Vorhang fing Feuer. Von dem Rückstoß schwankte ich und konnte mich noch am Bett festhalten, ehe ich hintenübergekippt wäre. Sobald die Magie frei war, erlosch das Prickeln meiner Finger. Dafür brannte der Vorhang lichterloh. Ich stolperte, als ich zur Tür rannte. Rya kam mir bereits auf der Treppe entgegen und stürmte an mir vorbei in mein Zimmer. Blinzelnd hielt ich inne, dann machte ich auf dem Absatz kehrt und lief ihr hinterher. Der Rauch quoll bereits aus dem Zimmer hervor, ich hielt mir eine Hand vor den Mund.

Rya hingegen stellte sich dem Feuer breitbeinig entgegen und hob die Arme. Aus dem Badezimmer war ein Knacken zu hören, dann ein metallisches Scheppern, als wäre etwas Großes auf den Boden gefallen. Dann rauschte es.

Im nächsten Augenblick strömte das Wasser auf uns zu. Nein. Es flog. Ich duckte mich gerade noch rechtzeitig, als es auch schon über mich hinwegsauste, sich in Ryas Rücken teilte, nur um dann auf der anderen Seite wieder zusammenzulaufen und auf das Feuer einzuprasseln. Die Flammen kämpften, wehrten sich gegen den Feind, doch dann gaben sie sich mit einem Zischen geschlagen. Als Rya die Arme sinken ließ, blieben nur noch qualmende Fetzen des Vorhangs zurück. Auch Teile der Tapete und des Bodens waren angekokelt, ohne Rya hätte es weitaus schlimmer geendet. Rauch, Qualm und Asche waberten durch die Luft und durch das zerstörte Fenster hinaus in den Garten.

Im Bad plätscherte das Wasser weiter munter vor sich hin.

»Nicht schon wieder«, murmelte ich. Dann setzte die Erleichterung ein und ich musste lachen. So sehr, dass ich mir den Bauch hielt und nicht mehr stehen konnte. Ich lehnte mich an den Türrahmen, ließ mich daran herabgleiten und lachte aus vollem Hals. Rya, die zunächst nicht wusste, wie sie reagieren sollte, stieg letzten

Endes doch mit ein. Es überraschte mich zunächst, dass die Männer sich nicht blicken ließen, doch ich hätte mich vermutlich auch von zwei möglicherweise verrückten, zumindest teilweise magisch begabten Frauen ferngehalten.

Rya rang nach Atem, als das Gelächter verklang. »Ich bringe es sofort in Ordnung.« Sie verließ das Schlafzimmer, um ins Bad zu gehen. Auf dem Weg dahin rief sie nach Nick, vermutlich weil er bereits beim letzten Unfall Erfahrungen in Sachen Handwerkskunst gesammelt hatte. Anfangs war er keine große Hilfe gewesen, aber mit der Zeit hatte er den Dreh rausbekommen. Der Krieger erschien auf der Treppe und zog die Brauen nach oben, als er mich auf dem Boden sitzen sah.

»Alles in Ordnung?«

»Ja, jetzt wieder. Wo ist Xanthos?«

»Ich habe ihn rausgeschickt. Er soll erst mal eine Runde um den Block rennen und sich abreagieren.«

»Was ist los mit ihm?«

Nick seufzte und warf einen Blick zum Bad, in dem man Rya herumwuseln hörte. »Später, okay? Ich will ihr erst mal helfen. Sonst steht nachher wieder alles unter Wasser. Du solltest dich in der Zwischenzeit umziehen.«

Oh, richtig. Ich trug obenrum noch immer nichts außer meinen BH, und meine Hose stank nach Rauch und war mit Asche bedeckt. Großartig. Das Bad war gerade eine Tabuzone, also mussten frische Kleidung und eine Katzenwäsche in der Küche reichen.

Zum Glück war der Rauch nicht bis in meine Kommode vorgedrungen und ein paar der Klamotten rochen noch frisch, auch das Oberteil des Ordens war immun. Da es durch das offene Fenster zog, ging ich ins Wohnzimmer, um mich umzuziehen. Von Xanthos war weit und breit nichts zu sehen. Ob er überhaupt wiederkommen würde? Nachdem ich frische Kleidung angezogen und mein Gesicht mit Wasser gereinigt hatte, schnappte ich mir eine Rolle Paketklebeband und ein paar der Müllbeutel unter meiner Spüle. Auch eine Schere schob ich in meinen Hosenbund und damit bewaffnet ging ich ins Schlafzimmer. Rya und Nick hantierten immer noch im Bad, offensichtlich war der Schaden dieses Mal doch etwas komplizierter. Ich wusste es besser, als mich einzumischen, also machte ich mich an der anderen Baustelle ans Werk. Mein Ziel war es, das Fenster notdürftig mit dem Tape sowie den aufgeschnittenen Tüten zu überkleben, damit das Zimmer nicht Wind und Wetter ausgesetzt war. Mit nur zwei Händen war das allerdings ein schwieriges Unterfangen, außerdem war ich zu klein, um ohne Hilfe auch an den oberen Rahmen heranzukommen. Ein Stuhl musste her.

Mit der Schere im Mund und dem Tape in der einen, den Tüten in der anderen Hand mühte ich mich lautstark ab, als mir auf einmal eine dritte Hand zu Hilfe kam. Vor Schreck spuckte ich die Schere aus, die klappernd zu Boden viel.

»So wird das nichts«, brummte Xanthos, der nun ein T-Shirt trug, und nahm mir die Rolle Klebeband ab. Er brauchte keine Schere, er riss einfach mit reiner Körperkraft einen Streifen ab und platzierte ihn genau dort, wo ich ihn haben wollte. Verdammter Angeber.

»Gib her«, sagte er tonlos.

Ich händigte ihm die Tüten aus und er nickte zufrieden. Zwar kniff er kurz die Augen zusammen, als ich ihm dabei half, das Plastik über den Rahmen zu spannen, aber er sagte nichts weiter. So dauerte es nur ein paar Minuten, bis das Fenster provisorisch und weitestgehend luftdicht geflickt war. Minuten, in denen keiner von uns ein Wort sagte und die Spannung mit jeder Sekunde stieg. So stark, dass es mir im Nacken kribbelte, als wir unser Werk begutachteten. Xanthos fuhr mit den Fingern die Kanten nach und überprüfte ein letztes Mal, ob alles korrekt saß.

»Danke«, sagte ich, ehe ich es mir anders überlegte. Das hier war seine Art, sich zu entschuldigen und ich wollte ihm zeigen, dass ich sie akzeptierte.

Xanthos zuckte nur mit den Schultern. Von seiner Wut, seiner Rage war nichts mehr übrig. Als er sich umdrehte und aus dem Raum schritt, sah ich, dass der Stoff seines Shirts zwischen seinen Schulterblättern regelrecht auf der Haut klebte. Er hatte geschwitzt. Ich sprang ihm hinterher und hielt ihn am Oberteil zurück.

»Geht es dir gut?«, fragte ich ihn und zog am Stoff, bis er sich umdrehte. »Oder macht deine Verletzung Probleme?«

Ich ließ ihn los und er trat einen Schritt nach hinten. »Ich war joggen.« Mehr kam nicht aus ihm heraus und mir fiel keine passende Erwiderung ein. Xanthos ließ die Schultern hängen und steckte die Hände in die Hosentaschen.

»Es tut mir leid, dass ich so überreagiert habe und einfach reingeplatzt bin«, sagte er leise. »Das war unangebracht.«

»Was war los?«

»Das frage ich dich. Etwas stimmt nicht. Abgesehen von der Sache mit dem Feuer. Was ist es?« In seinen Augen lag keine Wut mehr, nur Sorge.

»Nichts Schlimmes«, erwiderte ich, obwohl ich mir selbst nicht sicher war. »Und bestimmt nicht schlimmer als dein Fluch«, schob ich hinterher. Ertappt wandte er den Blick ab, dann schüttelte er langsam den Kopf und lächelte bitter.

»Wir sollten gehen.« Er drehte sich um und ging ins Erdgeschoss. Ich folgte ihm schweigend, auch wenn das letzte Wort in dieser Sache noch nicht gesprochen war.

Rya und Nick erwarteten uns im Wohnzimmer, bereit zum Aufbruch. Beide warfen einen Blick zwischen Xanthos und mir hin und her. Der Krieger ignorierte sie, ich rollte mit den Augen.

»Lasst uns gehen«, sagte ich. »Bevor Xanthos mich wieder aufregt und ich mein Haus abfackele.«

Kalte eisblaue Augen blitzten mich reuevoll an. Oha, da hatte jemand keinen Humor mehr. Und ein schlechtes Gewissen? Ich hob entschuldigend die Arme, seufzte in Ryas Richtung und ging dann voraus zur Haustür.

»Du kannst hier parken«, wies ich Nick zwanzig Minuten später an. Er lenkte den schwarzen SUV auf den Schotterplatz mit den ausgewiesenen Parkplätzen. Diese gehörten zum botanischen Garten von Bellmont, mitten in der Stadt. So früh am Tag kamen unter der Woche zum Glück nicht viele Leute her und es war noch fast alles frei.

Der Kies knirschte unter meinen Schuhen, als ich aus dem Wagen ausstieg und die frische Luft in mich aufsog. Ich war schon einmal auf diesem Weg auf das Gelände gekommen. Damals hatte ich dieses Anwesen zum ersten Mal besucht und war noch nicht im Besitz meiner magischen Kräfte gewesen. Danach hatte ich mich ganz einfach herteleportieren können und auch Nephele hatte mich vorgestern auf magische Weise hergebracht.

»Von hier aus sind es noch fünf Minuten zu Fuß«, erklärte ich und lief vorneweg. Rya gesellte sich an meine Seite, während Nick und Xanthos in ein paar Metern Abstand hinter uns folgten.

»Wieso liegt der Unterschlupf der *Mageía Mésa* ausgerechnet hier?«, wollte Rya wissen. Sie sah sich aufmerksam in der Parkanlage um.

»In dieser Umgebung gibt es nicht so viel moderne Technik, die bei der Anwendung von Magie verrücktspielen könnte«, erklärte ich.

»Wieso leben sie dann nicht in den Wäldern, abseits einer Stadt?«

Ich warf Rya einen Seitenblick zu und konnte mir einen sarkastischen, aber liebevoll gemeinten Unterton in meiner nächsten Bemerkung nicht verkneifen. »Irgendjemand hat sie wohl gezwungen, ihren Lebensmittelpunkt hierherzuverlegen, in das Herz des Krieges.«

Rya wirkte verwirrt. Dann dämmerte es ihr. »Oh.«

»Richtig. Sie sind dem Krieg nach Bellmont gefolgt.«

»Und jetzt, da er vorbei ist? Könnten sie sich nicht anderswo niederlassen?«

Ich wiegte den Kopf hin und her. »So einfach ist das nicht. Sagt zumindest die *Ischyró Mágo*. Und solange nicht geklärt ist, welcher Aufgabe sich die *Mageía Mésa* als Nächstes widmen, wird keine von ihnen allein aufbrechen dürfen. Selbst die aussätzigen Magierinnen stehen unter andauernder Beobachtung.«

Rya nagte an ihrer Unterlippe und sah aus, als hätte sie ein schlechtes Gewissen. Ich stieß sie mit der Schulter an. »Das ist weder deine Schuld noch dein Problem. Hekate hat uns auf diesen Krieg angesetzt, sie wird sicherlich eine neue Aufgabe für uns finden. Und bis dahin wird niemand im Regen stehen gelassen, dafür wird Nephele sorgen.« Zumindest hoffte ich, dass sie ihre Idee mit dem Geist von Lagina weiterverfolgte und allen, die es wollten, eine Zuflucht bot.

»Ich hoffe, du hast recht.«

Hinter der nächsten Abbiegung kam das kleinere der beiden Gewächshäuser des botanischen Gartens zum Vorschein, dem Aussehen nach im letzten Jahrhundert gebaut. Weiße Metallstreben fassten riesige Fensterscheiben ein und verliehen dem Gebäude trotz seiner beeindruckenden Größe einen zierlichen Charakter, es wirkte luftig, hell und einladend. Im Inneren leuchteten unzählige Schattierungen von Grün, die ausgestellten Pflanzen stammten aus den unterschiedlichsten Ecken der Welt. Ein kleines Café lud zum Verweilen ein, während man die Natur vor und hinter dem Glas genoss.

Zumindest ließ man die Leute das glauben. Das ganze Gebäude war mittlerweile eine einzige Tarnung, alles bestand aus Trugbildern und ein Zauber hielt Menschen davon ab, diesem zu nah zu kommen. Die *Mageía Mésa* hatten das Gewächshaus, das ursprünglich wirklich zur Unterhaltung der Menschen errichtet und genutzt worden war, ausgehöhlt und für ihre Zwecke umgestaltet, weil es der einzige naturnahe Platz inmitten der Stadt war. Niemand außer den Magierinnen konnte hinter die Fassade blicken. Es war ein aufwendiger Zauber, den der Zirkel gemeinsam aufrechterhielt.

Je näher wir dem Gebäude kamen, desto unwohler fühlten sich meine Freunde. Sie verlangsamten ihre Schritte, sahen sich suchend um und Rya hielt sich den Bauch, als wäre ihr schlecht. Das waren die Nebenwirkungen des Zaubers.

»Wo genau müssen wir hin?«, fragte Xanthos, dessen Blick immer wieder Richtung Gewächshaus huschte und dann davon weg, als stoße ihn etwas daran ab. Ich nahm Rya an die Hand.

»Folgt mir.«

Ich führte meine Freunde zum Eingang, wo die nächste Hürde auf mich wartete. Einfach durch die Tür zu gehen war keine Option, die *Mageía Mésa* sicherten sich doppelt ab. Es bedurfte Magie, um in das Innere zu gelangen.

Mein Blick glitt über die gläserne Eingangstür und ich wurde immer nervöser. Ich wischte mir meine schweißnasse Hand an der Hose ab, mit der anderen hielt ich nach wie vor Rya fest. Sie schwitzte mehr als ich. Auch Nick und Xanthos atmeten schwer, während sich ihre Körper gegen den Zauber wehrten. Sie kannten Magie, in ihnen floss auch ein wenig davon, weswegen sie überhaupt erst bis hierhergekommen waren. Aber der Widerstand setzte ihnen zu, ich musste mich beeilen, bevor mir einer von ihnen vor die Füße kotzte.

Hektisch suchte ich die Glastür ab, das Zeichen für den Übergang wechselte öfter seine Position.

»Ich hab's!«, rief ich erleichtert. Links unten in der Ecke war ein Symbol eingeritzt, ein schematisch skizzierter Kristall und darauf ein Kreis mit einem Punkt in der Mitte.

Ich streckte die Hand aus. Kurz vor der Scheibe hielt ich inne. Funktionierte es bei mir überhaupt noch? Sollte ich das Kribbeln in den Fingern nicht jetzt schon spüren?

Wieder einmal griff ich nach meiner Kette. Wie oft würde mir das passieren, bis ich endlich begriff, dass sie nicht mehr da war? Schnaubend überbrückte ich die letzten Zentimeter. Ich legte die Spitze meines Zeigefingers auf den Kreis. Dann schloss ich die Augen und rief nach meiner Magie. Sie antwortete jedoch nicht mir, sondern der verzauberten Tür und das Mal auf meiner Stirn erwärmte sich. Von einem Kribbeln auf meiner Haut keine Spur.

Trotzdem gab die feste Struktur unter meinen Fingern nach. Wie die Oberfläche einer Seifenblase spannte sich nun eine wabernde und schillernde Materie zwischen den Streben. Sie reflektierte das Licht der Sonne und brach es in seine bunten Einzelteile. Ich trat zurück und grinste.

»Nach euch«, forderte ich die anderen auf. Niemand regte sich. Ich verschränkte Ryas Hand mit der von Nick, dann schob ich sie beide hindurch. Sobald sie auf der anderen Seite waren, sahen wir sie nicht mehr. Xanthos musterte den Durchgang argwöhnisch, es überraschte mich, wie klar er in dem Moment wirkte, auch wenn sein Blick sich noch immer nicht vollkommen auf das Gebäude fokussierte.

»Ich sollte hierbleiben und warten«, meinte er.

Ich zog die Stirn kraus. »Wieso?«

Seine Hand zuckte nach oben, doch er hielt sie zurück und drehte den Kopf weg. Er verschränkte die Arme vor der Brust. Ich machte einen Schritt auf ihn zu, blieb vor ihm stehen und imitierte seine Haltung. Mit dem Kinn deutete ich auf die helle Strähne, die seinen Haarschopf durchzog.

»Hast du Angst, dass dich noch mal jemand verflucht? Ich gebe dir einen Tipp: Halt einfach die Klappe, dann wird das nicht passieren.«

»Ich habe keine Angst.«

»Glaube ich dir nicht.«

»Ich lüge nicht.«

»Warum willst du dann nicht mitkommen?«

Xanthos betrachtete mich durchdringend. Erst meine Augen, dann meine Nase, meinen Mund, was mich zu meiner Überraschung schlucken ließ, und zum Schluss das Mal auf meiner Stirn. Kopfschüttelnd strich er sich mit einer Hand über den Nacken.

»Also gut«, lenkte er ein. »Lass uns gehen.« Mit einem triumphierenden Lächeln wandte ich mich ab und ging auf den Durchgang zu. Kurz bevor ich den schillernden Vorhang berührte, spürte ich Xanthos' Finger an meinem Handgelenk. Ich sah über meine Schulter.

»Wenn wir wieder zu Hause sind, müssen wir reden«, sagte Xanthos mit Nachdruck. Er wich meinem Blick aus, was mich verwunderte. Sonst bot er doch auch alles und jedem die Stirn. Ich drehte meine Hand und umfasste meinerseits sein Handgelenk. Meine Fingerspitzen berührten sich gerade so. Auf Xanthos' Gesicht spiegelte sich ein Hauch Erleichterung.

»Einverstanden.« Damit war die Absprache getroffen. Ich packte noch ein bisschen fester zu und zog den Krieger dann hinter mir her in den Unterschlupf der *Mageía Mésa*. Es kitzelte etwas, als der durchsichtige Schimmer meine Haut berührte und im Vorbeigehen darüberstrich. Unwillkürlich schmunzelte ich. Trotzdem bekam ich mit, wie sich Xanthos' Griff um mein Handgelenk verkrampfte, als er an der Reihe war. Er presste die Lippen zusammen, als er mit einem großen Schritt die Barriere überwand. Kaum war er auf der anderen Seite angekommen, ließ er mich los und steckte die Hände in die Hosentaschen.

Rya und Nick würdigten uns keines Blickes, als wir neben ihnen auftauchten.

Das hätte ich ebenfalls nicht, wenn ich das vor uns liegende Innere des Glashauses wie sie zum ersten Mal zu Gesicht bekäme. Ähnlich wie in meinem Haus stimmte auch hier nicht alles mit dem äußeren Erscheinungsbild überein. Statt Pflanzen, Bäumen und anderen grünen Kuriositäten, die man von außen gesehen hatte, erwartete uns im Inneren des Gebäudes ein riesiges Becken mit schwarzem Wasser, auf dessen Oberfläche tausend glitzernde Partikel zu schwimmen schienen. Nur ein schmaler Weg, der mit weißen Fliesen verziert war, führte rechts und links daran vorbei. Es erinnerte von seiner Gestaltung her an ein Hallenbad, nur dass die Luft hier nicht nach Chlor, sondern nach Magie roch, die in der Nase prickelte.

Und die Luft schimmerte in allen nur erdenklichen Farben. Die Fensterscheiben brachen das Licht in Regenbogen, die auf den Fliesen und dem Wasser widergespiegelt wurden. Sprenkel erfüllten den gesamten Raum, bedeckten uns und unsere Kleidung. Als hätten wir uns eine Farbpulver-Schlacht geliefert wie auf einem Holi-Farbenfestival.

»Wow«, entfuhr es Rya. Mit Erleichterung stellte ich fest, dass sowohl sie als auch die Männer wieder ganz bei Sinnen waren. Einmal drinnen, wirkte der Abschreckungszauber nicht mehr.

Rya stand mit offenem Mund da und betrachtete das Becken vor ihr. Wasser war ihr Element. Und dieses hier war etwas ganz Besonderes, es musste sie geradezu anziehen. Grüne Lichtflecken schwammen über ihr Gesicht, als sie sich niederkniete und die Hand nach dem Wasser ausstreckte.

»Das würde ich nicht tun«, warnte ich sie. Sie zuckte sofort zurück, Nick fasste sie erschrocken an der Schulter und zog sie an sich. Fragend sahen beide zu mir. »Dieser Raum ist Iris gewidmet, der Göttin des Regenbogens, die zwischen den Göttern und den Menschen vermittelt. Das Wasser stammt aus dem Fluss Styx, der die Menschenwelt mit dem Olymp und der Unterwelt verbindet. Er ist die Brücke zwischen den *Mageía Mésa* und Hekate. Solange wir das Wasser nicht berühren und nur mit guten Absichten dieses Gebäude betreten, wird uns nichts passieren.« In gebührendem Abstand lief ich den Weg am Rande des Beckens entlang. »Und an eurer Stelle würde ich nicht zu lange hineinsehen, auch wenn es bildhübsch ist und glitzert.«

Die Schritte der anderen hallten durch den Raum, als sie mir folgten. Ich ließ den Blick nach vorn gerichtet und hielt unwillkürlich den Atem an, bis ich das Becken umrundet hatte. Zwar war ich erst vor ein paar Tagen mit dem Styxwasser in Berührung gekommen, trotzdem wollte ich mein Glück nicht zu sehr herausfordern.

»*Mágissa* Ilena!« Eine Stimme dröhnte über unsere Köpfe hinweg und brachte das Wasser dazu, sich zu kräuseln. Ein unangenehmer Schauer lief meine Wirbelsäule hinunter und meine Muskeln zuckten. Ich drückte die Schultern durch und atmete tief ein. Rya, Nick und Xanthos sahen sich alarmiert um und rückten näher an mich heran. Die Sprecherin würden sie nicht finden, diese saß auf ihrem steinernen Thron und rief mich von dort aus. Mit einem vorwurfsvollen Ton in der Stimme. Der Boden schien vor Wut zu vibrieren. Wunderbar. Die *Ischyró Mágo* war in hervorragender Stimmung.

»Überlasst das Reden mir«, wies ich meine Freunde an, dann ging ich weiter zum anderen Ende der funkelnden Halle. Dort war eine Tür in das Glas eingelassen, dahinter war nichts zu sehen, nur buntes Licht. Ich drückte sie auf und trat hindurch. Der Tempel, in dem ich erst vorgestern vor dem Thron gestanden hatte, erstreckte sich vor uns. Ich hielt meinen Freunden die Tür auf und ließ sie passieren. Rya strich mir im Vorbeigehen über meinen Arm, um mich zu ermutigen. Ich rang mir ein halbwegs zuversichtliches Lächeln ab. Xanthos, der als Letzter durch die Tür trat, hatte die Brauen misstrauisch zusammengezogen.

Mágissa Nephele erwartete uns bereits. Mit hoch erhobenem Haupt und wachen Augen beobachtete sie jede unserer Bewegungen, als wir auf den Thron zuliefen. Das Becken vor ihr war leer und an den Seiten, zwischen den Säulen saßen und redeten an die zwanzig Magierinnen. Einige von ihnen kannte ich, andere sah ich zum ersten Mal. Sie hielten in ihren Bewegungen inne, flüsterten leise weiter, als wir sie passierten, und warteten auf einen Befehl der *Ischyró Mágo*. Diese schickte sie allerdings nicht weg, wie ich erwartet hätte, sondern bat mit einer Handbewegung lediglich um Ruhe. Publikum. Großartig. Die Magie kitzelte mich im Nacken. Normalerweise hätte ich es genossen, gerade machte es mich eher nervös.

»Ilena«, seufzte die *Ischyró Mágo* angestrengt. Heute trug sie ein reinweißes Kleid, ähnlich einer Toga, und eine Kette, an der große Edelsteine funkelten. Ihre Male loderten auf und in ihren Augen flammte Provokation. »Noch nie hat eine *Mágissa*, die kurz vor einem *Etymigoría* steht, vorher freiwillig diese heiligen Hallen betreten. Kannst du es nicht erwarten oder willst du bereits jetzt um Vergebung betteln?«

Im Hintergrund breitete sich Stille aus. Niemand schien dieses Wort, das schwer und bedrohlich in der Luft hing, einatmen zu wollen. *Etymigoría. Urteil.*

Ich machte eine kurze Verbeugung, die die *Ischyró Mágo* wohlwollend zur Kenntnis nahm. Meine nächsten Worte überlegte ich mir gut. Die lockere Stimmung, die bei unserer privaten Unterredung geherrscht hatte, gehörte wohl der Vergangenheit an, das musste ich hinnehmen und mich anpassen. Mit Trotz und falschem Stolz half ich niemandem weiter.

»Es steht mir nicht zu, Euer Vorgehen zu hinterfragen. Deswegen werde ich sowohl die von Euch gesetzte Zeit als auch das von Euch ausgesprochene Urteil annehmen. So wie es von einer Dienerin Hekates erwartet wird.«

Mágissa Nephele legte den Kopf schief. »Was führt dich stattdessen her?«

»Drei meiner Freunde bedürfen Eurer Hilfe. Es handelt sich um Rya, deren voller Name Euryale Euch sicherlich geläufig ist. Und um zwei Krieger, Nick und Xanthos, die sich für das Ende des Krieges zwischen dem Orden und den Gorgonen eingesetzt haben.«

Unsere Anführerin hob den Blick und betrachtete die drei ungebetenen Gäste. Die Krieger interessierten sie kaum, nur Rya musterte sie eingehend. Ihre Miene verriet nichts, doch die metallischen Symbole auf ihrer Haut flackerten. Dann spürte ich plötzlich, wie sie ihre Magie nach den dreien ausstreckte. Wie ein kalter Hauch zog sie an mir vorbei und auf die anderen zu. Ich biss mir auf die Lippen, um sie nicht zu warnen. Das wäre der *Ischyró Mágo* nur sauer aufgestoßen.

Rya merkte ebenfalls, dass etwas sich veränderte, und sie griff nach Nicks Hand. Xanthos ließ die Prozedur stoisch über sich ergehen, nicht aber, ohne die *Mágissa* böse anzufunkeln. Es dauerte nur ein paar Sekunden, ehe Nephele meine Freunde zu sich winkte. Auch ich ging näher an sie heran.

Aus dieser Entfernung konnte ich die schwachen Schatten sehen, die unter den Augen der *Ischyró Mágo* lagen. Es war das erste Mal, dass ich Anzeichen von Erschöpfung an ihr bemerkte, und mit Sicherheit waren sie vor zwei Tagen noch nicht da gewesen.

»Ihre Anwesenheit hier werde ich auf die wachsende Liste deiner Verstöße setzen, *Mágissa* Ilena.«

»Wenn Ihr Euch im Gegenzug anhört, was sie zu sagen haben, ist das kein Problem.«

Mágissa Nephele schnalzte mit der Zunge und warf mir einen warnenden Blick zu. Dann forderte sie Rya mit einer Handbewegung zum Sprechen auf.

Als würde sie spüren, wie man mit der *Ischyró Mágo* umgehen musste, verbeugte sie sich vor dem Thron, was Nephele mit einem anerkennenden Nicken kommentierte. Rya räusperte sich und streckte Nick die Hand hin. Er förderte die Feder zutage, die er unter seiner Jacke versteckt hatte, und überreichte sie ihr. Dann trat er einen Schritt zurück und überließ seiner Freundin das Feld. Weise Entscheidung. Die *Mageía Mésa* unterhielten sich lieber mit Personen vom gleichen Geschlecht, auch wenn das rückständig und total daneben war.

»Vor ein paar Tagen verschwand ein Mann des Ordens. Diese Feder haben wir an jenem Abend auf der Dachterrasse des Hauptquartiers gefunden. Sie scheint von keinem normalen irdischen Wesen zu stammen. Wir haben gehofft, dass Ihr uns vielleicht sagen könnt, von welchem Tier diese Feder stammt und ob sie in Zusammenhang mit dem Verschwinden des Mannes stehen könnte.«

Alle Augen waren auf die wunderschöne Feder in Ryas Fingern gerichtet. Nur meine nicht. Außer mir schien niemand zu bemerken, wie sich die Finger der *Ischyró Mágo* beim Anblick der schwarzen Feder um die Lehnen ihres Throns verkrampften. Es dauerte nur eine Sekunde, dann fing sie sich. Doch in ihren Augen las ich Überraschung und Schreck. Die anderen Magierinnen betrachteten die Feder zwar mit unverhohlener Neugierde, aber bei keiner von ihnen zeigte sich dieselbe Reaktion. Als ich wieder zu Nephele sah, durchbohrte diese mich mit ihrem Blick. Ein dunkler Ausdruck legte sich über ihr Gesicht. Sie richtete sich auf.

»Bring mir die Feder, Ilena.«

Meine Hände wurden klatschnass und ich wischte sie mir möglichst unauffällig an meinem Pullover ab. Ich durfte ihrem Befehl nicht widersprechen, die Feder anzufassen kam allerdings auch nicht infrage, selbst wenn sie geschützt in einem Tuch lag. Rya nahm mir die Entscheidung ab, indem sie die verbliebenen Meter zwischen sich und der *Ischyró Mágo* überbrückte und ihr die Feder entgegenstreckte.

Ein Raunen ging durch die Reihen der Magierinnen und mir wurde flau im Magen. *Mágissa* Nephele lachte in sich hinein und streckte ihre Finger nach der Feder aus. »Ich verstehe, warum ihr Freundinnen seid«, sagte sie. Ich hielt den Atem an, als ihre Haut den Kiel berührte, doch sie zeigte keinerlei außergewöhnliche Regung, als sie die Feder durch ihre Finger gleiten ließ. Sie roch daran, drehte die schimmernde Spitze aus Silber im Licht und betrachtete sie ganz genau.

»Was sagst du dazu, Ilena?«, fragte sie plötzlich. Alle Augen richteten sich auf mich. Ich musste den Impuls unterdrücken, einen Schritt nach hinten, außer der Reichweite der Feder, zu machen.

»Leider habe ich nicht herausgefunden, woher oder von wem diese Feder stammt«, gab ich zu. »Ich kann mich auch nicht daran erinnern, etwas darüber gelesen zu haben.«

»Vielleicht«, säuselte Nephele, »kann ich da etwas nachhelfen.« Die Temperatur im Tempel fiel mit einem Mal um mehrere Grade. Kälte kroch meine Glieder hinauf und brachte mich zum Zittern. Mein Atem, der stoßweise ging, manifestierte sich als weiße Wolke vor meinem Mund. Bei keinem der anderen Anwesenden zeigten sich die Symptome der Kälte, nur bei mir. Das hieß … oh nein.

»Deíxe mou to Styló«, raunte Nephele und ihre Augen begannen zu leuchten. *Zeig mir die Feder.*

Eiskalte Finger griffen nach meinem Geist und krallten sich darin fest. Mein Körper war wie gelähmt, ich konnte mich nicht rühren. Ich schaffte es nur noch, die Augen aufzureißen und fassungslos auf die *Ischyró Mágo* zu blicken. Gegen meinen Willen drang sie in meine Gedanken ein, wühlte darin herum und es gab nichts, absolut gar nichts, was ich dagegen tun konnte.

Ich sehnte mich nach Wut, nach dem Prickeln meiner Finger und der Hitze, die bereits zwei Mal in mir explodiert war. Denn in diesem Moment hätte ich Nephele gern eine Kostprobe davon gegeben. Doch stattdessen empfand ich nichts als Leere.

Die anderen starrten mich an. Rya, Nick und Xanthos machte ich keinen Vorwurf, sie wussten nicht, was vor sich ging. Doch die Magierinnen sahen einfach dabei zu, wie ihre Anführerin eine unserer heiligsten Regeln brach.

Niemals drangen wir ohne Zustimmung in den Geist eines anderen ein!

Nun fühlte ich doch etwas. Enttäuschung. Verrat. Scham.

Dann hörte ich sie – die Violine. Sie spielte dieselbe Melodie wie am Tag zuvor, nur versank ich nicht in der Dunkelheit. Eine Träne rollte mir aus dem linken Auge, über meine Wange und am Hals hinab. Und das war der Moment, in dem alle aus ihrer Starre erwachten.

Rya verstand es als Erste. Sie schrie die *Ischyró Mágo* an, die daraufhin träge blinzelte. Das Leuchten ihrer Augen verebbte und einen Herzschlag später ließ die magische Kälte von mir ab, die eisigen Finger fielen in sich zusammen und ließen mich frei. Doch ich war mir nicht sicher, ob mir jemals wieder warm werden würde. Meine Knie zitterten und meine Beine gaben unter mir nach. Nick und Xanthos waren gleichzeitig an meiner Seite und stützten mich, damit ich nicht auf den Marmorboden fiel.

Alles an mir bebte, nicht mal das Atmen funktionierte richtig. Meine Gedanken sortierten sich, klaubten sich wieder zusammen, nachdem sie von der Magie durcheinandergewirbelt worden waren. Es war so kalt.

Rya zeterte weiter.

Und auf dem Gesicht der *Ischyró Mágo* lag zum ersten Mal, seit ich sie kannte, so etwas wie Angst.

Der Boden bebte. Nick und Xanthos packten mich fester und hievten mich höher. Sie sagten irgendwas, doch ich verstand sie nicht. Da war ein Rauschen. Ein Grollen, als würde sich über unseren Köpfen ein Gewitter zusammenbrauen. Die Magierinnen bemerkten es ebenfalls und fingen an, ihre Sachen zusammenzupacken. Feiglinge. Keine scherte sich um uns oder *Mágissa* Nephele.

Etwas zersprang mit einem Klirren. Eine Sekunde später ertönte ein gurgelndes Geräusch aus Richtung des Beckens. Der Styx kochte vor Wut.

Ich griff nach Nicks Kragen und zog ihn nahe an mich heran. Ich traute meiner Stimme nicht, doch er musste mich hören. »Du … Du musst sie beruhigen. Sonst wird er uns ertränken.« Meine Stimme klang brüchig, aber er verstand mich. Nick warf einen Blick auf das Becken, erkannte die lauernde Gefahr darin und fackelte nicht lange. Er ließ mich los und rannte zu Rya. Ich hatte das Gefühl zu kippen, doch Xanthos legte einen Arm um meine Taille und presste mich an sich. Mit der freien Hand wischte er wie beiläufig die nasse Spur von meiner Wange.

Nick erreichte Rya, packte sie an der Schulter und zwang sie dazu, ihn anzusehen. Als ihre Blicke sich ineinander verhakten, hielt sie fast sofort inne, auch wenn er laut auf sie einreden musste, um ihre Aufmerksamkeit zu bekommen. Er deutete auf das Becken, sie nickte. Dann nahm Nick sie bei der Hand und zog sie in unsere Richtung.

»Was jetzt?«, wollte er wissen.

Ich hatte keine Antwort für ihn. Mir war so kalt.

Mágissa Nephele schien endgültig zu sich zu kommen. Sie sah den flüchtenden Magierinnen hinterher, wurde des sich füllenden Beckens gewahr und schüttelte den Kopf, als könnte sie das alles nicht begreifen.

Dann waren wir schon zwei. Als hätte sie meinen bohrenden Blick gespürt, drehte sie sich zu mir um. Entsetzen verzerrte ihre Züge, ebenso unterschwellig brodelnde Wut und besagte Angst, die vollkommen neu an ihr war.

Sie sagte keinen Ton dazu, was sie gesehen hatte. Kein Wort darüber, was sie mir aufgezwungen hatte. Stattdessen bewegte sie die Hand durch die Luft, um einen Teleportationszauber zu wirken. Sie ließ mich fallen, wieder einmal. Ein stechender Schmerz fuhr mir durch die Brust.

»Wir sehen uns bei deinem *Etymigoría*, Ilena«, presste die *Ischyró Mágo* hervor. Das war alles, was sie mir zu sagen hatte?

Ich knurrte. Verdammte Götter, ich knurrte wie ein wildes Tier, dem man gerade einen Pfeil ins Bein geschossen hatte.

»Passt auf«, zischte ich, »dass Eure eigene Liste bis dahin nicht länger wird.«

Etwas in Nephele zerbrach. Man sah es in ihren Augen, aus denen für den Bruchteil einer Sekunde aller Glanz, alles Leben entwich. Die Symbole auf ihrer Haut flackerten, dann leuchteten sie mit all ihrer Kraft. Ich legte eine Hand auf Xanthos' Arm, mit der anderen griff ich nach Rya, die sich regelrecht an Nick klammerte. Dann schleuderte die mächtigste Frau der *Mageía Mésa* ihre Magie auf uns und beförderte uns in die Dunkelheit.

Kapitel 6

Wir landeten mitten auf einer asphaltierten Straße in der Stadt. Kaum spürte ich den harten Bodenbelag unter meinen Füßen, riss Xanthos mich zur Seite. Nur eine Sekunde später raste ein riesiger SUV an uns vorbei, der mich mit Sicherheit über den Haufen gefahren hätte. Meine Nerven mussten noch gefroren sein, so langsam, wie ich die Umgebung registrierte und verarbeitete. Ich nahm alles wie durch einen Schleier wahr, der die Geräusche und Farben um mich herum dämpfte.

Es roch nach Abgasen und feuchtem Asphalt, es regnete. Xanthos gab mir Befehle, doch ich beobachtete träge die Wassertropfen, die in stetigem Strom vom Himmel fielen. Plötzlich stand er vor mir und legte mir die Hände an die Wangen. Mir blieb nichts anderes übrig, als ihm direkt in die Augen zu sehen, die so unheilvoll glühten wie die Gewitterwolken über uns. Seine Lippen öffneten sich, aber ich hörte nicht, was er sagte. War ich taub geworden? Er wandte den Blick ab, redete mit jemand anderem. Seine Finger zog er zurück und ich stand wieder allein im Regen. War es Rya so ergangen, nachdem sie zum zweiten Mal zu einer Statue geworden war?

Eine Hand schob sich auf meinen Rücken, eine andere fuhr meine Beine entlang. Im nächsten Moment wurde ich hochgehoben und fand mich an Xanthos' Brust wieder. Er trug mich. Der verdammte Krieger trug mich. Ich wollte strampeln, mich losmachen. Doch außer der Gänsehaut auf meinen Armen regte sich nichts an mir. Müde ließ ich den Kopf an seine Schulter sinken. Er lief mit schnellen Schritten Rya und Nick hinterher, die Hand in Hand den Weg vorgaben.

»Ich bringe sie um«, knurrte Xanthos in keine bestimmte Richtung.

»Sie wird schon wieder«, sagte Rya. Doch der Blick über ihre Schulter, mit dem sie mich musterte, war alles andere als zuversichtlich. Plötzlich stoppte der Regen. Ich war klatschnass, doch es kamen keine Tropfen nach. Um mich herum fielen sie weiter. Wie … Rya. Ich lächelte dankbar, was sie hoffentlich bemerkte.

»Falls es nicht besser wird«, krächzte ich und Xanthos' Gang geriet kurz aus dem Takt, »dann helfe ich dir dabei, ihr in den Arsch zu treten.«

»Wir könnten sie in den Styx werfen«, schlug der Krieger mit einem bösen Grinsen vor und zog mich enger an sich.

»Oder ihren Thron abfackeln«, ergänzte ich. Xanthos lachte in sich hinein. Ich spürte es mehr durch das Beben seiner Brust, als dass ich es hörte.

Danach redeten wir nicht mehr. Meine Zunge war schwer und Xanthos konzentrierte sich darauf, sich und mich sicher durch die Stadt zu manövrieren. Erst als wir direkt vor dem Gebäude standen, erkannte ich unser Ziel. Das Hauptquartier des Ordens. Schwer atmend stieg Xanthos die Stufen hinauf, wo Nick ihm schon die Tür aufhielt. Kaum hatten wir das Innere des Gebäudes betreten, legte sich warme Luft um uns. Im Kontrast dazu wurde ich mir meines nassen Zustandes umso deutlicher bewusst. Noch immer konnte ich mich kaum regen. Wir hielten nicht an. Xanthos brachte mich in ein Zimmer, ähnlich dem, das Rya damals behaust hatte. Quadratischer Grundriss, spartanische Einrichtung. Xanthos wollte mich gerade auf das Bett legen, als Rya dazwischenrief.

»Sie braucht erst mal trockene Sachen und ein Bad.«

Er nickte. »Kannst du stehen?«, fragte er mich.

»Denke schon.«

Xanthos setzte mich vorsichtig ab und als er sich sicher war, dass ich allein stehen konnte, ließ er mich los. »Ich besorge dir frische Klamotten.« Schon war er weg. Ich wankte und Rya war sofort an meiner Seite. Sie führte mich ins Bad und half mir dabei, meine Kleidung loszuwerden, während sie nebenbei schon die Wanne volllaufen ließ.

»Ich war in den letzten Tagen so oft baden«, murmelte ich. Rya grinste und zog mir den Pullover über den Kopf.

»Leider kann ich dir keine besonderen Zusätze anbieten. Es gibt hier genau einen Badeschaum und der riecht nach Zypressen.«

»Nicht schlimm.«

Irgendwie schafften wir es, mir trotz meiner müden Glieder und tauben Muskeln alle Kleidungsstücke auszuziehen. Und mit Ryas Hilfe ließ ich mich in die Wanne gleiten. Der Schaum bitzelte und der Geruch war zu meiner Überraschung auch wirklich angenehm. Ich versank bis zum Kinn im wärmenden Wasser. Rya setzte sich auf die geschlossene Toilette und beobachtete mich. Ihre Hände waren zu Fäusten geballt und es schien mir, als müsste sie noch immer ihre Wut unterdrücken.

»Besser?«, fragte sie mich.

»Viel besser. Danke. Und bei dir?«

Sie legte den Kopf schief. »Auch. Außer dass ich am liebsten irgendwas unter Wasser setzen würde.«

»Ich würde dir ja mein Haus zur Verfügung stellen.«

»Aller guten Dinge sind drei, oder wie war das?« Wir mussten lachen. Dann wurde es still. Viele Orte lehrten mich in letzter Zeit ebenso viele Schattierungen von Stille. Diese hier wusste mehr als man selbst. Sie wartete auf etwas. Ich schloss die Augen, aber davon wurde sie nicht erträglicher. Rya rutschte unruhig auf dem Klodeckel rum.

»Ilena?«

»Mhm?«

»Was genau hat Nephele getan?«

Ich formte mit den Händen eine Schale und goss mir Wasser ins Gesicht. Dann rieb ich mir die Augen, bevor ich sie öffnete.

»Erinnerst du dich an unsere erste Begegnung? Ich habe einen Zauber bei dir angewandt, der mir deine Erinnerungen und Gedanken gezeigt hat. So ähnlich war es heute auch, nur …« Mir versagte die Stimme und ich schluckte schwer. Es wollte noch immer nicht in meinen Kopf rein, dass die *Ischyró Mágo* gegen meinen Willen diese Grenze überschritten hatte.

»Du wolltest es nicht«, flüsterte Rya und sah betreten zu Boden. Sie rang die Hände und schüttelte den Kopf. »Damals, als du das bei mir gemacht hast, da habe ich es fast gar nicht gemerkt. Heute bei dir … Hat es wehgetan?«

»Es war … unangenehm. Verletzend. Nicht in dem Sinne, der wirklich körperlich wehtut. Mehr im Inneren.«

»Verstehe.« Ryas braune Augen verdunkelten sich und ein harter Zug legte sich auf ihr Gesicht. Diesen Blick mochte ich nicht an ihr. Sie so zu sehen, stimmte mich selbst betroffen. »Ich wollte sie mit Blutmagie beeinflussen«, sagte sie dann mit leicht zitternder Stimme. Als sie mir direkt in die Augen sah, entdeckte ich darin keine Reue, nur Wut. Und einen Hauch Enttäuschung. »Es ging nicht. Diese Magie wohnt mir wohl nicht mehr inne.«

»Es ist besser so«, antwortete ich und Rya zog die Augenbrauen nach oben. »Hätte Nephele davon Wind bekommen, hätte sie dir noch etwas Schlimmeres angetan als mir.«

»Trotzdem«, brummte Rya. »Sie hätte es verdient.«

»Stimmt. Und sie wird ihre Strafe noch bekommen.«

Jetzt horchte Rya auf. »Was schwebt dir vor?«

»Weiß ich noch nicht. Aber sie hat die Regeln gebrochen. Also werde ich das auch tun, wenn es sein muss. Eigentlich hatte ich mir geschworen, bis zu der Sitzung des *Zirkels der Dreizehn* und meinem Urteil unter dem Radar zu fliegen, doch das kann ich mir nach allem, was passiert ist, wohl abschminken. Hat sowieso keinen Spaß gemacht. Jetzt wird es wenigstens umso lustiger.« Ich rang mir ein düsteres Lächeln ab.

Rya musterte mich fragend. »Was bedeutet das, unter dem Radar zu fliegen?«

»Dass man sich bedeckt hält und nicht auffallen will.«

Hinter Ryas Stirn sah ich es arbeiten. Dann hellte ihre Miene sich auf und sie musste sich die Hand vor den Mund halten, um nicht laut loszulachen.

»Ist dir das überhaupt schon jemals gelungen? Nicht aufzufallen?«, fragte sie dann mit einem lieb gemeinten Grinsen.

Ich spritzte ihr etwas Wasser ins Gesicht, das sie mir postwendend wieder zurückschickte, noch bevor es sie berühren konnte. Ich prustete und wischte es mir von der Haut. »Hast ja recht«, gab ich zu. »Das liegt mir wirklich nicht. Ist auch viel zu langweilig.«

»Was hat es mit diesem Urteil auf sich?«, fragte Rya plötzlich todernst und ich verschluckte mich fast an meinem eigenen Lachen. Mist. Hätte ich doch bloß meine Klappe gehalten.

»Es ist nichts Dramatisches«, winkte ich ab. »Nur eine alte Tradition der *Mageía Mésa*.«

Rya glaubte mir nicht. Sie seufzte schwer. »Wir können dir nur helfen, wenn du mit uns redest.«

»Das sagst ausgerechnet du. Ich erinnere mich da an einen Rachefeldzug, denn du ganz allein …«

»Erstens«, warf Rya ein, »war es kein Rachefeldzug und zweitens habe ich mich ja dann von dir davon überzeugen lassen, dass ich es allein nicht schaffe. Also mache ich dasselbe jetzt bei dir.«

»Spar es dir. Ihr könnt mir nicht helfen. Das ist eine Sache, die wir unter uns klären.«

Rya verschränkte die Arme vor der Brust und murmelte vor sich hin. »Das gefällt mir nicht. Ich …«

Im Nebenraum wurde die Zimmertür geöffnet. Schwere Schritte gingen durch den Raum, hielten inne. Ich rutschte etwas tiefer in die Wanne und bedeckte die Wasseroberfläche über meinen intimsten Stellen mit Schaum. Bei meinem Glück stand demnächst eine ganze Horde zeternder Krieger im Bad. Rya richtete sich auf, stellte sich vor die Tür und schob ihre Ärmel nach oben, als würde sie jeden Eindringling sofort wieder hinausbugsieren, wenn es sein musste. Doch niemand stürmte herein, es klopfte lediglich leise an der Tür.

»Wer ist da?«, wollte Rya wissen.

»Ich«, brummte jemand auf der anderen Seite. Xanthos. »Die Klamotten liegen auf dem Tisch.«

»Danke«, rief Rya.

»Ist alles in Ordnung?«

Rya nickte, dann merkte sie, dass er das nicht sehen konnte. »Ja.«

»Ich will es von ihr selbst hören«, brummte es durch die Tür.

Ich rollte mit den Augen. »Ja!«

Einen Moment lang herrschte Stille. Dann sagte Xanthos: »Sie ist eine verdammt schlechte Lügnerin.«

Rya schmunzelte und zuckte entschuldigend mit den Schultern. Mein Puls wurde schneller, ich schlug mit der Faust auf das Wasser und es spritzte in alle Richtungen.

»Komm rein und sag mir das ins Gesicht, du …« Es blubberte. Das Wasser in der Wanne warf Blasen und von meinen Händen stieg Dunst in trägen Schwaden auf, als ich sie aus dem Wasser zog. Mir wurde heiß, Schweiß rann meinen Nacken hinab.

»Xanthos«, sagte Rya um Ruhe bemüht. »Du solltest besser gehen.« Doch natürlich entging dem Krieger das nicht. Ein dumpfer Laut war zu hören, als hätte er eine Hand an die Tür gelegt.

»Was ist los?«

»Geh«, presste ich hervor und versuchte, die Hitze unter Kontrolle zu bekommen. Das Wasser wurde immer heißer. Ich musste hier raus. Wobei … solange die Wärme dahin umgeleitet wurde, hielt sich die Gefahr einer neuen Feuerexplosion in Grenzen. Ich tauchte die Hände unter und nahm einen tiefen Atemzug. Warmer Wasserdampf sammelte sich im Raum und Rya lenkte ihn im Kreis, damit er nicht durch den Spalt unter der Tür nach außen drang und unseren Wachhund aufscheuchte, der jetzt schon verärgert schnaubte.

Doch dann, zu Ryas und meiner Überraschung, hörten wir, wie Xanthos sich mit energischen – oder eher wütenden – Schritten entfernte und die Tür hinter sich zuknallte. Was für eine Dramaqueen.

Das Brodeln des Wassers legte sich und bald umgab mich wieder eine spiegelglatte Oberfläche.

Rya kicherte, während sie mir ein Handtuch aus dem Regal zog. »Xanthos bringt ja so ziemlich jeden zur Weißglut, aber bei dir nimmt das doch extreme Züge an.«

»Darf ich ehrlich sein?«

»Ich bitte darum.«

Rya entfaltete das große Handtuch und hielt es mir hin. Ich stemmte mich aus der Wanne und wickelte mich in den weichen Stoff ein. Meine Muskeln protestierten, sie wollten zurück in das erholsame Nass. Doch darauf war mir die Lust nun vorerst vergangen.

»Diese … Ausrutscher beruhigen mich«, gab ich zu. »Sie zeigen mir, dass da noch Magie in mir steckt, auch wenn ich sie sonst nicht so deutlich spüren, geschweige denn anwenden kann. Es gibt mir Hoffnung, dass ich bald wieder ordentlich helfen kann.«

Ryas Blick ruhte auf mir, sie musterte mich aufmerksam. »Darf ich auch ehrlich sein?«

»Klar.«

»Ich glaube, selbst ohne deine gesamte Magie bist du hilfreicher als drei Krieger zusammen.« Dieser unerwartete Vergleich brachte mich tatsächlich zum Lachen. Doch Rya war es ernst, lediglich ihr rechter Mundwinkel zuckte kurz, ehe sie fortfuhr. »Für wen willst du deine Magie zurück? Für dich? Oder für andere? Für uns? Für die *Mageía Mésa*?«

»Ein bisschen von allem.«

Schuld flackerte in ihren Augen auf. »Unseretwegen ist das nicht nötig, das weißt du, oder? Wir lieben dich, so wie du bist, ob nun mit oder ohne.«

Es verschlug mir die Sprache. Und das geschah nun wirklich nicht oft. Diese Worte aus ihrem Mund zu hören … Das bedeutete mir mehr, als sie ahnte. Mehr, als ich selbst in Worte fassen konnte.

»Ähm …«, war das Einzige, was ich rausbekam.

»War ein bisschen dick aufgetragen, oder? Aber ich meine es ernst.«

»Danke.«

Rya nickte. Kurz bekam ich den Eindruck, dass sie mich umarmen wollte, doch dann ging sie zur Tür raus und holte mir die Kleidung, die Xanthos gebracht hatte.

»Zieh dich um und leg dich hin. Ich hole dich, wenn es Abendessen gibt.«

Wir verabschiedeten uns und sie verließ das Zimmer. Ohne Rya kam es mir groß und still vor. Ich zog mich im Bad um und hängte meine nassen Sachen über die Heizung. Dann ließ ich mich aufs Bett fallen und legte die Beine hoch. Ich fühlte mich wunderbar träge und schaffte es nicht einmal, die Bettdecke über mich zu ziehen, ehe ich einschlief.

Als ich erwachte, war ich zugedeckt. Ich fühlte mich wesentlich besser als vorher, konnte aber nicht einschätzen, wie lange ich geschlafen hatte. Die Vorhänge waren zugezogen und kein Licht drang in den Raum. Mein Magen grummelte vor Hunger. Das war ein gutes Zeichen. Ich schwang die Beine aus dem Bett und blinzelte. Dann wankte ich zum Fenster und zog die Vorhänge beiseite. Draußen war es bereits dunkel und zwar schon etwas länger. Mich beschlich die Befürchtung, dass es bereits weit nach dem Abendessen war. Plötzlich ertönten auf dem Flur Schritte, doch sie gingen vom Zimmer weg, nicht darauf zu. Ich knipste die Lampe auf dem Nachttisch an und griff nach den übrigen Klamotten. Bevor ich mich auf die Suche nach Rya und den anderen machte, wollte ich aus dem Schlafanzug raus und in normale Sachen rein. Meine eigene Kleidung war leider noch immer nass, weswegen ich auf die farbenfrohe Garderobe des Ordens zurückgreifen musste. Schwarz, schwarz, schwarz und ein Hauch Blau. Xanthos hatte meine Größe perfekt geschätzt. Als ich gerade den warmen Pullover über den Kopf zog, klopfte es an der Zimmertür.

»Herein«, rief ich.

»Ich dachte mir, du hast vielleicht Hunger.« Rya trat ein, hinter ihr trug Nick ein Tablett ins Zimmer. Xanthos bildete die Nachhut und schloss die Tür. Mein Blick klebte förmlich an dem Teller auf dem Tablett. Er war beladen mit allerhand gedünstetem Gemüse, Pommes, einem Burger und einem Milchshake. Es roch herrlich. Mein Magen gab ein freudiges Geräusch von sich, als ich mich auf das Essen stürzte. Nick schaffte es gerade noch so, es vorsichtig auf dem Tisch abzustellen, ehe ich auch schon die ersten Pommes in der Hand hielt. Nick und Rya nahmen mit gespielter Angst Abstand und setzten sich aufs Bett, während ich mich auf den Stuhl am Tisch fallen ließ und das Tablett näher zog. Xanthos blieb neben der Tür mit verschränkten Armen stehen und beobachtete mich beim Essen. Über seinem rechten Auge prangte eine blutige Schramme.

»Was ist dir denn passiert?«, fragte ich und deutete darauf. Er warf einen finsteren Blick zu Rya, die schuldbewusst zusammenzuckte.

»Sie war beim Training etwas brachialer als sonst. Scheint, als hätte sie mich mit dieser Nephele verwechselt. Oder«, jetzt sah er angriffslustig zu mir, »sie hat mit deiner Magie auch einen Teil deines feurigen Temperaments abbekommen.«

»Ja genau«, schimpfte ich theatralisch. »Provozier die *Mágissa* mit der unberechenbaren Kraft, das macht es bestimmt ...«

Warte. Hatte er recht? Veränderte die Abwesenheit meiner Magie auch meinen Charakter? Wurde ich darum so schnell so aufbrausend, wenn er mich ärgerte? War ich deswegen so jämmerlich, dass ich mir damit zuweilen selbst auf den Keks ging? Ich wollte nicht noch mehr von mir verlieren. Meine Finger suchten nach dem

Rosenquarz-Anhänger, doch auch er war fort. Am Ende würde gar nichts mehr übrig bleiben.

»Ilena?«, fragte Xanthos halb sorgenvoll, halb mahnend. »Das war ein Scherz. Du bist und bleibst einzigartig.«

Drei aufgerissene Augenpaare starrten ihn an.

»War das ein Kompliment?«, fragte Rya erstaunt. Xanthos sah uns nacheinander an, als hätten wir nicht mehr alle Tassen im Schrank.

»Es ist eine biologische Tatsache.«

Nick verdrehte die Augen. »Du warst ganz nah dran.«

Xanthos schüttelte den Kopf und zuckte mit den Schultern. Trotzdem mied er meinen Blick und setzte die stoische Maske auf, mit der er meistens herumlief. Wenn er nicht gerade dabei war, Streit mit jemandem anzufangen.

Und ich? Ich wusste nicht, was ich von alldem halten sollte. Lustlos nahm ich einen Bissen von dem Burger. Wenn ich jetzt nichts aß, würde ich es später bereuen, auch wenn mir gerade der Appetit vergangen war. Die drei warteten schweigend ab, bis ich satt auf meinem Stuhl zurücksank.

»Das war sehr lecker, danke.«

Das nächste Unheil braute sich in der Luft des Raumes zusammen. Ich spürte es, dazu brauchte ich nicht mal Magie. Rya, Nick und Xanthos knobelten still und nur mit Blicken aus, wer den ersten Schritt machen sollte. Ich biss mir auf die Zunge. Normalerweise hielt ich so etwas mit meiner Ungeduld nicht aus, aber egal was kam, es war nichts, was ich unbedingt vorantreiben wollte. Doch je länger ich die drei beobachtete, desto mehr wurde mir klar, dass sie nicht einer Meinung waren. Rya und Nick schienen eher verhalten und Xanthos war es, den etwas Unausgesprochenes belastete. Kein Wunder, dass er es nicht ausspucken wollte. Ich wollte es ganz bestimmt auch nicht hören.

Letzten Endes gewann er den stillen Kampf. Er richtete sich auf und drückte die Schultern durch, was seine harte Brust unter dem dunkelgrauen Shirt zur Geltung brachte.

»Was hat es mit dem *Etymigoría* auf sich?«

Ich stöhnte. Das schon wieder. »Nichts, was euch beunruhigen müsste.«

»Es macht *dir* Sorgen.« Xanthos legte den Kopf schief und fixierte mich wie ein Raubtier seine Beute.

»Nein«, blaffte ich. Ich konnte es nicht leiden, wenn jemand mit diesem besserwisserischen Unterton mit mir sprach.

»Lüg uns nicht an, Ilena. Die *Mageía Mésa* reden hinter deinem Rücken schlecht über dich. Als wärst du keine mehr von ihnen, weil du diesen … unseren Krieg beendet und viele ihrer Regeln gebrochen hast. Du kannst uns nicht weismachen, dass dich das nicht juckt. Und heute hat sich die Frau, der du die Treue geschworen hast, gegen dich gewandt. Sie hat dich verletzt. Und nun erfahren wir von etwas, das weitaus schlimmere Erwartungen weckt. Wir haben ein Recht darauf zu erfahren, was das ist.« Er stieß sich von der Wand ab und trat einen Schritt auf mich zu. Aus dem Augenwinkel sah ich Rya, die sich anspannte.

Meine Hände ballten sich wie von selbst zu Fäusten. Im mir brodelte es, doch keine Hitze stieg auf. Nein, es breitete sich eher eine kühle Wut aus. Ich richtete mich auf, blieb auf der Ecke des Stuhls sitzen.

»Ihr habt ein *Recht darauf*? Wer sagt das? Du? Nur weil du glaubst, dass es so ist, macht es das nicht wahr. Das gibt dir nicht die Erlaubnis, wie ein Berserker überall einzufallen und etwas einzufordern. Wer die Wahrheit will, muss sie sich verdienen.« Als das letzte Wort meine Lippen verlassen hatte, wusste ich, dass ich zu weit gegangen war. Xanthos' Augen verengten sich und bittere Enttäuschung verklärte seinen Blick. Nick zuckte unmerklich zusammen und Rya zog scharf die Luft ein.

All meine Wut zerfiel zu Staub, als Xanthos fast schon angewidert zurückwich.

Ich fuhr mir mit den Händen übers Gesicht. »Entschuldigt. So war das nicht gemeint.« Ich sah meine Freunde, die ich gerade zutiefst verletzt hatte, nacheinander an. Rya und Nick erwiderten meinen Blick auffordernd, Xanthos' Gesicht war eine reglose Maske. »Ihr wurdet euer ganzes Leben lang belogen, obwohl ihr das nicht verdient hattet. Und nach allem, was wir zusammen durchgemacht haben, seid ihr die Ersten, mit denen ich über die Götter und die Welt reden will, aber … Manche Dinge sind einfach sehr persönlich. So persönlich, dass ich mir erst mal selbst darüber klar werden muss, wie ich dazu stehe. Und für mich gibt es gerade nichts Persönlicheres als meine Magie und meine Zukunft bei den *Mageía Mésa*. Es ehrt euch, dass ihr euch Sorgen macht, und es rührt mich wirklich sehr …«

»Es ist in Ordnung«, warf Rya ein, die bemerkte, wie sehr ich nach den richtigen Worten rang. Am liebsten wäre ich ihr um den Hals gefallen und hätte mich nochmals entschuldigt. Doch dann wären vermutlich alle meine Dämme gebrochen und das … wäre kein schöner Anblick. Mein Herz hämmerte heftig in meiner Brust, als auch Nick wohlwollend den Kopf senkte. Nur Xanthos starrte mich nach wie vor nieder. Seine Lippen waren zusammengepresst, die Augen glimmten unheilvoll.

»Du«, sagte ich und deutete auf ihn, »bist auch nicht besser als ich. Du willst mir ja auch nicht verraten, was es mit dem Fluch auf sich hat.«

Mit der Hand fuhr Xanthos sich durch die Haare, als ob er die weiße Strähne darin fühlen könnte.

»Das ist was anderes«, knurrte er.

»Ach ja? Wieso? Weil *du* das sagst?«

Ich hatte ihn. Und er wusste das genau. Unter seiner abgeklärten Oberfläche brodelte es gewaltig. Ich erwartete, dass er es war, der dieses Mal vor Wut in Flammen aufging. Stattdessen bekam seine kalte Miene Risse und ein Grinsen, so schwach, dass ich es zunächst für Einbildung hielt, überzog seine Lippen. Es war arrogant, es war schelmisch. Es war irgendwie schön. Genauso wie seine raue Stimme.

»Leck mich, Ilena.«

Ich lachte leise. »Ist das eine Beleidigung oder eine Einladung?«

»Das darfst du dir aussuchen.«

Ich tat so, als würde ich kurz überlegen, und musterte Xanthos von oben bis unten. Bei den Göttern, allein der Gedanke … Rya und Nick warfen sich einen panischen Blick zu, als ob sie überlegten, schnell aus dem Zimmer zu verschwinden, bevor es zu spät war. Ich rettete sie, indem ich abwinkte.

»Eine Beleidigung macht dich zu einem schlechten Verlierer, daher nehme ich diesmal sie.«

Die beiden atmeten erleichtert auf, während Xanthos schmunzelnd mit den Schultern zuckte. »Ich mag diese Schlacht verloren haben, den Krieg noch nicht.«

Mir lagen allerlei zweideutige und kitschige Erwiderungen auf der Zunge, doch ich verkniff sie mir. Das führte jetzt nicht weiter, auch wenn es für gute Unterhaltung sorgen würde. Ein Gähnen überkam mich.

»Ich gehe heim. Morgen setzen wir dann Plan B in die Tat um.«

»Plan B?«, hakte Nick nach.

»Wir müssen nach wie vor mehr über die Feder herausfinden. Und da die *Ischyró Mágo* uns nicht helfen will, müssen wir einen anderen Weg gehen. Wir können andere, unabhängigere Magierinnen um Hilfe bitten oder uns die Informationen selbst besorgen.«

»Mir gefällt nicht, wie du *besorgen* betonst, Ilena«, warf Rya mit hochgezogener Augenbraue ein.

»Oh ja, es wird gefährlich und illegal, also genau unser Ding.«

»Klingt großartig«, murmelte Xanthos mit blitzenden Augen. »Ich bring dich heim, dann kannst du mir mehr darüber erzählen.«

Die Fahrt zu meinem Haus verlief überraschend ereignislos. Seit wir in den schwarzen SUV gestiegen waren, breitete sich Stille aus. Diesmal war sie anders. Sie forderte nichts. Also sah ich aus dem Fenster und zählte die vorbeiziehenden Lichter. Meine Klamotten sowie ein frischer Pullover aus dem Orden, den ich behalten durfte, lagen zusammengelegt in einem Stoffbeutel im Fußraum. Die Sitzheizung leistete ganze Arbeit und ich kuschelte mich in die Polster. Meine Lider wurden schwer, einschlafen wollte ich aber nicht.

»Vermisst du es?«, fragte ich Xanthos, als wir gerade an einer Ampel standen. Ich mochte es, wie das Licht der Strahler seine Hände hervorhob. Als wären sie in Feuer getaucht.

»Was?«

»Das Kämpfen.«

Er regte sich nicht und ich dachte, dass er nicht antworten würde. Dann seufzte er.

»Manchmal, ja. Sosehr ich es auch hasse, dass ich mein ganzes Leben lang belogen wurde, es hat mir einen Sinn gegeben. Ein Ziel. Auch wenn sich über die Absichten streiten lässt.«

Ich nickte und sah wieder aus dem Fenster.

»Und du? Fehlt dir das Zaubern?« Ich drehte mich zu ihm um. Er kannte die Antwort bereits. Die Wahrheit.

»Ja. Mir geht es wie dir. Mit ihr ist mein Sinn verloren gegangen. Aber ich bereue es nicht, dass ich sie Rya gegeben habe.«

»Das weiß ich. Und sie auch.« Er strich mit dem Daumen über das Lenkrad. Es wurde Grün und wir fuhren weiter. »Ich bereue es. Das Kämpfen. Den Hass«, sagte er leise und in einer ausgebrannten Tonlage, die ich noch nie an ihm gehört hatte. Sie sorgte für eine Gänsehaut, die sich meine Arme hinaufzog. Sein Blick war auf die Fahrbahn gerichtet und ich wagte es nicht wegzusehen. »Was ich mochte, war das Gefühl und die Überzeugung, die Welt zu einem besseren Ort zu machen. Nur das Wie … Ich schäme mich dafür. Weil es eben nicht nur der Fluch und die Fremdbestimmung waren. Sondern auch ein Teil von mir, der sich freiwillig so ins Zeug gelegt und Grenzen überschritten hat. Schätze, diese Eigenschaft werde ich so schnell nicht los.«

Ein Kloß hatte sich in meinem Hals gebildet und ich wusste nicht, was ich darauf erwidern sollte. Es brachte nichts, es schönzureden oder es zu relativieren. Sein anfängliches Verhalten gegenüber Rya würde ich ihm nie verzeihen. Doch er hatte sich verändert und sich schlussendlich für den richtigen Weg entschieden. Er verdiente eine zweite Chance. Und vielleicht noch etwas mehr.

Er räusperte sich. »Ich wiederhole es: Es tut mir leid, dass ich deine Privatsphäre missachtet habe. Dass ausgerechnet du nicht direkt mit der Sprache rausgerückt bist, hat mich verletzt. Und so verängstigt, dass ich die Kontrolle verloren habe.«

»Wieso?«

»Ich hasse es, angelogen zu werden. Und du bist die eine Person, die immer direkt und ehrlich sagt, was sie denkt. Und wenn du anfängst zu lügen … Dann weiß ich überhaupt nicht mehr, was ich glauben soll. Und ich habe mir Sorgen um dich gemacht, du hast nicht gut ausgesehen. Trotzdem war es falsch und tut mir leid. Du entscheidest, wem du was und wann erzählst.«

Ich legte ihm eine Hand auf die Schulter und fuhr mit dem Daumen über den Stoff seines Pullovers. Xanthos zuckte nicht zurück, im Gegenteil. Mir schien, er wurde unter meiner Berührung still, als ob er mich nicht verschrecken wollte. Eigentlich sollte es nur ein flüchtiger Kontakt werden, ein stummer Ausdruck von Verständnis. Doch dann ließ ich meine Hand dort liegen, weil es mich selbst beruhigte.

»Das *Etymigoría*«, erzählte ich, »ist ein Urteil, das von dem *Kýklos ton Dekatrión*, dem *Zirkel der Dreizehn,* gefällt wird. Dieser Zirkel setzt sich aus der *Ischyró Mágo*, Nephele, und zwölf anderen Magierinnen zusammen. Sie stellen so etwas wie ein Gericht der *Mageía Mésa* dar. Wann immer eine von uns gegen die Regeln verstößt oder es interne Streitigkeiten gibt, greifen sie ein. Sie hören zu, stellen Fragen und treffen am Ende eine Entscheidung über das Strafmaß. Das reicht von einer einfachen Ermahnung bis hin zur Verbannung und dem damit verbundenen Ausschluss aus der Gruppe der *Mageía Mésa.*«

Xanthos nickte. »Und du musst dich diesem Gericht stellen, weil du diverse Regeln gebrochen hast?«

»Ja.«

»Hast du Angst?«

»Ein bisschen«, gab ich zu. »Nephele hatte recht. Meine Liste der Vergehen ist lang. Wäre nicht gerade alles so chaotisch, hätten sie mich schon längst vorgeladen. Und egal, was sie entscheiden, es gibt keinen Einspruch, kein Veto.«

»Und wer richtet über die *Ischyró Mágo* selbst? Wenn ich es richtig verstanden habe, war ihre scheiß Aktion gestern auch ein Regelbruch.«

»Niemand«, antwortete ich und Xanthos' Kopf ruckte zu mir herum.

»Das ist nicht dein Ernst. Was für eine beschissene Doppelmoral ist das denn?«

Sein Kiefer war nah an meinen Fingern. Ich streckte sie aus und drückte gegen die Muskeln, damit er wieder auf die Straße sah. Und weil sich seine Haut auf meiner viel zu gut anfühlte, zog ich meine Hand anschließend ganz zurück.

»So sind die Gesetze der *Mageía Mésa*«, antwortete ich ohne viel Überzeugungskraft in der Stimme.

Xanthos schnaubte nur und brachte damit hervorragend zum Ausdruck, was ich darüber dachte. Gedankenverloren blickte ich aus dem Fenster und zählte die Ampeln, an denen wir vorbeifuhren. Viel zu schnell erreichten wir mein Haus. Xanthos betätigte den Blinker und hielt am Straßenrand, damit ich aussteigen konnte.

»Danke fürs Heimfahren.«

»Kein Problem.«

Ich lächelte Xanthos zu und zu meiner Überraschung erwiderte er es. In der Dunkelheit hatten seine Augen einen anderen Glanz. Sie wirkten beinahe warm. Ich öffnete die Tür und hatte schon einen Fuß aus dem Wagen gesetzt, als er mich an der Schulter berührte, so wie ich es bei ihm getan hatte.

»Ilena? Sag Bescheid, wenn dieser komische Zirkel zusammenkommt. Dann begleiten wir dich.«

»Das ist nicht erlaubt.«

Xanthos grinste schelmisch. »Wo sie sich diese Regel hinstecken kann, sage ich Nephele dann gern selbst, wenn es so weit ist.«

»Na, diese Freude will ich ihr natürlich nicht nehmen.«

Er nickte zufrieden und ließ mich los. Ich stieg aus dem Wagen und ehe ich die Tür schloss, sagte ich: »Danke.«

Ich drehte mich um und lief zum Haus. Kurz bevor ich an der Haustür ankam, wurde ich plötzlich zur Seite gerissen. Ich wollte schreien und um mich schlagen, als ich Xanthos vor mir erkannte, der mich an der Taille gepackt hatte und hinter einen Busch zerrte. Mein Puls schnellte in die Höhe und mir wurde heiß. Er presste mich an sich und legte mir einen Finger auf den Mund, um mich zum Schweigen zu bringen. Ich blinzelte perplex, als meine Lippen prickelten.

Doch ein Blick in Xanthos' Augen und mir wurde mit einem Schlag eiskalt. Darin las ich, was ich längst verloren glaubte. Die Schrecken eines Krieges. Sie färbten seine Iriden unheilvoll düster. Er beugte sich vor und brachte seinen Mund nah an mein Ohr, während er mich enger an sich zog. Ich spürte jeden angespannten Muskel und hörte sein schnell schlagendes Herz. Oder war es meins?

»Es ist jemand in deinem Haus«, flüsterte er so leise, dass selbst ich Schwierigkeiten hatte, ihn zu verstehen. »Oben ist gerade ein Licht angegangen.«

Für einen Moment vergaß ich das Atmen. Dann fiel mir etwas ein und ich hätte mir selbst an die Stirn gehauen, wenn ich nicht völlig bewegungsunfähig in Xanthos' Armen gelegen hätte.

»Das sind die Turteltauben«, klärte ich ihn auf. »Ich habe vergessen, dass ich mit ihnen verabredet war. Sie haben noch einen Schlüssel.«

Xanthos zog den Kopf zurück, damit er mir in die Augen sehen konnte. »Bist du dir sicher?«

Ich nickte. Trotzdem rührte sich keiner von uns. Die Dunkelheit in seinen blauen Augen wechselte in einen Ausdruck, der mich noch mehr bannte. Einen Herzschlag später ließ er mich los und machte einen Schritt zurück.

»Was dagegen, wenn ich mich selbst davon überzeuge?« Er schob die Hände in die Hosentaschen und drehte sich zum Haus um.

»Nur zu.« Er begleitete mich zur Tür. Ich schloss auf und als wir in den Hausflur traten, ging das Licht dort an.

»Aha!« Luce stürmte die Treppe herunter und sprang mir quasi vor die Füße. Ich taumelte, als sie mich umarmte. »Ich wusste doch, dass du uns nicht allein losziehen lassen würdest. Nicht an unserem letzten freien Abend für die nächsten zwei Wochen.«

»Niemals«, sagte ich, auch wenn mir nach allem anderen als nach Feiern zumute war. Ich wollte ins Bett. Luce' Augen wurden groß, als sie Xanthos hinter mir entdeckte.

»Oh. Wie ich sehe, hast du die Ansprüche an deine Liebschaften nach ganz unten gedreht.« Sie warf mir einen eindeutig zweideutigen Blick zu. »Hat es sich denn wenigstens gelohnt?«

Xanthos schnaubte, Luce verschränkte die Arme vor der Brust. Im selben Moment stand Cathy oben an der Treppe und staunte nicht schlecht, als sie den Krieger sah. Doch statt wie Luce gleich wilde Theorien in den Raum zu werfen, beschränkte sie sich auf eine Begrüßung, von der Xanthos allerdings nichts mitbekam, weil er im Blickduell mit Luce alles gab.

»Rette mich«, rief ich ihr lachend zu, doch Cathy gluckste nur und setzte sich auf die oberen Stufen, den Platz mit der besten Aussicht auf das Geschehen.

»Hör zu«, fauchte Luce und durchbohrte Xanthos mit ihrem Blick. »Wenn du ihr wehtust, dann schnippel ich dir …«

»Luce!«, unterbrach ich sie, bevor sie ihn zur Weißglut trieb. »So ist es nicht, also lass ihn in Ruhe. Er war so nett und hat mich heimgefahren.«

Sie hob die Augenbrauen. »Nett und er in einem Satz zusammen? Kaum zu glauben.« Abschätzig musterte sie ihn.

»Dinge ändern sich«, sagte Cathy versöhnlich. Fast schon überrascht über ihren Zuspruch bedankte sich Xanthos mit einem Nicken bei ihr.

»Und wenn *ihr* nett sein wollt«, erwiderte er, »dann schleppt ihr Ilena heute Nacht nirgendwo mehr hin. Sie sollte schlafen.«

Luce beschwerte sich ausführlich bei ihm, während Cathy mich fragend ansah. Ich lächelte sie müde an, denn Xanthos hatte recht. Das Bett rief förmlich nach mir.

»Luce.« Mehr als dieses eine Wort von Cathy brauchte es nicht, um Luce zum Schweigen zu bringen. Sie hielt in ihrer Schimpftirade inne und drehte sich zu ihrer Freundin um. Cathy erhob sich und kam die Treppe herunter. »Wir sollten gehen.«

Luce plusterte die Wangen auf, protestierte aber nicht. »Na gut.«

Die beiden nahmen ihre Jacken von der Garderobe. Ich lächelte entschuldigend, obwohl ich wusste, sie würden es mir nicht übel nehmen.

»Ich hätte noch eine Bitte an euch«, sagte ich, als sie sich die Schuhe zubanden. »Könntet ihr, falls ihr die Zeit findet, die euch bekannten Magierinnen abklappern und sie um eine Auskunft bitten? Es geht um eine außergewöhnliche Feder, die wir gefunden haben.«

Luce und Cathy warfen sich einen Blick zu. »Eine Feder?«, hakte Cathy nach. »Etwa eine große schwarze mit goldener Spitze?«

»Silberne Spitze«, erwiderte Xanthos. »Wie kommt ihr auf Gold?«

Luce griff in die Innenseite ihrer Jacke. Mir klappte der Mund auf, als sie eine Feder daraus hervorzog, die unserer bis auf die Farbe an der Spitze zum Verwechseln ähnlich sah.

»Wir haben auch eine gefunden«, sagte sie.

KAPITEL 7

Ich wich zurück. Die Färbung mochte sich unterscheiden, doch es war gut möglich, dass ich bei einer Berührung dieser Feder ähnlich reagieren würde wie bei der anderen. Und das wollte ich um keinen Preis. Am Ende würde noch mein ganzes Haus in Schutt und Asche liegen. Eine angekokelte Ecke reichte mir.

Luce bemerkte meinen Argwohn und zog die Feder näher zu sich an den Körper.

»Was hat es damit auf sich?«, wollte sie wissen.

»Genau das fragen wir uns auch«, sagte Xanthos, der die Feder fast schon hasserfüllt ansah. Kurz, ohne die wichtigen Details auszulassen, erzählte er von den Ereignissen der letzten Tage. Dabei wurden die Augen von Luce und Cathy immer größer.

»Ich hatte mich schon gefragt, was du da im Wohnzimmer veranstaltet hast. Mein Tipp lautete Dämonenbeschwörung«, sagte Luce, als Xanthos mit seiner Schilderung fertig war.

»So was läuft anders ab. Tut nichts zur Sache«, schob ich hinterher, als ich die entrüsteten Gesichter der anderen sah. »Wo habt ihr eure Feder her?«

»Aus den Katakomben«, antwortete Cathy. »Wir sind noch immer dabei, den Untergrund abzusuchen und die alten Quartiere der Gorgonen abzubauen. Wir fanden sie in einem der Gänge zwischen den Unterkünften. Wir haben uns ehrlich gesagt nicht viel dabei gedacht und es für Deko oder so was gehalten.«

»Darf ich?« Xanthos streckte die Hand aus. Luce zögerte nicht und reichte ihm die Feder. Kaum dass er sie zwischen den Fingern und Luce losgelassen hatte, erstarrte Xanthos. Und zwar so krass, dass er wie eine Statue wirkte. Er schien nicht mal mehr zu atmen. Scheiße.

Ich griff nach seinem Arm und rüttelte daran. Doch es brachte nichts. »Xanthos!« Ich schrie ihm seinen Namen ins Ohr, doch noch immer keine Reaktion.

Luce wirkte verängstigt. »Was ist los?«

»Anscheinend geht es ihm jetzt wie mir, als ich die andere Feder angefasst habe.«

Plötzlich grinste Luce, was unter diesen Umständen mehr als unangebracht war. »Darf ich ihm jetzt eine reinhauen, so wie er dir?«

»Luce!«, rief Cathy empört, doch die Angesprochene zuckte nur mit den Schultern.

»Was denn? Hat das letzte Mal doch funktioniert.«

»Du solltest aber nicht so einen Spaß daran haben.«

»Ach komm, als ob du ihm nicht auch gern mal …«

»Turteltauben!«, mischte ich mich ein. »Ich brauche jetzt keinen Ehestreit, sondern ein paar konstruktive Vorschläge.«

»Meinen kennst du ja«, brummte Luce und verschränkte die Arme vor der Brust. Cathy rollte mit den Augen. Sie trat vor Xanthos und griff nach der Feder. Sie versuchte, sie ihm aus der Hand zu ziehen, scheiterte aber. Sie gab nicht mal einen Millimeter nach. Dann griff sie nach Xanthos' Fingern und rüttelte daran. Es bewegte sich rein gar nichts.

Ich hielt meine Hand unter Xanthos' Nase und vor den Mund. »Er atmet nicht.« Mir wurde übel. »Wir müssen ihn da rausholen, sonst erstickt er uns! Luce!«

Sie ließ es sich nicht zweimal sagen. Mit einem Klatschen, das man noch drei Straßen weiter hören musste, verpasste sie ihm eine schallende Ohrfeige. Doch außer dass sein Kopf ein winziges Stück zur Seite ruckte, zeigte sie keine Wirkung. Luce hielt sich die Hand und fluchte. »Verdammt, ist der Kerl aus Granit, oder was?«

Meine Knie wurden weich. Und die Male, die mir das bisher in meinem Leben passiert war, waren an einer Hand abzuzählen. Mein Herz raste, mir brach der Schweiß aus. Fieberhaft überlegte ich, was in meinem Haus uns helfen konnte. Cathy war offensichtlich schon einen Schritt weiter und schoss davon. Im selben Moment knallten die Fensterläden draußen gegen die Hauswand, als eine Windböe das Gebäude streifte, und ich erschreckte mich fast zu Tode. Ich gab ein wimmerndes Geräusch von mir.

»Wir holen ihn da raus«, sagte Luce und trat an meine Seite. Sie legte mir einen Arm um die Schultern und drückte mich.

Cathy kehrte zurück. In der Hand hielt sie allerlei Küchenutensilien. Gabeln, Messer und anderes Zeug. Und so gern ich Xanthos früher mal mit so etwas bearbeitet hätte, so wenig wollte ich es jetzt, dass jemand ihn damit drangsalierte.

»Warte«, sagte ich. »Ich will noch eine Sache probieren. Wenn die schiefgeht, könnt ihr uns beide aufspießen.«

Meine Hand zitterte, als ich sie nach der Feder ausstreckte. Als uns noch ein paar Zentimeter trennten, schloss ich die Augen. Ich horchte in mich hinein und suchte nach der Magie in mir. Oder der Hitze. Irgendwas, was mir half. Doch nichts antwortete.

Vielleicht gab es eine andere Möglichkeit. Vielleicht konnte ich die Feder von Xanthos ablenken, wenn ich sie selbst anfasste. In Gedanken verabschiedete ich mich schon mal von meinem Hausflur. »Holt Wasser«, sagte ich noch, dann berührten meine Finger die Feder.

Es war wie das erste Mal. Nur wusste ich jetzt, was mich erwartete und war nicht davon überfordert. Die Melodie rief nach mir und lockte mich hinter sich her. Sie wurde von einem hellen Lachen begleitet, als wäre ich nicht die Einzige, die sich an ihr erfreute. Ich folgte ihr, mir meiner Umgebung bewusst. Und als sich die mittlerweile fast schon vertraute Hitze in meiner Brust ausbreitete, hieß ich sie willkommen. Zwischen den einzelnen Tönen der bittersüßen Melodie schaffte ich es, an die Feder zu denken. Und an Feuer. An Flammen, die die Feder verbrannten und Xanthos von ihr erlösten.

In den Untiefen meines Gedächtnisses fand ich dann noch ein paar griechische Worte, mit denen ich die Hitze zu lenken versuchte.

Káfsi tis Ánoixis. Feder brenne.

Káfsi tis Ánoixis.

Káfsi tis Ánoixis.

Die Melodie erstarb, dafür gellte ein markerschütternder Schrei durch meinen Kopf, der in meinen Knochen widerhallte. Schmerz explodierte in meinen Fingern und ich riss meine Hand zurück. Ich kam zu mir und sah dabei zu, wie die Feder in Xanthos' Hand zu Asche verbrannte. Kaum hatte sie sich gänzlich aufgelöst, holte er Luft. Er zuckte zusammen und zog die Hand an den Körper. Ich entdeckte einige Brandblasen. Verdammt. Der Zauber hatte sich doch nicht nur auf die Feder beschränkt.

Doch Xanthos sagte nichts. Er starrte nur ins Leere.

»Xanthos?«

Er drehte den Kopf zu mir und unsere Blicke verhakten sich ineinander. Für eine Sekunde stand er ohne Maske vor mir, ohne die unsichtbare Rüstung, die seine Vergangenheit geschmiedet hatte. Ihm stand all der Schmerz, all die Angst ins Gesicht geschrieben, die er sonst vermutlich nie jemandem zeigte.

Und ich sah den unbändigen Willen darin, mit dem er jedem entgegentrat, der diese Gefühle in ihm erweckte.

Einem dunklen Schleier gleich, überzog ihn die vertraute machtvolle Aura. Seine Schultern strafften sich und ein düsterer Ausdruck legte sich auf sein Gesicht. Er zog die Brauen zusammen und starrte auf seine verbrannte Hand, in seinem Kopf schien es zu arbeiten. Luce, Cathy und ich warfen uns verunsicherte Blicke zu. Er war ja meistens stiller Natur, doch das hier war unheimlich. Cathy fragte mich wortlos, ob sie noch bleiben sollten, ich schüttelte den Kopf. Sie und Luce machten einen Bogen um Xanthos und verließen das Haus. Draußen heulte noch immer ein starker Wind und ich war froh, als die Haustür sich hinter den beiden Turteltauben schloss und ihn aussperrte.

Ich trat näher an Xanthos heran. »Komm, ich helfe dir mit deiner Hand.«

Keine Reaktion. Vorsichtig legte ich meine Finger an seinen Arm und zog sanft daran. Er folgte mir, ohne mich dabei anzusehen. Er ließ sich von mir auf das Sofa drücken. Schnell holte ich eine Heilsalbe und einen Verband zusammen. Die Creme aus Türkis war bei Weitem nicht so machtvoll wie der Kristall, doch sie würde reichen, um die Verbrennungen zu heilen. Hoffte ich.

Ich kniete mich vor Xanthos und streckte meine Hand aus. Ohne Zögern, ohne Protest und auch ohne ein Widerwort hielt er mir seine Finger hin. Ich stützte sie mit meinen eigenen und begann vorsichtig, die Salbe auf die roten Stellen und Blasen aufzutragen.

Xanthos schluckte einmal schwer. »Was hast du gehört?«

Mir war klar, worauf er anspielte.

»Wieder die wunderschöne Melodie, gespielt von einer Geige. Und du?«

Er schwieg und nach ein paar Minuten, als ich mit dem Eincremen fertig und der Verband schon halb an Ort und Stelle war, dachte ich, dass er mir nicht mehr antworten würde. Doch schließlich räusperte er sich.

»Etwas, was mir Freude und Angst zugleich bereitet«, sagte er mit brüchiger Stimme. Mehr wollte er offensichtlich nicht sagen, und ich hakte nicht nach. Mir war auch so klar, dass es ihn beschäftigte.

»Wir finden raus, was dahintersteckt«, versprach ich, als ich den Verband mit einem Tape befestigte. Ich blieb noch etwas auf den Knien und hielt Xanthos' Hand, während er weiter in die Gegend starrte. Verdammt, wenn er so weitermachte, verlor er sich irgendwann in den verwirrenden Gedanken, die diese Feder auslöste. »Ich mache uns einen Tee. Dann rufe ich Nick an, damit er dich abholen kommt.«

Vorausgesetzt, ich fand dieses Steinzeithandy, das er mir gegeben hatte. Zwar konnten wir technische Geräte mittlerweile bis zu einem gewissen Grad nutzen, doch es widerstrebte mir, mich diesem Druck zu beugen. Möglicherweise lag es auch daran, dass es mich schlichtweg überforderte … ich bevorzugte den alten Weg über Magie. Unter den gegebenen Umständen musste ich jedoch in den sauren Apfel beißen.

Mit einem mulmigen Gefühl im Bauch ging ich in die Küche und suchte die Sachen für einen Tee zusammen.

»Ich helfe dir. Sonst wird das wieder nichts.« Ich fuhr zu Xanthos herum, der in die Küche getrottet kam. Der leere Blick war verschwunden, auch wenn er noch immer erschöpft wirkte. Meine Mundwinkel zuckten und ich wandte mich ab, damit er das Lächeln nicht sah, das sich auf mein Gesicht schlich.

»Ich schaffe das allein«, erwiderte ich bestimmt. Doch ich stellte mich extra blöd an und kippte zu viel Teeblätter in das Sieb. Hinter mir hörte ich ein entnervtes Seufzen, dann Schritte. Ich spürte Xanthos hinter mir, noch bevor er an mir vorbei zum Tee griff. Ich wollte ihn davon abhalten, weil er seine verletzte Hand nicht überanstrengen sollte, ließ es aber sein. Er würde sich von mir ohnehin nichts sagen lassen.

»Merk es dir dieses Mal«, brummte er. Er bereitete den Tee zu wie schon vor zwei Tagen. Dieses Mal achtete ich nicht auf seine Bewegungen, die ich auswendig kannte, sondern auf sein Gesicht. Mit jedem Handgriff klärte sich sein Blick, und der harte Zug um seinen Mund kehrte zurück. Er schonte seine verletzte Hand und benutzte vor allem die gesunde. Mir fiel ein Stein vom Herzen, als er mit halb triumphierendem, halb arrogantem Blick den fertigen Tee präsentierte. Er zog die Brauen zusammen und blickte mich abschätzig an, als ich zur Antwort grinste. »Was?«, wollte er wissen und verschränkte die Arme vor der Brust.

»Nichts. Alles gut.« Ich nahm die volle Kanne, stellte sie zusammen mit zwei Tassen auf ein Tablett und trug sie ins Wohnzimmer auf den Couchtisch. Ich ließ mich auf das Sofa daneben fallen und schenkte uns ein. Xanthos streifte durch den Raum und ließ seinen Blick über die Regale schweifen. »Suchst du was?« Statt mir zu antworten, stellte er sich ans Fenster und sah nach draußen, wo die Bäume sich im Wind bogen. Regen prasselte mittlerweile gegen die Scheibe und perlte an dem Glas herunter.

»Ich habe meine Schwestern gehört«, sagte er so leise, dass ich erst glaubte, ihn nicht richtig verstanden zu haben. Ich hatte die Tasse gerade angehoben, um daraus zu trinken, und hielt inne.

»Du meinst, als du die Feder berührt hast?«

»Ja.« Ich biss mir auf die Lippen, um die Fragen, die sich mir stellten, zurückzudrängen. Wenn ich jetzt zu forsch wäre, würde er dichtmachen. Also trank ich ein paar Schlucke Tee. Als Xanthos fortfuhr, redete er noch immer mit dem Fenster. »Ich habe ihr Lachen gehört. Es klang wie … zu Hause. Wunderschön. Gleichzeitig auch schrecklich, weil ich sie so sehr vermisse.«

Bei den Gefühlen, die bei diesen Worten in seiner Stimme mitschwangen, wurde mir ganz warm. Seine Haltung, seine Tonlage – in jenem Moment schien er so zerbrechlich wie das Glas, dem er gegenüberstand, so melancholisch wie der Regen. »Irgendwas«, fuhr er fort, »stimmte nicht.« Er drehte sich um und kam langsam zu mir herüber. Ich ließ ihn nicht aus den Augen, als er den Raum durchquerte und sich neben mich setzte. Er griff nach der Tasse und hielt sie in Händen, ohne vom Tee zu trinken. »Ich halte nichts von Bauchgefühlen«, stellte er klar. »Aber das Lachen … es fühlte sich an wie ein schlechtes Omen.«

»Wo sind deine Schwestern?«

»Sie sind zurück nach Griechenland, in unsere alte Heimat.«

»Wieso bist du nicht mit ihnen gegangen?«

Xanthos führte die Tasse an die Lippen. »Darum.«

Ich schmunzelte. »Ah, das ist natürlich ein nachvollziehbarer Grund.«

Er ging nicht auf meine Provokation ein. »Sind sie in Gefahr?«, fragte er.

»Ich weiß es nicht«, gab ich zu. Ich wollte ihn nicht anlügen. Er nickte einmal, langsam und bedacht. »Wir gehen dem nach. Du kannst ihnen höchstens sagen, dass sie vorsichtig sein sollen. Oder willst du zu ihnen?«

»Die Federn sind hier, also bleibe ich es auch. Aber du hast recht, ich werde ihnen Bescheid sagen.«

Ich schluckte meinen Stolz hinunter, der ihn darauf aufmerksam machen wollte, dass er mir gerade recht gegeben hatte. Trotzdem musste er es mir ansehen, denn seine Mundwinkel zuckten und er schüttelte gönnerhaft den Kopf. »Gewöhn dich nicht dran«, murmelte er und trank seinen Tee aus. Er stellte die Tasse auf den Tisch und ließ sich in die Kissen sinken.

»Wie geht es deiner Hand?«

»Pocht etwas, ansonsten ist sie okay. Danke.«

»Jetzt wird es unheimlich«, erwiderte ich. Xanthos griff nach einem Sofakissen und warf es nach mir. Ich wich aus, doch dabei fiel mir fast die Tasse aus der Hand. Ich stellte sie auf dem Tisch ab und nahm das Kissen in meine Arme. Ich klammerte mich daran fest, als ich Xanthos musterte. Er hatte die Augen geschlossen und den Kopf in den Nacken gelegt. »Soll ich Nick anrufen?«, fragte ich.

»Gleich«, antwortete er und klang fürchterlich müde. Er würde mir doch nicht auf meinem Sofa einschlafen? Ich verhielt mich so still wie möglich und sah dabei zu, wie seine Atemzüge langsamer und tiefer wurden. Die verletzte Hand, die er die ganze Zeit verkrampft an seinen Körper gehalten hatte, entspannte sich. Ich ließ meinen Blick über ihn gleiten, blieb an seinem Haar und der weißen Strähne darin hängen. Einige Minuten verstrichen, in denen Xanthos' Kopf ein wenig zur Seite kippte. Im Schlaf sah er fast schon friedlich aus. Vorsichtig rückte ich ein Stück näher an ihn heran. Ich strich mit meinen Fingern durch sein weiches Haar und fuhr mit dem Daumen ein Stück an seiner Schläfe entlang. Dann nahm ich die weißen Haare zwischen meine Fingerspitzen und ....

Plötzlich schoss seine gesunde Hand nach oben und umklammerte mein Handgelenk mit stählernem Griff.

»Ilena«, murmelte er, ohne die Augen zu öffnen. »Das gehört sich nicht.« Das schiefe Lächeln in seiner Stimme war unüberhörbar. Ich wand mich grinsend in seinem Griff, doch ich hatte gegen seine Kraft keine Chance. Irgendwann war er das Spielchen leid. Er atmete tief ein und zog mich an sich. Ich fiel auf seine Brust. Er legte beide Arme um mich und pinnte mich fest.

»Du tust mir weh«, brummte er und ich hielt inne.

»Dann lass mich los.« Der Druck seiner Arme löste sich, trotzdem ließ er sie auf mir liegen. Ich hätte aufstehen und gehen können. Doch ich tat es nicht. Stattdessen brachte ich mich in eine bequemere Position und lehnte meinen Kopf an Xanthos' Schulter. Ich fühlte seine Brust vibrieren, als er leise lachte. Er zog mich enger an sich und hüllte mich in seine Wärme, seinen Duft ein. Mir gefiel nicht, wie mein Körper darauf mit seiner eigenen Hitze reagierte, die nichts mit Magie zu tun hatte.

»Körperkontakt hilft bei der Heilung«, sagte ich.

»Wenn Ihr das sagt, ehrenwerte *Mágissa*.«

»Du solltest mehr schlafen und weniger reden«, gab ich zurück.

Er schmunzelte nur.

Dann wurden seine Atemzüge tiefer und ich spürte, wie er sich unter mir entspannte. In den letzten Tagen waren so viele außergewöhnliche und verwirrende Dinge geschehen, aber in Xanthos' Armen zu liegen und mich … gut dabei zu fühlen – das überraschte mich am meisten. Gerade ging alles drunter und drüber, ich wusste nicht, wo mir der Kopf stand, und diese simple Geste schenkte mir eine Ruhe, die mir in den letzten Tagen nicht vergönnt gewesen war. Ob er das wusste? Oder sehnte er sich nur nach einer Pause? Bevor ich es zerdenken und zu dem Schluss kommen konnte, dass diese Situation einfach keinen Sinn ergab, schloss ich die Augen und genoss es. Xanthos' stetiger Herzschlag war das Letzte, was ich hörte, ehe ich einschlief.

Am nächsten Morgen lag ich allein auf der Couch. Xanthos musste mich umgebettet und dann zugedeckt haben, bevor er gegangen war. Ich hatte es nicht mitbekommen. Deswegen war ich zunächst verwirrt, als ich mir den Schlaf aus den Augen rieb und mich nach und nach an den vergangenen Abend erinnerte. Nach einer kurzen Dusche schlurfte ich in die Küche und kochte mir einen Kaffee mit Instantpulver, da würde nicht viel schiefgehen. Als ich mit der Tasse, aus der es dampfte, im Wohnzimmer stand, fiel mir die Stille auf. In den letzten Tagen war hier so viel los gewesen, dass sich der Raum jetzt leer und fürchterlich ruhig anfühlte. Früher hatte ich auch viel Zeit allein verbracht, trotzdem war es jetzt anders. Brummelnd trank ich meinen Kaffee und streunte durchs Wohnzimmer. Ich suchte die Bücher aus den Regalen zusammen und sammelte sie auf dem Tisch in der Mitte des Raumes. Ich blätterte sie durch, in der Hoffnung, etwas über die Feder herauszufinden, doch meine Suche blieb ergebnislos. Ich schrak auf, als es an der Tür klingelte.

Lächelnd stand ich auf und begrüßte meine Besucher.

»Ich sollte dir einfach einen Schlüssel geben«, sagte ich zu Rya, als ich sie hinter der Tür entdeckte.

»Ich hätte nichts dagegen.« Grinsend schob sie sich an mir vorbei. Sie war allein und ich schloss die Tür hinter ihr.

»Ich knöpfe den Turteltauben ihren ab, dann bekommst du ihn.«

»Das kannst du ihnen gleich selbst sagen.«

»Oh?«

»Wir sind mit ihnen, Nick und Xanthos verabredet.«

»Das ist mir neu.«

»Du hast lange geschlafen, wir haben in der Zwischenzeit einiges organisiert. Xanthos hat uns von eurem Gespräch mit den beiden erzählt. Und von der zweiten Feder. Wir haben beschlossen, in die Katakomben zu gehen und nach weiteren Hinweisen zu schauen. Auf dem Dach des Ordens haben wir nichts gefunden.« Sie zog ein zusammengefaltetes Blatt Papier aus ihrer hinteren Hosentasche.

»Die Karte habe ich erstellt, als ich bei den Gorgonen war. Ich hatte sie schon ganz vergessen. Vielleicht kann sie uns heute behilflich sein.«

Als sie mein Zögern bemerkte, legte sie mir eine Hand auf den Arm. »Du musst nicht mit«, sagte sie. »Wir gehen auch allein, aber ich wollte dich zumindest fragen.«

»Natürlich komme ich mit«, erwiderte ich. »Ich überlege nur, was ich Hilfreiches im Haus habe. Und ich muss mir den Ordenspullover anziehen. Gib mir fünf Minuten.«

Ich schnappte mir einen Jutebeutel und stopfte alles hinein, was mir irgendwie brauchbar erschien. Alles, was nicht unbedingt einen großen Schubs meiner Magie benötigte, um aktiviert zu werden. Zu guter Letzt zog ich mir das silberdurchwirkte Oberteil an. Rya stand immer noch im Flur, als ich wenig später zu ihr zurückkehrte. Sie bedachte mich mit einem Blick, der vor Neugierde triefte.

»Raus damit«, sagte ich, während ich mir die Schuhe anzog.

»Xanthos ist erst heute Morgen nach Hause gekommen«, antwortete Rya, verdächtig bemüht darum, ihre Stimme möglichst ausdruckslos klingen zu lassen.

»Und?« Nein, so leicht würde ich es ihr nicht machen.

»Er hat gelächelt, Ilena. Gelächelt!« Sie hob die Arme, als könnte sie es nicht fassen. »Weil er gut gelaunt war. Nicht, weil er den Tod von jemandem plant.«

Ich hielt inne und sah zu ihr auf.

»Gruselig, nicht wahr?«

Sie kniff die Augen zusammen. »Was habt ihr gemacht? Will ich das überhaupt wissen?«

»Wieso glaubst du, dass er so lange hier war? Er kann doch überall gewesen sein«, erwiderte ich.

»Er hat es mir gesagt.«

»Wir haben nichts *gemacht*«, erwiderte ich schmunzelnd. »Nur geschlafen. Nachdem ich ihm die Hand angekokelt und dann verbunden habe.«

»Und trotzdem kommt er bester Laune nach Hause«, sagte Rya mit einem triumphierenden Schmunzeln. »Was sagt das über euch aus?«

»Hör zu, nur weil du bis über beide Ohren verliebt bist, heißt das nicht, dass das auch für andere gilt.«

»Bei den Göttern, ihr seid euch so ähnlich«, lachte Rya. »Genau das hat Xanthos heute Morgen auch gesagt, als ich ihn ausgefragt habe. Nur mit etwas mehr Verachtung in der Stimme.«

Ich grinste, weil ich mir das nur allzu bildhaft vorstellen konnte, auch wenn sich ein kleiner Stich Enttäuschung darunter mischte. »Und er sagt immer die Wahrheit.« Ich ahmte seine tiefe Stimme nach und verschränkte die Arme vor der Brust. Mir blieb das Lachen im Hals stecken, als mir bewusst wurde, dass ich darüber keine Scherze machen sollte. Rya bemerkte meinen Gemütsumschwung und nickte.

»Wir sollten das zu schätzen wissen«, sagte sie.

»Mache ich auch. Wenn er nicht gerade dieselbe Ehrlichkeit mit zweifelhaften Methoden auch von anderen einfordert.«

Rya wusste genau, worauf ich anspielte und deutete mit dem Kinn auf meinen Oberkörper. »Hat sich bei deinem Tattoo noch etwas getan?«

»Nein. Es ist nach wie vor kupferfarben.«

»Hast du ihm mittlerweile erzählt, warum du deswegen mit mir sprechen wolltest?«

»Das hole ich noch nach«, sagte ich.

Rya zog die Augenbrauen nach oben. »Du könntest es ihm auch *zeigen* …«, schnurrte sie, dann schlug sie sich selbst die Hand vor die Lippen.

Mir klappte der Mund auf. »Rya«, sagte ich mit gespielter Empörung. »Du hast eindeutig zu viel Zeit in meiner Gesellschaft verbracht.«

Ihre Wangen färbten sich leicht rot und sie schüttelte den Kopf. »Ich befürchte es auch. Lass uns gehen.«

Wir fuhren mit der U-Bahn in die Stadt. Nick und Xanthos mussten noch ein paar Dinge im Orden regeln und würden uns direkt an dem vereinbarten Ort treffen. Auch Luce und Cathy waren auf dem Weg. Je näher wir unserem Ziel kamen, umso stiller und unruhiger wurde Rya. Es war helllichter Tag und trotzdem sah sie sich aufmerksam um, als erwartete sie, dass uns hinter der nächsten Ecke etwas auflauerte.

»Wann warst du das letzte Mal unten?«, fragte ich, als wir uns Gasse für Gasse von der Hauptstraße entfernten.

»Seit du mich wieder erweckt hast, nicht mehr«, gab sie zu. »Luce und Cathy sind ständig dort unterwegs, ich habe es bisher noch nicht über mich gebracht.«

Die düsteren Erinnerungen an ihre Zeit bei den Gorgonen unter der Stadt standen ihr ins Gesicht geschrieben. Ich griff nach ihrer Hand und drückte sie.

»Wir machen das gemeinsam. Und wenn du willst, kannst du jederzeit abbrechen.«

Als wir die letzte Ecke umrundeten, seufzte Rya. Nick, Xanthos, Luce und Cathy waren bereits da und warteten auf uns. Ich stolperte kurz, als ich ihre Aufmachung sah. Sie waren alle in die volle Uniform der Krieger gekleidet, nicht nur die Pullover, und an den Gürteln steckten die Dolche in Futteralen. Rya ging zu Nick und nahm ihm einen Brustgurt ab, in dem eine Waffe steckte. Diese war im Gegensatz zu den anderen aus Gold, vermutlich ein ungefährliches Pendant zu jenen Waffen, die allein bei der Berührung am Schaft die Haut einer Gorgone verbrannten.

Zwei Krieger, zwei ehemalige Gorgonen und eine Frau, die irgendwas dazwischen war. So standen sie mir gegenüber. Mir, der Einzigen, die weder mit Waffen noch brauchbarer Magie ausgestattet war. Ich kam mir klein vor. Unbedeutend. Meine Anwesenheit bei diesem Ausflug war nicht essenziell. Ich konnte nicht helfen.

Xanthos löste sich von der Gruppe und kam auf mich zu. Nichts an seiner Haltung oder Miene erinnerte an die Momente, die wir am Abend zuvor zusammen verbracht hatten. Seine Hand war nicht mehr verbunden, die Verletzung kaum noch zu sehen.

»Rya wollte dir eine Waffe geben, ich war dagegen«, sagte er. »Du weißt nicht, wie man damit umgeht. Am Ende hättest du dir nur ein Auge ausgestochen.«

Ich starrte ihn böse an, auch wenn mir klar war, dass er recht hatte. Das würde ich jedoch niemals zugeben. Er nickte und drehte sich um. »Bleib dicht hinter mir.«

»Um dir in den Arsch zu treten? Gern.« Er erwiderte nichts, ich hörte ihn nur in sich hineinlachen. Er und Nick hoben den Gullydeckel aus seiner Vertiefung und setzen ihn neben dem dunklen Loch ab. Rya starrte nervös hinunter. Nick legte ihr eine Hand auf den Rücken und sie lächelte ihn dankbar an.

Luce kletterte als Erste ins Loch, Cathy folgte ihr. Dann war Xanthos an der Reihe. Er stieg die Stufen hinunter und rief: »Jetzt du.«

Ich nahm einen letzten Atemzug, dann machte ich mich an den Abstieg. Zum Glück hielt das Oberteil des Ordens warm, denn in den dunklen Rohren war es kalt. Und muffig, und es stank aufs Übelste. Kaum vorstellbar, dass die Gorgonen freiwillig hier unten gehaust hatten. Auch wenn es in ihren Unterkünften bei Weitem nicht so schlimm gewesen war. Mit einem Platschen, über das ich lieber nicht weiter nachdenken wollte, kam ich mit den Füßen auf dem Boden auf. Kurz hinter mir stieg Rya in den Untergrund herab, dann Nick, nachdem er den Gullydeckel wieder über die Öffnung gezogen hatte.

Luce und Cathy gingen voran, wir anderen folgten ihnen. Je weiter wir uns in die unterirdischen Gänge vorwagten, desto dunkler wurde es. Meine Freunde zogen Taschenlampen aus ihren Taschen. Die Lichtkegel durchschnitten die Dunkelheit und machten eklige Dinge sichtbar, die meine Vorstellungskraft leider übertrafen.

Xanthos hielt mir eines der Geräte hin und ich nahm es ihm dankbar ab. Mir meinen eigenen Weg beleuchten zu können beruhigte mich, auch wenn die Suppe zu meinen Füßen mich bis in meine Albträume verfolgen würde. Über unseren Köpfen donnerten Autos, Züge und andere Gefährte hinweg, die das Gemäuer um uns herum zum Erzittern brachten. Wir liefen eine ganze Weile schweigend weiter, bogen immer wieder ab, bis ich irgendwann die Orientierung verlor. Doch Luce und Cathy zögerten nicht, wenn sie einen Gang wählten.

An einer Kreuzung, von der aus man in drei verschiedene Gänge abbiegen konnte, hielten wir an. Luce deutete auf den Boden in der Mitte des Gewölbes.

»Hier haben wir die Feder gefunden«, sagte sie. Wir leuchteten die drei Gänge ab, die vor uns lagen. Auf unserem bisherigen Weg war uns nichts Auffälliges begegnet, also lag die Antwort auf die Frage, woher diese Feder kam, vermutlich in einer der drei Unbekannten. Wassertropfen fielen von der Decke herab und ich trat einen Schritt zur Seite, damit sie mich nicht trafen. Das Licht der Taschenlampen brach und spiegelte sich im Wasser zu unseren Füßen. Doch auf den ersten Blick erkannte ich nichts Ungewöhnliches.

Mit einem Knistern zog Rya ihre Karte aus der Hosentasche und faltete sie auf. Nick hielt den Strahl seiner Taschenlampe darauf, damit sie sie lesen konnte. Mit konzentriertem Blick suchte Rya die Karte ab, drehte sie und sah dann auf.

»Wenn mich nicht alles täuscht, dann gibt es hier ganz in der Nähe eine ehemalige Unterkunft, oder?«

Luce schüttelte den Kopf. »Nein. Die nächste ist fast einen Kilometer weg.«

»Merkwürdig. Bei meinen Streifzügen habe ich hier eine Stelle markiert. Da waren ein Bogen mit einer der bunten Schlangenmarkierungen und ein magischer Schleier.«

»Welche Richtung?«, fragte Cathy und leuchtete die Gänge ab.

»Mitte.«

Also folgten wir dem mittleren Weg, nur führten nun Rya und Nick unsere Gruppe an, Luce und Cathy bildeten die Nachhut. Gut fünfzig Meter glich diese Röhre all den anderen, die wir heute schon passiert hatten. Dann veränderte sich plötzlich etwas in der Luft. Ich schluckte schwer, als mich etwas im Hals kratzte, und räusperte mich. Xanthos drehte sich um und leuchtete mir mit der Taschenlampe ins Gesicht. Ich blinzelte und schirmte mit der Hand den Lichtstrahl ab.

»Nimm das Ding runter.«

»Wenn du mir sagst, was du spürst«, erwiderte er. Die Schritte der anderen hielten inne. Ich knipste meine Lampe aus und Xanthos war so gütig, auch seine herabzusenken. Ich atmete einmal tief ein und schmeckte die Luft.

»Es riecht nach … Rauch. Und Asche. Als würde etwas brennen.«

Xanthos sah über meine Schulter zu Luce und Cathy, eine Frage im Blick. Seinem Ausdruck zufolge bemerkten sie nicht dasselbe wie ich. Auch Rya und Nick schüttelten den Kopf, als er sich ihnen zuwandte.

»Wie weit ist es noch?«, wollte er von Rya wissen.

»Hundert Meter, ungefähr.«

Mit einer Kopfbewegung forderte er uns dazu auf, weiterzugehen. Doch statt vor mir zu laufen, blieb er jetzt an meiner Seite und leuchtete mir den Weg, da meine Lampe noch immer aus war. Er berührte mich am Ellbogen und führte mich, während ich versuchte, dieser komischen Veränderung in der Luft auf die Spur zu kommen. Mittlerweile war mein Hals ganz rau und nur mit Mühe und Not unterdrückte ich den Drang zu husten. Doch da war nichts in der Luft um uns herum. Kein Rauch, kein Staub, keine Asche. Und doch schmeckte ich sie auf meiner Zunge.

»Sollte ich mir Sorgen machen?«, fragte Xanthos leise, während wir weiter durch das Rohr liefen.

»Noch nicht«, sagte ich. Denn auch wenn hier eindeutig etwas Magisches am Werk war, so ging davon doch keine Gefahr aus. Xanthos' Hand glitt von meinem Ellbogen zu meinen Fingern.

»Du bist nicht heiß«, meinte er ruhig.

Was sollte denn das jetzt? Mal abgesehen davon, dass er damit völlig falschlag … Oh. Oh! *Bei Hekate, reiß dich zusammen, Ilena.*

Er meinte damit nur, dass ich nicht kurz davor stand, in Flammen aufzugehen. Der Rauchgeruch kam also dieses Mal hoffentlich nicht von mir. Ich drückte seine Hand fester als nötig, und sein dreckiges Grinsen verriet mir, dass er genau wusste, welche Assoziation ich gehabt hatte. Statt meine Hand nach dieser Feststellung loszulassen, verflocht er seine Finger mit meinen und zog mich weiter neben sich her. Das war auch nötig, weil mein Hirn sich so sehr auf seine Haut an meiner festbiss, dass das Alleinlaufen zu kurz kam.

Vor der nächsten Abbiegung hielt Rya an. »Da ist es.« Sie trat zur Seite und machte uns Platz. Vor uns tat sich ein Durchgang auf, dahinter lag ein weiterer dunkler Gang. Rya leuchtete mit ihrer Taschenlampe auf den höchsten Punkt des Bogens. »Dort war das

Symbol.« Sie schritt auf den Bogen zu und fasste an den Rand. Von dort strich sie seitlich in die Luft, doch nichts passierte. »Hier war damals der Schleier. Das magische Netz. Jetzt ist es weg. Ich kann nichts mehr spüren.«

Xanthos sah zu mir, eine stumme Frage im Blick. Ich nickte und er trat voran in den dunklen Raum, der dahinter lag. Als ich unter dem Bogen durchschritt, spürte ich, wie eine fremde Macht an mir zupfte. Das Mal auf meiner Stirn erwärmte sich. Gleichzeitig wurde der beißende Gestank nach Rauch schlimmer. Ein sanfter Luftzug begleitete uns, schob uns weiter in die Schatten. Es knirschte unter unseren Schuhen, das Wasser war fort, dafür bedeckten Staub und kleinere Gesteinsbrocken den Boden. Die Luftfeuchtigkeit ging mit einem Mal gegen null. Rya, Nick, Luce und Cathy traten hinter uns in den Raum ein und tasteten mit den Lichtstrahlen den Raum ab.

Mein Herz schlug langsamer, dafür spürte ich den Puls deutlich in meinen Ohren. Das Wummern wurde lauter, meine Brust enger. Zitternd atmete ich ein und betrachtete, was das Licht offenbarte.

Kratzspuren.

Ein Fiepsen ertönte in meinen Ohren und überdeckte alles andere. Ich ließ Xanthos' Hand los und trat auf eine der Wände zu. Dort, im Lichtkegel, waren die Spuren, die Krallen in den Stein gerissen hatten, deutlich zu erkennen. Ich streckte meine Finger aus und fuhr mit den Spitzen die Vertiefungen nach. Ungefähr drei Zentimeter tief war der Stein aus der Wand gerissen, die Kanten waren scharf und überraschend glatt. Und es waren so viele. Mein Blick schweifte zum Boden und landete auf einem dunklen Etwas. Ich bückte mich und griff danach, ehe ich mich eines Besseren besann. Die weiche Feder kitzelte meine Haut. Es war eine kleine Daunenfeder, weich und ohne Färbung an der Spitze.

Und dann hörte ich die Violine. Nicht allumfassend, so wie die letzten Male, sondern nur wie ein weit entferntes Geräusch im Hintergrund. Und ich hörte Schreie. Es waren keine Klagelaute, sondern Rufe. Verzerrt, hoch. Sie kamen aus den Schatten.

Plötzlich blendete mich ein Licht und jemand rüttelte an meiner Schulter.

»Alles okay?«, fragte Xanthos. Die Musik und die Stimmen verschwanden.

»Schaltet die Lampen aus«, sagte ich. Als niemand mir gehorchte, wiederholte ich es mit mehr Nachdruck. »Macht die Lampen aus. Bitte.«

Rya kam meiner Aufforderung als Erste nach, die anderen folgten ihr nach und nach. Kaum verblasste die Helligkeit, kamen die Geräusche, die wie aus einer anderen Welt schienen, wieder zurück. Ich drehte mich im Kreis, die Feder fest in der Hand, bis ich sie am deutlichsten verstand. Ich ging ein paar Schritte durch den Raum, die anderen wichen mir aus, ohne dass ich etwas sagen musste.

Als ich die Stelle fand, an der alle Empfindungen am deutlichsten waren, blieb ich stehen und schloss die Augen. Die Schreie. Sie waren mit Wut getränkt. Und mit Erleichterung. Nur konnte ich nicht sagen, ob sie menschlichen Ursprungs waren oder nicht. Doch wenn ich mir die Spuren ansah, die diese Wesen hinterlassen hatten …

Ich ließ die Feder fallen und der Raum verstummte. Ich hörte meine Freunde atmen, warten. Mit geöffneten Augen wandte ich mich ihnen zu.

»Sie waren hier.«

»Wer?«, fragte Luce.

»Wem auch immer diese Federn gehören.«

»Haben sie sich hier versteckt?«, wollte Cathy wissen.

»Nein«, antwortete ich. »Seht euch um. Das hier war kein Unterschlupf. Es war ein Gefängnis, aus dem jemand um jeden Preis rauswollte. Ich spüre die Wut, die hier ausgelebt wurde. Die Verzweiflung.« Ich sah zu Rya. »Du hast in deinem alten Leben nicht zufällig ein paar geflügelte Wesen versteinert und hier eingesperrt?«

Rya wurde blass. »Was? Ich … das kann nicht sein. Ich war doch erst hundert Jahre in dieser Stadt. Wie hätte ich diese … Dinger hierherbringen sollen?«

»Vielleicht hast du sie versteinert, und jemand anderes hat sie hergebracht und hier versteckt. Medusa vielleicht?«

»Wozu?«

»Die Wesen scheinen gefährlich zu sein. Ist das nicht Grund genug?«, fragte Luce.

Nick schüttelte den Kopf. »Das ergibt keinen Sinn.«

»Aus der Erfahrung kann ich sagen: Das wird es noch«, warf ich ein. »Rya, kannst du irgendwas spüren? Und du, Xanthos? Hörst du etwas?«

»Nein«, antworteten beide.

»Ihr riecht auch nichts?«

Alle schüttelten den Kopf. Merkwürdig.

»Also fassen wir zusammen. Irgendwas war hier unten, vermutlich versteinert, und ist dann nach Ryas mittlerweile drittem Tod und dem Erlöschen ihrer Macht wieder erwacht und war hier gefangen.«

»Und als dann der magische Schleier wegfiel, sind sie geflüchtet«, vermutete Xanthos und leuchtete den Raum ab.

Rya drehte sich zu dem Bogen um, zwischen dem einst der Schleier gespannt gewesen war. »Wenn der erst später fiel ... von wem war er dann?«

»Wie hatte es sich damals angefühlt?«, fragte ich Rya.

Sie überlegte einen Moment »Wie ... Magie. Da war nichts Besonderes, zumindest nichts, was ich gespürt hätte.«

»Mh.«

»Aber wir wissen jetzt, dass etwas mit Federn und Klauen auf die Welt losgelassen wurde«, knurrte Xanthos. »Wieso nur beschleicht mich das Gefühl, dass diese Dinger noch schlimmer sind als die Gorgonen? Nichts für ungut.«

Rya winkte ab.

»Haben wir eine Ahnung, was sie wollen?«, fragte Luce.

»Im Zweifelsfall: fressen«, mutmaßte Nick. »Purer Überlebensinstinkt macht unberechenbar.«

Ich atmete tief durch. »Luce, Cathy, ihr solltet wie besprochen die *Mageía Mésa* abklappern. Nennt meinen Namen nicht. Sagt einfach nur, was ihr hier gefunden habt und ob jemand etwas weiß oder kommen und helfen kann. Mit Magie könnte man das hier auslesen. Rya und Nick, ihr solltet sie wie Schatten begleiten und sie beschützen. Wenn diese Viecher wirklich in der Stadt unterwegs sind, sind mehr Augen immer besser als weniger.«

Ich drehte mich zu Xanthos um. »Du scheinst bei ihnen gerade genauso unbeliebt zu sein wie ich, du kannst mit mir kommen, wenn du willst.«

Ihn auszuschließen traute ich mich nicht, das hätte nur sein Misstrauen geschürt. Außerdem wollte ich ihn dabeihaben. Mit ihm fühlte ich mich sicherer.

»Und was genau hast du vor?«, fragte Rya.

»Ich werde ein paar Regeln brechen«, sagte ich. Das düstere Grinsen von Xanthos spiegelte das meine wider.

Wir teilten uns auf. Ich schrieb Rya und den anderen eine Liste mit Namen von Magierinnen und einigen Aussätzigen auf, die sich wie ich im Krieg auf eine Seite geschlagen hatten und damit nicht mehr vollständig unter dem Bann der *Ischyró Mágo* standen. Bei ihnen war die Chance, dass sie uns helfen würden, am höchsten. Sie würden eine nach der anderen besuchen und um Rat bitten. Xanthos und ich fuhren mit einem der Wagen des Ordens in einen Stadtteil in der Nähe des botanischen Gartens, in dem die *Mageía Mésa* ihr Hauptquartier hatten.

Xanthos parkte den Wagen in einer Haltebucht an einer nicht stark frequentierten Nebenstraße. Das Wetter war durchwachsen, dunkle Wolken türmten sich am Himmel und es nieselte leicht. Der Regen und das diffuse Licht wirkten wie ein Schleier, der einem die Sicht verzerrte. Ich lächelte, denn bei diesen Verhältnissen verirrten sich weniger Leute nach draußen. Wobei die Gefahr nicht von den Leuten außerhalb meines Zielobjektes ausging, sondern von denen darin, aber der fadenscheinige Schutz beruhigte mich.

Die Tür an der Fahrerseite schlug zu, kurz darauf stand Xanthos neben mir und folgte meinem Blick. Vor uns, auf der anderen Straßenseite, erhob sich ein altes Gebäude, das einem Schloss glich. Es war eine Bibliothek, die unzählige antike Werke enthielt und – ohne es zu wissen – auch alte Geheimnisse der *Mageía Mésa* schützte. Ich setzte mich in Bewegung und der Krieger folgte mir wie ein Schatten.

»Man sieht es nicht, aber auch die *Mageía Mésa* haben sich den Untergrund dieser Stadt zu eigen gemacht. Wie ein Pilzgeflecht haben sie ein Netz unter der Stadt geformt, das an einigen Stellen nach oben durchbricht beziehungsweise mit der Oberfläche verschmilzt. Diese Bibliothek ist einer dieser Orte, die zu dem Netzwerk gehören, ohne dass die Menschen etwas davon ahnen. In den Kellern, die durch magische Schleier vor neugierigen Blicken verborgen sind, lagern die *Mageía Mésa* ihr papiergebanntes Wissen«, erzählte ich, während wir uns auf das Gebäude zubewegten.

»Wieso hier?«

»Es ist einfacher, ein bereits gebautes Nest zu nutzen, als eines von Hand zu erschaffen«, erklärte ich.

»Wie ein Pilz könnt ihr also auch in Symbiose mit anderen Lebewesen existieren.«

»Sozusagen«, sagte ich und grinste. »Man könnte es auch als Faulheit bezeichnen. Oder als effizient, weil wir Einrichtungen nutzen, die genau nach unseren Ansprüchen geformt sind. Nirgendwo sind alte Schriften und Bücher besser aufgehoben als hier, einem Ort, der genau dafür gebaut wurde.«

Xanthos kniff die Augen zusammen, als ich nicht den Weg zum Haupteingang, sondern auf die Rückseite des Gebäudes zusteuerte. Doch er zögerte nicht und folgte mir.

»Von normalen Eingängen haltet ihr nichts, oder?«, wollte er wissen.

Ich schluckte schwer, was seinen Argusaugen nicht entging, und ich antwortete schnell. »Die Magierinnen benutzen hier die Türen am Haupttor. Den Zugang, den ich suche, benutze nur ich. Du solltest nachher auch schnell wieder vergessen, dass du davon weißt.«

Xanthos blieb stehen und mit einem Seufzen tat ich es ihm nach. »Was genau meinst du damit?«

»Hey«, sagte ich und deutete mit dem Finger auf ihn. »Du hast gemeint, dass du gern ein paar Regeln brechen willst, und genau das tun wir jetzt. Also beschwer dich nicht.« Er griff nach meinem ausgestreckten Finger, umfasste meine Hand mit seiner und zog mich ein Stück näher zu sich. Wassertropfen hingen in seinen Haaren, seinen Wimpern und benetzten sein Gesicht. Ich konnte sie zählen, so nah beugte er sich zu mir herunter. Sein Atem streifte meine Wange, als er sprach.

»Ich frage mich nur, wieso ich den Eindruck nicht loswerde, dass das nicht das erste Mal ist, dass du genau diese Regel brichst. Ich dachte, du hast vor Ryas Auftauchen Hekate und den Gesetzen der *Mageía Mésa* bisher immer bedingungslos Folge geleistet. Oder täusche ich mich?« Verdammt. Ich hatte zu viel gesagt. Verlegen sah ich zur Seite. Xanthos nahm mein Kinn zwischen seine Finger und brachte mich sanft dazu, ihn wieder anzusehen. Er rückte ein Stück von mir ab. »Bist du schon mal hier eingebrochen?«

»Ja«, antwortete ich leise. »Aber ich werde dir nicht verraten, wieso. Das ist eine Erinnerung, die ich nicht teilen will. Zumindest noch nicht.«

Xanthos nickte und biss sich auf die Lippe, als müsste er eine Erwiderung unterdrücken. Er ließ mich los und deutete mit dem Kinn in die Richtung, in die wir eben gelaufen waren. »Lass uns weitergehen.«

Ich zog meinen Pullover enger um mich und ging voran. Am anderen Ende des Gebäudes, wo es schon fast an den Zaun grenzte, der das Grundstück einrahmte, näherte ich mich der Mauer. Ich legte meine Hand auf die Backsteine und fuhr darüber. Hoffentlich hatte der Zauberspruch all die Jahre überstanden. Auch hier hatte ich mich von anderen inspirieren lassen, dieser Zugang war dem am Gewächshaus nachempfunden. Nur dass dieser illegal war. Ich hatte viele solcher Eingangsportale an unterschiedlichen Archiven angelegt und das letzte Mal bei der Suche nach Hinweisen zu Ryas Fluch benutzt, aber nicht diesen hier.

Meine Fingerspitzen prickelten und mein Mal erwärmte sich, als ich den richtigen Stein in der Mauer fand.

»Bingo«, murmelte ich. Xanthos trat näher an mich heran und sah mir über die Schulter, als ich den Stein ein Stück nach innen drückte.

Die soliden Steine wurden transparent und verwandelten sich in eine bunt schimmernde Oberfläche. Dahinter lag – wie ich es erhofft hatte – nur Dunkelheit.

»Im Gegensatz zum Gewächshaus können Menschen diesen Zugang sehen. Sorge dafür, dass niemand ihm zu nahe kommt. Wenn ich gleich hindurchgehe, dann schützt mich eine Art zweite Haut für genau eine Stunde davor, dass die *Mageía Mésa* mein Eindringen bemerken. Trotzdem muss ich leise sein. Wenn sie mir zu nahe kommen oder mich hören, habe ich ein Problem. Falls ich also in einer Stunde nicht zurück bin, verschwindest du allein. Verstanden? Und bevor du fragst: Es funktioniert nur bei einer Person, eine zweite würde man sofort entdecken.«

»Ich halte dir hier den Rücken frei.«

»Danke.«

»Viel Glück.« Xanthos bedachte mich mit einem langen Blick. Dann drehte ich mich um und trat durch den Schimmer. Wieder spürte ich die Magie meine Haut kitzeln. Es hörte auch nicht auf, als ich in den kleinen Raum hinter dem Durchgang trat. Gut, der Schutzzauber funktionierte.

Wie damals.

Nicht. Jetzt.

Der Durchgang schloss sich wieder und sperrte das Licht aus. Als meine Augen sich an die Dunkelheit gewöhnt hatten, ging ich zu der kleinen Falltür, die im Boden eingelassen war. So leise wie möglich öffnete ich sie und legte den schweren Deckel auf dem Boden ab. Dann setzte ich mich daneben, schwang die Beine über den Rand des Lochs und stieß mich ab.

Der Fall dauerte nicht lange, der Durchgang war nicht tief, da es sich nur um eine Zwischenebene handelte. Früher war der Raum ein Lager gewesen und das Zwischengeschoss hatte man als eine Art Kühlschrank genutzt, weil die steinernen Mauern die Wärme von draußen abschirmten. Heutzutage war niemand mehr darauf angewiesen und es stand leer.

Geduckt lief ich ein paar Meter nach rechts, wo in der Wand eine Vertäfelung angebracht war, die sich zur Seite schieben ließ. Bevor ich mich allerdings daran zu schaffen machte, presste ich mein Ohr dagegen und lauschte. Ein paar Herzschläge lang hörte ich nichts, es war also anscheinend niemand da. Vorsichtig schob ich meine Finger in die Vertiefungen an den Rändern und zog dann an der Vertäfelung, die nach einigen Sekunden nachgab.

Auf der anderen Seite erwartete mich der erste Raum des magischen Archivs. Unwillkürlich lächelte ich, als mir die geballte Kraft von Abertausenden zaubergeladenen Unterlagen entgegenschlug. Wieder steckte ich meine Füße zuerst durch die Öffnung und ließ mich dann an der Wand herunterrutschen, bis ich auf dem Boden landete. Die Öffnung war nun auf Kopfhöhe, ich hoffte sehr, dass meine Muskeln nachher ausreichen würden, um mich mithilfe des Regals darunter wieder hochzuziehen. Auch da hatte ich mich das letzte Mal auf Magie verlassen können. So gut es ging, zog ich die Vertäfelung wieder an ihren Platz, sodass man in dem schummrigen Licht hier unten nicht sofort erkennen würde, dass etwas nicht stimmte. Ja, ohne Magie gab es definitiv ein paar Risiken mehr, aber da musste ich jetzt durch. Im Kopf ging ich den Plan der Bibliothek durch und erinnerte mich an den Standort der Bücher zu den magischen Kreaturen dieser und der Götterwelt. Auf Zehenspitzen schlich ich durch das Halbdunkel, das hier und da nur von ein paar durch Magie am Leben erhaltenen Flammen erhellt wurde. Alle paar Schritte blieb ich stehen und lauschte, ob sich jemand in meiner Nähe aufhielt, doch es blieb gespenstisch still.

Ich erreichte das gesuchte Regal ohne Zwischenfälle. Die Folianten auf den Brettern waren total angestaubt und teilweise schon uralt und bröckelig. Auch ein paar Papyrusrollen, die direkt aus der Bibliothek in Alexandria entwendet schienen, fanden sich hier. Vorsichtig blätterte ich mich durch die Werke. Ich achtete vor allem auf die Bilder, denn um jeden Text zu lesen fehlte mir die Zeit. Und wenn ich vorher schon gedacht hatte, dass es viele geflügelte Wesen gab, verbesserte es der Einblick in diese Sammlung nicht.

Beim Umblättern machten die Seiten für meinen Geschmack viel zu viel Krach, und ich hielt öfter inne, um nach ungebetenen Gästen zu hören. Also abgesehen von mir. Immer wieder warf ich Blicke auf meine Armbanduhr, um die Zeit nicht aus den Augen zu verlieren. Nach dem zehnten Buch hätte ich am liebsten aufgeschrien, weil mich die schiere Anzahl möglicher Wesen überforderte. Nein, so kam ich nicht weiter. Ich schob das letzte Buch an seinen Platz zurück.

Vielleicht musste ich anders an die Sache rangehen. Wie eine *Mágissa.* Oder wie jemand, der auf die Wesen, was auch immer sie waren, reagierte.

Ich streckte meine Hände aus und legte sie auf die Buchrücken. Dann schloss ich die Augen und ließ mich von meinen Instinkten leiten. Ich fuhr an den ledernen Buchrücken entlang, an den mit Faden gebundenen Büchern und über die zusammengerollten Schriftstücke. Eins nach dem anderen glitt unter meinen Fingern hinweg und …

Da. Unter den Fingerspitzen meiner linken Hand. Ich spürte etwas … Wie einen Sog.

Ich öffnete die Augen und zog etwas aus dem Regal. Es war ein großes, nicht allzu dickes Buch mit einem Einband aus schwarzem Leder. Der Geruch nach Lagerfeuer und etwas Fahlem haftete daran.

Der Titel war lediglich geprägt, nicht farblich abgehoben und im schwachen Licht war er kaum zu lesen. Ich klappte die Deckel auseinander und …

Eine Tür knarzte. Ganz in der Nähe. Dem Geräusch folgte ein Quietschen, als würden alte Scharniere einem Druck nachgeben.

Schritte. Stimmen.

Scheiße.

Ich hatte nicht vorgehabt, heute etwas aus der Bibliothek zu stehlen, jetzt blieb mir nichts anderes übrig. Ich schlug das Buch wieder zu und schlich mich auf Zehenspitzen zurück in Richtung meines geheimen Ausgangs.

Die Schritte kamen näher, die Stimmen auch. Es waren mindestens zwei Frauen, die sich immer tiefer in die Bibliothek vorwagten. Sie mussten Kerzen oder Lampen bei sich haben, denn ein heller Lichtkreis zeigte ihre Bewegungen an. Wenn sie mich fanden, dann war alles umsonst gewesen. Ich beschleunigte meine Schritte, weil ich mich nicht allein auf meinen uralten Schutzzauber verlassen wollte, und atmete erleichtert auf, als ich an der Wand mit dem losen Paneel ankam. Ich schob es beiseite und biss die Zähne zusammen, als ein Schaben zu vernehmen war.

Die Schritte und das Gespräch verstummten.

Wenn sie jetzt ihre Magie einsetzten, war ich geliefert. Denn gegen die passiven Zauber des Gebäudes konnte ich bestehen, gegen die aktiven anderer Magierinnen nicht.

Ich schob das Buch in die Öffnung, dann zog ich mich an der Kante hoch, stieß mich am Regal ab und biss mir auf die Lippe, als meine Muskeln unter der Anstrengung ächzten. Doch das Adrenalin arbeitete für mich, ich schaffte es, mich in das Loch zu ziehen. Nur war es viel zu laut. Mein Besuch nahm sein Gespräch wieder auf, lauter diesmal, gehetzter. Dann setzten die Schritte wieder ein. Sie liefen schneller. Und sie kamen direkt auf mich zu. Ich schob die Vertäfelung an ihren Platz und verschloss den Durchgang fest. Ich blieb an die Wand gelehnt sitzen und atmete in meinen Ellbogen.

Dumpf drangen die Geräusche von der anderen Seite zu mir durch. Doch kein Lichtstrahl war zu sehen, das Paneel saß dicht. Ich gab keinen Mucks von mir und flehte mein Herz an, nicht so laut zu schlagen. Das Rauschen in meinen Ohren kam mir viel zu laut vor.

Die Luft surrte.

Oh verdammt.

Ein Energieschwall sauste durch die Wand, über mich hinweg und weiter den Geheimgang entlang. Es war kein Suchzauber. Ich erahnte die Natur der Magie schwach, aber sie war mir gänzlich unbegreiflich. Trotzdem mussten sie nun wissen, dass ich hier war.

Das war es dann wohl. Hoffentlich hörte Xanthos auf mich und ließ mich zurück. Meine Brust zog sich zusammen, als ich daran dachte, dass er idiotisch genug war und versuchen würde, selbst in die Bibliothek einzubrechen. Nein, Moment. Meine Brust zog sich nicht nur zusammen, sie brannte.

Alle Luft wurde mir aus der Lunge gepresst, mein Innerstes schien zu kochen. Ich fasste mir an den Brustkorb, der sich anfühlte wie immer. Doch er wollte sich nicht mehr bewegen. Ich konnte nicht mehr atmen. Meine Finger fingen an zu zittern, ich wollte um Hilfe rufen, doch kein Laut kam mir über die Lippen.

Mein Herz blieb stehen. Eine Sekunde. Noch eine. Schwarze Punkte flirrten vor meinen Augen und mir wurde schwindelig. Ich schloss die Lider, lehnte den Kopf an die Mauer hinter mir.

Eine Träne rann mir über die Wange, in der nächsten Sekunde explodierte heißer Schmerz direkt über meinem Herz, als würde mir jemand einen Dolch in die Brust rammen. Mein Körper zuckte nicht mal zusammen. Ich saß einfach da, still und reglos, als ginge mich das alles nichts an. Als wäre ich schon tot.

Ein Flattern erklang und katapultierte mich in die Realität zurück, pustete mir Luft in die Lunge und Kraft in meinen Puls. Jetzt wurde ich der aufgeregten Stimmen gewahr, die hinter dem Zugang zum Geheimgang zu hören waren. Zu *verstehen* waren.

»Hier muss etwas sein«, sagte eine von ihnen. Sie klang jung, vielleicht in meinem Alter, doch ich kannte die Stimme nicht. Dumpfe Schläge waren zu hören, als sie die Wand abtastete. Sie würde den Hohlraum finden. Und mich. Und …

Plötzlich war da ein kupferfarbenes Licht direkt vor mir. Zwei Halbmonde und ein Totenkopf leuchteten in der Dunkelheit auf, von denen sich glitzernde Fäden in die Umgebung ausbreiteten. Die Helligkeit reichte aus, um den Ursprung des Zaubers zu erkennen.

Es war eine handgroße Motte. Sie saß mit ihrem flauschigen Körper auf der Vertäfelung. Ihre Fühler bewegten sich ein wenig und ihre Flügel, von denen die Magie ausging, lagen still und ausgebreitet da. Die magischen Fäden spannten ein Netz um das bewegliche Paneel, als würden sie es an seinem Platz halten wollen.

Von der anderen Seite klopfte jemand dagegen.

»Ist da ein Hohlraum?«, fragte eine zweite Stimme. Ich starrte noch immer auf das Tier vor mir, konnte mich nicht bewegen. Wie um alles in der Welt war das möglich?

Jemand rüttelte von außen an der Vertäfelung. Doch sie rührte sich nicht. Die Motte flatterte sacht mit ihren Flügeln und wellenartig breitete sich der Impuls über das schillernde Netz aus, das meine Verfolger von meinem Fluchtweg abschnitt. Die sich ausbreitende Energie kribbelte in meiner Nase und ich erkannte darin dasselbe Temperament wie bei meinen bisher unerklärlichen Magieausbrüchen.

Wieder schlug die Motte mit den Flügeln und die Fühler zuckten. Fast so, als wäre sie ungeduldig. Draußen waren die beiden Magierinnen drauf und dran, mein Versteck zu enttarnen.

Ich sollte abhauen. Das war meine Chance.

Die Motte schleuderte mir einen kupferfarbenen Blitz entgegen, der mich an der Wange traf und zwickte. Sie schien meiner Meinung zu sein. Das war verrückt. Aber was in den vergangenen Tagen war das nicht gewesen?

Ich hauchte ein Danke, warf einen letzten Blick auf das Tier und kroch durch den Gang Richtung Freiheit. Das Buch steckte ich unter meinen Pullover. Als ich in dem Raum über der Falltür stand, zögerte ich erneut. Sollte ich sie schließen? Wie würde die Motte dann entkommen? Ich ließ die Luke offen und wandte mich ab. Ich suchte nach dem Symbol, mit dem sich der Durchgang nach außen öffnen ließ. Meine Beine zitterten und in meinem Kopf rauschte es, weswegen es länger dauerte. Mir kam ein Fluch über die Lippen.

Da war es. Ich berührte die Stelle an der Innenseite der Wand, im nächsten Moment öffnete sich der Durchgang und ich war frei. Ich stolperte durch die magische Barriere auf die andere Seite. Regen begrüßte mich. Und Xanthos, der sofort an meiner Seite war.

»Wir müssen weg«, keuchte ich und rannte auch schon los. Er folgte mir ohne Widerworte und Seite an Seite hechteten wir zu seinem Auto. Kaum dass wir auf den Sitzen saßen, startete Xanthos den Motor. Ich schnallte mich an und warf einen Blick zurück. Als Xanthos die Schaltung auf Drive stellte, hob ich die Hand.

»Warte.«

Er ließ den Motor laufen und wartete auf meinen nächsten Befehl. Wie würde der lauten? Sollte ich zurückgehen und nach der Motte suchen? Ich konnte sie doch nicht einfach zurücklassen, immerhin hatte sie mich gerettet. Wo auch immer sie …

Mit einem Schlag wurde mir kalt.

»Was ist los?« Xanthos beugte sich nach vorn, um mir ins Gesicht sehen zu können. Ich schüttelte den Kopf, dann zog ich mein Oberteil nach oben. Das Buch purzelte in den Fußraum. Ich zog mir den Pullover über den Kopf, dann das Shirt darunter, bis ich im BH dasaß. Xanthos gab einen undefinierbaren Laut von sich und behielt mein Gesicht im Blick. Ich sah an mir herunter und mir stockte der Atem. Die Mondsichel, der Kristall und die kleineren Symbole waren noch da, doch das Mottentattoo war fort.

Kapitel 8

Ilena. Was ist los? Bist du verletzt?«

Ich schüttelte den Kopf, sah aus dem Fenster. Diese Motte … Es war meine Motte. Bei Hekate, wenn es so weiterging, verlor ich noch den Verstand. Plötzlich tauchten auf der Rückseite des Gebäudes Personen auf. Nein, nicht irgendwelche, sondern Frauen der *Mageía Mésa*. Sie liefen mit schnellen Schritten umher und suchten die Umgebung ab. Noch hatten sie uns nicht entdeckt. Auf die Entfernung würden sie uns mit etwas Glück auch nicht hinter den getönten Scheiben erkennen.

Xanthos fluchte, dann setzte er den Blinker, drückte auf das Gaspedal und fuhr auf die Straße. Er beschleunigte so schnell, dass ich in den Sitz gedrückt wurde. Seine Finger lagen verkrampft um das Lenkrad, als er uns durch die Stadt manövrierte.

»Wohin?«, wollte er wissen.

Ich musste erst schlucken, ehe ich antwortete. »Nach Hause.«

In mir kochten die unterschiedlichsten Emotionen hoch. Angst, Wut, Unverständnis, Erleichterung. Und gefühlt eine Million Fragen, die meinen Kopf zum Dröhnen brachten. Ich konzentrierte mich auf meine Atmung, weil alles andere im Moment zu schwer erschien. Ein. Aus. Ein. Aus.

»Verdammte Scheiße«, stieß ich ein paar Minuten später aus.

Xanthos warf mir einen Seitenblick zu.

»Was ist passiert?«

»Ich habe keine Ahnung«, erwiderte ich und fuhr mir mit den Fingern über den Nasenrücken. Xanthos' Blick huschte kurz zu meiner Brust, dann richtete er ihn wieder auf die Straße.

»Letztens hast du mich fast angesengt, als ich dich so gesehen habe. Und jetzt setzt du dich freiwillig so zu mir ins Auto. Ich zweifele an deiner Kontinuität.«

Oh, richtig. Der BH. »Gewöhn dich nicht dran«, murmelte ich und zog mir mein Shirt und den Pullover wieder an. Seine Mundwinkel zuckten, aber er kommentierte es nicht weiter. Ich hob das Buch vom Boden auf und betrachtete es.

I ousía tou káto kósmou. Wenn mein Wissen darüber mich nicht trügte, dann lautete er übersetzt: *Wesen der Unterwelt.*

Oh ja, es wurde immer besser.

In meinem Haus angekommen, ging ich zielstrebig ins Wohnzimmer. Ich legte das Buch auf den Couchtisch. Darin verborgen waren vermutlich die Antworten, die wir suchten, nur hatte ich keinen Kopf, mich darauf einzulassen. Je länger ich auf die Zeichen starrte, die sowohl auf dem Einband als auch im Inneren auf den Seiten prangten, umso schlimmer wurde das Dröhnen in meinem Kopf. Ich riss die Fenster auf, um frische Luft ins Zimmer zu lassen, und trank zwei Gläser Wasser. Doch trotzdem zitterten mir meine Finger und alle meine Muskeln waren aufs Äußerte gespannt. Ganz abgesehen von meinem Puls, der mir noch immer in den Ohren rauschte.

Xanthos sah mir dabei zu, wie ich zwischen den Ecken des Raumes hin und her lief. Das Buch konnte nicht die ganze Antwort sein, oder? Ich nahm es zwischen die Finger, schlug es auf. Die Zeichen und Illustrationen brannten sich in meinen Kopf und ich klappte es wieder zu. Ich schrie frustriert auf und hatte den Arm erhoben, um das Buch von mir zu schleudern, doch eine starke Hand hielt mich ab.

Xanthos umfasste mein Handgelenk und nahm mir das Diebesgut ab. »Kann ich dir irgendwie helfen?«

»Mir ist nicht mehr zu helfen«, brummte ich, riss meine Hand zurück und verschränkte die Arme vor der Brust. Mit dem Fuß wippte ich auf und ab.

»Warum bist du so nervös? Sie haben uns nicht gesehen. Und selbst wenn, sollen sie ruhig kommen, dann schicke ich sie postwendend wieder heim«, sagte Xanthos und legte das Buch vorsichtig auf den Tisch zurück.

»Das ist es nicht, sondern die Motte.«

Xanthos zog die Brauen zusammen. Dann huschte sein Blick flüchtig zu meiner Brust. »Du meinst dein Tattoo? Was ist damit?«

»Es ist lebendig geworden und hat mir bei der Flucht geholfen.«

»Und wir haben es zurückgelassen.«

»Ja.«

Xanthos schüttelte den Kopf. »Das können wir jetzt nicht mehr ändern. Aber wenn die Motte nur halb so intelligent und stur ist wie du, dann kommt sie wieder zu dir zurück.«

Ich ließ die Arme an meine Seite sinken. »Glaubst du wirklich?«

»Ja. In der Zwischenzeit musst du versuchen, dich zu beruhigen. Sonst machst du mich wahnsinnig.«

Ich grinste, weil die Vorstellung mir gefiel. Ich wusste, was er meinte. Ich selbst nervte mich auch mit diesem Gezappel. Bisher hatte es immer ein verlässliches Hilfsmittel für mich gegeben, wenn ich mich schlecht gefühlt hatte. Egal ob traurig, wütend oder etwas anderes. Es war simpel, aber wirkungsvoll … Zumindest zu der Zeit, in der ich über Magie verfügt hatte. Einen Versuch war es wert. Und wenn alles schieflief, war ich zumindest eine Zeit lang beschäftigt.

Ich ging in die Küche und Xanthos folgte mir. Aus dem Schrank nahm ich eine Tasse und füllte sie mit Wasser aus dem Hahn. Ich stellte sie auf die Arbeitsfläche neben dem Spülbecken und hielt mich an der Kante fest. Mit zusammengepressten Lippen starrte ich auf das Wasser und rief nach meiner Magie.

Komm schon, flehte ich sie an. *Das haben wir doch schon hundert Mal gemacht. Das ist doch drin, oder?*

Ich schloss die Augen und murmelte die magischen Worte, um dem Zauber mehr Nachdruck zu verleihen.

Ein leichtes Ziehen in meiner Brust, dann erwärmte sich das Mal auf meiner Stirn. Ich hielt ganz still, weil ich befürchtete, dass jede Bewegung den Zauber unterbrechen konnte. Wieder und wieder sagte ich die Zauberformel, immer heißer wurde das Symbol auf meiner Stirn, bis ich das Leuchten durch meine Lider sah.

Eine Träne rann mir über die Wange, weil meine Magie mir seit Ewigkeiten wieder gehorchte. Als ich spürte, dass es reichte, bedankte ich mich bei meiner Kraft und öffnete die Augen. Das Wasser in der Tasse hatte sich in eine braun-milchige Flüssigkeit verwandelt.

»Ha!«, rief ich aus und lachte. Ich zog die Tasse näher zu mir und betrachtete den Inhalt. »Es hat wirklich funktioniert.« Mit breitem Grinsen drehte ich mich zu Xanthos um, der im Türrahmen stand. Ein winziges Lächeln zierte sein Gesicht und mein Herz schlug bei dem Anblick schneller. Er stieß sich von der Wand ab und kam zu mir herüber. Stolz präsentierte ich ihm die Tasse. Er zog eine Augenbraue nach oben, als er den Inhalt sah.

»Was soll das sein?«

»*London Fog*«, erklärte ich, und als ich seine verwirrte Miene sah, fuhr ich fort. »Das ist ein Getränk aus Earl Grey, Milch und Vanille. Es schmeckt wie … Ich kann es dir nicht mal genau sagen. Immer wenn ich es trinke, geht es mir besser. Das ist wie Rya und ihr Chai Latte.«

Er zuckte mit den Schultern. »Wenn es hilft.«

Lächelnd hob ich die Tasse an meine Lippen, nahm einen Schluck und …

Im nächsten Moment spuckte ich den Inhalt ins Spülbecken.

»Igitt«, fluchte ich und knallte die Tasse auf die Arbeitsfläche. Ich öffnete den Wasserhahn und spülte mir den Mund aus, um den ekelhaft ranzigen Geschmack von meiner Zunge zu waschen.

»War diese Reaktion gewollt?«

Ich warf Xanthos einen bitterbösen Blick zu. »Natürlich nicht. Normalerweise schmeckt es wie zu Hause. Aber das … Wäh.«

Mit dem Ärmel fuhr ich mir über den Mund und wischte die Nässe weg. Ich stemmte meine Hände rechts und links vom Spülbecken ab und starrte hinein. All die Euphorie, die ich während des Wirkens meiner Magie verspürt hatte, schien ebenfalls im Abfluss versickert zu sein. Wie hatte ich nur glauben können, dass es von jetzt auf gleich so einfach sein würde? Meine Finger ballte ich zu Fäusten. Kalte, eisige Finger griffen nach meinem Inneren und schnürten mir die Luft ab.

Ich würde meine Magie vermutlich nie wieder erfolgreich einsetzen können.

Ich war keine *Mágissa* mehr.

Tränen liefen mir über die Wangen und ich kämpfte gegen den Drang zu schluchzen an. Hastig wischte ich die Feuchtigkeit weg. Dann schnappte ich mir die Tasse und kippte den Rest des Gebräus in den Abfluss.

Ich wandte mich um und lief Richtung Wohnzimmer. Xanthos sah mir mitleidig hinterher.

»Ilena.« Fast wäre ich stehen geblieben. Fast wäre ich daran zerbrochen, wie sanft er meinen Namen aussprach. Ich wollte dieses Mitgefühl nicht. Ich verdiente es nicht.

»Nicht jetzt«, erwiderte ich und ging weiter. Der Sturkopf folgte mir.

»Ilena«, sagte er noch mal mit Nachdruck.

Ich wirbelte herum. »Was?«

Er hielt inne und legte den Kopf schief. »Magie ist nicht alles.«

»Wie bitte?«, fauchte ich. »Wo warst du die letzten Tage? Hast du nicht mitbekommen, dass mein ganzes Leben davon bestimmt ist, selbst wenn ich nicht mehr zaubern kann?«

»Es gibt andere Wege …«

»Nein«, unterbrach ich ihn. »Magie lässt sich nur mit Magie bekämpfen, weswegen ein anderer Weg keine Option ist. Und jetzt lass mich in Ruhe lesen.«

Ich ließ ihn stehen und stapfte zum Sofa. Ich nahm mir das Buch und schlug es auf. Die Symbole flirrten vor meinen Augen, doch ich würde es schaffen, sie zu entziffern. Ich musste es. Zunächst blätterte ich mich durch die angegilbten Seiten, die per Hand mit schwarzer Tinte beschrieben waren. Ich besah mir die Illustrationen auf der Suche nach …

Da. Mein Atem stockte, als ich ungefähr in der Mitte auf die Illustration einer Feder stieß, die – obwohl sie nur schwarz-weiß war – unserer zum Verwechseln ähnlich sah. Die Form, die angegebene Länge und die Spitze, die eine andere Schattierung hatte – sie erinnerten mich an unsere Feder.

»Das ist sie«, murmelte ich. Im nächsten Moment setzte Xanthos sich neben mich. Ich hielt ihm das Buch hin.

»Sieht so aus.«

Ich blätterte weiter. Ein paar Seiten weiter hinten fand ich die skizzenhafte Zeichnung der Kreatur, zu der die Federn gehörten. Mein Herz klopfte schneller und schneller. Mit den Fingerspitzen fuhr ich die Symbole nach und kramte in meiner Erinnerung nach deren Bedeutung. Buchstabe für Buchstabe, Laut für Laut entschlüsselte ich die Beschreibung des Bildes. Und mit jedem Wort wurde mir unwohler.

»Die Federn stammen von Harpyien«, erklärte ich Xanthos, der still neben mir saß. »Man bezeichnet sie auch als Boten der Unterwelt, die Menschenseelen oder Menschen selbst entführen und in die Unterwelt bringen. Sie sind halb Frau, halb Vogel und gelten als Personifikation der Sturmwinde. Namentlich genannt werden in den alten Schriften nur zwei von ihnen – Aello und Okypete. Der Sturmwind und die Schnellflügelige. Sie gelten als bösartig, grausam und unberechenbar.«

»So sehen sie gar nicht aus«, meinte Xanthos. Da musste ich zustimmen. Die Skizze zeigte ein wunderschönes Wesen mit dem Kopf und dem Oberkörper einer jungen Frau, deren Arme Flügel waren, und ihre gefiederten Beine, die in Vogelfüßen endeten, wirkten selbst in dieser reduzierten Zeichnung anmutig. Ihr Federkleid, obwohl nur mit schwarzer Tinte dargestellt, schien von innen heraus zu leuchten. Auf dem angedeuteten Boden lag ein offener Beutel aus Leder. Daraus kullerten faustgroße Kugeln, alle in einer anderen Schattierung. Ich suchte im Text nach einer Erklärung. Xanthos beugte sich näher zu mir und sah mir über die Schulter dabei zu, wie ich dem Buch seine Geheimnisse entlockte. Sein Atem kitzelte mich im Nacken.

»Der Beutel enthält die von der Harpyie gesammelten Menschenseelen, die sie in den Tartaros bringen soll. Sie können sowohl ganze Seelen als auch Bruchstücke an sich reißen, je nachdem, ob ein Mensch den Tod finden soll oder nur einen Handel mit der Unterwelt geschlossen hat.«

»Mit anderen Worten: ein Pakt mit dem Teufel?«

»Wohl eher mit Hades.«

»Was erwartet sie im Tartaros?«

»Es ist der dunkelste, tiefste Teil der Unterwelt, wo Seelen gerichtet, bestraft und gefoltert werden.«

»Das ist alles nur ein Teil der Mythologie, oder? Das ist nicht wahr.« Mit dem letzten Satz wollte er sich wohl selbst überzeugen.

»Du meinst, genauso wenig wie die Sage von Medusa und Perseus? Genauso wenig wie es Athene, Hekate und die anderen Götter gibt?«

»Touché. Also haben Sie unseren Ordensbruder entführt und die anderen überfallen?«

»Möglich. Ich frage mich nur, wieso. Und wo sind sie hergekommen?«

»Aus den Katakomben.«

»Ja, aber wer hat sie da hingebracht? Wieso waren sie versteinert? Was hat Rya damit zu tun?«

»Und was wir uns auch fragen sollten: Werden sie wieder zuschlagen?«

Ein dumpfer Knall schreckte uns auf.

»Das war an der Haustür«, flüsterte ich. Xanthos erhob sich und ging auf den Flur, im Gehen zückte er seine Waffe. Mit angehaltenem Atem lauschte ich auf weitere Geräusche.

Tschuck.

Xanthos Schultern spannten sich an, als er zur Haustür lief. Ich sprang auf und rannte ihm hinterher. »Bist du verrückt?« Vor meinem geistigen Auge manifestierte sich das Bild einer riesigen Harpyie, die ihre Krallen in Xanthos' Fleisch schlug, sobald er die Tür öffnete.

Xanthos winkte ab und legte ein Ohr an die Tür. Er kniff die Augen zusammen und griff nach der Klinke. Ehe ich mich's versah, hatte er die schwere Haustür aufgerissen und dahinter wartete … nichts. Xanthos machte einen Schritt nach vorn.

»Eben habe ich …«

Plötzlich schoss etwas an ihm vorbei. Ich hörte ein Flattern, verspürte ein Zittern, das meinen Körper erfasste. Und eine Magiewelle, die über mich hinwegfegte. Xanthos schrie auf und stürzte sich auf mich. Doch unser flinker Besucher war schneller. Er drehte um, schoss auf Xanthos zu und rammte ihn in die Brust. Ein kupferfarbener Blitz erhellte den Flur, dann wurde der Krieger zu Boden geschleudert.

»Hör auf«, schrie ich.

Der kleine Eindringling hielt inne. Nur ein paar Schritte vor mir flog die Motte durch die Luft. Langsam und so gemächlich, dass nichts an die Schnelligkeit von eben erinnerte. Ich starrte das Wesen an und konnte nicht verhindern, dass ich lächelte. Ich fühlte mich augenblicklich besser, als wäre ein Teil von mir wieder an seinem richtigen Platz. Ob ich es wollte oder nicht, ob ich es *verstand* oder nicht, dieses magiegeborene Tier gehörte zu mir.

Xanthos starrte den Nachtfalter nieder, als er sich aufrappelte und sich mit der Hand über die Brust rieb. »Spätestens jetzt wäre klar gewesen, dass das Vieh zu dir gehört.«

Die Motte beschleunigte ihr Flügelschlagen.

»An deiner Stelle würde ich etwas netter sein«, meinte ich zum Krieger.

Er deutete auf das Tier. »Das da hat angefangen.«

»Und dich zu Boden gezwungen. Denk mal drüber nach, was das für dein Ego bedeutet.«

Xanthos betrachtete das Tier, das sich wieder beruhigt hatte, misstrauisch. »Zwei von der Sorte«, brummte er. Die Motte flog nahe an ihn heran, er wich einen Schritt zurück. Doch dann drehte sie ab und kam auf mich zu. Ich streckte meine Hand aus und sie landete darauf. Sie war überraschend leicht und weich. Ihr länglicher Körper war geradezu flauschig, wie auch die Fühler. Ihre Flügel schienen zart und kräftig zugleich, als sie sie anlegte und über ihrem Rücken verschränkte. Ihre Füßchen auf meiner Haut kitzelten. Den Facettenaugen an den Seiten des Kopfes war es nicht anzusehen, ob sie mich beobachtete oder nicht. Trotzdem war da eine Verbindung zwischen dem Tier und mir. Wie ein Band, das uns miteinander verknüpfte.

Ich hob die Hand und drehte sie, damit ich das Tier von der Seite betrachten konnte. Es war wunderschön.

»Schön, dass du wieder da bist«, sagte ich. Die Fühler zuckten, doch sonst passierte nichts. Ich trug den Nachtfalter ins Wohnzimmer und setzte ihn auf der Couch ab. Er blieb still sitzen, nichts an ihm deutete darauf hin, was er dachte. Sofern er dazu in der Lage war. Oder sie? Was genau war das für eine Motte? Spielte das eine Rolle?

»Danke«, sagte ich zu dem Wesen. »Du hast mich heute in der Bibliothek gerettet.«

Ein kurzes Flügelschlagen war die einzige Antwort. Xanthos ließ den Nachtfalter nicht aus den Augen, als er im großen Bogen um das Sofa herumging und sich dann wieder neben mich setzte.

»Will ich wissen, wie du das angestellt hast?«

»Ich könnte dir keine Antwort darauf geben«, gestand ich. »Mir ist es auch ein Rätsel.« Wobei es mich nicht überraschen sollte, immerhin hatte ich mir den Zauber quasi bei den Gorgonen abgeschaut und auch deren Tattoos waren mehr oder weniger lebendig geworden. Aber darauf hatte ich es bei mir selbst nicht angelegt. Der Wille, mit dem wir Magie formten, schien dieser Macht selbst innezuwohnen. Ich fasste mir an die Brust, das erste Mal seit Langem ganz bewusst. Nichts fühlte sich anders an. Das Tattoo war fort, und irgendwie auch nicht. »Falls ich irgendwann mal rosa Einhörner sehe, dann schließ mich bitte irgendwo ein.«

»Das ist deine Grenze? Rosa Einhörner?« Xanthos lachte. »Die erscheinen mir nach allem, was sonst so passiert, gar nicht mehr so unrealistisch.«

Ich knuffte ihn in die Seite. Vergessen war die kleine Auseinandersetzung von vorhin. Er hielt mir das Buch hin. Ich mühte mich weiter durch die Worte. Der Eintrag handelte von ihrem Aussehen, der Heimat der Harpyien sowie von einigen Sagen mit Zeus, den Boreaden und Troja. Doch nichts davon erklärte, wieso sie in unserer Welt heutzutage ihr Unwesen treiben sollten.

Dann stolperte ich über einen Absatz, der von einer Begegnung zwischen einem Menschen und einer Harpyie berichtete.

In ihrer Gegenwart hörte eine menschliche Seele, die bald mit dem Tod in Berührung kommen würde, die *Melodía tou káto kósmo* – die *Melodie der Unterwelt.* Für jeden klang sie anders und repräsentierte eines von zwei Dingen: Etwas, was der Tod einem stahl, oder etwas, dem man selbst genommen wurde.

Als mir die Bedeutung dieser Worte bewusst wurde, bemühte ich mich um eine stoische Miene. Für Xanthos bedeutete das … Ich schluckte.

Entweder verlor er seine Schwestern oder sie verloren ihn. Was er wählen würde, war mir klar. Sollte ich es ihm sagen? Ich sah zu ihm auf. Er bemerkte sofort, dass nun er das Zentrum meiner Aufmerksamkeit war, und erwiderte meinen Blick.

Es gab nur eine richtige Antwort.

»Xanthos …« Ich zögerte. Verdammt, wie überbrachte man so eine beschissene Nachricht?

»Spuck es aus. Wie schlimm ist es?«

Als ich ihm von der Passage erzählte, wurde er ganz still. Sein Gesicht verlor an Farbe und offenbarte mir wieder einen Blick hinter die Maske. Ich nahm seine Hand in meine.

»Es kann eine falsche Interpretation sein. Oder die Aufzeichnungen stimmen nicht. Das mit Medusa und Perseus war in Wahrheit ja auch ganz anders.«

Xanthos nickte. Er wollte mir glauben, seine Augen verrieten das, aber er konnte sich nicht dazu durchringen. Er würde erst davon überzeugt sein, wenn er es mit eigenen Augen sah oder am eigenen Leib erfuhr. Hoffentlich würde es nie so weit kommen.

»Was bedeutet das für dich?«, fragte er. »Du hast diese Violinenmelodie gehört.«

»Nichts Gutes, befürchte ich, auch wenn ich die Musik nichts mir Bekanntem zuordnen kann. Ist vielleicht besser so.« Kein Grübeln, keine Panik.

»Da steht nicht zufällig was darüber, wie man diese Viecher um die Ecke bringt?« Xanthos' Blick wurde düster, als der Krieger in ihm erwachte. Ein neuer Feind war aufgetaucht, den es zu vernichten galt.

Ich widmete mich dem Buch und las schnellstmöglich weiter. Leider schüttelte ich zum Ende hin nur den Kopf. »Nicht so wirklich. Die Einzigen, die es annähernd mit ihnen aufnehmen konnten, waren die Boreaden Kalais und Zetes, die Söhne von Boreas, dem Gott des Nordwindes. Es gab mehrere Kämpfe zwischen ihnen und den Harpyien, die Brüder haben die Wesen letztendlich vertrieben.«

»Leben die beiden noch?«

»Ich glaube nicht«, antwortete ich. »Wenn ich mich richtig erinnere, dann sind sie mit Iris verwandt. Sie ist mit Zephyr liiert, dem Bruder von Boreas. Kalais und Zetes waren also ihre Neffen.« Ein Teil des theoretischen Unterrichts vom Beginn meiner Ausbildung war bis heute hängen geblieben. Das dieses Wissen mal auf diese Weise zum Einsatz kam, hätte ich nicht erwartet.

»Können wir sie nach den Boreaden oder den Harpyien fragen?«

»Theoretisch schon. Praktisch bräuchte ich dafür die Hilfe der *Mageía Mésa* beziehungsweise eine ihrer Ressourcen.«

»Könntest du nicht Hekate um Hilfe bitten? Sie steht doch auf deiner Seite, oder?«

Nervös kaute ich an meiner Unterlippe. »Ich hoffe es«, antwortete ich mit bitterem Lächeln. »Aber auch dazu müsste ich erst mit Nephele reden. Ich kann Hekate nicht einfach anrufen, dafür braucht es ein Ritual, und dass sie noch mal ganz spontan hier auftaucht, wage ich zu bezweifeln. Und wenn ich ehrlich bin, würde ich die *Mageía Mésa* so lange wie möglich aus dem Spiel lassen. Nach allem, was passiert ist. Sonst sperren sie mich das nächste Mal direkt ein, bis es Zeit für mein Urteil ist.«

»Das verstehe ich«, erwiderte Xanthos. »Also doch direkt Iris?«

»Wäre besser. Wir finden schon einen Weg, um an die fehlende Komponente für das Ritual zu kommen.«

»Illegalerweise?«

»So, wie du es am liebsten hast.«

Ich fuhr mit den Fingern die Zeichnungen in dem Buch nach. Es war zum Haareraufen. Bisher waren diese Kreaturen nur ein dunkler Schatten, der auf uns fiel, und trotzdem schienen sie bereits jetzt mehr unberechenbaren Einfluss auf unser Leben zu haben, als mir lieb war.

Sie lenkten uns, ohne dass wir je in direkten Kontakt mit ihnen gekommen waren. Nur über die Berührung einer Feder hatten sie uns vereinnahmt und in Angst und Schrecken versetzt. Nicht auszumalen, was passierte, wenn wir einer von ihnen leibhaftig begegneten.

Weitere unheilvolle Antworten erwartend, blätterte ich um. Doch auf der folgenden Seite hörte der Text plötzlich auf, der Rest des Papiers war unbeschrieben. Zwei inhaltslose Seiten später startete ein neues Kapitel, in dem ein anderes mythologisches Wesen abgehandelt wurde. Im gesamten Buch entdeckte ich außer dieser einen Stelle keine weiteren weißen Flecken. Ich kehrte zu dem Kapitel über die Harpyien zurück und hielt das Buch schräg gegen das Licht, um zu sehen, ob noch Reste der Tinte oder einer anderen Tinktur zu erkennen waren. Nichts.

Merkwürdig.

Ich las den Absatz vor der Leerstelle. Darunter stand noch ein einzelner Satz, der einen neuen Abschnitt einleitete.

Einst waren die Harpyien Wächterinnen.

Erläuterungen dazu blieb das Buch mir schuldig. Jemand hatte einen Teil des Kapitels im wahrsten Sinne des Wortes ausradiert, anders konnte ich mir das Fehlen des restlichen Kapitels nicht erklären. Was das für das große Ganze bedeutete, wollte ich mir nicht ausmalen.

Da war ein Zauber am Werk. Die Mageía Mésa *sind involviert.*

Mein Magen überschlug sich regelrecht und mir wurde schlecht. Trotzdem erzählte ich Xanthos davon, der meinen Verdacht mit der stoischen Miene eines ohnehin Verdammten aufnahm und etwas Unverständliches fluchte.

Recht hat er.

Ich klappte das Buch zu. Mehr nützliche Informationen waren für den Moment nicht daraus herauszuholen.

Wie aufs Stichwort klingelte es an der Tür. Rya, Nick, Luce und Cathy waren da. Ich ließ sie herein und sie gingen sogleich ins Wohnzimmer durch. Xanthos erhob sich nicht, begrüßte sie lediglich mit einem Nicken. Luce und Cathy warfen ungläubige Blicke auf die Motte und hielten Abstand, während Rya mit strahlenden Augen neben ihr stand. Sie deutete auf das Tier, das ganz ruhig auf der Lehne des Sofas saß.

»Ist es das, was ich denke, das es ist?«

»Jep«, erwiderte ich. »Aber frag mich nicht, wie das passiert ist, ich weiß es selbst nicht.« Rya beugte sich zu dem Tier hinunter, dessen Fühler zuckten. Nick rückte ebenfalls ein Stück näher heran, die Hand an der Waffe an seinem Gürtel.

Der Nachtfalter ließ sich von Rya berühren und hielt still, als sie ihm vorsichtig über die Flügel strich.

»Faszinierend«, flüsterte sie. »Wie heißt sie? Oder er?«

»Keine Ahnung.«

»Kannst du das Tier nicht hören?«

»Nein.«

Ryas Lächeln bröckelte. »Schade.«

»Skóros«, sagte Xanthos plötzlich und alle sahen ihn an. »Wäre mein Namensvorschlag. Das ist das griechische Wort für Nachtfalter.«

Wir starrten ihn wortlos ein paar Sekunden an. Dann lief das Tier über die Rückenlehne auf ihn zu. Es verharrte einen Moment, dann krabbelte es Xanthos auf die Schulter und blieb dort sitzen. Xanthos taxierte das Tier, entschied sich dann, dieses Verhalten durchgehen zu lassen, und lehnte sich zurück.

Ich lachte. »Vorschlag akzeptiert, würde ich sagen.«

»Verrückt«, brummte Luce. »Vielleicht hat er ja doch Liebhaberqualitäten.«

Ich stieß sie in die Seite. »Erzählt mir lieber, ob ihr erfolgreich gewesen seid.«

Fünf Minuten später saßen wir auf den Kissen auf dem Boden um einen niedrigen Tisch herum und tranken einen Tee, während Rya von ihrem Erfolg beziehungsweise Misserfolg bei der Suche nach Hilfe berichtete.

»Viele der von dir genannten Magierinnen waren nicht auffindbar. Haben sie vielleicht im Hauptsitz Unterschlupf gefunden?«

»Keine Ahnung«, antwortete ich. »Soweit ich es verstanden hatte, sollten sich alle erst mal auf Abruf bereithalten. Egal ob im Krieg neutral oder nicht, die Veränderungen sind für alle wichtig. Ich kann mir nicht vorstellen, dass es ihnen egal ist, was nun mit den *Mageía Mésa* passiert. Am Ende verstoßen einige gegen neue Regeln, von denen sie nichts wissen, und werden dann bestraft.«

»Auch wenn man nicht weiß, wo sie sind?«

Ich neigte den Kopf. »Die *Ischyró Mágo* hat da so ihre Mittel und Wege. Was ist mit denen, die ihr angetroffen habt?«

Luce seufzte genervt. »Entweder sie wussten genau, wer wir sind und haben uns die Tür vor der Nase zugeknallt, oder sie waren zu verunsichert über die aktuelle Situation, um uns zu helfen.«

»Das heißt, niemand will sich uns anschließen?«, hakte Xanthos verärgert nach.

»Ja«, sagte Cathy entschuldigend und zuckte mit den Schultern.

Wow. Mit dieser vernichtenden Quote hatte ich nicht gerechnet.

»Vielleicht brauchen wir ihre Unterstützung nicht«, fuhr ich fort. »Wir haben vermutlich herausgefunden, welche Wesen zu den Federn gehören.« Ich zeigte ihnen das Buch, die Zeichnungen und fasste zusammen, was wir aus dem Kapitel erfahren hatten.

Luce kniff die Augen zusammen und wirkte nachdenklich, als ich endete. »Und was genau wollen diese Harpyien? Haben sie es auf Menschen abgesehen?«

»Eher auf ihre Seelen.«

Nicks Miene sprach von Besorgnis, er wechselte einen Blick mit Xanthos. »Warum wurde dann ein Ordensmitglied entführt und nicht nur dessen Seele? Ein Fehler? Ein Zufall?«

Xanthos lachte bitter. »Bei allem, was die Götter und ihre Haustiere angeht, glaube ich nie wieder an Zufälle. Nichts für ungut.« Den letzten Satz richtete er an Rya, die kurz die Hand hob. »Aber es stimmt, es passt nicht ins Bild mit den anderen Vorfällen.«

Wir schwiegen und hingen unseren Gedanken nach. Unsere Freunde sorgten sich vor allem um das Detail mit der *Melodie der Unterwelt* und ihrer Bedeutung – genau wie wir. Trotzdem durften wir uns nicht zu lange daran aufhalten, wir mussten nach vorn sehen und über unseren nächsten Schritt nachdenken.

Nicks Handy klingelte. Ein ungewohnter Laut in dieser Gesellschaft, bis vor Kurzem war das noch undenkbar gewesen. Er stand auf und nahm das Gespräch an.

»Hallo?« Nur ein paar Sekunden später wich ihm alle Farbe aus dem Gesicht. Er fuhr herum und deutete auf Xanthos. »Wir müssen los«, sagte er, dann wieder zu dem Anrufer: »Wir sind unterwegs.«

Xanthos sprang auf, was Skóros gar nicht gefiel. Der Nachtfalter schlug mit den Flügeln und verkrümelte sich ins Regal. »Was ist los?«

»Der Orden wird angegriffen. Von den Harpyien.«

Mit einem Schlag wurde es still.

»Verarsch mich nicht«, zischte Xanthos, halb erschrocken, halb wütend.

»Das ist mein Ernst«, gab Nick zurück, dem alle Farbe aus dem Gesicht gewichen war.

»Wir kommen mit.« Rya, Luce und Cathy erhoben sich. Nick und Xanthos war anzusehen, dass sie nichts von der Idee hielten. Doch wenn die Harpyien wirklich angriffen, würden wir jede helfende Hand brauchen. Meine Freunde suchten ihr Zeug zusammen und eilten auf den Flur, um ihre Schuhe anzuziehen. Ich setzte mich in Bewegung, schnappte mir einen Beutel und lief die Regalreihen auf der Suche nach etwas Brauchbarem ab. Mir rauschte das Blut in den Ohren und in meinem Magen breitete sich ein flaues Gefühl aus.

Harpyien.

Verdammte Harpyien griffen den Orden an. Jetzt. Wenn das ein Zufall war, dann war ich die Königin des Universums.

»Ilena«, knurrte Xanthos. Ich ignorierte ihn und eilte auf den Flur, um meine Schuhe anzuziehen. »Du bleibst hier«, sagte er warnend.

Ich richtete mich auf und schulterte meinen Beutel. Auf dem Weg zur Tür, durch die Nick und die Mädels verschwunden waren, stellte sich Xanthos mir in den Weg. »Nein«, wiederholte er. Ich sah ihm direkt in die Augen und drückte die Schultern durch.

»Wir haben keine Zeit für dein Ego«, murrte ich. Der Krieger kniff die Augen zusammen.

»Du kannst weder kämpfen noch zaubern. Du gehst drauf.«

»Selbst wenn, ist das meine Entscheidung. Darf ich dich außerdem daran erinnern, dass ich dich schon zwei Mal angesengt habe? Ich bin nicht wehrlos.«

»Du hast es nicht unter Kontrolle.«

Ich riss die Augen auf. »Falls du es noch nicht bemerkt hast: Wir haben keine Kontrolle über irgendwas.« Er presste die Lippen zusammen. Ich redete schnell weiter, ehe er mir widersprechen und damit noch mehr Zeit vertrödeln konnte. »Lass mich helfen. Bitte. Ich will nicht wieder nutzlos herumsitzen und mir Sorgen machen.«

»Wenn du mitkommst, dann mache *ich* mir Sorgen.«

Ich seufzte. Etwas flatterte hinter mir, dann setzte sich der Nachtfalter auf meine Schulter. Der Druck der kleinen Füßchen kitzelte mich. »Skóros ist bei mir«, sagte ich. Xanthos musterte das Tier argwöhnisch.

Nick trieb uns von außen zur Eile an. Xanthos grunzte. Er nickte, drehte sich um und wir verließen das Haus.

Die Fahrt zum Ordensgebäude verlief schweigend. Trotzdem schien das symbolische Ticken der Uhr den Innenraum zu erfüllen.

»Was genau erwartet uns?«, fragte Xanthos, der hinter dem Steuer saß. Nick saß neben ihm auf dem Beifahrersitz.

»Es sind wohl circa fünf Harpyien, die es geschafft haben, in das Gebäude einzudringen. Sie hetzen durch die Flure und richten Chaos an.«

»Was wollen sie?«

»Linos meinte, sie suchen etwas. Sie haben erst angegriffen, als sie entdeckt wurden.«

Xanthos' Kiefer arbeitete. »Wie viele Tote bisher?«

»Zwei.«

»Fuck.«

»Ich dachte …« Nick schluckte. »Ich dachte, es wäre vorbei. Die Kämpfe. Das Sterben.« Xanthos legte ihm die Hand auf die Schulter.

»Ich auch«, sagte er voller Wärme und Verständnis in der Stimme. Rya, die hinter Nick saß, griff um die Rückenlehne und streichelte ihm über die Wange. Ich wusste nicht, was ich sagen sollte. Luce und Cathy auf den Sitzen hinter uns schien es ähnlich zu ergehen. Xanthos jagte den Wagen über die Straßen. Und obwohl es nicht lange dauerte, bis wir die Tiefgarage erreichten, fühlte es sich an wie eine Ewigkeit. Kaum stand der Wagen, sprangen wir heraus. Xanthos führte uns an und rannte auf die Tür zu, die ins Innere des Gebäudes führte. Er hielt eine Hand vor ein dunkles Paneel an der Seite.

»Sie sind im Stock der Quartiere«, sagte Nick.

Xanthos nickte und stieß die Tür auf. »Wir werden uns vorher mit mehr Waffen eindecken. Eine pro Person wird nicht reichen.«

Es war unwirklich. Nichts hier unten deutete darauf hin, dass der Orden gerade angegriffen wurde. Unter anderen Umständen hätte ich das als eine Lüge abgetan oder als eine …

»Falle«, keuchte ich.

Rya, die direkt neben mir ging, blieb stehen. »Was hast du gesagt?«

»Seid ihr euch sicher, dass es wirklich einen Angriff gibt? Oder könnte das eine Falle sein? Ich meine, der Zeitpunkt ist doch äußerst merkwürdig.«

»Ilena«, beruhigte Nick mich. »Es war Linos, der mich angerufen hat. Ich vertraue ihm. Das ist keine Falle. Was es nicht weniger gefährlich macht. Bist du bereit?«

Ich nickte, fühlte mich aber nicht wirklich so. Trotzdem folgte ich den anderen weiter in das Gebäude hinein. Wir nahmen die Treppen nach oben, der Aufzug war zu gefährlich. Sollten die Harpyien uns darin erwischen, gab es keine Fluchtwege. Ich keuchte, als wir im gefühlt dreihundertsten Stock ankamen. Niemand der anderen war so außer Puste, was vermutlich von dem langen Training kam, das beide Parteien im Krieg durchgemacht hatten. Vielleicht sollte ich auch mal wieder Sport machen …

Konzentrier dich, verdammt!

Ich stolperte hinter den anderen in einen Waffenraum, der ausgestorben war und geplündert wirkte. Nur vereinzelt lagen Dolche herum oder andere Übungswaffen, der Rest war schon im Einsatz. Eine Gänsehaut zog sich über meinen Körper, weil diese Situation so absurd war. Völlig unnatürlich. Mein Kopf wollte nicht verstehen, was hier ablief, mein Körper aber reagierte schon darauf. Meine Instinkte wussten wieder einmal mehr als ich.

Xanthos drückte mir einen Dolch so in die Hand, dass ich ihn mit der Klinge nach unten in den Fingern hielt. Er umfasste meine Faust und hob sie erst zu seinem Gesicht, dann an das untere Ende seines Rippenbogens und – was mich kurz stocken ließ – in die Nähe seines Schritts.

»Hals, Bauchraum, Weichteile. Im Zweifelsfall zielst du darauf, okay? Ansonsten pass einfach auf, dass du dich nicht selbst umbringst. Wirf die Waffe lieber weg und renn, bevor es zu spät ist und dein Gegner sie und dich gleichzeitig in die Finger bekommt.« Er deutete auf den Nachtfalter auf meiner Schulter, den ich schon gar nicht mehr spürte. »Beschütze sie«, sagte er zu dem Tier, dessen Fühler zur Antwort zuckten. Kurz schien es, als wollte der Krieger noch etwas sagen, doch dann schüttelte er nur den Kopf und drehte sich um. Er nahm sich selbst zwei Dolche und führte unsere kleine Gruppe zurück zum Treppenhaus.

Mir schlug das Herz bis zum Hals. Der Griff des Dolches in meiner Hand war schon nass von meinem Schweiß. Mir wurde erst heiß, dann kalt. Das hier war verrückt. Wie hatten sie diese Spannung, diese Angst all die Jahre ertragen können?

Als wir den Treppenabsatz zum nächsten Stockwerk in Richtung der Schlafsäle erklommen, fanden wir Blut.

Und hörten die Schreie.

KAPITEL
9

Das Blut gefror mir in den Adern. Die Schreie waren schrecklich. Ich kannte den Menschen, dem die verzerrte Stimme gehörte, nicht, und doch wusste ich genau um sein Schicksal.

Es waren Schreie eines Kampfes auf Leben und Tod. In meinem Leben hatte ich diese Laute schon mehrmals gehört. Ein Ereignis hatte sie mir förmlich in mein Gedächtnis gebrannt. Ich hörte sie immer dann, wenn ich an Medea dachte. An ihre Schreie. Das Flehen. Und die unerträgliche Stille, als sie und ihre Stimme den Kampf verloren. Normalerweise blendete ich sie aus, brachte mich auf andere Gedanken. Doch jetzt erfüllten diese abscheulichen Töne das Treppenhaus um mich herum, kesselten mich ein und ketteten mich am Boden fest. Medeas Schreie überlagerten die fremden, drückten mich nieder. Meine Beine gaben unter mir nach und ich strauchelte. Ich fing mich an der Wand ab, die wie ein Fels in der Brandung wirkte. Der kühle Marmor unter meiner Haut brachte mich wieder zur Besinnung. Rya stand plötzlich neben mir und hielt mir den Dolch hin, den ich hatte fallen lassen. Mit zitternden Fingern griff ich danach. Skóros schmiegte sich an meine Wange und beruhigte mich.

Rya hatte Mitleid mit mir, das sah ich ihr an. Doch in ihrem Blick brannte auch die Strenge und kühle Berechnung einer Kämpferin. Umdrehen war nicht drin. Es gab für mich keine Sonderbehandlung. Und Umkehren würde sterben bedeuten.

Ich stieß mich von der Wand ab und rückte den Gurt meiner Tasche zurecht. Sie nickte, drehte sich um und weiter ging es. Immer näher an die Schreie heran. Außer ihnen hörte ich nichts.

Mit jeder Stufe wurde die bedrückende und unheilverkündende Schwere schlimmer, die sich um uns legte wie dichter werdender Nebel. Die Aura schmeckte nach Verderben und stank nach Rauch, wirkte lähmend auf meine Muskeln und meine Gedanken. Gänsehaut überzog meine Arme, jeder Herzschlag fühlte sich erzwungen an.

Nicht stehen bleiben. Immer weiter.

Xanthos drückte die Tür zum Flur auf, nur einen Spaltbreit. Nach ein paar Sekunden stieß er sie ganz auf und winkte uns durch. Das grelle Licht der Deckenbeleuchtung brannte mir in den Augen und trieb flirrende Punkte in mein Sichtfeld, als ich hinter Rya den Gang betrat.

Federn. Blut.

Auf dem Boden verteilt lagen kleine und große Federn, umgeben von Blutstropfen und nassen, dunklen Schuhabdrücken. Ich sah den Flur entlang. Die Spur des Kampfes erstreckte sich bis zur Biegung.

Die Schreie verstummten.

Xanthos ging voraus, wir folgten ihm. Nick bildete das Schlusslicht und behielt den Zugang vom Treppenhaus im Auge. Ich wich den Spritzern und Flecken auf dem Boden aus, als wir uns unseren Weg nach vorn bahnten. Mit der freien Hand griff ich in meine Tasche und umschloss einen Jadestein mit den Fingern. Er war magiegeladen und würde hoffentlich dabei helfen, die Harpyien zu bekämpfen. Ein paar dieser vorbereiteten Steine hatte ich auf Vorrat immer daheim gelagert. Dass ich sie selbst einmal würde benutzen müssen, hätte ich nie gedacht.

Xanthos hob die Hand und wir blieben stehen. Er setzte ein paar Schritte zurück, ohne sich umzusehen. Seine Muskeln waren bis zum Zerreißen gespannt. Ich wagte es nicht zu atmen.

Dann hörte ich das Schaben. Als ob etwas Hartes, Metallisches über den Boden gezogen wurde. Doch auch dieses Geräusch verstummte abrupt. Nur um von einem Flattern abgelöst zu werden. Eine Violine spielte in der Ferne eine bittersüße Melodie. Mein Herz setzte kurz aus. Xanthos japste nach Luft. Ob er das Lachen seiner Schwestern hörte?

Im nächsten Moment schoss eine Harpyie mit einem markerschütternden Schrei auf uns zu.

»Runter«, schrie Xanthos, dann warfen wir uns zu Boden, ehe die Krallen der Bestie uns erwischen konnten. Die Harpyie flog wie ein Schatten über uns hinweg und landete auf der anderen Seite, direkt Nick gegenüber.

Wir sprangen auf und ich wirbelte zu dem Wesen herum. Bei allem Schreck, bei all der Grausamkeit, die es verbreitete, musste ich zugeben, dass die Harpyie wunderschön war. Dunkle, lockige Haare fielen ihr über die menschlichen Schultern und die Wölbung ihrer Brüste, die von einem schwarzen Federkleid bedeckt wurden. Dieses reichte an den Seiten ihres Körpers hinunter bis zum Bauchnabel. Darunter entsprangen die vogelartigen Beine, die in großen, gefährlich aussehenden Klauen endeten. Blut klebte daran und brachte das Gefieder zum Glänzen. Die Harpyie hielt ihre Arme, die gleichzeitig Ursprung ihrer Flügel waren, nahe am Körper.

Sie richtete sich auf und musterte uns mit geschlitzten goldenen Pupillen. Ihr Gesicht war eindeutig das einer jungen Frau, nur an den Wangenknochen und Schläfen deuteten sich ein paar helle Federn an. Ihr Mund war zu einem abscheulichen Grinsen verzogen. Einen nach dem anderen sah sie uns an, bis sie bei Rya ankam. Auf ihr blieb ihr Blick länger haften und sie trat nach vorn. Nick stellte sich ihr in den Weg und auch ich rückte unwillkürlich näher an meine Freundin heran. Die Blicke der Harpyie flogen zu mir. Ihre Miene verfinsterte sich.

Sie machte einen weiteren Schritt auf uns zu.

Je näher sie kam, desto klarer wurde, dass die Dolche im Kampf gegen die Harpyie keine große Hilfe sein würden. Die Klauen an den Füßen der Wesen waren genauso scharf und verdammt lang. Und sie hatte zehn davon. Die Krieger waren gut, sie wuchsen quasi mit dem Dolch in der Hand auf, aber ob sie gegen diesen Gegner gewappnet waren? Nick ließ sich nichts anmerken. Er hob die Arme, als die Harpyie den Kopf neigte.

Dann breitete sie ihre Flügel aus, schrie wie eine wilde Bestie und stieß sich ab. Sie sprang direkt auf uns zu. Nick erwiderte ihren Ruf und stürzte sich auf sie. Die Harpyie ließ sich davon nicht beeindrucken. Mit ihren Klauen packte sie nach Nick, krallte sich in seinen

Arm und riss ihn um, als wäre er nicht mehr als eine Puppe. Er flog im hohen Bogen durch die Luft und krachte an die Wand. Cathy stürzte los und hieb mit dem Dolch nach einem Bein, doch die Harpyie fegte sie mit ihrem Flügel beiseite. Luce hinter mir schrie auf, als Cathy an die gegenüberliegende Wand prallte und reglos zu Boden fiel. Dann war sie direkt vor mir und landete, hielt inne. Luce schob sich vor mich. Die ganze Zeit hatte ich nur wie paralysiert dagestanden. Wie konnte sie in diesem beengten Gang fliegen?

Und, verdammt noch mal, wieso war sie so stark, dass sie einen Krieger quasi mit einem Fingerschnippen ausschaltete?

Hinter mir ertönte ein Schrei. Ich wirbelte herum. Auf der anderen Seite unserer Gruppe stand eine weitere Harpyie. Ihre blonden Haare leuchteten kühl unter den Deckenstrahlern, ihr Federkleid war durch und durch schwarz, ebenso die Federn auf ihren Wangen.

Sie hatten uns eingekesselt. Also doch eine Falle?

Mein Blick huschte kurz zu Xanthos' angespanntem Rücken. Er hatte die Hände mit den Dolchen erhoben und stand breitbeinig und angriffsbereit da. Welche Chance hatte er? Hatten wir überhaupt eine?

Rya schien hin- und hergerissen, in welche Richtung sie sich orientieren sollte. Nick und Cathy lagen stöhnend auf dem Boden und kamen nur langsam wieder zu sich. Blut sickerte aus den Wunden, die die Krallen der Harpyie gerissen hatten.

Das hier musste ein Albtraum sein. Würde mich bitte jemand aufwecken?

Ich packte den Dolch fester.

Quälend lange Sekunden passierte nichts, außer dass die Harpyien uns wie Beute beäugten. Ich widmete meine Aufmerksamkeit jenem Wesen vor mir. Es verlagerte sein Gewicht von einem Bein aufs andere, legte den Kopf schief und musterte uns. Zögernd. Berechnend. Überlegten sie sich, wie sie uns am besten aufteilten? Wie sie uns am schnellsten töten sollten? Und wir? Einfach angreifen und das Beste hoffen? Auch hinter mir hörte ich das Klackern der Krallen auf dem Marmor.

Rya neben mir ballte die Hände zu Fäusten. Winzige Wasserkugeln bildeten sich zwischen uns in der Luft. Mit jeder Sekunde verzerrten sich Ryas Züge und aus den Kugeln wurden spitze Kristalle.

Ich traute mich kaum zu atmen. Worauf warteten wir? Worauf warteten sie?

Ein kaum vernehmbares Geräusch kam aus Skóros' Richtung. Und mein Instinkt sagte mir ganz genau, was es bedeutete.

»Jetzt«, flüsterte ich.

Dann brach das Chaos aus.

Rya schleuderte ihre Kristalle in beide Richtungen. Die Harpyien, die sich in die Lüfte erhoben hatten, kreischten auf, als sie von den winzigen Geschossen getroffen wurden. Ein feiner roter Sprühregen aus Blut ging auf uns nieder. Im selben Moment erhob Skóros sich, schlug mit den Flügeln und stieg zur Decke hinauf. Gerade als die Harpyien mit ihren Klauen nach Xanthos hackten, breitete sich das kupferfarbene Magienetz des Nachtfalters über uns aus. Blitze zuckten daraus hervor, als die Harpyien es berührten. Mit schmerzverzerrten Gesichtern zogen sie sich zurück, nur um im nächsten Moment wieder auf das Netz loszugehen.

Es bröckelte. Die Magie würde auf Dauer nicht stark genug sein und Cathy und Nick befanden sich außerhalb des Netzes.

Rya formte erneut ihre Waffen aus Wasser, Xanthos hieb mit den Dolchen nach den Füßen der Harpyien, sobald diese das Netz berührten. Luce machte es ihm auf unserer Seite nach. Nur ich stand zwischen meinen Freunden und tat nichts. Selbst die Motte war brauchbarer als ich.

Alle waren entweder zum Kämpfen geboren oder ausgebildet worden. Es steckte ihnen im Blut, den Knochen – im Herzen. Ich hingegen … Meine Rolle in diesem Spiel war schon immer die einer Helferin gewesen. Ich war nicht hilflos, ich musste mich nur endlich in Bewegung setzen.

Ich stürzte auf Cathy zu, von der nur ein Bein im Schutz des Netzes lag. Ich zog daran und brachte sie in Sicherheit. Zumindest für den Augenblick. Sie blutete am Hinterkopf und aus einer Wunde in der Seite, aber es schien nicht allzu schlimm zu sein. Ich half ihr auf und sie bedankte sich, als sie an die Wand gelehnt stand. Aus meiner Tasche gab ich ihr ein kleines Fläschchen.

»Trink das.« Ich zog den Korken heraus. Die grüne Tinktur stank widerlich, doch ihre heilende Wirkung war fantastisch. Cathy kam meiner Aufforderung nach. Ich ließ sie zurück und wollte zu Nick, der weiter weg auf dem Boden lag. Alle waren so mit ihren Gegnern beschäftigt, dass niemand auf mich achtete. Xanthos kämpfte mit der blonden Harpyie, Rya und Luce mit der anderen. Beide Parteien hackten aufeinander ein und gaben sich ihrem Blutrausch hin. Das hatte ich noch nie verstanden. Und nun war genau das meine Chance. Ich machte mich so klein wie möglich und presste mich mit dem Rücken an die Wand. Stück für Stück schob ich mich daran entlang, in Richtung des kupfernen Sicherheitsnetzes. Es kitzelte, als ich es durchquerte. Auf der ungeschützten Seite hielt ich kurz die Luft an, doch die Harpyie hatte mich nicht bemerkt. So leise und langsam wie möglich machte ich einen Bogen um Sie.

Nick lag an die Wand gelehnt und war fürchterlich blass. Seine blutverschmierten Hände lagen schlaff an seiner Seite, er murmelte vor sich hin. Bei unserem Glück waren die Krallen der Harpyien giftig und Nick würde nicht am Blutverlust, sondern an etwas anderem sterben. Verdammte Bestien. Hätte ich doch bloß genauer gelesen, was in dem Buch gestanden hatte. Ich erreichte Nick, ohne dass die Harpyie mich bemerkte. Er zuckte kurz zusammen, als ich ihn an der Stirn berührte. Sie war nass und kalt. Gleichzeitig zog ich einen Saphir aus meiner Tasche und zerdrückte ihn zwischen meinen Fingern. Ich verteilte den Staub auf den blutenden Stellen und Nicks Züge entspannten sich. Sein Kopf sackte ein Stück zur Seite. Mein Blick fiel auf feine schwarze Schlieren in dem sonst so weißen Marmor. Moment mal. Das waren die Turmalinspuren. Sie hielten negative Energien fern – eigentlich. Bei den Gorgonen hatte es damals funktioniert, wieso nicht bei den Harpyien? War die Wirkung dafür zu schwach?

Ein Kreischen ließ mich herumfahren.

Eine dritte Harpyie flog vom anderen Ende des Ganges auf uns zu. Wo, verdammt noch mal, war die hergekommen? Ich packte Nick unter den Schultern und zerrte ihn auf das magische Schutzschild zu. Doch die Harpyie war zu schnell, allein würde ich es nicht schaffen, zumal sich eine weitere Harpyie zwischen uns und der Sicherheit des Netzes befand, die von ihrer Freundin alarmiert werden würde. Zurückschleichen konnte ich knicken.

»Luce!«, rief ich. Sie erfasste die Situation mit einem Blick. Rya nickte und erschuf einen Wasserball, den sie auf die dunkelhaarige Harpyie abfeuerte. Diese taumelte und schenkte uns damit kostbare Sekunden. Während Rya sie mit immer neuen wässrigen Attacken in Schach hielt, stürmte Luce auf mich zu. Sie nahm meine Position an Nicks Armen ein, ich griff nach seinen Beinen. Gemeinsam hievten wir ihn mehr schlecht als recht über die rettende Grenze.

In dem Moment erreichte uns die dritte Harpyie. Ich wurde am Rücken gepackt. Stechend heißer Schmerz breitete sich über meinen Körper aus, als Krallen sich in mein Fleisch bohrten. Ich ließ meine Tasche fallen und keine Sekunde später wurde ich zurückgerissen, dann fortgeschleudert.

Ich wusste nicht mehr, wo oben und wo unten war, bis ich Bekanntschaft mit dem Marmor machte. Hart schlug ich gegen eine Wand, dann fiel ich zu Boden. Etwas knackte, der Dolch glitt aus meinem Hosenbund und schlitterte über den Boden. Ich blieb auf dem Rücken liegen und schmeckte Blut auf meiner Zunge. Meine Ohren klingelten und der Gestank nach Rauch und Asche wurde immer schlimmer.

Die dritte Harpyie baute sich über mir auf. Auch ihre Federn waren reinschwarz, über ihren Oberkörper spannte sich der Gurt einer Leinentasche. Das Haar trug sie im Gegensatz zu denen der anderen kurz und war braun. Der Blick ihrer dunkelgrünen Augen lag auf mir, als sie die spitzen Zähne bleckte und sich zu mir herunterbeugte.

Jemand schrie. Ob Mensch oder Harpyie vermochte ich nicht zu sagen. Die Melodie der Violine, die ich die ganze Zeit über ausgeblendet hatte, kam zurück. Lauter. Schneller. Unnachgiebiger.

Das also war mein Ende. So hatte ich es mir nicht vorgestellt. Gefährliche Ruhe durchströmte meinen Körper und meine Muskeln erschlafften.

Die Harpyie blinzelte. Fast schon, als wäre sie verwundert, dass ich so schnell aufgab. Da waren wir schon zwei.

Sie wandte sich ab und stürzte sich in den Kampf mit den anderen. Nun war ich es, die verwirrt dreinblickte. Wieso tötete sie mich nicht? War ich ohnehin schon verloren?

Die Wunden in meinem Rücken flammten auf und ich zuckte zusammen. Im selben Moment flackerte das kupferfarbene Netz, die einzige Barriere zwischen meinen Freunden und den Harpyien.

Ich biss die Zähne zusammen. Mit letzter Kraft rollte ich mich auf die Seite, sodass ich direkt auf die Wand vor mir sah. Ein Stück höher als mein Kopf entdeckte ich eine schwarze Spur des Turmalins. Darin schlummerte Magie, ich spürte sie. Nur war sie nicht stark genug. Genau wie ich. Aber vielleicht schafften wir es zusammen.

Ich tauchte meine Finger in das Blut, das auf meinem Rücken klebte. Ganz schlechte Idee, aber meine einzige Chance. Diese eine Berührung reichte aus, um brodelnde Wellen Schmerz durch mich hindurchzujagen. Mir wurde kurz schwarz vor Augen.

Luce schrie, Xanthos brüllte eine Warnung. Das Netz war erloschen. Die Harpyien kreischten vor Freude.

Ich legte meine mit Blut verschmierten Finger auf den Marmor und zeichnete die schwarzen Linien nach, soweit ich es schaffte.

»Für sie«, murmelte ich. »Bitte.« Keine Ahnung, wen ich versuchte zu überzeugen. Außer mir konnte niemand etwas ausrichten. Ich schloss die Augen.

»Na enischythei.« Werde stärker. »Na enischythei. Na enischythei. Na enischythei.«

Mein Puls beschleunigte sich, Hitze stieg in meine Fingerspitzen. Das Blut auf dem kalten Stein brodelte und verfärbte sich schwarz. Eine Träne lief mir über die Wange, als die Melodie der Violine verstummte und ich sie spürte. Meine Magie.

Das Mal auf meiner Stirn kribbelte, wurde warm.

Meine Kraft übertrug sich auf den Zauber des Turmalins. Immer deutlicher war er zu spüren, alle meine Instinkte reagierten auf ihn.

Und die Harpyien auch. Laute der Verwunderung, des Schreckens entwichen ihnen. Das Gebäude erkannte sie endlich als Feinde und richtete sich gegen sie. Ich hörte nicht auf, die Worte zu murmeln, um es dabei zu unterstützen. Irgendwann konnte ich den Arm nicht mehr oben halten, mir wurde schlecht. Ich fiel schlaff zurück auf den Rücken. Die Harpyien flogen nicht mehr. Sie wehrten sich am Boden gegen meine Freunde, die die Oberhand gewannen. Cathy und Nick waren wieder auf den Beinen und kämpften verzweifelt weiter.

Plötzlich krümmten sich die Harpyien, schrien vor Schreck auf. Der Schutzzauber des Gebäudes entfaltete seine ganze Wirkung. Die kurzhaarige Harpyie warf die Tasche von sich, dann zogen sich die drei Wesen gleichzeitig zurück. Meine Freunde hielten inne, schnauften. Qualvoll schreiend erhoben sich die Harpyien mit letzten Kräften in die Luft. Ein sturmartiger Wind zog durch den Gang und zerrte an allem und jedem. Asche wirbelte auf und wurde mir ins Gesicht geblasen. Mit einem letzten Ruf stoben die Harpyien davon.

Cathy brach zusammen, Luce eilte an ihre Seite und stützte sie, verlangsamte ihren Fall. Rya und Nick starrten den Wesen hinterher, als fühlten sie sich – wie ich – in einem Albtraum gefangen, der unbegreiflich war. Beide atmeten schwer und griffen gleichzeitig nacheinander.

Es klirrte zwei Mal, als Xanthos seine Dolche fallen ließ. Dann war er auch schon neben mir, über mir. Sein ganzes Gesicht war voll mit Blut, die Kleidung zerrissen, wo die Bestien ihn erwischt hatten. Das Blau in seinen Augen flackerte, wirkte farblos.

»Fuck«, knurrte er. »Wo hat sie dich erwischt?«

»Rücken«, murmelte ich. Mein Magen rebellierte, mir wurde schlecht und ich würgte. Xanthos packte mich an der Hüfte und der Schulter. Er drehte mich auf die Seite. Gerade noch rechtzeitig. Wieder würgte ich und eine widerwärtige, zähe Flüssigkeit erfüllte meinen Mund, ehe ich mich auf den Boden erbrach. Jeder Muskel zitterte und mir wurde eiskalt. Das Grummeln in meinem Magen verstummte nicht, früher oder später würde ich erneut kotzen. Wie ich das hasste.

Plötzlich wurde die Kälte in mir zu Feuer, das mich von innen heraus verbrannte.

»M-Meine Tasche«, krächzte ich.

»Rya!«, rief Xanthos über seine Schulter. Meine Freundin setzte sich in Bewegung und hob die Tasche auf. Xanthos schob eine Hand unter meinen Kopf und stützte ihn. »Was brauchst du?«

»Die Jas…« Ich erbrach mich erneut. Wieder kam da nur diese ekelhafte Masse aus mir heraus. Die schwarz war, wie mir erst jetzt auffiel. Was zur Hölle …?

Xanthos rutschte zur Seite, direkt in mein Erbrochenes hinein, um Rya Platz zu machen. Sie steckte eine Hand in den Beutel.

»Was brauchst du?«, fragte Xanthos noch mal.

Meine Ruhe. Schlaf. Erlösung. Meine Lippen, meine Zunge gehorchten mir nicht mehr. Ich schloss die Augen. Wenn nur diese Hitze, diese Schmerzen verschwinden würden. Mein Kopf wurde hochgehoben, jemand rüttelte mich an der Schulter. »Scheiße, Ilena! Bleib bei mir!«

Ich blinzelte, nur um den Kampf gegen die Erschöpfung erneut zu verlieren. Es hatte keinen Sinn. Es war vorbei. Für mich.

Meine Freunde waren am Leben.

Mit einem Lächeln begrüßte ich das Nichts.

KAPITEL

10

Hilf mir.
Bitte.

Hilf mir.

Bitte hilf mir.

So viele verzweifelte Stimmen. So viel Leid.

Als ich erwachte, war ich allein in einem dunklen Raum.

Hilf mir.

Ich hörte die Rufe nicht. Ich *spürte* sie.

Meine Klamotten klebten nass vor Schweiß an meinem Körper. Jemand hatte mich in eine schwarze Jogginghose und einen überweiten dunkelgrauen Pullover und dann in ein Bett gesteckt. Ich schlug die Decke zurück und schwang die Beine über die Kante.

Bitte hilf mir.

Meine Brust zog sich zusammen. Ich musste helfen. Jetzt.

Als ich stand, wankte ich kurz. Mir war schwindelig und eine Sekunde lang drehte sich mir mein Magen um. Die Erinnerungen an die Harpyien kamen zurück. An das Blut, die Schreie.

Hilfe!

Ich wankte zur Tür des Raums. Die Wände waren aus weißem Marmor. Ich war noch immer im Orden. Und ich lebte.

Auf der Türklinke saß Skóros und schlug heftig mit den Flügeln. Er stieß sich ab, schwirrte um meinen Kopf herum, drängte mich zur Eile.

Ich drückte die Klinke hinunter und die Tür schwang auf. Ich folgte meinem inneren Kompass zu den Stimmen, die mich riefen.

Außer ihnen hörte ich nur das Geräusch meiner nackten Füße auf dem kalten Stein und das zarte Flattern von Skóros' Flügeln.

Hilf mir.

»Ich komme«, sagte ich und erschrak über meine brüchige Stimme. Schritt für Schritt zog mich das Zupfen in meinem Inneren weiter. Erst den Gang entlang, dann in das Treppenhaus. Höher, immer höher, durch eine Tür auf den nächsten Gang. Nicht nur die körperlosen Stimmen waren hier zu hören, sondern auch echte. Sie kamen von rechts. Skóros flog an mir vorbei und wies mir den Weg.

Der Geruch von Schweiß, Blut und verbranntem Fleisch wurde immer stärker. Dann stand ich im Türrahmen zur Trainingshalle und stützte mich an der Wand ab.

Hier waren die Leichen aufgebahrt. Auf Matten am Boden lag gut ein Dutzend leblose Männer. Blutbesudelt, blass. Stellenweise war ihre Haut schwarz und mit Blasen bedeckt. Ich schluckte die Galle hinunter, die mir im Hals aufstieg.

»Ilena«, keuchte jemand. Doch ich sah nicht hin.

Hilf mir.

Bitte hilf mir.

Irgendwo hier war die Quelle der Hilferufe. An der rechten Wand, nur ein paar Meter entfernt, stand ein Tisch. Darauf lag ein lederner Beutel, leicht zerfleddert und voller dunkler Flecken.

HILF MIR!

Die Stimmen hatten mich entdeckt. Und ich sie.

»Ilena!« Plötzlich stand Rya vor mir und streckte ihre Hände nach mir aus. Ihre braunen Augen füllten sich mit Tränen. »Du bist wach!«

Ich nickte und sah über ihre Schulter nach dem Beutel. Ein Schatten fiel auf mich und ich wandte mich ihm zu. Xanthos stand neben mir, mit glänzenden Augen und zusammengezogenen Brauen. Er schien hin- und hergerissen, ob er mich umarmen oder mir eine reinhauen wollte.

»Wieso bist du nicht im Bett? Du musst dich ausruhen!«

»Ich fühle mich gut«, sagte ich tonlos und wandte den Blick ab.

Bitte.

»Du … Du wärst fast gestorben, Ilena! Du musst dich hinlegen«, flehte Rya.

»Jaja. Gleich.« Ich winkte ab und trat einen Schritt nach vorn. Rya wich zurück, als Xanthos ihren Platz einnahm.

»Schlafwandelst du? Hast du Fieberträume? Egal, ich bringe dich zurück.« Er wollte nach mir greifen, doch ich schlug seinen Arm weg, Skóros stürzte auf ihn nieder und schoss ihm kleine Blitze gegen die Brust, die den Krieger zurückweichen ließen.

»Nicht. Jetzt«, presste ich hervor. »Halt die Klappe und lass mich in Ruhe.«

Xanthos schnappte nach Luft. Er raste vor Wut. Seine Kiefer mahlten wie verrückt und sicherlich würde er gleich an die Decke gehen, aber das schaffte er auch ohne mich. Ich ging um ihn herum. Er ließ mich keine Sekunde aus den Augen.

»Lass sie«, flüsterte Rya und Xanthos murrte.

Hilf mir.

Ich erreichte den Tisch. Langsam öffnete ich die Tasche und betrachtete den Inhalt. In dem Beutel befanden sich leuchtende Kugeln so groß wie Äpfel. Sie schimmerten in den unterschiedlichsten Farben wie Sonnengelb, Limettengrün und Himbeerrot. Einige der Kugeln strahlten kraftvoll, andere waren kurz vorm Verblassen.

Jetzt riefen sie alle gleichzeitig nach mir.

Hilf mir. Hilf mir. Bitte. Hilf mir.

Ich griff in den Beutel.

»Nicht!«, rief Xanthos, doch es war zu spät. Ich zog bereits das erste grün schimmernde Licht hervor. Die erste *Seele*. Jene, die am blassesten wirkte. Es kitzelte etwas, ansonsten rief die Berührung keine physische Empfindung hervor.

Dafür erwachten meine Instinkte und übernahmen das Ruder.

Ich umfasste die Kugel mit beiden Händen und ging zu den Leichen. Ich fing an einer Seite an und schritt die Reihe Opfer für Opfer ab. Als ich bei einem jungen Mann mit rabenschwarzem Haar ankam, strahlte die Lichtkugel plötzlich Wärme aus. Ich kniete mich neben die Matte und legte die Seele auf die aufgerissene Brust des Mannes. Nichts tat sich. Ich half etwas nach und drückte von oben gegen das Licht, ganz vorsichtig, bis es in den Körper eindrang.

Röchelnd öffnete der Mann die Augen. Sein Oberkörper schoss nach oben, ich hielt ihn davon ab, von der Matte zu springen.

»Es ist alles gut«, sagte ich.

Im Raum war es still geworden. Alle Augen waren auf den Mann und mich gerichtet, fassungslose Gesichter blickten mir entgegen, als ich mich erhob und zurück zum Beutel ging. Eines der Ordensmitglieder erwachte aus seiner Starre und eilte an die Seite des soeben wiedererweckten Mannes.

Seele für Seele erweckte ich die Toten zum Leben und versuchte, nicht zu sehr darüber nachzudenken, dass ich etwas eigentlich Unmögliches tat. Wobei mittlerweile alles möglich schien, nur greifbar war es nicht.

Ich erwachte aus meiner Trance, als nur noch eine Seele in dem Beutel übrig war und drei Körper, zu denen sie gehören konnte. Zwei von ihnen waren für immer verloren, wenn wir ihre Seelen nicht mehr fanden.

»Das war wunderschön und gruselig zugleich«, sagte Rya zu mir, als ich die letzte gelbe Seele zurückgegeben hatte. Der dazugehörige Mann erwachte orientierungslos, die anderen beruhigten ihn und kümmerten sich um seine Wunden. Sie würden alle wieder auf die Beine kommen. Bis auf zwei.

Ich griff nach Ryas Hand. »Wir müssen das Gebäude nach weiteren Seelen absuchen.«

»Das werden wir, aber du …«

»Ich muss mit. Ich kann sie hören.«

Rya überlegte und schien zwischen zwei Reaktionen zu schwanken. Doch letztendlich nickte sie. »In Ordnung, wenn du etwas trinkst und eine Kleinigkeit isst.« Sie schickte jemanden los, um beides zu besorgen; als sie sich wieder zu mir umdrehte, wurden ihre Augen groß.

Hände schoben sich von hinten unter meinen Pullover, strichen an der nackten Haut meinen Rücken hinauf. Ein Luftzug kitzelte mich, als der Stoff angehoben wurde.

»Wie ist das möglich?«, fragte Xanthos, während er vorsichtig meine Haut abtastete. Warme Wellen breiteten sich von meiner Hüfte über meinen Körper aus.

»Was?«, erwiderte ich rau, während ich versuchte, das heftige Kribbeln zu ignorieren.

»Deine Wunden sind komplett verheilt und verblasst.«

Ich lehnte mich in seine Berührung, bis ich seine Handflächen auf meinem Rücken spürte. Sie waren so schön warm. Xanthos hielt inne, dann zupfte er den Pullover zurecht, bis ich wieder vollständig bedeckt war. Das Ziehen in meiner Brust drängte mich dazu, mich zu ihm umzudrehen. Das war keine gute Idee. Es war eine Sache, sich zurückzuhalten, wenn man jemanden nicht sah, aber dieselbe Willensstärke aufzubringen, wenn man jemandem direkt gegenüberstand, seinen Geruch wahrnahm, das erregte Lodern in den Augen sah …

Es musste der Schock sein, der solche Gedanken verursachte. Ich trat einen Schritt zurück, um etwas Abstand zwischen uns zu bringen. Skóros flog in mein Blickfeld und landete auf Xanthos' Schulter.

»Ich weiß nicht, was passiert ist«, gestand ich. »Nachdem ich den Zauber gewirkt hatte, ist alles schwarz geworden.«

»Du hast uns gerettet«, warf Rya lächelnd ein.

»Du hast gekotzt und geblutet wie ein Schwein«, ergänzte Xanthos.

»Umso besser, dass ich mich daran nicht erinnern kann.« Meine Beine zitterten, das Adrenalin und die Energie von vorhin verpufften langsam.

Rya legte eine Hand an meinen Arm und führte mich zu einem Stuhl, Xanthos folgte uns wie ein stummer Schatten. Er lehnte sich an die Wand neben mich, während Rya sich auf den Boden vor mich setzte und mir erzählte, was nach meinem Zusammenbruch geschehen war.

»Wir haben dich sofort auf das Zimmer gebracht und wollten einen Arzt oder eine andere *Mágissa* rufen, aber Skóros hat das verhindert. Dein kleiner Freund hat uns mit seiner schmerzhaften Magie aus dem Zimmer gescheucht und nicht mehr reingelassen. Jetzt wissen wir auch, wieso. Du bist von allein geheilt.«

»Wie geht es Cathy und Nick?«, erkundigte ich mich.

»Den Umständen entsprechend. Wir haben die Wunden gesäubert und sie schlagen gut auf die Heilsalben an. Ich denke, dank deines schnellen Handelns werden die Verletzungen bald geheilt sein. Mit Ruhe und Geduld wird das schon. Ich habe Luce und Cathy gesagt, dass sie danach erst mal eine Auszeit nehmen sollen. Ich glaube, das war alles etwas viel für sie.«

Ich stützte mich mit den Ellbogen auf den Knien ab und legte den Kopf in die Hände. »Wisst ihr, was die Harpyien hier wollten?«

Rya schüttelte den Kopf. »Nicht wirklich. Sie sind einfach aufgetaucht, vermutlich sind sie über das Dach gekommen. Zunächst sind sie wahllos durch die Flure gezogen und haben sich umgesehen. Ein Krieger hat ein paar Federn gefunden und dann haben sich alle sofort auf die Suche nach Eindringlingen gemacht. Erst als man die Harpyien fand, haben diese angegriffen.«

»Was haben sie gesucht?«, fragte ich.

»Keine Ahnung«, murmelte Xanthos. »Seelen eher nicht, die waren nur ein Bonus. Die hätten sie anderswo bestimmt schneller bekommen.«

Ich sah zu den Verletzten, die noch auf den Matten saßen und umsorgt wurden. Zu den Toten, die man mit weißen Laken bedeckt hatte. Waren sie Opfer von Willkür geworden? Wohl kaum. Rädchen für Rädchen wurde in meinem Kopf angestoßen, so langsam hatte die Realität mich wieder. Ich lehnte mich zurück und ließ meinen Blick durch den Trainingsraum und hinaus auf die Stadt vor den Fenstern schweifen.

»Sie müssen es auf etwas in diesem Gebäude abgesehen haben. Immerhin war es nicht der erste Besuch einer Harpyie hier. Ich befürchte, dass das entführte Ordensmitglied nicht mehr am Leben ist. Egal ob angriffslustig oder nicht, die Harpyien scheinen keine Gnade zu kennen, wenn man sie verärgert. Vielleicht hat die Harpyie mit den silberverzierten Federn nach ihrem ersten Besuch hier Verstärkung geholt und der heutige Angriff war das Resultat davon.«

»Wenn das stimmt«, meinte Xanthos, »dann werden sie zurückkehren.«

Rya sah zu ihm auf und kniff die Augen zusammen. »Wie kommst du darauf?«

»Hätten sie gefunden, wonach sie gesucht haben, wären sie abgehauen und hätten nicht noch so viele Kämpfe ausgefochten.«

Ich erhob mich langsam. »Dann müssen wir dafür sorgen, dass sie nicht erneut in das Gebäude eindringen können.«

»Du wirst gar nichts mehr machen«, drohte Xanthos und stieß sich von der Wand ab. »Deine Wunden mögen auf magische Weise verheilt sein, aber du bist noch meilenweit entfernt von fit.«

»Dann musst du dir eine andere Mágissa suchen, die das Abwehrsystem dieses Gebäudes dauerhaft mit Blutmagie verstärkt. Viel Erfolg dabei.«

Der Krieger bohrte seinen eiskalten Blick in meinen.

Rya erhob sich und mischte sich in unser Blickduell ein. »Das war es, was du getan hast? Das wird Nephele …«

»Könnte mir gerade nicht egaler sein«, unterbrach ich sie. Ich wandte mich ab und lief Richtung Ausgang. Hinter mir stritten Rya und Xanthos leise darüber, wer von ihnen mir folgen solle. Am Ende waren es beide, die mir mit leisen Schritten hinterherliefen. Auf dem Gang kam uns einer der anderen ehemaligen Krieger mit einem Teller und einer Flasche Wasser entgegen. Rya nahm ihm beides ab und lief dann auf einer Höhe mit mir. Sie hielt mir den Teller unter die Nase. Darauf lagen geschnittene Äpfel, Trauben und ein paar Käsebrote. Von Hunger war ich weit entfernt, doch Rya zuliebe aß ich das Obst, was ihr ein zufriedenes Grinsen entlockte. Ich bediente mich auch mit Wasser, während wir weiter durch die Flure liefen. Ab und an hielt ich inne, schloss die Augen und lauschte auf weitere Hilferufe.

Einmal pflaumte ich Xanthos an, weil er unentwegt Flüche ausstieß. Ich meinte, auch das Wort stur in Kombination mit meinem Namen des Öfteren rauszuhören. Ganz unrecht hatte er nicht, doch ich würde keine Ruhe finden, ehe ich nicht sicher war, dass sich keine weitere Seele in diesem Gebäude befand.

Seele.

Ich war auf der Suche nach verdammten Seelen.

Vor ein paar Jahren, kurz nach Medeas Tod, hätte ich mir einen Arm abgehackt, um eine Seele zwischen die Finger zu bekommen. Sie hätte mir eine Welt eröffnet, von der ich jede Nacht geträumt, nach der ich mich mit jeder Faser meines Seins gesehnt hatte. Heute waren sie mir quasi vor die Füße gefallen und es hatte keinerlei Reaktion in mir ausgelöst. Keine Gier, keine Sekunde Zweifel darüber, dass ich sie zurückgeben musste. Der Gedanke brachte mich zum Lächeln und ich war stolz auf mich selbst. Es gab immer wieder Momente, in denen ich mich fragte, ob ich die Vergangenheit zurücklassen konnte, oder ob sie mich auf ewig verfolgen würde, so wie auch in den letzten Tagen. Doch wenn ich so handelte und nicht in alte Muster zurückfiel, musste das doch ein gutes Zeichen sein.

Ich trank noch einen Schluck Wasser und machte mich mit neuem Elan an die Suche.

Als wir das letzte Stockwerk abliefen, rann mir Schweiß den Rücken hinunter und meine Beine brannten bei jedem Schritt. Die ganze Lauferei war doch anstrengender als gedacht. Mein Rücken schmerzte und die Muskeln ziepten, auch wenn von den Verletzungen nichts mehr zu sehen war. Ich biss die Zähne zusammen, um Xanthos nicht zu zeigen, dass er recht gehabt hatte. Das würde seinem Ego nicht guttun.

Rya und er führten mich nach unserem Ausflug in das Zimmer, in dem ich zu mir gekommen war. Skóros setzte sich auf das Kopfkissen im Bett.

Draußen vor dem Fenster leuchteten uns die Sterne entgegen. Keine Ahnung, wie spät es war, über all die Ereignisse war mein Zeitgefühl verloren gegangen.

»Es ist kurz vor Morgengrauen«, klärte Rya mich auf, die meinen Blick nach draußen bemerkt hatte. »Du solltest etwas schlafen.«

Den dunklen Ringen unter ihren Augen zufolge würde es ihr selbst auch nicht schaden. Ich setzte mich auf das Bett und nickte. »Nur wenn du schnellstens an die Seite deines Liebsten eilst und ihn gesund pflegst.« Mein Zwinkern ließ sie rot anlaufen.

»Körperkontakt ist wichtig für die Genesung«, schaltete sich überraschenderweise Xanthos ein und grinste anzüglich. Es war die erste Anspielung auf die vergangene Nacht seinerseits.

»Bei den Göttern«, fluchte Rya atemlos und zog kopfschüttelnd von dannen. Ich lachte in mich hinein und legte mich aufs Bett.

Der Krieger stand an der Tür und sah zum Fenster raus. »Brauchst du noch irgendwas?« Mir lag eine doppeldeutige Bemerkung auf der Zunge, die ich mir verkniff.

»Du kennst nicht zufällig die Antworten auf all die Fragen, die sich in den letzten Tagen aufgetürmt haben?«

»Leider nicht.«

»Schade.« Ich strich mir über das angespannte Gesicht und ließ meinen Kopf tiefer in das Kissen sinken.

»Ist es für deinen Bodyguard in Ordnung, wenn ich bleibe?«, fragte Xanthos.

Ich drohte ihm mit dem Zeigefinger. »Mach dich nicht über Skóros lustig!« Der Nachtfalter flatterte zustimmend und kletterte auf mein Dekolleté.

Xanthos trat näher, die Arme vor der Brust verschränkt. »Er hat mir heute den Arsch angesengt. Mehrmals.«

»Er hat deinen hübschen Hintern heute öfter gerettet als angezündet!«, protestierte ich. Xanthos leckte sich über die Lippen und verzog den Mund.

»Hübscher Hintern, mh?«

»Halt die Klappe.«

In sich hineinlachend drehte Xanthos sich um und ging provokant langsam und elegant zum Stuhl auf der anderen Seite des Zimmers. Dass ich in seine Falle getappt war und seine Rückseite anstarrte, merkte ich erst, als er sich lachend hinsetzte. Ertappt rollte ich mich auf die Seite und drückte mein Gesicht ins Kissen.

Zum Glück ließ Xanthos mich vom Haken und ritt nicht weiter darauf herum.

»Was ist der Plan für später?«, fragte er stattdessen.

»Wir kontaktieren Iris. Oder versuchen es zumindest. Sie kann uns vielleicht weiterhelfen, was die Harpyien angeht.«

»Können wir dazu schon was vorbereiten?«

»Nein.« Auch wenn ich es nicht wollte, döste ich doch wieder weg. Meine Lider wogen so schwer, dass ich die Augen nicht mehr aufbekam.

»Dann kümmern wir uns alle zusammen darum, wenn es so weit ist«, sagte Xanthos und versuchte es sich auf seinem Stuhl bequem zu machen, wenn ich die Geräusche des Hin- und Herrutschens richtig deutete. Mehr als ein brummendes Geräusch brachte ich nicht mehr zustande. Es vergingen einige Minuten, in denen ich langsam, aber sicher auf den Schlaf zudriftete. Trotzdem hörte ich Xanthos' geflüsterte Worte, von denen ich nicht wusste, ob ich sie hören sollte.

»Mach so einen Scheiß nie wieder. Ich will dich nicht verlieren.«

Sie zauberten mir ein Lächeln aufs Gesicht und ich hoffte sehr, dass sie nicht nur ein Traumgespinst waren.

KAPITEL 11

Wir sollen eine Amphore voll Wasser aus dem Styx klauen?«, fragte Rya entsetzt, als ich ihr meinen Plan erläuterte. Wobei Plan das falsche Wort war. Das Ritual zur Kontaktaufnahme mit Iris folgte eindeutigen Regeln und bedurfte festgeschriebener Utensilien. Wasser aus dem Styx war eines davon.

Wir saßen in Nicks Zimmer auf dem Boden vor seinem Bett. Er war noch immer etwas blass um die Nase, doch seine Wunden heilten gut und waren nicht entzündet. Trotzdem musste er sich noch schonen. Die Klauen der Harpyien waren wie vermutet giftig, meine Tinkturen vermochten nur mäßig etwas gegen sie auszurichten, es brauchte Zeit.

Wir hatten Nick trotzdem einen Tee mit ein paar Kräutern aufgebrüht, an dem er jetzt nippte. Das Zeug schmeckte fürchterlich, aber es half. Rya saß direkt vor ihm und sah ab und an zu ihm auf, um zu kontrollieren, dass er das Gebräu auch wirklich trank. Notfalls würde sie nachhelfen, das hatte sie ihm angedroht. Xanthos saß zu meiner Linken, die Arme wie immer verschränkt, den Kopf quasi im Dauerschüttelmodus. Skóros hatte Mühe und Not, sich auf seiner Schulter festzuhalten.

»Das ist eine irrsinnige Idee«, stimmte er Rya zu. »Gibt es wirklich keinen anderen Weg?«

Ich stöhnte. »Leute, es handelt sich um eine verdammte Göttin. Meint ihr echt, sie würde es uns einfach machen, mir ihr zu sprechen?

Die Male, die die *Mageía Mésa* sie erfolgreich kontaktiert haben, kann ich an einer Hand abzählen.«

»Soll das heißen, selbst wenn wir alles richtig machen, kann sie sich auch dazu entscheiden, nicht aufzutauchen?«, fragte Xanthos.

»Ja.«

»Jetzt gefällt mir das alles noch weniger.«

Ich rollte mit den Augen. »Ich mache drei Kreuze im Kalender, wenn dir überhaupt mal was gefällt«, murrte ich.

Rya ging dazwischen, bevor zwischen uns ein neuer Streit ausbrach. Sie tat gut daran. Zwar spürte ich keine Hitze in mir aufflammen, doch das konnte sich schlagartig ändern.

»Wie hast du dir das mit dem Wasser vorgestellt?«

»Ganz einfach: Wir gehen zum botanischen Garten zurück und du«, ich wedelte mit den Händen in der Luft, »lockst das Wasser zu uns raus.«

Rya hob eine Augenbraue. »Und das soll funktionieren?«

»Es muss«, warf ich ein. »Noch mal sollten wir das Gebäude nicht betreten, weil wir es sonst so schnell nicht mehr verlassen würden.«

Nick legte Rya eine Hand auf die Schulter und sie legte ihre obenauf. »Du schaffst das«, sagte er liebevoll. Ryas Miene hellte sich auf und sie drückte ihm einen Kuss auf die Finger.

»Einen Versuch ist es wert.«

»Danke«, erwiderte ich. »Dann müssen wir nur noch einen kurzen Stopp bei mir machen und die Amphore holen. Wir brauchen eine bestimmte, es reicht kein normales Gefäß.«

»Könnt ihr mich dort absetzen?«, fragte Nick. »Dann würde ich dort auf euch warten. Ich würde zum Wasserstehlen mitkommen, aber das lange Stehen macht mein Kreislauf nicht mit. Bei dem Ritual wäre ich dennoch gern dabei.«

Dem Ausdruck auf Ryas Gesicht nach zu urteilen, war das mehr Anstrengung, als sie ihm zumuten wollte. Wenn es nach ihr gegangen wäre, hätte er das Bett gar nicht verlassen, das schien der Kompromiss zu sein.

»In Ordnung«, murrte Rya. »Dann lasst uns gehen.«

Keine halbe Stunde später waren Rya, Xanthos und ich ohne Nick, dafür mit Amphore auf dem Weg zum botanischen Garten. Das graubraune Gefäß, das circa zwei Liter Flüssigkeit fasste, lag im Fußraum vor mir. Xanthos lenkte den schwarzen SUV elegant über die Straßen und ich hätte den Rest des Tages in dem Auto sitzen bleiben und mich rumkutschieren lassen können. Ich hatte keine Schmerzen, doch da war ein drückendes Gefühl in meiner Brust, das ich nicht einordnen konnte. Manchmal glaubte ich, deswegen nicht atmen zu können. Hoffentlich würde sich das geben, sobald ich wieder in Skóros' Nähe war. Wir hatten ihn bei Nick gelassen, damit er im Notfall Unterstützung hatte.

Rya lehnte sich zwischen dem Fahrer- und Beifahrersitz nach vorn und stupste mich an der Schulter an.

»Eine Sache will mir nicht aus dem Kopf«, sagte sie. »Du hast gemeint, du hättest die Seelen *gehört*. Wie hast du das gemeint? Und wieso kannst du das?«

»Sie haben nach mir gerufen und mich um Hilfe gebeten. Ich habe sie verstanden, so wie ich dich jetzt verstehe. Und ich habe ihre Angst gespürt. Je näher ich kam, desto stärker. Wieso ich das kann? Keine Ahnung.« Ich zuckte mit den Schultern. »Ich war schon immer gut darin, in Magie zu lesen. Ich spüre die Intentionen hinter einem Zauberspruch. Nicht immer stark oder zu hundert Prozent zuverlässig, dazu ist unsere Gabe zu komplex, aber ich war mit meinen Einschätzungen immer ziemlich genau. Vielleicht bestehen die Seelen auch aus Magie und ich habe sie deswegen verstanden. Oder Magie hat eine Seele und ich spüre diese.«

Xanthos löste den Blick kurz von der Straße, um zu uns herüberzusehen. »Und woher wusstest du, wie du sie zurückgibst? Und an wen?«, fragte er.

»Instinkt«, erwiderte ich und lächelte. »Das ist eines unserer obersten Gebote bei den *Mageía Mésa*; höre auf deinen Instinkt. Nichts anderes habe ich gemacht. Meine Magie lässt mich momentan im Stich, aber immerhin scheint mein Bauchgefühl zu mir zu halten.«

»Und das sagt dir, dass wir es mal mit Iris versuchen sollten?« Rya legte den Kopf schief. Ich nickte, auch wenn es in meinen Augen keine echte Alternative gab. Hekate … Seit unserer letzten Begegnung hatte ich mich nicht gerade mit Ruhm bekleckert, geschweige denn wieder eine engere Verbindung zu meiner Magie gefunden. So konnte ich ihr nicht unter die Augen treten. Wenn alle Stricke rissen, war sie die letzte Option.

Xanthos setzte den Blinker. »Wir sind da.«

Wir standen ein paar Meter vor dem Eingang zum Gewächshaus. Das war gefährlich, doch unsere einzige Chance. Wir mussten schnell sein. Rya stand vor den Glasscheiben und starrte hinein. Der Täuschungszauber zeigte bereits seine Wirkung. »Und jetzt?«

»Jetzt darfst du deine Magie spielen lassen«, flüsterte ich verschwörerisch und zwinkerte ihr zu. »Bau eine Verbindung zu dem Styxwasser auf und dann leite es zu uns, direkt in die Amphore rein.« Ich löste den Korken aus dem Gefäß und hob es hoch.

Rya sah zwischen dem Gewächshaus und mir hin und her, dann deutete sie auf die Scheibe. »Das hier ist massives Glas, da bekomme ich kein Wasser durch. Kannst du einen Durchgang öffnen?«

Ich schüttelte den Kopf. »Dann wissen sie sofort, dass wir hier sind. So haben wir mit etwas Glück ein paar Minuten. Es muss anders gehen.«

»Und wie?«, fragte Xanthos, der uns den Rücken zugewandt hatte, um etwaige Bedrohung von hinten fernzuhalten.

»Alles hat eine Schwachstelle«, sagte ich und erschrak selbst davor, wie unheilschwanger und vergnüglich meine Stimme klang. Es sollte mir nicht solch einen Spaß bereiten, die *Mageía Mésa* zu hintergehen und ihre Gesetze zu brechen. Doch sobald ich Nephele vor mir sah, sobald ich die Gewalt spürte, mit der sie in meinen Geist eingedrungen war, spielten diese Vorbehalte keine Rolle mehr. »Stell dir das Gewächshaus als einen Körper vor, das Wasser darin als sein Blut. Verbinde dich damit, nutze es als einen zusätzlichen Sinn. Und dann erkunde den Körper mit seinem Blut, finde die Stelle, an der es ohne Widerstand fließen kann. Finde die Schwachstelle. Du hast Xanthos mit dieser Art Magie in die Knie gezwungen, dann schaffst du das auch mit einem Gebäude, das genauso hohl ist wie er.«

»Wie bitte?« Xanthos drehte sich zu mir um und in seinem Gesicht las ich ein Racheversprechen. Ich grinste nur und auch Rya ließ sich zu einem kleinen Lächeln hinreißen.

»Ich verstehe, was du meinst. Aber wird der Styx nicht auf unsere bösen Absichten reagieren?«

»Es ist ein potentielles Risiko, das gebe ich zu. Sollte etwas passieren, brechen wir sofort ab. Ich glaube jedoch nicht, dass er es uns krummnimmt. Wir wollen etwas von ihm, um Kontakt zu Iris aufzunehmen. Und das ist eine seiner Aufgaben.«

»Dein Wort in seinem Ohr …«

Sie atmete tief durch. Sehr gut. Sie durfte sich verspannen und in ihre ernsten Gedanken abdriften. Ich gab Xanthos einen kleinen Schubs, damit er sich wieder um unsere Sicherheit kümmerte. Widerwillig wandte er sich ab, nicht aber, ohne mich mit ausmalenden Worten mehrfach zu verfluchen.

Rya atmete tief ein und baute sich mit zurückgezogenen Schultern vor dem Glaskasten auf. Sie schloss die Augen. Ich betrachtete ihr Profil, während sie mit tiefen Atemzügen Konzentration aufbaute. Von außen hätte niemand vermutet, dass sie Magie wirkte. Auch ich machte die Augen zu und streckte meine Sinne aus. Ryas Atmen war zu hören sowie das Rascheln von Xanthos' Kleidung, als der sein Gewicht auf das andere Bein verlagerte. Der sachte Wind strich mir eine Strähne aus dem Gesicht und kitzelte meine Wange. Da. Da war es. Das magische Prickeln. Ich schmeckte es auf meiner Zunge. Meine Lippen verzogen sich zu einem Lächeln, als ich darin Rya erkannte. Seit unserer ersten Begegnung, bei der ich quasi in einen Teil ihrer selbst eingedrungen war, erkannte ich sie in ihrer Magie. Es war mehr ein Gefühl als etwas Bestimmtes, das sie verriet. Es war ein Instinkt, eine ganz bestimmte Empfindung.

Wie Regen, der nackte Haut liebkoste. Wasser war Ryas Element, es durchdrang ihr Leben, ihren Körper, ihre Magie. Rya bewegte sich näher zur Scheibe hin, dann ein Stück nach links. Sie legte den Kopf schief, als würde sie nach etwas lauschen. Dann grinste sie, öffnete die Augen und sah am Gebäude hoch.

»Bingo.« Ich folgte ihrem Blick. Etwa in drei Meter Höhe musste ein kleines Loch in der Fassade sein, denn ein fast haarfeiner Strom Wasser drang aus dem Inneren des Gebäudes zu uns nach außen. Ich hob die Amphore etwas an und das Wasser floss, gelenkt durch Ryas Gabe, durch die Öffnung in das Gefäß hinein. Als es voll war, verschloss ich es wieder mit dem Korken.

»Perfekt«, sagte ich. »Und jetzt sollten wir schleunigst abhauen.«

So schnell wie möglich und langsam genug, um nicht zu viel Aufmerksamkeit zu erregen, liefen wir zum Auto zurück. Meine Nackenhaare standen mir zu Berge und ich unterdrückte den Impuls, mich alle fünf Meter umzudrehen. Niemand schien uns zu folgen, auch kein Zauber fegte über uns hinweg. Ausnahmsweise lag das Glück einmal auf unserer Seite. Fragte sich nur, wie lange das anhalten würde.

Richtig aufzuatmen traute ich mich erst, als wir mein Haus betraten und ich die Tür hinter mir ins Schloss warf. Ich lehnte mich mit dem Rücken an das Holz und ließ mich daran herabgleiten. Mein Rücken war nassgeschwitzt und mein Deo hatte versagt. Ich hatte schon viele Regeln gebrochen, aber das hier machte mich nervöser, als ich gedacht hätte. Jeden Moment rechnete ich damit, dass die *Mageía Mésa* vor mir oder hinter mir auftauchten und mich mit ihrer Magie in die Knie zwangen. In dem Fall würde auch keine Tür helfen, aber es war eine Barriere zur Außenwelt, die mir mehr und mehr entglitt.

Misstrauisch beäugte ich die Amphore in meinen Händen. Das Styxwasser war uralt und mächtig; dass es sich überhaupt hatte fangen lassen, glich einem Wunder. Dass es jetzt so still herumschwappte, ebenso.

»Alles okay?«, fragte Rya schmunzelnd, während sie sich die Schuhe auszog. Xanthos war schon einen Schritt weiter, er hatte seine in die Ecke gekickt und war ins Wohnzimmer verschwunden, wo Nick und Skóros auf uns warteten.

»Ich wandere aus«, erwiderte ich atemlos. »Irgendwo ins Warme. Auf eine einsame und ruhige Insel, auf der ich den ganzen Tag nur schlafen, baden, lesen und mich betrinken kann. Fehlt nur noch Sex, der macht allein nicht so viel Spaß. Blödes Dilemma.«

Rya prustete los. »Klingt … verlockend.« Sie senkte die Stimme. »Mit der richtigen Person kannst du auch Stille genießen und gemeinsam einsam sein. Nachdem ihr … also …« Ihre Wangen färbten sich rot und sie versteckte ihr Gesicht vor mir.

»Soso«, neckte ich sie und stand auf. »Spricht da jemand aus Erfahrung?« Ich stupste sie an der Schulter an und sie wurde noch röter. Das Gemurmel aus ihrem Mund war nicht zu deuten, aber das machte nichts. Ihr Gesichtsausdruck und das Funkeln ihrer Augen verrieten alles. Ich klemmte mir die Amphore unter den linken Arm und legte die freie Hand theatralisch bestürzt auf meine Brust. »Ich bin etwas beleidigt, dass du nicht vorher mit mir darüber geredet hast. Ich hätte dir ein paar Tipps geben können. Oder ihm, wenn du verstehst, was ich meine.«

Rya winkte ab. »Um mich damit noch nervöser zu machen? Nein danke.«

»Und warum hast du nachher nichts gesagt?« Oh ja, ich war zu neugierig, aber da musste sie jetzt durch. Rya seufzte und strich sich eine Strähne aus dem Gesicht. Ihr Blick schweifte in die Ferne ab, als hinge sie verträumten Gedanken nach.

»Es auszusprechen nimmt der Sache irgendwie den Zauber. Ich wollte es erst mal für mich genießen.«

Ich biss mir auf die Unterlippe. »So gut also, ja?«

Rya riss die Augen auf und nahm Reißaus in Richtung Wohnzimmer. Ich lachte auf und holte zu ihr auf. »Ich ziehe dich nur auf. Und freue mich für dich. Sobald du die rosarote Brille abgesetzt hast, freue ich mich über jedes *kleine Detail.*« Ich wackelte provokativ mit den Augenbrauen. Rya legte sich eine Hand über die Augen und grinste in sich hinein.

»Hätte ich doch bloß nichts gesagt«, murmelte sie.

»Zu spät!« Ich überholte sie und stürmte ins Wohnzimmer. »Niihiick«, trällerte ich und setzte ein breites und verschmitztes Lächeln für ihn auf. Er saß auf dem Sofa und erwiderte meine Begrüßung perplex. Dann fiel sein Blick auf Rya hinter mir und Verständnis schlich sich auf sein Gesicht. Er sah wieder zurück zu mir.

»Großartig.« Aus seinem Mund klang es eher wie ein Fluch. Wieso nur? Ich biss mir auf die Unterlippe, um all die Kommentare, die mir durch den Kopf gingen, zurückzuhalten. Rya würde vor Scham vielleicht platzen und das wollte ich nicht.

»Für Fragen oder Anregungen stehe ich jederzeit bereit«, sagte ich und beließ es dabei. Gleich würde es noch unangenehm genug für uns alle werden, das musste ich sie nicht jetzt schon bis an ihre Grenzen drangsalieren.

Xanthos, der die ganze Zeit mit stoischer Miene danebengestanden hatte, beobachtete Rya dabei, wie sie sich neben Nick auf die Couch setzte. Die beiden Turteltauben warfen sich schüchterne Blicke aus glitzernden Augen zu.

Xanthos seufzte. »Nehmt euch ein Zimmer.« Das gab Rya den Rest, sie legte das Gesicht in die Hände und stöhnte gequält. Nick versteckte sein Schmunzeln hinter vorgehaltener Hand.

»Erst die Arbeit, dann das Vergnügen«, neckte ich und reichte die Amphore an Xanthos weiter. Dann lief ich an den Regalen auf und ab und suchte nach dem kleinen Kessel. Wo hatte ich ihn noch mal hingestellt? Ich fand ihn völlig eingestaubt in einer der unteren Regalreihen, hinter ein paar leeren Glasfläschchen. Perfekt, davon würden wir auch eines brauchen. Ich stellte den Kessel auf den Sofatisch, das Fläschchen daneben. Skóros krabbelte neugierig näher.

»Ein Kessel? Ernsthaft?«, Xanthos musterte das Ding amüsiert.

»Es würde auch ein normaler Topf tun, aber der hier erschien mir stilvoller.«

»Alles klar, ich halt mich raus.«

Rya, deren Gesicht mittlerweile wieder eine normale Farbe angenommen hatte, sah auf, mied jedoch den direkten Blickkontakt. »Wie genau läuft das jetzt ab?«

»Eigentlich ist es ganz einfach«, erklärte ich, während ich die restlichen Zutaten für die Beschwörung in den Regalen suchte. »Wir kochen ein kaltes Süppchen und hoffen, dass Iris unserer Einladung folgt.«

Misstrauische Stille breitete sich hinter meinem Rücken aus. Ich zuckte mit den Schultern. »Ihr werdet es gleich sehen, sehr spektakulär ist es wirklich nicht … Aha!« Ich hatte den Opal gefunden, einen Edelstein, der in Regenbogenfarben schillerte, wenn er ins Licht gehalten wurde. Und nur zwei Fächer weiter lag die versiegelte Flasche mit dem Totenkopf-Aufdruck, die ich ebenfalls an mich nahm.

Ich wies Xanthos an, das Styxwasser aus der Amphore in den Kessel zu kippen. Mit einem Plopp löste er den Korken und schüttete die Flüssigkeit in das Gefäß. Meine Erwartung, dass sich das Wasser in irgendeiner Art sträuben würde, erfüllte sich nicht. Zum Glück war Rya da, die dem Element im Notfall Einhalt gebieten würde. Ich kniete mich vor den Sofatisch und warf den Kristall in den Kessel. Zischend löste er sich auf.

Rya und Nick rutschten interessiert näher, Xanthos kniete sich an der kurzen Seite neben den Tisch. Alle Augen waren auf den Kessel gerichtet. Vielleicht wären Schutzbrillen angebracht gewesen, aber dafür war es jetzt zu spät.

Nach einem tiefen Atemzug setzte ich zu einer Erklärung an. »Das Wasser des Styx dient als eine Art Brücke zwischen Welten, die uns überhaupt erst ermöglicht, Kontakt zu einer Göttin aufzunehmen. Der Opal symbolisiert Iris, unsere gewünschte Gesprächspartnerin. Das hier«, ich brach das Siegel der Flasche mit dem Totenkopf-Aufdruck, zog den Stöpsel heraus und schüttete den pulvrigen grauen Inhalt in den Kessel, »ist Asche von verstorbenen Tieren. Damit zeigen wir ihr quasi schon vorab, worüber wir mit ihr reden wollen – über das Reich der Toten, den Hades, aus dem auch die Harpyien kommen. Jetzt fehlt nur noch eine letzte *Zutat.*« Ich nahm das leere Glasfläschchen in die Hand und zog den Korken heraus. Die anderen sahen mich abwartend an. »Es ist tatsächlich leer«, erklärte ich. »Wir müssen es jetzt mit unserer Bezahlung für Iris füllen.«

»Die da wäre?«, erkundigte Xanthos sich. Er hatte die Schultern zurückgezogen und das Kinn erhoben. Er roch, dass jetzt der Kniff an der ganzen Sache kam. Der unangenehme Part. Seine blauen Augen blitzten auf.

Ich lächelte bitter. »Unausgesprochene und unangenehme Wahrheiten.«

»Wahrheiten?«, hakte Rya nach. »Was soll das heißen?«

»Iris ist eine Botin«, sagte ich. »Sie überbringt Botschaften und lebt quasi zu diesem Zweck. Außerdem fällt ihr bei Auseinandersetzungen der Götter im Olymp die Aufgabe zu, Wasser aus dem Styx zu holen. Wenn ein Gott oder eine Göttin nach dem Trinken dieses Wassers einen Meineid schwört, erwartet ihn oder sie daraufhin ein Jahr in Bewusstlosigkeit. Es braucht also eine wahre Botschaft, um Iris gnädig zu stimmen. Und je … *qualitativ wertvoller* diese Botschaft ist, umso besser. Bei den *Mageía Mésa* hat man uns beigebracht, dass nichts kostbarer ist als eine Wahrheit, die man noch nie jemandem erzählt hat, weil man es nicht übers Herz bringt. Eine Wahrheit, die einen auffrisst und gleichzeitig ausfüllt; die auszusprechen die größte Freiheit oder den größten Schmerz bringen kann.«

Ich sah meine Freunde nacheinander an und hoffte, dass sie verstanden, was ich meinte. So ganz schien es nicht gereicht zu haben, also fuhr ich fort. »Wichtig ist, dass diese Wahrheit dem, der sie ausspricht, viel bedeutet. Für den einen mag beispielsweise die Angst vor Schlangen etwas ganz Normales sein, die einen nicht weiter beschäftigt. Für jemand anderen ist diese Angst ein Weltuntergang, ein Schandfleck auf seiner Seele, weil man aus einer Familie von Schlangenbeschwörern kommt und man diese nicht enttäuschen will.«

»Verstehe«, meinte Rya, die beiden Männer gaben zustimmende Geräusche von sich.

»Das ist viel verlangt«, fügte ich hinzu. »Ihr müsst es nicht tun. Genauso wenig wie ihr euer dunkelstes Geheimnis preisgeben müsst. Es dürfte auch eine weniger bedeutungsschwere Wahrheit sein. Aber je mehr wir ihr geben, und je einschneidender eure Wahrheit ist …«

»Umso wahrscheinlicher erhalten wir eine Antwort von Iris?«, beendete Xanthos meinen Satz. Er starrte verdrossen auf den Kessel hinab, als hätte der ihm gerade etwas von dem Styxwasser ins Gesicht gespuckt.

»Richtig.« Ich tauchte das Fläschchen in das Wasser, das in seinem jetzigen Zustand keine Gefahr darstellte. Es war eisig und meine Finger verkrampften sich um das Glas, während die Flüssigkeit gurgelnd das Gefäß füllte. »Wir könnten den Preis auch jeder für sich im Stillen zahlen, aber so, wie ich diese perfiden Götter kenne, hauen sie uns später ohnehin alles um die Ohren, um uns zu verunsichern oder um uns gegeneinander auszuspielen. Die Entscheidung darüber liegt bei euch.« Ich hob das volle Fläschchen an meine Lippen.

»Prost«, sagte ich und nahm einen Schluck, bevor ich mir der einzelnen Bestandteile dieses Gebräus wieder bewusst wurde. Vor Überraschung über den Geschmack hätte ich das Behältnis fast fallen lassen. Es schmeckte wie ein *London Fog* und ich musste mich zügeln, nicht mehr als einen Schluck daraus zu trinken. Kaum hatte ich das Fläschchen abgesetzt, hielt Rya es schon in ihren Fingern und trank ebenfalls. Dann Nick, und zum Schluss Xanthos. Er schloss seine

Finger so fest um das Glas, dass ich es schon zerspringen sah. Doch er reichte mir das leere Fläschchen unversehrt zurück.

Ich hielt es mir wieder an die Lippen. Jetzt war er gekommen, der sprichwörtliche Moment der Wahrheit. Nur welche sollte ich wählen?

Da gab es die *eine* Wahrheit. Jene, die ich mit ins Grab nehmen wollte. Sie stand außer Frage. Denn sie würde mit Sicherheit unser ganzes Vorhaben auf eine harte Prüfung stellen und das Risiko war es nicht wert. Schon beachtlich; es war immer eine Ausrede parat, um die Erinnerung an jene dunklen Tage nicht auszusprechen.

Dann blieb mir nur die zweite Wahrheit, deren Schrecken im Vergleich dazu verblassten, die ich aber ebenfalls noch nie jemandem anvertraut hatte. Meine Stimme und Finger zitterten leicht, als ich den Blick nach unten richtete und direkt in die Öffnung sprach.

»Ich habe Angst vor der Einsamkeit.« Ohne aufzusehen, streckte ich die Hand aus und hielt das Fläschchen für den Nächsten in die Höhe. Es wurde mir vorsichtig aus den Fingern gezogen.

»Ich möchte Kinder haben«, sagte Rya mit brüchiger Stimme. Ich hob den Blick. Ihre warmen Augen sahen mir ermutigend entgegen. Ein Hauch von Regenduft zog mir in die Nase, zusammen mit einer belebenden Meeresbrise. Das war nicht ihre Magie. Vielleicht ihre Seele?

Lächelnd nahm Nick ihr das Glasgefäß ab. Er überlegte einen Moment und ließ das Fläschchen durch die Luft kreisen.

»Ich habe Angst, die falsche Wahl zu sein.«

Rya schüttelte nahezu unmerklich den Kopf. Ich sah zu Nick, als der Geruch von frischer Erde aus seiner Richtung zu mir herüberwehte. Nahmen die anderen das auch wahr? Es schien nicht so.

Nick reichte das Fläschchen an Xanthos weiter, der es mit stoischer Miene im Empfang nahm.

»Ich habe Angst vor dem Tod.« Sein Gesicht wirkte blass, die Augen ermüdet. Im Kontrast dazu kitzelte spannungsgeladene Luft meine Nase, begleitet von den Vorboten eines Sturms.

Ich griff nach dem kleinen Gefäß und strich dabei über Xanthos' verkrampfte Finger. Mit einem leisen Seufzen duldete er die Berührung einen Augenblick lang, dann überließ er mir das Fläschchen. Ich verschloss es mit dem Korken und ließ es vorsichtig in das Styxwasser gleiten. Als wäre es aus Papier, löste sich das Behältnis auf und die Bezahlung darin mit ihm.

Nur konnte man Worte nicht so schnell auslöschen wie Glas oder Mineralien. Sie schwebten weiter über uns, zogen uns auf und würden sich für ewig in unser Gedächtnis brennen. Bis wir selbst uns auflösten und sie sich mit uns. Das machte sie so mächtig. Worte verlangten Opfer für ihren Tod.

Ich ließ mich im Schneidersitz nieder und legte die Hände mit den Innenseiten nach oben auf meinen Knien ab. Beim Einatmen schloss ich die Augen und horchte. Fühlte. Ich ließ meine Schultern behutsam kreisen und spürte, wie sie knackten. So würde ich mich nicht entspannen, ich …

Eine Hand schob sich in meinen Nacken, Finger strichen mir sanft bis an den Haaransatz hinauf, dann glitten sie hinunter. Eine zweite Hand gesellte sich dazu. Wie Spiegelbilder glitten sie rechts und links über meine Schultern und über meinen Rücken, wo die Verspannung am stärksten war. Mit den Fingerkuppen wurde sanfter Druck ausgeübt und ich gab mich ihm hin. Ich konzentrierte mich auf die Berührung, die Wärme, machte meinen Kopf frei und streckte meine Sinne aus. Vor mir fühlte ich die Magie, die dem Kessel entströmte.

Es hatte funktioniert, das Wasser darin rief nach Iris.

An diesem Punkt hätte ich aufhören können, doch ich tat es nicht. Zu sehr genoss ich die Massage, die meine Verspannung löste. Ich ließ den Kopf hängen, im nächsten Moment fuhren die warmen Finger wieder in meinen Nacken und setzten ihr Werk dort fort.

Das Mal auf meiner Stirn strahlte Hitze aus, die sich von meiner Stirn aus über den gesamten Körper ausbreitete. Ich erschauderte leicht, als ich das zaghafte Flattern meiner Magie wahrnahm. Gleichzeitig spürte ich den Styx deutlicher, seinen Ruf nach Iris.

Minuten verstrichen, in denen nichts passierte, außer dass das Flusswasser nach seiner Botin rief.

Dann spürte ich eine göttliche Energie und Magie, die mir fast so vertraut war wie meine eigene. Sie stach mir ins Herz und entfachte Sehnsucht nach dem, was gewesen war.

»Hekate«, flüsterte ich leise. Die Hände, die mich eben noch behutsam massiert hatten, legten sich schützend um mich und pressten mich an einen harten Körper, als die Göttin sich in meinem Wohnzimmer materialisierte. Ich öffnete die Augen und entdeckte Hekate auf der anderen Seite des Tisches, wo zuvor Xanthos gesessen hatte. Sein Arm war es, der sich um meine Mitte gelegt hatte, bereit, mich jeden Moment in Sicherheit zu ziehen. Seine Muskeln waren angespannt und ich spürte seinen schnellen Herzschlag in meinem Rücken, als er schwer atmend der Göttin entgegenblickte. Letztere zog überrascht die Brauen nach oben, als sie seinen Arm um mich entdeckte. Als Reaktion darauf zog Xanthos mich noch ein Stück näher und vergrub seine Finger in meinem Pullover.

Die Göttin schnalzte vergnügt mit der Zunge. »Es verletzt mich, dass du dir in Zeiten der Not eine andere Göttin suchst, Ilena.« Die feine Melodie ihrer Stimme täuschte nicht über den leisen Ton der Verärgerung darin hinweg. Das Lächeln auf ihrem Gesicht passte nicht dazu, vielmehr machte es aus ihr eine sprungbereite Raubkatze. Sie ließ ihre Finger über den Rand des Kessels gleiten und bedachte jeden von uns mit einem durchdringenden Blick. Ich legte meine Hand auf die von Xanthos und brachte ihn dazu, mich loszulassen, damit ich aufstehen konnte. Widerwillig gab er nach und erhob sich mit mir, ich spürte ihn im Rücken und war heilfroh darüber. Denn als Hekate sich mir zuwandte und mir in die Augen sah, zog sich meine Brust zusammen.

»Ich wollte Euch nicht verärgern. Verzeiht mir. Aber nach unserem letzten Gespräch war ich nicht der Meinung, dass Ihr mir helfen würdet, selbst wenn ich Euch darum gebeten hätte. Mein Verhalten seit unserer letzten Begegnung war nicht gerade respektvoll Euch und den *Mageía Mésa* gegenüber.« *Und andersherum auch nicht*, dachte ich, sprach es aber nicht aus. Es wäre besser, ihr nicht noch mehr Zündstoff für ihre Wut zu liefern.

»Vielleicht hast du recht damit«, gab sie zu meiner Überraschung zu und ihre Miene wurde weicher. Ihre Augen strahlten, als sie mein Gesicht in die Hände nahm. »Du bist wirklich etwas ganz Besonderes.« Das Funkeln ihrer Augen und der Zug um ihren Mund nahmen eine gefährliche Nuance an, die mein Herz zum Beben brachten. »Ich bin gespannt, wie du dich vor dem *Kýklos ton Dekatrión* bei deinem *Etymigoría* schlägst. Es könnte äußerst amüsant werden.«

Rya schnaubte, das Styxwasser im Kessel warf Blasen.

Hekate lachte auf. »Zum Glück werden wir es gleich herausfinden.« Sie ließ von mir ab und breitete die Arme aus. Roségoldene Funken sprühten aus ihren Fingern und erfüllten die Luft mit prickelnder Magie. Mein Puls schoss in die Höhe, als ich die Intention hinter diesem Zauber erkannte. Ich wirbelte zu Xanthos herum, der mit unverhohlenem Hass die Göttin anstarrte. Er streckte einen Arm nach mir aus, im nächsten Moment wurde er von einem goldenen Blitz ein paar Schritte zurückgeschleudert.

»Zuschauer sind nicht erwünscht«, sagte Hekate tonlos, dann schnippte sie mit den Fingern und meine Umgebung löste sich in einen Funkenregen auf.

KAPITEL 12

Die Welt schwankte, drehte sich um mich und mit mir. Es dauerte nur eine Sekunde, die sich wie eine Ewigkeit anfühlte, dann kam alles zum Stillstand. Von dem plötzlichen Stopp überrascht, stolperte ich über meine eigenen Füße und fing mich gerade noch, bevor ich auf dem …

Marmor aufschlug.

Ruckartig richtete ich mich auf. Wir waren im Tempel der *Mageía Mésa*. Von überallher blickte mir der grauweiße Marmor entgegen, der den Boden, die Säulen und Wände bedeckte. *Scheiße. Scheiße. Scheiße.* Der Zirkel tagte *jetzt*? Das Urteil wurde *jetzt* gesprochen?

Hekate, die den Teleportationszauber anmutiger überstanden hatte als ich, winkte mich hinter sich her. Die Schleppe ihres bordeauxroten Kleides glitt über den glatten Boden wie eine fließende Blutlache. »Komm, Ilena. Wir müssen dich vorbereiten.«

»Eine kleine Vorwarnung wäre nett gewesen«, murrte ich, was die Göttin mit einem schmallippigen Lächeln quittierte.

»So viele Verwarnungen wie du hat bisher noch keine meiner Anhängerinnen erhalten«, ermahnte sie mich. Ich schluckte meine Erwiderung hinunter und folgte ihr. Kälte kroch in meine Glieder, biss sich darin fest. Mein Herz setzte einen Schlag aus, dann pochte es langsam weiter, als wollte es sich verstecken. Ich hätte mich gern mit ihm verkrochen. Doch vor einer Göttin zu fliehen traute selbst ich mich nicht. Sie hätte mich innerhalb eines Wimpernschlages wieder eingefangen.

Hekate führte mich in einen mir unbekannten Bereich des Tempels. Er war den älteren Magierinnen vorbehalten, die bei den *Mageía Mésa* wichtige Rollen übernahmen. Unter anderem kümmerten sie sich um die Vorbereitungen für wichtige Rituale, wie auch zum Beispiel die Berufung durch Hekate. Heute würde ich wohl die tiefere Einsicht bekommen, die ich mir nie gewünscht hatte.

Wir erreichten einen kleinen Raum, in dem drei ältere Frauen auf uns warteten. Sie trugen alte Togen in dunklem Lila, die mit goldenen Symbolen bestickt waren. Hekate begrüßte sie freundlich und die Frauen verbeugten sich vor ihr.

»Sie gehört euch«, sagte die Göttin und ließ mich stehen. Ich sah ihr hinterher und hätte ihr gern noch so viele Fragen gestellt, doch ich hätte ohnehin keine Antworten bekommen. Die drei Frauen machten sich schweigend ans Werk. Ich bemühte mich gar nicht erst, ein Gespräch mit ihnen anzufangen. Sie halfen mir dabei, die Klamotten auszuziehen. Ich protestierte etwas, als ich auch meine Unterwäsche ablegen musste, aber daran führte kein Weg vorbei. Sie gaben mir ein dünnes schwarzes Kleid, das ich überzog. Wie Seide floss es an meinem Körper herab und schmiegte sich an meine Rundungen, als wäre es nur für mich gemacht worden. Wie ich die *Mageía Mésa* kannte, war das sogar wirklich der Fall.

Sie lösten meinen Haarknoten auf und bürsteten mein Haar, bis es mir glänzend über die Schultern fiel. Wieso eine solche Aufmachung für eine Unterredung mit dem Zirkel notwendig war, war mir schleierhaft. Vielleicht sollten die Angeklagten verwundbar aussehen, wild. Vielleicht fühlten sich die Mitglieder des Zirkels dadurch besser, während sie über ein Schicksal entschieden. Mir war es egal. Es würde nichts an dem Urteil ändern, das mit Sicherheit schon in Stein gemeißelt war, bevor die Anhörung überhaupt startete.

Mir wurde mulmig zumute und die Nervosität setzte ein. Das Herz in meiner Brust flatterte, als mir ein Gedanke durch den Kopf schoss. Es war möglich, dass ich Rya und die anderen nie wiedersah. Sollte ich verbannt werden, würde man mich augenblicklich an einen anderen Ort bringen und ich durfte nie wieder zurückkehren. Würde irgendjemand meinen Freunden erzählen, was mit mir passiert war? Oder würden man sie im Unklaren darüber lassen?

Meine Knie zitterten. Wenn ich nie wieder mit ihnen würde reden können … Welchen Sinn hatte mein Leben dann noch? Ich rieb meine Hände aneinander, in dem kläglichen Versuch, wieder Leben in meine kühlen Finger zu bringen. Der Marmor unter meinen Füßen schickte Kälte meine Glieder hinauf.

Als die drei Magierinnen mit mir fertig waren, führten sie mich aus dem Zimmer hinaus. Ich folgte ihnen durch die stillen Säulengänge, die mich in diesem Moment trotz ihrer Weite zu erdrücken schienen. Wie hatte ich dieses imposante, übertrieben große Gebäude jemals schön finden können? Wieso hatte ich mich hier einmal wohlgefühlt, obwohl doch alles in diesem Gebäude darauf ausgelegt war, seine Besucher einzuschüchtern?

Das hier war nicht länger ein Ort, den ich als mein Zuhause betrachtete. Das Bewusstsein darüber jagte mir Schauer über meine Wirbelsäule. Trotzdem setzte ich einen Fuß vor den anderen und starrte auf den Rücken der *Mágissa* vor mir. Schritt für Schritt näherten wir uns dem Thronsaal. Mit Mühe unterdrückte ich einen Laut der Überraschung, als wir zwischen den Säulen hindurchtraten und die letzten Meter zum Thron überbrückten. Hekate saß lässig auf eine Lehne gestützt auf dem marmornen Thron. Im Vergleich zu ihr wirkte die Statue in ihrem Rücken wie ein Spielzeug. An ihrer Seite, in einem Halbkreis, saßen Nephele und der Rest des Zirkels auf Kissen auf dem Boden.

Alle Blicke richteten sich auf mich, als wir den schier endlosen Gang zu ihnen hinüberliefen. Die geballte Energie von dreizehn Magierinnen und einer Göttin schlug mir entgegen, drang in jede meiner Poren und strich über meine Haut. Zu meiner Überraschung war das Becken in der Mitte des Saales gefüllt, das Wasser des Styx lag still da und spiegelte das Lichtspiel der Kristalle wider, die an den Säulen schwebten. Es war gespenstisch still, kein Luftzug war zu spüren. Sie hatten den Raum mit Magie abgeschottet, um Zeugen fernzuhalten.

Die drei alten Magierinnen geleiteten mich bis vor den Thron, direkt vor Hekate. Sie verbeugten sich und zogen sich anschließend zurück. Ich blieb stehen und klammerte mich an die Falten meines Kleides.

»Ilena«, säuselte Hekate und richtete sich auf. Ihr Gesicht zeigte keine eindeutige Reaktion. Wieso war sie hier? Normalerweise regelte der Zirkel diese Angelegenheiten selbst, die Göttin hatte sich bisher immer rausgehalten. Wenn man mal von ihrer Rolle in dem Krieg zwischen den Gorgonen und dem Orden des Perseus absah. Hatte sie sich jetzt dazu entschlossen, wieder mehr in das Geschehen auf der Welt einzugreifen? Was hatte sie davon?

Tief in mir drin klopfte mein Herz hoffnungsvoll. Hekate hatte uns in der Vergangenheit mehrmals geholfen, vielleicht war das auch heute der Grund ihres Besuches. Ich ließ mich zu einem schwachen Lächeln in ihre Richtung hinreißen, doch sie reagierte nicht darauf. Sie schlug nur die Beine übereinander und heftete ihren Blick auf mich. Nephele, die direkt zu ihrer Rechten saß, warf einen kurzen Blick auf die Göttin. Mit einem Wink der Hand gab diese ihrer Anhängerin zu verstehen, dass sie fortfahren durfte.

»Ilena«, wiederholte die *Mágissa,* »bist du bereit, dich dem *Kýklos ton Dekatrión* und deiner Göttin zu stellen?«

Als ob ich eine Wahl hätte. Natürlich äußerte ich diesen Gedanken nicht. Stattdessen räusperte ich mich und rang mir ein »Ja« ab. Mein Instinkt wollte mich dazu verleiten, nach meiner Kette zu greifen, die nicht mehr da war. Ich vergrub meine Finger tiefer in dem Stoff meines Kleides. Was genau erwartete mich? Um die Anhörungen vor dem Zirkel wussten alle, was genau währenddessen ablief, war jedoch immer ein Geheimnis gewesen.

Kalte, mächtige Magie griff nach mir. Nephele streckte ihre Macht nach mir aus und ich zuckte zurück. Würde sie wieder so weit gehen wie das letzte Mal? Ich drückte den Rücken durch und befahl meinen Beinen und Füßen, ihre Haltung zu wahren.

Eine zweite magische Kraft tastete nach mir. Dann eine dritte, eine vierte … bis alle dreizehn Magierinnen eine Verbindung zu mir aufgebaut hatten. Mein Herz klopfte schnell, ich spürte das Beben bis in die Zehenspitzen.

Noch waren sie nicht in meinen Geist eingedrungen. Hoffentlich blieb es dabei.

Nephele fixierte mich mit ihrem Blick. »Es ist nun viele Jahre her, seit du in die Dienste von Hekate eingetreten bist. Bis vor drei Jahren warst du das Paradebeispiel für eine gute Novizin, mit der Aussicht darauf, einmal in die Fußstapfen der *Ischyró Mágo* zu treten. Wir hatten nach Medeas Tod Nachsicht mit dir und waren der Überzeugung, dass du dich wieder fangen würdest, sobald du deine Trauer überwunden hast. Doch seitdem warst du nicht mehr dieselbe. Nicht mehr neutral. Du hast dich verändert.«

Sie machte eine lange Pause. Erwartete sie, dass ich mich rechtfertigte? Dass ich mich für meinen eingeschlagenen Weg verteidigte? Darauf konnte sie lange warten. Ich presste die Lippen zusammen und begegnete ihrem Blick mit all der Ruhe, die ich aufbringen konnte, auch wenn es nicht viel war. Medeas Namen zu hören und an das Leben zu denken, das ich mir erträumt hatte und niemals haben würde, wog schwer auf mir. Damals war ich daran zerbrochen, doch ich hatte mich zusammengesetzt und würde es nicht noch einmal so weit kommen lassen.

Nephele legte den Kopf ein Stück zur Seite und lächelte mich mitfühlend, aber auch traurig an.

»Du hast dich im Krieg der Gorgonen und des Ordens auf eine Seite gestellt. Du hast Blutmagie angewandt. Mehrmals. Du hast deine Magie einer unwürdigen Gorgone geopfert und damit Hekates Erbe mit Füßen getreten. Erst vor Kurzem hast du deine Kräfte beinahe vor normalen Menschen offenbart, als du einen Feuerball durch ein Fenster deines Hauses nach draußen geschossen hast. Und das, obwohl wir dich vor weiteren Fehltritten gewarnt hatten.«

Ich biss mir auf die Zunge. Sie wussten also von diesem Zwischenfall. Aber nicht von meinem Einbruch in die Bibliothek.

Nephele seufzte und fuhr fort. »Ich war nicht mal überrascht, als ich erfahren habe, dass du mittendrin warst, als ein paar Harpyien den Orden angegriffen haben. Und natürlich haben wir auch mitbekommen, dass du und deine Freunde Wasser aus dem Styx gestohlen habt. Ich will gar nicht wissen, wofür. Und …«

Ein unterdrücktes Lachen von Hekate unterbrach Nepheles Auflistung meiner Verfehlungen. Die *Ischyró Mágo* sah zu der Göttin auf. Sie wussten von den Harpyien und damit sicherlich auch von der Bedrohung, die sie darstellten. Und trotzdem hatten sie nichts Besseres zu tun, als mich zu verurteilen, wo ich doch versuchte, diese Wesen aufzuhalten?

Hekate lächelte bittersüß und musterte mich. »Du erinnerst mich an mich selbst. In jungen Jahren«, sagte sie mit verträumter Stimme. »Auch ich war mal eine kleine Rebellin.«

»Ich bin keine Rebellin«, erwiderte ich.

Nephele unterdrückte ein Keuchen, den anderen Magierinnen wich die Farbe aus dem Gesicht. Zu antworten war zu diesem Zeitpunkt wohl nicht erwünscht. Hekate kniff die Augen zusammen und beugte sich vor. Die Magiestränge um meinen Körper zogen sich ein Stückchen enger zusammen.

»Du hast dich Anweisungen widersetzt und Regeln gebrochen. Das kommt meiner Definition einer Rebellin ziemlich nah«, sagte sie mit einem Blick, der herausfordernd und hochachtungsvoll zugleich erschien.

»Ich habe all das getan, um ein System zu erhalten, nicht um es zu stürzen. Es kann doch nicht sein, dass es das einzige Ziel der *Mageía Mésa* war, einen unendlichen Krieg mit ihrer Magie zu befeuern. *Das* ist in meinen Augen unwürdig. Nicht die Tatsache, dass ich Blutmagie angewandt oder einen Teil meiner Kräfte geopfert habe, um Leben zu retten.«

Der Boden unter meinen nackten Füßen wurde heiß. War ich das? Oder wollte der Zirkel mir einheizen?

Hekates Miene war undurchdringlich, als sie fragte: »Wofür sollten die *Mageía Mésa* deiner Meinung nach stehen? Was sollen wir tun, jetzt, da der Krieg vorüber ist?«

Da musste ich nicht lange überlegen. »Wir sollten helfen. Einander und den Menschen, damit wir in Frieden neben- und miteinander leben können. Das würde Euch und uns zur Ehre gereichen und wäre ein würdiger Einsatz unserer Magie. Nephele hat mir zugestimmt, als wir uns darüber unterhalten haben, die Werte von Lagina wieder aufleben zu lassen. Gerade in diesem Jahr.« Eine der Magierinnen rechts von mir sog scharf die Luft ein. Mein Herz raste so schnell, ich hörte oder spürte es nicht mal mehr. Die Stille um uns zog sich in die Länge und war so erdrückend, dass ich mich nicht traute, mich zu bewegen. Nicht mal ein Blinzeln ließ ich zu.

Nephele schüttelte kaum merklich den Kopf. Sie hatte mich gewarnt und mir davon abgeraten, die alte Stadt vor dem Zirkel zu erwähnen. Der Preis für den schönsten Kopfsprung in ein Fettnäpfchen ging damit an mich. Doch Hekate wollte meine Meinung hören; was sie damit anfing, war ihre Sache.

Die Göttin lehnte sich im Thron zurück und ließ mich nicht aus den Augen. Ich ließ meinen Blick über die Mitglieder des Zirkels schweifen und sah allerhand Reaktionen, die sich lediglich auf den Gesichtern widerspiegelten. Einige schienen rasend vor Wut, andere unbeteiligt; und es gab sogar ein paar Magierinnen, die mich aufmunternd ansahen. Sie waren gespalten. Zu meinem Vorteil?

»Ich stimme dir zu«, sagte Hekate plötzlich und mein Kopf fuhr zu ihr herum. »Es ist ein langer Weg zu einer friedlichen Welt, aber wir könnten sie mitgestalten.« Sie erhob sich von ihrem Thron, kam die Stufen herunter und auf mich zu. Ihr Kleid wallte um ihre Beine, alles an ihr schien von innen heraus zu leuchten und offenbarte die göttliche Macht, die ihr innewohnte. In einer langsamen, fließenden Bewegung strich sie mir eine Strähne hinters Ohr und umfasste meine Wange.

»Allerdings braucht ein langer Weg eine strafende Hand, um die Spur zu halten. Deine Motive waren ehrenhaft, dennoch kann ich Ungehorsam nicht dulden. Es bedarf eines Exempels für die *Mageía Mésa*, das ihnen deutlich macht, was passiert, wenn sie vom Weg abweichen.« Ihre Worte waren wie eine Ohrfeige, die im krassen Kontrast zu der fast schon zärtlichen Berührung an meiner Wange stand.

Ein Kälteschleier überzog ihre Augen und machte mir klar, dass dieser Moment der Anfang eines Endes war. Ich wollte protestieren, schreien, mich wehren – doch nichts davon setzte mein Körper um. Hekates Berührung lähmte mich und mir blieb nichts anderes übrig, als ihr in die Augen zu sehen und mein Schicksal anzunehmen. Als sie von mir abließ, konnte ich mich immer noch nicht bewegen.

»Errichtet den Kreis«, sagte Hekate in Nepheles Richtung und schritt zu ihrem Thron zurück. Ich rechnete es der *Ischyró Mágo* hoch an, dass sie einen Augenblick lang zögerte und mir einen erschrockenen Blick zuwarf. Dann presste sie die Lippen zu einem Strich zusammen und nickte.

»Wie Ihr wünscht.« Nephele erhob sich, die anderen mit ihr. Sie liefen um mich herum, kreisten mich ein. Dabei zog jede von ihnen etwas aus den Falten ihrer Toga. Es waren schimmernde Kristalle in den unterschiedlichsten Farben, jeder ungefähr so groß wie ein Ei. Nephele blieb direkt vor mir stehen und wartete, bis die Magierinnen ihren Platz eingenommen hatten.

Der Zirkel, der Kreis aus dreizehn der mächtigsten Magierinnen, fällte nicht nur das Urteil, sie *waren* das Urteil. Mein Instinkt sagte mir, dass es die schlimmste aller Strafen war, die mich erwartete. Nepheles leerer Ausdruck bestätigte diesen Verdacht. Fast schon entschuldigend neigte sie den Kopf zur Seite. Der Rest des Zirkels sah mich nicht mal an, sie mieden meinen Blick und betrachteten die Steine in ihren Händen oder den Boden zu ihren Füßen.

Welches Schicksal erwartete mich?

Auf der Suche nach einer Antwort sah ich zu Hekate, die auf ihrem Thron Platz genommen hatte. Es schien, als müsste sie sich einen Moment sammeln. Sie beachtete mich gar nicht, sondern schloss die Augen und fuhr mit den Fingern die Konturen ihres Diadems nach. Die wunderschönen Male auf ihrer Haut flammten auf. Sie bereitete sich auf etwas vor.

Was sollte ich tun? Nein. Was *konnte* ich tun?

Die Antwort war so einfach wie grausam.

Nichts.

Ich hatte nicht genug Macht, um es mit ihnen allen aufzunehmen und zu fliehen. Sie würden mich nicht weit kommen lassen. Und wenn sie mir schon mein Leben als *Mágissa* raubten, so wollte ich meine Würde behalten. Auch wenn sie mir nichts brachte, außer meinen falschen Stolz zu schützen.

Ich konzentrierte mich wieder auf Nephele und legte in meinen Blick all die Wut, all die Abscheu, die ich aufbrachte. Nichts davon richtete sich direkt gegen die *Ischyró Mágo*. Sie stand nur stellvertretend für diese absurde Situation.

Nephele nickte und die Mitglieder des Zirkels platzierten die Kristalle vor ihren Füßen auf dem Boden. Dabei murmelten sie unverständliche Worte, sicherlich magische Beschwörungen. Ein Leuchten erfüllte den Saal, als die Male der Frauen gleichzeitig aufglimmten. Die starke Magie in der Luft raubte mir den Atem. Meine Finger begannen zu zittern und ich versteckte sie unter dem Stoff. Ich wunderte mich selbst darüber, dass ich so ruhig blieb. Vielleicht befand ich mich auch in einem Schockzustand.

Nephele zögerte und legte ihren Stein nach allen anderen auf dem Boden ab. Der letzte Kristall fand seinen Platz und der Glanz ihrer goldenen Symbole komplettierte den Kreis.

Es gab keine Luft mehr. Meine Lunge verweigerte den Dienst, ich atmete nicht mehr. Nun kam sie doch, die Panik. Sie überrollte mich, hüllte mich in Kälte ein, fror meine Glieder fest und trieb mein Herz vor sich her.

Ohne Vorwarnung traf mich etwas im Rücken. Ein stechender Schmerz bohrte sich erst durch meine Wirbelsäule, arbeitete sich nach vorn durch, bis er mein Herz traf und es mit sich riss, als er in meiner Brust explodierte. Es war, als hätte mir jemand einen Speer von hinten durch den Körper gerammt. Doch da war nichts, nur ein sengender Schmerz, der mich von innen verbrannte und aushöhlte.

Dann war da nichts mehr. Kein Schmerz, kein Brennen. Nur Leere in meiner Brust. Das schwache Wummern meines Herzens war das Einzige, was mich glauben ließ, dass ich noch am Leben war. Ich fühlte mich schwach und hoffte, dass es gleich vorbei war. Alles.

Meine Beine gaben unter mir nach und ich fiel auf die Knie. In meinem Kopf drehte sich alles. Blut lief mir aus der Nase und beschmutzte den glatt polierten Marmor unter mir. Dann, so leise, dass ich es für Einbildung hielt, hörte ich einen einzigen von einer Violine gespielten Ton. Er liebkoste mich, strich wie ein flüchtiger Hauch über meine Haut und verstummte.

Eine vertraute Energie zupfte an mir und ich hob den Kopf. Vor mir, auf Augenhöhe, pulsierte eine flackernde Kugel aus violetten und magentafarbenen Strängen, die ineinander verwoben waren. Dazwischen funkelten goldene Flecken wie Sterne in einem Universum.

Meine Magie.

Schluchzend fing ich an zu weinen. Es war ein kläglicher Laut, doch angesichts des Anblicks zerbrach etwas in mir. Meine Macht war so wunderschön, wie ich sie immer gefühlt und mir vorgestellt hatte. Und der Zirkel hatte sie aus mir herausgebrochen, nur ein dünner Faden verband uns noch miteinander.

Die ganze Zeit über hatte ich gedacht, dass ich nicht mehr viel Magie besaß und hilflos gewesen war. Es was nichts im Vergleich zu dem Gefühl jetzt. Das an sich gar keine Empfindung war, weil da einfach nichts mehr übrig war außer Schmerz und Trauer. Und die Erkenntnis, dass ich ohne meine Macht unbedeutend war.

Ich brachte nicht mal die Kraft auf, um meine Hand nach meiner Magie auszustrecken. Ich verriet sie. Wieder einmal.

Hekate, in deren Augen ihre Unsterblichkeit aufloderte, trat an den Kreis heran. Der Zirkel rückte geschlossen zurück und machte ihr Platz. Trotz ihrer schier unendlichen Macht trat sie nicht in den Kristallkreis hinein, sondern blieb wenige Zentimeter davor stehen, uns trennte nur eine Armlänge. Sie zog sich das Diadem vom Kopf und balancierte es auf ihrer Handinnenfläche.

Ihre Finger sprühten Funken, als sie eine magische Beschwörung murmelte. »*Imiselínou tou Fengarioú.*« *Sichel des Mondes.*

Das Diadem erhob sich in die Luft, bis es ein paar Zentimeter über Hekates Hand schwebte. Der goldene Halbreif dehnte sich aus, streckte sich in die Breite und wuchs zu einer Sichelklinge heran. Auf einer Seite wuchs ein dunkler, unterarmlanger Griff aus dem Metall. Der schwarze Stein schimmerte im Schein der magischen Male.

Wenige Augenblicke später hielt Hekate eine Sichel in der Hand. Atemberaubend schön und tödlich glänzte die goldene Klinge im Schein des Lichtes. Die Göttin drehte die Waffe und betrachtete sie von allen Seiten.

»Zwischen einer *Mágissa* und ihrer Magie besteht ein von mir geknüpftes Band. Es liegt in meiner Macht, sie wieder zu trennen.«

Ihr Blick glitt zu dem flirrenden Gebilde vor mir. Wieder wallten Tränen in meinen Augen auf und liefen mir über die Wangen, wuschen mir das Blut vom Gesicht und tropften auf den Boden. Meine Finger zuckten, der Drang, mich endlich zu bewegen, wurde immer größer. Doch es half nichts, meine Muskeln bleiben stur.

Sie würde mir meine Macht nehmen und ich würde dabei zusehen. Wie ein Feigling.

Das Leuchten meiner Magie wurde schwächer. Sie selbst verlor die Hoffnung und den Glauben an mich und gab auf.

Plötzlich züngelten kleine Flammen an den Strängen auf und wirbelten dunkle Partikel umher wie kleine schwarze Löcher zwischen gleißenden Sternen. Einige der lila Fäden verfärbten sich, pulsierten schwarz im sonst bunten Licht.

Hekate ließ die kleine Mondsichel sinken und starrte auf das Schauspiel. Sie vermochte die Überraschung nicht zu verbergen, sie stand ihr offen ins Gesicht geschrieben. Wie sollte ich das deuten? Die Göttin zog die Stirn kraus und war tief in Gedanken versunken. Sie bemerkte nicht, wie Nephele ihr verstohlene Blicke zuwarf und zunehmend nervöser wurde. Etwas schien nicht so zu laufen wie geplant.

Mein rechter Mundwinkel zuckte. Ein kläglicher Rest Kampfgeist, der sich kurz vor seiner endgültigen Zerschlagung auflehnte. Meine herausgerissene Magie begann zu flirren.

Eine eisige Böe fuhr durch den Tempel und streifte meine Haut, es fröstelte mich in dem viel zu dünnen Kleid. Unter der Kälte machte ich eine summende Spur aus. Wie Schneeflocken, die meine Haut liebkosten.

Plötzlich schreckte Hekate aus ihrer Lethargie, ihr Blick verhakte sich mit meinem. Sie krümmte keinen Finger, doch die unsichtbaren Fühler ihrer Magie griffen nach mir, krallten sich in meinen Geist und zwangen ihn in die Knie. Sie wühlte darin herum, suchte nach etwas. Ihre Macht war so stark, dass mir schwarz vor Augen wurde und mein Magen sich umdrehte. Ich würgte, doch nichts kam heraus. Irgendjemand, vielleicht Nephele, keuchte und murmelte einen leisen Protest, der ungehört verklang. Es dauerte nur ein paar Sekunden, ehe die Göttin von mir abließ. Ich leckte mir das Blut von den Lippen und spuckte es ihr vor die Füße.

Sie lächelte und wirkte zufrieden, als hätte sie gefunden, was sie wollte. Dann sah sie zu mir auf und ihre Miene wurde hart.

»Du warst so nah dran«, sagte sie. »Und zu feige, es durchzuziehen.« Wovon redete sie?

Sie schien mit sich zu ringen, ihre Hand um den Sichelgriff spannte sich an, im nächsten Moment ließ sie wieder locker. So wiederholte es sich, bis sie sich zu einer Entscheidung durchrang. Auf ihren Lippen erblühte ein schauderhaftes Lächeln.

»Medea«, flüsterte sie und mein Herz stolperte. Sie kostete den Namen auf ihrer Zunge. Ihr Ton, die Art, wie sie ihn sagte … sie wusste alles über sie und mich. Ich würde nicht zulassen, dass sie Medea in diese Sache hineinzog. Das hatte sie nicht verdient.

Zitternd stemmte ich mich hoch. Ballte die Hände zu Fäusten und reckte das Kinn nach oben. Hekate nahm meinen stillen Protest mit einem breiten Lächeln zur Kenntnis. »Du hättest es geschafft. Du hättest sie zurückholen können. Wenn deine Liebe stark genug gewesen wäre.«

Sie riss mir den Boden unter den Füßen weg und ich fiel. Fiel, fiel, fiel in die altbekannte Dunkelheit.

Meine Magie war von mir getrennt, immer mehr dunkle Flecken breiteten sich zwischen den Strängen aus. Hekate genoss meinen Anblick.

Ihre Hand mit der Sichel hob sich. Sie öffnete den Mund und wollte etwas sagen.

Ein kupferfarbener Blitz zischte an ihr vorbei und riss ihr die Sichel aus der Hand. Der Blitz schnellte mitsamt der Waffe davon. Alle Blicke folgten ihm durch den Raum, bis er ein paar Meter weiter in den Sturzflug überging. Er eilte auf eine Person zu, die sich aus den Schatten hinter einer Säule löste. Dann ließ er die Mondsichel los.

Sie fiel direkt in die ausgestreckte Hand von Xanthos. Aus dem Blitz wurde Skóros, der sich auf der Schulter des Kriegers niederließ und aufgeregt mit den Flügeln flatterte.

»Lasst sie gehen.« Xanthos' Stimme hallte durch den Tempel, die Drohung darin unmissverständlich. Es war hoffnungslos verrückt, sich allein mit einem Nachtfalter als Unterstützung dem Zirkel und der Göttin der Magie entgegenzustellen. Trotzdem musste ich lächeln. Seine Ordenskleidung, seine Haltung und der strenge Blick zeugten von seiner Vergangenheit, sie bildeten die Rüstung, die sein Leben schützte. Es war nur leider nicht genug, auch wenn es mich ehrte, dass er hier war und mich retten wollte.

Xanthos wog die Waffe in seinen Händen, vermutlich um abzuschätzen, wie er sie am besten einsetzen konnte. Er kam in gemächlichen Schritten auf uns zu und behielt Hekate genauestens im Auge. Sie war die größte Bedrohung, auch ohne die Sichel.

Die Göttin drehte sich zu ihm um und nickte anerkennend. »Ich gebe zu, ich bin überrascht. Und das ist nicht oft der Fall, dafür gebührt dir mein Respekt.«

»Ich scheiß auf Euren Respekt«, erwiderte Xanthos kühl. »Ihr solltet ihn denjenigen zollen, die ihn auch verdienen.« Sein Blick glitt zu mir, wanderte meinen Körper auf und ab. Auch der Kreis aus Kristallen und der wabernde Ball aus Magie entgingen ihm nicht. Je nachdem, wie lange er schon hinter der Säule stand, wusste er, was es damit auf sich hatte. »So also behandelt Ihr Eure Untergebenen. Das ist erbärmlich.«

»Wenn ich mich richtig erinnere, dann hast du selbst vor Kurzem noch nach deinen eigenen Vorstellungen über andere gerichtet. Und nicht gerade gnädig«, erwiderte Hekate.

»Das stimmt. Allerdings habe ich dazugelernt. Im Gegensatz zu Euch.« Er kam näher an den Kreis heran. »Seid Ihr in dieser Hinsicht tatsächlich einem lächerlichen Sterblichen unterlegen?«

Hekates Augen glimmten auf, ihre Lippen waren nur ein Strich. Xanthos wandelte auf dünnem Eis, er musste aufpassen. Dass sie ihn bisher verschont hatte, grenzte schon an ein Wunder, sie hätte ihn viel früher bemerken müssen. Die Göttin sah zwischen ihm und mir hin und her. Ich schloss kurz die Augen und mahnte mich zur Ruhe.

»Lasst sie gehen«, wiederholte Xanthos.

»Würdest du ihren Platz einnehmen?«, erwiderte Hekate.

Xanthos sagte im selben Moment »Ja«, in dem ich »Nein!« rief. Der Krieger warf mir einen mahnenden Blick zu. Ich würde nicht zulassen, dass er den Helden mimte. Zumindest nicht noch mehr.

Hekate lachte auf. Wie hatte ich den Klang davon jemals schön finden können?

»Nun gut«, sagte sie, als sie sich gefangen hatte. »Ich werde Ilena gehen lassen. Mit ihrer Magie. Allerdings«, der Umschwung in der Stimme der Göttin war unüberhörbar, Vergnügen wich Ärger, »muss heute jemand bestraft werden. Mir ist es sogar lieber, wenn du das bist.« Sie fixierte Xanthos, dessen Finger sich fester um den Sichelgriff schlossen.

»Brecht zuerst den Kreis auf«, verlangte er.

Hekate zuckte mit den Schultern. Sie hob die Hand und richtete sie auf den Kristall, der am nächsten zu ihr lag. Meine Instinkte schlugen Alarm, so laut wie noch nie. Mein Körper vibrierte, erkannte die Gefahr, bevor ich sie begriff.

Hekate sah mir direkt in die Augen, als sie den Arm zur Seite schwenkte und Xanthos ins Visier nahm.

Dann passierten mehrere Dinge gleichzeitig. Xanthos hob die Waffe und schubste Skóros von seiner Schulter, damit er sich in Sicherheit brachte. Mir entfuhr ein spitzer Schrei, der von dem schockieren Keuchen des Zirkels untermalt wurde. Im selben Moment, als Hekates Finger Funken sprühten, setzte sich Nephele in Bewegung. Sie vollführte, was die Göttin uns verweigert hatte, sie brach den Bannkreis, indem sie einen Kristall unter ihrem Schuh zermalmte.

Mit einem Knall schoss meine Magie auf mich zu, schob eine Druckwelle vor sich her, die mich fast von den Füßen riss. Ihr Eindringen in meinen Körper war nicht so schmerzhaft wie das Herausreißen und ich hielt mich auf den Beinen. Sobald wir wieder verbunden waren, kehrte die Kraft in meinen Körper zurück.

Die Magie fühlte sich anders an, stärker. Am richtigen Platz.

Ich tat es Hekate gleich und streckte meine Hand aus. Ich beschwor meine Magie und das Feuer, das Xanthos in mir auslöste, mich jetzt nicht im Stich zu lassen.

Und sie gehorchten. Ein glühender Ball aus violettem Licht schoss aus meinen Fingern, im selben Moment, als die Funken über Hekates Hand sich verdichteten und zu einem gleißenden gelblichen Strahl wurden. Ich feuerte meine Magie auf ihre ab.

Etwas hinter mir brachte meinen Nacken zum Prickeln. Im nächsten Augenblick schoss ein weißer Strang Magie über meine Schulter und verflocht sich mit meinem Ball, die beiden Energien rasten gemeinsam auf Hekates Strahl zu. Sie trafen ihn, Funken sprühten mit einem lauten Knall auseinander, doch statt ihn zu zerstören oder in eine andere Richtung zu lenken, schluckte der Strahl die fremde Magie und fegte ungerührt weiter, direkt auf Xanthos zu.

»Khione«, knurrte Hekate.

Der Krieger lief nicht weg, er packte lediglich die Mondsichel fester. Ich schrie seinen Namen, doch er reagierte nicht. Skóros flog aufgeregt über seinem Kopf und wob ein kupferfarbenes Netz über ihm. Doch es half nichts, seine Magie war nicht stark genug. Xanthos riss die Augen auf, als das Netz so schnell zerfiel, wie es geknüpft worden war. Kurz bevor der Strahl ihn erreichte, verfinsterte sich seine Miene zu einem Spiegelbild aus Entschlossenheit und purem Hass.

Die gebündelte Magie traf auf die aufleuchtende Klinge und wurde zweigeteilt. Hekate hatte direkt auf sein Herz gezielt, das nun verschont blieb. Stattdessen bohrten sich zwei weiße Stränge in Xanthos' rechte Schulter und die linke Brust. Mit einem Brüllen hielt Xanthos dem Druck der Energie stand, der ihn ein Stück nach hinten schob. Sobald der magische Strahl abbrach, ließ Xanthos die Sichel fallen. Scheppernd kam sie auf dem Boden auf, sie pulsierte getränkt von Hekates Magie. Xanthos sank auf die Knie, sein Hemd saugte sich mit dem Blut voll, das aus den Wunden quoll. Ich raffte mein Kleid notdürftig zusammen und rannte zu ihm. Er kippte zur Seite, kurz bevor ich ihn erreichte.

Er rührte sich nicht mehr.

Ich ließ mich neben ihn fallen und presste meine Hände auf seine blutenden Wunden. Er war noch bei Bewusstsein und sein Gesicht vor Schmerzen verzerrt. Keine Ahnung, ob ich es verschlimmerte, aber das ganze Blut …

»Wenn du stirbst, dann bringe ich dich um«, drohte ich ihm mit brüchiger Stimme. Er verzog den Mund zu einem gequälten Lächeln, im nächsten Augenblick hustete er Blut und sein Atem kam in feinen weißen Wolken aus seinem Mund, die Lippen verfärbten sich blau.

Hekate trat in mein Blickfeld. Sie sah auf Xanthos herab und schüttelte den Kopf. »Deine Loyalität gilt den Falschen, Ilena.«

Ich setzte zu einer Antwort an, doch dann stieß ich einfach nur die Luft aus. Sie würde es nicht verstehen. Und ich würde nicht meine Energie darauf verschwenden, es ihr zu erklären. Es hatte keinen Zweck. Xanthos hustete, sein Puls wurde immer langsamer.

Die Göttin schnalzte mit der Zunge und gab ein verächtliches »Tsk« von sich. Sie rief ihre Magie und webte uns in ein goldenes Netz. »Du wirst schon sehen, was du davon hast.«

Die Welt um uns herum löste sich in Sprenkel auf.

KAPITEL

13

Bevor ich wusste, wie mir geschah, fand ich mich in meinem Wohnzimmer wieder, an genau derselben Stelle, von der aus Hekate mich erst vor Kurzem entführt hatte. Ich trug noch immer das schwarze Kleid. Es war also kein Albtraum gewesen.

Xanthos' gluckernde Atemgeräusche holten mich endgültig in die Wirklichkeit zurück. Mit meinen blutigen Händen auf seinen Wunden sah ich mich um. Rya und Nick waren nirgends zu sehen, auch Skóros nicht. Verdammte Scheiße. Meine Arme zitterten und ich spürte Panik in mir aufwallen. Ich konnte die Tränen nicht zurückhalten.

»Wieso musstest du Idiot mich retten?«, fragte ich schluchzend. Xanthos erwiderte nichts, seine Augen waren halb geschlossen, er war im Delirium. Und sein Körper wurde immer kälter.

Ich atmete tief durch. Es gab nur eine Möglichkeit, ihn zu retten. Ich rief meine Magie, die von dem Impuls des Rituals noch unter Spannung stand, und das Mal auf meiner Stirn erhitzte sich. Mit zitternden Fingern fuhr ich darüber und zog einen Teil des Symbols, einen Teil meiner Magie unter meiner Haut und aus mir selbst heraus. Im Gegensatz zu dem Ritual des Kreises spürte ich keine Schmerzen. Das hatte ich auch damals bei Rya nicht, weil ich sie freiwillig hergab.

Ich führte den goldenen Faden zu der Wunde an der Schulter und er verschmolz mit der Haut. Sofort stoppte die Blutung und Xanthos' Lider öffneten sich. Er blinzelte, als er sich orientierte, dann fokussierte er sich auf mich. Er sah auf meine Stirn.

»Was hast du getan?«, fragte er mit brüchiger Stimme.

Ich murrte »Sei still« und hob die Finger erneut an meine Stirn. Xanthos legte eine Hand auf meine, wobei er das Gesicht verzog. »Hör auf, dich zu bewegen!«, ermahnte ich ihn.

»Tu das nicht.«

»Lass mich!« Ich musste. Er durfte nicht meinetwegen sterben. »Denk an deine Schwestern. Lass die Prophezeiung dieser dämlichen Feder nicht wahr werden.«

Seine Miene wurde weicher, als ich seine Schwestern erwähnte. Er schluckte schwer und nickte, ehe er den Arm sinken ließ und meine Hand freigab. Ich führte einen weiteren goldenen Faden meiner Magie zu seiner Wunde auf der Brust. Kaum dass sie sich mit ihm verbunden hatte, seufzte Xanthos erleichtert auf und seine Muskeln entspannten sich. So würden die Verletzungen hoffentlich vollständig heilen und die restlichen Magiefetzen in ihm so miteinander verknüpfen, dass sie sich ausglichen und ihm nicht weiter schadeten. So hatte ich es damals bei Rya getan, es musste auch bei ihm klappen.

Ermüdet sank ich neben ihn auf den Boden und lauschte Xanthos' kräftiger werdenden Atemzügen. Ein Glück, er erholte sich, seine Haut nahm wieder eine normale Farbe an. Es würde eine Weile dauern, bis er vollständig geheilt war, diese Atempause mussten wir ausnutzen. Ich legte meine Arme an meine Seite und gab mich der Schwere meines Körpers hin.

»Tut dir noch was weh?«, wollte ich von Xanthos wissen. Dabei sah ich ihn nicht an, sondern starrte an die Decke.

»Außer meinem verletzten Ego? Nein«, antwortete er. Ich hörte ein schwaches Lächeln in seiner Stimme, das mich beruhigte.

»Das kann ich nicht flicken, da musst du selbst dran arbeiten.«

»Wenn du aufhören würdest, mich ständig in Brand zu stecken oder mit deiner Magie abzuballern, dann müsste ich das nicht.«

»Wenn du mich einfach mal in Ruhe lassen würdest, dann würde das nicht so oft passieren.«

Xanthos drehte den Kopf in meine Richtung und ich spürte seinen Blick auf meinem Gesicht, wandte mich ihm aber nicht zu. Eine Zeit lang sagte er nichts, dann räusperte er sich. Sein warmer Atem streifte meine Wange und brachte meinen Hals zum Prickeln. »Soll ich dich denn in Ruhe lassen?«

Ich wurde mir mit einem Mal sehr deutlich darüber bewusst, dass der dünne Stoff des Kleides die Kontur meines Körpers bis ins kleinste Detail nachzeichnete.

»Nein«, erwiderte ich mit mühsam unterdrücktem Zittern in der Stimme. »Dann wäre mir ziemlich schnell ziemlich langweilig.«

»Mhm«, murmelte er.

Er schob seinen Arm näher an meinen und plötzlich spürte ich einen seiner Fingerknöchel auf meinem Handrücken. Er strich in trägen Kreisen über meine Haut, die eine ganz andere Art von Feuer fing. Es war eine unscheinbare und unschuldige Berührung und die Heftigkeit, mit der mein Herz und andere Teile meines Körpers darauf reagierten, verschlug mir für einen Moment die Sprache. Bei allen Göttern, ich *wollte* Xanthos.

Ich rollte mich zur Seite und stand auf. »Ich zieh mir was anderes an. Kann ich dich kurz allein lassen?«

»Natürlich«, antwortete er. War das ein Hauch Enttäuschung, den ich da heraushörte? Mein Puls schoss in die Höhe und in meiner Brust zog es schmerzhaft. Wie gern hätte ich meinen Gefühlen nachgegeben und mich nicht nur neben ihn gelegt, doch das war jetzt kein geeigneter Zeitpunkt.

Zumal wir beide noch immer voller Blut waren.

Ehe ich es mir anders überlegen konnte, ging ich ins Badezimmer und wusch mir die Hände und das Gesicht. Im Schlafzimmer schlüpfte ich in Unterwäsche, eine Jeans und einen weiten Pullover. Allein war es einfacher, einen klaren Kopf zu bewahren. Wobei ich sagen musste, dass aktuell gar nichts klar war. Der Zirkel, das Urteil … und das undurchschaubare Verhalten von Hekate verwirrten mich. Ich verstand nichts mehr.

Nur eines würde mir für immer ganz deutlich im Gedächtnis bleiben. Meine Magie, losgelöst von meinem Körper. Die summenden Stränge aus Magenta und Lila, dazwischen die hellen und dunklen Flecken. So also sah meine Essenz aus, das, was mich ausmachte. Und fast hätte ich sie verloren.

Wieso Hekate uns letzten Endes doch hatte gehen lassen, war mir schleierhaft. Darauf vertrauen, dass sie ihre Meinung nicht doch noch änderte, würde ich nicht. Ich erkannte sie nicht wieder und ehrlich gesagt schauderte es mich bei dem Gedanken an ihr erbarmungsloses Lächeln.

Vom unteren Stockwerk aus hallte ein lautes Klirren und Scheppern durchs Haus. Ein Fenster war zerbrochen. Ich rannte die Treppe herunter in das Wohnzimmer und kam schlitternd zum Stehen.

»Skóros!«, rief ich erfreut aus, als ich den Nachtfalter auf dem Sofa sitzen sah. Neben ihm auf dem Polster lag Hekates Mondsichel. Er musste gemeinsam mit ihr durch die Scheibe gekracht sein.

Jetzt saßen wir richtig tief in der Scheiße. Das Stehlen der Waffe kam einem Verrat gleich.

Xanthos befand sich noch immer an derselben Stelle, allerdings saß er jetzt und lag nicht mehr. Nur die dunklen Blutflecken auf seinem Shirt erinnerten noch an die Verletzungen und …

»Xanthos«, flüsterte ich. »Dein Haar.« Der Krieger blickte mich fragend an und strich sich durch die Frisur.

»Was ist damit?«

»Die weiße Strähne ist weg.«

Er wurde still und nickte. Er legte die Hände auf seine Knie und ließ die verspannten Schultern kreisen. »Danke.«

»Wofür?«

»Dafür, dass du mir das Leben gerettet hast.«

»Wir haben uns heute mal wieder gegenseitig den Arsch gerettet«, erwiderte ich. »Was hat das mit dem Fluch zu tun?«

Er wandte den Blick ab.

Der Mann machte mich noch wahnsinnig. »Wo sind eigentlich Rya und Nick?«

»Beim Orden, nehme ich an. Nachdem Hekate dich entführt hatte, hat Skóros mich aufgescheucht. Nur mich, bei den anderen beiden hat er sich geweigert, sie mitzunehmen. Ich habe sie in den Orden geschickt, um notfalls mit Verstärkung anzurücken. In der Zwischenzeit sind wir zum Gewächshaus gefahren und Skóros hat mich eingeschleust, ich erinnere mich nicht mal mehr genau daran. Ich habe Nick eben schon eine Nachricht geschickt, dass wir wieder hier sind und sie sich keine Sorgen machen müssen.«

»Kommen sie her?«

»Ja. Wieso?«

»Weil ich euch etwas zeigen muss.«

Er legte den Kopf zur Seite. »Hat es etwas damit zu tun, was diese Schande von Göttin vorhin gesagt hat?«

»Ja.«

»Dir ist klar, dass sie 'nen Knall hat, oder?«

»Leider macht das ihre Aussage nicht weniger wahr.«

»In Ordnung. Darf ich in der Zwischenzeit dein Bad benutzen? Ich würde gern duschen.«

»Fühl dich wie zu Hause.«

Er erhob sich und verschwand im ersten Stock. Ich ließ die Schultern hängen und atmete tief durch. Was war nur mit meinem Leben passiert? Ich setzte mich neben Skóros und die Sichel aufs Sofa. Hekates Magie hatte der goldenen Klinge Leben eingehaucht, das Metall leuchtete pulsierend auf, die darin enthaltende Macht kitzelte auf meiner Haut.

»Wie hast du es geschafft, ihr die zu stehlen?«, fragte ich meinen magischen Begleiter. Er ließ seine Flügel kurz flattern, mehr Antwort bekam ich nicht. Ich strich ihm über den flauschigen Kopf und er hielt ganz still. »Ich bin dir sehr dankbar und auch sehr stolz auf dich.«

Der Nachtfalter gab ein hohes Geräusch von sich, das ich als Zustimmung wertete. Ich betrachtete seine Kupferfärbung und die Totenkopf-Musterung auf seinem Rücken. Dieses Wesen war ein einziges Rätsel. Ob auch Medeas Tattoo eines Tages zum Leben erwacht wäre, wenn der Tod sie nicht viel zu früh gefunden hätte?

Hekates Behauptung, dass ich zu feige gewesen wäre, bohrte sich in meine Brust. Sie hatte recht, doch das machte es nicht weniger schmerzhaft. Ich schuldete den anderen eine Erklärung dafür.

Rya und Nick trafen wenig später mit besorgten Mienen ein. Rya war außer sich und löcherte mich mit allerlei Fragen, während ich ihr erzählte, was im Tempel geschehen war. Xanthos kam wenige Minuten nach ihrem Eintreffen aus dem Bad. Ohne Shirt. Zum Glück hatte Nick einen frischen Satz Kleidung für ihn dabei, denn bei dem Anblick konnte ich mich kaum konzentrieren.

Trotzdem musterte ich seinen Oberkörper, solange ich die Chance dazu hatte, um nach seinen Wunden zu sehen. Sie waren verheilt, die von der Magie getroffenen Stellen waren nur noch leicht rötlich.

»Spannerin«, murmelte Xanthos, während er sich das neue Shirt überzog. Ich zuckte ertappt zusammen und warf ihm einen bösen Blick zu.

»Ich versichere mich nur, dass deine Wunden verheilt sind.«

Sein Gesicht hellte sich auf. »Jetzt verstehe ich es. Du fackelst mich die ganze Zeit ab, damit du meinen Körper anschmachten kannst. Das geht einfacher. Du musst nur fragen und ich ziehe mich freiwillig für dich aus.«

Die Erinnerung an seine Haut auf meiner kochte in mir hoch und meine Wangen wurden warm. Die drei warteten auf eine Erwiderung, doch ich traute meiner Stimme nicht über den Weg. Rya, die neben mir auf dem Sofa saß, legte mir eine Hand auf die Schulter. »Ist alles okay?«

Ich nickte. Mal abgesehen davon, dass die Welt um mich herum und meine Hormone verrücktspielten, stimmte das ja auch.

»Ich will euch etwas zeigen«, antwortete ich und stand auf.

Sie folgten mir ohne Widerworte in mein Arbeitszimmer im ersten Stock. Die Tür, die von dort aus in den Nebenraum führte, wartete auf uns. Ich tippte auf Augenhöhe gegen das Holz.

»Ich habe diesen Raum noch nie jemandem gezeigt. Alles, was darin ist, gehört der Vergangenheit an. Ich leugne nichts davon und es wäre gelogen, wenn ich sage, dass es mich nicht mehr berührt. Aber es hat mich nicht mehr im Griff.«

Ich drückte die Klinke hinunter und trat mit rasendem Herzen ein.

KAPITEL 14

Das Innere des Raums versteckte sich in der Dunkelheit, die nicht vor der Helligkeit aus dem Arbeitszimmer zurückweichen wollte. Nur ein schmaler Streifen des Laminates war erhellt und Staubpartikel glitzerten in der Luft, als sie durch das Licht tanzten. Ich kannte den Raum in- und auswendig und ging zum Fenster, um den Rollladen hochzuziehen. Etwas, das ich früher vermieden hatte, aus Angst, jemand spionierte mich aus. Quietschend leistete die Jalousie Gehorsam und machte den Sonnenstrahlen Platz. Jede meiner Bewegungen wirbelte Staub auf, der sich überall in einer dicken Schicht abgesetzt hatte. Fast drei Jahre hatte ich keinen Fuß mehr in diesen Raum gesetzt.

Neben der Tür stand ein kleiner Schreibtisch an der Wand, ansonsten beherrschten vollgestopfte Regale den Raum. Bis auf eine Stelle, an der eine große Pinnwand hing. Als ich mich zu ihr umdrehte, sackte mir alles Blut in die Beine. In der Mitte der Fläche, umgeben von Hunderten Notizzetteln, ausgerissenen Buchseiten und wichtigen Unterlagen, steckte mit einem kleinen Pin befestigt ein Foto von Medea. Der Staub verdeckte den Glanz des Polaroids, doch ihr Lächeln strahlte heller als alles andere. Beim Anblick des Fotos hatte ich im Laufe der Zeit schon so ziemlich alle Gefühle durchlebt, die es gab. Heute war es ein dumpfes Stechen in meiner Brust, gepaart mit dem schnellen Herzklopfen der Aufregung.

Ich atmete tief durch und drehte mich zu meinen Freunden um, die sich aufmerksam umsahen. Wenn man mal von der Pinnwand absah, könnte er eine kleinere Version meines Wohnzimmers sein, denn auch hier lagen in den Regalen Bücher und jede Menge Kram, mit dem nur Magierinnen etwas anfangen konnten.

Deswegen huschten die Blicke von Rya und den Männern auch immer wieder zu der Pinnwand. Sie wussten, dass es darum ging. Ich musste lächeln, als die drei fast unisono ihre Arme verschränkten, als sie näher an das Board traten.

»Ihr könnt und dürft alles anfassen.«

Rya trat einen Schritt nach vorn. Sie begutachtete die Papierschnipsel und die Fäden, die sich dank der vielen Pins kreuz und quer über das Brett spannten und einzelne Dinge miteinander verbanden. Wenn man es so sah, dann wirkte es nicht aufwendig, aber es steckte ein knappes Jahr Arbeit mit vielen schlaflosen Nächten dahinter. Ganz abgesehen von den Tränen, die während der Arbeit daran geflossen waren.

Nick folgte seiner Freundin. Er deutete auf das Foto von Medea. »Ich kenne sie irgendwoher.«

»Von dem Zwischenfall, bei dem auch wir uns kennengelernt haben«, sagte ich. »Das ist Medea. Sie ist damals gestorben.«

Nicks Mund formte ein stummes Oh, als er sich erinnerte. Rya sah zu mir, ihre Augen voller Mitgefühl. »Von ihr hast du die Kette mit dem Rosenquarz geschenkt bekommen, oder?«

»Richtig.« Ich stellte mich neben sie und wischte mit dem Ärmel meines Pullovers vorsichtig den Staub vom Polaroid.

Xanthos hielt nach wie vor Abstand und betrachtete das Board im Ganzen. Er zog die Brauen zusammen und versuchte, sich einen Reim aus all den Kritzeleien, Zeichnungen und Notizen zu machen. Sein Blick richtete sich auf mich, als er es nicht schaffte. »Hat irgendwas an ihrem Tod dich … stutzig gemacht?«

»Ihr Tod war ein Unfall, an dem wir selbst schuld waren. Wir haben mit Magie experimentiert und sind zu weit gegangen. Wir wollten aktiv in die Fehde zwischen den Gorgonen und dem Perseus-Orden eingreifen, haben unsere eigenen Fähigkeiten jedoch überschätzt. Mit fatalen Folgen.«

Er musterte mich fragend, spürte, dass da noch mehr war.

»Es hat mir das Herz gebrochen«, gestand ich mit zitternder Stimme. »Ich wollte sie mit Magie von den Toten zurückholen und habe es nicht geschafft.«

Die Bombe platzte lautlos, und sie riss mich in Fetzen. Das war sie, meine dunkelste Wahrheit, die ich nie zuvor ausgesprochen hatte. Jene, die ich Iris, den *Mageía Mésa* und meinen Freunden vorenthalten hatte. Mein Herz schlug so kräftig, dass mein Brustkorb vibrierte.

Niemand sagte ein Wort. Als hätte die Druckwelle auch sie mitgerissen.

Dann schloss Rya mich in die Arme und drückte mich fest. Sie ließ mich nicht los, als sie sagte: »Danke, dass du uns das zeigst. Sei dir sicher, egal, was du uns jetzt erzählst, wir hören dir zu und verurteilen dich nicht. Und wenn du mittendrin aufhören willst, ist das in Ordnung.« Sie beendete die Umarmung und sah mir tief in die Augen. »Okay?« Ich konnte die Tränen kaum zurückhalten. Bei Nick entdeckte ich dasselbe Verständnis, bei Xanthos … mein Herz stolperte, als ich in seine Augen sah und darin aufrichtiges Mitgefühl, Stolz und Dankbarkeit entdeckte. Sein zurückhaltendes Lächeln war warm und ehrlich und so ungewöhnlich für ihn, dass es mich einen Moment total aus der Bahn warf. Dieses Lächeln, es gehörte allein mir. Und es schenkte mir den Mut, weiterzumachen.

Ich wischte mir ein paar widerspenstige Tränen aus den Augenwinkeln und sammelte mich. Wo sollte ich nur anfangen?

»Vielleicht sollte ich euch gleich zu Beginn sagen, dass das hier überaus illegal und verboten ist. Nicht dass das was Neues bei mir wäre, aber ich sollte es trotzdem erwähnen«, scherzte ich und brachte ein kleines Lachen zustande. Sofort hellten sich die Gesichter meiner Freunde auf, was mich beruhigte. Wenn sie mich anstarrten wie Statuen, trug das nicht zu meinem Wohlergehen bei.

»Wobei das hier verbotener ist als alles andere, was ich bisher angestellt habe. Nekyomantie ist etwas, wofür selbst Götter bestraft wurden. Das, was heute mit mir beim Zirkel passiert ist, war ein Witz dagegen. Womit die Frage beantwortet wäre, ob es überhaupt möglich ist, einen toten Menschen wieder zum Leben zu erwecken. Ja, ist es. Und ja, ich hätte es vermutlich gekonnt, wenn ich es denn … durchgezogen hätte.« Ich deutete auf den kläglichen Rest meiner

Zeichnung auf der Stirn. »Hekate, von der wir unsere Macht bekommen, ist nicht nur die Göttin der Magie, sondern auch der Theurgie, einer Art Vermittlung zwischen den Menschen und den Göttern, sowie eben der Nekromantie, der Totenbeschwörung. Damit gemeint ist meistens nur die Kontaktaufnahme zu verstorbenen Seelen, um mit ihnen zu sprechen. Ein Teil davon, der dunkle, schwarze, ist die Nekyomantie. Die Wiederbelebung eines Verstorbenen. In dem Moment, in dem wir unsere Magie von Hekate erhalten, erlangen wir auch die Fähigkeit, diese anderen Zweige ihrer Macht zu nutzen. Theoretisch. Praktisch wird uns das nicht beigebracht und es ist, wie bereits erwähnt, unter Höchststrafe verboten. Alles Schriftliche dazu wurde in die dunkelsten Winkel unserer Bibliothek verbannt und unter magischen Schutz gestellt. Unerreichbar für jeden, der nicht genügend Macht besitzt, um diesen zu umgehen.

Ob ihr es glaubt oder nicht, es gab mal eine Zeit, in der ich eine sehr folgsame Dienerin Hekates war. Zugegeben, ich habe die Grenzen manchmal ausgereizt oder überschritten, allerdings immer im Rahmen der mir erlaubten Möglichkeiten, selbst bei dem Experiment, das so schiefgelaufen ist. Ich wollte nichts mit schwarzer oder verbotener Magie zu tun haben. Aber als Medea starb …«

Meine Stimme stockte. Die Bilder der damaligen Nacht waren mir so präsent, als wäre dieses schreckliche Unglück erst gestern passiert. Ich schluckte und fuhr fort.

»Sie war meine erste Liebe. Rosarote Brille inklusive.« Ich drehte mich zu Medeas Foto um. Ihre blonden Haare, die braunen Augen und das Grübchen auf ihrer Wange … Sie war wunderschön gewesen. Ihr Lachen hatte jeden Tag heller und jeden Ort, an dem wir zusammen waren, zu meinem Zuhause gemacht. »Ich habe ihr nie erzählt, dass ich in sie verliebt war, weil sie meine Gefühle niemals auf dieselbe Weise erwidert hätte, aber ich glaube, sie hat es geahnt. Das war mir aus früheren Gesprächen klar, genauso wie sie um meine sexuelle Orientierung wusste. Ich war einfach glücklich damit, als beste Freundin immer an ihrer Seite zu sein. Natürlich gab es Momente, in denen meine Sehnsucht so groß war, dass es wehtat, doch für sie habe ich das in Kauf genommen. Ich konnte mir ein Leben ohne sie nicht vorstellen. Mit der Zeit verblassten die rosaroten Gefühle, aber sie wird für immer die Erste bleiben, für die ich so etwas gefühlt habe.

Als sie starb, ist meine Welt zerbrochen. Ich weiß, das ist ein total ausgelutschter Vergleich, aber deswegen nicht weniger wahr. Medea hätte nicht so früh sterben dürfen, das war einfach nur Scheiße. Und unfassbar unfair. Sie sollte eine zweite Chance bekommen. Und wenn niemand sonst ihr die geben wollte, dann würde ich es eben tun. Zumindest war das der Plan.

Ich habe ein Jahr lang … *recherchiert*. Ich bin in den Tempel eingebrochen, in Archive, in private Sammlungen. Ich habe andere Magierinnen für ihre Hilfe bestochen, ohne ihnen zu sagen, was ich vorhatte. Nach und nach trug ich so alle Informationen zusammen. Dieses Board ist das Ergebnis. Und wenn man genau hinsieht, sind es nur wenige essenzielle Dinge, die man für die Nekyomantie benötigt.« Ich deutete auf ein Blatt Papier mit der Skizze einer kleinen Flasche darauf. »Das hier kennt ihr schon. Man braucht etwas Wasser aus dem Styx.« Weiter ging es mit einem Foto des Rosenquarzanhängers, den Medea mir geschenkt hatte. »Einen Gegenstand, der in enger Verbindung zu dem Verstobenen steht und dessen Charakter einfängt.« Meine Hand glitt weiter nach oben, zu einer Seite aus einem Buch. »Etwas Blut und Magie der Person, die das Ritual ausführt, und zu guter Letzt das hier.« Mein Finger verharrte auf einem meiner handbeschriebenen Zettel. »Eine Seele zum Tausch.«

»Eine Seele?«, fragte Rya entsetzt.

»Ja. Ihr habt gesehen, was passiert, wenn man sie einem Menschen raubt. Er stirbt. Das ist letztendlich der Grund gewesen, warum ich aufgegeben habe. Ich gestehe, ich habe ein paar Tage darüber nachgedacht, ob ich jemanden für Medea opfern sollte … Doch ich konnte es einfach nicht. Mal abgesehen davon, dass ich nicht wusste, wie ich an eine Seele hätte kommen sollen. Aber das hätte ich im Zweifelsfall auch noch herausgefunden.«

»Bereust du, dass du es nicht versucht hast?«, fragte Nick.

»Eine Zeit lang habe ich das«, gab ich zu. »Mittlerweile nicht mehr. Es gibt Dinge, die kann man nicht ändern. Das macht sie nicht weniger beschissen, aber so ist es nun mal.«

Rya war ganz still geworden und starrte auf das Foto mit der Kette. »Du hast sie für mich geopfert.«

»Du hast sie mehr gebraucht als ich. Ich werde Medea auch so nie vergessen, dazu brauche ich keine Kette. Und bitte weine jetzt nicht, sonst heule ich mit.« Rya blinzelte heftig und unterdrückte nur mühsam ihre Tränen. Nick hielt schmunzelnd eine Hand vor ihre Augen, um sie vor mir abzuschirmen, und das war so wundervoll bescheuert, dass wir zu lachen anfingen. Alle, außer Xanthos.

Mit einem mulmigen Gefühl im Magen sah ich in seine Richtung. Er hatte die Arme verschränkt und blickte missmutig auf die Pinnwand. Der Stein, der mir in dem heiteren Moment eben vom Herzen gefallen war, wurde von einem neuen ersetzt.

Er wurde sich unserer Aufmerksamkeit bewusst und seine Muskeln spannten sich an.

»Du warst in eine Frau verliebt«, sagte er tonlos. Wollte er etwa sagen …

Ich plusterte mich auf, meine Fingerspitzen wurden heiß. »Xanthos, ein falsches Wort und ich schwöre dir, ich schiebe dir die Mondsichel dahin, wo die So…«

»*Nur* Frauen?« Seine Stimme bebte, als er mich unterbrach. Es schien ihn riesige Überwindung zu kosten, überhaupt zu sprechen.

»Was meinst du?«, hakte ich nach, noch immer knapp am Rande eines Wutausbruchs. Xanthos fixierte mich, in seinen Augen tobte ein Sturm an Gefühlen, den ich nicht zu deuten vermochte.

»Hätte …«, er brach ab, suchte nach den richtigen Worten. »Haben andere überhaupt Chancen bei dir?« Und da fiel es mir wie Schuppen von den Augen. Diese Gefühle, die sich auf seinem Gesicht, an seiner Haltung abzeichneten … Es waren Spiegelbilder meiner eigenen von damals. Ich hatte Medea mit einer ähnlichen Frage konfrontiert und dabei hatten jene Gefühle in mir gebrodelt, deren Anzeichen ich bei Xanthos erkannte. Er akzeptierte mich, wie ich war, es ging ihm nur darum, welche Rolle er in meinem Leben würde spielen können.

Dass ihm die Antwort darauf so wichtig war, dass es ihn alle Mühe kostete, eine einigermaßen ruhige Ausstrahlung zu bewahren, verschlug mir die Sprache. Rya und Nick waren still, sie schienen nicht mal mehr zu atmen. In mir buhlten zwei Stimmen um die Antwort.

Eine ernste und eine, die es liebte, den Krieger aufzuziehen. Es sollte nicht plötzlich anders zwischen uns sein, deswegen einigten sich die Stimmen auf einen Kompromiss.

»Es ist genug Ilena für alle da«, antwortete ich.

Erst sah er mich an, als hätte ich nicht mehr alle Tassen im Schrank. Dann verstand er, was ich meinte, und ich erhaschte einen dieser seltenen Momente ohne seine Rüstung. Er lachte in sich hinein und biss sich kurz auf die Unterlippe, bevor ein verschmitztes Grinsen auf seine Lippen trat und seine Haltung sich entspannte. Das Blau seiner Augen funkelte wild, als hätte ich ihn herausgefordert. Womit er nicht falschlag. Ganz im Gegenteil, gerade war es auch eine Herausforderung für mich, ihm nicht um den Hals zu fallen.

»Nachdem das geklärt ist«, sagte ich schmunzelnd und unterbrach den Blickkontakt zu Xanthos, um meine Fassung zu wahren, »kommen wir dazu, wieso ich euch das erzähle.«

Als ich Rya und Nick ansah, brach ich fast in lautes Gelächter aus. Die beiden machten den Anschein, als wären sie am liebsten mit den Regalen hinter sich verschmolzen, um damit Xanthos und mir aus dem Weg zu gehen. Ich rollte belustigt mit den Augen. Dann atmete ich tief durch und versuchte, wieder zum Ernst zurückzufinden. Der Umschwung der Stimmung entging ihnen nicht und sie entspannten sich zum Glück wieder.

»Bei dem Ritual habe ich meine Magie gesehen. Sie war genauso wunderschön, wie ich sie mir immer vorgestellt habe, nur eben mit ein paar dunklen Flecken darin. Was Hekate gesagt hat … dass ich zu feige war, um Medea zu retten, und mir deswegen Vorwürfe mache … Ich glaube, es hatte damit zu tun. Vielleicht habe ich mich damit selbst verpestet und meine Magie, meine Seele gleich mit. Ich weiß nicht, was das zu bedeuten hat oder wie es sich in Zukunft auswirken wird. Aber ich werde damit klarkommen. Was mich allerdings beunruhigt, ist die Tatsache, dass ich euch – Rya und Xanthos – vermutlich etwas davon abgegeben habe, als ich euch einen Teil meiner Magie überließ. Bei Rya wusste ich noch nichts davon, aber bei dir …« Ich wandte mich an Xanthos. »Es tut mir leid. Anders konnte ich euch nicht helfen.«

Rya sah zu Xanthos. »Entschuldigt sie sich gerade ernsthaft dafür, dass sie unsere Leben gerettet hat?«

Xanthos seufzte und nickte. »Ilena, lass das. Ich denke, ich spreche für uns alle, wenn ich sage, dass wir dir sämtliche dunklen Flecken abnehmen würden, wenn wir könnten.«

Okay, das war's. Jetzt kamen die Tränen. Sie liefen mir über die Wangen und das Kinn, und ich hielt mir beide Hände vor das Gesicht, damit niemand diese Misere mit ansehen musste. Rya zog mich in ihre Arme, ihr Geruch nach Regen war unverkennbar. »Ich hab dich lieb«, flüsterte sie und brach damit alle Dämme. Ich legte meine Arme um sie und heulte in ihre Halsbeuge. Sie zog mich fester an sich und hielt mich, während ich das erste Mal seit Ewigkeiten meinen Gefühlen freien Lauf ließ. Die Männer ließen uns allein und zogen sich leise aus dem Raum zurück. Ich wusste nicht, wie lange ich mich ausweinte, aber ich fühlte mich leichter, als die Tränen später versiegten.

»Danke«, sagte ich mit rauer Stimme.

»Immer wieder gern.« Auch Ryas Augen glitzerten verräterisch und wir mussten beide leise lachen. Mit neuem Mut wischte ich mir die Feuchte vom Gesicht und drehte mich zu der Pinnwand um.

»Es ist an der Zeit, es endgültig aufzugeben.«

»Brauchst du Hilfe?«, fragte Rya und ich schüttelte den Kopf.

»Nein danke. Das muss ich mit mir selbst ausmachen.«

»Okay. Wir sind unten, falls du es dir anders überlegst, ja?«

»Noch mal: danke.«

Rya drehte sich um und wollte das Zimmer verlassen, blieb allerdings an der Tür stehen. »Hekate hatte unrecht, als sie behauptet hat, dass du zu feige warst. Sich von etwas abzuwenden, was man so sehr möchte und bei dem es die geringste Chance gibt, dass man es haben könnte – dazu gehört eine Menge Disziplin und Mut. Und dass du dann mit dieser Entscheidung gelebt und damit abgeschlossen hast, beweist deine Stärke.« Damit ließ sie mich stehen und gab mir etwas zum Nachdenken. Sie hatte in gewisser Weise recht, Hekate allerdings auch. Zumindest ein bisschen.

Das Erste, was ich von der Pinnwand abnahm, war das Polaroid. Ich würde es als Erinnerung behalten. Ich legte es auf den Schreibtisch hinter mir. Dann pflückte ich Papier für Papier, Faden nach Faden von der Pinnwand. Beim Überfliegen der Zeilen auf den Zetteln stellte ich fest, dass ich nach wie vor jedes Wort darauf auswendig kannte. Die Unterlagen warf ich in den Papierkorb. Die Worte in meinem Gedächtnis würde ich nicht wie die Papiere verbrennen und damit endgültig auslöschen können. Das würde erst mein Tod.

KAPITEL 15

Nachdem ich mit der Pinnwand fertig war, kümmerte ich mich um den Rest des Raumes. Ich suchte die Bücher und Unterlagen zusammen, die ich aus dem Archiv gestohlen hatte. Vielleicht würde ich es über mich bringen, sie zurückzugeben. Nur ob ich mich überhaupt jemals wieder bei den *Mageía Mésa* blicken lassen durfte? Die Anhörung war unterbrochen, das Urteil abgeändert worden. Was bedeutete das? War ich offiziell noch eine Dienerin Hekates? Was sollte ich jetzt mit mir anfangen? Und wie sollte ich mit der Magie in mir umgehen? Derzeit bereitete sie mir gleichermaßen Bauchschmerzen wie Freude. Irgendetwas war anders, seitdem sie und ich dem Zirkel entkommen waren. Das Band zwischen uns war offengelegt und gestreckt worden, jetzt musste mein Körper sich erst wieder neu daran gewöhnen, aber ich spürte die Macht deutlicher als zuvor.

Ich ging zum Fenster und sah hinaus in den Garten. Den Bäumen dabei zuzusehen, wie sie im Wind tanzten, hatte etwas ungemein Beruhigendes. Sie waren dem Element ausgesetzt, mussten sich ihm beugen und taten es doch auf ihre wunderschöne Weise.

Es klopfte an der angelehnten Tür. »Darf ich?« Xanthos schob die Tür ein Stück weiter auf.

»Klar.« Ich blieb am Fensterbrett gelehnt stehen, als er eintrat. Er hielt ein kleines Tablett in den Händen. Darauf standen ein großes Glas, eine Zuckerdose und ein Teller mit ein paar Keksen. Er stellte es auf dem Schreibtisch ab.

Ich konnte meinen Blick nicht von dem Glas, oder eher gesagt, von dessen Inhalt lösen. Die unterste Schicht war reinweiße Milch, die darüber milchig braun. Obenauf thronte eine dicke Lage Milchschaum.

»Ist es das, was ich denke?«

»*London Fog*«, bestätigte Xanthos.

»Wo hast du den her?«

»Selbst gemacht.«

Mein Kopf fuhr zu ihm hoch. »Wie bitte?«

Er zuckte mit den Schultern. »Hab's mir im Internet angesehen.«

»Verarsch mich nicht.«

Er zog eine Augenbraue in die Höhe und verschränkte die Arme vor der Brust. »Halt die Klappe und trink.«

Mit einem fetten Grinsen im Gesicht griff ich nach dem Glas. Die hellbraune Schicht waberte wie Nebel und vermischte sich langsam mit dem Weiß darunter. Es roch herrlich. Vorsichtig nahm ich einen Schluck und schloss die Augen.

Zu Hause.

»Und?«, fragte Xanthos.

Ich setzte das Glas ab und leckte mir den Milchschaum von der Oberlippe. »Perfekt. Danke.« Ich lächelte den Krieger an, der vor Freude über meine Reaktion sehr glücklich schien. Er nickte stolz. »Ich meine das ganz ehrlich«, fuhr ich fort. »Es schmeckt besser als jede Version, die ich jemals mit Magie erschaffen habe.«

Seine Augen blitzten herausfordernd. »Magie ist eben nicht alles.«

Ich lachte. »Sag das mal einer anderen *Mágissa* ins Gesicht. Das geht nicht gut aus.« Wofür ich selbst das beste Beispiel war.

Plötzlich wurde seine Miene finster. Er fuhr sich durch die Haare und wich meinem Blick aus. »Ich weiß«, sagte er betrübt.

»Was? War meine Reaktion so schlimm? Ich … oh. Deswegen hat eine *Mágissa* dich verflucht? Weil du das zu ihr gesagt hast?«

»So in der Richtung.«

»Jetzt komm schon, lass dir nicht alles aus der Nase ziehen.«

Er seufzte. »Bei der Suche nach den *Ágalmas* waren am Anfang ein paar von den *Mageía Mésa* beteiligt, bevor sie sich dazu entschlossen haben, uns nicht mehr zu helfen. Eine von ihnen, Nora, war nicht gerade dein größter Fan.«

Ich blies mir eine Strähne aus dem Gesicht und winkte ab. »Oh ja, ich kenne sie.«

»Sie hat über dich hergezogen, hat dich als Schande bezeichnet, weil du deine Magie für Rya geopfert hast. Ohne die wäre man nichts mehr wert und so ein Mist. Ich habe ihr gesagt, dass sie den Mund halten solle und dass es Wichtigeres gebe. Sie ist wütend geworden und meinte, das sei Quatsch, dass du es nicht noch mal machen würdest, wenn du die Wahl hättest. Ich hab ihr widersprochen.«

»Oh. Nicht gut.« Dass ich stolz darauf war, verschwieg ich.

»Nein.« Er lachte. »Ehe ich es verhindern konnte, hatte sie mich auch schon verflucht. Sie meinte, wenn ich recht habe, dann würde es dir sicher nichts ausmachen, mir etwas von deiner Magie zu geben, um den Fluch zu brechen.«

»Was ich heute getan habe, wenn auch aus anderen Gründen.«

»Richtig.«

»Und was war es? Welche Folgen hatte der Fluch?«

Xanthos zog die Stirn kraus. »Ein angeknackstes Ego, während ich in Unwissenheit lebte. Und ab und an hat es etwas gebitzelt. Mehr hat sie sich nicht getraut, aus Angst vor eurer Anführerin.«

»Höchststrafe also. Wieso hast du mich nicht gefragt, ob ich dir helfe?«

»Nur um mein Ego zu retten? Für wie oberflächlich hältst du mich?«

Mit den Fingern streifte ich am Rande des Tabletts entlang. »Überhaupt nicht.« Ich sah zu seiner Brust, die ich mittlerweile schon zwei Mal mit Magie geflickt hatte.

»Ich hätte dir heute all meine Magie geben sollen. Um sicherzugehen, dass du es überlebst.«

»Es hätte nicht so weit kommen dürfen, dass du mir überhaupt etwas davon geben musst. Vor allem nicht nachdem … Es war schlimm für dich, von deiner Magie getrennt zu sein, oder?«

Ich fuhr mir mit den Händen über das Gesicht und verschränkte sie dann in meinem Nacken. »Ich habe mich wie ein Nichts gefühlt. Nora hatte recht, ohne die Magie bin ich ein Niemand.«

Xanthos stöhnte theatralisch auf. »Das glaubst du nicht ernsthaft.«

»Schon?« Verunsichert verschränkte ich die Arme vor der Brust. Der Krieger schnappte sich einen leeren Notizzettel und einen Stift.

Er kritzelte etwas auf das Papier und hielt ihn mir vor die Nase. Darauf standen zwei Wörter.

Elenas Magie

Ich kniff die Augen zusammen. Bevor ich nach der Bedeutung fragen konnte, sprach Xanthos. »Was passiert, wenn wir deinen Namen streichen?« Er legte den Zettel zurück auf den Tisch, zog eine Linie durch meinen Namen.

~~Elenas~~ Magie

»Wenn du aus dieser Verbindung rausfällst, bleibt die Magie übrig. Ohne jemanden, der sie ausführt, ist sie nutzlos. Sie ist dann ein Nichts. Aber was, wenn es andersrum ist?«

Wieder schrieb er etwas auf und strich etwas durch.

Elenas ~~Magie~~

Er legte den Stift beiseite und kam etwas näher. »Wenn die Magie wegfällt, bleibst immer noch du. Und du bist, auch ohne sie, einzigartig, stur, stark, lebensfroh und noch so viel mehr. Die Magie macht dich nicht zu etwas Besonderem, im Gegenteil. Du bist es, die der Magie Leben einhaucht. Du solltest dir, wenn überhaupt, Sorgen um sie machen, nicht um dich.«

Er faltete den Zettel zusammen und kam währenddessen auf mich zu. Mit dem letzten Knicken blieb er dicht vor mir stehen und legte die Hand, in der er den Zettel hielt, auf meinen Rücken. Er fuhr an meinem Körper hinab, bis er meinen Hosenbund erreichte. Langsam und mit sichtlichem Vergnügen, aber auch wachsam in Bezug auf meine Reaktion darauf, schob er den Zettel in meine linke hintere Hosentasche. Seine Finger verharrten dort für einen Moment und ich lehnte mich ein wenig in die Berührung. Seinen Kopf senkte er zu mir herab und streifte mit seinen Lippen meine Wange. Sie waren eiskalt.

Ich lehnte mich zurück, umfasste sein Kinn und drückte ihn von mir weg, bis ich seinen Mund begutachten konnte. Xanthos wirkte erst enttäuscht, dann berührte ich seine blauen Lippen mit meinem Daumen und glühendes Verlangen trat in seine Augen. Mir wäre es nicht anders gegangen, wenn da nicht die kleinen Eiskristalle gewesen wären, die sich um seinen Mund herum bildeten. »Ist dir kalt?«, fragte ich. Irgendetwas stimmte nicht. Hier war Magie im Spiel.

»Mir ist alles andere als kalt.«

Ich verstärkte meinen Griff. »Das ist kein Spaß, Xanthos. Deine Lippen sind blau. Da ist Schnee auf deinem Gesicht, verdammt noch mal.«

»Was?« Sein Blick klärte sich und der Moment war vorbei. Er ließ mich los. »Hast du einen Spiegel?«

»Im Bad.«

Wir gingen gemeinsam dorthin und Xanthos zuckte zurück, als er sein Spiegelbild sah. Er tastete seine Lippen mit den Fingern ab und zog verwirrt die Brauen zusammen. »Was zur Hölle ist das?«

Erinnerungsfetzen des Zirkeltreffens strömten auf mich ein. »In dem Moment, als ich meine Magie auf Hekates losgelassen habe, kam eine dritte Macht dazu. Sie war weiß wie Schnee und ich habe keine Ahnung, woher sie kam. Vielleicht …« *Khione.* Diesen Namen hatte Hekate kurz darauf gemurmelt, etwas daran zupfte an meiner Erinnerung. Ich lief zurück ins Arbeitszimmer und suchte nach einem bestimmten Buch. Xanthos blieb noch einen Moment im Bad, ich hörte ihn schimpfen.

»Khione. Khione … Ah. Hier.« Ich zog ein dickes Buch mit Ledereinband aus dem Regal, klappte es auf und legte es auf den Schreibtisch. Darin enthalten war eine Auflistung der alten griechischen Götter, Halbgötter und Helden. Dass das darin Geschriebene nicht immer der Wahrheit entsprach, war seit der ganzen Sache mit Medusa und Perseus klar, aber anders wusste ich mir nicht zu helfen.

Ich suchte nach dem passenden Eintrag und fand ihn, gerade als Xanthos neben mir auftauchte.

»Khione, die Göttin des Schnees …« Ich überflog den Eintrag zu ihrer Person, suchte nach Stichwörtern, die mir ins Auge sprangen – und fand sie. »Khione ist die Schwester der Boreaden Kalais und Zetes, die Tochter von Boreas, dem Nordwind; und damit die Nichte von Iris und Zephyr.«

»War sie bei dem Ritual anwesend?«

»Gesehen habe ich sie nicht, Hekate hat nur ihren Namen gemurmelt, kurz nachdem die weiße Magie aufgetaucht ist. Gut möglich, dass sie wirklich da war.«

»Wieso? Und hat sie uns helfen oder schaden wollen?«

»Sie hat uns geholfen. Zumindest war das der Eindruck, den ich von ihrer Magie gewonnen habe, als sie an mir vorbeigeschossen ist. Wir müssen das im Auge behalten. So wie es aussieht, schlummert ein Teil von Khiones Magie noch in dir und kann von meiner nicht gänzlich unterdrückt werden. Du musst lernen, damit umzugehen. Besser früher als später, sonst geht es dir wie mir und sie bricht unkontrolliert aus. Dass dein Körper durch Athenes Fluch den Umgang mit Magie gewohnt ist, ist hier ausnahmsweise mal ein Vorteil.«

Mittlerweile hatten Xanthos' Lippen wieder ihre normale Farbe angenommen, auch wenn sie etwas blass wirkten, weil er sie verärgert zusammenpresste. »Ich dachte, mit dem Krieg hätten wir auch die dämlichen Spiele der Götter hinter uns gelassen«, murrte er.

»Sie sind unsterblich«, warf ich ein. »Vermutlich hören sie niemals mit dem Spielen auf.«

»Und was jetzt?«, fragte Xanthos.

»Ich würde gern die einsame Insel noch mal in den Raum werfen.« Er zog fragend die Brauen zusammen. Ah, richtig, das letzte Mal hatte ich nur mit Rya darüber gesprochen. Ich winkte ab. »Vergiss es. Ist ohnehin nur ein Traumgespinst.«

Er blies sich eine Strähne aus der Stirn. »Klingt an sich nicht schlecht. Vielleicht …«

»Ilena! Xanthos!« Nick rief nach uns, während er die Treppe hochgerannt kam. Er stürmte in das Arbeitszimmer, ein Handy in der Hand. »Die Harpyien sind zurück. Sie wurden über der Stadt gesichtet, in der Nähe des Ordens, ein paar Krieger und Kriegerinnen verfolgen sie bereits.«

Xanthos schaltete sofort in den Angriffsmodus. Das Schmunzeln schwand, stattdessen senkte sich die aurenhafte Rüstung wie ein Schatten über sein Gesicht. »Wir folgen ihnen.« Er drehte sich zu mir um, doch ich stürmte schon an ihm vorbei aus dem Raum.

»Ich komme mit«, rief ich über meine Schulter und sauste die Treppe hinunter. Unten wartete Rya auf mich, sie stieg schon in die Schuhe und schlüpfte in das schützende Oberteil des Ordens. Mist, meines lag noch im Tempel. Es musste ohne gehen. Rya bot mir ihres an, ich lehnte ab und versprach ihr im Gegenzug, ihr nicht von der Seite zu weichen.

»Was brauchst du?«, fragte sie. Wie ein eingespieltes Team durchkämmten wir mein Wohnzimmer nach nützlichen Dingen. Wenn es so weiterging, dann waren bald alle meine Vorräte an magischen Utensilien aufgebraucht. Skóros flatterte aufgeregt um uns herum. Mit ihm an meiner Seite fühlte ich mich sicherer. Was bei unserem letzten Aufeinandertreffen ohne seine Einmischung geschehen wäre, wollte ich mir nicht mal ausmalen.

»Diese Frau wird noch mal mein Untergang sein«, murmelte Xanthos, als er an Nicks Seite das Wohnzimmer betrat. Letzterer drückte ihm mitfühlend die Schulter. Die beiden hatten sich ihre Uniformen übergestreift und der Anblick ließ meine Entschlossenheit kurz bröckeln. Sie symbolisierten all das, was wir eigentlich hinter uns lassen wollten. Doch jedes Mal, wenn sie gebraucht wurden, rückte die Hoffnung darauf weiter in die Ferne.

Nick lachte und riss mich aus meinen düsteren Gedanken. »Heb dir dein Gejammer für später auf, jetzt … Xanthos, was ist das?« Der überraschte Ton in seiner Stimme ließ mich herumfahren. Verdammt. Xanthos' Augen leuchteten eisblau, auf seinen Wimpern bildeten sich feine Eiskristalle.

»Nicht jetzt«, winkte der Betroffene ab. »Wir müssen uns die Harpyien vorknöpfen.«

»Xanthos«, warf ich ein. »Vielleicht ist es keine gute Idee, wenn …«

Er deutete mit dem Finger auf mich und unterbrach mich. »*Du* darfst dazu gar nichts sagen.«

Na schön. Dann blieben wir eben beide stur. Musste ich eben auf ihn und auf mich aufpassen. Skóros setzte sich auf meine Schulter. Ich strich ihm über das Köpfchen. »Behalt ihn im Auge, ja?«, flüsterte ich und die Fühler des Wesens zuckten. Währenddessen schnappte Xanthos sich die Sichel und wiegte sie in der Hand. Wollte er damit gegen die Harpyien kämpfen? Mit der Waffe einer Göttin? Ich musste mich zurückhalten, um nichts zu sagen. Das war gefährlich. Aber mein Protest würde ungehört verklingen. Ich musste einfach gut aufpassen und notfalls eingreifen.

Ich schulterte meine Tasche und nickte Rya zu, die etwas blass aussah. Wenige Minuten später verließen wir das Haus und fuhren mit dem Wagen in die Stadt.

Gedrückt beschrieb die Stimmung nicht mal annähernd. Die Erinnerung an unsere letzte Konfrontation mit den Wesen der Unterwelt steckte uns allen noch in den Knochen. Doch wenn überhaupt jemand eine Chance gegen sie hatte, dann wir. Die Menschen, die nicht mal wussten, wie ihnen geschah, hatten keine Chance. Niemand von uns konnte dabei einfach zusehen oder mit dem Wissen leben, nichts unternommen zu haben.

Elender Heldenkomplex.

Nick telefonierte mit jemandem und leitete Xanthos, der am Steuer saß, durch die Straßen. Die Mondsichel lag zwischen Rya und mir auf dem Rücksitz, ich traute mich nicht, sie anzufassen. Dass Hekate noch nicht alle Hebel in Bewegung gesetzt hatte, um sie zurückzuholen, verunsicherte mich. Es wäre vielleicht besser, sie zu verstecken, weit weg von uns. Skóros saß auf meinem Schoß und ich betrachtete versunken seine Musterung.

»Wieso hast du die Mondsichel mitgenommen?«, fragte ich den Nachtfalter. Er zuckte mit den Flügeln. Mein Versuch, eine engere Verbindung zu ihm aufzubauen, scheiterte, es blieb also dabei, in seinen Reaktionen zu lesen.

»Hat Hekate es mitbekommen? Ach, was frag ich, natürlich hat sie das. Wieso sucht sie nicht danach? Ist das eine Falle?«

Skóros rührte sich nicht.

»War es deine Entscheidung?«

Keine Regung.

»Die von jemand anderem? Nephele?«

Ein Zucken der Flügel. Hieß das Ja? Was steckte dahinter? Nepheles Verhalten in den letzten Wochen war so widersprüchlich und ich wusste nicht, was davon zu halten war. Erst wollte sie mir helfen, dann hinterging sie mich, dann half sie mir wieder, indem sie den Zirkel brach. War die Mondsichel eine Art Wiedergutmachung? Wozu? Und wie hätte sie das gegenüber Hekate gerechtfertigt?

»Wären wir bei Disney, könnte er reden«, sagte Xanthos.

»Woher weißt du denn, was Disney ist?«, erkundigte sich Nick.

»Drei kleine Schwestern, schon vergessen?«

Sosehr ich die Aufmunterung schätzte, so kurz hielt sie an. Die drückende Last der bevorstehenden Begegnung gab nicht so schnell klein bei.

»Haben wir einen Plan?«, fragte Rya in die Runde. Die Lichter der Straßenlaternen hoben ihre Züge hart hervor und betonten die dunklen Schatten unter ihren Augen.

»Hatten wir den je?«, erwiderte Nick.

»Nicht sterben wäre eine Option«, murmelte ich düster. Xanthos hob den Kopf und ich spürte seinen Blick im Rückspiegel. Plötzlich fiel die Temperatur im Auto um mehrere Grad, und mein Atem formte transparente Wolken in der Luft. »Xanthos«, mahnte ich. »Du musst dich beruhigen.«

Er atmete schwer und tatsächlich wärmte die Luft sich wieder auf – nur um im nächsten Moment noch tiefer abzusinken. Winzige Kristalle überzogen die Scheiben von innen.

»Fuck«, knurrte Xanthos, als die Schneekristalle ihm die Sicht versperrten.

»Halt an!«, rief Nick. »Jetzt.«

Rya stieß einen spitzen Schrei aus, als Xanthos das Lenkrad herumriss und rechts an den Bordstein fuhr. Er bremste so schnell ab, dass Nick das Handy aus der Hand fiel und klappernd im Fußraum landete. Er fluchte und sah zu uns auf die Rückbank.

»Alles okay?« Rya hielt sich die Hand an die Brust und nickte, im selben Moment sprang Xanthos aus dem Auto und kam zu meiner Tür. Er riss sie auf, beugte sich über mich und griff nach der Mondsichel.

Seine Augen leuchteten, frostig blau und kalt, jegliches Gefühl war ausradiert worden. Als sein Arm meinen streifte, spürte ich die Kälte, die sein Körper ausstrahlte. Es wurde immer schlimmer. Scheiße. Wir hätten ihn nicht mitnehmen dürfen.

Sobald er die Mondsichel in den Fingern hatte, zog er sich zurück und stapfte davon. So schnell ich es mit meinen zitternden Händen schaffte, schnallte ich mich ab und sprang aus dem Auto. Fast vergaß ich dabei meine Tasche mit den Utensilien.

»Xanthos!« Ich eilte dem Krieger hinterher, der sich mit erhobener Sichel einen Weg zwischen den Passanten hindurch bahnte, die von einer für sie unsichtbaren Gestalt zur Seite gestoßen wurden.

Xanthos juckte das nicht, er lief weiter. Ich folgte ihm, Rya und Nick ihrerseits mir. Nick hatte sein Handy wiedergefunden, er redete wieder mit der Person am anderen Ende und versuchte gleichzeitig, sich zu orientieren. Xanthos lief stur geradeaus weiter, als wüsste er genau, wohin er musste. Ich hatte Mühe und Not, mit ihm Schritt zu halten, ohne dabei über meine Füße zu stolpern. Ich war als Einzige von uns sichtbar und die Leute machten mir zum Glück Platz.

Nick und Rya holten mich ein und gemeinsam bahnten wir uns unseren Weg.

»Er läuft von sich aus richtig«, sagte Nick verwundert.

»Vielleicht spürt er sie«, erwiderte ich. »Möglicherweise hat es mit der Magie in ihm zu tun.«

»Was für eine Magie?«, fragte Rya.

»Ein bisschen von mir und ein bisschen von Khione, der Göttin des Schnees.«

Man musste den beiden zugutehalten, dass sie angesichts dieser Erklärung nicht innehielten, sondern unbeirrt weiterliefen.

Nick seufzte. »Ich werde das Gefühl nicht los, dass das Ende des Krieges der Anfang von etwas viel Schlimmerem war. Wir stecken in einem beschissenen Hamsterrad, aus dem es kein Entkommen gibt.«

»Und doch scheinen sich einige Dinge zu wiederholen«, warf ich ein. »Frauen einer magischen Spezies kämpfen gegen Männer und Frauen … Nein. Moment. Eigentlich kämpfen sie nur gegen Männer. Vielleicht ist es das. Es gibt keine Gruppierung, der sie sich gegenüberstellen, sondern Männern an sich. Es wurde bisher keine Frau ernsthaft verletzt oder getötet. Wenn überhaupt, dann nur aus Notwehr oder als allerletzter Ausweg, oder?«

»Denke nicht«, sagte Nick. »Was?« Er drückte sich das Handy fester ans Ohr. »Wir sind gleich da.« Er legte auf und reckte den Kopf, um Xanthos nicht aus den Augen zu verlieren. »Hinter der nächsten Ecke sollten sie sein.«

»Dort ist ein öffentlicher Park«, warf ich ein. »Sie müssen Schutzzauber oder irgendwas in der Art haben, sonst würde es hier schon von Polizei wimmeln.«

Xanthos rannte fast um die Ecke, wir eilten ihm hinterher. Meine Lunge brannte schon, Sport war nicht gerade mein Steckenpferd. Hinter dem Haus, das wir umrundeten, befand sich der Zugang zu besagtem Park. Der Kies knirschte unter unseren Füßen, als wir den geschwungenen Pfaden zwischen den Wiesen hindurch folgten. Die Spaziergänger sahen in keinster Weise irgendwie beunruhigt aus. Nichts machte den Anschein, als ob hier in der Nähe ein Kampf stattfand. Plötzlich verließ Xanthos den Pfad und lief querfeldein über die Wiese.

Dann fiel sie über uns herein – die bedrückende Aura des Todes, der lähmende Atem der Harpyien. Die Schrecken der letzten Konfrontation mit den Biestern schlugen über uns zusammen und ließen mein Herz stocken. Das mittlerweile schon vertraute Spiel der Violine zupfte an meinem Puls und fädelte ihn in die Melodie ein.

»Sie müssten direkt vor uns sein«, meinte Nick heiser.

Doch wir sahen weit und breit keine Harpyien oder Mitglieder des Ordens. Nur unser Spürhund Xanthos verfolgte weiterhin eine unsichtbare Fährte. Was er nicht merkte – er hinterließ ebenfalls eine. Dort, wo seine Schuhe den Boden berührten, blühten frostgegossene Abdrücke auf. Ein paar Meter weiter hob er den Arm und packte den Griff der Mondsichel mit beiden Händen. Er holte aus und schnitt mit der Klinge einen weiten Bogen durch die Luft. Funken sprühten, als sie auf ein unsichtbares Hindernis trafen. Dann zerfiel der magische Schleier, der wie eine Kuppel über der Wiese gehangen hatte, und machte den Blick frei auf das Chaos dahinter.

Schreie, das Kreischen von Metall und der unverkennbare Gestank nach Blut, Schweiß und Angst drangen zu uns vor und raubten mir für einen Moment den Atem.

Die Harpyien, sie waren wirklich hier. Und Xanthos stürzte geradewegs auf sie zu, Skóros blieb ihm dicht auf den Fersen. Nick zückte seinen Dolch und rannte dem Krieger und dem Nachtfalter hinterher. Rya und ich blieben stehen, sie würde mich schützen, während ich in meiner Tasche kramte.

»Du siehst das auch, oder?«, fragte sie, ihre Stimme nur ein Hauch.

»Ja.«

Vor uns eröffnete sich ein Schlachtfeld. Wie es aussah, hatten die Harpyien eine Gruppe junger Männer angegriffen, die auf der Wiese gefeiert hatten. Ein Grill samt Rost war auf die Seite gekippt, die glühenden Kohlen waren über das Gras gekullert und verpesteten die Luft mit Rauch und Asche. Die Decken auf dem Boden waren zerwühlt und blutbesudelt. Drei junge Männer lagen leblos zwischen all dem Chaos, tiefe zerklüftete Wunden an den Armen, der Brust und dem Bauchraum.

Und die Harpyien waren noch nicht fertig mit ihnen. Sie hatten den Rest der Gruppe eingekreist und hackten mit ihren Klauen auf sie ein. Zwischen den verängstigten Menschen, die sich zusammengekauert hatten, standen Männer und Frauen mit Dolchen und Schilden, die den Bestien Einhalt geboten. Auch ein paar der normalen Menschen hatten sich mit allem, was sie finden konnten, bewaffnet und boten den Harpyien die Stirn. Es waren nur sechs der geflügelten Wesen anwesend, der Schrecken, den sie verbreiteten, reichte für weitaus mehr. Durch ihre Fähigkeit zu fliegen waren sie unberechenbar, die Flügel überraschend flexibel, schnell und kräftig. Sie kämpften mit allem, was sie hatten, um ihren Opfern buchstäblich die Seele aus dem Leib zu reißen. An ihren Hüften trugen sie Leinenbeutel, aus einigen leuchtete es bereits.

Hinter uns ertönten Schreie, die ahnungslosen Spaziergänger hatten den Kampf bemerkt und erkannten, dass es dabei nicht mit rechten Dingen zuging. Sie flüchteten, nahmen schreiend Reißaus und die Harpyien ließen sie zum Glück gewähren. Die Ankunft von Xanthos und Nick hingegen nahmen sie nicht so gelassen hin. Eine der Harpyien, deren dunkelrote Haare wie Seide über ihren Körper fiel, kreischte auf, als sie die beiden bemerkte. Sie wendete mitten in der Luft und schoss auf sie zu.

Mein Blut gefror bei dem Anblick und mein Körper verweigerte für einen Moment den Dienst. Ich würde ihr jede Feder einzeln ausrupfen, wenn sie den beiden auch nur ein Haar krümmte. Skóros feuerte einen Blitz auf das Vieh ab, brachte es zum Straucheln. Wutentbrannt schrie die Harpyie auf, als ihre Klauen Xanthos verfehlten. Der fackelte nicht lange und hieb mit der Sichel nach ihr. Er erwischte sie am Bein und das Biest brüllte auf, als der klauenhaft geformte Fuß von ihrem Körper getrennt wurde. Blut spritzte durch die Luft und mir wurde schlecht, als das abgetrennte Körperteil mit einem dumpfen Geräusch auf dem Boden auftraf.

Die Harpyie erhob sich in die Lüfte und stob mit Geschrei davon. Davon aufgeschreckt zogen sich die anderen einen Moment zurück und ließen von ihren Gegnern ab, die schnaufend innehielten und abwarteten. Wie ein einziger Organismus richteten die Harpyien ihre Aufmerksamkeit auf Xanthos, der die Mondsichel kampfbereit erhoben hielt. Das Blut wurde von einer weißen Frostschicht überzogen und erstarrte.

Ich zog ein Räucherbündel aus meiner Tasche und rief nach dem Feuer in mir. Es gehorchte und steckte die Kräuter in Brand, bis feiner Rauch aufstieg, der die Luft mit dem Duft nach Lavendel erfüllte. Der Quarz darin wurde von der Hitze aktiviert und glühte auf. Ich warf das leuchtende Bündel nach der mir am nächsten fliegenden Harpyie, als sie Xanthos angriff. Das Bündel explodierte vor ihr und warf sie zurück, im nächsten Herzschlag breitete sich Skóros' schützendes Magienetz über Xanthos und Nick aus. Die getroffene Harpyie landete bewusstlos im Gras und blieb liegen.

Auf dem Boden barsten Flaschen und Gefäße, die Flüssigkeiten strömten in der Luft zusammen und formten eine schillernde mannshohe Schlange, die Ryas Befehlen gehorchte. Sie hetzte das wässrige Wesen auf eine andere Harpyie, die sich zum Angriff bereit machte. Drei waren beschäftigt, blieben noch einmal so viele.

Die Krieger des Ordens fingen sich und beendeten ihre Atempause. Mit stummen Befehlen gingen sie zum Angriff über, reckten ihre Dolche in die Höhe und rückten geschlossen vor. Mein Herz stockte, als Xanthos das kupferfarbene Netz durchbrach und auf eine der Harpyien zustürmte. Dieser Idiot rannte mit offenen Augen in den Tod.

Ich huschte trotz Ryas Protesten um die Gruppe herum und schlich mich von hinten an die Harpyien heran. Aus meiner Tasche zog ich zwei weitere Bündel, die nicht explosiv, aber magiestörend waren, vielleicht reichten sie, um die Wesen zu irritieren. Ich entzündete eines und warf es flach in Richtung der Kämpfenden. Der Rauch breitete sich aus und eine der Harpyien verlor kurz das Gleichgewicht. Ihr Kopf zuckte auf der Suche nach der Quelle umher. Ihr Blick glitt weiter die Wiese entlang und … fand mich. Sie bleckte die Zähne, stieß einen vogelartigen Schrei aus und warf sich herum.

Ich nahm die Beine in die Hand und rannte – zumindest war das der Plan, bis ich über eine Vertiefung im Boden stolperte und hinfiel. Ich rollte mich auf den Rücken und kroch davon, doch die Harpyie war nah, viel zu nah. Ich griff nach meiner Tasche …

Die Harpyie schrie, ihre Flügel erzitterten und sie legte eine Bruchlandung hin. Auf dem Bauch schlitternd kam sie auf dem Boden auf. In ihrem Rücken steckte die Mondsichel. Hinter ihr tauchte Xanthos auf, dessen Körper fast vollständig von einer Eisschicht überzogen war. Er umfasste den Griff und zog die Waffe mit einem ekelerregenden Geräusch aus dem Fleisch des Wesens. Er würdigte mich nicht mal eines Blickes, die kalten blauen Augen wirkten leer.

Die zwei übrigen Harpyien kämpfen erbittert. Doch sie waren in der Unterzahl und hatten keine Chance, außer Schadensbegrenzung zu betreiben. Die unschuldigen Menschen nutzten die Gunst der Stunde und hauten ab. Sie ließen ihre toten Freunde zurück.

Mir wurde schlecht, trotzdem rappelte ich mich auf. Die Harpyien zögerten, sie hielten mehr Abstand zu ihren Gegnern. Meine Schultern sackten herab. Traten sie den Rückzug an? Ja! Sie schlugen kräftig mit den Flügeln und stiegen höher. Sie sahen zu ihren verletzten Artgenossinnen, drehten dann ab. Ich atmete erleichtert auf.

Bis ein eisiger Windstoß an mir riss und mich in die Knie zwang. Die Haare hingen mir ins Gesicht und versperrten mir die Sicht. Ich hörte hektisches Flügelschlagen, dann zwei dumpfe Schläge, als die Harpyien herabstürzten. Ich raffte meine Haare zusammen und sah auf. Die Böe, begleitet von wild tanzenden Schneeflocken, presste die Wesen unnachgiebig auf den Boden. Sie kämpften dagegen an, doch es half nichts, der Wind war zu stark.

Und Xanthos war schuld daran.

Während wir anderen auf dem Boden kauerten, lief er unbehelligt auf die Harpyien zu. Fast schon genüsslich ließ er die Mondsichel durch die Luft kreisen, den Blick fest auf die Wesen gerichtet.

Seine Augen leuchteten, sein Gesicht war eine Maske. Sie zeugte von Skrupellosigkeit, Verbitterung und Hass; gehörte zu jenem Krieger, den Xanthos hinter sich gelassen hatte. Diese Maske war Teil seiner angelegten Rüstung. Darunter versteckte sich der Mann, in den ich mich langsam, aber sicher verliebte, und er würde daran zerbrechen, wenn er erneut aufgrund von fremder Magie mehr Blut als nötig vergoss. Die Harpyien konnten meinetwegen zur Hölle fahren, doch um Xanthos' willen musste ich mich aufraffen und dem Ganzen ein Ende setzen.

Meine Knie zitterten, als ich aufstand und mich in Bewegung setzte. Der Wind pfiff mir um die Ohren und ich musste mich mit all meinem Gewicht dagegenstemmen. Langsam kämpfte ich mich zu Xanthos vor, lief ihm direkt in den Weg. Mit Entsetzen stellte ich fest, dass seine Haut fürchterlich blass war.

Ich stellte mich zwischen ihn und die Harpyien, presste meine Füße tief in den Boden, um den Halt nicht zu verlieren.

»Xanthos!«, schrie ich in den Wind, der meine Worte fortriss. »Es ist vorbei. Lass sie gehen.« Er blieb tatsächlich stehen und fixierte mich. Sein Blick wirkte leer, als wäre er in Gedanken ganz weit weg. Es jagte mir einen Schauer den Nacken hinauf und das nicht auf gute Art.

»Bitte«, flehte ich. »Hör auf.« Er ließ die Sichel sinken und trat näher heran. Der Wind wurde etwas schwächer, dafür spürte ich nun die durchdringende Kälte, die er ausstrahlte. Er musste sich zu Tode frieren. Doch nicht mal eine Gänsehaut war zu sehen.

Ich streckte die Arme nach ihm aus. »Lass uns nach Hause gehen.« Er legte den Kopf schief, als kennte er dieses Wort nicht. Fast schon verzweifelt wünschte ich mir sein schiefes, spitzbübisches Lächeln zurück. Dieser hohle Ausdruck an ihm verängstigte mich. Er hob die freie Hand und streckte sie mir entgegen.

Und dann, schneller, als ich reagieren konnte, überbrückte er mir einem großen Schritt die Distanz zwischen uns und rammte mir seinen Handballen gegen das Brustbein. Schmerz explodierte in meiner Lunge, ich schnappte nach Luft. Ich verlor den Halt unter den Füßen und flog über die Harpyien hinweg durch die Luft. Der Wind trug mich wie auf sanften Händen, nur um mich dann umso heftiger fallen zu lassen. Beim Aufprall riss meine Haut auf, meine Knochen knackten. Panisch holte ich Luft, wieder und wieder, bis ich endlich atmen konnte. Dann brannten sich die Schmerzen in mein Bewusstsein und ich schrie. Kälte schlug mir ihre Krallen in die Brust und riss mich auseinander.

»*Fotiá*«, presste ich flehend hervor.

Es gehorchte und zu dem Eis in meiner Brust gesellte sich Feuer. Es brannte, als die Elemente aufeinandertrafen, und mein Körper bäumte sich auf. Es dauerte nur kurz, bis die beiden Kräfte sich ebenbürtig waren und ich von einer berauschenden Wärme erfüllt wurde. Erleichtert lehnte ich meinen Kopf auf den Untergrund.

Ich bemerkte nicht, wie der Wind nachließ und schließlich ganz verebbte. Federn raschelten, Flügel schlugen, dann erhoben sich zwei Schatten in die Lüfte. Und noch einer und noch einer, bis alle Harpyien verschwunden waren. Als die letzte von ihnen in die Dunkelheit flog, war plötzlich Rya an meiner Seite. Ihre Haare hingen ihr wirr vom Kopf, ihre Kleidung war klatschnass.

»Ilena.«

»W-Wird … schon wieder«, krächzte ich. Ich rollte den Kopf zur Seite und sah zu Xanthos.

Er war weg.

»Wo ist … er hin?«, fragte ich und richtete mich mit Ryas Hilfe auf.

»Weg«, knurrte sie.

»Wir müssen ihn finden«, erwiderte ich. »Er ist nicht er selbst.«

»Ach nein?« Rya schrie fast, ihre Stimme zitterte. »Er erinnert mich sehr an jemanden, der mich mal fast umgebracht hätte. Und jetzt …« Ihr Blick huschte zu meiner Brust. Der Stoff hatte Risse und gab den Blick frei auf blutige Haut. »Ich hätte niemals gedacht, dass er *dir* das antut. Vielleicht haben wir uns doch in ihm getäuscht.«

»Nein«, sagte ich. »Haben wir nicht. Er …« Ich zuckte zusammen, als mich bei einer Bewegung eine Welle aus Schmerz überrollte. Das Eis mochte ich besiegt haben, die aufgeschürfte Haut und die Prellungen noch nicht. »Er kann nichts dafür«, sagte ich atemlos. »Wir müssen ihn finden.«

Rya kämpfte mit den Tränen, die vermutlich zu gleichen Teilen aus Schock und Wut entsprangen. »Na schön.«

Nur wo sollten wir anfangen?

Als ich dank Rya stand, schwirrte mir der Kopf und die Welt drehte sich bedrohlich. Nick und Linos, den ich seit gefühlten Ewigkeiten nicht mehr gesehen hatte, hatten die Führung über die Gruppe der ehemaligen Krieger übernommen. Linos telefonierte wild gestikulierend, Nick ging mit einem mir unbekannten Mann zu den Opfern, die am Boden lagen. Sie suchten nach Lebenszeichen, fanden keine und bedeckten die Körper mit den Decken, die auf der Wiese gelegen hatten. Die Überlebenden waren geflüchtet und es schien, als würde man sie nicht verfolgen.

Die ehemaligen Ordenskrieger, die kampferprobt und eigentlich unerschrocken waren, wirkten fassungslos ob der Brutalität, die die Harpyien hatten walten lassen. Die Kämpfe mit den Gorgonen, bei denen es selten Verletzte und noch seltener Tote gegeben hatte, waren ein anderes Kaliber gewesen. Das hier überstieg auch fast die Grenze des für mich Verdaulichen.

»S-Sind … haben sie die Seelen mitgenommen?«, fragte ich, als ich an Ryas Seite in Richtung Nick humpelte.

»Ja.«

Also waren die Toten endgültig verloren. Nick eilte auf uns zu, nachdem er ein paar Worte mit dem Mann gewechselt hatte, der nun an der Seite der Opfer Wache hielt. Dunkle Locken fielen ihm in die Stirn, als er wütend den Kopf schüttelte.

»Wenn ich Xanthos in die Finger bekomme, dann …«

»Spar es dir«, unterbrach ich ihn. »Wir müssen ihn suchen.«

Er zog eine Braue nach oben. Rya winkte ab, ehe er seinen Einwand vorbrachte. Ich wollte ihn nicht hören. Sahen sie denn nicht, was passiert war? Die Magie, von der Xanthos bei dem Treffen des Zirkels getroffen worden war, brodelte in ihm, wollte benutzt werden. Und Xanthos, der keine Erfahrung mit so einer starken und unberechenbaren Macht hatte, hatte sich ihrem Drängen nicht widersetzen können. Das hätte nicht einmal ich hinbekommen.

»Wo ist Hekates Sichel?«, erkundigte ich mich. Nick lief los, um sie zu suchen. Er fand sie und brachte sie mir. Noch immer klebte das Harpyienblut daran und ein paar hartnäckige Schneeflocken. »Wir nehmen sie mit.«

Rya legte Nick eine Hand auf den Arm. »Kannst du uns zu Ilena fahren?« Er nickte.

»Gib mir ein paar Minuten, dann können wir los.«

Sie drückte ihm einen Kuss auf die Wange. »Ist gut. Wir gehen schon mal zum Auto zurück … Wenn es noch da ist.«

Linos erschien neben uns, Blutspritzer bedeckten sein Gesicht und die hellen Haare. Er zog einen Autoschlüssel aus der Hosentasche.

»Ihr könnt meins nehmen. Ich stehe dort hinten auf einem Parkplatz. Ich kümmere mich später um den anderen Wagen.« Er wies uns die Richtung und Rya nahm ihm den Schlüssel ab.

»Danke.«

Seite an Seite liefen wir zum Parkplatz. Jeder Schritt schmerzte, wobei mir tendenziell das Bewegen an sich immer leichterfiel. Rya schloss das Auto auf und verfrachtete mich auf die Rückbank. Ächzend schnallte ich mich an und legte den Kopf an die Lehne. Rya nahm neben mir Platz und wir warteten schweigend, bis Nick zu uns stieß. Er nahm Rya den Schlüssel ab, setzte sich hinters Steuer und fuhr uns sicher zu mir nach Hause.

»Wo ist Skóros?«, wollte Nick wissen, als er die letzte Kurve zu meinem Haus ansteuerte.

»Hat hoffentlich ein Auge auf Xanthos«, murmelte ich. Rya warf Nick über den Rückspiegel einen mahnenden Blick zu.

»Ilena«, sagte sie dann zögernd, »Bist du dir sicher, dass das … nicht er allein war?«

»Einhundert Prozent.«

»Und was macht dich da so sicher?«

»Mein Instinkt«, brummte ich und hoffte, dass sie mir nicht das letzte verlässliche Gefühl absprach, das ich noch besaß. »Und bei meiner Magie war es nicht anders. Anfangs überrollt sie dich, bis man lernt, sie erst mit Gegenständen und dann mit dem puren Willen zu kontrollieren. Und bei ihm ist es noch mal schlimmer, weil gleich mehrere Arten Magie in ihm schlummern. Vor allem die göttliche Magie von Khione hat Nebenwirkungen, so wie beim gesamten Orden damals.«

»Okay«, antwortete Rya. »Ich hoffe, du hast recht.«

In den Regalen im Wohnzimmer lag nichts für einen Ortungszauber. Auch nicht im Arbeitszimmer und dem Raum daneben. Unter den mitleidigen Blicken von Rya und Nick raufte ich mir die Haare, fluchte lauthals und wurde immer nervöser.

Was, wenn ich ihn nicht fand? Was, wenn ihm etwas passierte?

»Wir können versuchen, ihn über sein Handy zu erreichen, sofern er es dabeihat und es noch intakt ist«, meinte Nick. »Möglicherweise können wir es sogar orten.«

»Technik«, zischte ich. Aber gut, Magie war gerade auch nicht verlässlicher.

»Leg dich hin, wir kümmern uns darum.«

»Ich …«

»Leg dich hin!«, bellte Rya ungehalten und ich zuckte zusammen. »Wir kümmern uns drum, du kannst gerade nichts tun. Ruh dich aus.«

Gehorsam setzte ich mich auf das Sofa. Eine kurze Dusche, frische Kleidung und ein paar meiner Salben hatten dazu beigetragen, dass ich mich fast wie neu fühlte und mich ohne Schmerzen bewegen konnte. Doch ich war so unfassbar müde, dass meine geschundenen Knochen quasi aufseufzten, als ich mich in das Polster sinken ließ.

»Hinlegen!«, wiederholte Rya und ich kam ihrem Befehl nach. Mit Grabesmiene deckte sie mich zu und schüttelte das Kissen mit solcher Grobheit, dass es fast platzte, bevor sie es mir wieder zurückgab.

In ihren Augen glitzerten Tränen. Sie wischte sie weg und setzte sich neben mich.

»Ich habe es satt, Ilena. Ich will nicht mehr dabei zusehen, wie die wichtigsten Menschen in meinem Leben verletzt werden. Schon gar nicht von anderen, die auch auf dieser Liste stehen. Erzähl Xanthos nicht, dass ich das gesagt habe, aber ich habe ihn mittlerweile echt gern.«

Ich schmunzelte. »Dein Geheimnis ist bei mir sicher.« Ich griff nach ihrer Hand und drückte sie. »Und sobald er wieder da ist, das verspreche ich dir, geben wir uns Mühe, uns gegenseitig weniger an die Gurgel zu gehen.«

»Und was ist mit den Harpyien?«, fragte Rya. »Was tun wir jetzt?«

Ich dachte an die Mondsichel, die ich auf die Kommode in meinem Schlafzimmer gelegt hatte.

»Wir haben eine wertvolle Waffe, die sie verletzen kann. Eine Gorgone, die über das Wasser herrscht, ihren Freund, der ein ausgezeichneter Kämpfer ist, eine *Mágissa*, die in Flammen aufgeht, und einen Krieger, der offenbar Wind und Schnee bändigen kann – wenn er es schafft, sich dieser Magie zu stellen. Das klingt in meinen Ohren nach einem Team, das diese Biester aufhalten kann. Wir brauchen nur noch einen Plan.«

»Der hat Zeit bis morgen«, meinte Nick, der gerade aus dem Flur zurückkam. Seit unserer Rückkehr telefonierte er unentwegt mit anderen und organisierte eine Suche nach Xanthos. Außerdem ließ er sich wegen der Opfer im Park auf dem Laufenden halten. Sie waren mittlerweile der Polizei übergeben worden; was genau man den Beamten über den Vorfall erzählte, wusste ich nicht. Es war mir egal, zumindest für den Moment.

»Rya, hilfst du mir, einen Tee zu machen?«, fragte Nick und Rya folgte ihm in die Küche. Das waren die ersten Minuten nach dem ganzen Chaos, die die beiden in Ruhe miteinander verbrachten, deswegen bot ich meine Hilfe nicht an und ließ sie ziehen. Ich verkniff mir sogar den Kommentar, dass sie die Küche *danach* bitte wieder aufräumen sollten … Über meinen eigenen blöden Witz kichernd ließ ich mich tiefer ins Kissen sinken und schloss die Augen. Nur kurz, bis die beiden wieder da waren. Natürlich blieb es nicht dabei.

Kapitel 16

Ein Poltern ließ mich hochfahren und ich fiel fast vom Sofa. Im nächsten Augenblick schepperte es vor dem Fenster, etwas fiel vom Dach in den Garten. Ziegel? Ein weiteres Donnern auf dem Haus ertönte. Ich blinzelte verdutzt und kam zu mir, als es draußen laut rumste. Schritte eilten die Treppen herab, dann stürmten Rya und Nick ins Wohnzimmer. Beide waren im Schlafanzug. Wie lange hatte ich geschlafen? Draußen war es noch Nacht, es konnte nicht lange gewesen sein.

»Alles gut bei dir, Ilena? Was war das für ein Geräusch?«

Ich stützte mich am Couchtisch ab und kam auf die Beine, fühlte mich fast wie neu, nur meine Brust schmerzte noch etwas.

»Keine Ahnung, ich …« Mein Blick glitt zum Fenster, an dessen unterer Kante sich Eiskristalle bildeten. »Xanthos.«

Ich rannte zur Haustür, riss sie auf und stürmte hinaus, wobei ich fast über meine eigenen Füße stolperte. Rya und Nick waren dicht hinter mir.

Es knirschte unter meinen Füßen, als ich um die Ecke in den Garten lief. Eine feine Frostschicht lag über dem Rasen, sie glitzerte im Mondlicht. Und ein paar Meter von mir entfernt lag Xanthos bäuchlings auf dem Boden, bedeckt von einer dünnen Schneeschicht. Er bewegte sich nicht, seine Haut war fürchterlich blass. Skóros saß auf seinem Rücken und schlug aufgeregt mit den Flügeln.

»Scheiße«, fluchte Nick, als ich schon neben Xanthos auf die Knie sank. Die Kälte, die er ausstrahlte, war beißend und lähmte nicht nur meine Muskeln, sondern auch meine Sinne. Trotzdem streckte ich meine Hand aus und strich ihm die steifen Haare aus der Stirn. Seine Augen waren geschlossen, die Lippen blau. Ich hielt einen Finger unter seine Nase, mit der anderen Hand tastete ich nach seinem Puls.

»Er lebt«, krächzte ich erleichtert.

»Wenn wir ihn nicht schnellstens ins Warme bringen, vielleicht nicht mehr lange«, sagte Nick. Er fasste Xanthos unter den Armen und drehte ihn auf den Rücken, Rya und ich nahmen seine Beine und zu dritt trugen wir ihn ins Haus auf das Sofa. Es brannte an den Stellen, wo meine freie Haut ihn berührte, und auch Rya und Nick fluchten hin und wieder. Doch die Kälte verursachte keine Wunden; als wir ihn losließen, klangen die Schmerzen schnell ab, als wäre nie etwas gewesen. Nur an Xanthos' Zustand änderte sich nichts. Wenn überhaupt, sah er noch blasser aus als zuvor. Ich setzte mich neben ihn, rieb die Hände aneinander und vertraute auf meinen Instinkt. Skóros setzte sich auf meine Schulter und schenkte mir stille Unterstützung.

»*Therapeía zestasiá.*« *Heilende Wärme.*

Es dauerte einen Moment, dann prickelten meine Finger von magischer Hitze. Ich legte sie an Xanthos' Wangen. Er zuckte kurz zusammen und stieß einen tiefen Seufzer aus, als die Wärme sich auf ihn übertrug. Die dünne Schicht Frost schmolz, ohne eine Spur zu hinterlassen. Sie gab seine Haut frei und wenig später waren seine Lippen nicht mehr blau, seine Wangen hatten wieder Farbe angenommen. Sein Herzschlag wurde schneller, die Atmung tiefer. Ohne ihn loszulassen, ließ ich meinen Kopf auf seine Brust sinken, die sich stetig hob und senkte.

Ich spürte die Vibration seiner Stimme, als er meinen Namen sagte.

»Ilena.« Er hatte die Lider halb gehoben und sah mich schief lächelnd an.

»Du Idiot!«, schimpfte ich. »Wo zum Teufel warst du? Wieso bist du einfach so abgehauen?« Die Hitze in meinen Fingern flammte auf und vertrieb nach und nach den Frost, bis nichts mehr davon übrig war. Seine Kleidung war trocken und nichts deutete mehr auf die Magie hin, von der er bis eben noch umhüllt gewesen war. Trotzdem ließ ich ihn nicht los, nur so konnte ich sicher sein, dass er mich nicht wieder verließ.

»Ich bin geflogen«, sagte er leise.

»Was?« Ich ließ die Arme sinken.

»Erzähle ich später«, murmelte Xanthos müde. Plötzlich begann er zu zittern, als hätte die Kälte in seinem Inneren ihn nun eingeholt.

»Wir müssen ihn ins Bett bringen«, sagte Nick alarmiert. Das würde nicht viel helfen, aber ich stimmte zu. Skóros blieb im Wohnzimmer zurück, als wir anderen aufbrachen. Rya und Nick stützten Xanthos und brachten ihn hoch in mein Zimmer, während ich das Bett vorbereitete und die Decke beiseitezog. Es war das einzige neben dem von Rya und Nick, das bezogen war. Xanthos legte sich freiwillig hinein und ließ sich ohne Widerstand zudecken. Doch das Zittern hörte nicht auf.

»Da helfen keine Decken und keine Wärmflasche, oder?«, mutmaßte Rya. Wie bei Verletzungen galt hier: Nur Magie kam gegen Magie an, sie vermutete ganz richtig. Sie legte mir ihre Hand auf den Rücken und gab mir einen kleinen Schubs in Richtung Bett. Ich fuhr zu ihr herum und sie deutete mit dem Kinn auf Xanthos.

»Hilfst du ihm oder nicht?«, fragte sie leise. Dafür, dass sie ihn vor Kurzem noch in Verdacht gehabt hatte, mich absichtlich verletzt zu haben, machte sie sich nun ganz schön Sorgen. So sehr, dass sie mich in sein Bett scheuchen wollte. Ich schmunzelte.

»Natürlich werde ich ihm helfen. Aber erst, wenn ihr Spanner verschwindet.«

Rya kicherte und zog Nick am Arm aus dem Raum. Sie zog die Tür hinter ihnen ins Schloss. Ich ging ich um das Bett herum und schlüpfte von der anderen Seite unter die Decke. Es war nicht kalt, trotzdem waren Xanthos' Muskeln durch das Zittern angespannt. Er lag auf dem Rücken, die Augen hatte er wieder geschlossen.

»Ich mach das jetzt nur, weil ich muss, ist das klar? Bilde dir nichts drauf ein«, sagte ich nicht ganz so überzeugend, wie ich hatte klingen wollen. Xanthos antwortete mir nicht. Ich zog seinen Arm beiseite, damit ich mich an seine Seite legen konnte. Meinen Kopf bettete ich auf seine Schulter, eine Hand auf seine Brust, sodass meine Fingerspitzen die Haut oberhalb des Kragens berührten. Mein Herz schlug wie wild.

»*Therapeía zestasiá*«, flüsterte ich. Das Feuer gehorchte. Seit dem Zirkel, seitdem die Magie mit einem Knall wieder in meinen Körper gefahren war, fühlte sie sich anders an. Meine alte und die neue Magie, diese dunklen Flecken, waren ineinander übergegangen, aktivierten und verstärkten sich gegenseitig, ließen sich von mir wirken. Es war nicht wie früher, aber dass ich überhaupt wieder zaubern konnte, war für mich wie ein kleines Wunder. Ich musste nicht lange darüber nachdenken, musste die Macht nicht bezwingen. Was auch immer beim Zirkel geschehen war, hatte mir geholfen, statt mir zu schaden.

Xanthos entspannte sich unter meinem Einfluss und wurde munterer. Sein Arm unter mir bewegte sich und ich spürte, wie seine Finger sich in meinem Shirt festkrallten. Er zog daran, zog mich von sich weg.

»Ilena«, raunte er. »Geh. Ich will dir nicht wehtun.«

Ich stemmte mich gegen seine Bewegung. Er war zu schwach, um mich zu überwältigen. Ich hob den Kopf und sah ihm ins Gesicht, auch wenn er die Augen geschlossen hatte.

»Wirst du nicht.«

»Nicht schon wieder, meinst du. Es tut mir unendlich leid.«

»Ich glaube, wir sind jetzt vollkommen quitt«, erwiderte ich. »Wir haben uns gegenseitig einmal durch die Luft geschossen.«

»Du hast keine Angst?«

»Ich empfinde dir gegenüber vieles, wenn wir zusammen sind, aber Angst gehört nicht dazu.«

Er öffnete die Augen und seine eisblauen Iriden strahlten mir entgegen. Ich musste lächeln. Sie waren wieder voller Leben, voller Schalk und dieser verdammten Sinnlichkeit, die ein Ziehen in meiner Brust hervorrief. Ich ließ meine Finger an seinem Hals hinaufwandern. Sein Puls war kräftig und schnell.

Die Hand, mit der er mich eben noch von sich wegzerren wollte, legte er flach auf meinen Rücken und drückte mich in die andere Richtung, näher an ihn. Ich folgte seinem Befehl nur allzu gern, auch wenn mich das in gefährliche Nähe zu seinen Lippen brachte.

Mit jeder Sekunde, in der ich ihn meiner Magie aussetzte, schien es ihm besser zu gehen. Zu gut, denn beim nächsten Blinzeln zupfte er mich wieder in die andere Richtung und folgte meiner Bewegung mit dem Körper. Nun lag ich auf dem Rücken, Xanthos halb neben, halb auf mir.

Er hakte einen Finger in den Ausschnitt meines Shirts und zog daran. Er atmete scharf ein, als er die Haut darunter sah. Ich blickte an mir herab und entdeckte jetzt erst den dunklen Bluterguss, der sich von meinem Dekolleté bis zwischen meine Brüste erstreckte. Mir tat nichts mehr weh, der Anblick war trotzdem nicht gerade schön. Meine Heilungskräfte schienen vor allem bei durch Harpyien zugefügten Verletzungen wirksam zu sein.

»Es sieht schlimmer aus, als es ist. Ich spüre es schon gar nicht mehr.«

»Das hätte niemals passieren dürfen«, sagte Xanthos und ich spürte die Wut, die er auf sich selbst richtete.

»Ich mache dir keinen Vorwurf. Du trägst mächtige Magie in dir, die du nicht kennst. Du wurdest nicht dafür ausgebildet, mit so etwas umzugehen, deswegen ist es normal, dass sie dich zu Beginn überwältigt.«

»Und wie lerne ich es?«

»Mit Geduld und Vertrauen auf deine Instinkte. Und mit meiner Hilfe. Jetzt gerade gleichen wir uns auch aus, zusammen schaffen wir das.«

Xanthos streckte den Zeigefinger aus und fuhr damit über den Bluterguss. Bei allen Göttern … wollte er mich foltern? Die Berührung war so sanft, dass ich sie mir auch hätte einbilden können, dafür war die Kälte seiner Haut umso eindringlicher. Ich reckte mich der Berührung ein Stück entgegen, bis sie heiße Wellen durch meinen Körper schickte. Xanthos sah überrascht auf, suchte in meinem Gesicht nach etwas – das er offensichtlich fand. Das winzigste Lächeln umspielte seine Lippen, als er sich vorbeugte und seinen Mund auf die Stelle zwischen meinen Brüsten senkte. Hitze explodierte in meiner Brust, magisch wie lustvoll, nur um im nächsten Moment von einer angenehmen Kühle umspielt zu werden. Xanthos hatte die Augen geschlossen und bewegte seinen Kopf nur minimal, aber die federleichte Berührung seiner weichen Lippen auf meiner Haut hatte eine verheerende Wirkung.

»Wenn du das sagst«, raunte er zwischen zwei Küssen, »klingt es so einfach. Gerade willst du nicht wissen, was mir meine Instinkte zuflüstern.«

»Vermutlich dasselbe wie meine.«

Er lachte leise. Dann stützte er sich mit der Hand, die eben in meinem Shirt verhakt gewesen war, neben mir ab und schob sich ein Stückchen höher. Dabei streifte sein Schritt meine Hüfte und ... Ja, unsere *Instinkte* wollten genau dasselbe.

Er küsste eine Spur vom Dekolleté zum Hals hinauf und brachte mein Herz zum Stolpern. Ich hielt mich an seinem Nacken fest und zog ihn näher an mich heran. Die andere Hand krallte ich ins Laken, weil ich sonst für nichts garantieren konnte. Es roch etwas angekokelt, doch das ignorierte ich geflissentlich und konzentrierte mich stattdessen auf Xanthos. Anhand seiner Magie fühlte ich, wie es um ihn stand; solange sie mit meiner harmonierte, war alles in Ordnung. So lange würde ich mich ihm hingeben. Ich vertraute ihm, aber er musste das selbst auch.

Xanthos' Lippen erreichten mein Ohr, schickten ein Zittern durch meinen Körper, kühlten meine Haut und bewahrten das Bettlaken davor, in Flammen aufzugehen.

»Du bestimmst, wie weit ich gehe. Du bestimmst, wie sehr du mir vertrauen willst. Denn ich tue es gerade selbst nicht und würde dir ehrlich gesagt raten, es auch nicht zu tun.« Er seufzte tief und presste sein Gesicht in meine Halsbeuge.

»Wenn wir beide diese Nacht überleben, dann vertraue ich dir bis ans Ende der Welt«, flüsterte ich. »Aber wenn du mich nicht endlich küsst, dann kann ich für nichts garantieren.«

»Soso«, murmelte er und hob den Kopf, um mir in die Augen sehen zu können. »Lust macht dich also kitschig.«

»Würdest du lieber hören, dass ich dich *will*?«

»Das weiß ich auch so«, neckte er mich.

»Du blöder ...«

Er erstickte meinen Protest mit einem Kuss. Ich keuchte, als seine Lippen auf meine trafen. Xanthos lächelte, das spürte ich, und neigte den Kopf, um den Kuss zu vertiefen. Ich vergrub meine Finger in seinem Haar und nahm die andere Hand dazu, um ihn näher an mich zu ziehen. Er fuhr leicht mit seiner Zungenspitze über meinen Mund und ich öffnete ihn. Xanthos schmeckte unfassbar gut und ich wusste, dass ich nie genug von diesen Küssen haben würde. Sie waren chaotisch und fordernd, sanft und stürmisch zugleich. Feuer und Eis.

Ich knurrte ungehalten, als Xanthos den Kopf zurückzog und mich angrinste, die Augen regelrecht glänzend vor Lust.

»Plötzlich so sprachlos?«, feixte er. Lachend stieß ich ihm die Hand vor die Brust und er rollte theatralisch stöhnend auf die Seite. »Wenn Worte nicht mehr helfen …«

Er verstummte, als ich mich rittlings auf ihn setzte und mir das Shirt über den Kopf zog. Ich warf es neben das Bett. Xanthos starrte auf meinen Oberkörper. Er legte seine Hände auf meine Oberschenkel und sein Griff war berauschend fest. Ich rutschte ein Stück nach vorn, bis ich seine Erregung zwischen meinen Beinen spürte. Er hob die Hüfte und ich griff nach dem Saum seines Shirts. Er richtete sich auf und half mir dabei, es ihm auszuziehen. Dann schlang er seine Arme um mich und küsste die Ansätze meiner Brüste. Ich fuhr mit den Händen seine Schultern entlang und betrachtete die feinen Bissnarben der Schlangen, die sich über seinen muskulösen Körper zogen.

Er öffnete den Verschluss meines BH, zog ihn mir aus und warf ihn zu den Sachen auf dem Boden. Mit den Fingerspitzen fuhr er die Konturen meiner Brüste entlang, während er mir dabei in die Augen sah. Ich biss mir auf die Lippe und hielt mich an seinen Oberarmen fest. Griff fester zu, als er seinen Mund auf meine Brustwarze senkte und sie mit Lippen und Zunge liebkoste. Das machte er auf beiden Seiten, ehe er mich herumwarf, sodass ich wieder unter ihm lag. Er kniete neben meinen nun verschlossenen Beinen und öffnete den Reißverschluss meiner Hose. Ich hob die Hüfte und er streifte mir die Jeans und den Slip vom Körper. Sein Blick verbrannte mich, vor allem dann, wenn er immer wieder zu mir aufsah, mit diesen eisblauen Augen, um sich zu versichern, dass ich das alles auch wirklich wollte. Dass ich *ihn* wollte und ihm vertraute, die Magie zusammen mit mir im Zaum zu halten.

Ich spreizte die Beine, was er als Herausforderung ansah. Er kniete sich zwischen meine Waden und streifte mit den Händen an den Außenseiten meiner Beine entlang, bis hinauf zu meiner Hüfte. Dann wechselte er auf die Innenseite, schob meine Beine noch ein Stück weiter auseinander und beugte sich vor. Er küsste die Hüfte, das Becken und dann glitten seine Lippen tiefer und tiefer. Seine Zunge fuhr über den richtigen Punkt und ich stöhnte.

Er küsste sich wieder an meinem Körper hinauf. Sobald seine Hose in Reichweite lag, griff ich danach und öffnete die Knöpfe. Dabei berührten meine Knöchel seine Erektion und Xanthos erschauerte. Sobald er die Hose abgestreift hatte und wieder über mich gebeugt war und mich küsste, streckte ich die Hand aus und ließ meine Finger an seiner Erregung auf und ab gleiten. Seine Küsse gerieten ins Stocken, jedes Mal, wenn ich seine empfindlichste Stelle berührte. Seine Reaktion machte mich selbst an und ich wollte ihn endlich richtig spüren. Das Pulsieren zwischen meinen Beinen hielt ich nicht mehr lange aus.

»In der unteren Schublade neben dem Bett«, murmelte ich und er verstand. Er löste sich, wenn auch widerwillig, von mir und setzte sich auf die Bettkante. Er streifte sich die Unterhose ab und zog anschließend die Schublade des Nachttischs auf. Er nahm ein Kondom heraus und ich war so fasziniert von dem Spiel seiner fein definierten Rückenmuskeln, dass ich mich aufsetzte und sie küsste. Er zuckte kurz zusammen, dann riss er die Packung auf. Ich küsste mich hoch, über die Schulter bis zu seinem Schlüsselbein und sah ihm dabei zu, wie er sich das Kondom überstreifte. Allein der Anblick machte mich ungeduldig. Die eleganten Bewegungen seiner Finger, die für meinen Geschmack viel zu langsam arbeiteten, schürten die Vorfreude. Ich richtete mich auf und presste meine Brüste an seinen Rücken, um ihn auch daran teilhaben zu lassen. Xanthos gab ein erregtes Knurren von sich, ließ sich aber nicht aus der Ruhe bringen.

Lächelnd küsste ich seine Schulter. Als er fertig war, drückte er mich zurück aufs Bett und beugte sich über mich. Er strich mir eine Strähne aus dem Gesicht und gab mir einen Kuss auf die Stirn. »Willst du das wirklich?«

»Mehr als alles andere.«

»Ich habe dich gewarnt«, drohte er spielerisch und schob meine Beine mit seinen Knien auseinander. Er stützte sich mit der linken Hand neben mir ab und positionierte sich über mir. Unsere Körper trafen aufeinander und ich zitterte lustvoll. Xanthos schob seine rechte Hand unter meine Hüfte und hob sie ein Stück an. Ich hielt mich an seinem Arm und dem Laken fest, als er langsam in mich eindrang.

Oh ja, das war willkommene Folter.

Xanthos küsste meinen Hals, als ich stöhnte und er sich ein Stück aus mir zurückzog. Sein ganzer Körper zitterte vor unterdrückter Spannung, als er wieder tiefer in mich glitt, so unfassbar zärtlich, dass es mir den Atem raubte. Er hielt sich meinetwegen zurück, als wäre ich zerbrechlich.

Ich fuhr mit den Fingern in seine Haare, übte sanften Druck aus, damit er sein Gesicht auf die Höhe von meinem brachte. Ich küsste ihn, biss ihm vorsichtig in die Unterlippe. Gleichzeitig schlang ich meine Beine um ihn und zog ihn näher an mich, zeigte ihm, wie ich es mochte. Wie er mich nehmen konnte, wenn er es wollte.

Halb stöhnend, halb lachend ließ er sich endlich fallen; gab sich dem Verlangen hin, das in uns beiden brannte, und trieb mich in jener Nacht nicht nur in den Wahnsinn.

Kapitel 17

Der Duft von Schnee und Rauch hing in der Luft. Zwei Brandflecken in Form meiner Handabdrücke auf dem Laken und ein zu einem Eisblock gefrorenes Kissen – mehr Schäden hatten wir in dieser Nacht nicht angerichtet. Mein Körper war auf angenehme Weise erschöpft und mein Magen flatterte beim Gedanken an die letzten Stunden.

Vor dem Schlafengehen hatte ich mir zumindest eine frische Unterhose sowie ein Schlafshirt angezogen, Xanthos war wieder in seine Boxershorts geschlüpft. Jetzt lag ich mit dem Kopf auf seiner Brust und hatte einen Arm um seinen Bauch geschlungen. Xanthos schlief, seine Hand lag auf meiner Hüfte, als würde er mich selbst schlafend beschützen. Vorsichtig hob ich den Kopf. Er sah so friedlich aus, ich hätte ihn stundenlang betrachten können.

Sein Griff an meiner Hüfte wurde fester. »Spannerin«, murmelte er schlaftrunken, ohne die Augen zu öffnen. Ich strich ihm die Haare aus der Stirn.

»Das wird deinem Ego jetzt nicht guttun, aber ich sage es trotzdem. Du siehst süß aus.«

»Süß?«, echauffierte er sich und blinzelte den Schlaf weg. Das strahlende Blau seiner Augen durchdrang mich und in mir zog sich alles freudig zusammen, um im nächsten Moment Hitze durch mich hindurchzujagen. Wie es schien, bekam ich nicht genug von ihm.

Ich grinste breit und drückte ihm einen Kuss auf die nackte Brust. »Ja, süß.«

Grummelnd rollte er sich zur Seite und riss mich mit sich. In der nächsten Sekunde lag er auf mir und fixierte mich mit seinem Blick. Seine Miene wurde weich. Er hob eine Hand an meine Wange und strich mit dem Daumen über meine Haut.

»Geht es dir gut?«, fragte er leise und sah mich fragend an.

»Hab mich nie besser gefühlt«, antwortete ich und drehte meinen Kopf, um seine Finger zu küssen. Er ließ es geschehen und lächelte. »Und dir?«, schob ich hinterher.

Da wir eng aneinandergepresst dalagen, spürte ich an meiner Hüfte, *wie* gut es ihm ging, aber dass ich das nicht meinte, genauso wenig wie er, war uns beiden klar.

Er nickte und beugte sich herunter, um meine Schulter zu küssen, seine Hand fuhr meinen Rücken hinauf. Selbst durch den Stoff des Shirts fühlte es sich wunderbar an. »Ja«, sagte er dann. Er strich mir eine Strähne aus der Stirn und richtete sich auf, um mir in die Augen zu sehen. »Ilena, ich …« Seine Hand presste er fest an meinen Körper.

Ich spürte es im selben Moment wie er. Eine Druckwelle rauschte durch das Haus, magische Energie, die erbarmungslos jeden Winkel durchdrang.

»Hörst du sie auch?«, fragte Xanthos und beugte sich weiter über mich, um mich abzuschirmen. Ich antwortete ihm nicht, denn die Magie drückte mir alle Luft aus der Lunge und brachte mein Herz aus dem Takt. Sie war unsichtbar und ihre Aura fühlte sich dunkel an, bedrohlich und trostlos. Als würde der Tod selbst einen Zauber wirken. Das Violinenspiel war zurück, die Melodie der Unterwelt.

Meine Instinkte schlugen an und trieben mich in die Panik. Meine Hände begannen zu zittern und ich schluckte schwer, in dem vergeblichen Versuch, Worte zu formen. Wir mussten weg. Aber ich konnte mich nicht rühren.

Rya und Nick platzten ins Zimmer, beide trugen noch ihre Schlafanzüge und wirkten, als wären sie unsanft aus dem Schlaf gerissen worden. Skóros flatterte aufgeregt hinter ihnen ins Zimmer.

»Ilena, was ist das?«, wollte Rya wissen.

Es polterte auf dem Dach. Ein Mal, zwei Mal, dann oft hintereinander, zu viele Geräusche, um sie voneinander zu trennen. Es wurde für ein paar Sekunden still. Xanthos rollte sich seitlich vom Bett, packte mich an der Hüfte und zog mich mit sich, weg vom Fenster, Richtung Flur. Es würde kein Entkommen geben.

Ein magischer Schleier legte sich wie ein nachtschwarzer Umhang um das Haus.

Dann hörte ich eine Stimme in meinem Kopf.

Ilena. Komm raus.

Mein Körper erstarrte. Nein. Das war nicht möglich. Nicht diese Stimme. Welch grausamer Zauber war hier am Werk?

Komm zu mir, rief sie.

»Ilena!« Xanthos rüttelte an meiner Schulter, sein Gesicht war blass. »Was ist los?«

Wenn ich das nur wüsste. Doch die Worte wollten mir nicht über die Lippen kommen. Was auch immer, *wer* auch immer auf dem Dach war, setzte sich in Bewegung. Schritte, begleitet von einem Kratzen und Schaben, bei dem sich mir die Nackenhaare zu Berge stellten. Dann wieder kurze Stille, bevor aus Richtung der Haustür dumpfe Schläge ertönten.

Komm raus zu mir, Ilena.

Ich wollte nicht, *konnte* mich nicht diesem Trugbild hingeben. Und doch setzte mein Körper sich in Bewegung. Xanthos ließ mich los und ich stieg die Treppen hinunter, den Blick fest auf die Tür gerichtet. Tränen liefen mir über die Wangen, als diese todesähnliche Magie mein Innerstes berührte, mich liebkoste und weiter lockte.

»Ilena!« Rya und die anderen kamen mir hinterher, wollten mich aufhalten, doch ich winkte ab. Xanthos eilte an mir vorbei und stellte sich mir in den Weg. »Sag mir, was los ist. Bitte.« Seine fein definierten Muskeln waren angespannt, bereit zum Kampf, zum Sprung.

»Vertraut mir. Kämpft nicht dagegen an. Auch du nicht, Skóros«, antwortete ich. Meine Instinkte rieten mir, ich solle die Tür öffnen, nach draußen gehen. Mir mit meinen eigenen Augen ansehen, was mein Herz nicht glauben wollte. Irgendetwas, das noch tiefer in mir verborgen lag, lehnte sich dagegen auf, scheiterte aber. Ich war eine *Mágissa*, ich musste auf meine Instinkte hören.

Xanthos machte mir widerwillig Platz und folgte mir wie ein Schatten auf dem Weg zur Tür. Mein Herz klopfte mittlerweile fast schon panisch, mir war unerträglich heiß und das, obwohl ich nur spärlich bekleidet war.

Ich erinnerte mich nicht mehr daran, wie ich die Hand nach der Klinke ausstreckte. Und auch nicht daran, wie ich die Tür aufzog. Das nächste Bild, das sich in mein Gedächtnis einbrannte, war eines, als die Tür bereits offen und ich schon zwei Schritte aus dem Haus heraus getreten war.

Dort, vor meiner Tür, standen mehrere Harpyien. Ihre klauenartigen Füße wurden von Rauch umwabert, als hätten sie ein Stück der Hölle mit sich gebracht. Doch das war es nicht, was mich erst innehalten und dann auf die Knie sinken ließ.

Nein.

Es war das Gesicht, von dem ich dachte, dass ich es nie wieder in diesem Leben sehen würde.

Es war Medea.

Und sie war eine Harpyie.

Die feinen Federn, die ihre Wange zierten, hoben sich, als sie mich sah. Ihre braunen Augen blitzten auf, als ihr Blick über mich glitt. Doch da war keine Wärme, weder in ihrem Lächeln noch in ihren Augen. Nur Kalkül. Nur der Widerhall der dunklen Magie, die über uns kroch.

»Medea.« Meine Stimme zitterte. Die Kälte des Bodens krallte sich in meine Knie, kettete mich fest und ich konnte kaum atmen. Mein Herz überschlug sich und mein Kopf suchte vergeblich nach einer Erklärung. Sie war tot.

Tot.

Das hier war nicht möglich.

»Hallo, Ilena«, antwortete Medea und kam auf mich zu. Ihre Worte zerfetzten den Protest meines Verstandes. Ihre Krallen wetzten über die Steinplatten des Gartenweges, das schwarze Gefieder glänzte im Schein des Lichts, das aus meinem Haus nach außen drang. Es tauchte die bronzefarbenen Spitzen ihrer Federn in einen mystischen Schimmer. Die blonden Haare flossen in Wellen über ihre Schultern, vereinzelt waren einige dunkle Perlen darin eingewebt. Auf ihrer Haut funkelten die goldenen Symbole der *Mageía Mésa*, sie wirkte Magie, die ich nicht spürte. Dafür sah ich den bronzenen Nachtfalter auf ihrem Brustbein, der täuschend echt aussah, doch trotzdem nur eine Tätowierung war.

Sie war eine wunderschöne Erscheinung, wie früher. Nur war ihre Sanftheit, ihre Herzlichkeit etwas Dämonischem gewichen, die Grübchen auf ihren Wangen nicht echt.

»Steh auf«, sagte sie. Ich sah zu ihr herauf, versuchte endlich zu begreifen, was hier geschah.

»Wie ist das möglich?«, wisperte ich.

Sie schüttelte den Kopf. »Dein Verdienst ist es jedenfalls nicht.« Sie spuckte mir die Worte regelrecht vor die Füße, wie ein Pfeil schossen sie in mein Herz. »Steh auf!«, wiederholte sie dann mit mehr Nachdruck.

Hände glitten von hinten unter meine Achseln und hoben mich hoch. Ich wurde zurückgezogen, weg von Medea. Plötzlich waren da noch mehr Hände, die mich empfingen. Rya und Nick hielten mich, während Xanthos sich vor mich schob. Sein Rücken versperrte mir die Sicht auf Medea und ich konnte endlich wieder atmen.

»Was wollt ihr?«, fragte er in Richtung der Harpyien.

»Etwas, das mir gehört.« Medea antwortete mit kalter Ruhe. »Ilena gehört niemandem«, erwiderte Xanthos. »Wenn du gl…«

»Wer redet denn von ihr?«, fiel Medea ihm ins Wort. Sie trat einen Schritt zur Seite und sah an Xanthos vorbei. Da war es wieder, dieses Lächeln, das mir schreckliche Schauer über den Rücken jagte. »Ich bin wegen Euryale hier.«

Ryas Hand um meinen Arm verkrampfte sich. »Meinetwegen? Wieso?«

Nick atmete schwer, er zog Rya und mich zurück, in Richtung des Hauses. Mir war, als würde mein Körper sich bewegen und mein Geist auf der Strecke bleiben. Alles war zu schnell, ich kam mit dem Denken nicht hinterher.

Medea bewegte sich auf uns zu, geschmeidig wie ein Raubtier. Xanthos streckte den Arm aus und hielt sie auf. Sie sah auf seinen Unterarm hinunter, der auf ihrer Brusthöhe in der Luft schwebte, als wäre er ein gefundenes Fressen. Mit einem verächtlichen Zug um ihren Mund hob sie den Kopf.

»Denkst du wirklich, du kannst uns aufhalten?« Ohne Vorwarnung stieß sie einen Pfiff aus, dessen Frequenz meine Ohren zum Klingeln brachte.

In der nächsten Sekunde stürzten die Harpyien sich auf uns. Wie ein Déjà-vu brachen sie über uns herein, nur dass wir dieses Mal überhaupt nicht darauf vorbereitet waren. Zwei der Harpyien schnappten sich Xanthos, nahmen ihn zwischen sich und schleuderten ihn im hohen Bogen zur Seite und flogen hinterher, Skóros stürzte ihnen nach. Ich warf mich vor Rya, die unter Protest von Nick Richtung Haus gezerrt wurde. Doch es nützte nichts.

Ich war nicht imstande, irgendeinen Fitzel Magie heraufzubeschwören, weshalb zwei weitere Harpyien ungehindert über mich hinwegpreschten, geradewegs ins Haus hinein. Der Luftzug ihrer Flügel riss mich von den Beinen und ich krachte gegen die Wand neben der Eingangstür. Meine Knochen knirschten und ich rührte mich für ein paar Sekunden nicht.

Dann schritt Medea an mir vorbei und beachtete mich nicht, als wäre ich unsichtbar. Ich rief ihren Namen mit rasselnder Stimme, doch es kam nicht bei ihr an.

Aus dem Garten drangen Kampfgeräusche zu mir herüber und eine Schneeböe raste hindurch, als Xanthos sich mit einem Schrei auf die Harpyien stürzte.

Von drinnen hörte ich Rya kreischen, Wasser rauschte durch die Luft. Wut kochte in mir hoch und ich stemmte mich hoch, stürmte hinter den anderen in das Haus, ins Wohnzimmer, wo sie alle versammelt waren. Rya und Nick wurden von je zwei Harpyien auf den Boden gedrückt. Beide zeterten und wanden sich unter ihren Peinigern, doch es hatte keinen Zweck.

Ein Fingerschnippen von Medea und die beiden Harpyien drehten die schreiende Rya auf den Rücken. Das Wasser, das so tapfer gegen die Bestien gekämpft hatte, fiel mit einem Platschen zu Boden, als die Harpyien ihre Klauen auf Ryas und Nicks Kehlen pressten.

»Was soll das?«, rief ich in den Raum hinein. Die Augen zweier Harpyien richteten sich auf mich, doch auf einen Handwink Medeas hin griffen sie mich nicht an.

»Ich sagte es doch schon«, erwiderte Medea fast schon genervt. »Ich hole mir, was mein ist. Ich will mein Herz zurück.«

Mein Blick huschte unwillkürlich zu Rya. Meinte sie den Quarzanhänger? Jenen, den sie als kleines Herz betitelt hatte, als sie ihn mir schenke? Dieser Moment schien eine Ewigkeit zurückzuliegen, und wenn ich Medea jetzt ansah, wurde die Erinnerung daran getrübt. Nichts an ihr glich der alten Medea. Meiner Medea.

Ich kannte diese Person vor mir nicht.

Ja, mein Kopf hatte wohl beschlossen, dass diese Lüge dafür sorgen würde, dass ich nicht verrückt wurde.

»Was willst du damit?«, fragte ich, um Zeit zu schinden. Ich musste gestehen, dass die Antwort mich interessierte. Sie schien die Lösung für all unsere Fragen zu sein, die Erklärung für all die Vorkommnisse der letzten Tage und Wochen.

Medea ließ den Arm sinken und wandte sich mir zu. »Ich will wieder ich selbst werden«, antwortete sie leise, fast schon schüchtern. Dieser Umschwung ihrer Laune war irritierend und hinter ihrer Fassade blitzte nun doch etwas Bekanntes hervor. »Dafür brauche ich das Herz.«

Fadengebundene Informationen verknüpften sich in meinem Kopf, und ich begriff, was sie meinte.

»Bei dem Nekyomantie-Ritual deiner Erweckung hat man es vergessen. Die Beigabe, die in einer engen Verbindung zu dir steht.« Deswegen war sie … *so*. Anders. Kalt.

In Medeas Augen blitzte etwas auf. »Es wurde nicht vergessen. Es wurde nur nicht so ernst genommen und etwas anderes verwendet. Dir wäre so ein Fehler nicht unterlaufen. Du hättest dich strikt an die Regeln gehalten.« Beim letzten Wort brach ihre Stimme nahezu unmerklich und ihr Blick trübte sich mit Bedauern.

Mit Magie, vor allem mit so mächtiger, war nicht zu spaßen, das wussten wir beide. Und ja, ich hätte alles dafür getan, um sie vollkommen zurückzuholen … Wenn ich nicht an der Sache mit der Seele gescheitert wäre.

»Vielleicht nützt es nichts, es nachträglich hinzuzufügen«, versuchte ich es. »Außerdem ist das Herz mittlerweile mehr ein Teil von Rya als von dir. Möglich, dass es gar nicht mehr funktionieren würde.«

Medea schnalzte mit der Zunge. »Und wessen Schuld ist das?«

»Meine«, antwortete ich geradeheraus. »Deswegen lass mich es wiedergutmachen.«

Ein erwartungsvolles Funkeln überzog ihre Augen. »Wie?«

»Ich habe oben noch einige Dinge, die dir …«

»Nein«, unterbrach sie mich. »Nichts, was du hast, steht in so enger Verbindung zu mir, wie es der Quarz getan hat.«

Sie drehte sich um, ging auf Rya zu. Meine Freundin würde sterben, wenn ich jetzt nichts unternahm. Ohne den Quarz und seinen Zauber war sie verloren. Ich ballte die Hände zu Fäusten und richtete mich auf. Die Harpyien zu meinen Seiten spreizten die Arme, bereit, jeden Moment auf mich loszustürmen. Doch ich griff nicht an, sondern schlug einen Handel vor.

»Es gibt da etwas anderes, was noch viel stärker mit dir verbunden ist als dieses kleine kristalline Ersatzherz«, sagte ich und Medea hielt inne. Sie drehte sich nicht um. »Und das wäre?«

»Mein echtes Herz.« Als ob es spürte, dass ich es notfalls opfern würde, stoppte es. Mein Blut, die Welt und die Zeit hielten ein paar Sekunden inne. Als alles wieder floss, fühlte es sich anders an. Meine Worte hatten eine Veränderung heraufbeschworen, deren Ausmaße ich nicht kannte, deren Vorboten mich aber schon packten und mir ins Ohr flüsterten.

Kein Zurück mehr.

Medea drehte sich wie in Zeitlupe zu mir um. Sie stellte mir lautlos eine Frage, deren Antwort sie schon kannte, wenn ich das Funkeln ihrer Augen richtig deutete. Sie wusste es, trotzdem forderte sie mich dazu heraus, mehr zu sagen. Mich zu offenbaren und verwundbar zu machen. Mir wurde schlecht.

Die Worte wollten mir nicht über die Lippen. Sie waren nicht mehr echt, nicht mehr ich.

So unwürdig, so falsch. Einst mochten diese – wie andere sie nannten – magischen drei Worte vor Bedeutung gebrannt haben, doch heute waren sie dieser unbegreiflichen Realität zum Opfer gefallen und zu Asche verglüht. Ja, ich hatte Medea geliebt, auf gewisse Art und Weise würde ich das für immer, aber diese Frau vor mir, das war nicht dieselbe Medea, der ich mein Herz geschenkt hatte. Und doch musste ich es jetzt wieder tun, auch wenn es eine Lüge war. Und dazu waren die Worte erforderlich, denn nur dann besaß ich genug Wert, um meine Freunde zu retten.

Doch ich konnte nicht. Alles in mir sträubte sich dagegen, meine Instinkte brüllten und tobten. Ich schloss die Augen und rief mir ein anderes Bild ins Gedächtnis als jenes, das ich vor mir sah. Ein anderes Gesicht.

Eisblaue Augen.

Ein provozierendes Lächeln.

Lippen, die in der vergangenen Nacht meinen Körper erkundet hatten.

»Ich liebe dich«, sagte ich und öffnete die Augen. Medea nickte, ich hatte den Test bestanden.

Dann fuhr mir Eiseskälte in den Nacken, meinen Kopf hinauf und gleichzeitig bis zu meinen Zehen hinunter. Mein Atem kam in kleinen weißen Wölkchen aus meinem Mund, als die Temperatur im Haus mit einem Schlag um mehrere Grade sank. Ich biss mir auf die Zunge, um nicht herumzufahren und mich in seine Arme zu werfen. Wenn ich mich jetzt umdrehte, würde meine Entschlossenheit bröckeln, und das durfte ich nicht zulassen. Doch ich spürte ihn, dicht hinter mir, als zwei Harpyien ihn unter Protest ins Wohnzimmer führten, wenn ich die Geräusche richtig deutete.

Xanthos schnaubte, ich stellte mir bildlich vor, wie seine Brust sich vor schlecht unterdrücktem Zorn hob und senkte.

Medea lachte in sich hinein und ignorierte den Krieger. »Kommst du mit mir?«, fragte sie mich.

Ich nickte, im selben Moment, als Xanthos »Nein« zischte. Seine Magie, so kalt sie war, umfing mich, spendete mir Trost, rüttelte aber zugleich an mir, um mich wieder zu Verstand zu bringen. Doch da war ich schon, auch wenn es mir nicht gefiel.

Ich musste die Situation entschärfen, bevor etwas Schlimmeres passierte. »Ich begleite dich, wohin du willst, wenn du meine Freunde in Frieden lässt.«

Ihren Wangenfedern bauschten sich auf, als Medea lächelte und die Distanz zwischen uns überbrückte. Ihr Duft zog mir in die Nase, als uns nur noch wenige Zentimeter voneinander trennten. Von ihrem alten Geruch war nichts mehr übrig geblieben, stattdessen roch sie nach Asche und Ozon, darunter, ganz schwach nur, war ein süßlicher Duft auszumachen, den ich nicht einzusortieren vermochte. Nein, sie roch nicht mehr wie damals und ich fragte mich, ob überhaupt noch etwas von meiner Medea in dieser Frau oder ob sie vollkommen der Magie zum Opfer gefallen war.

Ich musste sie trennen, diese Harpyie, die mein Heim in ein schrecklichen Ort verwandelte, von dem Mädchen, das jeden Ort zu einem Zuhause gemacht hatte. Sie waren nicht ein und dasselbe.

Deswegen folgte auf den flüchtigen Wangenkuss, den sie mir schenkte, auch kein angenehmes Flattern in meinem Magen, sondern ein ungutes Rumoren. Meine Instinkte wussten wieder einmal mehr als ich, wenigstens auf sie war Verlass.

Als Medea sich zurückzog, knurrte Xanthos. »Willst du wirklich mit ihr gehen?«, fragte er, seine Stimme ein dunkles Grollen.

Ich legte den Kopf schief, was Medeas Aufmerksamkeit auf mein Gesicht lenkte. Gleichzeitig legte ich den rechten Arm auf meinen Rücken, die Hand auf mein Steißbein. Ich überkreuzte Zeige- und Mittelfinger, bevor ich sagte. »Mehr als alles andere.«

Hoffentlich verstand er, was ich meinte. Ich wollte nicht gehen, ich musste. Bis wir einen Plan fanden, der sie aufhalten würde. Ein für alle Mal.

Ich hörte, wie Xanthos scharf einatmete und sich wehrte. »Nein«, schrie er, ein Mal, zwei Mal, drei Mal – dann drückten die Harpyien ihn zu Boden. Spielte er seine Rolle einfach nur sehr gut, oder hatte er den Wink nicht verstanden?

Rya, die mit zusammengekniffenen Augen zu mir aufsah, wirkte entschlossen. Sie stoppte ihren Protest und Nick folgte ihrem Beispiel.

»So sei es denn«, sagte Medea singsangartig und hob eine Hand.

Und ich wusste, dass ich in ihre Falle getappt war, als sie mich durchtrieben triumphierend angrinste. Sie war nicht wegen Ryas Herz hier gewesen, sondern meinetwegen. Die Scharade hatte nur dazu gedient, uns zu demütigen. Sie wollte sich nicht ändern.

Die Harpyien ließen von Rya und Nick ab. Die beiden, die Xanthos in Schach hielten, blieben auf Position und drückten den sich wehrenden Krieger zu Boden. Ich hörte nur, wie er weiter protestierte, sich wand und wie seine Haut über den Boden schabte. Er sollte endlich Ruhe geben, sonst taten sie ihm noch ernsthaft weh.

Eiskristalle krochen meine Beine hinauf, brachten meine Muskeln zum Zittern. Sie ketteten mich an den Boden, wollten mich nicht gehen lassen. Hatte er es also tatsächlich nicht verstanden?

Xanthos' Magie kitzelte meine hervor, wie auch in der letzten Nacht. Ich ließ es zu, schwach nur, und gerade so weit, dass meine Beine sich leicht erwärmten und die Hitze das Eis vorsichtig neckte.

Prépei na eínai étsi. Es muss so sein, wiederholte ich in Gedanken und richtete die Macht der Worte auf das Eis. *Periménete to simádi mou. Warte auf mein Zeichen.*

Die Kälte bäumte sich ein letztes Mal auf, dann zog sie sich zurück. Langsam, schwermütig. Fast wünschte ich mir, dass sie mein Herz mit sich nahm, damit es in Sicherheit war. Doch sie ließ es mir, und damit auch das stetige Pochen und das Rauschen meines Blutes als Beweis dafür, dass ich noch lebte.

Und solange ich lebte, so lange würde ich kämpfen.

»Lasst uns gehen«, sagte Medea und packte mich am Arm. »Vergesst den Nachtfalter nicht.«

Ich verkniff mir einen Protest, in dem Wissen, dass Skóros mir vermutlich ohnehin gefolgt wäre. Solange sie ihn am Leben ließen, würde ich mich nicht wehren.

Sie war mir so nah, dass ihre gefiederten Beine meine nackte Haut streiften und mir eine Gänsehaut bescherten. Die Federn waren weich, schmiegten sich an mich wie eine zweite Haut, doch ich wusste, richtig eingesetzt waren sie eine tödliche Waffe.

Schwärze sickerte über meine Augen und blendete mich. Außer ihr sah ich nichts, als wir das Haus verließen. Nur der frische Wind in meinem Gesicht und das Gras unter meinen Füßen verrieten mir, dass wir in den Vorgarten getreten waren. Dort blieb Medea stehen. Ich hörte ihre Schwingen schlagen, eine Böe erfasste mich, als sie sich in die Lüfte erhob. Gerade als die naive Hoffnung mich überschwemmte, dass sie mich doch zurücklassen würde, krallten ihre Klauen sich in mein Shirt und rissen mich nach oben. Ich schrie, klammerte mich an ihren astdicken, harten Knöcheln fest und rauschte gemeinsam mit ihr in die Nacht.

Das Fliegen gefiel mir. Und ich hasste mich dafür.

Mitten im Flug klärte sich meine Sicht und ich erblickte die Stadt, die unter meinen Füßen vorbeizog. Der Wind zerrte an meinen Haaren, peitschte mir über die Haut und riss Luftlöcher in meinen Magen.

Der Anblick und das Gefühl waren atemberaubend, und hätte ich es auf irgendeine andere Weise erlebt, hätte ich gejohlt vor Freude über diese unsagbar magische Freiheit. So aber schluckte ich den Kloß in meinem Hals hinunter und schenkte dem Wind meine Tränen. Medea sollte sie nicht sehen, sollte nicht an mir und meinem Entschluss zweifeln.

Ich holte überrascht Luft, als unser Ziel sich herauskristallisierte. Medea steuerte geradewegs auf den Gartenpavillon im Park zu, den Muttersitz der *Mageía Mésa*.

»Wir müssen nur wegen des Styx dorthin«, rief Medea gegen den Wind, als hätte sie meine Gedanken gelesen. »Die *Mageía Mésa* wissen nicht, dass wir dort ein und aus fliegen.« Es wunderte mich, dass sie mir diese Erklärung gab, obwohl ich nicht danach gefragt hatte und es vermutlich auch egal war, wie ich darüber dachte. Es schauderte mich. Wie mächtig mussten Medea und die Harpyien sein, wenn sie direkt unter der Nase der mächtigsten Magierinnen der Welt ihr Unwesen trieben und diese nichts davon ahnten? Hatten wir überhaupt eine Chance, sie zu überlisten?

Würde ich meine Freunde je wiedersehen?

Bis eben hatte ich mich noch meiner Fantasie hingegeben und auf ein Happy End gehofft, wie es das in fast allen Büchern gab, die ich bisher gelesen hatte. Doch das hier war keine Geschichte, es war die Realität. Und deren Ende stand in den Sternen geschrieben. Oder den Steinen. Oder an was auch immer ich jetzt am besten glauben sollte.

Mit einem freudigen Schrei stürzte Medea sich hinunter, auf die Rasenfläche hinter dem Gebäude zu. Es drehte mir den Magen um, ich konnte nicht mal schreien. Kurz bevor wir den Boden erreichten, löste Medea ihre Krallen und ich fiel zu Boden. Kaum hatte ich die Bruchlandung hinter mir, rollte ich mich zur Seite und übergab mich. So schön das Fliegen war, so ekelhaft war die Landung.

Medea wartete schweigend, bis ich fertig war. Die anderen Harpyien landeten neben uns und drehten angeekelt die Köpfe weg. Sie liefen zum Glashaus, ohne mir ihre Hilfe anzubieten. Sobald mein Magen sich beruhigt hatte, stand ich auf. Ich wankte Medea zum Gebäude hinterher. Schwarze Punkte flirrten vor meinen Augen und ich hatte Mühe und Not, sie offen zu halten.

Eine nach der anderen huschten die Harpyien durch die seifenblasenartig schillernde Wand des Eingangs, den Medea geöffnet hatte. Eine von ihnen blieb zurück und bildete das Schlusslicht, nachdem auch Medea und ich hindurchgetreten waren.

Der Styx lag still vor mir, ruhiger noch als sonst. Und blasser. Die Farben leuchteten nicht mehr so stark. Mit weit aufgerissenen Augen beobachtete ich, wie sich die Harpyien kopfüber ins Wasser stürzten. Ich taumelte zurück an eine Scheibe und presste meine Handflächen auf der Suche nach Halt gegen das kühle Glas.

»Es passiert ihnen nichts«, erklärte Medea, als sie meinen Schock bemerkte. »Das hier ist der schnellste Weg in den Hades.«

»Die Unterwelt?«, stieß ich hervor.

»Dein neues Zuhause«, ergänzte sie und lächelte. Vor einigen Jahren hätte ich in diesem Augenblick alles stehen und liegen lassen, um gemeinsam mit ihr das Reich der Toten zu betreten. Verdammt, ich wäre zufrieden in den Tod gegangen, wenn sie bei mir gewesen wäre.

Jetzt spürte ich nur Angst. Wut. Panik. Mein Instinkt brüllte sich die Seele aus dem Leib. Kein Lächeln der Welt täuschte mich darüber hinweg.

Aber es gab eines, was mir Mut einflößte. Was mich provozierte, mich antrieb und mir Stärke verlieh. Es existierte in diesem Moment nur als Kaleidoskop aus Erinnerungen in meinem Kopf, doch seine Macht war groß genug.

Als Medea mir ihre Hand hinhielt, die Handfläche nach oben gerichtet, zögerte ich nicht und griff danach. Ich ließ mich von ihr nach vorn ziehen, zum Becken hin.

»Nicht loslassen«, flüsterte sie. Dann stürzten wir kopfüber in den Styx.

KAPITEL
18

Fliegen war nichts im Vergleich zum Sturz in den Fluss der Unterwelt. Sobald meine Haut von den lauwarmen Wellen des Wassers benetzt wurde, schwebte ich wie eine Wolke, fühlte mich geborgen und kannte keine Schmerzen. Weder physisch noch psychisch, alles war Nichts und das Nichts war alles. Ich hätte eine Ewigkeit hier verbringen können und wäre dieses Gefühls nie überdrüssig geworden. Magie kitzelte mich, liebkoste meine Haut, meine Haare, meinen Geist.

Dann packte sie mich, stieß ihre Fänge in mein Fleisch und riss mich fort.

Doch es war nicht die Magie, die mich an die Oberfläche zerrte, sondern Medea. Hustend durchbrach ich die Oberfläche des Wassers und spuckte die Reste des Flusses, die sich in meinem Hals befanden, zurück. Medea stand am Ufer, trocken, als hätte sie niemals einen Fuß in den Styx gesetzt. Ich dagegen musste mich mit ihrer Hilfe aus dem Wasser ziehen und robbte auf dem Trockenen an Land. Ich rollte mich auf den Rücken, das Shirt und die Unterhose klebten an mir, meine nassen Haare zogen meinen Kopf tiefer in … das Gras?

Unter meinen Fingern spürte ich dünne Halme, die knisterten, als ich darüberstrich. Ich drehte den Kopf und tatsächlich bedeckte grünes Gras das Ufer. Doch es war nicht lebendig, wirkte steif und blass, als wäre es nur eine leere Hülle, ein Echo des Lebens, das es einst in sich getragen hatte. Ich ließ meinen Kopf zurückrollen und starrte nach oben. Dunkle Wolken bedeckten den Himmel, oder wie auch immer man diesen Teil der Unterwelt nannte. Zwischen den dicken Schwaden drang ein diffuses Leuchten hindurch, die einzige Lichtquelle weit und breit, die alles mit einem rostroten Dunst überzog. Es erinnerte mich an das Ende eines sommerlichen Gewitters, nachdem die Wolken sich ausgeregnet und die Blitze sich entladen hatten, kurz bevor die Sonne die dichte Wolkendecke durchbrach. Vermutlich schien hier keine Sonne und die dunklen Gebilde wachten bis in alle Ewigkeit über die Unterwelt.

Die verdammte *Unterwelt.*

Ich rollte mich auf die Seite, kniete mich hin und ließ meinen Blick schweifen. Wir befanden uns auf einem kahlen Fleck Erde, wenn man es so nennen wollte, der eine große Ähnlichkeit zu der Welt der Lebenden hatte. Eine grüne Wiese, hier und da ein paar Blumen zwischen dem Gras. Doch alles wirkte leblos und starr und es war totenstill. Nicht mal der Styx rauschte, wie ein Fluss es in unserer Welt getan hätte. Ich stand auf, drehte mich im Kreis und sah auf die andere Seite des Styx. Zu meiner Überraschung schwebte dort ein undurchsichtiger goldener Schleier.

»Dahinter liegt das *Elysion.* Dort ruhen die Seelen verstorbener Helden und Menschen, die von den Göttern geliebt wurden, und verbringen den Rest der Ewigkeit in Glückseligkeit. Es soll wunderschön sein.« Medea trat an meine Seite, folgte meinem Blick und schien wieder meine Gedanken zu lesen. Sie war schon immer genauso neugierig wie ich gewesen, vielleicht besaß sie diese Charaktereigenschaft noch und konnte nachvollziehen, wie ich mich fühlte.

»Und wo sind wir?«, fragte ich.

»Auf der Asphodeloswiese. Hierher kommen die normalen Seelen und werden zu schmerzlosen, aber auch freudlosen Schatten.«

Ich rieb mir über das Gesicht und schüttelte den Kopf. »Wir sind in der Unterwelt. Fuck.« Zum Glück war die Luft warm und trocken, sodass ich in meinen nassen Sachen nicht fror.

War das in der Hölle überhaupt möglich? Gab es hier so etwas wie Erkältungen?

Oh, oh! Mein Gehirn schaltete auf Schock um. Ich kannte sie, diese Anzeichen von Panik und verrückter Hysterie, die komischen

Fragen und das kratzende Lachen, das sich meinen Hals hinaufbahnte. Ich ließ die Hände sinken, drehte mich um mich selbst und suchte den Horizont ab, in der Hoffnung, mich zu beschäftigen und abzulenken.

»Wo sind die anderen Harpyien?«, fragte ich. Außer uns war hier niemand.

»Sie sind dem Styx direkt bis zu unserem finalen Ziel gefolgt. Du kannst das noch nicht, wir müssen einen anderen Weg gehen.« Sie deutete flussabwärts.

Ich sah dort nichts Besonderes, nur … Die Luft flirrte. Wie heißer Asphalt, über dem die Wirklichkeit verzerrt tanzte und zuweilen eine Fata Morgana erschuf.

Medea lief los und ich folgte ihr. Wie gern wäre ich geflohen, hätte mich zurück in den Styx und nach Hause gestürzt, aber ich war nicht so dumm, anzunehmen, dass ich allein eine Chance hatte. Und wenn ich mich in der Unterwelt nicht verlaufen wollte, musste ich ihr folgen. Ich schlang die Arme um mich, gab mir selbst Halt in dieser Situation, die mir so sehr entglitten war. War ich wirklich erst vor Kurzem neben Xanthos aufgewacht? Wie hatte sich die Welt in so kurzer Zeit auf den Kopf stellen können?

Wir erreichten die flirrende Wand, die wie ein verkehrter Vorhang aus der Wiese emporwuchs. Rechts von uns wurde sie vom Styx begrenzt, links von uns erstreckte sie sich unendlich weiter. Sie strahlte angenehme Hitze aus, zusammen mit der Warnung, dass niemand, der nicht in die Welt hinter dem Wall gehörte, sich ihr nähern sollte.

Links von uns bewegte sich etwas. Als ich den Kopf drehte, schrak ich zurück, als ich einen Mann nur ein paar Meter weiter stehen sah. Er war wie aus dem Nichts aufgetaucht. Schwarze Hosen schmiegten sich an seine schmalen Beine und er trug ein dunkles Hemd mit einer Kapuze, die er sich über den Kopf gezogen hatte. Seine Füße waren nackt und er hatte schwarz glänzende Flügel, die eng an seinem Körper anlagen. Mit langsamen Bewegungen streifte er sich die Kapuze vom Kopf und mir gefror das Blut in den Adern. Eine Hälfte seines Gesichtes war wunderschön. Er erinnerte mich an eine dieser griechischen Statuen von jungen Männern mit gelockten Haaren und einer geraden Nase, vollen Lippen und diesem durchdringenden Blick, den nur die größten Künstler in Stein bannen konnten.

Die andere Hälfte seines Gesichtes bestand aus nichts als blanken Knochen, sein glatter Schädel und der Kiefer glänzten wie poliertes Elfenbein. Es war auf grausige Art schön anzusehen, irgendwie schon faszinierend.

Ein Name formte sich in meinem Kopf. Thanatos. Der Gott des Todes.

»Sprich ihn nicht aus«, warnte Medea mich. »Er wird dir nichts tun, solange du ihn nicht auf dich aufmerksam machst.«

»Wieso ist er hier?«

»Er findet es nicht gut, dass wir hier sind und den Tartaros besetzen.«

Ich sah zu dem wabernden Wall. »Der Tartaros liegt dahinter?«

»Die letzte Ruhestätte für die Seelen der Frevler.«

Von Ruhe konnte da eher keine Rede sein. Wenn ich mich recht entsann, wurden die Seelen dort gequält, gefoltert und für ihre Taten in der Welt der Lebenden bestraft. Und ausgerechnet dort lebten die Harpyien?

Ich warf einen weiteren Blick zu Thanatos, der still wie eine Statue stand und uns aus seinem einen guten Auge beobachtete. Besaß er nicht die Macht, die Harpyien zu vertreiben? Wenn selbst der Tod sie nicht aufhalten konnte, waren wir verloren.

Ich zuckte zusammen, als Medea nach meinem T-Shirt griff und es nach oben zog. Ich schlug ihre Hand weg und wich zurück. »Was soll das?«

»Zeig mir das Tattoo«, forderte sie ungeduldig. Bevor sie mich anfasste, zeigte ich es ihr lieber selbst. Ich hob den Stoff gerade so weit an, dass sie die Reste der Tätowierung sehen konnte, ohne mich vor ihr zu entblößen. Ich wand mich unter ihrem prüfenden Blick.

»Sehr schön«, sagte sie. »Dein Nachtfalter wartet bereits auf dich auf der anderen Seite.«

»Was wollt ihr von ihm?«

Medea lächelte verständnisvoll. »Du hast viele Fragen. Ich werde sie dir alle beantworten, sobald du über den Phlegethon gegangen bist.«

»Was soll das sein?«

Sie deutete auf den wabernden Wall vor uns. »Der Phlegethon, der sich hinter dieser Erscheinung verbirgt, ist einer der sieben Flüsse der

Unterwelt. Er wird auch *Der Flammende* genannt, denn statt Wasser führt er Feuer, das alles verbrennt.«

»Das klingt, als würde ich sterben, wenn ich ihn durchquere.«

Ein Lächeln erblühte auf Medeas Gesicht. »Nicht, wenn du seiner würdig bist. Und selbst dann ist es nicht angenehm. Sobald du den Phlegethon betrittst, heißt es brennen oder sterben.«

Mit Feuer und verbrennen kannte ich mich mittlerweile aus. Mit dem Sterben nicht. Ob ich dennoch eine Chance hatte?

»Muss ich einfach nur hindurchgehen?«, fragte ich und wandte mich der flirrenden Mauer zu.

»Ja.« Medeas Stimme vibrierte vor Aufregung. »Wir sehen uns auf der anderen Seite.« Sie wartete, vermutlich würde sie erst sichergehen, dass ich durch die Wand hindurchschritt, ehe sie selbst auf die andere Seite hinüberwechselte. Ich hätte mir auch nicht vertraut, daher war die Vorsicht nachvollziehbar.

Es gab kein Zurück mehr. Eigentlich gab es das nie, es war nur eine Illusion, die uns unser Herz vorgaukelte. Zeit ließ sich nicht aufhalten, Entscheidungen und deren Konsequenzen ebenso wenig. Und alles hatte mich hergeführt, zu genau diesem Moment, in dem es nur den Schritt nach vorn gab. Ich schloss die Augen und setzte einen Fuß vor den anderen.

Nun denn, Phlegethon. Kaíei í me skotónei.

Verbrenne oder töte mich.

Kapitel 19

Xanthos

Xanthos' Herz war in seinem bisherigen Leben drei Mal gebrochen worden.

Das erste Mal, als seine jüngste Schwester im Alter von sieben Jahren nach einem schrecklichen Unfall mit Magie in ein künstliches Koma versetzt worden war. Eine Woche lang hatten er, seine Eltern und die beiden Schwestern um das Leben von Merana gebangt, hatten fast jede freie Minute am Bett des blassen Mädchens verbracht und zu allen Göttern gebetet, die es gab. In einer schwachen Sekunde hatte Xanthos sich der Vorstellung hingegeben, dass Merana nie wieder aufwachen und er sie für immer verlieren würde. Schmerz war in seiner Brust explodiert, als sein Herz daran zerbrach und sich anschließend mühselig wieder zusammensetzte. Und auch wenn Merana heute wohlauf war, würde er nie vergessen, wie sich Hilflosigkeit und schwindende Hoffnung anfühlten.

Das zweite Mal war es an jenem Tag gebrochen, als er erfuhr, dass sein ganzes Leben auf einer Lüge aufgebaut war. Der Orden des Perseus war nicht das gewesen, wofür er sich ausgegeben hatte, die angeblich ach so tollen Motive hinter den Kämpfen mit den Gorgonen waren erstunken und erlogen. Ein Fluch war es, der sie angetrieben und gefangen genommen hatte, der über sie bestimmte und sie lenkte. In jener Nacht hatte er sich die Seele aus dem Leib gekotzt, alles verflucht und die düsteren Gedanken am liebsten in Alkohol ersäuft. Nur um sich von da an immer wieder dieselben Fragen zu stellen: Wem sollte er vertrauen? Wer speiste ihn nicht mit Lügen ab? Und die allerwichtigste: Konnte er sich noch auf sich selbst verlassen? Oder waren all seine Gedanken und Gefühle das Ergebnis eines Fluchs, den man ihm auferzwungen hatte? Er liebte das Leben an sich, doch an jenem Tag hatte es ihn betrogen.

Das dritte Mal war heute.

Wie Eis war sein Herz in dem Moment zersprungen, als Ilena mit Medea gegangen war. Freiwillig. Obwohl sie es nicht wollte, sondern *musste.*

Es muss so sein, hatte sie ihm mithilfe der Magie zugeflüstert.

Und er, das größte Arschloch des Universums, hatte es so weit kommen lassen, dass sie das dachte. Dass Aufopferung der einzige Weg sei, um sie alle zu retten.

Xanthos saß in Ilenas Wohnzimmer auf dem Boden vor dem Sofa, noch immer nur in Unterwäsche, und drückte sich die Handballen auf die Augen. Er fuhr sich durchs Haar, stützte den Kopf in die Hände.

Eine Decke wurde ihm von hinten über die Schultern gelegt, vermutlich von Rya.

»Mir ist nicht kalt«, brummte er.

»Mir aber, wenn ich dich ansehe«, gab Rya zurück, ihre Stimme kraftlos.

Er ließ die Decke, wo sie war, auch wenn sie nichts nützte, außer Ryas Gewissen zu beruhigen und ihr ein Gefühl von Bedeutsamkeit zu geben. Er verstand es.

Gerade war er zu nichts in der Lage, er versuchte nur, die Magie unter Kontrolle zu bringen, die seine Beine mit Eis bedeckte. Die kleinen Kristalle krochen seinen Körper hinauf, verschlangen Zentimeter für Zentimeter Haut. Er wollte, dass es aufhörte, doch die beschissene Kälte gehorchte ihm nicht.

Er atmete tief durch und hielt die Augen geschlossen.

Keine gute Idee, denn so wurde er sich nur noch deutlicher der Klauen bewusst, die sein Herz umklammerten und Sekunde um Sekunde weitere kleine Stücke herauskratzten.

Das Eis erreichte seine Hüfte. Und so langsam spürte er die Kälte doch.

»Diese beschissene Magie«, fluchte er und öffnete die Lider, um ihr das von Angesicht zu Angesicht zu sagen. Es juckte das Eis nicht.

Er sah auf seine Hände. Erst vor wenigen Stunden hatte er Ilena mit ihnen berührt, sie gestreichelt und geliebt. Er hatte auf ihrem wunderschönen Körper gelegen, während sie sich an ihm festgeklammert und seinen Namen geseufzt hatte. Er hatte sie gehalten, als sie gekommen war, und sie ihn. Wieso nur hatten sie losgelassen?

Die Erinnerungen an ihre gemeinsame Nacht, an Ilenas Lächeln und ihren Mund auf seinem, wärmten Xanthos von innen. Es war nicht diese unbändige Hitze der Lust wie in der vergangenen Nacht, sondern etwas Dezenteres, und gleichzeitig auch etwas Mächtigeres. Ihm war, als hätte Ilena einen Teil ihres Feuers auf ihn übertragen. Er konzentrierte sich auf dieses Gefühl und stachelte es an. Grinsend stellte er fest, dass das Eis klein beigab und sich auflöste.

Ilena wusch ihm sogar dann den Kopf und zog ihn aus der Scheiße, wenn sie gar nicht anwesend war. So weit war es also gekommen. Seine Schwestern würden sie lieben.

Jetzt musste er nur dafür sorgen, dass sie sie kennenlernen konnten.

Rya ließ sich neben ihm auf die Couch sinken und hielt ihm eine Tasse Tee vor die Nase. Er roch fruchtig und ekelhaft süß, aber er half und Xanthos trank ihr zuliebe ein paar Schlucke. Vermutlich würde er nie all seine Schuld bei ihr tilgen und sein Gewissen bereinigen können, doch er wollte es versuchen. Und wenn es mit so etwas Simplen wie Tee umgesetzt werden konnte, war ihm das allemal recht.

»Sie kommt klar, oder?«, fragte Rya in den Raum hinein.

Xanthos lachte auf. »Sie wird die Hölle niederbrennen, wenn es sein muss.« Er drehte sich zu Rya um, die sein Lächeln erwiderte.

»Du hast recht.« Sie zupfte die Decke um seine Schultern zurecht. »Trotzdem werden wir alles versuchen, um sie zurückzuholen und die Harpyien aufzuhalten, oder? Damit wir bereit sind, wenn sie uns ihr Zeichen gibt? Diese Biester führen irgendwas im Schilde und müssen gestoppt werden.«

Nick trat von hinten an das Sofa heran und legte Rya eine Hand in den Nacken. Er massierte sie und ihre Schultern entspannten sich. »Natürlich werden wir das«, sagte er. »Aber wir brauchen einen Plan.«

»Sobald sie ihren Blutrausch gestillt haben, fliegen sie zum Gewächshaus der *Mageía Mésa*. Entweder stecken sie mit dem Saftladen unter einer Decke oder sie fliehen durch den Styx in die Unterwelt«, sagte Xanthos.

Rya und Nick starrten ihn blinzelnd an. »Woher weißt du das?«

»Nach dem Kampf im Park, als ich … die Kontrolle verloren habe, bin ich ihnen gefolgt.«

»Zu Fuß?«, fragte Rya ungläubig.

»Fliegend«, antwortete Xanthos. »Während ihr euch um Ilena gekümmert habt, hat die Magie endgültig die Kontrolle über mich übernommen. Ehe ich wusste, was passierte, habe ich mich vom Boden abgestoßen und bin geflogen. Mit Flügeln aus Schnee und Eis. Ich bin ihnen hinterher und habe sie dabei beobachtet, wie sie in das Gewächshaus gegangen sind. Danach erinnere ich mich nicht mehr so genau an den Rest der Nacht. Meine nächste Erinnerung ist das Aufwachen nach der Bruchlandung im Garten.«

»Du kannst fliegen«, wiederholte Nick.

»Theoretisch ja. Vorhin habe ich es versucht, ich wollte den Harpyien folgen, nur diese scheiß Magie wollte nicht so wie ich.« Mit Ilena war es so einfach gewesen, sie zu kontrollieren. Allein war es ihm nicht gelungen und die Harpyien hatten es geschafft, ihn zu lähmen.

Rya ließ den Kopf hängen. »Ich bereue, dass ich Medea nicht direkt angegriffen habe.«

Bei der Erwähnung des Namens schmeckte Xanthos bittere Galle auf der Zunge. Wenn sie Ilena ein Haar krümmte, würde er sie in Stücke reißen. Falls Ilena ihm nicht zuvorkam.

Falls sie es übers Herz brachte.

Er sah Ilena vor Medea stehen, die ihr die Worte entlockte, die sie so lange für sich behalten hatte.

Er wünschte sich diese Worte. Mehr, als er zugeben wollte, und er spürte Eifersucht in sich brodeln. Obwohl diese Medea nichts mit der jungen Frau auf dem Foto gemeinsam hatte. Ihre Aura war eine verkohlte Version derer, die man auf dem Bild erahnt hatte.

Sie verdiente Ilena nicht. Genauso wenig wie er. Die beiden unterschied allerdings, dass er alles dafür tun würde, um das zu ändern, die Harpyie mit Sicherheit nicht. Letzten Endes lag die Entscheidung bei Ilena, und egal was sie wollte, er würde es akzeptieren.

Das musste er sogar, wenn er nicht wieder abgefackelt werden wollte. Wobei er mit dieser merkwürdigen Magie vielleicht sogar dagegenhalten konnte.

Xanthos grinste. Sie waren wie Feuer und Eis. Und es war ein Feuerwerk, wenn sie aufeinandertrafen.

Während Rya und Nick über Medea sprachen und Theorien über sie austauschten, ging er ins Schlafzimmer im oberen Stock, um sich anzuziehen. Er brachte es nicht über sich, den Blick aufs Bett zu richten, und sammelte mit gesenktem Kopf seine Kleidung vom Boden auf. Streifte sich Jeans, T-Shirt und Pullover über und stand dann unentschlossen herum. Vor ihm lagen Ilenas Sachen, ihre Hose und der weiche Pullover. Letzteren hob er auf und roch daran. Ihr Geruch hing noch in dem Stoff, Lavendel und Zitrus, gemischt mit etwas Rauch.

Er warf den Pullover auf das Bett, bevor er sich darin verlor. Er griff nach der Hose und fluchte bei dem Gedanken, dass Medea sie nur in Unterhose und einem dünnen Shirt in die Unterwelt entführt hatte. Er durchsuchte die Taschen und fand den Zettel, den er im Arbeitszimmer bekritzelt hatte. Sie hatte ihn aufgehoben.

Er steckte ihn ein.

Aus der Kommode an der Wand holte er einen frischen Satz Kleidung heraus. Wenn sie Ilena zurückholten, würde sie die brauchen. Er klemmte sich das Bündel unter den Arm und kehrte nach unten zurück.

»Xanthos, hör auf damit!«, rief Rya, als er ins Wohnzimmer trat.

»Womit?«, hakte er nach und legte Ilenas Kleidung auf dem Sofa ab. Rya deutete auf die Fenster, die mit Eiskristallen überzogen waren. Im Raum war es deutlich kühler als vorhin, fiel ihm auf. »Das bin nicht ich«, sagte er. Die Magie in seinem Inneren verhielt sich ruhig; wenn sie am Wirken wäre, hätte er das gespürt.

Nick rieb Rya über die Arme und wärmte sie, während die Temperatur weiter fiel.

»Wer sonst?«, fragte er.

»Ich«, antwortete eine Stimme hinter Xanthos. Er wirbelte herum, im selben Moment trat eine junge Frau aus dem Flur ins Wohnzimmer. Sie war blass, die langen Haare weiß wie Schnee und ihre schlichte Stoffhose und die Tunika rabenschwarz. Auf ihrem Kopf thronte ein feines Diadem aus glitzerndem Eis, über ihre Brust spannte sich ein Gurt, an dem ein gutes Dutzend kleine verkorkte Phiolen befestigt war. Hinter dem Glas der kleinen Fläschchen tobten frostige Stürme. Ein Spiegelbild dessen fand sich in den Iriden der Frau. Alles an ihr schien in Bewegung zu sein, selbst um ihre nackten Füße tanzten kleine Schneewehen, die ihr den Weg ebneten.

Xanthos kannte diese Art von Aura mittlerweile. Nur die Götter besaßen eine solche. Und der Name dieser niederen Göttin stellte wahrlich kein Rätsel dar.

Khione. Die Göttin des Schnees.

Etwas in ihm bäumte sich auf, drängte nach außen, seiner Herrin entgegen. Sie hatten vermutet, dass er seine neue Gabe auch Khione verdankte, seine Instinkte bestätigten das.

Noch eine von denen, fluchte er innerlich. Aber da sie ihm im Tempel der *Mageía Mésa* das Leben gerettet hatte, wollte er ihr eine Chance geben. Das hatte er damals Rya versprochen, als sie zum zweiten Mal zu einer Statue geworden war. Und er brach seine Versprechen nicht. Nicht mehr.

Er steckte die Hände in die Hosentaschen und wandte sich der Göttin zu.

»Khione.« Er begrüßte sie mit einem Nicken.

Sie erwiderte es. »Rya. Nick. Xanthos.« Es wunderte ihn nicht, dass sie ihre Namen kannte. Dafür mischten die Götter sich zu gern in Angelegenheiten ein, die sie einen Scheiß angingen.

»Ich brauche eure Hilfe«, sagte Khione und trat weiter ins Wohnzimmer hinein. Dort, wo ihre Füße den Boden berührten, hinterließ sie einen klirrenden Fußabdruck. Sie sah sich aufmerksam um und wandte ihnen kurz den Rücken zu. In der Zeit warf Xanthos einen Blick zu Rya und Nick, die beide verwundert dreinblickten, aber nickten.

»Möchtet Ihr etwas trinken?«, fragte Rya und die Göttin drehte sich zu ihr um. Khione lächelte, überrascht von dem Angebot. Xanthos erinnerte sich an das, was Ilena einmal über die Götter gesagt hatte. Dass sie im Grunde wie Menschen waren, nur schwebte über ihnen der Fluch der Unsterblichkeit, der ihnen die Menschlichkeit aus der Seele riss. Er hatte es nie so recht verstanden, aber dass ein derart simples Angebot eine Göttin erfreute … vielleicht war etwas dran.

»Gern«, antwortete Khione. »Tee, wenn ihr habt.« Rya schenkte ihr eine Tasse ein und reichte sie ihr. Der Inhalt dampfte, auch dann noch, als Khione die Tasse zwischen ihren Händen hielt, als würde sie sich daran wärmen.

»Danke.«

Für eine Göttin war sie höflich. Sie wirkte jung, vielleicht Anfang zwanzig, auch wenn das natürlich nicht stimmte; wie alle Götter, und streng genommen auch Rya, war sie sehr alt.

»Wobei sollen wir dir helfen?« Xanthos hielt nichts davon, sie zu ihrzen. Falsche Scheu oder Etikette brachte niemanden weiter. Wenn sie ihr helfen sollten, dann nur, wenn sie auf Augenhöhe miteinander umgingen.

Khione atmete tief durch. »Ihr habt vor Kurzem versucht, Iris zu kontaktieren. Ich weiß nicht, inwieweit ihr euch mit unseren Verwandtschaftsverhältnissen auskennt. Sie ist meine Tante. Und ich schätze sie sehr. Umso schmerzlicher ist es für mich, dass sie seit einiger Zeit verschwunden ist. Ich möchte, dass ihr mir helft, sie zu finden.«

»Wieso wir?« Er verschränkte die Arme vor der Brust. Wenn eine Göttin vermisst wurde, war das nicht sein Problem.

Du schuldest ihr dein Leben, mahnte ihn eine innere Stimme, die verdächtig nach Ilena klang. Ihm war zeitgleich nach Lachen und Weinen zumute.

Die Göttin schien seinen Zwiespalt nicht zu bemerken und fuhr unbeirrt fort. »Ich glaube, sie befindet sich an demselben Ort wie eure Freundin Ilena. Und über ihn sowie über die Kreaturen, die ihn bevölkern, wisst ihr mindestens so viel wie ich. Im Gegenzug für eure Hilfe werde ich alles tun, um euch zur Hand zu gehen.«

»Iris ist in der Unterwelt?«, fragte Rya. »Freiwillig?«

»Ich denke nicht. Genauso wenig wie Ilena«, erwiderte Khione kopfschüttelnd. Ein bitterer Zug umspielte ihren Mund. »Iris nimmt ihre Pflichten ernst, schon immer. Dass sie einfach so verschwindet und zudem die Tore zwischen den Welten offen lässt, sieht ihr überhaupt nicht ähnlich. Dafür wird man sie bestrafen.«

Nick zog die Brauen zusammen. »Sie hat Tore offen gelassen? Was soll das bedeuten?«

Seufzend hob die Göttin des Schnees die Tasse an ihre Lippen und nahm einen Schluck vom Tee. Xanthos ballte die Hände zu Fäusten, um nicht seiner Ungeduld nachzugeben, bis Khione Nick antwortete.

»Normalerweise ist es nicht möglich, dass Beschwörungen von Iris von irgendwem sonst außer ihr selbst vernommen werden. Doch an jenem Tag, als ihr versucht habt, sie zu kontaktieren, habe ich es gespürt. Ich war in ihrem Heim im Olymp auf der Suche nach ihr, als ich euer Rufen bemerkte. Iris verwendet für die Kommunikation mit anderen einen gläsernen Obelisken, der das Licht bricht. Nur wenn sie ihre Magie wirken lässt und Durchgänge zwischen den Welten bildet, reagiert der Stein auf Beschwörungen. An jenem Tag war sie nicht da und trotzdem war der Stein aktiv. Das kann nur bedeuten, dass sie irgendwo ist und ihre Magie dauerhaft einsetzt. Ich dachte, dass diejenigen hinter dieser Beschwörung wissen, wo sie ist, und sie ausnutzen, also bin ich dem Ruf gefolgt – was auch nur möglich war, weil die Brücken offen sind. Ich bin direkt in dem Gewächshaus gelandet, als der Zirkel tagte. Ich bin dann in der brenzligen Situation … eingesprungen. Mir war klar, dass ich da in etwas hineingestolpert bin, das größer ist als bisher angenommen.«

»Danke«, unterbrach Xanthos sie zu ihrer aller Überraschung. »Du hast mir das Leben gerettet.«

»Iris hätte es genauso gemacht.« Sie lächelte, doch ihre Augen wirkten traurig, als hätte sie die Hoffnung bereits aufgegeben. »Nach allem, was ich in den letzten Tagen beobachtet habe, bin ich der Überzeugung, dass diese Kreaturen Iris gefangen halten und mit ihrer Hilfe zwischen den Welten wandern. Ich wollte zurück in den Olymp, als ich die Harpyien und eure Freundin im Gewächshaus gesehen habe. Ich frage mich, ob Hades oder Thanatos davon wissen.«

»Kannst du nicht einfach mit den beiden reden?«, fragte Xanthos. Er hatte diese Spielchen so satt. Statt miteinander zu sprechen und Dinge auszudiskutieren, spannen die Götter Intrigen und nutzten sich gegenseitig aus. An einem Punkt in seinem Leben war er nicht besser gewesen, er wusste, wovon er sprach.

»Ich bin nur eine niedere Göttin mit begrenzten Kräften. Die beiden würden nicht auf mich hören, selbst wenn sie mich empfingen. Ich würde niemals einfach so in ihrem Territorium auftauchen.«

»Und da setzt du lieber auf uns?«

»Nehmt es mir nicht übel, aber ihr seid in den Augen der Götter noch weniger wert als ich und deswegen könntet ihr vermutlich in die Unterwelt spazieren, ohne dass es Hades interessiert. Ihr seid meine beste Chance, Iris zu retten. Je weniger Wirbel es macht, umso besser für sie.«

Es ging ihm so was von gegen den Strich, mit einer Göttin zusammenzuarbeiten. Wer sagte ihm, dass es nicht wieder alles nur Lügen waren? Wer sagte ihm, ob er ihr vertrauen konnte? Niemand. Und es kotzte ihn an, dass es von nun an immer so sein würde mit den Zweifeln. Andererseits brauchte er jede Hilfe. Und die einer Göttin war verdammt viel wert. Wäre es nur um ihn gegangen, hätte er sofort Nein gesagt. Aber für Ilena?

»Schön«, murmelte er. »Wir helfen dir, wenn du uns hilfst.« Er streckte die Hand aus. Khione schlug ohne zu zögern ein. Ihre eiskalten Finger legten sich um seine und er spürte, wie die Magie in ihm ihre Herrin erkannte. Fast schon erfreut wirbelte sie in seinem Körper umher und bedeckte seine und ihre Hand mit Eis. Die Göttin lächelte, als sie auf das Element heruntersah.

»Ich werde dich lehren, wie du damit umgehst. Und ich werde dir zeigen, wie meine Windbrüder damals gegen die Harpyien gekämpft haben. Wir lassen diese Kreaturen nicht noch einmal davonkommen.«

Xanthos lag die Frage, ob sie das alles ernst meinte, auf den Lippen. Seine Magie, *ihre* Magie, verriet ihn lautlos an die Göttin. Sie nickte und verstärkte den Griff um seine Finger, als sie die unausgesprochenen Worte über ihre Verbindung vernahm. »Ich schwöre auf den Styx, dass ich euch helfen werde«, sagte sie.

Ein Gluckern untermalte ihre Worte. Es kam von dem Kessel mit dem Styxwasser, den Ilena in das Regal gestellt hatte. Sprachlos beobachtete er, wie das Wasser aus dem Gefäß herauskroch und sich durch die Luft auf ihn zuschlängelte.

»Rya?«, fragte er.

»Das bin nicht ich.«

»Es ist der Schwur«, antwortete Khione. »Nur eine Göttin kann ihn initiieren, leisten können ihn alle.«

Der Wasserstrang umfloss ihre miteinander verschränkten Hände. Er pulsierte sanft, als wäre der Fluss ein lebendes Wesen mit mächtiger Magie. Das Wasser leuchtete kurz auf und Khiones Griff um seine Hand verstärkte sich, als der Fluss ihren Schwur besiegelte.

Xanthos rechnete der Göttin diese Geste hoch an, er selbst würde sich nicht auf diesen Handel einlassen. Dafür war sein Misstrauen in die Götter zu groß. Entweder sie nahm es hin oder er würde sie von ihrem Versprechen entbinden.

»Im Gegenzug verspreche ich dir meine Hilfe«, sagte Xanthos. Das Wasser verhielt sich still, doch Khione lächelte.

»Dafür danke ich dir.«

Sie ließen im selben Moment voneinander ab, das Styxwasser floss zurück in den Kessel. Sie sollten ihn in den Orden mitnehmen, vielleicht würde er noch nützlich sein.

Eine Welle von Traurigkeit überrollte Xanthos. Es war nicht seine, sondern die des Eises in ihm, das sich nach Khione sehnte. Es war ein merkwürdiges Gefühl, aber es beruhigte ihn, dass er diese Empfindungen von seinen eigenen unterscheiden konnte. Eine Sorge weniger.

Doch er würde erst ruhen, wenn Ilena in Sicherheit war.

»Wo fangen wir an?«

Kapitel 20

Nach dem ersten Schritt in den Phlegethon wünschte ich mir den Tod herbei. Die Flammen, die um mich herumtanzten, verbrannten meine Seele und mein Fleisch. Unerträglicher Schmerz überrollte mich und trieb wie die Harpyien, die hinter seinen Grenzen lebten, seine Krallen in alles, was er zu fassen bekam.

Nur um mich im nächsten Moment zu heilen, mich in trügerischer Sicherheit und Erlösung zu wiegen und dann erneut zu verbrennen. So ging es, wieder und wieder, bis ich weder Zeit noch Raum kannte, nur das Feuer und die knisternden Flammen, die mich einhüllten, meine Lunge durchdrangen und keine Gnade walten ließen.

Der Fluss machte seinem Namen alle Ehre.

Sogar das magische Feuer in mir schrak im Angesicht dieser Macht zurück.

Ich konnte nicht mal sagen, ob ich schrie, so losgelöst fühlte ich mich von der Realität. Möglicherweise war ich auch schon gestorben, ohne es zu wissen.

Das hier konnte meine persönliche Hölle bis in alle Ewigkeit sein.

Und es wurde mit jeder Sekunde schlimmer. Meine Knochen brachen, wurden von einer unsichtbaren Macht verschoben und wieder zusammengeflickt. Unter meiner Haut regte sich etwas, bevor es ohne Rücksicht durch sie hindurchbrach und mein Blut vergoss. All das dauerte nur einen Wimpernschlag. Oder eine Unendlichkeit.

Plötzlich stank der Rauch nicht mehr. Er duftete. Die Wärme war nicht mehr unerträglich, sondern angenehm. Und in meinem Inneren spürte ich Magie, so rein und kraftvoll, dass ich Freudentränen weinte. Sie fühlte sich anders an als meine von Hekate verliehene Macht, unbändiger und wilder, aber nicht weniger machtvoll. Im Gegenteil. Das hitzige Prickeln durchdrang jede meiner Fasern und versprach mir, dass ich stärker war als jedes andere Wesen.

Diese Magie war größenwahnsinnig und zügellos. Es juckte mich in den Fingern, meine Arme auszubreiten und zu …

Ich riss die Augen auf, als der Phlegethon mich auf der anderen Seite freigab. Mein Körper zwang mir einen tiefen Atemzug auf, der sich wie der erste eines neuen Lebens anfühlte.

Alles war anders. Die Gerüche, die Farben, die Geräusche. Als sähe ich die Welt zum ersten Mal. Die Unterwelt, korrigierte ich mich selbst. Den Tartaros.

Medea stand direkt vor mir, sie erwartete mich mit einem nahezu stolzen Lächeln. Hinter ihr, auf einem Feld aus verdorrtem gelben Gras, standen kleine, aus Knochen errichtete Hütten, so weit das Auge reichte. Die Luft war stickig und trocken, braun-rote Wolken bedeckten den Himmel und tauchten diesen Fleck der Unterwelt in diffuses Licht.

Außer dem entfernten Knistern von Flammen und dem Gemurmel geflüsterter Unterhaltungen war nichts zu hören. Es war beklemmend und fremd, und doch fürchtete ich mich nicht. Meine Instinkte verhielten sich ruhig. Dafür brodelte die Magie in meinem Inneren. Es war so unwirklich und doch so vertraut, wieder dieses Flirren in mir zu spüren, auch wenn es ein anderes war als zuvor. Zum ersten Mal seit Monaten fühlte ich mich wieder wie ich selbst, voller Kraft, voller Stärke. Als könnte ich alles schaffen.

Bis ich einen Schritt machte und beinahe über meine eigenen Füße stolperte – die nicht mehr da waren. Als ich zu Boden blickte, erwarteten mich dort Vogelklauen, die in schwarz gefiederte Beine übergingen. Die Federn bedeckten meine Hüfte, den Bauch und die Brust. Ich hob die Hände, um sie anzufassen und zu begreifen, als ich sah, dass auch meine Arme nicht mehr dieselben waren. Lange schwarze Federn formten Flügel an meinen ehemals menschlichen

Armen und passten sich meinen Bewegungen an. Es raschelte, als ich meine Glieder bewegte und das Spiel meines ... Gefieders beobachtete. Die Spitzen der Federn schimmerten in sattem Kupfer.

Der Phlegethon hatte eine Harpyie aus mir gemacht.

Ich wartete auf einen Schrei, auf einen Wutausbruch oder irgendetwas anderes, was meine Gefühle darüber zum Ausdruck brachte. Doch nichts kam. Als hätten mein Körper und mein Geist schon lange gewusst, dass das passieren würde.

An einem bestimmten Moment in den vergangenen Monaten, Wochen oder Tagen, musste ich mich selbst verloren haben. Denn diese Ruhe sah mir nicht ähnlich.

Medea war im Gegensatz zu mir nicht im Mindesten über meine Erscheinung überrascht. Ihr Blick glitt über meinen Körper, bis zu den Rändern meiner Flügel, wo er an den Spitzen der Federn verharrte. Ein flüchtiger Hauch Verunsicherung überzog ihr Gesicht für den Bruchteil einer Sekunde, doch ich bemerkte ihn trotzdem. Ich sah meine Umgebung schärfer, hörte mehr und die Gerüche in meiner Nase waren so stark, dass sie mich regelrecht kitzelten.

Nur meine Glieder wollten mir nicht so recht gehorchen, also blieb ich einfach stehen.

»Komm«, sagte Medea und winkte mich zu sich. »Ich werde dir deine Unterkunft zeigen.«

Langsam setzte ich einen Fuß ... eine Klaue vor die andere und folgte Medea. Die ersten Meter stolperte ich mehr, als dass ich lief, aber mit jedem Schritt wurde es einfacher. Die Flügel an meinen Armen hingegen waren im Weg und ich wusste nicht wohin mit ihnen. So konzentriert darauf, mich nicht selbst zu verletzen, beachtete ich meine Umgebung nicht, als Medea mich zu einer der Knochenhütten führte. Ich fand heraus, dass ich die Federn und damit die Flügel anlegen und meine Arme dann fast ganz normal nutzen konnte. Es klappte nur an einem Arm, am anderen wollten die Federn mir nicht gehorchen. Doch das würde ich noch schaffen.

»Das hier ist dein neues Zuhause. Zumindest vorerst.« Ich schreckte auf, als Medea stehen blieb und auf den Eingang der Hütte deutete. Es war einfach nur ein mannshohes Loch in einer der Knochenwände. Keine Tür, kein Vorhang, kein Nichts.

Das schummrige Licht des Himmels wagte sich kaum in die Behausung vor.

»Dir tut bestimmt alles weh, oder?«, fragte Medea und legte den Kopf schief. Ich nickte nur. Es gab nichts an und in meinem Körper, was nicht in dem Echo des Flussfeuers brannte. »Ich weiß genau, wie es dir geht«, sagte Medea einfühlsam. »Wir alle mussten da durch. Doch bevor du dich hinlegen darfst, habe ich noch eine Aufgabe für dich. Finde Skóros und bring ihn zu mir.«

Bevor ich mich hinlegen *durfte*? Ein Frösteln erfasste mich, als mir wieder bewusst wurde, dass ich eine Gefangene war und Medeas Regeln befolgen musste, um meine Freunde nicht zu gefährden.

Mein Hals war trocken und meine Stimme krächzte, als ich antwortete.

»Wo soll ich nach ihm suchen?«

Medea deutete mit der Hand an der Knochenhütte vorbei. »Du gehst immer weiter in diese Richtung, bis du zu den Käfigen kommst.«

Da sie nichts weiter sagte, ging ich davon aus, dass Skóros in einem dieser Käfige saß. Ich nickte ergeben und machte mich sofort auf den Weg. Ich atmete erleichtert auf, als ich Medea hinter mir ließ und ihren Blick nicht mehr auf mir spürte.

Vor wenigen Stunden hätte ich alles gegeben, um sie noch einmal zu sehen. Nun wünsche ich mir nichts mehr, als dass sie mich in Ruhe ließ und mir mein Leben zurückgab.

Sollte ich jemals der Gottheit des Schicksals gegenüberstehen, würde ich ihr den Arsch aufreißen. Ich hatte gewollt, dass sie zurückkehrte. Aber nicht so. Nicht zu dem Preis ihrer Menschlichkeit. Mein Herz und mein Verstand schützten sich, indem sie beide mir vorgaukelten, dass dies hier eine andere Medea war. Nicht meine.

Doch wessen Medea war sie dann?

Der Gedanke ließ mich innehalten. Jemand hatte sie halbherzig wiedererweckt und sie damit zu einem Leben verdammt, in dem sie nicht sie selbst war. Und sie wusste das, sie hatte es uns gegenüber zugegeben. Wie mochte sich das für sie anfühlen? Quälte es sie? Oder war es ihr egal? Was war ihre Verbindung zu der *Mágissa*, die ihr das angetan hatte?

Wer auch immer dafür verantwortlich war, hatte eine neue Medea erschaffen. Ein Wesen, das ich weder kannte noch verstand. Sie war eine Fremde, und das musste sie für mich sein, wenn ich sie besiegen wollte.

Diese Täuschung war zu verlockend, sie bewahrte mich vor dem Zerreißen. Mal sehen, wie lange es hielt.

Zeit war in der Unterwelt ein komisches Konzept. Ich konnte sie überhaupt nicht einschätzen, da sich nichts veränderte und mein Körper mir keine Signale wie Hunger oder Durst sendete. Auf Dauer könnte das zu einem Problem werden. Einer der ersten Zauber, die wir nach der Berufung lernten, war ein Zeitmesserzauber, da auch die *Mageía Mésa* sich an Termine halten mussten, Uhren in unserer Gegenwart allerdings gern mal verrücktspielten. Mit dem Daumen fuhr ich über mein linkes Handgelenk.

»*Chrónos*«, murmelte ich leise, sodass niemand mich hörte. *Zeit.* Ein so simples Wort für ein unzähmbares Konstrukt. Zunächst wollte die neue Magie in mir antworten, doch für so etwas war sie nicht geschaffen und es passierte nichts. Doch die aktive Harpyienmagie, denn das musste sie sein, gab dem Rest meiner alten Magie genügend Impulse, um sie zu erwecken. Ich unterdrückte ein Lachen, als die unscheinbaren Male in Form von römischen Ziffern auf meinem Handgelenk erschienen.

Und dann wollte ich weinen. Das hier hatte nichts mit Anpassung an Magie zu tun. Meine Macht wurde praktisch von einer anderen dazu gezwungen, zu funktionieren und sich mir zu fügen. Es war nicht mein Verdienst. Auch all die anderen Male war es das nicht gewesen, erst jetzt wurde mir das bewusst. Aber aktuell brauchte ich alle Macht, die mir zur Verfügung stand, also wischte ich meine Bedenken beiseite. Vorerst.

Auf dem Weg zu dem Feld kam ich an Knochenhütten vorbei, vor einigen davon saßen oder standen Harpyien beisammen. Sie warfen mir ehrfürchtige Blicke zu, als sie meine Federn sahen, und tuschelten miteinander. Außer Medea und mir hatte keine von ihnen gefärbte Spitzen, ihre Federkleider waren reinschwarz. Nur die zierlichen Federn auf den Wangenknochen unterschieden sich von Frau zu Frau. Welche Farbe wohl meine hatten?

Ich wollte mit den Harpyien ins Gespräch kommen, sie fragen, was hier vor sich ging, doch sobald ich mich näherte, neigten sie die Köpfe und wandten sich ab. Ich wollte weder Ärger noch zu viel Aufsehen erregen, deswegen lief ich weiter und versuchte nicht, jemanden anzusprechen. Fürs Erste war ich auf mich allein gestellt.

Hinter einer der Knochenhütten erstreckte sich ein leeres Feld mit graubraunem, knöchelhohem Gras. In knapp fünfzig Meter Entfernung sah ich auf der anderen Seite die Käfige stehen. Goldglänzend standen sie chaotisch aufeinandergestapelt im trockenen Gras.

Ich wollte darauf zugehen, als sich vor mir auf dem Boden etwas bewegte.

Es war eine große Motte, die vor mir zurückgeschreckt war. Ungeschickt versuchte sie wegzukrabbeln. Ich kniff die Augen zusammen und betrachtete ihre Flügel. Sie waren beide gebrochen. Eine schwarz gefärbte Ritze entzweite das graublaue Muster in der Mitte und die äußere Hälfte der Flügelfläche knickte nach unten weg.

Dem Tier waren seine Qualen anzusehen, der kleine Körper zitterte. Ich hob den Blick und entdeckte ein Stück weiter noch eine Motte, ebenfalls mit gebrochenen Flügeln, die sich zwischen dem Gras versteckte. Dann noch eine. Und noch eine.

Das ganze Feld war übersät mit gequälten und flugunfähigen Wesen. Mein Puls beschleunigte sich. Schnell, aber jeden Schritt genauestens abwägend, bahnte ich mir einen Weg zu den Käfigen auf der anderen Seite. In jedem von ihnen saß ein einzelner Nachtfalter, es mussten an die fünfzehn sein. Zu unterscheiden waren sie nur anhand ihrer Färbungen, ansonsten waren sie identisch. Wie bei den Schlangen der Gorgonen damals.

»Skóros«, flüsterte ich, während ich die Tiere hinter den dünnen Gitterstäben betrachtete. Nicht dass er mir antworten würde, aber vielleicht half es. Mir. Ihm. Irgendwem.

In einem Käfig in der zweiten Reihe fand ich ihn, seine Fühler zuckten zusammen und seine Flügel flatterten, als ich den Käfig hochhob und den Nachtfalter begrüßte.

»Skóros«, wiederholte ich, dieses Mal erleichtert seufzend. Er war wohlauf, seine Flügel intakt. Eine warme Welle der Magie rollte wie eine sanfte Begrüßung über mich hinweg. Ich lächelte, obwohl ich in der Unterwelt auf einem Feld mit halb toten Nachtfaltern stand, in ein Federkleid gezwängt, das ich nicht wollte. Doch mit Skóros verband ich meine Magie und mein Zuhause, was ausreichte, um mir ein wenig Trost zu spenden.

Den Medea bei der nächsten Möglichkeit zerstören würde. Ich drehte mich zu den verletzten Motten um und sah anschließend wieder zu Skóros. Drohte ihm dasselbe Schicksal? Das würde ich nicht zulassen.

Ich suchte das Metall nach einer kleinen Tür oder einer anderen Möglichkeit ab, um meinen Nachtfalter in die Freiheit zu entlassen. Doch der Käfig schien aus einem Guss gemacht und hatte keine offensichtliche Schwachstelle. Alles Zerren an den Stäben half auch nichts, sie gaben nicht einen Millimeter nach.

Ich streckte zwei Finger durch das Gitter und streichelte Skóros über den Kopf. Meine Hände … sie waren ganz normal. Konnten sie auch anders?

Im Kampf hatten die Harpyien auch Krallen an den Händen gehabt, nicht nur an den Füßen. Ich zog meine Hand zurück und versuchte, die schwarzen Klauen hervorzurufen. Ich horchte in mich, auf das Feuer, doch nichts passierte. Meine Instinkte waren gelähmt und mir fiel keine Alternative ein.

»Ilena.« Plötzlich stand Medea neben mir, ihre Augen glühten. »Was machst du da?«

Sie wusste es genau, wem wollte sie hier etwas vormachen? Ich stellte den Käfig zurück und baute mich schützend vor ihm auf.

»Du rührst ihn nicht an.«

Ihr rechter Mundwinkel zuckte. »Das wollte ich gar nicht. *Anoíxte.*« *Öffne.*

Hinter mir zischte es, dann hörte ich ein Flattern und im nächsten Augenblick saß Skóros auf meiner Schulter und schmiegte sich in meine Halsbeuge. Ich hob die Hand, vorsichtig, sodass ich ihn nicht mit meinen Federn berührte, aber doch schnell genug, um mein Gefieder zum Rascheln zu bringen. Langsam drehte ich den Kopf und brachte meine Lippen nahe an seine.

»Flieg weg«, flüsterte ich so leise wie möglich und hoffte, dass die Geräusche der Federn den restlichen Klang meiner Worte schluckten. Medea reagierte nicht. Mir blieb das Herz fast stehen, als Skóros sitzen blieb. Ich schnickte ihn mit einer Bewegung meiner Schulter an, doch das brachte ihn nicht aus der Ruhe.

»Erinnerst du dich daran, wie wir uns die Tattoos gemacht haben?«, fragte Medea und fixierte Skóros mit den Augen. Ein warmer Ausdruck blitzte in ihren Iriden auf und für die Sekunde, in der die Erinnerung ihr lebhaft durch den Kopf geisterte, legte sich die Miene der alten Medea über ihr Gesicht. Es tat weh, sie aufblühen und wieder verschwinden zu sehen.

»Ja«, antwortete ich. Als ob ich das jemals vergessen könnte. Es schien mehrere Leben her zu sein.

»Damals habe ich den Grundstein zu all dem hier gelegt«, erzählte Medea weiter. »Ich habe dir weisgemacht, dass das Tattoo ein Zeichen unserer Freundschaft und Verbundenheit sein wird. Das war nicht die ganze Wahrheit. Es diente von Anfang an dazu, uns einmal zu Harpyien zu machen.«

Mir blieb die Luft weg. »Wie meinst du das?«

»Hast du etwa gedacht, dass ich ohne fremde Hilfe an die Materialien für diesen Zauber gekommen bin? Die *Mageía Mésa* hätten uns niemals freiwillig diese Sachen überlassen, zumindest nicht zu dem damaligen Zeitpunkt unserer Ausbildung. Jemand hatte sie mir gegeben, damit ich mich eines Tages den Harpyien anschließen kann. In den Tattoos steckte die Magie, die für unsere Verwandlung nötig war. Du hast sie all diese Jahre in dir getragen, verdeckt von Hekates Magie. Heute ist sie durch den Gang durch den Phlegethon endgültig erwacht.«

Ihre Worte sickerten in mich hinein wie Gift, das mich langsam töten würde, sobald es in meinen Blutkreislauf eingedrungen war. Doch es zerstörte nicht mich, sondern meine Illusion von Medea. Die ganze Zeit über hatte ich mir eingeredet, dass ihre Gestalt als Harpyie nicht ihr wahres Wesen war; dass die Frau, die ich einst geliebt hatte, tot war. Doch die Wahrheit war eine andere. Medea war schon immer so gewesen, wie sie jetzt vor mir stand. Im Herzen eine Harpyie, ohne Rücksicht auf andere.

Das ätzende Gift ihrer Worte zerfraß die Hülle, die ich schützend um meine Erinnerungen an Medea gelegt hatte, und drang in sie ein. Und es schmerzte mehr, als jede Verletzung es je konnte.

»Du hast mich ohne mein Wissen zu diesem Dasein verdammt? Warum?« Meine Stimme war ruhig, was mich selbst überraschte. Unter meiner Haut brodelte die Wut und zeterte.

»Wir sind Teil von etwas, das größer ist als wir selbst, Ilena«, antwortete Medea mit erhobenem Kinn. »Wir dürfen dienen und die Welt zu einem besseren Ort machen. Du solltest mir dankbar sein.«

»*Dankbar*«, zischte ich. »Willst du mich verarschen?«

Medea zuckte zurück, dann kniff sie die Augen zusammen und Zorn flammte darin auf. »Du hättest nicht dabei sein sollen – nur ich. Mir hat man die Materialien und die Anweisungen gegeben, nicht dir. Aber ich wollte dich dabeihaben.«

Mein Magen drehte sich um. »Sollte ich in diesem Szenario deine Freundin oder deine Waffe sein?«

Ihr Schweigen war mir Erklärung genug und mir wurde schlecht. Wäre ihre Antwort eine andere gewesen, hätte es all das noch immer nicht gerechtfertigt, aber es hätte es … erträglicher gemacht. So zerstörte es ein Stück meiner Vergangenheit.

»Warst du jemals nur um meinetwillen mit mir befreundet, oder wolltest du nur etwas mit mir zu tun haben, weil ich so *mächtig* war?« Das Wort auszusprechen kostete mich Überwindung und ich spuckte es ihr vor die Füße. Wo bitte waren meine beschissenen Instinkte damals gewesen?

»Teils, teils.« Am liebsten hätte ich ihr das süffisante Grinsen aus dem Gesicht geschlagen. Dann lachte ich hart auf, was sie zu meiner Genugtuung ein wenig irritierte.

»Leider, leider muss ich dich enttäuschen. Von meiner Magie und meiner Macht ist nicht mehr viel übrig.« Ich deutete auf das Mal an meiner Stirn. »Das ist alles, was mir zur Verfügung steht. Und es weigert sich, mit mir zusammenzuarbeiten.« Das war teilweise gelogen, ich würde es ihr allerdings nicht unter die Nase reiben.

»Ich bin mir sicher, wir können mehr aus dir herauskitzeln. Außerdem darfst du deine neuen Kräfte nicht vergessen.«

»Diese neue Magie kann mich mal am Ar…«

»Vorsicht«, unterbrach Medea mich. »Ich erwarte den gebührenden Respekt.«

Den konnte sie sich dahin schieben, wo die Sonne nicht schien.

Mir blieben die Worte im Hals stecken, als ich einen stechenden Schmerz in meiner Brust verspürte. Mein Herz hinkte hinterher und schien jetzt erst zu begreifen, was gerade geschah. Dass meine Welt, meine erste Liebe und ein Teil von mir selbst zerbrachen. Allein die Vorstellung, einmal auf diese Weise mit Medea zu sprechen, wäre für mich früher undenkbar gewesen. Ich hätte damals alles darauf verwettet, dass es niemals so weit kommen würde.

Und nun hatte das Blatt sich nicht nur gewendet; es stand in Flammen und brannte lichterloh, bis nichts mehr davon übrig blieb außer grauschwarzer Asche.

Ein strenger, fast schon kalter Ausdruck legte sich auf ihr Gesicht und ihr Blick glitt zu Skóros.

»Brich ihm die Flügel und leg ihn zu den anderen. Du brauchst ihn als deinen Anker in die Unterwelt.«

»Nein«, erwiderte ich und legte meine Hand schützend über den Nachtfalter. Skóros krabbelte in meinen Nacken und zitterte vor Angst.

»Mach es nicht schlimmer.«

»Ich mache hier überhaupt nichts.« Vorsichtig trat ich den Rückzug an, auch wenn ich nicht wusste, wohin ich gehen sollte.

Medea seufzte genervt und schoss dann urplötzlich auf mich zu.

Ich stolperte rückwärts, stand mir mit meinem Körper selbst im Weg, und sie packte mich am Hals und drückte zu. Ich versteifte mich, konnte mich im ersten Schock nicht wehren.

»Du hast gesagt, du fasst ihn nicht an«, krächzte ich, während ich versuchte, ihre Finger an meiner Kehle zu lösen.

»Falsch. Ich habe gesagt, ich *will* ihn nicht anfassen. Nicht, dass ich es grundsätzlich nicht vorhabe.« Medea griff nach Skóros und zog ihn unter meinen Federn hervor. Sie stieß mich von sich.

Röchelnd sog ich Luft ein und sah dabei zu, wie sie ihre Hand auf Skóros' rechten Flügel legte. Sie fuhr ihre schwarzen Klauen aus und strich über den Mond, der auf den Flügelschuppen schimmerte. »An allem, was jetzt passiert, bist du selbst schuld.«

Dann riss sie den Flügel entzwei. Der markerschütternde Schrei von Skóros echote in mir, brachte meine Knochen zum Vibrieren, bis sie zersplitterten. Nur einen Herzschlag später brachen die Knochen und Federn meines rechten Arms.

Die Welt wurde für eine Sekunde schwarz und taub, ehe der Schmerz mich packte und zu Boden warf. Meine Schreie übertönten die von Skóros. Ich lag am Boden und rührte mich nicht, weil jeder Atemzug ein Brennen meinen Arm hinunterjagte. Es war nichts im Vergleich zu dem Feuer des Phlegethons, und doch schlimm genug, um mich an den Boden zu fesseln. Eine Welle der Übelkeit schlug über mir zusammen und ich würgte.

Medea trat an meine Seite und sah auf mich herab. »Hättest du es selbst getan, wären dir die Schmerzen erspart geblieben. Denk das nächste Mal an diesen Moment zurück, wenn du dich wieder respektlos äußern willst.«

Bevor ich antworten konnte, brach sie Skóros' zweiten Flügel. Einen Augenblick später spiegelte mein Körper die Verletzung und die Knochen meines linken Arms splitterten. Als ich mich übergeben musste, rollte mein Körper reflexartig zur Seite, die Schmerzen bekamen neues Feuer. Als mein Magen leer war und ich nur noch aus Hitze bestand, flirrten schwarze Punkte vor meinen Augen umher und rissen mich in die Dunkelheit.

KAPITEL 21

XANTHOS

Er fror sich trotz Kriegerrüstung den Arsch ab.

Xanthos verfluchte jedes Mal, dass er auf die Göttin gehört und sich von ihr hatte einfrieren lassen. Wieder einmal steckte er in einem Eisblock fest und kam nicht mehr raus. Das war aber auch nicht Sinn der Sache.

Um das Eis und die Macht darüber zu kontrollieren, musste er sich zunächst von ihr beherrschen lassen. Sie fühlen, sich ihr hingeben und sie verstehen. Zumindest war das Khiones Meinung.

Und Xanthos hätte weitergeschimpft, wenn er die Veränderung in seinem Inneren nicht selbst gespürt hätte. Die Magie in ihm drängte sich dem Eis entgegen und stellte seinen Körper unter Spannung. Seine Muskeln brannten und die Knochen knirschten, während sein Körper diesem Druck nachgab. Gleichzeitig wurde er mit jedem Atemzug ruhiger. Er würde nicht sterben, er musste nur vertrauen. Auf die Göttin, das Eis und in sich selbst.

Ein Ziehen fuhr ihm durch die Brust, als eine heiße Welle aus Magie ihn durchströmte. Ilenas Magie ließ sich gern auf das Eis ein und half ihm dabei, es auszuhalten und zu lenken.

Er atmete tief ein, hieß die kalte Luft in seiner Lunge willkommen. Der Schmerz in der Brust ebbte ab, seine Fingerspitzen wurden taub. Er lenkte Ilenas Feuer dorthin und wärmte sich selbst.

»Nicht schummeln«, sagte Khione, die durch die dicke Eisschicht mit ihm sprach.

»Jeder schummelt«, erwiderte er und seine blauen Lippen verzogen sich zu einem Grinsen. Vor Kurzem erst noch hatte sie ihn gelobt, weil er die unterschiedlichen Magiequellen so gut unterscheiden konnte, jetzt war das auf einmal ein Problem.

Götter und ihre Stimmungsschwankungen.

Er hatte die Schnauze voll davon, musste allerdings zugeben, dass Khione eine gute Lehrerin war. Magierinnen hatten Jahre, um den Umgang mit Magie zu lernen, er nur ein paar Tage, vielleicht wenige Wochen. Doch dank der präzisen Anweisungen und der strengen Hand, mit der Khione ihn anleitete, machte er große Fortschritte.

Und dank des Einfrierens in einen Eisblock. Jedes Mal, wenn Xanthos dem Element sein Vertrauen schenkte, bekam er es auf dieselbe Weise zurück und wurde damit belohnt, dass die Magie ihm besser gehorchte. Vor allem dann, wenn er seinen Instinkten als Krieger nachgab und die Magie für das nutzte, was er am besten konnte: kämpfen. Paradoxerweise war das auch eine Schwäche. Mit steigender Kontrolle sank die Schlagkraft hinter seinen Angriffen. Weil er nachdachte, sich zurückhielt. Die Magie wollte einfach nur gewinnen, um jeden Preis. Doch für Xanthos war das keine Option, er wollte das Ruder nicht abgeben, wusste aber, dass sie auf jeden Fitzel Stärke angewiesen waren.

Mit dem nächsten Atemzug gab er sich wieder dem Eis hin. So lange, bis er keine Schmerzen mehr spürte, weil die Magie endlich zur Ruhe kam.

An diesem Punkt rief er nach Ilenas Feuer und schmolz den Eisblock, bis frische Luft in seine Nase drang und er sich bewegen konnte.

Khione, die mit einer Tasse Tee auf einem Stuhl saß, nickte zufrieden. Sie waren auf der Dachterrasse des Ordens, Kies knirschte unter Xanthos' Schuhen, als er seine Muskeln lockerte.

»Ich werde besser.«

»Nicht gut genug.«

Kopfschüttelnd streckte er sich weiter. Er würde niemals gut genug sein, weder in den Augen der Göttin noch seinen eigenen.

Normalerweise haute Khione um diese Zeit immer ab, heute blieb sie auf dem Stuhl sitzen und musterte ihn.

»Es gäbe einen Weg, um richtig zu schummeln. Sonst wird das nie was«, sagte sie.

»Was soll das heißen?«

Khione stand auf und stellte die Tasse auf die Balustrade hinter sich. Die Phiolen an ihrem Brustgurt klirrten leise, als sie auf ihn zukam.

»Ich könnte dich verfluchen.«

Xanthos lachte hart auf. Die Miene von Khione blieb starr. »Das ist nicht dein Ernst«, erwiderte er, doch sie nickte.

»Hast du schon mal etwas von den Boreaden gehört?«, fragte sie.

»Das sind Kalais und Zetes, die Windbrüder, Söhne von Boreas, dem Nordwind«, zählte Xanthos auf. Das hatte in dem Buch gestanden, das Ilena aus der Bibliothek gestohlen hatte.

Ein wehmütiges Lächeln umspielte Khiones Lippen. »Sie waren meine sterblichen Brüder, die sich des Öfteren mit den Harpyien angelegt hatten.«

»Haben sie sie besiegt?«

»Nein. Die Harpyien haben sie getötet. Nicht grundlos, wie ich zugeben muss.«

Xanthos wurde skeptisch. »Da habe ich etwas anderes gelesen.«

»Nur weil etwas auf altem Papier mit alter Tinte in einer schönen Schrift festgehalten ist, macht es das nicht wahr, merk dir das. Die Götter haben die Geschichtsschreibung seit Anbeginn der Zeit manipuliert, unter anderem die Geschichte meiner Brüder. Das ändert nichts an der Tatsache, dass ihre Macht über den Wind ihnen im Kampf gegen die Harpyien geholfen hat. Sie war ihnen angeboren, und sie haben etwas nachgeholfen, weil sie so stark sein wollten wie die unsterblichen Götter.«

»Mit einem Fluch«, raunte Xanthos, als er verstand, worauf sie hinauswollte. Das klang mehr als verrückt, aber der Schwur auf den Styx verpflichtete sie dazu, ihm zu helfen. Sie konnte ihn nicht hintergehen. Und je mehr Werkzeuge ihm im Kampf zur Verfügung standen, umso besser. Doch im Gegensatz zu Noras Fluch würde dieser hier wesentlich mehr Schaden anrichten, so viel war klar.

»Kannst du mir nicht einfach mehr von deiner Magie geben?«, wollte er wissen, auch wenn sie es sicherlich selbst schon vorgeschlagen hätte, wenn das möglich gewesen wäre.

Wie erwartet schüttelte Khione den Kopf. »Außer Hekate kann das niemand. Dass du diese Kräfte überhaupt hast, liegt nur daran, dass ihre Magie im Spiel war, als meine dich getroffen hat. Alle anderen, wie ja auch Athene, schaffen das nur über einen Fluch.«

»Wäre auch zu schön gewesen. Gut, ein Fluch also. Wo ist der Haken? Oder eher gesagt: *Wie schlimm* ist der Haken an der Sache?«

»Du wirst sterben. Die Magie braucht eine Stärkequelle und die wirst du sein. Sie wird dich aufzehren, bis auf den letzten Tropfen Lebenskraft. Dafür hättest du einen Trumpf im Ärmel, den du allerdings richtig einsetzen musst.«

»Haben deine Brüder das nicht?« *Natürlich nicht*, dachte er im nächsten Moment, *sonst wären die Harpyien mit ihnen gestorben.*

Khione senkte den Blick, ihr Gesicht das einer trauernden, aber auch nachtragenden Schwester. »Nein. Sie haben zu lange gewartet. Sie wollten Helden sein, nur waren sie keine Kämpfer. Das ist ihnen zum Verhängnis geworden.«

»Es tut mir leid.«

Sie hob den Blick, schien sichtlich verwirrt. »Was?«

»Dass du deine Brüder verloren hast.« Er selbst war kurz davor gewesen, eine Schwester zu verlieren, und allein die Vorstellung hatte ihn damals fast um den Verstand gebracht.

»Danke.« Sie deutete eine Verneigung an. »Also, was sagst du?«

Ich habe Angst vor dem Tod.

Die Erinnerung an das Ritual in Ilenas Wohnzimmer kroch ihm unter die Haut. Nur eine Angst war schlimmer als diese. Er fürchtete sich davor, dass jemand starb, den er liebte.

»Her mit dem Fluch.«

»Wie du willst.« Die Göttin zog eine der Phiolen aus dem Brustgurt und rollte sie zwischen ihren Fingern. »Ganz sicher?«

Er nickte.

»Flüche markieren ihre Träger. Irgendwelche besonderen Wünsche?«

»Wie wäre es mit einer weißen Haarsträhne?« So gab es keine bösen Überraschungen.

Khione zog den Korken aus der Phiole und ein Windhauch umspielte ihre hellen Haare. Zu sehen war nichts, doch in dem Gläschen musste Magie gefangen gewesen sein.

Haut, Haare und Augen der Göttin begannen zu leuchten, sie bewegte ihre Hände wie bei einem Tanz und leitete den Wind um, bis er Xanthos erreichte. Die Brise strich über seine Wangen, kitzelte ihn an den Wimpern und er schloss die Augen.

Khione begann, den Fluch zu weben. Nora hatte dafür Blut und Wut gebraucht, und es hatte sich bei Weitem nicht so angenehm angefühlt wie jetzt. Nur ein leichter Druck auf der Brust verriet ihm, dass Khiones Zauber nach ihm griff.

Die Göttin murmelte auf Griechisch vor sich hin, Xanthos verstand den Großteil der Worte nicht, nur *Katára exousías – Fluch der Macht*. Im selben Moment bohrte sich eine unsichtbare Energie wie ein Bolzen durch seinen Brustkorb. Er nahm alles zurück, dieser Fluch war weitaus schmerzhafter als der dieser blöden *Mágissa*.

Er sank auf die Knie, als auch der Wind stärker wurde und ihn auf den Boden zwang. Schmerz kroch von seinem Herz bis zum Schädel hinauf und brannte den Fluch in seinen Körper. Hitze durchfuhr ihn, als seine Haare sich dem Zauber beugten und verfärbten. Sein Innerstes war in Aufruhr, die Magie brodelte und wollte gegen den Fluch kämpfen, doch Xanthos hielt sie zurück.

Es dauerte nur wenige Sekunden, bis der Zauber vorüber war und der Wind sich legte. Xanthos spürte die neue Energie in ihm schlummern, sie wirbelte die anderen im wahrsten Sinne des Wortes durcheinander. Seine Muskeln vibrierten und der Drang, die Schneeflügel zu beschwören und loszufliegen, wurde immer stärker.

»Du solltest dem nachgeben und den Wind kennenlernen«, sagte Khione. Er hasste es, dass sie wie in einem Buch in ihm las.

Xanthos' Handy, das neben Khiones Stuhl auf dem Boden lag, klingelte. Mit schnellen Schritten lief er hin, hob es auf und nahm das Gespräch an.

Nick war am anderen Ende, er klang gehetzt. »Harpyien«, keuchte er. »*Kingswood Castle Road.*« Seit ihrem ersten Kampf im Orden waren die Biester immer wieder aufgetaucht und terrorisierten die Stadt. Jedes Mal rückten er und die anderen Krieger aus. Manchmal waren sie schnell genug und retteten Leben, manchmal blieb ihnen nichts anderes übrig, als durch das Blut der Opfer zu waten, in die toten Gesichter der Angst zu blicken und sich ihrem eigenen Versagen zu stellen.

»Bin unterwegs.« Xanthos legte auf und steckte das Handy ein.

Khione verschloss die leere Phiole und steckte sie in den Brustgurt zurück. Sie deutete mit der Hand auf die Balustrade des Hochhauses. »Das ist die perfekte Gelegenheit, um deine stärkere Macht über den Wind zu testen.«

Er fragte mittlerweile schon nicht mehr, ob sie ihn begleitete und half. Obwohl sie auf den Styx geschworen hatte, kämpfte sie nie gemeinsam mit ihnen gegen die Harpyien, die in immer kürzeren Abständen in die Stadt einfielen. Der Styx schien zu wissen, dass das nicht zu ihrem Ziel, Iris zu finden, führte und zwang sie deswegen nicht dazu. Und Khione besaß zu wenig Rückgrat, um die Entscheidung für sich selbst zu treffen.

»Bis zum nächsten Mal«, sagte die Göttin.

Xanthos drehte sich um, rannte los und sprang vom Dach. Im Fallen beschwor er seine Flügel hervor.

Sie trugen ihn in die Nacht hinaus, dem niemals enden wollenden Krieg entgegen.

Kapitel 22

Ich wachte erst vier Tage später in einer der Knochenhütten auf. Um mich herum war es dunkel, jemand hatte einen fadenscheinigen Vorhang im Eingang aufgehängt, der den Großteil des spärlichen Außenlichts abfing. Schemenhaft erwachte meine Umgebung zum Leben, die Erinnerungen folgten wenig später.

Ich hob den Kopf und zuckte in Erwartung der Schmerzen zusammen, doch außer einem leichten Brennen meiner Muskeln passierte nichts. Versuchsweise hob ich den rechten Arm, der mir gehorchte. Die Brüche waren verheilt, lediglich ein Muskelkater war zurückgeblieben. Hatte ich mir das alles nur eingebildet? Oder war ich schnell geheilt?

Ich erinnerte mich an den Zwischenfall im Orden, als die Harpyien dort eingefallen waren. Auch damals hatte ich mich schwer verletzt, war aber wenig später von selbst geheilt. Ob schon da die Kräfte einer Harpyie in mir gearbeitet hatten?

Ächzend setzte ich mich auf und schwang die Beine über die Kante des Bettes. Es war recht einfach zusammengezimmert und bot genug Platz und eine bequeme Position für meine Flügel und die Federn. Woraus es gemacht war, sah ich mir lieber nicht zu genau an. Meine Klauenfüße berührten das Gras.

Ich war eine verdammte Harpyie.

»Du gehörst nicht hierher«, sagte eine Stimme rechts von mir und ließ mich zusammenfahren. Mein Herz polterte, als ich das dazugehörige Gesicht sah.

Halb menschlich, halb knöchern. Thanatos.

»Willst du mich zu Tode erschrecken?«, platzte es aus mir heraus. Vor ein paar Stunden waren mir meine Knochen wegen meiner Respektlosigkeit gebrochen worden und ich hatte nichts dazugelernt. Mein schiefes Lächeln verrutschte, als ich an Skóros dachte. Ich musste den Nachtfalter finden. Nachdem ich mich mit dem Tod höchstpersönlich auseinandergesetzt hatte.

Thanatos verzog keine Miene. Ich versuchte mich auf die vertraute, menschliche Seite seines Kopfes zu konzentrieren, doch mein Blick huschte immer wieder zu dem weißen Schädel. Es war irgendwie schaurig schön.

»Ihr Menschen macht Witze über den Tod und das Sterben, doch wenn es erst so weit ist, vergeht euch das Lachen. Den meisten zumindest«, sagte der Gott des Todes. Er stand in den Schatten, die Hände hinter dem Rücken überkreuzt, still wie eine Statue. Seine Flügel hatte er nach unten gesenkt, um in der kleinen Hütte nicht anzuecken und trotzdem aufrecht stehen zu können.

»Sobald wir es nicht mehr mit Humor nehmen und lachen können, haben wir verloren«, erwiderte ich. »Lachst du nie?«

»Nein.« Okay. Das war wenigstens ehrlich. Und traurig.

»Wieso bist du hier?«, fragte ich. »Bin ich auf dem Feld gestorben?«

»Nein. Und genau das stört mich.« Ich zog scharf die Luft ein. Wenn der Gott des Todes mich … tot sehen wollte, war das kein gutes Zeichen. Bevor ich meiner Sorge Ausdruck verlieh, hob Thanatos die Hand. »Was ich meine, ist Folgendes: Im Gegensatz zu den anderen Harpyien bist du nie gestorben. Wieso also bist du hier, im Reich der Toten?«

»Das ist eine lange Geschichte.«

»Erzähl sie mir.«

Da ich dem Tod nichts abschlagen wollte, fasste ich zusammen, was sich in den letzten Tagen ereignet hatte. Er hörte es sich an, ohne seine stoische Miene auch nur ein einziges Mal zu verändern.

»Und so bin ich hier gelandet«, endete ich.

»Weißt du, was die Harpyien vorhaben?«, fragte Thanatos und überraschte mich damit.

»Nein. Ich hatte gehofft, dass du mir das sagen kannst.«

»Sie tauschen Seelen, um Harpyien zu erschaffen«, sagte Thanatos. »Wofür, das weiß ich nicht.«

Sein menschliches Auge zuckte. Ganz unscheinbar, doch ich sah es. Es schien ihn zu beschäftigen, dass er meine Frage nicht beantworten konnte.

»Seelen tauschen? Was muss ich mir darunter vorstellen?« Ich glaubte die Antwort zu kennen, wollte es von ihm bestätigt haben.

»Der Hades lässt jederzeit neue Seelen verstorbener Menschen und Kreaturen herein, sobald ihre Zeit gekommen ist. Und sind sie erst einmal hier, können sie nicht ohne Weiteres zurück. Nur mit ausreichend Magie ist es möglich, eine Seele zurück in die Welt der Sterblichen zu holen. Allerdings nur im Austausch gegen eine andere Seele. Die Harpyien scheinen diese Regelungen zu umgehen. Sie bringen neue Seelen in den Hades und nehmen sich dafür andere von der Asphodeluswiese, um sie dann durch den Phlegethon zu schicken und sie in Harpyien zu verwandeln.«

»Inwiefern weichen sie den Regeln aus?«

»Sie umgehen die üblichen Rituale, um den Handel mit dem Hades abzuschließen. Und ich weiß nicht, wieso es trotzdem klappt. Vielleicht liegt es daran, dass die Harpyien mehr in die Unterwelt gehören als in die Welt der Lebenden.«

»Woher weißt du, dass sie einen eigenen Handel schließen?«

»Sie tauchen nicht in den Schriften auf. Hades, und jetzt meine ich den Gott, dokumentiert alle Tauschgeschäfte. Die der Harpyien werden nicht erfasst und nicht mal er weiß wieso. Da unterm Strich insgesamt mehr Seelen für die Unterwelt dabei herausspringen, interessiert es ihn auch nicht sonderlich.«

»Muss er es denn nicht … genehmigen?«

»Nein. Die Unterwelt entscheidet selbst, Hades als Gott greift nicht ein.«

»Wieso unternimmst du nichts, wenn es dich stört?«

»Der Tod gehört den Lebenden. Und die Harpyien zählen nicht wirklich dazu. Du schon.«

»Und deswegen redest du mit mir statt mit ihnen.«

»Richtig.«

»Es tut mir leid, dass ich dir nicht mehr darüber verraten kann. Wenn ich könnte, würde ich sie aufhalten. Aber ich weiß nicht wie.«

»Noch nicht«, fügte Thanatos prophetisch hinzu. »Vorher solltest du allerdings nicht sterben.«

»Kannst du nicht einfach wegsehen, sollte das doch passieren, und mir etwas Aufschub geben?«

Seine Mundwinkel zuckten. Ob aus Verärgerung oder aus Belustigung vermochte ich nicht zu sagen. Ich vermutete, dass es Nein hieß, egal auf welche Weise.

»Im Tod sind wir alle gleich, Ilena. Was wir aus unserem Leben machen, entscheidet darüber, wer wir sind. Nicht unser Ende.«

Meine Antwort darauf war ein Seufzer. »Ich wünschte mir, ein Mal, nur ein einziges Mal würde eine Göttin oder ein Gott uns zu Hilfe kommen und uns statt mysteriöser Weisheiten eine konkrete Hilfestellung geben. Wie zum Beispiel: Hier, nimm dieses Zepter, klopfe damit drei Mal auf den Boden und all deine Sorgen und Probleme sind vergessen.«

»Was wären das Leben und der Tod ohne Rätsel?«, erwiderte Thanatos.

»Okay. Trotzdem danke. Vielleicht hilft uns das weiter.«

»Uns?«

»Meinen Freunden und mir.«

»Deine Freunde sind nicht hier.«

»Nein. Aber sie arbeiten ohne mich weiter daran, die Harpyien aufzuhalten.«

»Was macht dich da so sicher?«

»Was wären das Leben und der Tod ohne Rätsel?«, wiederholte ich seinen Spruch.

»Viel Glück, Ilena Kupferschwinge. Hoffentlich sehen wir uns nicht so schnell wieder.«

Thanatos löste sich in Rauch auf. Erst seine Beine, dann sein Torso, zuletzt der Kopf und die schwarzen Flügel. Sekunden später erinnerte nichts mehr daran, dass er neben mir gestanden und sich mit mir unterhalten hatte.

Der Gott des Todes hatte mir einen Spitznamen gegeben.

Kupferschwinge.

Ich hob meinen Arm vor den Körper und strich über die langen, starken Federn, die meiner Haut entsprangen. Die kupferfarbenen

Spitzen waren wirklich schön, trotzdem hätte ich lieber meinen alten Körper zurück.

Ich erhob mich, kam nach einigem Schwanken zum Stehen und verließ die Hütte. Draußen erwartete mich dasselbe Bild wie zuvor. Ich rollte die Schultern und bewegte meine Arme. Sie waren definitiv nicht mehr gebrochen.

Nach einem kurzen Moment der Orientierung lief ich in Richtung des Feldes mit den Nachtfaltern.

Dort angekommen, rief ich nach Skóros. Ein Fiepen rechts von mir übertönte die Geräusche der anderen Tiere. Ich folgte dem Ruf, bis ich meinen Falter entdeckte und neben ihm auf die Knie ging.

Sein Anblick ließ mich schluchzen. Mir war, als könnte ich seine Schmerzen noch fühlen, auch wenn nicht mehr davon übrig war als ein Echo. Ich traute mich nicht, die abgeknickten Flügelflächen zu berühren, aus Angst, ihm damit nur noch mehr wehzutun.

»Es tut mir so leid, Skóros.«

Der Nachtfalter hob das Köpfchen ein wenig und stieß an meinen Finger. Er gab nicht mir die Schuld und das traf mich fast genauso hart wie alles andere. Ich atmete tief durch und versuchte mich trotz meiner Gefühlslage zu konzentrieren. Unter all dem brennenden Feuer in mir suchte ich nach dem Rest der mir vertrauten Magie. Es dauerte lange, bis sie aufblitzte, und ich hielt so gut wie möglich daran fest.

»Therapévei.« Heile.

Nichts passierte. Kein Flackern, kein Prickeln in meinen Fingerspitzen. Ich versuchte es mehrmals, bis mir der schwache Schein meiner Magie entglitt. Der neuen Energie in mir traute ich, was das betraf, noch nicht über den Weg und wollte Skóros ihr nicht aussetzen.

»Es tut mir leid«, sagte ich erneut. »Irgendwann schaffe ich es.«

»Dann breche ich ihm die Flügel erneut. Immer und immer wieder, bis du es kapierst.« Medeas Stimme hinter mir schreckte mich nicht auf. Ich setzte Skóros so vorsichtig wie möglich wieder auf dem Gras ab und drehte mich zu ihr um.

»Wozu das alles?«, fragte ich müde.

»Das wirst du erfahren, sobald ich weiß, dass du mir helfen kannst. Und willst.«

Also vermutlich nie, dachte ich. Und laut sagte ich: »Du fängst am falschen Ende an, Medea. Wenn du mir sagen würdest, was das alles soll, dann könnte ich eine Entscheidung treffen. Ohne die beiden Seiten zu kennen ist das leider unmöglich.«

»Vertraust du mir?«

»Nicht mehr.«

»Gut. Dann kannst du dich auf deine Instinkte verlassen. Und die werden dich sicherlich in die richtige Richtung weisen.«

So wie bei ihr? Wären meine Instinkte so unfehlbar, hätten sie Medeas Scharade viel früher erkannt.

Mir gefiel nicht, dass der Rosenquarz, den ich von ihr geschenkt bekommen und all die Jahre wie ein Heiligtum behandelt hatte, nun in Rya weilte. Hoffentlich war der Stein nicht mit Medeas Gefühlen und ihren Lügen verpestet.

Einem Einfall folgend huschte mein Blick zu Medeas Brust, hinter der ihre Seele schlummerte. Konnte ich sie ihr entreißen und sie zwingen, mich gehen zu lassen?

»Denk nicht mal dran«, zischte Medea. »Ich wäre schneller.«

Ich rang nach den richtigen Worten, den richtigen Fragen. Medea schüttelte den Kopf. »Spar es dir, ich werde es dir nicht erklären.«

Irgendwie würde ich schon an die Antworten kommen, ob sie wollte oder nicht. Dann fing ich eben mit anderen, unverfänglicheren Fragen an.

Mit dem Kopf deutete ich auf die Knochenhütten um uns herum, um sie von Skóros abzulenken. »Wie viele Harpyien gibt es?« Medea hatte meine Bemühungen, von einem unangenehmen Thema abzulenken, früher schnell durchschaut. Trotzdem war es einen Versuch wert, sie so lange mit Fragen zu nerven, bis sie freiwillig verschwand.

»Viele. Und es werden stetig mehr.«

Das war keine präzise Auskunft, aber was hatte ich erwartet? Dass sie mir die Antworten auf einem Silbertablett servierte? Wohl kaum, wenn doch alles von Anfang an auf Lügen aufgebaut worden war. »Wovon ernährt ihr euch? Wie geht ihr mit anderen körperlichen Bedürfnissen um?«

»Wir haben keine«, sagte Medea knapp. »Nur ausruhen und Zeit zum Heilen benötigen wir.«

Es erleichterte mich, dass ich mich zumindest darum nicht sorgen musste. Ich hätte nichts, was von diesem Ort stammte, runtergewürgt.

»Heile ich immer so schnell?«

»Nur wenn eine Harpyie dich verletzt hat.« Das erklärte, wieso der Bluterguss auf meiner Brust so lange durchgehalten hatte.

»Können Harpyien sterben?«

»Wir nicht. Du schon.«

Das war gelogen. Zumindest teilweise. Ich erinnerte mich an die Worte von Thanatos. Der Tod gehörte den Lebenden. Und nur ich kam dem nahe, was man hier unten als Leben bezeichnete, die Harpyien waren ein anderes Kaliber. Aber auslöschen konnte man sie. Hoffte ich. War Skóros deswegen mein Anker für die Unterwelt? Was war mit den ganzen anderen Nachtfaltern auf dem Feld? Wenn die Harpyien ohnehin in den Tartaros gehörten, brauchten sie doch keine Verbindung dazu?

Aber vielleicht zu der Welt der Lebenden.

Mein Blick glitt erneut zu Medeas Brustbein und dem intakten Tattoo der Motte darauf. Ihr Dasein lag irgendwo zwischen den Harpyien und mir, nicht mehr tot, und auch nicht am Leben. Brauchte sie weder die eine noch die andere Verbindung?

»Komm mit mir«, sagte Medea und riss mich aus meinen Gedanken. »Wir brechen bald auf.«

»Wohin?«

Sie lief weiter, ohne auf meine Frage einzugehen. Ich folgte ihr, hatte ja keine andere Wahl. Jetzt wusste ich, wie es Rya bei den Gorgonen ergangen sein musste, gefangen in einem Schlangennest. Es war ein beschissenes Gefühl. Ich warf einen Blick zurück zu Skóros, ehe ich mich endgültig von ihm abwandte.

Ich würde zurückkehren. Ich musste es.

KAPITEL 23

Medea führte mich zum Styx auf dieser Seite des Phlegethons. Wie flüssiger Obsidian lag der Fluss vor uns, an dessen Ufer acht Harpyien warteten. Sie beobachteten jede meiner Bewegungen genau, ohne ihre Gedanken über Mimik preiszugeben. Abgesehen von den feinen Federn im Gesicht war ihr restliches Gefieder schwarz wie die Nacht. Eine der Harpyien drückte Medea einen Lederbeutel in die Hand, den sie an mich weitergab. Jede von ihnen, außer Medea, trug so einen Beutel und ich verstand. Wir zogen los, um Seelen zu sammeln.

Mit zitternden Fingern nahm ich Medea den Beutel ab und befestigte ihn mithilfe eines dazugehörigen Gürtels um meine Hüfte. Ich solle ihn danach behalten, meinte Medea. Weil ich ihn noch brauchen würde. Es war mir zuwider, mich ihnen anzuschließen, aber jede Beobachtung konnte wichtig sein. Jeder Hinweis, den ich fand, führte mich näher an ihrem Schwachpunkt heran.

Eine nach der anderen sprangen die Harpyien in den Styx und tauchten lautlos unter, bis nur noch Medea und ich am Ufer zurückblieben.

»Spring einfach rein, er spuckt dich am richtigen Ort wieder aus.«

»Woher weiß er, wo ich hinwill?«

»Es gibt nur diesen einen Weg für uns«, erklärte Medea.

Bevor ich es mir anders überlegen konnte, sprang ich.

Dieses Mal wusste ich, was mich erwartete, und ich sträubte mich nicht dagegen. Niemand musste mich aus dem Nichts herausziehen, das mich umgab, ich schaffte es diesmal allein. Mein Kopf durchbrach die Wasseroberfläche und ich sog gierig die Luft ein. Auf dieser Seite schmeckte sie ganz anders, frischer und kühler. Ich wischte mir das Wasser aus den Augen und sah nach oben. Der gläserne Pavillon der *Mageía Mésa* thronte über mir. Ich schwamm an den Rand des Beckens und hievte mich hoch. Sobald mein Körper das Wasser verlassen hatte, trocknete er vollkommen, kein Tropfen blieb mehr zurück. Kurz nach mir stieg auch Medea aus dem Styx. Wir verließen das Gewächshaus auf dieselbe Weise, wie wir es erst vor Kurzem betreten hatten. Die untergehende Sonne blendete mich regelrecht, nach den Lichtverhältnissen in der Unterwelt war ich diese Helligkeit nicht mehr gewohnt.

»Die *Mageía Mésa* wissen also nicht, dass ihr ihren Unterschlupf benutzt?«, fragte ich, als wir ein Stück in den Park hineinliefen.

»Nein«, antwortete Medea. Nein schien ihr Lieblingswort zu sein. Oder ich war nicht gut darin, die richtigen Fragen zu stellen.

»Das heißt, sie helfen euch auch nicht bei … was auch immer es ist?«

»Nein, noch nicht.«

Ich würde ihr nicht die Genugtuung verschaffen und nachhaken. Zum jetzigen Zeitpunkt würde sie ohnehin nicht mehr verraten. Auch wenn es mich brennend interessierte, inwiefern die *Mageía Mésa* involviert waren. Dass die Magierinnen reine Westen besaßen, glaubte ich nicht. Zumindest ein paar von Ihnen hatten mit Sicherheit ihre Finger im Spiel. Die Harpyien konnten nicht einfach im Tempel herumspazieren, ohne dass zumindest Nephele davon Wind bekam. Ob die *Ischyró Mágo* Bescheid wusste? Erklärte das ihre harsche Reaktion auf die Feder? Nein, das ergab keinen Sinn. Aber das galt auch für den Rest ihres sonderbaren Verhaltens.

»Breite deine Arme aus«, forderte Medea mich auf und ich gehorchte. »Und jetzt schließ die Augen.«

Mir blieb ja nichts anderes übrig. Die umstehenden Harpyien bewegten ihre Flügel. Ich erkannte das Geräusch wieder und die leichte Strömung, die mich umwehte, bestätigte meine Vermutung. Kaum streifte der Wind meine Federn, erwachte in mir der Instinkt, es ihnen gleichzutun. Versuchsweise bewegte ich meine Arme und spürte den Widerstand der Luft und gleichzeitig das Versprechen der Freiheit, sobald ich mit ihr tanzte.

»Sehr gut«, kommentierte Medea rechts von mir. »Hör auf dein Bauchgefühl und stoß dich ab, sobald du bereit bist. Den Rest schaffst du dann von ganz allein.«

Abstoßen, mit den Flügeln schlagen, fliegen. Die Kombination dieser Wörter hatte es in meinem Leben bisher nicht gegeben. Es war surreal und doch fühlte es sich richtig an. Das musste die Harpyienmagie in mir sein, die sich entfaltete. Ich musste nur aufpassen, dass sie nicht überhandnahm.

Ich lockerte meine Schultern, bewegte meine Arme und lauschte dem Geräusch des Luftzugs um mich herum. Die Harpyien pusteten mir fast schon wortwörtlich Wind unter die Flügel und gaben mir Starthilfe. Gerade als ich dachte, dass ich den perfekten Zeitpunkt nie erreichen würde, stieß ich mich einem Impuls folgend ab – und schoss in die Höhe. Ich schrie auf, als ich wie ein Pfeil in die Lüfte schoss und der Wind an meinen Haaren zerrte. Ich wedelte mit den Armen, geriet ins Straucheln und fiel einen Wimpernschlag später Richtung Boden zurück.

Nein, so würde ich es nicht enden lassen. Ich streckte die Arme durch, spannte meinen Körper an und rief mich zur Ruhe. Kurz bevor ich auf dem Boden aufschlug, bekam ich buchstäblich die Kurve. Ich segelte nur wenige Zentimeter über dem Boden, bis ich eine stabile Haltung hatte. Dann folgten meine Arme dem Takt, den mein Puls mir vorgab, ließen mich höher und höher steigen.

Fliegen war schon gefangen in Medeas Krallen großartig gewesen, aber selbst die Kontrolle darüber zu haben überstieg all meine Vorstellungskräfte. Ich war vogelfrei, schwebte über alltäglichen Dingen, die aus dieser Höhe und Perspektive wie Spielzeug wirkten. Die Welt lag mir zu Füßen und ich glaubte, alles erreichen zu können.

Bis Medea neben mir auftauchte, sich meiner Geschwindigkeit anpasste und mir ein echtes Lächeln schenkte. Ich hatte ihre Erwartungen erfüllt, nur deswegen war sie glücklich, nicht weil ihr etwas an meinem Wohlergehen lag. Das durfte ich niemals vergessen.

Die anderen Harpyien kreisten mich ein und wir folgten Medea. Von den Menschen, die sich unter uns aufhielten, bemerkte uns keiner, dank eines Schleiers, den Medea um uns gewebt hatte.

Wir steuerten über die Dächer der Stadt, die mir aus diesem Blickwinkel völlig neu war. Die Orientierung zu behalten war schwer, mal abgesehen von bestimmten Merkmalen, die auch vom Boden aus das Stadtbild dominierten. Zu unserer Rechten zog das Museum vorbei, in dem Rya gefunden worden war. Es fühlte sich an, als wäre seitdem eine Ewigkeit vergangen, dabei war es ein halbes Jahr.

Medea leitete den Sinkflug ein. Auch wenn die Magie in mir mehr oder weniger das Ruder übernommen hatte, fürchtete ich mich vor der Landung. Wir steuerten auf das Dach eines Hochhauses zu. Die Fläche war mit Kies bedeckt, die meinen Sturz – so musste ich es leider nennen – abfederte. Auch wenn ich stolperte und stark mit den Armen rudern musste, blieb ich auf beiden Beinen stehen. Medea nickte mir kurz zu, dann steuerten wir den Zugang zum Treppenhaus an, einen kleinen Aufbau mit einer metallischen Tür, die ins Innere führte. Eine der Harpyien beschwor ihre Krallen herauf und zerstörte damit das Schloss. Die Tür schwang widerstandslos auf und wir traten ein. Drei Stockwerke stiegen wir hinab und mit jeder Stufe nach unten wuchs meine Panik. Wenn uns jetzt jemand sah, waren wir auf engstem Raum gefangen. Wobei, auch in den Gängen des Ordens hatten die Harpyien sich gut geschlagen, mehr als das. Ihnen machte vermutlich auch begrenzter Platz keine Angst.

Stellte sich nur die Frage, ob sie überhaupt so etwas wie Furcht empfinden konnten.

Wir traten aus dem Treppenhaus hinaus auf den Flur. Es schien sich um ein Wohngebäude zu handeln. In regelmäßigen Abständen waren Türen in die Wände eingelassen, davor lagen unterschiedliche Fußmatten. Auf den Klingelschildern standen mir unbekannte Namen. Den gezielten Schritten der unserer Gruppe anführenden Harpyie entnahm ich, dass sie genau wusste, zu welcher Wohnung sie wollte.

Vor der Tür angekommen, blieben wir stehen. Die Harpyie, die uns hierhergeführt hatte, grinste breit. Dann fuhr sie die Krallen aus und zerfetzte die Tür regelrecht. Von der anderen Seite drangen aufgeregte Stimmen zu uns. Wir stürmten die Wohnung. Die Harpyie an vorderster Front schrie, halb freudig, halb kampfeslustig. Mir stellten sich die Nackenhaare auf.

Im Wohnzimmer fanden wir drei Männer vor, alle Anfang zwanzig. Sie erwarteten uns bereits mit aufgerissenen Augen und schweißnasser Haut, die Aura des Todes war uns vorausgeeilt. Als sie uns erblickten, sprangen sie panisch auf, rannten wie aufgescheuchte Hühner umher und bewaffneten sich mit allem, was der Raum hergab. Blumentöpfe, schwere Bücher und halb volle Bierflaschen würden die Harpyien doch nicht aufhalten.

Die Angriffslust der Männer verpuffte, als sie uns zu Gesicht bekamen. Mit offenen Mündern starrten sie uns an, als hätten sie Geister gesehen, was in gewisser Weise stimmen mochte. Dann veränderte sich der Gesichtsausdruck des einen jungen Mannes mit den braunen Haaren, als er an dem Gesicht der vordersten Harpyie hängen blieb.

»Jessy?«, keuchte er und ließ den Blumentopf sinken, als er sie mit schreckgeweiteten Augen von oben bis unten musterte. »Was soll der Scheiß?« Seine Angst wich Wut, als er einen Schritt auf sie zu trat und die Hand hob. Er deutete in Richtung der Tür, die wir eben zerbrochen hatten. »Du bist tot!«, kreischte er, ein Anflug von Panik in seiner Stimme.

Jessy, wie die Harpyie wohl hieß, lachte auf und rammte dem jungen Mann ihre Krallen in die Brust. Ihre Hand versank mit einem ekelerregenden Knirschen fast zur Gänze in seinem Brustkorb. Mehr als ein lautloses »Oh« bekam ihr Opfer nicht heraus. Als sie die Klaue zurückzog, hielt sie darin eine blau leuchtende Kugel – seine Seele.

Hilf mir, schrie sie. *Hilf mir, bitte, hilf mir.*

Sie klang genauso wie die Seele der Ordensmitglieder, die die Harpyien bei dem Angriff herausgerissen hatten. Doch dieses Mal konnte ich ihren Wunsch nicht erfüllen. Ich sah nur machtlos dabei zu, wie der junge Mann in die Knie sank und zur Seite kippte, wie Jessy die schreiende Seele in den Beutel packte und wie zwei andere Harpyien kurzen Prozess mit den Freunden des Opfers machten.

Wenige Sekunden später schrien die drei in den Beuteln gefangenen Seelen um Hilfe, während die dazugehörigen Körper leblos auf dem Boden lagen.

In jener Nacht rissen die Harpyien viele Seelen an sich. Dem ersten Überfall folgten weitere, meist in Wohnungen, andere in kleinen Geschäften oder Bars. Und in allen Fällen erkannte mindestens eines der Opfer eine der Harpyien wieder. Es waren keine zufällig ausgewählten Männer, sondern immer gezielte Angriffe. Und sie dauerten immer nur kurz. Kein Wunder, dass der Orden die Harpyien bisher nicht hatte fassen können. Sobald sie eine Nachricht über einen Angriff erreichte, waren sie schon weitergezogen und suchten nach ihren nächsten Opfern.

Und es waren immer Männer. Wenn Frauen in der Nähe waren, wurden sie verschont, oder lediglich aus Notwehr so weit außer Gefecht gesetzt, dass sie den Harpyien nicht in die Quere kamen. So war es auch bei dem Angriff auf den Orden gewesen. Ich hatte nur Männern ihre Seelen zurückgeben müssen, die Frauen waren nur leicht körperlich verletzt gewesen. Was das zu bedeuten hatte, blieb offen.

Wir flogen gerade wieder über die Stadt, als mir ein Gedanke kam.

Der Überfall auf den Orden passte nicht ins Bild. Dort hatten die Harpyien etwas gesucht und waren nicht auf Rache aus gewesen. Waren sie doch auf der Suche nach Rya gewesen? Oder mir?

Mein Magen machte einen Satz, als wir uns erneut in den Sinkflug begaben. Mir war schon seit einer Weile schlecht vor Ekel und Schuld. Meine Angst, mich mitten im Flug übergeben zu müssen, trug auch ihren Anteil dazu bei.

Doch ich schaffte es ohne Zwischenfall zurück auf die Erde. Wir waren in einem Park gelandet, ähnlich jenem, von dem aus wir gestartet waren. Er lag recht weit außerhalb, bisher war ich noch nie hier gewesen. Keine der Harpyien machte Anstalten, den Weg vorzugeben. Stattdessen sah Medea sich suchend um. Ihr Blick blieb an einem einzelnen Mann hängen, der auf dem Kiesweg joggte. Mit einer Kopfbewegung gab sie den Harpyien zu verstehen, dass er es war, auf den sie es abgesehen hatte.

Er sah sie nicht kommen. Doch statt seine Seele zu rauben, schlugen die Harpyien ihn bewusstlos und schleiften ihn vor meine Füße.

»Er gehört dir«, sagte Medea und sah zu mir.

»Wer ist das?«, fragte ich.

Sie zuckte mit den Schultern. »Ein Niemand.«

Ich sah auf den schlaffen Körper des Mannes hinab. Er war vielleicht Mitte dreißig, braunhaarig und athletisch gebaut. Sein Gesicht sagte mir überhaupt nichts. Der Zufall war zu seinem Verhängnis geworden. Was sollte ich jetzt tun? Danebenstehen und dabei zusehen, wenn Menschen die Seelen geraubt wurden, war das eine. Aber es selbst tun? Der Gedanke trieb den Geschmack bitterer Galle auf meine Zunge.

»Leg deine Hand auf seine Brust und hör auf deine Instinkte«, wies Medea mich an. Mein Arm zitterte, als ich ihrem Befehl nachkam. Alles in mir sträubte sich dagegen, aber vielleicht lernte ich so, wie ihre Magie funktionierte. Und etwas zu verstehen war der erste Schritt, um es zu zerstören.

Ich spürte das Herz in seiner Brust schlagen, sein Torso bewegte sich bei jedem Atemzug. Sein Shirt war vom Joggen durchgeschwitzt und er roch nach Schweiß und Deodorant.

»Du musst seine Seele fühlen und eine Verbindung aufbauen«, leitete Medea mich. Früher war ich es gewesen, die ihr Hilfestellung beim Wirken von Magie gegeben hatte, nun saß ich am anderen Ende. Ich wusste bereits, wovon sie sprach. Unter meinen Fingerspitzen spürte ich die Seele, wie der energiegewordener Hilferuf, sobald man sie aus einem Körper riss. Die Verbindung aufzubauen fiel mir leicht, vermutlich weil ich es im Orden bereits einmal getan hatte. Ob Medea davon wusste? Sollte ich mein Wissen lieber zurückhalten? Je schneller ich zu dem wurde, was sie von mir wollte, desto schlechter.

Ich ließ mir viel Zeit, ehe ich nickte.

»Und jetzt ruf deine Krallen hervor. Folge deinen Instinkten.«

Wenn ich das Wort Instinkte noch ein Mal aus ihrem Mund hörte, würde ich mich wirklich übergeben. Es hatte all seine einst gute Bedeutung verloren.

Trotzdem schloss ich die Augen und hörte in mich hinein. Die Harpyienmagie antwortete mir sofort, was mich ebenso überraschte wie erschreckte. Ihre dunklen Fäden erstreckten sich unter meiner Haut in jeden Winkel meines Körpers und es wäre ein Leichtes gewesen, die Krallen auszufahren. Natürlich, jetzt funktionierte es, aber als ich Skóros hatte befreien wollen, waren sie nicht so gefügsam gewesen. Innerlich verfluchte ich sie, was die Magie mit einem warnenden Ziepen beantwortete.

Was jetzt? Ich brauchte Zeit. Und ich wollte dem Mann auf keinen Fall seine Seele rauben.

Ich presste die Zähne aufeinander, legte den Kopf schief und hielt den Atem an.

»Es klappt nicht«, log ich, obwohl die Magie in mir brodelte und danach drängte, freigelassen zu werden. *Jetzt nicht.*

»Versuch es weiter«, befahl Medea, in ihrer Stimme schwang ein Hauch Ungeduld mit. Erneut führte ich meine Scharade auf und tat so, als würde es mir nicht gelingen.

»Ich schaffe es nicht, tut mir leid«, presste ich hervor und senkte demütig den Kopf.

»Ist in Ordnung«, sagte Medea. Dann rammte sie selbst ihre Klauen in die Brust des Mannes und entriss ihm die Seele. Der leblose Körper sackte zusammen und tränkte den Untergrund mit seinem Blut. Die Schreie der verzweifelten Seele waren nicht zu überhören. Sie reihten sich in die der anderen ein, die in den Beuteln dahinsiechten. Mit der Zeit wurden sie leiser, das Klagen jedoch umso unerträglicher. Ich hatte nur zugesehen. Die Abscheu gegen mich selbst stand der Medea gegenüber kaum nach.

Der Wind, der mir auf dem Rückflug um die Ohren sauste, half da nur wenig. Mittlerweile fiel mir das Fliegen so leicht, als hätte ich mich nie anders fortbewegt. Doch die Schönheit daran war bereits jetzt verloren gegangen, verpestet von den Verbrechen, die wir heute begangen hatten. Wann immer ich flog, ich würde daran denken müssen.

Medea schreckte mich aus meinen Gedanken hoch, als sie nah an mich heranflog. »Komm mit«, rief sie in den Wind und drehte dann ab. Ich folgte ihr, die anderen Harpyien blieben auf Kurs zum Gewächshaus.

Medea steuerte auf mein Haus zu. Ich versuchte mir meine aufkommende Panik nicht anmerken zu lassen, und betete innerlich zu allen Göttern, dass Rya und die anderen nicht dort waren. Noch einmal würde ich sie nicht vor Medea schützen können.

Die Landung in meinem Vorgarten gelang mir erstaunlich gut, trotz der wackeligen Knie, die ich hatte. Medea musterte mich und meine Reaktion auf unser Ziel genau und ich konnte nicht deuten, ob ihr gefiel, was sie sah, oder nicht.

Es fühlte sich an, als hätte ich mein Haus seit Jahren nicht gesehen. Doch es sah genauso aus wie in jener Nacht, in der ich es hinter mir gelassen hatte. Ein Ziehen der Sehnsucht fuhr mir durch die Brust. Hinter den Fenstern war kein Licht zu sehen, es schien niemand da zu sein.

Medea stellte sich neben mich und folgte meinem Blick. Dieses Haus war einst auch ihr Zuhause gewesen. Was empfand sie, wenn sie es betrachtete?

Ein paar Minuten standen wir schweigend nebeneinander. Es war unangenehm, doch ich wollte nicht die Erste sein, die sprach. Ein Mal wollte ich dieses stille Duell gewinnen und die Nähe zu meinem Haus schenkte mir die nötige Ruhe und Geduld.

Irgendwann seufzte Medea. »Lüg mich nie wieder an, Ilena.«

»Wie bitte?«

»Du kannst deine Klauen heraufbeschwören, trotzdem hast du dich heute geweigert und mich angelogen. Du weißt, was ich von Respektlosigkeit halte.«

Shit. »Es tut …«

»Du sollst nicht lügen«, fiel sie mir ins Wort und ich biss mir auf die Zunge. »Es tut dir nicht leid. Noch nicht. Aber jedes Mal, Ilena, wenn du dich mir widersetzt, werde ich deine alte Welt Stück für Stück zerstören und du wirst dabei zusehen. Besser noch, du wirst mir dabei helfen. Bis du endlich begreifst, wo dein Platz ist.« Sie deutete auf das Haus. »Brenn es nieder.«

»Was?« Ich fuhr zusammen und suchte ihren Blick. Sie meinte es todernst.

»Brenn das Haus nieder, oder ich töte deine Freunde.« Ihre Augen waren wie stahlharter Obsidian, unnachgiebig und schwarz wie die Nacht. Unsterblich und qualenbringend wie der Styx. »Benutze deine Klauen.«

Jegliche Erwiderung blieb mir im Hals stecken. Sie würde ihren Worten Taten folgen lassen und nur der Gedanke an meine Freunde hielt mich davon ab, ihr an die Gurgel zu springen. Sie würde ihre Drohung wahrmachen und sie töten, wenn ich nicht gehorchte.

Medea fuhr ihre Krallen aus. »Fordere mich nicht heraus.«

Ich drehte mich um und ging zur Haustür. Dort hatte diese ganze Geschichte ihren Anfang genommen. Ich erinnerte mich genau daran, wie Nick geklingelt und ich Rya zum ersten Mal gesehen hatte. Niemals hätte ich mir ausmalen können, was danach alles passierte. Gutes wie Schlechtes. Wobei streng genommen alles begonnen hatte, als Medea mich täuschte. Mit dem Mottentattoo, das so viel mehr als das gewesen war. Eine Verpflichtung, der ich nicht zugestimmt hatte. Ein Schicksal, das ich nicht wollte und über das ich nicht bestimmte.

Noch nicht, dachte ich und ein diabolisches Grinsen schlich sich auf meine Lippen. Diese Worte, die Medea so gern verwendete, würden hoffentlich eines Tages ihr Untergang sein.

Ich legte eine Hand auf das Holz der Haustür und strich über die vertraute Maserung. Hinter dieser Tür hatte sich der Großteil meines Lebens abgespielt. Das Dach dieses Hauses hatte mich geschützt, die Wände Lachen sowie Weinen vernommen, und jede Faser war mit meiner Magie getränkt. Sie prickelte auf meiner Haut und das vertraute Gefühl trieb mir Tränen in die Augen. Die Reste meiner Macht waren unzertrennlich mit dem Haus verbunden.

Durch die Tür spürte ich die Energie des Hauses, das magische Flackern der unzähligen Gegenstände im Inneren drang zu mir durch und begrüßte mich wie eine alte Freundin. Es brach mir das Herz, dass alles mit dem Haus untergehen würde.

Dann spürte ich noch etwas, was endgültig meine Dämme brach und mir ein Schluchzen entlockte. Die frische Brise von Ryas Seele, das kräftige Flirren von Nicks und Xanthos' tobender Sturm. Dazwischen ein Anflug von Luce und Cathy und den anderen, die im Laufe der Jahre über den alten Boden gelaufen, in den Kissen gesessen und das Bett mit mir geteilt hatten.

Die Seele des Hauses bestand aus den Seelen jener, die in ihm ein und aus gegangen waren. Und die Menschen, die ich am meisten liebte, hatten aus diesem Haus ein Zuhause gemacht. Und das konnten sie überall.

Ich wusste, wo mein Herz zu Hause war. Es war nicht in diesem Gebäude. Und es war auch nicht bei Medea. Es war, wo auch immer meine Freunde gerade waren.

In freudiger Erwartung schossen die rauchschwarzen Krallen aus meiner Haut und überdeckten meine Fingerkuppen. Sie fühlten sich ganz natürlich an, nur etwas wärmer als der Rest von mir.

Medea hinter mir lachte leise.

Nicht umdrehen, weitermachen, mahnte ich mich selbst. Ich legte meine Hände auf Augenhöhe auf die Tür.

»Es tut mir leid«, sagte ich zu dem Haus und allem, was sich darin befand. Dann schlug ich meine Krallen in das Holz. Die Harpyienmagie brauchte keinen Zauberspruch und keine gesprochene Anweisung. Sie tat einfach, was sie am besten konnte – zerstören. Ich ritzte tiefe Kerben in die Tür und Flammen flossen wie Blut aus den Wunden des Holzes. Das Haus verblutete und verbrannte gleichzeitig. Die Flammen sickerten in das Innere, krochen durch Ritzen und den blanken Stein. Mit einem stummen Aufschrei geriet meine alte Magie in Wallung und tobte durch das Haus, all die aufgeladenen Gegenstände im Inneren begannen zu vibireren. Ich spürte sie, als würden sie wie die Seelen nach mir rufen. Ich schloss die Augen und war für sie da, auch wenn ich nicht mehr tun konnte als zuhören.

Und doch juckte es mich in den Fingern, sie nicht einfach so den Flammen zum Fraß vorzuwerfen. Rauch umwehte mich und nahm mir die Sicht, das Feuer tanzte bereits zu meinen Füßen und an den Wänden. Es breitete sich schneller aus als ein normales Feuer, heißer und gnadenloser zugleich. Das Knistern brachte meine Ohren zum Klingen. Es war laut, sehr laut, und ich nutzte die Gunst der Stunde.

»*Magikí káfsi*«, flüsterte ich in den Rauch. *Magie brenne.*

Das Mal auf meiner Stirn erwärmte sich, wurde fast so heiß wie das Inferno. Es zwickte, dann sandte es eine Druckwelle aus, die durch das Haus fegte. Die magischen Gegenstände im Inneren reagierten sofort und sandten ihre Macht, vielen kleinen Explosionen gleich, aus. Feuer kämpfte gegen Feuer, die Flammen stachelten sich gegenseitig an und maßen ihre Kräfte.

Als sie ihre Ebenbürtigkeit bemerkten, vereinigten sich die Kräfte und schufen ein neues Feuer, das seine Farbe änderte. Die Magie in meinem Inneren war ein Spiegelbild dessen. Aus Orange und Rot wurde Lila und Violett, die goldenen Funken verfärbten sich kupfern, sowohl beim Feuer als auch bei meiner Magie. Die Hitze wurde stärker, das Rauschen der Flammen lauter. Ehrfürchtig brachte ich mehr Abstand zwischen mir und dem Haus, das lichterloh brannte wie eine grelle Fackel, die die Nacht erhellte.

Medeas Gemütszustand schwankte zwischen Bewunderung und einem Hauch Vorsicht. Sie hatte sich zurückgezogen und stand nun an der Grundstücksgrenze. Die Arme hatte sie leicht angehoben, als würde sie gleich abheben wollen.

Mein Feuer wärmte mir den Rücken, als ich zu ihr zurückkehrte und mich neben sie stellte.

»Gut gemacht«, sagte Medea mit einem leichten Flattern in der Stimme. Sie konnte die Blicke nicht von dem brennenden Haus lösen. Sie schien zufrieden, und ich hoffte, dass es dabei blieb und sie dies nicht als Akt der Rebellion sah. Ich hatte getan, was sie wollte, auch wenn ich meine persönliche Note eingebracht hatte. Die musste ich mir behalten, wenn ich dieses Dasein durchstehen wollte.

Ohne ein weiteres Wort stieß Medea sich ab und ich tat es ihr nach. Von oben zeigte sich das ganze Ausmaß des Brandes. Das Grundstück glühte und der warme Aufwind trieb uns höher und höher. Irgendwann würden die Schutzzauber brechen und die Nachbarn das Inferno bemerken. Wenn sie versuchten, es zu löschen, würde das nicht gut ausgehen, denn gegen magisches Feuer waren sie nicht gewappnet.

Ein letztes Mal baute ich eine Verbindung zu der Magie unter mir auf. *»Na ekrageí.« Implodiere.*

Die Nacht hielt den Atem an, dann wurden Hitze und Rauch nach unten gesogen, als das Flammenmeer implodierte. Die Teile des Hauses, die sich bisher erfolgreich gewehrt hatten, stürzten ein und zerstreuten Staub in alle Richtungen. Die Flammen erstarben, und nur noch ein Glühen blieb übrig. Jetzt würde es hoffentlich länger dauern, bis das Chaos entdeckt wurde. Durch den Rauch, die Asche und den Staub sah ich nicht mehr viel von meinem Grundstück und den Trümmern, die wir zurückließen. Tränen liefen mir über die Wangen, als ich abdrehte und Kurs Richtung Gewächshaus nahm.

Erst als wir in der Unterwelt aus dem Styx auftauchten und in das Lager der Harpyien liefen, richtete Medea wieder das Wort an mich.

»Behalte den heutigen Tag stets in Erinnerung. Nun gibt es nichts mehr, was zwischen mir und deinen Freunden steht. Bei deinem nächsten falschen Schritt werde ich sie vernichten. Einen nach dem anderen.«

Ohne eine Antwort abzuwarten, drehte sie sich um und verschwand in eine andere Richtung.

Mit gesenktem Kopf besuchte ich Skóros und blieb dort ein paar Minuten. Mein Magen rumorte, mein ganzes Inneres war wegen der Magie in Aufruhr. Sie fühlte sich eigenartig an, nicht wie die der *Mageía Mésa* und nicht wie die der Harpyien. Das war etwas Neues, etwas, was zusammenhing und doch getrennt funktionierte. Energiewellen schüttelten meinen Körper durch und mir wurde auf dem Weg zurück mehrmals schwindelig.

Ich fand meine Knochenhütte leer vor, Thanatos wartete dieses Mal nicht auf mich. Das war mir recht, denn so bekam niemand mit, dass ich mich hinter der Hütte übergab, bevor ich mich in das provisorische Bett fallen ließ.

KAPITEL 24

Am nächsten Tag übergab ich mich direkt nach dem Aufstehen wieder. Allein die Vorstellung, erneut mit Medea und den anderen in meine Welt zurückzukehren und dieses Mal keine Ausrede zu haben, drehte mir den Magen um. Ich wollte niemand Unschuldigen töten, doch meine Verweigerung würde das Schicksal meiner Freunde besiegeln.

Was sollte ich tun?

Was *konnte* ich tun?

Denk nach, Ilena.

Als sie mich holen kam, war noch immer keine Lösung in Sicht. Bei jedem Schritt grübelte ich weiter und hoffte, nicht nur unserem Ziel, sondern auch einem Plan näher zu kommen. Doch außer dröhnenden Kopfschmerzen kam nichts dabei herum. Beim Flug über Bellmont konnte ich keinen klaren Gedanken fassen und betrachtete stattdessen die Häuser unter mir, während mir frischer Wind ins Gesicht, aber leider nicht in meinen Kopf blies.

Häuser.

Mein Haus.

Etwas zupfte an einem Faden in meinem Gedächtnis.

Denk nach!

Während des Landeanflugs auf einen Hinterhof sah ich dann, womit der Faden verknüpft gewesen war. Vergilbte Buchseiten, das Gefühl einer Seele auf meiner Haut.

Und die Erinnerung an einen von Ryas Tricks. Damals hatte ich ihr mit ihrer Magie geholfen, jetzt musste ich sie mir als Beispiel nehmen.

Aus alldem formte sich eine Idee. Komplex, gefährlich. Und die einzige Chance, um Leben zu retten.

Die Klauen wanden sich warnend unter meiner Haut. Ich ballte die Finger zu Fäusten, um die Kontrolle zu bewahren. Als würde sie meine Unsicherheit riechen, richtete sich Medeas Blick auf mich und wanderte weiter zu meinen verkrampften Händen. Ihre Reaktion darauf bekam ich nicht mehr mit, weil ich mich auf die Landung konzentrieren musste. Schlitternd kam ich auf dem Asphalt auf und gönnte mir ein, zwei Sekunden, um durchzuatmen.

»Ilena.« Medeas Stimme kroch mir den Nacken hinauf und legte sich schwer über meine Schultern. »Du bist heute die Erste. An wem willst du Rache nehmen?«

»Rache?« Ich drehte mich zu ihr um.

Mit schief gelegtem Kopf und einem siegessicheren Lächeln kam sie auf mich zu, als würde die ganze Welt sich ihr beugen, wenn sie es wollte.

»Wer verdient es in deinen Augen nicht, am Leben zu sein?«, fragte sie.

Du.

Vor Schreck über mich selbst verschluckte ich mich an dem Gedanken. Das war die verratene Ilena, die aus mir sprach. Die vernarbte, gefangen genommene und verängstigte Ilena.

Und da wurde es mir klar. Nicht nur Medea war eine Fremde, ich war es auch.

Unsere letzte Begegnung vor diesem schrecklichen Chaos hatte in einem anderen Leben stattgefunden, unter einem anderen Mond und mit einem anderen *Wir.*

»Niemand«, log ich.

Sie zuckte kaum merklich mit den Schultern. »Du lässt dir das großartige Gefühl der Genugtuung entgehen.«

Auf ein Nicken ihrerseits schwärmten die Harpyien aus. Dann befahl Medea mir, ihr in Richtung Straße zu folgen. Wir blieben in den Schatten der Häuserfassaden stehen. Die Stadt erwachte aus ihrem unruhigen Schlaf, ihre Adern füllten sich mit Autos und Menschen, die ihr eine vielschichtige Stimme verliehen. Ihr von Abgasen und Staub getränkter Atem strich über uns hinweg, als wir uns in ihr Herz vordrängten.

Ohne Vorwarnung schoss Medea aus den Schatten und schnappte mit den Krallen nach einem Passanten, der sein Unglück nicht kommen sah. Kaum hatte sie den armen Mann gepackt, stieß sie ihn mir in die Arme. Es geschah so schnell, dass er erst schrie, als ich die Hände auf seine Brust legte, um ihn zu stützen.

Er hatte grüne Augen, braunes Haar und dünne Lippen. Das registrierte ich noch, ehe Medea ihm die Krallenhand auf den Mund presste. »Lauf«, zischte sie ihm zu und er wurde in ihrem Griff ganz still. Ob er gerade die Melodie der Unterwelt hörte? Ob er die bleierne Aura des Todes spürte? Seit ich selbst eine Harpyie war, hatte ich beides nicht mehr in derselben Stärke wahrgenommen wie als Mensch.

Den Mann vor sich hertreibend, rückte Medea tiefer in die Schatten vor, bis wir wieder in dem dreckigen Hinterhof standen, der nur von blinden Wänden umgeben war. Niemand würde uns sehen, niemand würde Hilfe holen.

Medea packte den Mann am Haarschopf und zog seinen Kopf nach hinten, sodass seine Kehle entblößt war. Er gab keinen Mucks von sich, sein ganzer Körper zitterte. Seine Augen zuckten hin und her, sein Blick war in die Ferne gerichtet, als suchte er etwas. Er musste die Melodie hören und befand sich in einer ähnlichen Schockstarre wie Xanthos und ich, als wir die Feder berührt hatten.

Medea nickte mir auffordernd zu. »Es wird Zeit, deine Krallen zu wetzen.«

Bleib ruhig, Ilena. Du schaffst das.

Ich legte meine Hand auf die Brust des Mannes. Sein schwarzes Shirt war nass vor Schweiß. Unter dem Stoff spürte ich seinen bebenden Herzschlag, der durch seinen Körper raste. Um etwas Zeit zu schinden, tat ich so, als würde es mich Überwindung kosten, die Krallen hervorzurufen. Dabei wüteten sie schon, wollten rausgelassen werden und sich durch Fleisch und Knochen bohren.

Dann dachte ich an mein Haus, mein Zuhause. Innerhalb seiner Wände hatte ich die verblassten Rückstände der Seelen meiner

Freunde wahrgenommen. Ich hatte sie gespürt, obwohl die Seelen selbst nicht dort waren, nicht getrennt von ihren Hüllen.

So wie ich jetzt die Seele des Mannes vor mir spürte, obwohl ich sie nicht in Händen hielt. Sie pulsierte in seiner Brust, in jeder seiner Zellen.

Laut dem Buch aus dem Archiv brauchte es keine ganze Seele, um einen Menschen am Leben zu erhalten, es reichte auch ein Teil davon. Fehlte nur noch ein Teufel, der einen Pakt schloss.

Ich fuhr die Krallen aus und zuckte zusammen, als sie sich in den Brustkorb bohrten. Haut zerriss, Knochen und Knorpel knackten, die Muskeln darum erschlafften, als der Mann das Bewusstsein verlor. Galle stieg in mir auf und ich presste die Lippen fest zusammen.

Wie von selbst fanden die schwarzen Klauen die Seele dahinter und schlossen sich darum. Sie war eiskalt und verbrannte meine Haut. Reflexartig zog ich die Hand ein Stück zurück, ehe ich mich an meinen Plan erinnerte und mich dazu zwang, sie zu lassen, wo sie war. Ich tat so, als hätte ich die Seele noch nicht in den Fingern und drehte meinen Arm vorsichtig hin und her, damit Medea nicht dachte, ich würde Zeit schinden oder mich drücken wollen.

Mir rutschte das Herz in die Hose, als das Mal auf meiner Stirn zu leuchten begann. Medeas Blick richtete sich darauf, doch sie schien weder überrascht noch besorgt. Diesen Moment nutzte ich und ließ meine Magie aus den Fingerspitzen fließen. Ich bediente mich eines Fitzelchens, das in den Resten meines Brusttattoos schlummerte, und übertrug es auf den Körper meines Opfers. Der goldene Schimmer war weder für Medea noch mich sichtbar, ich führte die Magie nur mit meinen anderen Sinnen. Ich webte den Faden um die Seele in meiner Hand und er schnürte einen Teil ab, legte sich schützend darum wie ein Kokon. Zumindest hoffte ich das, mehr als einen vagen stromähnlichen Impuls bei der Abspaltung bekam ich davon nicht mit. Bei der Größe hörte ich auf mein Bauchgefühl.

Um Medea nicht misstrauisch zu machen, sah ich nicht nach unten, um zu überprüfen, ob meine gewählte Linie des Tattoos sich aufgelöst hatte. Ich musste hoffen, dass es so war und dass Medea das Fehlen später nicht bemerkte.

Zuallererst aber flehte ich innerlich darum, dass ich das Leben des Mannes rettete.

Medea öffnete den Mund, vermutlich um mich zur Eile anzutreiben, doch ich kam ihr zuvor. Ich zog meine Hand aus der Brust des Mannes und beschwor meine Magie im letzten Moment noch, seine physischen Wunden von innen heraus zu heilen. Unauffällig, aber möglichst schnell. Die Organe waren unversehrt, nur die Knochen und Muskeln waren übel zugerichtet.

Kaum bekam Medea die Seele zu Gesicht, ließ sie den Mann zu Boden sinken, der leblose Körper sackte einfach zur Seite weg. Er stieß mit dem Kopf auf den Beton, doch es floss kein Blut. Ich wandte den Blick ab.

Die Schreie der Seele übertönten alles, doch sie wirkte nicht viel kleiner als die andere, die ich bereits in Händen gehalten hatte. Erst als ich sie auf Medeas Befehl hin in den Beutel gleiten ließ und die Schnüre zuzog, hörte ich mich selbst wieder denken. Ich stolperte zu einer Hauswand ein paar Schritte weiter und lehnte die Stirn gegen den kühlen Stein. Ein trockenes Würgen zwang mich in die Knie. Ich schlug die Krallen in den Putz, um aufrecht stehen zu bleiben, während meine Muskeln verkrampften.

»Lass uns gehen«, sagte Medea und lief schon Richtung Straße weiter. Ihre Vogelfußklauen rauschten nur haarscharf an dem Kopf unseres Opfers vorbei, das sich noch immer nicht rührte. Mein Blick huschte zu meiner Brust.

Ein winziges Stück der Linie des Kristalls fehlte. Mit einem einfachen Zauber konnte ich sie vielleicht nachzeichnen und meinen Trick so lange wie möglich vertuschen. Später. Sobald ich wieder bei Kräften war.

Mit zitternden Knien stieß ich mich von der Wand ab und folgte Medea. Wie sie lief ich nahe an unserem Opfer entlang und riskierte einen Blick auf seine Brust.

Vor lauter Blut und aufgerissener Haut war kaum etwas zu erkennen. Ich rümpfte die Nase ob des widerlichen Gestanks, dessen ich mir erst jetzt bewusst wurde.

Da!

Unter einer dünnen Spur aus Blut entdeckte ich eine goldschimmernde frische Narbe, die meine Magiefäden gesponnen haben mussten. Ich kniff die Augen zusammen, hielt einen Moment inne und biss mir vor Erleichterung auf die Lippe, als ich an den Wundrändern etwas aufblitzen sah.

Hastig wandte ich mich ab und schlüpfte in die Schatten. Bis ich Medea erreichte, musste ich das Lächeln abschalten, ich …

Es erstarb von selbst, als mir ein Gedanke kam.

Medea nutzte die Seelen, um neue Harpyien zu erschaffen. *Ganze* Seelen.

Was, wenn die Unterwelt sich nicht mit weniger zufrieden gab?

Direkt danach brachte Medea mich zurück in die Unterwelt und trug mir auf, mich auszuruhen, nachdem ich ihr meinen Beutel ausgehändigt hatte. Mein Körper seufzte vor Erleichterung, doch mein Herz schlug Alarm. Jede Seele, die nicht durch meine Hand geraubt wurde, bedeutete einen Tod.

Hätte sie mich statt der anderen Harpyien losgeschickt, hätte ich zumindest ein paar Leben retten können. Mich freiwillig anzubieten traute ich mich nicht, den schnellen Sinneswandel hätte sie mir nicht abgekauft.

Ich musste vorsichtig sein und mir jeden Schritt gut überlegen, damit ich überhaupt noch einmal die Chance bekam, jemanden zu beschützen.

Meinem Herz reichte dieser Gedanke nicht, es pochte protestierend und mir wurde schwindelig. Ächzend ließ ich mich bäuchlings aufs Bett fallen und war wenig später eingeschlafen.

Als ich erwachte, brannte mein Körper vor Erschöpfung. Fast ein ganzer Tag war vergangen. Dass ich noch am Leben war, wertete ich ausnahmsweise als ein gutes Zeichen.

Trotzdem wollte ich keine Zeit verschwenden. Mit einem Zauber fuhr ich die fehlende Kontur meines Tattoos nach. Die Farbe war nicht zu hundert Prozent dieselbe, aber solange niemand zu genau hinsah, sollte es reichen. Mein Blick fiel auf die Wände der Knochenhütte. Die zum Bau genutzten Gebeine waren stellenweise rußgeschwärzt. Ich stand auf und trat näher an eine der dunkleren Stellen heran. Mit dem Finger nahm ich etwas von der Asche ab und verteilte sie über dem Tattoo, als hätte ich mir im Schlaf unbewusst darübergestrichen. Ich rieb auch ein wenig an andere Stellen, damit es nicht so auffiel.

Und falls sich jemand über den Dreck an meinen Fingern wunderte, würde ich einfach sagen, dass ich mich nicht freihändig übergeben konnte und die Gebeine meine einzigen Freunde hier waren. Nur mit etwas weniger Sarkasmus. Bis zum nächsten Gang durch den Styx sollte ich sicher sein. Sofern es in der Unterwelt überhaupt ein Konzept von Sicherheit gab.

Trotzdem schlug mir das Herz bis zum Hals, als ich meine Unterkunft verließ, um mir die Beine zu vertreten. Am Feld der Motten suchte ich nach Skóros.

Er kam an den Rand des Feldes gekrabbelt und ich kniete mich neben ihn. So schrecklich die gestrigen Ereignisse gewesen waren, sie hatten mich doch auf eine Idee gebracht und mir Vertrauen in mich selbst geschenkt.

»Vertrau mir«, flüsterte ich meinem Nachtfalter zu und wusste, dass das viel verlangt war. Ich zog eine weitere Linie aus meinem Tattoo heraus und übertrug sie auf Skóros. Murmelnd leitete ich die Magie an, seine Flügel zu heilen, und den Schein von gebrochenen Gliedern zu wahren. So würde er ohne Schmerzen hierbleiben können. Oder fliehen, wenn er es wollte.

Doch die Risse in seinen Flügeln heilten nicht. Kurz flammte meine Magie darin auf, aber es passierte nichts. Was auch immer Medea für eine Macht angewandt hatte, ich konnte noch nicht mit ihr konkurrieren. Skóros' Fühler hoben sich ein Stück und er wirkte aufgeweckter als noch eine Sekunde zuvor.

»Sind die Schmerzen erträglicher?«

Ein Fühlerzucken und ein weiteres wohlklingendes Fiepsen. »Es tut mir leid, dass ich im Moment keine bessere Hilfe bin. Ich arbeite dran, versprochen.«

Ich erhob mich und Skóros versteckte sich wieder zwischen den anderen Wesen auf dem Feld.

Wenn ich den Hades in einem Bild hätte beschreiben müssen, es wäre dieses gewesen. Gebrochene Wesen, denen Frieden versagt wurde.

Nicht zum ersten Mal fragte ich mich, wo im Tartaros die Seelen verweilten und welche Form sie hatten. Seit meiner Ankunft hatte ich weder welche gesehen noch gehört.

»Da bist du ja.«

Ich erschrak, als Medea hinter mir landete. Rauch und Asche stoben auf, setzten sich in meiner Nase fest. Jeder Atemzug kratzte und trieb mir Tränen in die Augen.

Medea musterte mich von Kopf bis Fuß und mir rauschte das Blut in den Ohren, als ihr Blick über meinen Oberkörper glitt. Er blieb dort nicht hängen und wanderte direkt zu meinen Augen weiter.

Sie reichte mir meinen ledernen leeren Beutel, den ich in der Hütte zurückgelassen hatte. Es brauchte keine Worte, keine Befehle. Ich wusste genau, was auf mich wartete.

Der nächste Seelenraub.

Drei Seelen. So viele stahl ich in jener Nacht unter den wachsamen Augen von Medea.

Und jedes Mal vollführte ich meinen Trick etwas schneller. Ich machte es genau wie bei meinem ersten Opfer. Mit meiner Magie schnürte ich einen Teil der Seele ab, ummantelte diesen schützend und nahm den Rest an mich. Medea wirkte zufrieden und nach der dritten Seele traten wir den Rückweg an.

Beim Eintauchen in den Styx klammerte ich mich an dem Beutel fest, damit ich die Seelen nicht verlor. Doch kaum waren wir wieder in der Unterwelt, nahm Medea ihn mir ab und schickte mich zurück in meine Hütte. Sie hatte kaum ein Wort mit mir gesprochen und ich konnte nicht einschätzen, was sie von alldem dachte. Zu meiner Schande musste ich gestehen, dass ich froh darüber war, dass sie mich gehen ließ. Meine Magieopfer forderten ihren Tribut und ich fühlte mich ausgelaugt. Ich wusste nicht mehr, wo die Schmerzen endeten und mein Körper anfing, es war alles eins.

Ausruhen. Die fehlenden Linien mit einem Zauber überdecken. Warten. Im Geiste sprach ich meine Tätigkeiten nach, weil ich Angst hatte, die Nachricht käme sonst nicht bei meinen Armen und Beinen an.

Warten. Warten. Warten.

Am dritten Abend ließ Medea mich fünf Seelen stehlen. Dass sich dabei so etwas wie eine Routine einschlich, widerte mich selbst an. Doch das ließ ich mir nicht anmerken, ich verrichtete wortlos meine

Aufgabe, verfluchte Medea im Stillen und flehte meine Magie an, mich nicht im Stich zu lassen.

Mit der fünften Seele war dann fast die ganze Kontur des Kristalltattoos aufgebraucht, nur eine der echten magischen Linien blieb noch übrig. Irgendwann würden meine Reserven erschöpft sein, bis dahin brauchte ich einen besseren Plan. Oder überhaupt mal einen.

Eine Panikattacke zu bekommen, während man gerade eine Seele in der Hand hielt, war ein denkbar ungeeigneter Zeitpunkt, aber sie ließ sich nicht aufhalten. Genau in dem Moment durchflutete mich die Erkenntnis, dass ich kein Ziel hatte. Außer Überleben.

Was die Voraussetzung für alles andere war.

Eins nach dem anderen.

Auch wenn ich außer den zittrigen Fingern keine äußerlichen Symptome meiner inneren Unruhe zeigte, beendete Medea nach der fünften Seele unseren Streifzug durch die Stadt. Sie kommentierte meinen Zustand nicht und ließ mich wieder in der Unwissenheit hängen.

Doch dann überraschte sie mich.

Nach unserer Rückkehr in den Tartaros nahm Medea mich mit zum Phlegethon. Er ließ uns ohne Weiteres passieren, außer Hitze setzte er mir diesmal nichts entgegen.

Auf der anderen Seite wartete nach wie vor die Asphodeloswiese auf uns und Medea führte uns weiter zum Styx. Am Ufer öffnete sie den Beutel mit den Seelen, die sie und ich heute gesammelt hatten. Die Hilfeschreie wurden lauter, als der Stoff sie nicht mehr abdämpfte.

»Ich werde dir zeigen, wie wir neue Harpyien erschaffen. Das wird eines Tages auch deine Aufgabe sein.«

Diese Offenbarung kam so unerwartet, dass ich kein Wort herausbekam. Nach den Tagen des Schweigens und Unwissens hätte ich alles erwartet, bloß das nicht. Ich trat näher zum Ufer und beobachtete Medea. Jetzt würde ich mit eigenen Augen sehen, was die Unterwelt von meinen geraubten Seelenstücken hielt.

Sie kippte den Inhalt des Beutels in den Styx und die leuchtenden Seelen versanken geräuschlos im flüssigen Schwarz, das auch die Hilferufe schluckte.

Medea hob den Arm und das Mal auf ihrem Handrücken glühte golden. »*Mou dóste to Antítheto apó aftó pou sas édosa.*« *Gib mir den Gegensatz von dem, was ich dir gab.*

Das Aufglimmen ihrer Magie war so stark, dass ich es auf meiner Haut spürte. Sie nutzte nicht nur die Magie einer Harpyie, sondern auch ihre alten Kräfte. Die der *Mageía Mésa*. Und sie verband sie miteinander. So wie ich es getan hatte.

Mein Blick huschte zwischen dem Fluss und Medeas Gesicht hin und her. Ich wollte sehen, wie der Zauber wirkte, und auch keine ihrer Regungen verpassen. Sollte etwas nicht so laufen wie geplant, sollte die Unterwelt die Seelen nicht annehmen, so würde ich die ersten Anzeichen dafür an ihr entdecken.

Das Wasser des Styx kräuselte sich und warf Blasen, als würde es kochen. Eine Zeit lang passierte nichts weiter, auch Medea regte sich kaum.

Rufe ertönten aus der Ferne, sie eilten den dazugehörigen Seelen voraus. Fünf von ihnen schwebten den Fluss entlang auf uns zu. Medea wandte sich den leuchtenden Kugeln lächelnd entgegen.

»*Akolouthíste me*«, sagte sie. *Folgt mir.* Ich stieß den Atem aus und Erleichterung durchflutete mich. Der erste Schritt war getan.

Wie eine Kette aus überdimensionalen Glühwürmchen folgten die Seelen Medea zum Ufer des Phlegethon.

Dort angekommen, hielt sie inne und griff erneut in den ledernen Beutel an ihrer Hüfte. Sie zog ein kleines Räucherbündel aus der Tasche, dessen Bestandteile ich vereinzelt erkannte. Ein ähnlich zusammengesetztes Gebinde hatten wir damals für das Tattoo verwendet. Medea entzündete die Kräuter mit einem Zauber und feiner Rauch stieg kräuselnd auf, den sie in Richtung der Seelen pustete.

»*Sýndesi sto fos*«. Der Zauber, der übersetzt *Verbindung zum Licht* bedeutete, zeigte seine Wirkung sofort. Der graugrüne Rauch wirbelte auf, zog Kreise durch die Luft und verdichtete sich. Kleine Motten aus aschebeflocktem Rauch flogen Sekunden später um die Seelen herum.

Es brauchte nicht mehr als eine Handbewegung von Medea und die Seelen flogen, begleitet von den Motten, in die flirrende Wand. Diese erstickte die Schreie, sie waren auf sich allein gestellt.

Es hatte gefühlt nur zehn Minuten gedauert, um diesen Handel zu schließen und neue Seelen für die Harpyien zu rekrutieren. Das war viel zu einfach für so etwas … Unvorstellbares. Dahinter musste mehr stecken, als auf den ersten Blick zu sehen war. Medea zog in Erwartung einer Frage eine Braue nach oben. Statt meiner Neugierde nachzugeben, wandte ich mich ab und schritt durch den Phlegethon ins Lager zurück. Ich würde die Antworten auch so finden.

Nicht alle Seelen schafften es auf die andere Seite, nur drei neue Harpyien und ihre Motten wurden vom Phlegethon freigegeben. Medeas Schulterzucken verriet mir, dass es nicht das erste Mal war, dass das passierte. Es lag also nicht an den Seelen selbst, dass der Handel nicht ausgeglichen war. Die Unterwelt zwei neue Seelen bekommen. Gut möglich, dass das ein Grund war, warum sich der Styx oder wer auch immer auf diesen Tausch eingelassen hatte – weil es dabei Verlierer und Gewinner gab.

Ich sah zum Himmel, der düster verhangen über uns schwebte. Eine weitere Unbekannte für die Gleichung. Großartig.

Hinzu kam, dass die Seelen wie aus dem Nichts neue Körper bekamen. Kam die nötige Magie dazu von Medea oder dem Phlegethon?

Zu meiner Überraschung stellte ich fest, dass die Neuankömmlinge nahezu herzlich aufgenommen wurden. Kaum dass sie auf der Seite des Lagers ankamen und fast zusammenbrachen, eilten mehrere Harpyien auf sie zu und halfen ihnen auf. Gemeinsam führten sie sie zu leeren Knochenhütten und redeten beruhigend auf sie ein.

Die Nachtfalter, ebenfalls in ihrer neuen Gestalt, wurden von zwei Harpyien gefangen, in die goldenen Käfige gesteckt und weggebracht.

»Hast du aufgepasst?« Medea sah gemeinsam mit mir den eingesperrten Wesen hinterher.

»So gut wie möglich.«

»Die Details verrate ich dich ein anderes Mal. Wir wollen ja nicht, dass du auf dumme Gedanken kommst.«

So wie der Handel mit den Seelen war dieser Einblick in die Welt der Harpyien Teil eines Tauschgeschäftes. Medea warf mir einen Brocken Information vor die Füße, um sich im Gegenzug mein Vertrauen oder zumindest meine Geduld zu erkaufen. Es war zu befürchten, dass es auch hier Gewinner und Verlierer gab.

Medea nickte mir zu und folgte den Harpyien mit den goldenen Käfigen. Bald schon würden die neuen Harpyien dort hingeführt und dazu gezwungen werden, den Nachtfaltern die Flügel zu brechen, damit ihre Verbindung zu der Welt der Lebenden für immer an die Unterwelt gekettet war.

Verbindung zum Licht … Motten wurden von Licht angezogen. Kein Wunder, dass ausgerechnet sie das Symbol von Toten waren, die sich nach dem Licht der Lebenden sehnten. Oder zumindest in deren Welt herumspazieren und morden wollten. Es war eine Schande, dass die Harpyien diese Wesen, wenn auch nur magischen Ursprungs, dafür missbrauchten.

»Du gehörst nicht hierher«, sagte Thanatos, der sich in jener Sekunde neben mir materialisierte. Vor Schreck fuhren meine Krallen reflexartig aus.

»Beginnst du jede deiner Unterhaltungen mit diesen Worten?«, fragte ich und sah mich um. Es waren kaum Harpyien am Ufer des Phlegethons, alle anderen außer Hörweite. Und so, wie sie mich mieden, gingen sie auch Thanatos aus dem Weg. Die Krallen zogen sich zurück.

»Vielleicht«, antwortete der Gott des Todes. »Es ist jetzt genauso wahr wie bei unserem letzten Treffen. Deswegen reden sie nicht mit dir. Sie wissen, dass du nicht wirklich eine von ihnen bist.«

Ich hob die Arme und raschelte mit den Flügeln. »Ich habe Federn unter den Achseln. Wenn ich keine Harpyie bin, was dann?«

Seine Kiefermuskeln zuckten. »Du weißt, was ich meine. Im Herzen bist du keine Harpyie. Und auch keine verlorene Seele.«

Ich schluckte schwer. Das von ihm zu hören tat gut. Es waren erst ein paar Tage und trotzdem nagte dieses Dasein jetzt schon hartnäckig an meiner Substanz.

»Darf ich dich um einen Gefallen bitten?«

Thanatos drehte langsam den Kopf in meine Richtung. »Mich?«

Ich überhörte die Verwunderung und den Hauch Arroganz, der darin mitschwang. »Sollte sich das ändern … sollte mein Herz zu dem einer Harpyie werden: Töte mich.«

Sein Auge weitete sich und das Schwarz seiner Iris wirbelte auf. Bronzefarbene Schlieren mischten sich darunter wie flüssige Blitze in einem düsteren Gewitterhimmel.

»Einverstanden«, sagte er und seine raue Stimme jagte mir einen unguten Schauer über den Rücken. »Aber«, fuhr er fort, und der

Schauer wurde zu einem Krampf, »solltest du es schaffen, die Harpyien zu besiegen und dein Herz freizukämpfen, schulde ich dir nichtsdestotrotz einen frei wählbaren Gefallen.«

Ich wälzte den Satz im Kopf hin und her. »Wo ist da der Haken? Was hättest du davon?«

Ein winziges Lächeln umspielte die Lippen- und Kieferpartie, als er nach vorn sah. »Ruhe«, antwortete er schlicht.

»Einverstanden«, wiederholte ich.

Er streckte mir seine menschlich aussehende Hand hin und ich schlug ein. Seine Haut war kalt, der Griff fest.

Eine Druckwelle presste mir die Luft aus der Lunge und ich keuchte. Thanatos lächelte entschuldigend. »Göttlicher Eifer.«

»Na, wenn es nur das ist«, antwortete ich heiser. Noch bevor er mich losließ, spreizte er die Flügel und löste sich in Rauch auf. Meine Finger griffen ins Leere und ich blinzelte heftig.

Gut möglich, dass ich mir diese Begegnung nur eingebildet hatte und langsam verrückt wurde.

Gut möglich, dass ich es schon längst war.

Wie jeden Abend suchte ich auch an diesem nach Skóros. Er erwartete mich schon am Rand des Feldes, wofür ich sehr dankbar war. So lief ich nicht Gefahr, versehentlich eine der armen Kreaturen mit meinen Klauenfüßen zu zermalmen.

Von den neuen Harpyien und Medea war noch nichts zu sehen, trotzdem wollte ich nicht zu lange bleiben.

Obwohl der Anblick von Skóros schrecklich war, beruhigte mich seine Anwesenheit und andersherum hatte es einen ähnlichen Effekt. Die Wirkung meiner Magie hielt an, er wirkte lebhafter und nicht mehr gequält. Gern hätte ich ihn in meine Hütte mitgenommen, aber ich wollte Medeas Zorn nicht erneut auf ihn lenken. Das hatte ich ihm am ersten Abend bereits gesagt und er schien es zu verstehen. Immerhin kam er jeden Abend zu mir zurück. Ich streichelte seinen kleinen Kopf.

»Es ist viel passiert«, sagte ich. »Und es geht mir besser. Die Magie rumort nicht mehr so stark. Vielleicht schaffe ich es sogar, damit bald wieder richtig zu zaubern und dich zu heilen.«

Skóros ließ meine Schilderungen geduldig über sich ergehen. Dabei zuckte mein Blick immer wieder zu den Rissen in seinen Flügeln. Jedes Mal ergriff dann ein Zittern meine Arme und ich wartete darauf, dass meine Knochen brachen.

Doch nichts passierte.

Ich blieb bei Skóros sitzen, bis mir die Augen zufielen. Ehe ich auf dem Feld einschlief, setzte ich meinen Nachtfalter ab und ließ ihn schweren Herzens zurück, um in die Knochenhütte zurückzukehren. Das Übergeben blieb aus, wofür ich dankbar war. Seit mehreren Tagen ohne anständige Hygiene fühlte ich mich auch so schon ekelhaft genug. Und die kurzen Schwimmeinheiten durch den Styx konnte man nicht in die Kategorie der Reinigung einordnen. Dass keine der anderen Harpyien mir als stinkend in Erinnerung geblieben war, wertete ich auch für mich selbst als gutes Zeichen. Trotzdem vermisste ich meine Badewanne.

Fast so sehr, wie ich Xanthos vermisste. Diesen Idioten.

Wenn ich an ihn dachte, dann nur in Zusammenhang mit meinen anderen Freunden, damit das klaffende Loch in meiner Brust nicht größer wurde. Doch ich machte mir etwas vor, wenn ich mir einredete, dass es gerade bei dem Gedanken an seinen Namen nicht schlimmer war.

Heute war ich nicht stark genug, um die Erinnerungen an ihn zu verdrängen. Sie bemerkten die Schwachstelle und nutzten sie schamlos aus, drangen in jeden Winkel meines Kopfes. Sie brachten mein Herz aus dem Takt, trieben mir Tränen in die Augen und drückten mich auf die Strohmatratze, die sich ohne ihn leer anfühlte. In diesem Moment hätte ich alles dafür gegeben, damit er einen seiner blöden Sprüche auf mich abfeuerte.

Doch es blieb totenstill.

Zwei Schritte vor, einer zurück. Medea sah mir am nächsten Morgen an, dass die vergangene Nacht auf ihre Art schlimmer gewesen war als all die schlaflosen zuvor. Das Missfallen stand ihr ins Gesicht geschrieben, ihre Lippen waren fest zusammengepresst.

»Deine Gefühle machen dich schwach«, zischte sie. »Damit hilfst du uns nicht.«

Ich würdigte das nicht mit einer Antwort, sondern wartete stumm auf weitere Befehle. Medea schüttelte den Kopf und schnaubte. »Vermisst du etwa diesen Großkotz von Krieger? Du hast etwas Besseres verdient.«

Meine Finger ballte ich zu Fäusten und ich biss mir auf die Unterlippe, bis es schmerzte. Nur so konnte ich die Beleidigungen und Flüche unterdrücken, die herausgeschrien werden wollten. Sah sie die lächerliche Ironie ihrer eigenen Worte wirklich nicht? War sie so krass von sich selbst geblendet?

Ich senkte demütig den Kopf und zum Glück reichte ihr das als Antwort. Sie ließ mich in Ruhe und trommelte zum Aufbruch.

Als Strafe – anders ließ es sich nicht interpretieren – ließ sie mich an diesem Abend zehn Seelen stehlen. Und sie genoss es, mir dabei zuzusehen, wie ich mich bei jeder einzelnen innerlich wand.

In der ganzen Zeit sagte ich kein Wort, ich konzentrierte mich einfach nur darauf, alles richtig zu machen und Medea mit meiner Magie zu hintergehen. Der Hass auf die Harpyie wuchs mit jeder Sekunde und ich war nach der beschissenen Nacht zu sensibel und fürchtete, dass all meine Wut aus mir heraussprudeln würde, wenn ich ihr ein Ventil gab. Also schwieg ich.

Ich wähnte mich auf der sicheren Seite, auch wenn ich es hätte besser wissen müssen. Zurück in der Unterwelt packte Medea mich am rechten Arm, eine mir unbekannte Harpyie auf der anderen Seite und zusammen schleiften sie mich durch das Lager in einen Bereich, in dem ich noch nie gewesen war. Sie behandelten mich vor aller Augen wie eine Aussätzige, an der ein Exempel statuiert wurde.

Hinter den Schlafplätzen der Harpyien erhob sich ein Bau aus Knochen, der den Ausmaßen nach an das Erdgeschoss meines Hauses herankam. Die Wände waren mehrere Meter hoch und die Menge an Knochen, die zum Bau verwendet worden war, erschreckend. Leere Augenhöhlen dreckiger Schädel beobachteten uns, als wir durch den Bogeneingang ins Innere gingen.

Drinnen erwartete uns ein Gefängnis, anders konnte man es nicht nennen. Ein schmaler Gang führte vom Eingang bis zum gegenüberliegenden Ende des Gebäudes. Zu beiden Seiten wuchsen auf sandigem Boden Gitter aus Knochen bis zur Decke, außerdem hatte man zurechtgehauene Wände errichtet, die einzelne Zellen voneinander abteilten. Ich zählte zehn solcher Zellen, die ersten beiden, die ich sah, waren leer. Es gab keine Türen oder Schlösser.

Ich wehrte mich nicht, als sie mich zu der ersten Zelle links von uns führten. Es hatte ohnehin keinen Zweck.

Medea schubste mich auf das Knochengitter zu und ich fiel hindurch, als wäre es gar nicht da.

An der gegenüberliegenden Wand, möglichst weit weg von Medea, ließ ich mich hinunterrutschen und blieb auf dem Boden sitzen. Die Wand war erstaunlich glatt geschliffen und ich dachte nicht weiter darüber nach, von was ich umgeben war. Ich legte meine Hände auf den Staub und malte, um nicht vor Wut zu explodieren, kleine Symbole hinein.

Medea stand noch immer mit vor der Brust verschränkten Händen vor der Zelle.

»Willst du nicht wissen, wieso ich dich einsperre?«

»Es wird schon seine Gründe haben«, erwiderte ich. Egal wie bescheuert sie sein mochten.

»Du lernst also doch dazu, sehr schön«, spottete sie. »Heute magst du dich nicht aktiv gegen mich aufgelehnt haben, aber deine jämmerliche Verfassung macht mich krank. Schlaf eine Nacht drüber und überleg dir gut, ob du diesem lächerlichen Kerl weiter hinterherjammern willst.«

Dieser lächerliche Kerl würde dich vierteilen, wenn er jetzt hier wäre. Und ich würde das Messer für ihn schleifen. Natürlich dachte ich das nur, doch der Anflug eines Grinsens musste auf meinen Lippen aufgeflackert sein, denn Medeas Miene verfinsterte sich. Sie trat näher an die Zelle heran und starrte von oben auf mich herab.

»Er wird dich nicht retten kommen. Niemand kann das. Du gehörst jetzt mir.«

»Ich gehöre niemandem«, sagte ich. Meine Krallen materialisierten sich wie von selbst und ich zog tiefe Kerben in den Sand.

»Du bist meine Gefangene.«

»Und du die der Unterwelt.«

Medea legte ihre Finger um die porösen Stäbe, die uns voneinander trennten, und ihre Knöchel stachen scharfkantig unter der Haut hervor.

»Bin ich nicht. Ich bin nur ein Teil von ihr, so wie ich bald wieder ein Teil der echten Welt sein werde. Und du hast es in der Hand, ob du mit mir kommst oder ob du hier unten verrottest.«

»Ich habe kein Haus mehr, in das ich zurückkehren könnte. Mit ein paar Kerzen lässt es sich hier ganz heimelig einrichten«, erwiderte ich müde.

Sie schluckte den Sarkasmus und ließ vom Gitter ab. »Wir müssen an deiner Motivation arbeiten.«

»Es würde helfen, endlich von dem Plan hinter alldem zu erfahren.«

»Vergiss es.«

»Dann verschwinde endlich. Immerhin soll ich in Ruhe darüber nachdenken, wie ich dir in Zukunft besser dienlich sein kann, oder?«

Medea schnalzte mit der Zunge und ging. Ich lehnte den Kopf an die Wand hinter mir und starrte zur Decke, was ein großer Fehler war, denn sie starrte zurück. Die Schädel erinnerten mich an Thanatos, dessen leere Augenhöhle im Vergleich zu denen über mir fast schon lebendig wirkte.

Was sagte es über mich aus, dass ich in diesem Moment ein Gespräch mit dem Tod dieser Stille vorgezogen hätte?

»*Mia Méra*«, hallte eine weibliche Stimme durch den Raum. *Eines Tages.* Die gemurmelten griechischen Worte gehörten keinem richtigen Zauberspruch an, trotzdem spürte ich das schwache magische Glimmen, das sie begleitete.

»Hallo?«, fragte ich zurück. Es blieb still und ich glaubte schon, mich verhört zu haben, als eine Antwort kam.

»Du hörst mich?« Die Sprecherin klang überrascht und ein wenig misstrauisch.

»Ja«, erwiderte ich. »Aber wenn du willst, tue ich so, als würde ich es nicht.«

»Wer bist du?«, fragte die Stimme. Sie war melodisch und schön, die Klangfarbe eine Mischung aus verschiedenen, gut harmonierenden Tönen.

»Ilena. Und du?« Es war komisch, mit einer gesichtslosen Stimme zu sprechen.

Meine Gesprächspartnerin zögerte einen Moment. »Kaneís.« Das war griechisch und bedeutete: Niemand. Und es war eine Lüge, das spürte ich. Doch es sollte mir recht sein.

»Ein ungewöhnlicher und schöner Name.«

»Wieso bist du hier?«

Nach all den Tagen, in denen außer Medea und Thanatos niemand mit mir gesprochen hatte, tat es gut, jemanden zum Reden zu haben. Doch Vorsicht war geboten. Gut möglich, dass Medea diese Harpyie absichtlich zusammen mit mir hier eingesperrt hatte, um mich aushorchen zu lassen. Ich traute ihr alles zu, auch dass sie Kaneís, oder wie auch immer sie hieß, dazu aufgefordert hatte, diese Scharade zu spielen.

Ich seufzte. »War nicht mein Tag heute.«

Kaneís lachte, und es klang ehrlich. »Dann war es bei mir nicht mein Monat.«

»Du bist schon einen Monat hier drin?«

»Vielleicht auch zwei. Oder drei. Vielleicht war es auch erst eine Woche. Ich habe kein Zeitgefühl mehr.«

»Tut mir trotzdem leid.«

»Mir auch.«

Nicht allein in diesem Verlies zu sitzen tröstete mich ein wenig. Jedes Leben in diesen toten Räumen war eine willkommene Abwechslung, jedes belanglose Gespräch lenkte mich ab. Doch worüber sollte ich mit ihr reden? Das Wetter fiel jedenfalls flach.

Kaneís kam mir zuvor. »Wusstest du, dass Knochen sprechen können?«, fragte sie.

»Meinst du das wortwörtlich oder im übertragenen Sinne?« Erst ein Gespräch mit dem Tod, dann eine Unterhaltung über sprechende Knochen. Die Unterwelt war ein wahrhaft abwechslungsreicher Ort.

»Ich meine die Energie, die sie aussenden und mit der sie ihrem Gegenüber alles mitteilen.«

»Und wovon erzählen sie?«

»Vom Leben.«

Ich drehte mich zur Seite und ließ meinen Blick über die Wand aus Gebeinen schweifen. Vorsichtig fuhr ich mit meinen Fingern darüber, doch außer blank polierten Knochen erkannte oder fühlte ich nichts.

»Du musst ein gutes Gespür für sie haben, wenn du ihnen zuhören kannst«, sagte ich.

»Ich habe viel Übung darin«, erklärte Kaneís mit kraftloser Stimme. Irgendetwas an ihr war anders. Sie hörte sich nicht an wie eine Harpyie und es ergab auch keinen Sinn, dass eine von ihnen hier länger gefangen war, wo doch jede Seelendiebin zählte. Mit geschlossenen Augen schickte ich meine Sinne auf Wanderschaft und versuchte, die Aura ihrer Seele zu ertasten. Ich stieß auf eine Wand aus purer Energie. Entweder war meine Zelle damit abgeschirmt oder ihre.

»Du gehörst hier nicht hin.« Als ich die Lider öffnete, stand Thanatos auf der anderen Seite des Gitters.

»Wird das jetzt ein Running Gag zwischen uns beiden?«, neckte ich ihn.

»Nur so lange, bis du es endlich begreifst.«

»Du hast es mir schon beim ersten Mal erklärt und ich habe es verstanden.«

Er seufzte. »Etwas zu hören und etwas zu durchschauen sind zwei verschiedene Dinge. Dabei warst du vorhin kurz davor.«

»Was meinst du?«

»Die Harpyien sind Gefangene der Unterwelt.«

Ich hob eine Augenbraue. »Und ich nicht?«

»Bist du gestorben?«

»Nein.«

Er legte den Kopf schief und wartete darauf, dass ich mir den Rest selbst zusammenreimte. Ein bisschen Hilfestellung wäre schön gewesen, aber da würde ich wohl lange warten.

Warum sollte ich verstehen, dass ich keine Gefangene der Unterwelt war? Hieß das, dass ich im Grunde auch nicht Medeas Gefangene war? Ich war doch hier und eingesperrt, die Wände und Stäbe aus den grauen Gebeinen waren der Beweis. Es sei denn … Es sei denn, die Unterwelt konnte mich nicht gefangen halten, weil ich keine Tote war und deswegen andere Regeln für mich galten. Oder bestimmte ich sie sogar?

»Ich gehöre hier nicht her«, murmelte ich und stand auf. Thanatos hob den Kopf und fixierte mich mit seinem Auge. »Ich bin keine Gefangene der Unterwelt.«

Ich machte einen Schritt nach vorn, dann noch einen, bis ich dicht vor den Stäben stand, die mich von Thanatos trennten. Das magische Mal auf meiner Stirn erwärmte sich und mein Herz begrüßte es polternd. Funkensprühend erwachte die Magie zum Leben und erfüllte mich von Kopf bis Fuß mit einem kühlen Prickeln.

»*Den eímai fylakisménos*«, wiederholte ich lauter. *Ich bin keine Gefangene.*

Die Knochen protestierten nicht, als ich durch sie durchquerte. So wie ich in die Zelle gekommen war, gelangte ich wieder hinaus. Ich wartete auf das Ertönen eines Alarms, auf den warnenden Ruf einer Harpyie, doch beides blieb aus. Nur ein kurzes Auflachen von Thanatos würdigte meinen Zauber.

»Scheiße«, sagte ich freudig erregt, als ich zurück zur Zelle blickte. »Ich fasse es nicht.«

»Wenn dich das schon überrascht, dann solltest du dich jetzt lieber setzen«, meinte Thanatos mit bronzeblitzendem Auge.

Ich brachte einen Schritt Abstand zwischen uns. »Was hast du vor?«

Er hob den Arm und deutete auf das andere Ende des Ganges, wo Kaneís in einer der Zellen sitzen musste. »Sieh selbst.« Ich warf einen kurzen Blick nach draußen, doch vor dem Gebäude war niemand zu sehen. Wenn man mich im Freien erwischte, würde die nächste Strafe nicht lange auf sich warten lassen, und ich wollte mir nicht ausmalen, welches Loch man sich dafür aussuchte. Oder ob Medea ihren Frust an anderen ausließ.

Also schritt ich voraus in die Schatten, Thanatos folgte mir und schirmte uns mit seinen Schwingen ab. In keiner der Zellen saß jemand. Doch je näher wir den hinteren beiden kamen, desto nervöser wurde ich. Etwas lag in der Luft, mein Mal pulsierte. Dann erreichten wir das Ende des Ganges und mir stockte der Atem, als die linke hintere Zelle sich vor mir auftat.

Licht durchflutete den Raum in allen Farben des Regenbogens und warf flackernde bunte Punkte auf die Gebeine. Vor der Zelle war nichts davon zu sehen, eine magische Barriere, deren kraftvolles Vibrieren ich im Bauch spürte, filterte das Licht. In der Mitte der Zelle stand ein riesiger Kristall aus transparentem Quarz – durch den man die Silhouette einer Frau schimmern sah. Ich riss die Augen auf, als mein Blick nach oben schweifte. Am oberen Ende des Edelsteins schaute ein Kopf raus. Der Mund war ebenfalls von dem durchscheinenden Edelstein bedeckt, doch alles oberhalb der Lippen lag frei. Bunte Iriden leuchteten mit der Zelle um die Wette. Die, wie ich vermutete, weißen Haare der Frau waren vom wabernden Licht um sie herum mit Farbe getränkt.

Von wegen *Niemand*.

»Iris«, hauchte ich ehrfürchtig. Die Augen der Göttin des Regenbogens leuchteten auf. Sie war es, daran bestand kein Zweifel.

»Ich konnte dich nicht lange täuschen«, sagte sie und auch wieder nicht. Ihr Mund war im Quarz fixiert und er bewegte sich nicht. Und doch hörte ich sie, als würde sie direkt vor mir stehen und mit mir sprechen. »Du hast viele Fragen.«

»Unzählige«, sagte ich atemlos. »Wie kann es sein, dass ich dich höre?«

»Weil du es dir verdient hast.«

»Das Ritual«, mutmaßte ich. »Wir haben versucht, dich zu kontaktieren.«

»Du hast mir ein mächtiges Geheimnis anvertraut und ich schulde dir eine Antwort. Verzeih mir, seit ich hier unten bin, ist das mit der Kommunikation nicht so leicht.«

»Sieht man«, sagte ich. Ich drehte mich zu Thanatos um, der still neben mir stand. »Wusstest du, dass sie hier ist? Wieso hilfst du ihr nicht?« Der Gott reckte das Kinn nach vorn.

»Ihn trifft keine Schuld«, warf Iris ein. »Er darf sich nicht einmischen. Zumindest nicht noch mehr.«

»Ernsthaft?« Ich sah zwischen den beiden hin und her. »Ich verstehe euch Götter nicht. Wenn jemand aus meiner Familie oder einer meiner Freunde in Not wäre, würde ich ihm oder ihr helfen. Und ihr steht nur daneben?«

»Es ist nicht so simpel«, sagte Thanatos. »Wir genießen nicht dieselbe Freiheit wir ihr Menschen.«

Die Erwiderung darauf blieb mir im Hals stecken. Es war gar nicht so lange her, da hatte ich selbst die Götter mit verfluchten Menschen verglichen. In dieser Aussage steckte anscheinend mehr Wahrheit als vermutet. Die Götter hatten ein ganz bestimmtes Schicksal, eine Sache, der sie vollkommen verschrieben waren. Daraus zu entkommen war unmöglich. Oder nur mit Umwegen über die Menschen zu schaffen, und es schien, als wäre ich die Waffe für den nächsten Ausbruch.

»Wer hat dich hier eingesperrt?«, fragte ich Iris und trat näher an die Zelle heran, auch wenn das Vibrieren der Barriere mich warnte.

»Das weißt du vermutlich besser als ich.«

Das hieß so viel wie: Sieh genau hin und finde es selbst heraus. Immer dasselbe.

Ich kniff die Augen zusammen und bemerkte trotz der Helligkeit, dass dunkle Schatten unter Iris' Augen lagen. Es ging ihr nicht gut, was nicht nur daran lag, dass sie in einem überdimensional großen Edelstein gefangen war.

Und da machte es klick. Die durch den Raum wabernde Magie und die unsichtbare Barriere – das alles deutete auf etwas hin, was ich selbst schon durchlebt hatte. Ich suchte den Raum ab und tatsächlich; in allen vier Wänden steckten zwischen den Gebeinen Kristalle. Auch im Knochengitter waren sie eingearbeitet. Dreizehn an der Zahl.

»Der Zirkel«, fluchte ich, während mein Herz schwer wurde. »Die *Mageía Mésa* haben dich gefangen genommen.« Und nicht nur das. Sie hatten mit dem Kreis, dem ultimativen Urteil, die Magie aus der Göttin herausgepresst und sie gemeinsam mit ihr in diese winzige Zelle gesperrt. Ich streckte die Hand aus, wollte nach einem der Kristalle greifen, der in einem der Stäbe eingearbeitet war. Doch der Bann, der ihn dort hielt, war stark und stieß mich ab, selbst mit Gewalt kam ich mit bloßen Händen nicht an den Stein heran.

Nephele wusste Bescheid. Und das schon seit Langem, wenn es stimmte, dass Iris schon fast einen Monat hier unten war. Der Berg aus Lügen, Verrat und Fragen wurde immer größer. Und er stank fürchterlich.

»Was ist passiert?«, hakte ich nach.

»Ich wurde in den Hades geschickt, um Wasser aus dem Styx für eine Verhandlung im Olymp zu holen«, begann Iris zu erzählen. »Athene muss sich wegen der Sache mit Medusa und Perseus vor dem Gericht der Götter verantworten und das erste Mal seit Jahrhunderten wurde dafür ein zweiter Krug Styxwasser benötigt. Als ich hier ankam und meine Amphore in den Fluss hielt, wurde mir auf einmal die Magie aus dem Körper gerissen und ich bin zusammengebrochen. Als ich aufwachte, war ich bereits im Quarz eingeschlossen, zusammen mit der Amphore.«

»Wer hat dich hergeschickt?«

»Khione, meine Nichte. Aber ich kann mir nicht vorstellen, dass sie wusste, was hier passieren würde.«

Khione? Anscheinend war die Göttin des Schnees weitaus tiefer in diese Sache verstrickt als angenommen. War sie deswegen auch beim Zirkel aufgetaucht? Was hatte sie damit zu tun? Ich schluckte die Fragen hinunter, jetzt stand erst einmal Iris im Vordergrund.

»Warum halten sie dich hier gefangen? Und warum so? Wieso haben sie dir nicht die Seele genommen, statt dich einzusperren? Wäre das nicht einfacher gewesen?«

»Die Seele eines Gottes oder Göttin kann nur mit deren Einverständnis entnommen werden. Und glaub mir, dagegen habe ich mich gewehrt«, begann Iris. »Zu dem Warum: Wenn ich in die Unterwelt komme – denn nur das Flusswasser aus der Welt der Quelle darf in den Olymp zurück –, öffne ich die Brücke zwischen den Welten. Sie ist noch immer offen.«

»Deswegen können die Harpyien ohne Weiteres zwischen den Welten wandern?«, schlussfolgerte ich. »Sie nutzen deine Abkürzung?«

»Ich befürchte es. Normalerweise ist es ohne Handel und ohne Zauber unmöglich.«

»Kann Hades diesen Übergang nicht schließen? Oder jemand anderes?«

Diese Frage konnte ich mir jetzt selbst beantworten, doch Iris bestätigte es mir. Die Götter kümmerten sich nur um ihre eigenen Probleme, sofern das Gleichgewicht nicht zu zerfallen drohte. Noch war das nicht der Fall, aber in Bezug auf die Harpyien war noch alles offen.

»Wieso sagst du *die* und nicht *wir*?«, erkundigte sich die Göttin dann mit vor Neugierde funkelnden Augen.

»Ich bin nicht wie sie«, antwortete ich. Und mit einem Seitenblick auf Thanatos fügte ich hinzu: »Zumindest nicht im Herzen.« Der Gott des Todes nickte zufrieden.

»Du hast Angst vor der Einsamkeit«, wechselte Iris auf einmal das Thema und sprach damit die Wahrheit aus, die ich ihr anvertraut hatte. »Fühlst du dich hier nicht einsam? Zwischen all jenen, die nicht so sind wie du?«

»Nein«, antwortete ich, ohne zu überlegen. »Ja, ich vermisste meine Freunde und ich fühlte mich allein, aber nicht einsam. Die Menschen, die ich liebe, trage ich immer bei mir. Und ich werde sie wiedersehen. Solange ich diese Hoffnung nicht aufgebe, habe ich keine Angst.« Anscheinend machte nicht nur Lust mich kitschig.

Es war nicht zu sehen, ich hörte das Lächeln in Iris' Stimme nur, als sie antwortete. »Dann bist du ihnen schon einen Schritt voraus.«

»Wie meinst du das?«

»Mich haben sie eingesperrt, weil sie mich brauchen. Den Tod lassen sie frei herumlaufen, aber dich stecken sie in eine Zelle. Was, meinst du, sagt das über dich aus?«

»Du meinst, sie fürchten mich mehr als den Tod?«

»Ganz schön anmaßend«, kam es von Thanatos, dessen Auge amüsiert funkelte.

»Er folgt den Regeln«, sagte Iris mit einem Seitenblick auf den Gott des Todes. »Und du durchbrichst sie, wie du soeben eindrucksvoll bewiesen hast. Meiner Meinung nach haben sie allen Grund dazu, Angst vor dir zu haben. Die Frage ist, was du daraus machst. Lässt du dich von so etwas Lächerlichem wie einer Nacht zwischen nutzlosen Gebeinen brechen?«

Ein durchtriebenes Grinsen schlich sich auf meine Lippen, während sich in meinem Kopf die ersten Fäden eines Plans verstrickten. »Ich werde ihnen die Hölle heiß machen.«

Kapitel 25

Xanthos

Wenn jemand ihm vor einem Jahr gesagt hätte, dass er sich einmal freiwillig von der Schöpferin aller Gorgonen mit riesigen Schlangen aus Wasser torpedieren lassen würde – er hätte nicht mehr als ein müdes Lächeln für diese wahnwitzige Idee übrig gehabt.

Doch Dinge änderten sich.

Rya jagte ihn mit Wassersalven durch den Trainingsraum und genoss es sichtlich. Er wich aus, rollte sich zur Seite und rief seine Magie. In Ruhe Schnee und Eis zu beschwören war einfach, es auf unbewegte Objekte abzufeuern ebenfalls, aber wenn etwas wie ein Blitz an einem vorbeizischte, gestaltete es sich schwieriger. Er hatte schon die eine oder andere Harpyie verfehlt, das sollte ihm nicht wieder passieren.

Die verdammten Biester versetzten die Stadt in Angst und Schrecken, auch wenn niemand wusste, was genau durch die Schatten schlich und Menschen umbrachte. Fast alle, die ihnen begegneten, blieben nicht lange genug am Leben, um von den Ereignissen zu berichten. Den vom Orden geretteten Menschen nahmen sie mit Magie die Erinnerung, doch sie erwischten nicht alle. Unbekannte Zeugen berichteten von Schreien, dem Geruch von Rauch und dunklen Wesen, die durch Gebäude oder Anlagen schlichen.

Zum Glück glaubten die Menschen nicht an Magie und taten diese Äußerungen als Spinnereien ab. Doch wenn es so weiterging und immer mehr Harpyien gleichzeitig in Bellmont einfielen, würde die Stimmung bald kippen. Und schlimmer als Angst vor etwas Unbekanntem war die Angst vor etwas, was man nicht verstand. Xanthos, der in seinem Leben mit magischen Feindbildern aufgewachsen war, verstand selbst nicht, was die Harpyien wollten, wie sollte es da erst den Menschen ergehen?

Zumal neben den tödlich verwundeten und seelenlosen Opfern nun auch Verwundete zurückblieben, die zwar die für einen Seelenraub charakteristischen Verletzungen des Brustkorbs aufwiesen, ihn aber überlebten. Wenn man sie fand, waren ihre Wunden bereits zu einem Teil verheilt. Sobald der Orden, der seine Fühler in alle Einrichtungen der Stadt ausstreckte, von ihnen erfuhr, nahm er sich ihrer an und begleitete die restliche Genesungszeit. Rya hatte als Erste vermutet, dass möglicherweise Ilena dahintersteckte, die einen Weg gefunden hatte, die Menschen zu verschonen.

Falls dem so war, war sie raffiniert. Aber es brachte sie auch in Gefahr, denn Medea duldete diesen Ungehorsam sicherlich nicht. Ilenas Haus war bis auf die Grundmauern niedergebrannt, ein eindeutiges Indiz dafür, wie Medea Rebellen in ihren eigenen Reihen bestrafte. Denn das war wohl Ilenas Schicksal; alles deutete darauf hin, dass sie selbst zur Harpyie geworden war, mit Sicherheit nicht aus freien Stücken.

Seine Gedanken lenkten ihn ab, er rannte fast in eine der Wasserschlangen. Im letzten Moment warf er sich zur Seite, riss die Mondsichel von seinem Gürtel und hieb nach dem Element. Mit einem Zischen zerfiel das Wesen und regnete in Tropfen auf ihn nieder.

»Xanthos!«, rief Rya und schnappte nach Luft. Sie war wie er außer Puste, sie trainierten schon wieder zu lange.

»Jaja, ich weiß. Tut mir leid.«

Sein Shirt färbte sich rot, als das Wasser das Blut aus seinem Gesicht wusch. Er fuhr sich mit dem Ärmel über die Lippen, um den Rest abzuwischen. Nasenbluten war die schwächste Art, auf die sich der Fluch bemerkbar machte.

Rya stemmte die Hände auf die Knie. Schweiß lief an ihren Schläfen herunter, er selbst spürte sein Shirt auf dem Rücken kleben. Neben ihm türmte sich ein kleiner Berg Schnee auf. Er nahm etwas davon, formte ihn zu einer Kugel und warf sie nach Rya. Kurz vor dem Zusammenprall explodierte der Schneeball in feine Eiskristalle, die sich wie feiner Nebel um Rya legten. Sie seufzte, als ihre Haut gekühlt wurde.

»Eis ist auch nichts anderes als Wasser«, feixte sie und schleuderte ihm mit einem Schnipsen einen Teil des Schneebergs entgegen. »Passt zu den Haaren«, sagte sie, während er sich den Schnee vom Gesicht wischte.

»Haha.«

Er rieb sich das Eis über den Nacken und seine Schultern, die Punkte, die am meisten schmerzten. Es gab keine Stelle an seinem Körper, die nicht ächzte, sobald er sich bewegte. Rya verzog den Mund. Ihre Schimpftirade, nachdem sie von dem Fluch erfahren hatte, würde er so schnell nicht vergessen. Auf seinen Wunsch hin und weil es nichts änderte, hatte sie aufgehört, ihm Vorwürfe zu machen. Doch das hielt sie nicht davon ab, seinen sich verschlechternden Zustand mit Mimik und Gesten zu kommentieren. Er sah sie selbst, die purzelnden Kilos, spürte das Rumoren in seinem Magen und von den stechenden Kopfschmerzen gar nicht erst angefangen. Doch die Magie beugte sich, wurde stärker und nur das zählte. Er hielt mehr Harpyien auf als zuvor, sie verloren weniger Seelen an den Tod.

Doch sosehr ihn das freute, die Ungeduld wuchs. Ilena hatte ihm zu verstehen gegeben, dass er auf ein Zeichen von ihr warten sollte. Er musste sich seine Kräfte bis dahin einteilen, was schwer war. Sobald die Magie sein Blut geleckt hatte, lechzte sie nach mehr.

»Seid ihr fertig?« Linos stand im Eingang zur Trainingshalle, er rang die Hände.

»Was ist los?« Xanthos erhob sich.

»Ihr habt Besuch.«

Vor Titos' alias Perseus' ehemaligem Büro stand Nick und hob die Hände, als Xanthos und Rya auf ihn zukamen. »Hör ihr erst zu, bevor du ihr an die Gurgel gehst«, sagte er in die Richtung des Kriegers.

Xanthos schnaubte und schob ihn beiseite. »Ich bin kein Idiot.«

»Ich wüsste da jemanden, der dir widersprechen würde«, warf Rya düster schmunzelnd ein, als Xanthos die Tür öffnete.

»Und sie ist die Einzige, die das darf«, brummte er und schritt voraus ins Büro.

Nephele stand vor dem Schreibtisch und sah auf. Sie hatte die Finger ineinander verschränkt und es schien, als hätte sie schon etwas länger auf sie gewartet. Xanthos blieb ihr gegenüber stehen und schob die Hände in die Hosentaschen, damit er nicht doch auf dumme Gedanken kam. Bei der Erinnerung daran, wie Nephele mit Ilena umgegangen war, kochte Wut in ihm hoch.

Trotzdem würde er zuhören.

Die Augen der *Ischyró Mágo* wurden groß, als sie erst Xanthos' Haare und dann seine Statur in Augenschein nahm. Zwei Blicke genügten ihr, um die Situation zu erfassen. Sie sagte nichts dazu. Besser so. Sein Fluch, sein Problem. Daran hatte sich nichts geändert. Nick schloss die Tür hinter ihnen und zu dritt stellten sie sich der Magierin entgegen. Nepheles Blick huschte zu der Mondsichel an Xanthos' Hüftgürtel und ihre Lippen formten ein mildes Lächeln.

»Danke, dass ihr mich empfangt. Wir müssen reden«, sagte die *Ischyró Mágo*.

»Wieso sollten wir zuhören?«, wollte Xanthos wissen.

»Es geht um Ilena. Ich will euch helfen.«

Sein Herz zog sich zusammen. Dass sie es wagte, ihren Namen in den Mund zu nehmen …

Eine Hand schob sich auf seinen Arm, der sich mit Schnee überzogen hatte. Rya drückte ihn sanft, ein Zeichen der Unterstützung, aber auch eine Bitte.

Er atmete tief durch.

»Fünf Minuten.«

Nephele hob den Blick. »Es wird etwas geschehen, schon sehr bald. Ich bin hier, um es euch zu erklären, und um euch um etwas zu bitten.«

»Wisst Ihr, was es mit diesem ganzen Spuk auf sich hat?«, fragte Rya.

»Teilweise. Und je mehr ich erfahre, umso mehr verabscheue ich es. Ihr müsst mir glauben, wenn ich sage, dass alle meine Schritte, alle meine Entscheidungen, die ich von hier an treffe, zum Wohle aller sind. Ich erkenne es zu spät, das weiß ich, und doch bitte ich um eine zweite Chance.«

Xanthos fluchte leise vor sich hin, bis Rya ihn in die Seite stieß und ihn an das Versprechen erinnerte, das er ihr einst gegeben hatte. Dabei musste es ihr selbst schwerfallen, dieser Frau nicht ihre Magie entgegenzuschleudern.

Trotzdem blieb Rya ruhig. »Habt Ihr uns die Mondsichel zukommen lassen?«

»Und wenn es so wäre?«

Ryas Mundwinkel zuckten kurz und sie nickte. »Was wird passieren?«

Die *Ischyró Mágo* machte einen tiefen Atemzug.

»Jemand wird sterben.«

Kapitel 26

Wir bekommen Besuch«, warnte Thanatos mich leise.

»Danke«, erwiderte ich und zu Iris sagte ich: »Wir hören uns.«

Kleine Lachfalten bildeten sich um ihre Augen. Sie folgte mir mit dem Blick, als ich mich abwandte und in meine Zelle zurückkehrte. Ich schlüpfte problemlos durch die Knochenstäbe, und spielte auf der anderen Seite weiter die Gefangene. Thanatos nickte mir zu, wirbelte mit seinen Schwingen Rauch auf und war eine Sekunde später verschwunden. Lautlos wie eine Katze.

Ich setzte mich auf den Boden und versuchte, mir mein neu gewonnenes Selbstbewusstsein nicht anmerken zu lassen. Meine Miene war stoisch, als wenige Augenblicke später zwei Harpyien vor die Zelle traten.

Mir fielen sofort die gefärbten Spitzen ihrer Federn auf, die einen wie in Gold getaucht, die anderen schimmerten in kühlem Silber. Ihre Iriden spiegelten diese Farben wider und verliehen den beiden eine fast schon göttliche Ausstrahlung. Sie waren wunderschön und bewegten sich anmutig, es war offensichtlich, dass sie in diese Körper geboren worden waren.

Auch ohne das Buch *Wesen der Unterwelt* vor mir zu haben, wusste ich, dass diese zwei Wesen Aello und Okypete sein mussten, die beiden namentlich genannten Harpyien, die aus der Zeit stammten, in der die Götter auf der Erde gewandelt waren. Ihre Federn waren in den Katakomben und auf dem Dach gefunden worden. Sie waren die eingesperrten Statuen gewesen, die nach dem Ende des ersten Krieges erwacht waren.

Nur um dann einen zweiten zu beginnen?

Die Blicke der beiden huschten als Erstes zu meinen Federn, die im Schummerlicht nur schwach kupfern leuchteten. Dann zu meinem Gesicht.

»Ilena«, sagte Aello langsam und legte den Kopf schief. »Du hast zusammen mit Euryale gegen die Harpyien gekämpft. Wieso?«

Aello und Okypete waren, wenn man es in den modernen Ausdrücken bezeichnete, Cousinen von Rya. Sie waren genau wie sie schon jahrtausendealt.

»Ihr seid in den Orden eingedrungen, wir haben ihn verteidigt«, erwiderte ich.

»Wieso hat sie uns damals in Stein verwandelt?«, fragte Okypete und überging meine Antwort.

Also doch. Rya hatte aus den beiden mit ihrer Gorgonenmagie Statuen gemacht und sie waren gemeinsam mit ihr in der Nähe des Museums gelandet. Und mit dem Ende des Fluchs, mit dem Ende von Ryas Magie, war auch ihr Gefängnis entzweigebrochen.

»Ich weiß es nicht. Und Rya hat keine Erinnerungen daran, das habe ich bei unserer ersten Begegnung überprüft.«

»Wir wollten sie selbst fragen«, warf Aello ein. »Deswegen waren wir beim Orden.«

»Und um unschuldige Seelen zu stehlen?«, hakte ich nach. Die beiden waren nicht in unseren Kampf involviert gewesen, sie mussten anderweitig beschäftigt gewesen sein. Vielleicht wäre ich einst vor diesen uralten und mächtigen Wesen zusammengezuckt, aber nicht jetzt, da ich selbst in einem Körper steckte, über den Sagen geschrieben worden waren. Gut möglich, dass sie selbst einmal sterbliche Frauen gewesen waren, die das von den Göttern geschmiedete Schicksal überrannt hatte. Sie waren wie ich, ich war wie sie und das nahm mir einen Teil meiner Angst. Aello kniff die Augen zusammen.

»Keine Seele, die wir stehlen, ist unschuldig. Wir waren zwei Mal beim Orden. Das erste Mal begegneten wir einem Mann auf dem Dach, der uns nicht zu Wort kommen ließ, ehe er uns angriff. Dabei wollten wir ihn lediglich nach Euryale fragen und hatten keinerlei böse

Absichten. Aber das hat ihn nicht interessiert, und wir haben uns das nicht gefallen lassen. Beim zweiten Mal haben wir Verstärkung mitgebracht und sind einfach eingedrungen, Reden half ja doch nichts.«

Okypete legte ihrer Schwester eine Hand auf die Schulter und funkelte mich böse an. »Sie sind alle wie *sie*. Verdorben und grausam.«

»Wen meinst du damit?«, wollte ich wissen.

»Es ist eine Schande, dass diese Geschichte in Vergessenheit geraten ist«, zischte Aello. Den beiden zuzuhören und ihren Aussagen zu folgen war alles andere als einfach.

»Welche Geschichte?«

»Lagina«, sagte Aello mit rauer Stimme, in der Kummer und Wut gleichermaßen mitschwangen.

Das war ein Scherz. Das musste ein Scherz sein. Oder? Ich schloss die Augen und schüttelte den Kopf. Hatte ich nicht selbst erst vor Kurzem Nephele gegenüber erwähnt, dass gerade dieses Jahr wegen des Gedenktages an Lagina etwas Besonderes war? Sie hatte mich davor gewarnt, darüber zu scherzen und es lächerlich zu machen. Das hatte ich jetzt davon. Das Schicksal musste sich gerade ins Fäustchen lachen.

»Was ist damit?«, fragte ich.

»Lagina war mehr als nur ein heiliger Ort«, begann Aello und ließ sich im Schneidersitz vor meiner Zelle nieder. Es sah so aus, als würde sie mir tatsächlich eine ausführliche Antwort geben wollen. Wieso? Sie kannten mich doch überhaupt nicht. Okypete blieb stehen und lauschte ihrer Schwester. »Nicht nur der Tempel, auch ein großer Teil des ihn umgebenden Landes wurde damals zu Hekates Ehren geweiht und wie heiliger Boden behandelt. Immer mehr junge Frauen, die sich von unserer Göttin Hilfe erhofften, suchten den Tempel auf und blieben. Es waren Vertriebene, Opfer von Gewalt und anderen Gräueltaten. Heimatlose. Und dort, in Lagina, fanden sie alle Gleichgesinnte, die zu Freunden und dann zu Familie wurden. Um den Tempel herum bildete sich ein kleines Dorf, das Hekate mit ihrer Magie schützte und an dem die ersten Magierinnen in den Dienst der Göttin eintraten. Sie bot all jenen Unterschlupf, die ihn brauchten und ihn sich wünschten. Es war ein friedvoller, ein sicherer Ort. Bis die Windbrüder kamen.«

»Du meinst Kalais und Zetes, die Söhne von Boreas, dem Nordwind?«

»Ihre Namen kennst du also«, meinte Okypete vorwurfsvoll. »Willst du die Wahrheit über sie hören? Sie waren Abschaum und sind gemeinsam mit ihren Anhängern in Lagina eingefallen, haben sich einen Dreck um die Ehre des Landes und der Frauen geschert. Ihretwegen ist der Tempel zerstört und das Land entweiht worden. Wir waren die Wächterinnen dieses heiligen Ortes und haben diese ehrlosen Narren gejagt und getötet. Leider zu spät, Lagina fiel. Die Frauen flohen und kehrten nicht zurück. Ihr einziger Ort der Sicherheit existierte nicht mehr. Die Geschichte wurde umgeschrieben, die Schande, die mit Lagina verbunden war, wie Staub im Wind zerstreut.«

»Wir denken«, warf Aello ein, »dass die Versteinerung die Strafe für unser Versagen war. Weshalb sonst hätte Euryale nach Lagina kommen sollen? Wir wollten sie danach fragen. Wir dachten, dass sie uns dieses Mal vielleicht helfen würde, es besser zu machen. Doch sie hat gegen die Harpyien gekämpft. Und du ebenfalls.«

Die leeren Seiten in *Wesen der Unterwelt*. Der Hinweis auf die Wächterinnen war noch enthalten gewesen, der Rest war eines Tages ausgelöscht worden, um die Schande und die Scham zu begraben. Doch die Harpyienschwestern hatten nichts vergessen – ihre Erinnerungen und ihre Worte lebten noch und würden sie bis ans Ende ihrer Tage begleiten.

Ich sah Okypete direkt in die Augen, damit sie die Wahrheit aus meiner Antwort las. »Weder Rya noch ich wussten über eure Vergangenheit und eure Verbindung zu ihr Bescheid … Moment. Was meint ihr damit, dass sie euch heute dabei helfen soll, es besser zu machen?«

»Wir errichten zusammen mit den *Mageía Mésa* ein neues Lagina.« Aellos Lächeln war breit und ehrlich.

Iris keuchte auf. Aello und Okypete reagierten nicht darauf, sie hörten die Göttin nicht. Dann fügten sich bei mir die Puzzleteile zusammen.

Lagina war eine Tempelstadt nur für Frauen gewesen. Jenen, denen Unrecht widerfahren war. Die beiden Harpyien machten zwei Männer für den Untergang des Zufluchtsortes verantwortlich und rächten sich, indem sie die Seelen von Männern stahlen. So tilgten sie diese vom Angesicht der Erde und ermöglichten es gleichzeitig, die Seelen von verlorenen Frauen aus der Unterwelt zurückzuholen. Sie und die Gorgonen waren sich in dieser Hinsicht nicht unähnlich. Nur dass der neue Tempel auf dem Rücken unzähliger Toter gebaut wurde.

»Ihr bringt Männer durch einen Seelenraub um und im Gegenzug schenkt ihr Frauen ein Leben als Harpyie, um aus Bellmont ein neues Lagina zu machen«, fasste ich zusammen. Ich wollte es bestätigt haben, es klang so absurd simpel. Die Schwestern nickten.

»In der Nacht des Super-Blau-Blutmonds, werden wir alle in die Welt der Lebenden zurückkehren und uns dort ein neues Zuhause schaffen. Der Dreifachmond wird es uns erlauben, dauerhaft die Welten zu wechseln. Wir werden die Stadt abriegeln und die Männer fortjagen oder töten. Dann kann Lagina auferstehen.«

»Aus Blut und Rache?«

»Welche Magie könnte stärker sein?«, fragte Aello.

»Weiß Hekate davon?«

»Nein. Wir werden ihr *Néa Lagína* erst nach seiner Vollendung präsentieren. Wir wollen ihr beweisen, dass wir aus unseren Fehlern gelernt haben und noch immer würdig sind.«

»Und wenn sie es nicht will?«

Okypete lachte hart auf. »Natürlich will sie das.«

Es hatte keinen Zweck, das zu hinterfragen. Sie brannten für dieses Vorhaben und würden es mit allen Mitteln rechtfertigen und schönreden.

»Warum erzählt ihr mir das alles?«, fragte ich.

Aello deutete auf meine Federn, dann auf ihre. »Nur Wächterinnen haben gefärbte Federn. Du bist eine von uns.«

»Was?«, antwortete ich atemlos.

»Es ist dein Schicksal. Genauso wie das von Medea. Die *Mageía Mésa* haben euch ausgewählt, damit wir dieses Mal Seite an Seite über *Néa Lagína* wachen können. Zwei von uns, zwei von euch, um das Gleichgewicht zu halten.«

Medea hatte mich also angelogen. Nicht sie hatte mich dabeihaben wollen, sondern die *Mageía Mésa* selbst. Sie spielte sich nur als die ihrer Meinung nach gütige Freundin auf, um sich bei mir einzuschmeicheln. Es war zum Kotzen. Meine Fingerspitzen grub ich in den Knochenstaub am Boden.

Okypete grinste genüsslich. »Du hast bereits viele Seelen gestohlen. Aber es müssen mehr werden, wenn du uns helfen willst.«

»Noch magst du das Ziel nicht vor Augen haben«, sagte Aello, »doch glaube uns, *Néa Lagína* wird schöner, als du es dir erträumen kannst.«

Meiner Meinung nach lagen sie falsch. Kollektiv alle Männer wegen der uralten Vergehen von anderen zu bestrafen brachte niemanden weiter und es löste keine vergangenen Konflikte. Der Wunsch, ihren Namen reinzuwaschen und sich zu beweisen, war sogar nachvollziehbar, aber die Art und Weise, wie sie das umsetzen wollten, nicht tragbar.

Natürlich würde ich ihnen das nicht sagen. Im Gegensatz zu Medea waren diese beiden erschreckend ehrlich zu mir und das musste ich ausnutzen. Wenn sie glaubten, ich würde sie bei der ersten Gelegenheit hintergehen, dann würden sie dichtmachen.

Ich presste die Lippen aufeinander und tat so, als würde ich mir ernsthaft Gedanken über das Thema machen. »Es ergibt alles Sinn«, murmelte ich. Das war nicht mal gelogen. Endlich wusste ich, warum das alles geschah. Dass es verrückt und wahnsinnig war, änderte nichts daran, außer dass ich nun schnell handeln musste. Sonst würde Bellmont untergehen.

Schmerzend zog sich mein Herz zusammen, als ich an Nick und Xanthos dachte, und all die anderen Männer aus dem Orden und der Stadt. Rya war als Frau vielleicht in Sicherheit, aber die beiden Männer standen ganz oben auf der Abschussliste. Ich musste sie warnen und ihnen sagen, was der Plan der Harpyien war – und wie ich ihn zunichtemachen wollte. Und zwar bald.

»Warum hat Medea mir das nicht früher erzählt? Dann hätte ich mich nicht so gesträubt«, behauptete ich. Die Schwestern sahen sich an.

»Sie meinte, du würdest uns erst helfen, wenn du gebrochen wärest«, sagte Aello und fixierte mich.

»Medea war noch nie ein Mensch der Worte«, gab ich zurück. Sie handelte meist, bevor sie redete, erklärte nie viel und ließ lieber Taten sprechen. So war es schon immer gewesen und ihr Dasein als Harpyie hatte das nicht verändert. »Ich denke, wir sollten sie ihren Weg weitergehen lassen. Sonst glaubt sie mir nie, dass ich euch helfen möchte.«

Okypete beäugte die Knochenstäbe kritisch und fuhr mit einer Kralle daran entlang. »Wir sollen dich in deiner Zelle lassen?«

»Ja bitte. Ich will nicht der Grund für einen Streit sein. Wir müssen zusammenhalten, wenn wir die Wächterinnen von *Néa Lagína* sein wollen.« Dass das zu dick aufgetragen war, erkannte ich an Aello, die mich aufmerksam musterte.

»Du hast deine Meinung schnell geändert.«

Ich seufzte und deutete auf das Mal auf meiner Stirn. »Seit ich einen Großteil meiner Magie verloren habe, weiß ich nicht mehr wohin mit mir. Ohne eine klare Aufgabe im Leben fühle ich mich nicht mehr wie ich selbst. Eine Wächterin von *Néa Lagína* zu sein würde mir selbst wieder einen Sinn geben.« Ich lächelte. »Das wäre schön. Und wenn es mein von den *Mageía Mésa* ausgesuchtes Schicksal ist, will ich mich nicht dagegen wehren. Ich habe einst Hekate die Treue geschworen und daran halte ich fest.«

Wieder sehen die beiden sich an und nicken sich zu. Waren sie wirklich so verblendet, dass sie darauf hereinfielen? Aello erhob sich. »Dann soll es so sein. Wir haben noch eine Woche, bis wir in die Welt der Lebenden zurückkehren. Bis dahin solltest du Medea überzeugen, denn wir werden dich in bester Verfassung brauchen.«

»Ich werde mich bemühen«, versprach ich. Eine Woche. Die Zeit zerrann bereits wie Knochenstaub in meinen Fingern.

Aello nickte zufrieden. »Es gibt noch etwas, was dir dabei helfen kann. Wusstest du, dass Okypete und ich einst normale Frauen waren wie du? Als wir für unsere Bestimmung auserwählt wurden, bekamen wir mit unserem neuen Schicksal auch unsere heutigen Namen geschenkt. Sie stehen für unsere Leben als Harpyien, die alten haben wir längst vergessen. Wir sind nun Aello, der Sturmwind, und Okypete, die Schnellflügelige. Auch Medea bekam einen neuen Namen. Podargo, die Schnellfüßige. Sie lässt sich mit dem alten ansprechen, aber im Herzen trägt sie die Macht, die mit ihrem neuen Namen verknüpft ist.«

Okypete neigte den Kopf und sah mir ins Gesicht. »*Kelaino*«, raunte sie. In meinem Inneren brachte der Name eine Saite zum Schwingen, eine mit tiefem Ton und einem Summen, das in jede meiner Fasern vordrang. Die Harpyienmagie vibrierte und die kupferfarbenen Spitzen meiner Federn glühten ohne mein Zutun. Ich kämpfte dagegen an, unterdrückte den Drang, der Magie in mir nachzugeben und ihr die Kontrolle zu überlassen. Die Gesichter der Schwestern hellten sich auf. »Das ist dein Harpyienname, der dir mit deinen Kräften gegeben wurde. Er bedeutet: Die Dunkle, die Unheil bringt. Du bist der Albtraum deiner Feinde, die Finsternis, die sie alle ins Verderben stürzen wird. Lass diesen Namen in dein Herz und nimm dein Schicksal an«, sagte Okypete.

Sie ließen mich zurück, ohne zu ahnen, dass sie es waren, die von der Finsternis verschluckt werden würden. Sofern sie mich nicht selbst auffraß. Ich verbannte den Namen in den hintersten Winkel meiner Gedanken.

»Ich habe ihre Stimmen seit Jahrtausenden nicht mehr gehört«, flüsterte Iris einige Minuten später.

»Sie sind deine Schwestern, richtig?«

»Ja. Und meinetwegen haben Kalais und Zetes damals von Lagina erfahren. Sie waren meine Neffen. In den Augen von Aello und Okypete fällt mir deswegen eine Teilschuld für den Untergang der Stadt zu.« Ihre Stimme wurde schwer von der uralten Last, die sie bedrückte.

»Familien an sich sind kompliziert, aber ihr setzt dem Ganzen echt die Krone auf.«

Sie lachte. »Ja. Und wenn göttliches Blut im Spiel ist, umso mehr. Wir haben alle Zeit der Welt, um nachtragend zu sein.«

»Wissen die beiden, dass du hier bist?«

»Besucht haben sie mich bisher nicht.«

»Und sie können dich nicht spüren oder hören?«

»Entweder das, oder sie wollen es nicht zugeben.«

»Was hältst du davon, Lagina neu zu errichten?«

Iris überlegte eine Weile. »Ein sicherer Ort für Menschen auf der Flucht ist eine noble Idee, nur nicht mit diesen Mitteln.«

»Es bleibt also dabei, dass du mir helfen willst?«

»Natürlich. Hast du schon eine Idee?«

»Ja, und ein paar Fragen. Kannst du Menschen in der sterblichen Welt eine Botschaft übermitteln? Jemanden wie mir, der dir ein Geheimnis anvertraut hat und der auf eine Antwort wartet? Könntest du diese Person hören? Und kann jeder die Brücke zwischen den Welten benutzen?«

»Ja zu allem, auch wenn gerade alles etwas komplizierter ist«, erwiderte sie. »Aber wer in oder aus der Unterwelt rauswill, muss durch den Styx. Und das ist nicht so einfach.«

»Was ist mit Wesen aus Magie?«

»Sie sollten es schaffen.«

»Können sie Gegenstände transportieren?«

»Ich kann es, ich denke also, sie auch. Was hast du vor?«

»Ich weiß es noch nicht genau. Ich arbeite dran.« Eine halbe Lüge. Mein Plan war schon ziemlich konkret, nur die Einzelheiten musste ich austüfteln. Iris sollte nicht die ganze Wahrheit kennen; falls sie mich doch verriet oder Medea die Antworten aus ihr herauspresste, waren wir alle verloren.

Die Göttin des Regenbogens schmunzelte, das hörte ich an ihrer Stimme. »Es ist gut, dass du deine Geheimnisse für dich behältst. Damit schützt du dich«, sagte sie. Sie hatte mich durchschaut. Bei einer Göttin, die auf Kommunikation und Wahrheiten spezialisiert war, wunderte mich das nicht.

»Es ist nichts Persönliches«, antwortete ich. »Mir fällt es nur schwer, jemandem zu vertrauen. Göttern ganz besonders.« Ein bisschen musste ich es mir zugestehen, da meine Optionen sonst gegen null gingen.

»Danke für deine Ehrlichkeit. Das weiß ich zu schätzen.«

»Bitte wundere dich nicht, wenn ich für den Rest der Nacht nicht mit dir rede, ich muss mich konzentrieren und nachdenken.«

»Viel Erfolg.«

»Und falls ich fluche, weil es nicht klappt, bitte ich das zu entschuldigen.«

Lachend überließ Iris mich meinem Vorhaben. Ich zog die Schultern zurück und schüttelte meine Arme aus. Mit all den Federn war es noch immer ungewohnt, aber so langsam hatte ich den Dreh raus und schnitt mich nicht selbst an ihnen.

Ich tastete die Wände ab und suchte in den übereinandergestapelten Gebeinen nach einem geeigneten Testobjekt. Es überraschte mich, wie viele der Knochen noch intakt waren. An der rechten Wand wurde ich im unteren Drittel fündig. Dort war ein Schädel verarbeitet, dessen Knochen über der Stirn zersplittert war. Ich kniete mich davor und fuhr die Stelle mit den Fingern ab. Die Gebeine sprachen nicht mit mir so wie mit Iris, was mir entgegenkam. Je länger ich die Skelette von den damit verbundenen Geschichten und Menschen trennte, umso besser.

»Dann wollen wir mal sehen, was du kannst«, sagte ich zu mir selbst und dieser neuen Mischung von Magie, die in mir schlummerte, seit ich mein Haus niedergebrannt hatte.

Mit kreisenden Kopfbewegungen lockerte ich die Verspannung in meinem Nacken und schloss die Augen. All meine Konzentration richtete ich auf den Riss im Knochen unter meinen Fingern. Er war vielleicht drei Zentimeter lang und einen halben tief. Ich stellte mir vor, wie ich meine Magie hineinfließen ließ. Mit meiner alten konnte ich heilen, aber das reichte nicht, ich musste auch die der Harpyien einbinden.

»Therapévei.« Heile.

Nichts passierte. Ich grunzte und ein Kichern von Iris hallte mir als Antwort entgegen.

Verlier nicht den Faden, Ilena, mahnte ich mich.

Das war's. Ein Faden! Im zweiten Versuch griff ich nach den flammenden Funken meiner Magie. Ich stellte mir vor, wie die einzelnen Partikel sich aneinanderhefteten und einen Faden bildeten, der immer weiter wuchs. Diesen ließ ich aus meinem Inneren über meine Finger in den Knochen fließen. Mit einer unsichtbaren Nadel führte ich ihn durch den Knochen wie ein Arzt, der eine Wunde nähte.

»Therapévei.« Heile.

Der Faden zog sich zusammen, doch das Knochengewebe gab nicht nach, es blieb zerklüftet und fügte sich nicht dem Willen meiner Magie.

»Verfluchter Mist«, brummte ich und der Faden schnappte zurück.

»Ilena?«, fragte Iris. So viel dazu, dass ich meine Ruhe brauchte.

»Ja?«

»Als ich meinte, dass die Knochen sprechen könnten, war das nicht gelogen. Ein Rest der Seele bleibt in allen Teilen des Körpers erhalten, auch wenn das Leben aus ihnen gewichen ist.«

»Wie bei meinem Haus«, sagte ich, als ich verstand. »Selbst leer ohne Menschen war darin ein Hauch aller Seelen zu spüren, die sich darin aufgehalten haben.«

»Sie hält alles zusammen«, fügte Iris zusammen. »Und jetzt bin ich still.«

Das glaubte ich nicht so recht, aber ich war froh um ihren Einwand.

»Auf ein Neues.«

Wieder schloss ich die Augen, spann aus meiner Magie einen Faden und webte ihn um den Knochenspalt. Dieses Mal kratzte ich nicht nur an der Oberfläche des Gewebes, sondern tauchte tiefer ein, ließ den Faden durch das Innere des Knochens wandern und ihn ausfüllen. Es war wie bei dem Ritual, mit dem ich Rya durchleuchtet hatte, nur auf einer anderen, weitaus unheimlicheren Ebene.

Da, ein Flackern. Ein kleines Glimmen eines Seelenrestes. Er schrie nicht, tobte nicht wie andere Seelen. Diese hier war still und zuckte zurück, als ich mit meiner Magie danach griff. Der Duft von Rosen zog mir in die Nase, feuchte Erde und Regen spiegelten sich in diesem Splitter wider. Ich zupfte vorsichtig an der Seele.

»*Voíthisé me. Se parakaló*«, bat ich die Seele leise. *Hilf mir. Bitte.*

Nach kurzem Zögern gab sie sich meiner Magie hin, ließ sich zu dem Riss leiten und half dem lila glimmenden Faden dabei, den Spalt zu schließen. Ich musste kaum Magie opfern, der Zauber war von sich aus schon stark.

»*Efcharistó.*« *Danke.*

Ich gab den Seelensplitter frei und öffnete die Augen. Der Schädel war unversehrt, keine Kerbe klaffte mehr im Knochen und das, ohne dass ich meine Magie hatte opfern müssen.

»Scheiße«, hauchte ich ehrfürchtig und sah auf meine Hände. Soeben hatte ich das Streichholz entdeckt, mit dem ich alles hier in Brand stecken würde.

»Klingt nach einem Durchbruch«, kam es von Iris.

»In der Tat.«

Jetzt musste ich das Ganze nur noch so oft wiederholen, bis ich es im Schlaf konnte. Wenn mein Plan funktionieren sollte, musste es schneller gehen. Oder effizienter. Eine Woche war nicht viel Zeit.

Ich nutzte die ganze Nacht dafür, alle möglichen Risse in den Gebeinen der Gefängnismauern zu flicken. Dabei erhaschte ich einen Blick auf eine Vielzahl unterschiedlicher Seelenfragmente, die sich in mein Gedächtnis einbrannten. Eines war ihnen allen gemeinsam: Sie halfen mir, die letzten Überreste des Körpers, den sie einst besessen hatten, zu heilen. Ein paar zerbrochene Knochen ließ ich übrig, weil ich nicht zulassen durfte, dass Medea die Veränderung auffiel. Wobei ich mir nicht vorstellen konnte, dass sie sich überhaupt für die Überreste interessierte.

Nach dem ausgiebigen Wirken der Magie und dem Herumtüfteln mit den Seelenfragmenten war ich so ausgelaugt, dass ich an die Wand gelehnt einschlief.

Als Medea in meine Zelle kam und mich weckte, ging es mir erschöpfungsmäßig nicht besser als zu dem Zeitpunkt, zu dem sie mich in die Zelle gesteckt hatte, aber mein violettes Feuer der Magie brannte heller und erfüllte mich von innen heraus mit Zuversicht. Das, und die Tatsache, dass ich einen Hauch davon genutzt hatte, um mich selbst von den Anzeichen der Müdigkeit zu heilen, reichte aus, um Medea zufriedenzustellen.

»Wie ich sehe, hast du die Zeit genutzt und dich ausgeruht. Geht es dir jetzt besser?« Sie hielt mir die Hand hin und ich ließ mir von ihr aufhelfen.

»Ja, danke.«

»Hast du deine Lektion gelernt?«

»Ich denke schon.« Nur war es nicht die, welche sie für mich vorgesehen hatte.

»Gut. Komm mit. Heute liegt eine besondere Aufgabe vor uns.« Sie drehte sich um und ging durch die Knochenstäbe nach draußen. Ich hielt kurz davor inne, als ob ich mir nicht sicher wäre, ob sie mich in die Freiheit entließen. »Geh einfach durch«, meinte Medea. »Sie wissen, dass deine Strafe abgesessen ist.«

Sie wissen auch, dass ich dich verraten werde. »Okay.«

Ich trat durch die Stäbe hindurch und schickte ihnen in Gedanken ein Dankeschön dafür, dass sie mich und das Geheimnis, das ich bei ihnen zurückgelassen hatte, nicht verrieten. Iris gab keinen Ton von sich.

Wir traten durch die Tür nach draußen und ich war unheimlich froh, den düsteren Himmel wiederzusehen. Im Vergleich zu den knochenweißen Wänden war es eine farbenfrohe Abwechslung.

Medea führte mich zurück zum Lager, dann weiter zum Styx. »Ich hoffe, es war deine erste und letzte Nacht dort.«

»Ich auch«, log ich. Ich würde zurückkehren, und zwar schon bald.

KAPITEL 27

Ich musste mich zusammenreißen und die Verwunderte spielen, als wir am Flussufer auf Aello und Okypete trafen. Die Schwestern würdigten mich kaum eines Blickes, nichts an ihrem Verhalten verriet, dass sie letzte Nacht Medea hintergangen und mich eingeweiht hatten. Ich spielte mit, und als Medea sie mir vorstellte, verhielt ich mich ehrfürchtig und distanziert, als wäre es unser erstes Aufeinandertreffen. Weitere Worte wurden nicht gewechselt, Medea trieb uns lediglich zum Aufbruch an.

Wir tauchten durch den Styx auf die andere Seite, ein mittlerweile schon routinierter Ablauf, wie ich feststellen musste. Der Glaspavillon über dem Becken wirkte genauso schillernd wie immer, allerdings sah ich ihn mit anderen Augen, in dem Wissen, dass die dazugehörige Göttin im Tartaros gefangen war.

Wir verließen die Halle nicht nach draußen, sondern liefen weiter in das Innere, in die Tempelhalle. Auch hier musste ich meine Überraschung vortäuschen, als Medea sich zu mir umdrehte, um meine Reaktion darauf aufzunehmen. Sie wusste nicht, dass sowohl Iris als auch Aello und Okypete mir von der Beteiligung der Magierinnen erzählt hatten.

Egal was nun folgte, es musste von großer Bedeutung sein, wenn alle vier zukünftigen Wächterinnen von *Néa Lagína* zusammen zu einer Mission aufbrachen. Und das im Herzen der *Mageía Mésa*.

Als Medea sich wieder nach vorn drehte, warf ich einen fragenden Seitenblick zu Aello, die kaum wahrnehmbar den Kopf schüttelte. Großartig.

Mein Herz klopfte mir bis zum Hals, als mir der Gedanke kam, dass Medea vielleicht doch von meiner Unterhaltung mit den beiden Harpyien wusste. Waren wir hier, um bestraft zu werden?

Medea führte uns in den Tempelraum mit dem Mondbecken. Es fühlte sich wie eine Ewigkeit an, seit ich das letzte Mal hier gewesen war. Die Erinnerungen überrollten mich und es schüttelte mich. Umso mehr, als ich sah, wer auf der anderen Seite des Beckens, direkt vor Hekates Thron, auf uns wartete.

Nephele.

Die *Ischyró Mágo* trug eine weiße Toga und blickte uns mit stoischer Miene entgegen. Sie hatte deutlich an Gewicht verloren und ihre Augen glänzten fiebrig. Den Harpyienschwestern und Medea warf sie jeweils nur einen kurzen Blick zu, bevor sie mich fixierte. Schreck und Mitleid warfen Schatten über ihr Gesicht, doch ich konnte nicht deuten, was sie über mich dachte. Ihr Verhalten bei unserer letzten Begegnung hatte alles, was ich über sie zu wissen glaubte, auf den Kopf gestellt und meine Instinkte ließen mich auch jetzt im Stich.

»Willkommen«, sagte Nephele an uns alle gewandt und die Worte hallten von den Säulen wider. Niemand sonst war anwesend, der Tempel wirkte wie ausgestorben. Es lag keine Magie in der Luft, kein Geruch außer der des alten Steins, der uns umgab.

Dafür war alles voller Lügen.

Mir schenkte die *Ischyró Mágo* die Andeutung eines Lächelns, wie früher, als ich sie noch verstanden hatte.

»Ist alles bereit?«, erkundigte sich Medea, die sich nicht mit Lappalien wie einer Begrüßung aufhielt.

»Ja«, erwiderte Nephele mit zusammengekniffenen Augen und wandte sich dann an mich. »Weißt du, wieso du hier bist?«

Medea antwortete für mich. »Nein. Muss sie aber auch nicht, es ändert nichts.«

»Wie du wünschst«, erwiderte Nephele sichtlich zerknirscht. Es schmeckte ihr nicht, wie Medea mit ihr umsprang, das war deutlich. Ich schwieg und fragte nicht weiter nach, weil ich weder Medea noch

Nephele verärgern wollte. Insgeheim war ich wütend auf beide, weil die eine mir nicht verraten wollte, was mir bevorstand, und die andere nicht darum kämpfte, es mir trotzdem zu sagen.

Aello flüsterte hinter meinem Rücken mit Okypete, was Medea mit einem erzürnten Zischen unterbrach. Erstere ließ sich das nicht gefallen und trat einen Schritt nach vorn. »Wir Wächterinnen sind eine Einheit, wir sollten erfahren, was deine Pläne sind, Medea.«

Oh. Die beiden kannten also auch nicht die ganze Wahrheit. Das war denkbar schlecht und verhieß für die Zukunft nichts Gutes.

»Ich habe euch mitgenommen, das reicht«, erwiderte Medea.

»Nur auf meinen Wunsch hin«, warf Nephele ihr vor.

»Ist das wahr?«, fragte Okypete, die sich neben ihre Schwester stellte.

»Was spielt das für eine Rolle?« Medea wandte den Blick ab. »Ich bin euch keine Rechenschaft schuldig.« Okypete fuhr die Krallen aus, nur Aello vermochte sie zu beruhigen. Die drei waren sich wirklich nicht grün.

»Wir sind heute hier, um Ilena zu testen«, erklärte Nephele und Medea warf ihr einen vernichtenden Blick zu. »Ich werde prüfen, ob die Harpyienmagie ihre volle Macht entfaltet hat.« Nephele wandte sich mir zu und lächelte entschuldigend. »Du trägst die Harpyienmagie schon seit ein paar Jahren in dir, seit du die Tätowierung hast. Entwickelt hat sie sich erst, als du den Großteil deiner Magie aufgegeben hast. Beide Mächte ringen seitdem miteinander, deswegen konntest du weder zu der einen noch zu der anderen eine funktionierende Verbindung aufbauen. Medea sagte mir aber, dass du jetzt deine Harpyienkräfte kontrollieren und nutzen kannst.«

»Ja«, antwortete ich und unterdrückte ein Würgen, als ich an das Stehlen der Seelen dachte.

»Dann ist es sehr wahrscheinlich, dass der Rest von Hekates Magie darin aufgegangen ist und die Harpyienmagie die Oberhand gewonnen hat.«

Meine Wangen wurden heiß. Meine Magie hatte sich verändert, das lila Feuer war Zeuge davon, doch die Harpyienmagie hatte nicht *gesiegt,* sie hatten sich vermischt. Beide Formen waren noch da und ich konnte sie voneinander unterscheiden. Ich schluckte die Unruhe hinunter. »Wieso ist diese Prüfung wichtig?«, fragte ich.

»Nur als reine Harpyie kannst du eine Wächterin sein, und wir wollen sehen, ob du schon so weit bist.«

»Wächterin wovon?« Ich durfte nicht vergessen, dass ich angeblich von nichts wusste. Medea erzählte mir kurz, was auch Aello und Okypete mir schon berichtet hatten. Ich nickte nur und schielte hin und wieder zu Nephele, deren Blick sich zuweilen leerte. Irgendetwas stimmte nicht mit ihr. Sie schien gar nicht richtig anwesend zu sein.

»Ich bin also eine Wächterin«, sagte ich, als Medea ihre Erzählung beendete.

»Jetzt weißt du, wofür wir dich damals ausgewählt haben«, sagte Medea.

»Wir?«

»Eigentlich war es Nephele, ich habe nur ausgeführt, was sie mir aufgetragen hat. Ich selbst hätte dich auch ausgesucht.« Sie lächelte finster. Sie hatte soeben zugegeben, dass sie mich angelogen hatte, ohne sich selbst vor Nephele bloßzustellen. Was erhoffte sie sich davon? Mein Blick schweifte zu Nephele. Es war also auch ihr Verdienst, dass mein Leben eine solch drastische Wendung genommen hatte. Ein weiteres Gesicht dahinter zu sehen ließ es realer werden. Und den Verrat umso schlimmer, weil Nephele im Gegensatz zu Medea unendlich viele Gelegenheiten gehabt hätte, um mich in all das einzuweihen, und mich stattdessen an der Nase herumgeführt hatte.

»Habt Ihr Medea von den Toten zurückgeholt?«, fragte ich die *Ischyró Mágo,* die mit einem Nicken antwortete.

»Sie hätte nie sterben sollen«, fügte sie hinzu. »Das war nicht Teil des Plans, aber Unfälle kann man manchmal nicht verhindern und es hat aus ihr eine umso passioniertere Harpyie mit besonderen Fähigkeiten gemacht.«

»Muss ich auch sterben?«, fragte ich. Panik kroch meinen Rücken hinauf, krallte sich zwischen den Schulterblättern fest.

»Nein.« Nephele strich mir beruhigend über die Schulter. »Du bist in deiner jetzigen Form perfekt.« Ihre Finger grub sie in meine Muskeln und drückte zu. Was hatte das zu bedeuten?

Skeptisch kniff ich die Augen zusammen und im selben Moment drehte Nephele mich von Medea weg und führte mich zum leeren Mondbecken in der Mitte der Halle. »Wir sollten anfangen«, murmelte sie und sie krallte ihre Finger fester in meinen Arm, eine stumme und schmerzhafte Warnung, dass ich mich nicht wehren sollte.

Meine Krallen kratzten über die Fliesen, als ich in das Becken stieg. Wie beim letzten Mal blieb Nephele am Rande stehen, mit dem Rücken zu Medea und den anderen. Sie hob eine zitternde Hand, als die Harpyien näher kommen wollten.

»Bleibt, wo ihr seid. Ich muss mich konzentrieren und zu viel fremde Magie in der Nähe bringt alles durcheinander.«

Sie gehorchten ihr. Die *Ischyró Mágo* breitete die dünner gewordenen Arme aus.

»*Vreíte ti mageía. Deíxte mas ti mageía*«, murmelte sie. *Finde die Magie. Zeige sie uns.*

Ich ließ sie nicht aus den Augen, als das eiskalte Wasser hervorquoll und bis zu meinen Waden stieg. Ich spürte den Moment, in dem ich an der Reihe war. Zum dritten Mal bei einem Ritual, das eine *Mágissa* in dieser Form nur ein Mal erleben sollte. Doch etwas war anders. Da war kein Schwall Magie, der über mich hinwegfegte, kein Prickeln in der Luft. Waren meine Sinne taub geworden?

»*Eímai étoimos*«, erwiderte ich. *Ich bin bereit.*

Das Wasser rührte sich nicht. Das Blubbern und die Hitze blieben aus. Hatte der Zauber nicht gewirkt? Nepheles Blick huschte von meinen Augen zu meinem Herz und wieder zurück. Dann erneut auf mein Herz und schließlich auf das Wasser zu meinen Füßen.

Sie wollte Medea täuschen.

Ich erweckte meine Magie und brachte den Styx zum Brodeln. Während Nepheles Schultern vor Erleichterung ein Stück nach unten sackten, lockte ich die Fäden aus Wasser meinen Körper herauf und tat so, als würde ich vor Ehrfurcht erstarren und darum bangen, Nephele würdig zu sein.

Doch außer mir selbst musste ich niemandem etwas beweisen.

Ich schloss die Augen und ließ die Wasserfäden meinen gesamten Körper umfließen, brachte ihr inneres Licht im Takt meines eigenen Herzschlages zum Pulsieren. Nephele murmelte etwas und tat so, als würde sie in meiner Magie lesen.

Sie musste eine Menge Vertrauen in mich haben, wenn sie nicht mal versuchte, die Wahrheit herauszufinden. Wann hatte sie die Seiten gewechselt? Oder war sie nie wirklich auf der von *Néa Lagína* gewesen?

Ihr Flüstern versiegte und ich ließ das Wasser zurück ins Becken fließen. Ich sah zu Nephele auf, wartete auf ihr Urteil. Sie blickte mir mit wässrigen und müden Augen entgegen.

»Willkommen bei den Wächterinnen, *Kelaino.*« Ihre Stimme war rau und schwach, dennoch von einer stechenden Eindrücklichkeit. Der Name lockte die Harpyie in mir an, ich spürte ihr Drängen unter meiner Haut. »Darf ich dir einen letzten Rat geben? Tue das, was Medea von dir verlangt. Egal was, hörst du? Es ist dein Schicksal, Kupferschwinge.«

Woher …

Meine Lunge kollabierte, als sich etwas von hinten in meinen Rücken bis vor zum Brustbein bohrte. Schwarze, mit Blut verschmierte Krallen aus Rauch brachen durch Haut und Knochen, bis sie vorn aus meinem Körper herausragten. Schon beim nächsten Wimpernschlag wurden sie wieder aus mir herausgezogen und ich sackte auf die Knie, landete mit den Händen voraus platschend im Wasser, das sich langsam in die Vertiefungen zurückzog. Blut tropfte von meiner Brust hinunter, wurde mit in die Monde gezogen. Die Heilung setzte sofort ein, die Zellen flickten sich selbst.

Die geschockten Ausrufe von Aello und Okypete gingen im Gemurmel des Wassers fast unter. Beides rauschte in meinen Ohren und betäubte die Welt.

Nein, die Welt tobte weiter. Die Schwestern schrien Medea an, die hinter mir stand. Ich drehte mich zur Seite und blickte an ihr entlang hinauf.

Durch die Freiräume zwischen ihren Fingern sah ich etwas Fliederfarbenes schimmern.

Meine Seele.

Nicht die Welt war taub geworden, sondern ich.

Regungslos beobachtete ich Medea dabei, wie sie die leuchtende Kugel hin und her drehte und genauestens in Augenschein nahm, als erwartete sie, darauf einen schwarzen Fleck oder etwas Ähnliches zu sehen.

Meine Seele schrie nicht. Sie wehrte sich nicht.

Es hatte keinen Sinn. Was Medea erst in ihren Fängen hatte, gab sie nicht wieder frei.

Okypete fauchte Medea an, die sich davon völlig unberührt zeigte, Aello griff nach mir und zog mich nach oben. Sie schüttelte mich und rief meinen Namen. Sollte ich etwas tun?

Weinen?

Schreien?

Sterben?

»Wieso hast du das getan?«, keifte Okypete. Die Welt hatte ihren Klang zurück.

Medea nickte in Richtung Nephele. »Ich traue ihr nicht.«

Aello ließ mich fast fallen, als sie sich in den Streit einmischte. »Bist du verrückt? Das widerspricht allem, wofür wir stehen. Wir sollten zusammenhalten und uns nicht gegenseitig verraten.«

Medea hielt meine Seele ein Stück höher. »Damit sorge ich dafür, dass sie uns nicht in den Rücken fällt.«

»Und was hast du gerade getan?!«

Die Worte prallten an Medea ab, die den Kopf schüttelte. »Ihr werdet es mir noch danken. Alle.« Ihr eisiger Blick richtete sich auf mich, doch mein Körper reagierte gar nicht darauf. »Töte Nephele«, sagte sie.

Dass ihr Befehl mir galt, verstand ich erst, nachdem Aello aufhörte zu schreien und Okypete sich schützend vor die *Ischyró Mágo* stellte.

»Was soll das?«, fauchte die Harpyie.

Nephele schob Okypete vorsichtig zur Seite und trat auf mich zu. »Beruhigt euch«, sagte sie in die Runde. »Es muss so sein.«

Tue das, was Medea von dir verlangt. Egal was, hörst du?

Nepheles Worte geisterten durch meine Gedanken. Sie hatte es gewusst und mir trotzdem geholfen. Sie hatte sich ihrem Schicksal ergeben und forderte von mir, dass ich es ebenso tat.

Aello, die meinen Arm festhielt, wurde still. Einen Augenblick später verstummte ihre Schwester.

»Ich verstehe das nicht«, sagte die Harpyie. »Was hat das zu bedeuten?«

»Vertraut mir.« Medea streckte ihre freie Hand nach mir aus und Aello gab mich frei, damit Medea ihren Platz an meiner Seite einnehmen konnte. Sie führte mich zu Nephele, die mich mit einem milden Lächeln erwartete.

Ich fühlte nichts, nur Leere.

»Es ist in Ordnung«, flüsterte die *Ischyró Mágo* mit brüchiger Stimme, als ich vor ihr zum Stehen kam.

Ich rührte mich nicht.

Medea knurrte und verstärkte den Griff um meine Seele. In meinem Magen breitete sich ein unangenehmer Druck aus, der zu einem stechenden Schmerz heranwuchs.

»Töte sie.« Medeas Geduld schien sich dem Ende zu nähern.

Egal was, hörst du?

Egal was.

Egal.

Ich fuhr die schwarzen Klauen aus und rammte sie in Nepheles Brust. Es war wie ein Reflex, etwas, worüber ich nicht nachdachte, weil mein Körper sich für mich daran erinnerte. Es war wie immer und es war wie nichts.

Und genauso intuitiv machte ich mich daran, Medea zu täuschen, wie schon viele Male zuvor. Ich übertrug einen Teil meiner Magie auf Nephele, die – ihn blockierte. Sie durchschaute meinen Trick und hielt mich auf. Meine Klauen ließ sie gewähren, doch der heilenden Energie räumte sie keinen Platz zur Entfaltung ein. Sie verweigerte meine Hilfe und entschied sich stattdessen für den Tod.

Mein Verstand begriff es zögerlich, doch meine Glieder reagierten nicht darauf. Sie gehorchten nur dem magischen Willen, der eine Seele wollte.

Langsam zog ich der mächtigsten Magierin der Welt die Seele aus dem Leib. Sie starb nicht sofort, als ich die gelb leuchtende Kugel zwischen den Fingern hielt, komischerweise blieb auch ihr Körper vollkommen intakt. Sie schaffte es, sich auf den Beinen zu halten. Tränen liefen ihr über das Gesicht und ihr ganzer Körper zitterte. Aber ihre Augen strahlten wie der Mond am Nachthimmel, angeleuchtet von einer fremden Macht aus der Ferne. Ihre Magie würde gemeinsam mit ihr in der Dunkelheit verenden.

Ihre Seele schrie nicht, als ich zudrückte.

Sie wollte keine Hilfe.

Sie bat um Vergebung.

Als ich das Licht zwischen meinen Fingern zerquetschte, zerfiel Nephele zu Asche und Staub. Ihre Überreste verteilten sich im Tempel, getragen von einer warmen Brise, die durch die Gänge wehte. Ich sah den Partikeln so lange nach, bis sie sich in Staub auflösten und für immer vergingen.

Etwas regte sich in meinem Herzen, ein dunkles Loch, das die Leere füllte, die meine Seele hinterlassen hatte. Medea ließ ebenjene in dem Beutel an ihrem Gürtel verschwinden. Vielleicht sah ich sie nie wieder.

»Wir sind hier fertig«, verkündete Medea und zog mich mit sich. Ich folgte ihr. Denn was hätte ich sonst tun sollen?

Egal.

Nichts zählte, nichts war etwas wert.

Aello und Okypete schlossen sich uns an. Ihnen stand das reine Entsetzen in die Gesichter geschrieben, sogar die Farbe ihrer Federn schien blasser als zuvor. Sie waren Wesen der Unterwelt, und doch hatte der Anblick sie verschreckt. Wieso fühlte ich nichts? War ich ein Monster? Meine Klauen an den Füßen und den Händen gaben mir die Antwort.

Kupferschwinge, hatte Nephele zu mir gesagt und damit die Worte des leibhaftigen Todes wiederholt.

Mageía apó to Thánato kai ton Chalkó.

Magie aus Tod und Kupfer.

Das war alles, was von mir übrig war. Was *in* mir noch übrig war.

Als wäre nie mehr da gewesen.

Im Raum des Regenbogens erwartete uns Kälte. Mein Atem formte kleine Wölkchen, als er sich aus meiner Lunge presste.

»Sie sind zu früh«, fluchte Medea. Ich folgte ihrem Blick zu den Scheiben. Das Glas war von außen mit einer Schicht aus weißem Schnee und Eis überzogen, die im farbenfrohen Lichterspiel des Styx funkelte.

Ich riss mich von Medea los und näherte mich einer der Scheiben. Medea protestierte, doch Aello hielt sie auf.

»Lass sie. Nach dem, was du ihr angetan hast, braucht sie einen Moment Ruhe.«

»Das da draußen ist vermutlich der Rest des Zirkels, der in den Tempel zurückwill.«

»Und es sieht nicht so aus, als würden sie sich freuen, uns zu sehen«, mutmaßte Okypete. »Wissen sie, was hier gerade passiert ist?«

»Nein, und das tut auch nichts zur Sache. Es musste so passieren. Ilena ist jetzt die neue *Ischyró Mágo* und vereint damit die Wächterinnen und die *Mageía Mésa*. Sie müssen sich ihr beugen, ob sie wollen oder nicht. Sie brauchen nur einen Moment, um darüber nachzudenken.«

»*Was?* Hast du überhaupt schon jemals in Betracht gezogen, zu reden, *bevor* du jemanden ins Verderben stürzt?«, fauchte Aello und zwischen den drei Wächterinnen entbrannte ein lautstarker Streit. Sie beachteten mich nicht, als ich meine Stirn an das Glas legte. Mein Inneres war schon taub, mit etwas Glück würde mein Körper bald folgen.

Doch statt einer Betäubung kam die Kälte des Glases einer Liebkosung gleich. Meine Stirn wurde heiß und ich erinnerte mich an das goldene Symbol. Ein Flirren drang von dort in meinen Körper ein, strich über meine Knochen, gefolgt von dem Hauch einer frischen Meeresbrise, die in meine Lunge drang. Dort bäumte sie sich zu einem tosenden Sturm auf, der durch mich hindurchfuhr und mich von Kopf bis Fuß verschlang.

Ich beugte mich zurück und betrachtete die Stelle, an der meine Stirn gegen die Scheibe gelehnt gewesen war. Auf der anderen Seite war das Eis geschmolzen und offenbarte durch ein kleines Loch den Blick in den dunklen Park dahinter.

Da sollte etwas sein. Ein Gefühl, das ich mit diesen Komponenten verband. Doch da war nichts. Hämisch lachend breitete sich das schwarze Loch in meinem Inneren weiter aus.

Die frei gewordene Stelle auf dem Glas fror erneut zu.

Magie.

Mein ganzes Leben lang war ich davon überzeugt gewesen, dass Magie meine Essenz war und die Kraft, die mich am Leben hielt. Jetzt war ich von ihr und nichts anderem erfüllt und es war … wie ausgehöhlt zu sein.

Mit gnadenloser Brutalität verstand ich, was Xanthos mir schon vor einer gefühlten Ewigkeit mit vier niedergeschriebenen Worten und zwei Strichen zu erklären versucht hatte.

Xanthos.

Ein Name. Mehr nicht.

Trotzdem berührte ich mit der Spitze meines Zeigefingers erneut das Glas und schmolz ein weiteres Loch in das Eis. Mein Körper übernahm die Kontrolle und zeichnete zwei Konturen in den Schnee.

Eine Mondsichel und ein Fragezeichen.

Kaum war ich fertig, überzog eine neue Schicht aus Eis meine Botschaft.

Zumindest das Fragezeichen. Die Sichel blieb als Antwort zurück.

Ich schmolz die Ziffer 2 und ein kleines *d* darunter. *Zwei Tage.*

Warum zwei Tage?

Wenige Sekunden später wurde die Nachricht vom Schnee vernichtet.

Die drei Wächterinnen in meinem Rücken stritten und schienen mich nicht zu beachten.

Das letzte Wort gehörte mir. Ich legte beide Hände ans Glas und jagte meine violett brennenden Flammen hindurch. Sie breiteten sich rasend schnell in alle Richtungen aus, schmolzen den Schnee und das Eis, bis nur Dampf übrig blieb, der in die Nacht entschwand.

Die Antwort darauf war eine Böe aus eiskalter Luft, die sanft durch meine Flügel strich. Dann kehrte Stille ein, draußen wie drinnen.

Ich kniff die Augen zusammen, doch auf der anderen Seite des Fensters war nichts zu erkennen. Da war nur Schwärze. Als würde ich in einen Spiegel blicken.

Kelaino.

Die Dunkle.

»Wir sollten gehen«, sagte Medea.

Bleiben.

Gehen.

Es war egal.

Oder?

Kapitel 28

Die Erinnerungen an den Sprung in den Styx, das Auftauchen auf der anderen Seite und der Gang zu meiner Knochenhütte verschwammen in meinem Gedächtnis zu einem einzigen, viel zu bunten Bild.

Ich saß auf dem harten Bett, ohne jeglichen Antrieb. Wozu auch? Der Tod würde mich bald holen kommen.

Thanatos.

Der Name kreiste in meinem Gedankenmeer, brach immer wieder durch die Oberfläche, als ob er wichtig wäre.

Nichts war wichtig. Ich saß und saß und saß. Ich wartete nicht. Ich erholte mich nicht. Ich saß einfach nur.

Die Harpyienschwestern sahen hin und wieder vorbei und redeten mir gut zu. Keine Ahnung wieso, mit mir war doch nichts.

Nichts.

Ich sah mich um. Überall Knochen. Weiß, grau, vergilbt.

Knochen.

Geheimnis.

Mein Puls wurde schneller und meine Beine setzten sich wie von selbst in Bewegung. Raus aus der Knochenhütte, hinein in die dämmerhafte Unterwelt, die sich nicht entscheiden konnte, ob sie heller oder dunkler werden wollte, und für immer in einem Zwischenstadium gefangen war.

Meine Krallenfüße trugen mich an den Behausungen der Harpyien vorbei. Niemand hielt mich auf, rief nach mir oder interessierte sich für mich.

Wieso auch.

Ich war nicht wichtig.

Niemand war das.

Genauso wenig wie das Gefängnis, das ich betrat. Vor der Zelle, in der ich gesessen hatte, blieb ich stehen. Wieso war ich darin gewesen? Und warum war ich zurückgekehrt?

Etwas im Inneren zog mich an. Nur was? Darin war nichts, nur Gebeine. Trotzdem trat ich durch die Stäbe und stellte mich mitten hinein.

Hilf mir.

Das Flüstern kam von rechts.

Hilf mir.

Von links.

Hilf mir.

Von oben.

Von überallher flüsterte mir die Stimme zu. Das Loch in meinem Herz zog sich schmerzhaft zusammen. Ich schluckte, als ich nach Atem rang. Einem Instinkt folgend hob ich die Arme und drehte die Hände mit den Handflächen nach oben.

Zwischen meinen Augenbrauen und der Stirn erwärmte sich meine Haut.

»*Voíthisé me*«, antwortete ich. *Hilf mir.*

Eine Sekunde lang wurde es still, als hätte ich die Stimme verschreckt. Dann fingen einige der Knochen an, fliederfarben zu glühen. Verteilt über die ganze Wand leuchteten Punkte auf wie ein Sternbild an einem Knochenhimmel.

Die Punkte schärften sich, drangen aus den Gebeinen heraus und sandten Lichtfäden in meine Richtung aus. Sie schlängelten sich durch die Luft immer näher an mich heran und hinterließen eine Spur aus Licht. Es kitzelte auf meiner Haut, als die Fäden meine Finger berührten und die Haut sie aufnahm. Vor meinem inneren Auge sah ich sie durch meinen Körper fließen, bis sie aufeinandertrafen, sich verstrickten und weiter ausbreiteten. Sie kämpften sich bis zu meinem Herz und meinen Gedanken vor.

Dort verknüpften sich die Fäden miteinander und stellten ein Stück Seele wieder her. Das pulsierende Netz zwang mich in die Knie, als es sich um das dunkle Loch in meinem Herz legte und ihm die Luft abschnitt. Das Nichts implodierte in einem Funkenregen, der den Seelenfäden nichts anhaben konnte.

Die Gefühle holten mich ein, all jene, die ich seit dem Verlust meiner Seele nicht hatte fühlen können. In Sekunden erlebte ich alles von Schock bis Wut, Trauer, Trost, Entsetzen und Selbsthass. Ich übergab mich in der Zelle, als mir das Ausmaß meines Handelns bewusst wurde.

Es war verdammt eklig, aber ich war wieder ich selbst.

»Ilena?« Iris' Stimme hallte zu mir herüber.

»Alles gut. Ich musste mir nur kurz was durch den Kopf gehen lassen«, antwortete ich und wischte mir über den Mund. Im selben Moment stiegen mir Tränen in die Augen.

»Ich habe versucht, mit dir zu reden, seit du durch den Eingang gekommen bist. Was war los? Hast du mich nicht gehört?«

»Nein, habe ich nicht.«

»Weinst du?«

»Ja. Ist gleich wieder vorbei.«

Es war nicht gleich wieder vorbei. Im Gegenteil, ein heftiger Weinkrampf schüttelte meinen ganzen Körper durch und ich schluchzte so laut, dass man es durch die gesamte Unterwelt hören musste. Doch niemand kam, um mich zum Schweigen zu bringen.

Iris wartete einen Moment, bis ich mich gefangen hatte. »Was ist passiert?«

»Ich will nicht drüber reden. Scheiße, ich will nicht mal drüber nachdenken.«

Nephele war durch meine Hände gestorben. Ich war eine Mörderin. Erneut musste ich würgen, doch diesmal kam nichts aus mir heraus. Dabei hätte ich zu gern die ganze beschissene Magie ausgekotzt. Sie hatte mich nicht davon abgehalten, Nephele die Seele herauszureißen, nein, sie hatte mich auch noch bestärkt, und für eine Sekunde hatte es sich richtig angefühlt, das pulsierende Licht auf meiner Haut zu spüren. Das hätte niemals passieren dürfen. Wenn das das Naturell der Magie war, die mir nun innewohnte, wollte ich sie nicht haben. Nicht einen Fitzel davon.

Doch noch brauchte ich sie. Um Skóros zu retten, um Bellmont zu retten – und um den Rest meiner Seele zurückzuholen. Medea trug sie noch immer bei sich, weil sie mich auch in Zukunft kontrollieren wollte. Sie sollte es ruhig versuchen. Ich würde sie möglichst lange täuschen und den geeigneten Moment abpassen müssen. Doch vorher gab es noch einiges zu tun.

Auf die Beine zu kommen war das erste Problem. Ich hatte den Knochen nur einen Bruchteil meiner Seele überlassen. Deswegen fühlte ich mich noch nicht vollkommen wie ich selbst. Und ganz ehrlich, all die Emotionen, die nun auf mich einströmten, bremsten meinen Körper und mich aus. Ich durfte mir nicht anmerken lassen, wie es in meinem Inneren aussah, eine Rüstung musste her.

Ich rief mir Xanthos' Gesicht ins Gedächtnis, seine kühlen blauen Augen und die Härte darin, wenn er seinen Schutzpanzer anlegte. An ihm musste ich mich orientieren, wenn ich meine Umwelt glauben lassen wollte, dass mir nichts etwas ausmachte.

Da erst fügte sich das zugefrorene Gewächshaus in das Gesamtbild ein. Der Schnee und das Eis – darunter hatte ich ganz deutlich Xanthos spüren können, später auch Rya und Nick. Wie war das möglich? Hatten seine Kräfte sich weiter ausgebaut?

Egal was und egal wie, es würde uns helfen. Sofern mein Plan funktionierte.

Ich stieß mich ab und ging aus der Zelle hinüber zu Iris. Sie hatte sich keinen Zentimeter bewegt sei dem letzten Mal und auch der Kristall über ihrem Mund war weiterhin starr. Ihre Augen blitzten aufgeregt, als ich in ihr Sichtfeld kam.

»Ich habe keine Zeit, um alles zu erklären«, sagte ich. »Später, ja? Ich komme wieder so schnell ich kann.«

Ich winkte ihr zu und wartete ihre Antwort nicht ab. Schnell verließ ich das Gefängnis. Vor dem Gebäude legte ich eine stoische Miene auf und streifte durch die Gegend, als hätte ich kein Ziel und jede Menge Zeit. Ohne Seele war mir alles egal gewesen, und diese Einstellung musste ich nun auch weiterhin transportieren. Es kam mir zugute, dass die Harpyien mich mieden, was meiner Position als Wächterin zu verdanken war. Was mich einst störte, erleichterte mich nun.

Ich schaffte es ohne Probleme zum Feld der Nachtfalter. Und obwohl ich eine Nacht verpasst hatte, wartete Skóros bereits auf mich, als ich ankam. Ich kniete mich nicht neben ihn, sondern blieb ein paar Schritte weit entfernt stehen und starrte stur weiter geradeaus, als wüsste ich nicht, was ich hier wollte und als wäre mir das auch egal.

»Ich kann dich jetzt vielleicht heilen, Skóros. Ich kann nicht versprechen, dass es klappt, oder dass Medea dir nicht noch einmal die Flügel brechen wird. Aber ich werde mein Bestes geben, um dich zu beschützen. Und wenn es funktioniert, kannst du entweder sofort verschwinden oder … Ich würde mich freuen, wenn du bleibst und mir hilfst. Ohne dich schaffe ich es nicht.«

Skóros drehte den Kopf in meine Richtung. Dann krabbelte er langsam auf mich zu, ich kam ihm ein Stück entgegen.

»Es sollte reichen, wenn du meine Fußspitze berührst. Wir müssen vorsichtig sein.«

Er legte seine Fühler an meine schwarzen Krallen. Es kitzelte etwas und ich musste schmunzeln.

»Dann mal los.« Ich nahm die Schultern zurück und entfachte meine Magie. »*Therapévei.*« *Heile.*

Der Zauber musste sich nicht außerhalb meines Körpers manifestieren, es reichte der Körperkontakt zwischen Skóros und mir. So machte kein verräterisches Leuchten die Harpyien auf uns aufmerksam, von dem des goldenen Mals auf meiner Stirn einmal abgesehen, doch das ließ sich nicht ändern. Da die Knochenhütten sich vor allem in dem Bereich hinter mir befanden, wähnte ich uns für den Moment in Sicherheit.

Trotzdem ließ ich die Augen geöffnet, als ich die Fäden des Zaubers durch die Risse auf den Flügeln des Nachtfalters webte, so wie ich es bei den Knochen getan hatte. Skóros hielt still. Erst als ich an den Fäden zog und die Risse verschloss, zuckte er kurz zusammen.

Es funktionierte. Die zerbrochenen Flügel heilten, die beiden Hälften der Monde fanden wieder zueinander und Skóros flatterte versuchsweise mit ihnen. Sein ganzer Körper entspannte sich, als aller Schmerz ihn verließ. Nun konnte er fliehen, wenn er das wollte.

»Willst du fort?«, fragte ich. Doch der Nachtfalter presste sich enger gegen meine Krallen, anstatt wegzufliegen. Erleichtert blies ich mir eine Strähne aus dem Gesicht.

»Ich danke dir«, flüsterte ich. »Folgendes wäre zu tun: Mit der Magie und dem Zauber, die ich dir gleich überlassen werde, gehst du von Nachtfalter zu Nachtfalter und heilst, so viele du kannst. Spinne einen dünnen Faden zwischen Ihnen und dann sag ihnen, dass sie ebenfalls losziehen und andere Falter heilen sollen. So viele wie möglich. Ich weiß, das ist viel verlangt, vermutlich wollen alle sofort in die Freiheit. Aber wenn wir die Harpyien aufhalten wollen, sind wir auf ihre Hilfe angewiesen. Wir schaffen es nur gemeinsam. Ich zwinge niemanden, aber jeder Nachtfalter, der vorzeitig flieht, ist eine Gefahr für alle. Deswegen lautet meine Bedingung: Wer geheilt werden möchte, muss ein Teil des Netzes werden, das vorerst am Boden und in der Unterwelt bleibt. Ich würde sie gern alle retten, und das tue ich auch danach noch, wenn ich kann, nur momentan ist dieser Plan unsere einzige Hoffnung.«

Ich sah auf Skóros hinab. »Könnt ihr überhaupt miteinander kommunizieren?«

Der Nachtfalter jagte mir einen kleinen Blitz in den Fuß.

»Okay, okay. Tut mir leid. Ich verlass mich auf dich.«

Ich spann einen Faden aus meiner Magie, Lila und Kupfer wechselten sich darin ab. So wie den Knochen einen Teil meiner Seele, so übergab ich Skóros die magische Schnur, damit er sie unabhängig von mir an die anderen Nachtfalter knüpfen konnte. Es gab keine Garantie, dass sie uns helfen würden, doch eine andere Chance, die Harpyien an die Unterwelt zu fesseln, sah ich nicht.

Ich machte mir nichts vor. Sollten sie alle auf einmal durch den Styx nach Bellmont vordringen, waren wir ihnen hilflos ausgeliefert. Dann konnte auch der Orden nichts mehr tun. Wenn sie aber gar nicht erst so weit kamen, würde es nicht zur Katastrophe kommen, und die Nachtfalter als ihre Anker spielten hier eine zentrale Rolle. Waren sie nicht mehr hier, sondern in Bellmont, saßen die Harpyien fest. Zumindest alle bis auf Medea, Aello und Okypete, die nicht auf eine Hilfsstütze angewiesen waren.

»Du hast einen Tag«, sagte ich zu Skóros. »Dann komme ich mit einem weiteren Auftrag zurück. Pass auf dich auf.«

Ich wartete kurz ab, bis Skorós sich langsam krabbelnd auf seine Mission begab. Er war schlau, ich hatte ihn nicht darauf hinweisen müssen, dass er weiterhin das Bild eines verletzten Wesens abgeben musste. So viel Verantwortung auf seine Flügel ablegen zu müssen behagte mir nicht, aber er war der Einzige, der diese Aufgabe übernehmen konnte und dem ich vertraute.

Fast schon ironisch, wenn man bedachte, dass sein Eintritt in mein Leben uns überhaupt zu diesem Punkt des Schicksals geführt hatte.

Ich ließ das Feld und die Nachtfalter hinter mir, als meine Magie sich beruhigt und ich mir erneut die ausdruckslose Miene angeeignet hatte. Der Gang zur Knochenhütte fühlte sich an wie ein Spießrutenlauf und ich erwartete jeden Moment, dass jemand mich aufhielt oder meinen Namen rief.

Doch nichts passierte.

Still und schweigend nahm mich die Dunkelheit im Schutz der Knochen auf und schluckte mich mitsamt meinen Geheimnissen.

Stundenlang lag ich auf meinem Bett und starrte an die Decke, als hätte ich keine Sorgen, keine Ängste und keine Wünsche. Als wäre ich zufrieden, an diesem schrecklichen Ort zu verrotten.

Aello und Okypete hielten abwechselnd vor der Knochenhütte Wache. Ich hatte mich zusammengerissen und war nicht eingeschritten, als sie kurz nach meiner Rückkehr im Schlepptau von Medea aufgetaucht waren. Medea hatte mit mir reden wollen, doch die Harpyienschwestern hatten sie davon abgehalten, was fast zur Eskalation der Situation geführt hätte. Doch die Einsicht, dass die Schwestern gemeinsam stärker waren als sie, sowie das Wissen um die vielen Umstehenden hatten Medea letztendlich in die Flucht geschlagen.

Doch sie würde wiederkommen, das war sicher. Und sie kam bestimmt nicht, um mir meine Seele wiederzugeben. Warum die beiden Harpyienschwestern mir halfen, konnte ich nicht mit Gewissheit sagen, aber sie zumindest in diesem Moment auf meiner Seite zu wissen war großes Glück. Dass ich die seelenlose Fassade lange vor Medea hätte verbergen können, wagte ich nämlich zu bezweifeln. Ob das auch für die beiden Schwestern galt?

Ich würde mich nur so lange vor ihnen verstecken können, wie sie es zuließen. Und spätestens morgen musste ich die Hütte verlassen, um den nächsten Schritt meines Plans einzuleiten, das war der zeitliche Horizont, den ich Xanthos mitgeteilt hatte.

Weitere Stunden verstrichen, in denen ich über Zauber nachdachte, die mir vielleicht halfen, nur um sie alle als nutzlos zu verwerfen. Zum Teil fehlten mir die Utensilien und ich befürchtete, dass die Harpyienschwestern jedes Wirken meiner Magie spürten. Es blieb die Hoffnung, dass sie das Wachestehen irgendwann leid wurden und mich in Ruhe ließen. Doch weit gefehlt. Sie blieben für viele Stunden dort stehen und flüsterten ununterbrochen miteinander. Ich verstand kein Wort, nur dass sie zuweilen heftig diskutierten, hörte ich heraus.

Aello betrat meine Hütte einige Zeit später. Sie breitete die Flügel aus, wie um die Außenwelt vor mir abzuschirmen, oder andersherum, was ich daran erkannte, dass die Wand mir gegenüber sich verdunkelte. Ich lag mit dem Rücken zu ihr auf dem Bett, damit sie mein Gesicht und vor allem meine Augen nicht sah.

»Was Medea dir angetan hat, war nicht richtig, Ilena. Es tut uns leid, dass wir es nicht verhindert haben.« Ihre Stimme war ganz leise und ich spürte ihren Wunsch, dass ich ihnen vergab, in jedem Wort. »Wir überlegen, wie wir dir deine Seele zurückgeben können. Wir wollen sie ihr nicht einfach abnehmen, am Ende tut sie dir noch etwas an. Du hast gemeint, dass Reden bei ihr nicht viel bringt. Meinst du, wir sollten es trotzdem mal versuchen?«

Bat die Harpyie mich gerade wirklich um Rat? Ein Wesen, das so alt und mächtig war, wollte meine Einschätzung? Vermutlich glaubte sie, dass meine Vergangenheit mit Medea mir ein besseres Urteil erlaubte. Sie hätte nicht falscher liegen können.

Diese Medea kannte ich nicht. Vielleicht half Reden in dieser Situation wirklich, vielleicht verschlimmerte es alles nur. Mir war es lieber, wenn es so blieb wie jetzt, auch wenn ich meine Seele gern vollständig zurückhätte, aber solange Medea in mir keine Gefahr sah, umso eher würde sie mich nicht beachten, wenn ich meinen Plan in die Tat umsetzte.

»Ist mir egal«, murmelte ich und tat so, als würde ich vor mich hin dämmern. Aello zog scharf die Luft ein und ihre Federn raschelten.

»Das alte Lagina ist einst im Blut von verlorenen Seelen ertrunken, *Néa Lagína* sollte nicht darauf errichtet werden.«

Wie bitte? Was taten sie denn die ganze Zeit? Tot war tot, egal wie blutig, egal auf welche Weise und egal wen es betraf. Es sollte keinen Unterschied machen, wessen Blut vergossen wurde, ob nun das von Verbündeten oder das der vermeintlichen Feinde.

In ihren Augen sollte meine Seele genauso viel wert sein wie die der Männer, die sie aus Rache an ihrem Geschlecht umbrachten. Nur würden sie das nicht verstehen, also hielt ich den Mund und stellte mich weiter teilnahmslos.

»Wir können nicht lange vor deiner Tür wachen, wir müssen uns um die Harpyien und die Vorbereitungen kümmern.« Aello gab nicht auf, versuchte weiter, mir eine Reaktion zu entlocken.

»Tut, was ihr für richtig haltet«, erwiderte ich. Daraus sollte sie den Schluss ziehen, den sie wollte. Die Antwort einer Desinteressierten oder das sarkastische Urteil einer Verletzten. Wie sie es aufnahm, erfuhr ich nicht mehr, denn sie verschwand ohne ein weiteres Wort. Ein paar Stunden hielten die beiden es noch vor der Knochenhütte aus, dann ließen sie mich allein, um weitere Seelen in die Unterwelt zu reißen. Mein Rücken prickelte in der Erwartung, dass Medea jeden Moment auftauchen würde. Doch entweder war sie beschäftigt oder sie hatte das Interesse an mir verloren, denn sie kam nicht. Die Stunden vergingen, der einzige Anhaltspunkt dazu war das sich verändernde Symbol an meinem Handgelenk. Verwunderlicherweise wurde ich nicht nervös. Besaß ich dazu zu wenig von meiner Seele? Zu wenig, um Dinge ernst zu nehmen und Angst um sie zu haben? Wie dem auch sei. Ich musste nach vorn blicken.

Als die Zeichnung sich komplett erneuert hatte, stand ich auf und verließ den Schutz der Knochenhütte. Der zweite Tag war angebrochen. Das Lager war recht leer, die meisten Harpyien waren in die finalen Vorbereitungen für die Invasion eingebunden und führten ihre Aufgaben aus. Dass noch kein Chaos ausgebrochen war und niemand mich aus meiner Behausung gezerrt hatte, brachte mich zu dem Schluss, dass die Nachtfalter noch hier waren.

Langsam schlenderte ich von einem Ort zum anderen, scheinbar ziellos irrte ich durch das Lager, nur um am Ende dann an dem Feld der magischen Wesen anzukommen. Zwischen den fast kniehohen Gräsern saßen nach wie vor Tausende der Motten. Geschützt, versteckt. Wenn man genau hinsah, sah man zwischen ihnen Gold in Form von spinnenwebenähnlichen Fäden aufblitzen. Skóros hatte ganze Arbeit geleistet und die anderen Falter waren seinem Beispiel gefolgt und hiergeblieben.

Es dauerte nicht lange, bis Skóros zu meinen Füßen aus dem Dickicht schlüpfte.

»Ausgezeichnet«, sagte ich und kniete mich nieder. Mit einer Kralle durchtrennte ich den dünnen Magiefaden, der ihn mit den anderen Nachtfaltern verband. »Jetzt wartet eine weitere Aufgabe auf dich, dann bist du von mir erlöst. Versteck dich unter meinen Flügeln.«

Ich streckte die Hand aus und Skóros krabbelte hinauf. Dann kroch er unter die Federn meines Unterarmes. Wenn ich die Arme lang gestreckt und eng an meinem Körper hielt, sah man ihn von vorn und von hinten nicht. Jetzt musste ich mich nur darum bemühen, dass meine Bewegungen einigermaßen natürlich aussahen.

Mit Skóros im Gepäck wählte ich den schnellsten Weg zum Styx, ohne dabei zu hastig oder entschlossen zu wirken. Sicherlich hätte der Nachtfalter auch allein den Weg zum Fluss gefunden, aber ich wollte bei ihm sein, wenn er in das dunkle Nass eintauchte, damit ich sicherging, dass er wirklich entkommen war.

Am Ufer kniete ich mich erneut hin und tat so, als würde ich mir mein schillerndes Spiegelbild auf dem obsidianfarbenen Fluss ansehen. Währenddessen kletterte Skóros von mir herunter und krabbelte in Richtung Wasser.

»Ich werde Rya, Nick und Xanthos über Iris Bescheid geben lassen, dass du kommst. Sie sollen dir die Sichel geben und damit kehrst du hierher zurück. Verstanden?«

Skóros' Fühler zuckten. »Perfekt. Und sie sollen keinen Scheiß anstellen. Es wird alles gut. Das werde ich Iris zur Sicherheit auch noch mal rüberschicken lassen. Falls die Botschaft nicht ankommt, musst du sie notfalls anders überzeugen, okay?«

Der Nachtfalter legte den Kopf schief, als wäre ich nicht mehr ganz bei Sinnen. Was auch stimmte, aber das sollte er den anderen lieber nicht sagen.

»Pass auf dich auf«, sagte ich zum Abschied. Skóros schlug mit den Flügeln, hob ab und tauchte lautlos in den Styx ein. Er war vorerst in Sicherheit, sofern er den Weg durch den Fluss fand.

Mein nächster Gang führte mich zu Iris in ihrem Kristallgefängnis.

»Du hast bereits angefangen«, sagte die Göttin zur Begrüßung. Mit Erschrecken stellte ich fest, dass das bunte Licht um sie herum an

Strahlkraft eingebüßt hatte und die Farben leicht verblasst waren. Die Göttin steckte ihre Gefangenschaft und den dauerhaften Einsatz ihrer Magie nicht so gut weg, wie sie mich glauben lassen wollte.

»Ja. Und ich brauche jetzt deine Hilfe.«

»Was soll ich tun?«

»Vor einiger Zeit haben meine Freunde und ich dich gleichzeitig kontaktiert und dir ein Geheimnis anvertraut. Du sagtest, du könntest ihnen im Gegenzug eine Botschaft zukommen lassen.«

»Ich kann es versuchen. Eigentlich bräuchte ich meine Magie in mir und meiner Stimme, aber gerade habe ich keine andere Wahl. Sind deine Freunde in der Nähe von Styxwasser? Das würde es vereinfachen.«

»Kann sein, mit Sicherheit weiß ich es nicht.«

»Wen genau soll ich kontaktieren? Und wie lautet das entsprechende Geheimnis?«

»Sein Name ist Xanthos und er hat Angst vor dem Tod.«

»Wie riecht er?«, wollte Iris wissen und ich kniff angesichts ihrer Tonlage die Augen zusammen.

»Ist die Antwort darauf für das Ritual notwendig oder ist das reine Neugierde?«

Ihre Augen funkeln herausfordernd. »Neugierde. Bei der Erwähnung seines Namens hat deine Aura sich verändert. Es interessiert mich, welcher Mensch diese Reaktion bei dir auslöst. Also, wie riecht er? Wie fühlt er sich an?« War das hier eine Pyjamaparty? Doch ihr zuliebe spielte ich mit und schmunzelte.

»Wie ein aufziehender Sturm, der sowohl Verwüstung als auch einen Neuanfang bringen kann.«

Iris' Lachen echote in meinen Ohren. »So schlimm steht es um dich? Ich hätte dich nicht für den Typ gehalten, der einen Gegenpart braucht.«

»Ich brauche ihn nicht«, erwiderte ich. »Ich will ihn.«

»Verstehe. Nun denn, ich werde es versuchen. Was genau soll ich ausrichten?« Sie schloss die Augen. »Xanthos«, flüsterte sie und meine Nackenhaare stellten sich auf. Ich wiederholte, was ich zu Skóros gesagt hatte, und bat Iris darum, diese Botschaft weiterzuleiten. Sie murmelte dauernd vor sich hin und die Magie in ihrem Gefängnis flackerte an einigen Stellen auf, nur um von den Kristallen des Zirkels wieder in die Schranken gewiesen zu werden und dahinzuschwinden. Ich spürte die Magie durch die Barriere nicht, doch was ich sah, beunruhigte mich. Es war gut möglich, dass Xanthos nach dem Zwischenfall im Gewächshaus bereits wusste, was ich wollte, und Skóros würde es ihm sicherlich begreiflich machen können, aber lieber ging ich auf Nummer sicher, wenn möglich.

Während Iris ihre Magie wirkte, sah ich immer wieder zum Eingang zurück. Noch war ich nicht entdeckt worden, aber je länger ich weg war, desto größer die Bedrohung. Ich unterdrückte das Bedürfnis, im Gang auf und ab zu laufen, um Iris nicht zu stören. Eine gefühlte Ewigkeit später erwachte sie aus ihrer Trance und blinzelte.

»Ich habe die Botschaft überbracht. Allerdings bin ich nicht sicher, ob sie angekommen ist. Das übersteigt derzeit leider meine Kräfte.«

»Ich danke dir. Wenn alles klappt, bin ich bald zurück, um dich zu befreien. Dann bräuchte ich noch einmal Hilfe.«

»Und sofern es in meiner Macht steht, werde ich sie dir nicht verwehren.«

Ich verließ das Gebäude und kehrte zu meiner Knochenhütte zurück. Jetzt blieb mir nichts anderes übrig außer warten. Ich fuhr mir über das Gesicht und fluchte leise, als mir auffiel, dass ich mit Skóros nicht besprochen hatte, wohin er die Sichel bringen sollte. Ich konnte nicht die ganze Zeit am Styx auf ihn warten; die Waffe durch das Lager bis zu mir zu tragen war ebenfalls keine Option. Am besten wäre es, er brächte sie direkt zu Iris. Doch dort zu warten fiel weg. Verdammt. Wieso hatte ich nicht so weit gedacht?

Fast schon erleichtert stellte ich fest, dass mein Herzschlag sich beschleunigte, als ein Hauch Panik mich überkam. In dem Fitzelchen Seele steckte also doch mehr als gedacht, was mein Problem jedoch nicht löste.

Noch schlimmer wurde es, als plötzlich Medea im Eingang zu meiner Hütte stand. Ich hatte sie nicht kommen hören und zuckte zusammen, als ihr Schatten vor meine Füße fiel. Sofort huschte mein Blick zu ihrer Hüfte, doch dort war kein lederner Beutel angebracht und ich fühlte meine Seele nicht. Wo war sie jetzt?

»Wie ich sehe, erholst du dich.« Mit langen Schritten trat sie vor mich und ging in die Knie. Von unten musterte sie mein Gesicht und ich zwang mich, ihren Blick zu erwidern, auch wenn mein Herzschlag in ihren Ohren dröhnen musste.

Sie legte den Kopf schief. »Die Magie übernimmt die Kontrolle, nicht wahr? Hab keine Angst davor, sie weiß deine Seele gut zu ersetzen.« Sie servierte mir eine Ausrede auf dem Silbertablett.

»Wo ist meine Seele jetzt?«, fragte ich.

»Sicher«, antwortete sie knapp. »Ich wollte diesen Schritt vermeiden, weil es dich zu lange schwächt, aber du warst einfach zu stur. Wie früher schon. Aello und Okypete sehen es noch nicht, doch es war die richtige Entscheidung. Du musst dich nur noch ein paar Tage ausruhen, dann rufen wir Seite an Seite *Néa Lagína* aus. Es ist bald so weit.«

»Natürlich.«

»Ilena, ich weiß nicht, ob du es mitbekommen hast; du bist die neue *Ischyró Mágo*. So wie es dir schon immer vorherbestimmt war. Nur dass du jetzt nicht nur über die *Mageía Mésa*, sondern auch über *Néa Lagína* herrschen wirst.«

»Ich?«, flüsterte ich. Dunkel erinnerte ich mich an die Momente nach dem … Mord an Nephele. Aello hatte so etwas in die Richtung gesagt, aber ich hatte es nicht ernst genommen. Konnte das stimmen? Das würden doch weder die *Mageía Mésa* noch Hekate hinnehmen. Die *Ischyró Mágo* selbst wählte ihre Nachfolgerin, die dann in einem Ritual berufen wurde, ganz sicher galt dies nicht für einen durch Mord herbeigeführten Tod. »Ist das wahr?«, fragte ich noch einmal.

Medeas Nicken war voller Begeisterung, voller Berechnung. Es erschütterte mich mehr als meine neue Position innerhalb der *Mageía Mésa*, die durch ein Leben bezahlt worden war. *Ischyró Mágo*. Mein Lebenstraum, den ich nicht verdiente.

»Leg dich hin und überlass den Rest mir. Ich werde regelmäßig nach dir sehen, du wirst dich gut erholen, wenn du dir Zeit und Ruhe gibst.«

»Was wirst du jetzt tun?«, fragte ich beiläufig, während ich mich wieder hinlegte und die Augen schloss.

»Mach dir darüber keine Gedanken. Es läuft alles nach Plan.«

Das hoffte ich ebenfalls.

»Bald schon werden wir die beiden mächtigsten Frauen in Bellmont sein. Und vielleicht auch auf der ganzen Welt. Enttäusch mich nicht.«

Ich schaffte es gerade so, die Tränen zurückzuhalten, bis Medea gegangen war. Dann liefen sie mir über die Wangen und ich presste meine Hand auf den Mund, um das Schluchzen zu unterdrücken. Die heftige Reaktion überraschte mich selbst. Sie würde sich nicht mehr ändern, außer Macht würde nie etwas anderes zählen. Was wäre aus uns geworden, wenn sie damals nicht dem Ruf der Harpyien gefolgt und wir einfache Magierinnen geblieben wären?

Ich biss mir auf die Zunge. Einer verlorenen Zukunft nachzutrauern half nichts. Jetzt ging es darum, überhaupt eine zu haben. Ich entschied mich dafür, erst einmal liegen zu bleiben und so zu tun, als würde ich Medeas Rat mit der Ruhe befolgen. Wenn ich sofort wieder aufstand, würde sie das nur misstrauisch machen. Und sobald ein paar Stunden vergangen waren, würde ich zu Iris gehen und sie um Rat bitten, sofern Skóros bis dahin nicht schon zurück war.

Sofern bis dahin nicht alles schon verloren war.

Kapitel 29

Xanthos

Die zwei Tage sind bald um«, murmelte Xanthos und sah aus dem Fenster. Aus dem Büro hatte er einen guten Blick über die Stadt, der man ihr Leid nicht ansah. Der ruhige Schein trog, denn auf den Straßen brodelte es. Es juckte ihn in den Fingern, wieder rauszugehen und die Harpyien zu bekämpfen. Doch für den Moment musste er sich auf die anderen Kriegerinnen und Krieger verlassen.

Er wartete.

Und hatte keine Ahnung worauf.

Auch wenn er es sich nicht eingestand, aber die Atempause hatte er bitter nötig. Seine Haut war mittlerweile fast so weiß wie seine verfluchte Strähne, und der Rest seines Haars passte sich ebenfalls langsam dieser Farbe an. Dass er seit Tagen nichts mehr gegessen hatte, merkte er nicht einmal, er konnte ohnehin kaum etwas bei sich behalten. Angetrieben wurde er von Wut, Angst und dem Versprechen, das er sich selbst gegeben hatte.

Er würde Ilena zurückholen und dem Krieg ein für alle Mal ein Ende setzen, auch wenn es ihn das Leben kostete. Sein stolpernder Puls, die Schmerzen in jeder Faser und das Gefühl, dass jeder Atemzug ihn aushöhlte – er hielt es aus. Für seine Schwestern und Ilena. Für eine Welt, in der man friedlich leben konnte.

Mit den Fingern strich er über den Griff der Mondsichel. Er würde sie nicht aus den Augen lassen, bis er wusste, was Ilena damit vorhatte.

Sofern sie sich an die Begegnung mit seiner Magie erinnerte. Nephele hatte sie vorgewarnt und trotzdem war Xanthos geschockt gewesen, als er Ilenas Magie an seiner gespürt hatte. Sie war nicht sie selbst, wie sollte sie auch – ohne Seele. Als Nephele davon und von ihrem bevorstehenden Tod erzählt hatte, wäre er am liebsten direkt in die Unterwelt gegangen, um Ilena da rauszuholen. Doch die *Mágissa* hatte ihn um Geduld gebeten. Und Vertrauen.

Er hatte nachgegeben und hasste sich jede Sekunde dafür. Wenn nach Ablauf der zwei Tage kein Lebenszeichen von Ilena da war, dann würde er sich auf den Weg machen. Mit oder ohne Hilfe der anderen. Auch wenn er keinen Plan hatte, ob er einen Gang durch den Styx überhaupt überleben würde.

Er wandte sich vom Fenster ab und beobachtete Nick dabei, wie er unruhig vor den Regalen auf und ab lief.

Der viel zu süß riechende Tee, den Rya gebracht hatte, stand auf dem Couchtisch. Wenn sie aus dem Bad zurückkam und sah, dass die beiden Krieger noch nichts getrunken hatten, würde sie sie dazu nötigen. Ohne sie hätten er und Nick in den letzten Tagen und Wochen Essen und Trinken vermutlich komplett vergessen. Rya drängte Xanthos mittlerweile nicht mehr zum Essen, weil er ihr gesagt hatte, dass das seinen Zustand eher verschlechterte. Nur auf diesen widerlichen Tee bestand sie.

»Wie hast du es ausgehalten?«, fragte Xanthos in den Raum hinein.

Nick hielt inne und lehnte sich an den großen Schreibtisch. »Was?«

»Das Warten. Die Ungewissheit.«

»Du meinst in der Zeit, als Rya bei den Gorgonen war?« Er sah an die Decke, rieb sich über den Nacken. »Gar nicht. Ich musste mich zum Essen zwingen und an Schlaf war nicht zu denken. Manchmal ertappe ich mich heute noch dabei, dass ich mitten in der Nacht wach werde und hochschrecke, weil ich für eine Sekunde das Gefühl habe, sie ist nicht da. Und selbst wenn sie da ist, habe ich Angst, dass sie irgendwann geht und nicht wiederkommt.«

»Klingt scheiße«, brummte Xanthos.

»Klingt nach Liebe.«

»Kitschiger Mist.«

»Ohne das Grinsen würde ich dir das sogar abkaufen.«

Xanthos lachte hart auf. »Halt die Schnauze.« Er musste sich zusammenreißen, um nicht zu schmunzeln. Zumal selbst das mittlerweile schmerzte.

Nick zwinkerte. »Die Haare hast du dir mit Sicherheit auch weiß fluchen lassen, weil *du* das so schick findest, oder? Nicht, weil eine gewisse Frau das ziemlich attraktiv fand.«

Xanthos leckte sich über die Lippen und wandte den Blick ab.

»Ha!«, rief Nick. »Ich wusste es.«

Kopfschüttelnd blickte Xanthos wieder aus dem Fenster, widersprach aber nicht. Als er vor zwei Wochen in Ilenas Haus auf dem Sessel gesessen hatte und sie ihm durch die Haare gefahren war … Da hatte er sich zum ersten Mal eingestanden, dass er mehr für sie empfand als nur körperliche Anziehung. Der Schmerz in ihren Augen, als ihr klar geworden war, dass sie ihm nicht helfen konnte – er würde ihn nie vergessen.

»Sie wird mir in den Arsch treten, wenn sie es sieht«, sagte Xanthos und lachte. Das warme Gefühl in seinem Bauch tröstete ihn eine Sekunde lang über sein Unwohlsein hinweg.

»Wie gut, dass du …«

Etwas schlug gegen das Fenster. Nick sprang auf, Xanthos zückte in routinierter Präzision die Sichel und beschwor Eis in seiner linken Hand.

Es war Skóros.

Der Nachtfalter flog vor dem Fenster auf und ab. Nick öffnete es und das magische Wesen segelte herein. Im selben Moment, als das Tier sich auf Xanthos' Schulter setzte, hörte der Krieger eine Stimme.

Du hast Angst vor dem Tod, flüsterte eine Frau. Sein Herz geriet einen Moment ins Stocken.

»Iris?«

Du hast Angst vor dem Tod, wiederholte sie. *Komm und stell dich ihm.*

KAPITEL 30

Der Duft von Schnee weckte mich.

Einen Herzschlag lang genoss ich das kühle Gefühl in der Nase und den vertrauten Geruch nach frostig frischen Eiskristallen. Im nächsten sprang ich auf und stolperte aus dem Bett. Ich war eingeschlafen. Das Symbol auf meinem Arm zeigte an, dass vier Stunden vergangen waren, seit ich mich hingelegt hatte. Verdammt!

Mein Blick wanderte nach draußen und traf auf aschegeschwängerte Schneeflocken, die vom Himmel fielen. An den kleinen Blättern der Pflanzen auf dem Boden glitzerte eine dünne Eisschicht.

Ich musste träumen. Schnee in der Unterwelt?

Mit zittrigen Knien trat ich durch den Bogen nach draußen. Der orange-graue Himmel war bedeckt von rauchgrauen Gewitterwolken, aus denen der Schnee herabfiel. Die vielen Flocken behinderten meine Sicht und ich streckte eine Hand aus. Sobald sie meine Haut berührten, schmolz der Schnee und nur die aus der Luft gewaschene Asche blieb als schmutziger Fleck zurück.

Ich fühlte die Kälte, also musste ich wach sein, oder?

Die Schneeflocken verfingen sich in meinen Wimpern, den Haaren und Federn, als ich durch das Lager auf dem kürzesten Weg zum Styx lief. Dort trieb es mich hin, denn wenn Skóros zurückgekehrt war oder es noch würde, war dies der erste Punkt, an dem ich ihn antreffen konnte.

Erst jetzt fiel mir die Stille auf. Kein Gemurmel, kein Rascheln von Flügeln war zu hören. Das Lager war wie ausgestorben. Wo waren die Harpyien?

Ein ohrenbetäubendes Knirschen und Knacken ertönte wie von einer sich träge bewegenden Eisschicht. Ich rannte los. Ich hätte fliegen können, aber meine Arme zitterten so sehr, ich traute es mir nicht zu. Schneller und schneller trugen meine Beine mich zum Ufer des Styx.

Dort waren auch die Harpyien versammelt. Ich zählte an die hundert von ihnen, die entlang des Ufers standen und aufgeregt miteinander tuschelten. Sie versperrten mir die Sicht auf den Fluss und ich musste mich durch sie hindurchkämpfen, um an das Wasser zu gelangen. Die jungen Frauen wurden sich meiner Anwesenheit bewusst und fingen an, mir Platz zu machen. In Ihren Augen las ich sowohl Ehrfurcht als auch Angst.

Mein Ruf als mörderische Wächterin war mir wohl vorausgeeilt.

Ich schnappte nach Luft, als der Styx sich endlich vor mir ausbreitete. Seine Oberfläche war gefroren, eine dicke Eisschicht überzog das Wasser und drückte sich knirschend gegen die Ufer. An einigen Stellen klafften dicke Kerben in der weißen Schicht, die den Krallen der Harpyien nicht nachgegeben hatte.

»Was ist das?«, fragte eine junge Frau neben mir. Ich begriff erst gar nicht, dass sie mit mir sprach, bis ich den Blick hob und in ihr erwartungsvolles Gesicht sah.

»Was sollen wir tun?«, kam es von einer anderen Harpyie. Immer mehr der jungen Frauen wandten sich mir zu und stellten mir Fragen, baten um Hilfe.

Wie die Seelen, die man aus einem Körper herausgerissen hatte.

Ich drehte mich um und sah zu der Stelle, an der der Styx den Phlegethon kreuzte. Die wabernde Wand aus Hitze war intakt und dem Eis nicht zum Opfer gefallen. Lag der Auslöser des Schneesturms dahinter? Oder befand er sich im Lager? Ich sah an den Flammen hinauf zum Himmel. Hinter der Barriere türmten sich dunkle Wolken, drängten gegen die nach oben steigende Hitze des Phlegethons und verdampften zum Teil.

Der Ursprung lag also auf der anderen Seite.

Ich lief los. Die Harpyien um mich herum überkreuzten die Arme, um sich warm zu halten. Ich hingegen spürte die fallende Temperatur kaum und lief einfach weiter.

»Was tut sie?«, tuschelten die jungen Frauen.

»Rettet sie uns?«, fragten andere.

Die bohrende Hoffnung ihrer Stimmen versetzte mir einen Stich und ich breitete im Rennen die Arme aus. Ich stieß mich ab und schlug mit den Flügeln, schraubte mich höher, bis ich sie nicht mehr hörte. Mein ganzer Körper zitterte und ich hielt mich nur mit Mühe und Not in der Luft. Der Schnee peitschte mir ins Gesicht und ich musste ständig die Flocken von meinen Wimpern blinzeln. Doch noch immer fror ich nicht.

Kurz vor der Flammenwand des Phlegethons landete ich auf dem gefrorenen Boden. Das Gras knirschte unter meinen Füßen, die feinen Blätter zersplitterten zu Eisstaub. Obwohl ich näher am flammenden Fluss war, schien die Kälte hier noch intensiver, noch stärker zu sein.

Mein Herz begann zu poltern, als ich endlich spürte, was ich bereits geahnt und mir gewünscht hatte.

Auf der anderen Seite des Phlegethons tobte ein Sturm namens Xanthos. Ich erkannte seine Seele wieder, die Aura, die ihn umgab und die den Schnee um mich herum durchdrang. Er war hier. In der Unterwelt.

Der verrückte Idiot.

Jetzt gab es kein Zurück mehr. Lachend durchquerte ich die Flammenwand. Auf der anderen Seite fiel der Schnee so dicht vom Himmel, dass ich nicht mal einen Meter weit sehen konnte. Zudem preschte er mit einer atemberaubenden Geschwindigkeit durch die Luft, dass mir vom Hinsehen ganz schwindelig wurde. Also schloss ich die Augen und streckte meine Sinne aus, die sterblichen wie magischen.

Ein leises Echo von Ruhe erreichte mich und wies mir den Weg. Ich folgte dem Ruf, korrigierte die Richtung immer wieder, bis ich endlich das Auge des Sturms erreichte. Als würde ich hinter einen Vorhang treten, breitete sich vor mir plötzlich ein unberührtes Stück Unterwelt auf, eingekesselt in wirbelnden Schnee. Und in der Mitte stand Xanthos mit geschlossenen Augen und ausgebreiteten Armen.

Ein undefinierbares Geräusch entschlüpfte meiner Kehle und brachte ihn dazu, die Lider zu öffnen. Leuchtende Eisaugen richteten sich auf mich, der intensive Blick ließ meine Knie weich werden und ich stolperte nach vorn. Ein Lächeln, so breit und schön wie keines zuvor, erstrahlte auf Xanthos' Lippen, kurz bevor ich ihn erreichte. Ich schlang meine Arme um seinen Oberkörper, der keinen Zentimeter zurückwich, dafür sackten seine Schultern ein Stück nach unten, als die Anspannung von ihnen abfiel. Ich presste mein Gesicht an seine Brust und schrie und lachte gleichzeitig, als sein vertrauter Geruch mir in die Nase stieg. Er selbst legte die Arme nicht um mich, weil er sie brauchte, um den Schneesturm in Schach zu halten. Aber das erleichterte Seufzen aus seinem Mund war alles, was ich gerade brauchte. Ich blickte zu ihm auf, legte die Hände um seinen Nacken und zog mich zu ihm hoch, um ihn zu küssen. Ganz flüchtig nur, weil ich sonst platzen würde.

Der Sturm um uns herum geriet kurz ins Stocken, nur um dann noch heftiger wieder loszulegen.

Ich löste mich von Xanthos und brachte etwas Abstand zwischen uns, ließ sein schwarzes Shirt nicht los, weil ich befürchtete, sonst den Halt zu verlieren.

»Du bist hier«, sagte ich atemlos. »Bist du verrückt?« Ich schlug ihm sanft gegen die Brust.

Er grinste. »Definitiv.«

Mein Blick wanderte nach oben zu seiner Stirn. »Xanthos, wurdest du schon wieder verflucht?« Die rechte Hälfte seiner Haare war schneeweiß. »Kann man dich denn nicht mal ein paar Tage allein lassen?«

»Ich hab dich auch vermisst«, antwortete er spöttisch. »Aber können wir erst die Welt retten und uns dann gegenseitig Vorwürfe machen?«

Und dann drang es in mein Bewusstsein. Seine strahlenden Augen und das Lächeln hatten mich geblendet, der Schein seiner unsichtbaren Rüstung hatte mich für einen Moment blind für das darunter Lauernde gemacht.

Xanthos sah aus, als würde er eher in die Welt der Toten als die der Lebenden gehören. Seine Haut war unnatürlich blass, die Wangen eingefallen und die Schatten unter seinen Augen so dunkel, als wären sie mit einem breiten Pinsel aufgemalt worden – eine Karikatur des Todes. Mit den Händen fuhr ich seine Hüften und die Seiten seines Torsos ab, spürte ganz deutlich die Knochen und Rippen unter meinen Fingern. Xanthos zuckte unmerklich zusammen, als würden meine Berührungen ihn verletzen.

»Was hast du getan?«, fragte ich atemlos, weil die Angst mir den Hals zuschnürte.

»Nicht jetzt«, bat Xanthos. »Ich erkläre es dir später. Bitte.«

Ich betrachtete ihn und war mir nicht sicher, ob es für ihn ein *später* geben würde. Mit jeder Sekunde verleibte sich die Unterwelt mehr von ihm ein. Ich musste ihn schnellstens hier rausschaffen.

»Wo ist Skóros?«

»Ich dachte eigentlich, er wäre auf dem Weg zu dir.«

»Vielleicht ist er direkt wieder zu den Nachtfaltern.«

»Ich habe da was, das dich möglicherweise tröstet.« Er drehte seine Hüfte ein wenig nach rechts und ich sah etwas an seinem Gürtel aufblitzen. Ich trat um Xanthos herum und tatsächlich, dort hing die Sichel an einer ledernen Befestigung. Ich löste die Druckknöpfe und nahm die Waffe an mich. Sie war überraschend leicht und vibrierte vor Magie.

»Was genau ist der Plan?«, fragte Xanthos. Die Adern auf seinen Handrücken stachen scharf hervor, alle Muskeln, so dünn sie auch geworden waren, zitterten vor Anspannung.

»Ich werde Iris befreien und dann die Nachtfalter in unsere Welt schicken. Sobald wir alle dort sind, muss Iris den Übergang in die Unterwelt schließen. Ohne die Tiere haben die Harpyien keinen Anker mehr und kommen nicht mehr weg.«

»Und was ist mit jenen, die noch in Bellmont sind?«

»Die Unterwelt wird sich die Seelen zurückholen«, vermutete ich. »Wieso hast du den Styx zugefroren?«

»Um den Harpyien den Fluchtweg abzuschneiden und sie abzulenken, bevor du sie aufscheuchst wie Hühner. Zumal Medea und die anderen beiden Verrückten auch ohne die Nachtfalter zwischen den Welten wandeln können und wir sie zumindest kurzfristig davon abbringen wollen. War Iris' Idee.«

»Musst du den ganzen Styx einfrieren?«

»Nein. Eine kleine Frostbeule ist genug, um ihn zornig zu machen. So wie im Gewächshaus. Er wird es den Harpyien schwer machen, ihn zu nutzen.«

»Uns allerdings auch!«

»Iris meinte, das sei kein Problem für sie.«

Was bitte hatte sie ihm denn noch alles erzählt?

»Dann müssen wir ihr wohl oder übel vertrauen«, sagte ich.

»Das hat Khione auch gesagt.«

»Khione?«

»Erst Welt retten, dann die Erklärungen.«

»Okay.« Ich legte beide Hände um den Griff der Sichel und stand unschlüssig vor Xanthos, dessen Haare von dem Sturm völlig unberührt blieben wie auch meine. Ich gönnte mir einen Moment der Ruhe und des Nachhausekommens, ehe ich mich wieder in die Schlacht stürzte.

»Ich liebe dich«, sagte ich geradeheraus. Für diese Worte mochte es zu früh sein, doch lieber so, als noch einmal zu lange zu warten und meine Gefühle zu leugnen.

Xanthos atmete schwer und durchbohrte mich mit kristallblauem Blick. Seine Arme beugte er ein Stück in meine Richtung, als ob er nach mir greifen wollte. Er trat einen Schritt nach vorn und senkte den Kopf.

»Ich dich auch.« Der Kuss auf meine Stirn war so sanft, dass ich ihn körperlich kaum spürte, innerlich aber loderten die violetten Flammen. »Und jetzt reiß ihnen die Ärsche auf«, schob er hinterher und lachte.

»Geht klar. Bis gleich.«

Ich klammerte mich an die Sichel, drehte mich schweren Herzens um und rannte in den Sturm. Ich folgte der immer wärmer werdenden Spur des Phlegethons und stieß mich ab, als ich die Flammenwand erreichte. Ich flog durch die Barriere, und sobald ich das dahinter liegende Land sah, nahm ich Kurs auf das Gefängnis. Schlitternd landete ich auf dem unebenen Boden davor und rannte sofort weiter ins Innere. Meine Krallen kratzten über den Boden und wirbelten Knochenstaub auf, als ich vor Iris' Zelle zum Stehen kam.

»Zeit zu gehen«, rief ich und hob die Sichel. Der Blick der Göttin heftete sich an die Waffe und sie zog die Augenbrauen nach oben. »Sobald du frei bist, musst du die Brücke über den Styx schließen – mit zwei Ausnahmen. Ich will die Nachtfalter hier rausschaffen, dazu brauche ich deine Hilfe. Und für meinen Begleiter und mich. Ist das möglich?«

»Ja«, antwortete Iris mit zitternder Stimme, ohne ihren Blick von der Sichel zu lösen. Ihre Freiheit war zum Greifen nahe, vermutlich hätte sie allem zugestimmt.

»Ich verlasse mich auf dich.« Was anderes blieb mir nicht übrig. Ohne ihre echte Stimme konnte sie nicht auf den Styx schwören, und war ihr Mund erst frei, gab es kein Halten mehr für sie.

»Ich verspreche es dir«, sagte sie in meinem Kopf. Das musste reichen. Ich hob die Arme und legte die halbmondförmige Klinge an den ersten Knochenstab, direkt auf den darin eingefassten blauen Kristall. Mit zusammengebissenen Zähnen übte ich Druck aus und schnitt durch den Stein.

Die Magie wehrte sich brüllend und sandte schmerzhafte Blitze meinen Arm hinauf, aber ich ließ nicht locker. Die Macht der Sichel war stärker und zwang den Kristall in die Knie. Er zersprang und einzelne Brocken lösten sich aus der Vertiefung. Kaum bestand der Kristall aus nicht mehr als einzelnen Splittern, zerbrach auch die Macht des Zirkels. Wie eine Druckwelle fegte die frei gewordene Magie über mich hinweg, nur um im nächsten Moment wieder in die Zelle zu streben. Die regenbogenfarbene Magie von Iris schoss in ihren Körper zurück und zersprengte das Kristallgefängnis der Göttin. Klirrender Scherbenregen fiel über mich nieder und ich hob schützend die Arme. Die Splitter ritzten meine Haut auf, doch mit brennenden Schmerzen war ich mittlerweile bestens vertraut.

Iris atmete fast schon schluchzend ein und kippte zur Seite, als der Kristall sie nicht mehr hielt. Sie fing sich und stützte die Hände auf die Knie.

Ihr Atmen rasselte, als sie sich kurz sammelte und sich dann aufrichtete. Sie griff in die Falten ihres Kleides und zog eine Amphore hervor. Das Gefäß hatte keinen Schaden genommen, Iris wirkte erleichtert, als sie es wieder in ihrem verzauberten Kleid verschwinden ließ. Die Göttin schluckte schwer und hob den Blick. Vor dem knochenweißen Hintergrund wirkte sie wie eine schillernde Erscheinung, die bunte Magie eines Regenbogens glitzerte in ihren Iriden. Schon vorher war sie beeindruckend gewesen, und im vollen Besitz ihrer Kräfte und dem entschlossenen Ausdruck in ihren Augen war nun auch die Göttlichkeit zu sehen, die in ihr steckte. Ihre Aura griff nach mir.

»Zeig mir den Weg«, forderte Iris, zum ersten Mal mit ihrer echten Stimme.

Wir rannten hinaus und ich deutete in Richtung des Flusses. »Kannst du fliegen?«

»Besser.« Sie grinste und löste sich im nächsten Moment auf. Nur eine bunte Lichtwolke blieb zurück, die sich streckte und dann zischend durch die Luft sauste.

»Angeberin«, murmelte ich und stieß mich ab.

Xanthos' Sturm hinter dem Phlegethon tobte weiter. Er musste es hoffentlich nicht mehr lange aushalten.

Iris erreichte vor mir das Ufer und die Harpyien nahmen schreiend Reißaus, als die Göttin als bunter Blitz zwischen ihnen landete. Mittlerweile waren ihre Federn mit einer dicken Schicht Eis überzogen, die sie am Fliegen hinderte. Die Haut der jungen Frauen war ganz blass und sie rieben sich zitternd über die Arme. Einige der Harpyien sah ich flussaufwärts fliegen oder rennen, sie flüchteten in die Bereiche, die von der Sturmmagie unangetastet waren. Hoffentlich würde der Fluss sie aufhalten.

Ich blieb von dem weißen Feind verschont und so langsam dämmerte ihnen, was das bedeuten musste. Die flehenden Blicke wurden drängender, dann wechselten sie zu Unsicherheit und Misstrauen. Noch mochten sie meinen Zustand auf meine größeren Kräfte schieben, doch wenn ich ihnen weiter meine Hilfe versagte, würde die Stimmung bald kippen.

Ich hielt mich dicht an Iris, die ohne zu zögern auf den vereisten Fluss zulief und die Arme ausbreitete. Immer wieder sah ich zu dem Sturm hinüber und atmete erleichtert auf, wenn sich dort nichts veränderte. Xanthos war noch bei Kräften. Iris legte eine Hand aufs Eis und ihre Finger sanken darin ein, als wäre es Wasser. Ob Xanthos spürte, dass sie es war, die sich Zugang zum Styx verschaffen wollte? Die Harpyien keuchten auf, ein paar von ihnen folgten uns auf den Fluss und hackten vergebens mit ihren Krallen auf die Eisschicht ein.

Iris steckte bis zur Schulter in der frostigen Schicht, als sie das Wasser des Styx zwischen ihren Fingern spürte.

»*Kleíste ti géfyra*«, murmelte sie. *Schließe die Brücke.*

Ein paar der Harpyien beäugten Iris misstrauisch und kamen einen Schritt auf uns zu. Ich schob mich zwischen die Göttin und die jungen Frauen, zog die Schultern zurück und reckte das Kinn. Die Waffe ließ ich an meiner Seite gesenkt, ich wollte sie nicht gegen sie erheben. Noch nicht. Meine Pose verfehlte ihre Wirkung nicht, die Harpyien zögerten.

Unter uns erzitterte das Eis. Ich rammte meine Krallen auf der Suche nach Halt hinein. Es dauerte nur eine Sekunde, doch sie fühlte sich wie eine Ewigkeit an. Kaum war es still, drehte ich mich zu Iris um. Sie hatte den Arm wieder aus dem Wasser gezogen.

»Die Brücke ist für die Harpyien geschlossen. Aber das eben war ich nicht.«

Es knackte und ein riesiger Riss breitete sich von dem von Iris gerissenen Loch nach links aus. Mein Kopf ruckte nach oben und mir blieb fast das Herz stehen.

Der Sturm hinter den Grenzen des Phlegethon strauchelte, die Wolken lösten sich teilweise auf und der Schnee hatte sich gelichtet.

»Xanthos«, betete und fluchte ich zugleich. Uns blieb nicht mehr viel Zeit. »Iris, wir müssen die Nachtfalter holen und du musst sie von hier wegbringen.«

»Wo sind sie?«

»Auf einem Feld hinter dem Lager, in diese Richtung.«

»Ich kümmere mich darum. Du solltest deinem Freund helfen. Er ist nicht mehr allein.«

Die Göttin löste sich auf und stob in Richtung des Feldes davon. Ich dachte nicht lange nach und stieß mich ab. Während ich höher und höher stieg, trieb es die Harpyien auf den Styx. Sie verbreiterten den vorhandenen Riss mit ihren Klauen und stießen Schreie der Frustration und Motivation aus. Sobald das Loch groß genug war, stürzte die erste Harpyie sich hinein. Ich hielt kurz inne, als ihr Kopf unter Wasser versank – und kurz darauf wieder auftauchte.

Sie konnten nicht mehr überwechseln.

Und auf der anderen Seite des Horizonts tauchte meine Rettung auf, die das Schicksal der Harpyien besiegeln würde. Ein Heer aus Nachtfaltern, angeführt von einem Regenbogen. Aus der Ferne waren die einzelnen Fäden der Magie nicht auszumachen, aber in ihrer Gesamtheit strahlten sie fast so hell wie die Aura der Göttin und überzogen das tote Land unter ihnen mit einem kupfernen Schimmer.

Iris führte die Nachtfalter zum Fluss und tauchte mit ihnen an der Stelle ein, die die Harpyien freigerissen hatten. Die jungen Frauen zerstreuten sich, einige von ihnen versuchten, nach den Tieren zu fassen und sich mitziehen zu lassen, doch die Kupferfäden schnitten ihnen in die Haut und die Federn, was sie schreiend zurückweichen ließ. Es war ein atemberaubendes Erlebnis, den Motten bei ihrem Flug zuzusehen. Wie ein einziger Organismus bewegten sie sich vorwärts und kamen sich gegenseitig nicht in die Quere. Das Flattern ihrer Flügel war selbst durch den tosenden Schneesturm zu hören. Die Freiheit, die sie trug, hatte nie unheimlicher oder schöner geklungen.

Ich wollte mich gerade wieder umdrehen, als eines der Wesen sich vom Rest löste und auf mich zukam.

»Skóros«, rief ich, als ich meinen Falter erkannte. Er beschleunigte das Tempo und ich streckte meine Hand nach ihm aus. Er landete darauf, musste mit seinen Flügeln weiter gegen den Wind ankämpfen, so wie ich selbst auch. »Du hast es geschafft. Bringst du die Mondsichel in Sicherheit?« Ich übergab ihm die Waffe, die er mit Magie an seinen Körper band, und sah ihm hinterher, als er zum Styx aufbrach.

Ich stob in die andere Richtung davon und durchbrach die Barriere des Phlegethons, raste auf Xanthos zu – der in der Tat Besuch bekommen hatte.

Im tosenden Schnee umkreisten ihn drei Harpyien mit gefärbten Federspitzen. Medea, Aello und Okypete waren hier. Xanthos versuchte, alle drei im Blick zu behalten, aber dieses Unterfangen war unmöglich, genauso wie gleichzeitig einen Sturm und sich selbst am Leben zu erhalten. Er stand seitlich zu mir, sodass ich nur die weißen Haare im Blick hatte, und inmitten von Eis, Schnee und wütender Macht sah er selbst wie ein Gott aus. Ein schwächelnder Gott, dessen ausgezehrte Statur zitterte, nur seine Entschlossenheit schien ihn noch aufrecht zu halten. Das hinderte ihn jedoch nicht daran, mit seinen Eisaugen herausfordernd in Richtung der Harpyien zu starren. Ihre Körper waren von Eis überzogen und Schnee peitschte ihnen ins Gesicht.

Aello und Okypete flogen weite Kreise um Xanthos und beobachteten ihn lediglich, Medea hingegen zog die Bahnen immer enger und hatte ihre Krallen ausgefahren. Als sie dicht unter mir vorbeiflog, ohne mich zu bemerken, entdeckte Xanthos mich in der Luft. Der kurze Augenblick der Ablenkung reichte aus, Medea schrie auf und griff an.

»Nein!«, brüllte ich und stürzte ihr hinterher. Im Sturzflug krachte ich von oben auf sie und riss sie mit mir zu Boden. Wir stürzten auf den trockenen kalten Boden und rissen die Erde unter uns auf. Nun waren wir im ruhigen Auge des Sturms, zu nah an Xanthos. Ich richtete mich auf und stellte mich zwischen die Harpyie und den Krieger.

Medeas Mund öffnete sich leicht, als sie mich erkannte. »Du? Wie ist das möglich?«

Sie redete mit mir! Wenn es dabei blieb, konnte ich vielleicht genug Zeit herausschlagen, bis Iris zurückkehrte und uns holte. *Falls* sie uns holte.

Der Sturm mochte die Harpyien schwächen und die Kälte sie lähmen, aber ich würde nicht noch einmal den Fehler begehen und sie unterschätzen. Wenn sie nah genug an Xanthos herankamen und ihm seine Seele entrissen, war es vorbei.

»In mir steckt mehr, als wir beide geglaubt haben«, sagte ich. Medea atmete schwer, sie stand kurz vor einem Wutausbruch. Rauch kräuselte sich um ihre Klauen, ihre Augen glühten vor Zorn. »Ich werde dich nicht mit ihm gehen lassen. Eher …«

»Was?«, warf Xanthos ein. »Eher friert die Hölle ein? Dann bist du leider etwas zu spät.« Das Lachen des Kriegers hinter mir wärmte meinen Rücken, mein Herz, meinen kleinen Rest Seele.

Medea fletschte die Zähne und knurrte wie ein Tier. »Ich werde euch beide umbringen und eure Seelen bis zum Ende der Zeit quälen.«

»Dumm nur, dass du meine bereits weggegeben hast«, erwiderte ich. Immer wieder huschte mein Blick in den Sturm, doch außer Grau leuchtete mir keine Farbe entgegen.

»Ich werde sie mir zurückholen. Du kannst fliegen so weit du willst, ich werde trotzdem einen Weg finden, dich leiden zu sehen. Du entkommst mir nicht.«

So gern ich ihr widersprochen hätte, sie hatte recht. Bisher hatte sie es immer und immer wieder geschafft, mich immer tiefer in ihr Elend hineinzuziehen. Aber ich würde nicht aufgeben. Niemals.

Medea sprang in die Luft und stieg über unsere Köpfe hinweg. Ihre raubtierhaften Augen richtete sie auf Xanthos und sie stürzte auf ihn herab. Ich sprang ihr entgegen, rammte ihr meine Krallen ins Bein und brachte sie vom Kurs ab. Schreiend taumelte Medea zur Seite und riss mich mit sich.

»Jetzt!«, schrie sie und ich bemerkte meinen Fehler zu spät. Aello und Okypete hatten nun freie Bahn. Sie zogen ihre Kreise enger. Ich wirbelte herum, wollte zu Xanthos zurück, doch Medea schlug mir mit dem Ellbogen gegen den Kopf und im nächsten Moment schlang sie die Beine um meinen Hals. Sie schnürte mir die Luft ab und ich versuchte verzweifelt, mich freizukratzen. Meine Konzentration ließ nach und schwarze Punkte trübten meine Sicht. Ich konnte die Krallen nicht länger beschwören und zerrte mit meinen normalen Fingern an Ilenas Muskeln. Doch sie war viel zu stark, ich würde es nicht schaffen. Ich dufte nicht ohnmächtig werden, ich musste Xanthos helfen.

Mittlerweile waren wir weit nach oben gestiegen, wenn sie mich jetzt fallen ließ, würde ich wie ein nasser Sack auf die Erde fallen und mir eine Menge Knochen brechen.

Blaues Licht flackerte im Sturm auf, Rot mischte sich dazu und Grün … Ein Regenbogen brach durch die graue Wand des Ascheschnees und ging zwischen den Harpyienschwestern und Xanthos nieder. Ich blinzelte träge und im nächsten Moment manifestierte sich die Göttin. Ihre Aura beleuchtete die Schneekristalle, die im Licht zu tanzen schienen. Es war das Letzte, was ich sah, ehe meine Muskeln schlaff wurden und die Schwärze vor meinen Augen sich verdichtete.

Medea schrie erschrocken auf und ließ mich los. Plötzlich war da kein Druck mehr auf meinem Hals. Mein Körper erinnerte sich daran, wie er atmen musste, und holte röchelnd Luft. Doch der Rest meiner Muskeln versagte. Meine Arme waren wie gelähmt und ich stürzte ungebremst zu Boden.

»Ilena!«

Ich blinzelte. Schattenuntermalte Eisaugen sahen mir entgegen und Erleichterung durchflutete sie, als mein Blick sich auf sie richtete.

»Xanthos«, murmelte ich.

Ich lag in seinen Armen, er musste mich aufgefangen haben. Als ich nach oben sah, entdeckte ich den rostroten Himmel der Unterwelt. Der Sturm war abgeklungen, kein Schnee flog mehr umher, nur Xanthos strahlte noch immer eine unerbittliche Kälte aus.

»Kannst du stehen?«, fragte er mich.

»Denke schon.«

Er ließ mich auf den Boden sinken und ich hielt mich an ihm fest, um nicht zu fallen. Meine Beine waren schwer, meine Arme ebenso, aber es wurde mit jedem Herzschlag besser. Überrascht sah ich, dass seit meinem Sturz nur wenige Augenblicke vergangen waren, denn Iris und die Harpyienschwestern standen sich noch immer gegenüber und sprachen hitzig miteinander. Medea stand zwischen ihnen und sah von der einen Bedrohung zur anderen, unschlüssig, welcher sie sich zuerst widmen sollte. In den Büchern, die ich gelesen hatte, wurden solche Konflikte meist gelöst, während die Heldin ohnmächtig war. Schade, dass das hier keines dieser Bücher war und ich mich selbst darum kümmern musste.

Xanthos legte mir eine Hand auf den Rücken und erinnerte mich daran, dass ich nicht allein war. Er atmete schwer und trotz der Kälte war er völlig durchgeschwitzt. Die Augenringe waren noch dunkler geworden, ein dünnes Rinnsal dunklen Blutes lief aus seiner Nase. Wir mussten so schnell wie möglich hier weg.

»Iris«, flüsterte ich. Die Göttin drehte den Kopf ein Stück zu mir und nickte.

»Einen Moment«, bat sie und wandte sich wieder den Harpyien zu, um ihre Diskussion fortzuführen. Von wegen erst Welt retten, dann reden …

»Ist das wahr?«, fragte Aello und sah zu Medea. »Du hast sie gefangen gehalten, damit sie die Brücke in die Welt der Sterblichen offen hält?«

»Ja«, knurrte Medea.

»Sie ist unsere Schwester!«, rief Okypete dazwischen. »Wie konntest du das tun? Und wieso hast du uns nichts davon erzählt und uns stattdessen Lügen aufgetischt?«

»Sag mir nicht, dass ihr euch Sorgen um sie macht. Sie ist schuld, dass Lagina damals gefallen ist, sie hat es nicht anders verdient.«

Iris senkte schuldbewusst den Kopf. Die beiden Harpyienschwestern warfen sich verzweifelte Blicke zu. Aello wippte unruhig auf den Füßen, als müsste sie sich selbst davon abhalten, zu ihrer Schwester zu laufen. Okypete blickte zwischen der Göttin und Medea hin und her, als wüsste sie nicht, wem der beiden sie trauen sollte. Der Zwiespalt zwischen der Familienehre und ihrer selbst auferlegten Aufgabe war ihnen deutlich anzusehen.

Medea wirkte ungewohnt ruhig. Sie musterte die Göttin, den Schlüssel zu ihrem Vorhaben. Ohne Iris kamen die Harpyien nicht mehr aus der Unterwelt. Wie auch immer sie es beim ersten Mal geschafft hatte, sie zu überwältigen und in den Zirkel einzuschließen, ein weiteres Mal würde es nicht auf diese Art funktionieren.

»Du könntest hierbleiben und die Schuld gegenüber deinen Schwestern begleichen«, schlug Medea vor. Wie immer hatte sie die Schwachstelle gefunden, jenen Punkt, an dem sie bohren musste, um ihr Gegenüber in die Knie zu zwingen.

»Sicher nicht«, antwortete Iris und hob den Kopf. »Ich würde es gern wiedergutmachen, aber nicht nach dem Willen von jemandem, der nicht davor zurückschreckt, die Frauen aus den eigenen Reihen zu misshandeln. Oder wie nennst du dein Verhalten gegenüber Ilena? Stellt dich das nicht auf eine Stufe mit jenen, die du verurteilst?«

»Es ist auch zu ihrem Besten«, gab Medea zurück. »Nur so wird sie mächtig genug, um *Néa Lagína* zu regieren. Nur wenn sie vollumfänglich den Schmerz der Hilfe suchenden Frauen versteht, kann sie sie anführen.«

»Dass ich das gar nicht will, interessiert wohl niemanden, oder?«, warf ich ein. Alle Augen richteten sich auf mich, Xanthos presste seine Hand fester auf meinen Rücken.

Medea schnalzte mit der Zunge. »Es ist deine Bestimmung.«

Jene, die für mich ausgesucht worden war.

»Lass uns gehen, Iris. Bitte.«

Das Kleid der Göttin begann sich in Licht aufzulösen. Die flirrenden Partikel verteilten sich in der Luft, flogen auf Xanthos und mich zu, hüllten uns ein. Die Harpyienschwestern beobachteten es lautlos.

Medea hingegen kochte vor Wut. Rauch stieg aus den Federn ihrer Flügel auf und ihre Augen leuchteten hasserfüllt. Sie fuhr die Krallen aus, deren Spitzen orange glühten.

»Es ist noch nicht vorbei«, zischte sie, als Iris zu Licht zerfiel. Blitzschnell schoss Medea nach vorn und zielte mit ihren Krallen nach den Partikeln. Funken stoben auf, als sie durch die Farben schnitt und ein unmenschliches Kreischen ertönte. Die Farbe verblasste für einen Moment, erholte sich jedoch. Xanthos schob sich vor mich, als Medea zu einem weiteren Schlag ausholte, und breitete seine Schneeflügel aus. Doch sie landete keinen weiteren Treffer. Aello und Okypete waren zur Stelle und packten Medea bei den Flügeln. Schrille Schreie wie die von Tieren begleiteten den Kampf, der sich daraus entwickelte. Die Harpyien stellten sich gegen Medea, um ihrer Schwester Iris willen.

Das bunte Funkeln um uns verdichtete sich. Xanthos drehte sich zu mir um, hob mich hoch und ich drückte mein Gesicht an seine Brust. Er hielt mich fest, stieß sich ab und in einem Regenbogenkokon preschten wir los. Licht schirmte alles ab, nur ein Kribbeln in meinem Magen breitete sich aus, als wir flogen, untertauchten und zerfielen.

Kapitel 31

Es ist noch nicht vorbei.

Medeas Worte verfolgten mich auf dem Rückweg in die Welt der Sterblichen.

Es riss mich fast um, als ich plötzlich wieder festen Boden unter meinen Füßen spürte. Oder eher gesagt – unter meinen Krallen.

Obwohl ich der Unterwelt entkommen war, steckte ich noch immer in dem Körper einer Harpyie. Und die Einzige, die mir damit vielleicht hätte helfen können, war tot. Nephele war durch meine Hand gestorben, möglicherweise war es nur fair, dass dieser gefiederte Körper mich auf ewig daran erinnern würde.

Zwei Arme schlangen sich um mich, eine Hand legte sich auf meinen Rücken, die andere auf meinen Hinterkopf. Xanthos zog mich an sich, und küsste mich auf den Kopf. Dann umarmte er mich so fest, dass mir die Luft wegblieb.

Ich erwiderte die Berührung, sog seinen Geruch ein und verlor mich für einen Moment darin. Er roch nach Schnee, Rauch und einem Hauch Eukalyptus, und es war wie zu Hause ankommen. Xanthos vergrub seinen Kopf in meiner Halsbeuge und atmete tief ein, als würde er sich – wie ich – mit allen Sinnen davon vergewissern, dass das hier echt war und kein Traum.

»Ich habe Seelen gestohlen. Ich habe … Ich habe Nephele getötet«, murmelte ich in sein Shirt. Die Wahrheit musste raus, jetzt, bevor es zu schön und zu schmerzhaft wurde, um umzudrehen. Es drehte mir selbst den Magen um.

Xanthos zog mich noch enger an sich, auch wenn das eigentlich nicht mehr möglich war. »Ich weiß«, sagte er leise. »Das ändert nichts.«

Zu Hause.

Ich war zu Hause.

Die letzten Zweifel zerbrachen unter seinen Worten und ich ließ mich in die Scherben fallen. Xanthos fing mich auf, als ich in die Knie sank und weinte. Trotz dessen, dass er selbst wackelig auf den Beinen war, hob er mich hoch und trug mich weiter, ohne dass ich wusste wohin. Ich wollte meine Augen nicht öffnen. Ich wollte duschen und schlafen und mich vor der Welt verkriechen. Zumindest für einen Moment. Einen herrlichen Moment, in dem alles gut war. In dem es keine Harpyien und keine Unterwelt gab.

Ein Ziehen in meiner Brust brachte mich dazu, die Lider zu öffnen. Ich spürte sie, bevor ich sie hörte.

»Ilena!« Ryas Stimme war mehr ein Schluchzen. Ich drehte den Kopf und sah über Xanthos' Schulter zu ihr. Ihre Augen waren gerötet, die Wangen nass von Tränen. Nick stand hinter ihr und hatte einen Arm um sie gelegt. Ich musste lächeln.

Xanthos setzte mich ab und schon fand ich mich in Ryas Umarmung wieder. Sie mochte kleiner und schmaler als der Krieger sein, aber auch sie presste mir die Luft aus der Lunge. Ersticken hatte sich noch nie schöner angefühlt. Nick löste Rya vor mir, als ich zu röcheln anfing, und schenkte mir dann ebenfalls eine kurze und liebevolle Umarmung.

Jetzt erkannte ich auch, wo wir waren. Im Orden. Die marmornen Wände mit den darin eingelassenen Edelsteinen hätte ich überall wiedererkannt. Dass ich mich nicht vor Qualen auf dem Boden wand, mochte bedeuten, dass die Magie mich nicht als Feind sah.

Mein Blick fiel auf Iris, die noch immer an unserer Seite war, nun wieder in menschenähnlicher Gestalt. Zwischen den Marmorwänden wirkte sie wie die Göttin, die sie war. Alt und erhaben, doch ihre Haut war fast genauso blass wie der Stein.

»Danke«, sagte ich zu ihr. Zum einen weil ich es so meinte, zum anderen weil ich nicht wusste, was ich sonst hätte sagen sollen.

Sie lächelte müde. »Ich danke dir.« Und zu Xanthos sagte sie: »Und dir natürlich auch. Und Khione, die euch offensichtlich geholfen hat. Ist sie noch hier?«

»Nein«, antwortete Rya. »Sie wollte heute Abend zurückkehren.«

»Dann werde ich hier auf sie warten, wenn es in Ordnung ist. Bevor ich in den Olymp zurückkehre, muss ich mit ihr sprechen.«

»Wie Ihr wünscht«, sagte Nick. »Wenn Ihr möchtet, stelle ich Euch ein Zimmer zur Verfügung.«

»Gern.«

Nick gab Rya einen kurzen Kuss, dann führte er die Göttin den Gang entlang. Ich sah den beiden hinterher.

»Ilena?« Rya berührte mich an der Schulter und ich drehte mich um. »Ist … Also ich weiß, dass nicht alles okay ist, aber kann ich etwas für dich tun? Ich weiß nicht, was ich sagen oder machen soll, ich …«

Ich unterbrach sie mit einer weiteren Umarmung, die sie sanfter als zuvor erwiderte. »Ich bin so froh, wieder hier zu sein. Das reicht.« Und ehrlich gesagt, konnte ich ihr keinen Rat geben, ich wusste es selbst nicht besser.

»Willst du ein Bad nehmen?«, fragte sie.

»Könnte schwierig werden mit den Flügeln. Aber eine Dusche wäre herrlich. In die bei den Trainingsräumen sollte ich reinpassen und mit den Dingern hier nichts kaputt machen.« Ich hob entschuldigend die Arme. Auch wenn ich meine Federn einklappen konnte, nahmen sie viel Raum ein und in einer normalen Duschkabine wäre es eng geworden, nur die offenen Duschräume boten genug Platz.

»Klar. Ich hole dir Waschzeug, Handtuch und … brauchst du was zum Anziehen? Wir würden da bestimmt etwas zurechtschneiden können.« Ihr Blick wanderte an mir herab.

»Nicht nötig, danke.«

Sie lächelte mich an. »Es ist so schön, dass du wieder da bist. Ich will alles wissen. Später. Wir treffen uns bei den Trainingsräumen, ja?« Sie verabschiedete sich und drehte sich um. »Ah, bevor ich es vergesse: Die Mondsichel ist in Sicherheit, Skóros ist bei den anderen Nachtfaltern auf dem Dach, um sie zu beruhigen«, sagte sie über ihre Schulter.

»Danke«, antwortete ich und sah dabei zu, wie sie ins Treppenhaus verschwand. »Begleitest du mich?«, fragte ich Xanthos.

»*Zur* oder *in* die Dusche?«

Das vertraute freche Grinsen wirkte in seinem eingefallenen Gesicht fehl am Platz und doch empfand ich es als schön. Ich schlug ihm sanft gegen den Oberarm. Fast gleichzeitig fing ich an zu weinen und Xanthos wischte die nassen Spuren mit den Daumen weg. Es war mir nicht bewusst gewesen, wie sehr ich ihn vermisst hatte.

Ich schluckte den Kloß in meinem Hals hinunter. »Du stinkst so sehr, dass es mir die Tränen in die Augen treibt«, sagte ich mit belegter Stimme.

»*In* die Dusche begleiten also«, witzelte er, während er mit den Fingern kleine Kreise auf meinen Wangen nachzeichnete.

Schmunzelnd griff ich nach seiner Hand und verschränkte unsere Finger ineinander. »Nur wenn du dich benimmst.«

Fünf Minuten später stand ich im Duschraum – allein. Xanthos hielt vor der Tür Wache und würde erst nach mir gehen. Ich brauchte einen Moment für mich, damit meine Gedanken endlich in der Gegenwart ankamen. Die ganze Zeit über hatte ich mich zurück nach Hause gewünscht, doch jetzt hier zu sein fühlte sich so unwirklich an wie mein erster Tag in der Unterwelt.

Zumal ich sie noch nicht ganz hinter mir gelassen hatte. Ich drehte das Wasser auf und ließ es nahezu kochend heiß über meinen Körper laufen. Dreck, Asche und Knochenstaub wurden an mir heruntergespült, ein schier endloser Strom an physischen Erinnerungen.

Doch die Federn blieben. Ebenso die Klauenfüße, die Krallen und das Gefieder an meinen Wangenknochen.

Auch die Schuld war noch da, die Scham und die Angst.

Der Adrenalinrausch, der Optimismus und die Euphorie der Flucht hingegen wurden auch von mir abgewaschen, gemeinsam mit dem Schmutz, als wäre das eine nicht mehr wert als das andere.

In der Unterwelt hatte man mich zum Fliegen gezwungen, hier zu Hause konnte ich fallen und war trotzdem sicher.

Die Tränen kamen, mit ihnen ein Schrei, der sich seit Tagen in meiner Brust festgesetzt, den loszulassen ich mich aber nicht getraut hatte. Er kam tief aus meinem Inneren, aus dem Loch, das Medea auf so viele Arten gerissen hatte, und klang eher bestialisch als menschlich. Doch die Wut darin, der Zorn und die Angst gehörten mir und sie wollten gehört werden.

Ich schrie auch mich selbst an, für alles, was ich getan und verloren hatte. Kraftlos und nach Luft schnappend sank ich auf die Knie und ließ das Wasser auf meinen Rücken prasseln.

Eine Hand schob sich zwischen den Strahl und mich, fuhr über meine nasse Haut.

»Lass es raus«, sagte Xanthos und setze sich neben mich. »Lass alles raus.«

Wie von selbst fuhr ich meine Krallen aus und vergrub sie in den Fliesen, die unter dem Druck auseinanderplatzten. Das Dreckwasser floss zwischen die Ritzen und versickerte darin. Ein kleiner Teil von mir wollte ebenso verschwinden, das alles hinter sich lassen. Aber der Rest war stärker. Der Rest schrie, als würde es um mein Leben gehen.

Mein Hals brannte, als ich fertig war. Ich fühlte mich besser, aber noch immer schmutzig. Am liebsten hätte ich mir jede Feder einzeln ausgerissen, was keine Option war. Sie würden ohnehin nur wieder nachwachsen.

»Darf ich dir helfen?«, fragte Xanthos. Ich nickte nur, drehte mich zur Seite und setzte mich mit ausgestreckten Beinen hin, sodass nur meine Unterschenkel noch unter dem Wasserstrahl lagen. Xanthos zog sich bis auf die Unterhose aus und setzte sich dann hinter mich. Die Beine streckte er seitlich an mir vorbei aus und ich konzentrierte mich auf sie, während er seine Finger in meine Haare schob. Er massierte mir den Kopf und der Duft nach Minze erfüllte die Dusche, als er Shampoo in meinem Haar verteilte. Die Kälte seiner Haut klärte meine Sinne und belebte mich.

Er massierte mir Nacken und Schultern, dann schob er seine Hände unter meinen rechten Arm und hob ihn hoch. Mit einem Schwamm strich er vorsichtig über die Federn und bei den ersten Berührungen zuckte ich zurück, bis ich mich daran gewöhnt hatte. So reinigte er meine beiden Flügel.

Der Dampf des heißen Wassers breitete sich im Raum aus und ich sah kaum meine eigene Hand vor meinen Augen. Also schloss ich sie und genoss einfach jede Sekunde. Nach den Armen war der Rücken dran, meine Brust und mein Gesicht reinigte ich selbst, ebenso meine empfindsameren, unter dem Gefieder versteckten Stellen. Die Reinigung meiner Beine übernahm Xanthos, auch die meiner grauenhaften Klauen. Er sagte kein Wort, schenkte jeder Stelle meines Körpers die gleiche Aufmerksamkeit und scheute vor nichts zurück.

Als er fertig war, fühlte ich mich tatsächlich sauber. Zumindest äußerlich. Und ich war todmüde. Ich bekam die Augen kaum auf und hätte an Ort und Stelle einschlafen können. Irgendwo vor mir, ich sah es durch den Dampf nicht genau, stand Xanthos und wusch sich. Er brauchte gefühlt nur eine Minute, dann drehte er das Wasser ab. Ich hörte ihn über den Boden Richtung Ausgang laufen und wieder zurückkehren. Plötzlich schwebte eine Hand vor meiner Nase. Ich ergriff sie und Xanthos zog mich hoch. Er legte mir ein Handtuch um die Schultern, das fast so groß wie eine Decke und auch fast genauso flauschig war. Er wickelte mich darin ein und führte mich zum Ausgang.

Wir ließen den Duschraum und den Dampf hinter uns und liefen nur mit Handtüchern bekleidet durch die Gänge.

»Wohin gehen wir?«, fragte ich.

»In mein Zimmer.«

»Was?« Ich blieb stehen. »Wir müssen uns überlegen, was wir jetzt machen.«

»Ich weiß. Rya und Nick kümmern sich für den Moment darum, wir sollten uns etwas ausruhen.«

»Du vielleicht. Deine Augenringe haben den Durchmesser von Donuts.«

»Und deine die von Autoreifen.«

Ich biss mir auf die Unterlippe.

»Es ist noch nicht vorbei. Ich weiß nicht wie und wann, aber sie wird einen Weg zu uns finden, Xanthos. Sie wird sich nicht geschlagen geben. Wir müssen uns etwas überlegen.«

»In diesem Zustand kannst du das vergessen. Glaub nicht, dass ich das viele Blinzeln nicht bemerke oder deinen langsamen Gang. Außerdem hat dich mein kleiner Striptease völlig kalt gelassen, du musst echt erledigt sein.« Er grinste herausfordernd.

Ich hätte ihm sagen können, dass er aussah, als würde er jeden Moment tot umfallen, doch das wusste er selbst. Was auch immer der

Fluch bewirkte, es fraß ihn auf. Für mich selbst wollte ich keine Ruhe, für ihn schon. Allein aber würde er nicht gehen.

»Du hast recht«, antwortete ich.

»Wie bitte? Sag das noch mal. Das ist Musik in meinen Ohren.«

Ich stieß mit meiner Faust spielerisch gegen seinen Oberarm, doch gänzlich konnte ich mich nicht in den Spaß fallen lassen. »Medea hat meine Seele, Xanthos. Was ist, wenn ich nie wieder richtig wach werde?«

Sanft legte er mir die Hände an die Wangen. »Wir holen sie zurück. Egal was ist oder kommt, ich bin für dich da. Und wenn du das irgendwann nicht mehr willst, ist das auch in Ordnung. Nur bitte rede mit mir und sei ehrlich, okay?«

»Okay«, sagte ich überrascht.

»Gut.« Er küsste mich auf den Kopf und wir setzten unseren Weg fort. »Können wir jetzt bitte zumindest für ein paar Stunden schlafen gehen?«

»Du bist nicht schockiert darüber, dass ich meine Seele nicht mehr habe und eine götterverdammte Harpyie bin.«

»Ich wusste es schon.«

»Woher?«

»Nephele.«

Wieder blieb ich stehen. Xanthos knurrte und warf mich kurzerhand über seine Schulter, bevor er ächzend den Weg fortsetzte. Ich trommelte sanft auf seinen Rücken ein und verlangte, dass er mir mehr verriet, doch er schwieg, bis wir sein Zimmer erreichten. Dort warf er mich auf das Doppelbett. Im Wegdrehen ließ er das Handtuch fallen und ging zu einer Kommode an der Wand. Er zog sich erst Unterwäsche und dann einen Schlafanzug an. Mein Herz raste, während ich darauf wartete, dass er sich wieder zu mir umdrehte.

»Wann habt ihr mit Nephele gesprochen?«, fragte ich, als er zurück zum Bett kam. Ich rutschte an die Wand und schlüpfte unter die Decke. Ich hielt sie hoch, damit Xanthos sich neben mich legen konnte. Ich legte mich bäuchlings auf ein Kissen, um eine halbwegs angenehme Position zu finden.

»Sie war am Tag vor ihrem Tod bei uns und hat uns erzählt, was vermutlich bei eurem Besuch bei ihr passieren wird.«

»Was wusste sie?«

»Alles.« Xanthos' kalt lodernde Augen fixierten mich.

Meine Finger verkrampften sich um das Kissen. »Auch dass sie ... dass ich sie ...«

»Ja. Sie wollte es so. Sonst wäre sie nicht dort gewesen. Sie wollte, dass du ihren Platz einnimmst.«

»Warum?«

»Das hat sie nicht gesagt. Aber ihretwegen waren wir in dieser Nacht dort.«

»Wieso habt ihr mich nicht mitgenommen?«

»Nephele hat uns darum gebeten. Sie meinte, du hättest einen Plan und bräuchtest unsere Hilfe. Und nur so konnten wir mit dir kommunizieren, ohne dass uns die anderen sehen«, erklärte er.

»Woher wusste sie das?«

»Hast du nicht immer mindestens ein halb illegales Ass im Ärmel? Sie hat große Stücke auf dich gehalten und ihr Vertrauen in dich gesetzt.«

Ich schluckte. »So sehr, dass sie sich hat umbringen lassen?«

»Scheint so.«

»Ich verstehe nicht, wieso das alles passiert.«

»Niemand weiß, warum irgendwas passiert.« Gedankenverloren strich er mir mit den Fingern über den Rücken.

»Wow. So tiefgründig.«

»Halt den Mund und schlaf endlich«, sagte er und schloss die Augen.

»Was ist mit dir passiert, Xanthos? Wieso siehst du aus wie ein wandelnder Toter?«

»Mein Fluch, mein Problem«, murmelte er. »Mach dir keine Sorgen.« Er driftete langsam in den Schlaf weg. Mein Herz zog sich zusammen.

»Hilft es, wenn ich dir meine Magie geben?«

»Nein.« Hilflosigkeit übermannte mich. Im Moment konnte ich nichts tun, doch egal wann, egal wie er mich brauchte, ich würde da sein.

»Xanthos?«

»Mh?«

»Danke, dass du mich nach Hause geholt hast.«

Er öffnete die Augen. »Ohne dich ist es nun mal kein Zuhause.«

Weinend küsste ich ihn, ganz vorsichtig und sanft. Er lächelte dabei und strich mir eine Strähne hinter das Ohr. Ich kuschelte mich an ihn, so gut das mit meinen Flügeln ging, und lauschte seinen Atemzügen, als er einschlief.

Ich erwachte ein paar Stunden später. Da es um uns herum nicht brannte, vermutete ich, dass die Welt noch nicht am Untergehen war. Trotzdem war ich angespannt, wartete darauf, dass jeden Moment etwas passierte. Ich schlüpfte aus dem Bett und ließ Xanthos allein zurück. Ich fühlte mich nervös, hibbelig und wollte mir die Beine vertreten.

Ich stieg die Treppe hinauf aufs Dach. Als ich durch die Tür hinaus ins Freie trat, hielt ich den Atem an. Die Lichter der Stadt trübten den Blick in den nachtblauen Himmel, doch die unendliche Weite und das Funkeln darin war trotz allem wunderschön. Nichts im Vergleich zu dem der Unterwelt.

Ich drehte mich im Kreis, genoss die vergleichsweise frische Stadtluft und ließ die Arme hängen.

»Rastlose Seelen zieht es immer zu den Sternen hin«, sagte eine Stimme.

Ich fuhr herum und entdeckte Iris. Hinter ihr erhob sich die schillernde Fassade eines riesigen Pavillons aus Magiesträngen. Die Streben flirrten, das Dach, das sich darüber spannte, war ein feines Netz aus pulsierenden Farben. Darunter flatterten die Motten, die sie aus der Unterwelt geführt hatte. Ich trat näher an sie und die Wesen heran, beobachtete, wie die Falter durch die Luft schwirrten und kleine Kunststücke vollführten. Als wären sie in die Freiheit und nicht in das nächste Gefängnis entlassen worden. Ich entdeckte Skóros unter ihnen, er flog in einer der kleineren Formationen mit. Den Moment der Ausgelassenheit gönnte ich ihm und sah davon ab, ihn zu rufen.

»Schau nicht so grimmig«, meine Iris. »Sie dürfen nicht einfach so in die Welt hinausziehen. Dafür sind sie zu unberechenbar und die Magie in ihnen zu stark. In den falschen Händen könnten sie viel Schaden anrichten. Oder selbst zu Schaden kommen.«

»Wohin können sie gehen?«

»Das entscheidest du.«

»Ich? Mit welchem Recht?«

»Du hast sie befreit.«

»So einfach ist es bei euch?«

»Bei uns?«

»Den Göttern.«

Sie lachte zynisch. »Einfach ist bei uns nichts, Ilena. Auch wenn es so scheint.«

»Würdest du mit mir tauschen wollen? Unsere Leben, meine ich. Dein göttliches gegen mein verkorkstes.«

»Ja«, antwortete sie, ohne zu zögern. »Und du?«

»Für kein Geld der Welt.«

Die Göttin schmunzelte.

»War Khione schon hier?«, fragte ich.

»Nein.«

»Was willst du mir ihr besprechen?«

»Ich möchte wissen, ob sie wusste, was mich in der Unterwelt erwartet, als sie mich dorthin geschickt hat. Ich kann es mir nämlich ehrlich gesagt nicht vorstellen, zumal sie deinen Freunden dabei geholfen hat, uns zu retten. Und falls nicht …« Ihre Stimmer versagte ihren Dienst.

»Dann wusste es möglicherweise eine oder einer der anderen Götter, die alle noch im Olymp sind.«

»Richtig.«

Ich stöhnte gequält. »Ich hatte wirklich gehofft, dass diese Spielchen vorbei sind. Die Sache mit Athene war schon schlimm genug. Aber das hier …«

»Ist möglicherweise die Fortsetzung davon.«

»Wie meinst du das?«

»Vielleicht wurde Athenes Fluch nur gebrochen, um das mit *Néa Lagina* möglich zu machen.«

»Das würde bedeuten … Nein.«

Die Einzige, die beim Brechen des Fluches geholfen hatte und die etwas von der Invasion der Harpyien hätte, war Hekate. Lagina war ihr heiliger Ort gewesen. Medea hatte zwar behauptet, dass sie nichts von den Plänen der Harpyien wusste, aber es war die einzig mögliche Erklärung. Hekate befehligte den Zirkel, der Iris gefangen genommen hatte. All die scheinbaren Zufälle waren keine, Hekate war immer zur richtigen Zeit am richtigen Ort gewesen. Sie konnte ihre Gestalt ändern, das hatte sie bereits bewiesen, als sie jene von *Mágissa* Ora angenommen hatte, um Rya zu manipulieren. Khione zu imitieren und als sie aufzutreten, um Iris zu täuschen, wäre mit Sicherheit ein Leichtes gewesen. Sie hatte die entscheidenden Informationen geliefert, um den Fluch von Medusa und Perseus zu brechen. Hatte sie gewusst, dass letztendlich auch die Harpyien dadurch wiedererweckt wurden?

Manche Menschen verglichen ihre rasenden Gedankengänge mit dem Umfallen von Dominosteinen in einer Reihe, mein Kopf fühlte sich in diesem Augenblick an, als würde er jeden Moment explodieren.

»Das kann nicht sein«, erwiderte ich, während sich gleichzeitig eine unerträgliche Schwere auf meine Schultern setzte.

»Es kann. Du willst es nur nicht glauben.« Sie lächelte mitfühlend. »Ich will es auch nicht, und doch ist es die logischste Erklärung.«

»Wenn dem so ist, wieso hat sie dann noch nicht eingegriffen? Wieso hat sie uns entkommen und die Harpyien einsperren lassen?«

»Du weißt, warum Thanatos sich nicht in Dinge einmischt, die ihn nichts angehen. Oder wieso Athene sich vor dem Gericht der Götter behaupten muss. Weil jede göttliche Einmischung, jedes Wort oder Handeln zu viel die Welt aus dem Gleichgewicht bringen können. Und sollte das passieren, ist der Olymp in Gefahr, weswegen es uns untersagt ist, solch einen Einfluss auf den Verlauf der Dinge zu nehmen. Athene wurde erwischt und Hekate steht wegen ihres Mitmischens unter strenger Beobachtung durch die anderen Götter, sie kann sich keinen Fehltritt erlauben. Ich denke, deswegen sucht sie sich Champions, die an ihrer Stelle die Schlacht schlagen. Und sobald das Chaos in Bellmont regiert, kann sie sich als Heldin aufführen, die die Kontrolle wieder übernimmt und das Gleichgewicht erhält. Momentan mag es nicht nach ihrem Plan gehen, aber …«

»Aber sie hat noch Hoffnung, dass es umschwenkt, weshalb sie noch nicht eingegriffen hat«, beendete ich ihren Satz.

»Möglich.«

»Es ist also wirklich nicht vorbei. Fuck.«

»Das kannst du laut sagen.«

»Wieso hilfst du mir dann? Warum hat Khione uns unterstützt?«

»Wir räumen das Chaos auf, das Hekate angerichtet hat, und ich begleiche meine Schuld für den Fall von Lagina. Wir stellen das Gleichgewicht wieder her. Dafür sollte man uns nicht verurteilen, und wenn doch … Nun, das sehen wir, wenn es so weit ist.« Sie zuckte mit den Schultern.

»Das ist doch verrückt. Und wenn Hekate hinter all dem steckt … Was soll ich dann tun? Ich habe keine Chance gegen sie.«

Iris blickte mir direkt in die Augen. »Würdest du dich gegen sie stellen? Immerhin ist sie diejenige, der du deine Magie verdankst und der du die ewige Treue geschworen hast.«

»Es gibt für alles Grenzen. Und meine habe ich vor ungefähr einhundert schrecklichen Ereignissen überschritten.«

»Ich weiß nicht, ob ich dir bei dem Kampf gegen sie helfen kann«, gab die Göttin leise zu.

»Ich würde das nie verlangen. Was nicht heißt, dass ich mich nicht freuen würde.«

»Woher nimmst du die Kraft, Ilena?«

»Die Kraft wozu?«

»Weiterzumachen. Trotz allem einen Schritt nach dem anderen zu gehen.«

Ich sah hinauf zu den Sternen, dann zu den Nachtfaltern. Die kleinen Wesen flogen umher, als hätten sie nie die Qualen gebrochener Flügel durchlitten, als wären sie nie am Boden angekettet gewesen.

»Keine Ahnung. Und das ist auch besser so, denn sonst würde ich diese Quelle verschließen, mich in eine Ecke setzen und drauf warten, dass Thanatos mich holen kommt … Warte. Woher weiß ich, dass du *du* bist und nicht sie? Hekate kann andere Gestalten annehmen, sie könnte jetzt direkt neben mir stehen.«

Iris blinzelte verwirrt, weil sie meinem sprunghaften Gedankengang verständlicherweise nicht folgen konnte. »Du hast meine Magie gesehen«, antwortete sie dann.

»Das könnte ein Trick gewesen sein.«

»Sieh dir meine Seele an.«

»Wie bitte?«

»Nimm sie und sieh sie dir an.«

»Okay … Das ist allerdings nicht sehr angenehm.«

»Ich werde es überleben.«

In letzter Zeit setzten zu viele Leute ihr Vertrauen in mich. Trotzdem beschwor ich die Krallen herauf und richtete sie auf Iris' Brust. Ganz vorsichtig drang ich damit in ihren Körper ein und griff nach ihrer Seele. Ihr Körper ließ die Krallen bereitwillig ein, keine Wunde riss auf. Weil sie sich mir freiwillig stellte? Oder weil sie eine Göttin war?

Ihre Seele war genauso schillernd und farbenfroh wie ihre Magie. Die Göttin hielt den Atem an, als ich das pulsierende Licht in meinen Händen hielt. Ihre Seele war kalt wie die ganze Aura, die die Götter ausstrahlten, und sie war schweigsam. Keine Hilferufe, kein Flehen. Mein Herz pochte und ich richtete meine Sinne auf die leuchtende Kugel. Ich seufzte, als sich ein warmes Gefühl in mir ausbreitete. Es war Iris. Sofern es sich nicht um eine unfassbar gute Täuschung Hekates handelte. Falls sie das zustande brachte, waren wir ohnehin verloren. Für den Moment musste ich mir selbst vertrauen, auch wenn das nicht einfach war.

Ich gab Iris ihre Seele zurück und nickte. »Ja, vollkommen du.«

»Ich war mir lange Zeit nicht sicher, ob ich eine habe.«

»Eine Seele? Warum nicht?«

»Das schien mir immer etwas überaus Menschliches zu sein.«

»Wir sind eben doch nicht so verschieden.«

»In der Tat.«

Eine kalte Böe erfasste uns. »Hallo, Khione«, sagte Iris und drehte sich um. Ich folgte ihrer Bewegung und fand mich der Göttin des Schnees gegenüber. Ihr weißes Haar lag geflochten über ihrer Schulter. Sie lachte und rannte auf Iris zu, die ihre Nichte mit überraschtem Gesichtsausdruck in die Arme schloss.

»Iris«, rief Khione. »Sie haben es geschafft.«

»Dank deiner Hilfe, wie ich hörte.«

Khione winkte ab. »Ein bisschen Magie und ein kleiner Fluch. Das war nichts.« Ihr Blick fiel auf mich.

»Du musst Ilena sein. Ich habe schon viel über dich gehört.«

»Khione«, warf Iris ein, ehe ich antworten konnte. »Wieso hast du mich in die Unterwelt geschickt, um neues Wasser aus dem Styx zu holen? Wusstest du, was man mit mir vorhat?«

Die Göttin des Schnees riss die Augen auf. »Ich habe dich nirgendwohin geschickt. Wovon redest du?«

Ich biss mir auf die Zunge. Scheiße. Nicht dass ich mir wünschte, dass Khione die Verräterin war, aber der Gedanke an die Alternative drehte mir den Magen um.

»Ist Hekate derzeit im Olymp?«, fragte ich mit rauer Stimme.

Khione kniff die Augen zusammen. »Ja. Sie ist Teil des Prozesses um Athene. Wieso?«

»Iris wird dir alles erzählen. Ich muss zurück. Danke, Khione, dass du meinen Freunden und mir geholfen hast.«

»Ich habe es für Iris getan«, meinte sie und verschränkte die Arme vor der Brust. Dann schmunzelte sie. »Ich bestreite nicht, dass es mir Spaß gemacht hat. Das war eine willkommene Abwechslung.«

»Xanthos' Fluch«, schoss es aus mir heraus. »Was bewirkt er?«

Die Göttin leckte sich über die Lippen und sah kurz zu Iris. Ihre Miene verfinsterte sich. »Das soll er dir selbst sagen. Das steht mir nicht zu.«

»Wird er sterben?«

»Müsst ihr Menschen das nicht alle irgendwann?« Ich schnaubte und sie hob entschuldigend die Arme. »Es war seine Entscheidung. Ich habe lediglich den Vorschlag gemacht.«

Um ihm damit zu schaden? So heimtückisch, wie Hekate es gemacht hätte?

»Darf ich deine Seele sehen?«, fragte ich. Khione sah brüskiert zu Iris, die auffordernd nickte.

»In Ordnung«, antwortete Khione und presste die Lippen zusammen. Auch bei ihr war ich vorsichtig und sah mir ihre Seele nur so lange an, bis ich das Gefühl hatte, das alles stimmte. Ihr Licht war gleißend hell und kälter als das von Iris. Feine Eiskristalle blieben an meinen Fingern haften, als ich die Seele zurück in ihren Körper schob.

»Danke.«

»Gern geschehen«, antwortete sie, ihre Miene aber sagte das genaue Gegenteil.

»Ich muss mit meinen Freunden reden. Wir brauchen einen Plan.«

Khione sah zwischen Iris und mir hin und her. »Wozu?«

Iris winkte mich fort. »Ich erkläre es ihr. Geh.«

Die beiden blieben mit den Faltern und den Sternen auf dem Dach zurück.

Xanthos schlief noch, als ich in sein Zimmer zurückkehrte. Ich setzte mich auf die Bettkante neben ihn und fuhr mit den Fingern durch sein weißes Haar. Er grummelte etwas. Ohne nach der Magie in ihm zu greifen, zog ich meine Hand zurück. Ich würde mich ihm nicht aufdrängen oder ihm ohne sein Einverständnis seine Geheimnisse entlocken.

»Xanthos?« Ich rüttelte ihn sanft an der Schulter, auch wenn es mir in dem kleinen Rest Seele wehtat. »Wir müssen reden.«

Er blinzelte und ich bekam ein schlechtes Gewissen, als er die blutunterlaufenen Augen öffnete. Er war weit entfernt von ausgeschlafen, doch wir durften keine Sekunde verlieren. Etwas war im Gange, da war ich mir sicher. Und bevor erneut die Hölle über uns hereinbrach, mussten alle in meine Theorie eingeweiht sein. Xanthos holte rasselnd Luft und quälte sich aus dem Bett, ohne zu meckern. Als er angezogen war, umarmte ich ihn fest. Er strich mir über den Rücken.

»Ich nehme an, es sind keine guten Neuigkeiten, die du uns verkünden willst, sonst wärst du nicht so nett«, murmelte er in mein Haar und küsste mich auf die Schläfe.

»Eher nicht.«

»Hatte ich befürchtet. Ist noch Zeit für einen Kaffee?«

»Immer.«

Wir trafen Rya und Nick in der kleinen Bibliothek des Ordens. So wie Rya grinste, hatte sie diesen Ort nicht zufällig ausgewählt. Eine gute Entscheidung, denn der Raum strahlte Ruhe und Geborgenheit aus, die wir alle gut gebrauchen konnten.

Xanthos und ich nahmen auf dem großen grünen Sofa Platz, Rya und Nick auf den farblich passenden Sesseln gegenüber. Die goldenen Verzierungen an den Füßen und Lehnen funkelten im Licht.

Xanthos teilte den Kaffee aus, den wir aus der Küche auf einem Tablett mitgebracht hatten. Während er das herrlich riechende Getränk in die Tassen füllte, sah ich aus dem Fenster hinaus. Keine Feuer, kein Rauch, nur ein sternenklarer Himmel.

»Also«, sagte ich in die Runde, als alle mit einer Tasse versorgt waren. »Was habe ich verpasst?«

Die drei weihten mich in die Vorfälle seit meiner Entführung in die Unterwelt ein. Sie erzählten von Khione und dem Training, von der Unterhaltung mit Nephele und der darauffolgenden Nacht sowie von den Ereignissen, die dazu geführt hatten, dass Xanthos zusammen mit Skóros in die Unterwelt eingedrungen war. Ich war erleichtert, als sie mir von den geretteten Männern erzählten, deren Seelenstücke ich gestohlen hatte.

Im Gegenzug berichtete ich von allem, was währenddessen in der Unterwelt geschehen war und wie ich es geschafft hatte, Medea zu täuschen. Es in Worten und Sätzen aneinanderzureihen ließ die Vergangenheit seltsam unrealistisch erscheinen, als würde ich von jemand anderem erzählen, nicht von mir selbst. Als läge es schon Ewigkeiten zurück. Während ich sprach, spielte ich mit der Tasse. Noch immer verspürte ich keine Bedürfnisse außer Schlaf, was schade war, denn der Geruch und die Wärme waren verlockend. Aber ich wusste nicht, ob ich Nahrung überhaupt vertrug, also trank ich nichts.

»Und jetzt noch mal zum Mitschreiben«, sagte Nick. »Wieso glaubst du, dass Hekate hinter all dem steckt?«

»Lagina war ihr heiliger Ort, die dort lebenden Frauen ihre Verantwortung. Dass die Tempelstadt fiel, war nicht in ihrem Sinne, und ich denke, dass sie *Néa Lagína* errichten will. Und zwar hier. Sie lässt andere ihre Arbeit machen, damit sie nicht ins Visier der Götter gerät, bevor sie ihr Vorhaben in die Tat umsetzen kann.«

Ich erzählte von der Täuschung, der Iris vermutlich erlegen war, von dem Vorhandensein der Zirkelsteine in der Unterwelt und von der Tatsache, dass Medea von den Toten zurückgeholt wurde. »Und nur Hekate konnte von dem Aufenthaltsort und dem Zustand der Harpyienschwestern gewusst haben.«

»Und ich soll sie in Stein verwandelt haben?«, fragte Rya. »Ich kann mich an nichts erinnern.«

»So wie Hekate das wollte«, ergänzte ich. »Dass sie in den Erinnerungen herumpfuschen kann, hat sie uns bereits bewiesen.«

»Soll das heißen, sie hat uns mit dem Fluch nur geholfen, weil sie die Harpyien befreien wollte? Es ging ihr gar nicht wirklich um

Medusa, Perseus und Athene?« Nick fuhr sich durch die Haare, auch er sah müde aus.

»Möglich«, sagte ich leise und senkte den Kopf. Xanthos griff mir sanft unters Kinn und übte leichten Druck aus, damit ich zu ihm aufsah.

»Wie geht es dir damit?«

»Womit? Dass die Göttin, der ich mein Leben gewidmet habe, so eine – im wahrsten Sinne des Wortes – *verfluchte* Scheiße abzieht? Was glaubst du?«

Rya verschluckte sich an einem Lachen und selbst Nick wirkte davon irritiert. Das war so ziemlich die letzte Reaktion, die ich von ihr erwartet hätte. »Tut mir leid«, sagte sie schnell. »Es tut mir leid, dass es dir so geht, aber …« Sie sah zwischen Xanthos und mir hin und her. »Du klingst immer mehr wie er. Es ist so süß.«

»*Ich* wie *er*? Süß?«, gab ich zurück. »*Er* klingt wie *ich*! Ich war schon vor ihm cool.«

»Allein dass du das Wort cool benutzt, zeigt, dass du genau das nicht bist«, warf Xanthos ein und zwickte mir in die Wange. Ich schlug seine Hand weg.

»Blödmann!«

»Du hast recht«, sagte Xanthos zu Rya. »Sie muss noch einiges von mir lernen. Blödmann ist viel zu nett. Nenn mich ein Arschloch oder einen …«

»Nein«, warf Rya ein. »Ich will es gar nicht wissen.«

Nick lachte und Xanthos grinste verschwörerisch. Er leckte sich über die Lippen, als würde er den Klang der fiesen Beleidigungen, die er uns jeden Moment um die Ohren hauen würde, schon darauf schmecken. Rya hielt sich die Hände über die Ohren und Xanthos setzte zum Sprechen an, als ich ihm zuvorkam.

»Ich habe euch vermisst.« Zu hören, wie meine Stimme am Ende brach, ohne dass ich es verhindern konnte, erschreckte mich selbst. Das Loch in meinem Inneren war wieder da, es hatte sich aus der Ecke befreit, in die ich es gestopft hatte. Die Dunkelheit darin traf mich mit aller Wucht und drückte mich in die Kissen. Xanthos nahm mir die Tasse ab und stellte sie zusammen mit seiner eigenen auf den Tisch vor uns. Dann zog er mich auf seinen Schoß und hielt mich fest. Rya nahm den nun freien Platz an seiner Seite ein und legte mir eine Hand auf das Knie.

»Wir dich auch«, sagte sie mit tränenerstickter Stimme. »Mehr, als du ahnst.«

»Ich verstehe nicht, warum das alles passiert«, gestand ich. »Und ich weiß nicht, wie ich damit umgehen soll.«

Xanthos streichelte meinen Rücken und massierte die Stelle zwischen den Schulterblättern, die am schlimmsten verspannt war.

»Ich hatte keine Chance gegen Medea und ich werde keine Chance gegen Hekate haben. Natürlich will ich sie aufhalten, Treueschwur hin oder her, nur weiß ich nicht wie. Ich sehe den roten Faden nicht und das macht mir Angst.«

Die Unsicherheit der letzten Wochen brach durch die Oberfläche und lähmte mich. In der Anwesenheit von Xanthos, Rya und Nick fühlte ich mich so geborgen, dass es einfach passierte. *Für* sie konnte ich stark sein, *mit* ihnen schwach.

»Egal was kommt, wir stehen das zusammen durch«, sagte Rya.

»Dito«, ergänzte Nick.

Und Xanthos musste gar nichts sagen, denn dass er mir bis ans Ende der Welt, oder eben die Unterwelt, folgen würde, hatte er schon bewiesen.

»Was ist mit deiner Seele?«, fragte Xanthos. Ich schluckte schwer. Früher oder später musste diese Frage ja kommen.

»Ich befürchte, dass Hekate sie hat.«

»Und damit hat sie dich in ihrer Gewalt.« Xanthos' Augen funkelten dunkel, ich strich mit den Fingern über die Falte zwischen seinen Augenbrauen.

»Ja. Das Gute ist, ich kann fühlen, wenn sich jemand an meiner Seele zu schaffen macht, und kann euch warnen, aber … Im Zweifelsfall müsst ihr mich … aufhalten.«

Xanthos richtete sich auf und sah mir fest in die Augen. »Vergiss es.«

»Das war keine Frage«, erwiderte ich.

»Das kannst du dir in …«

»Xanthos.« Ryas Stimme brachte ihn zum Schweigen. Sie war ganz ruhig und legte ihm eine Hand auf den angespannten Arm. Mehr musste sie nicht sagen. Dieselbe Bitte hatte sie selbst einst an ihn gerichtet und er hatte ihr versprochen, es zu tun. Auch heute musste es für ihn nachvollziehbar sein, nur seine Gefühle standen im Weg. Es brach mir selbst das Herz, es von ihm zu verlangen, doch alles andere hätte ich mir nicht verziehen.

Nick räusperte sich. »Versteht mich nicht falsch, ich will auf keinen Fall, dass es so weit kommt, aber … darf ich dich auch einfach so verprügeln? So als kleine Revanche?« Er schmunzelte, bis sein Blick dem von Rya begegnete. Die Erinnerung daran, wie Nick damals geschrien und gekämpft hatte, während sie sich dem Tod stellte, gehörte zu einer ihrer schlimmsten. Sie war ganz blass und schien den Moment erneut zu durchleben. Nick erhob sich und griff nach Ryas Hand, um sie zu küssen. »Es tut mir leid.«

»Mir tut es leid«, antwortete sie.

Xanthos grunzte und beugte sich vor. Nah an meinem Ohr flüsterte er: »Wenn du aus mir auch so einen Jammerlappen machst, dann werde ich dir das ewig vorhalten.« Natürlich sagte er es so laut, dass Nick und Rya es hörten. Rya rollte mit den Augen, doch ein kleines Grinsen umspielte ihre Lippen.

Nick stemmte die Hände in die Hüften. »Wir können das auch sofort im Trainingsraum klären, *Elsa*. Du und ich, Mann gegen Eisprinzessin.«

»Eis*königin*«, korrigierte Xanthos. »Und das ist ein Kompliment, keine Beleidigung.«

Ryas Gesichtsausdruck entnahm ich, dass sie keine Ahnung hatte, wovon sie sprachen. Diese Bildungslücke mussten wir schließen, sobald … Sobald was eigentlich? Die Harpyien tot waren? Hekate sich freiwillig stellte? Konnte etwas, das nicht greifbar war, überhaupt ein Ende haben?

Und wieso sprachen sie miteinander, als wäre nichts? Xanthos sah, gelinde gesagt, beschissen aus und ich wusste nicht, wie schlimm es um ihn stand. Dass es mit dem Fluch zusammenhing, war klar, nur wie gefährlich war es? Bisher hatte keiner ein Wort dazu gesagt. Ryas und Nicks Verhalten deuteten darauf hin, dass es nicht so tragisch war. Sie lachten noch mit ihm. Oder war das Teil *ihrer* Rüstung, mit der sie sich und andere vor der Wahrheit schützten?

Das Klingeln von Nicks Handy unterbrach meine Gedanken. Er hob ab und in selben Moment ahnte ich, dass auf der anderen Seite die Nachricht wartete, die unsere Befürchtungen wahr werden ließ.

»Ja?« Nick wurde blass, er zog die Brauen zusammen, als er dem Anrufer zuhörte. »Wo?«, fragte er. »Wir sind auf dem Weg.

Das unheimliche Gefühl eines Déjà-vu überkam mich.

»Silber und Gold – das waren die Flügelfarben von Aello und Okypete, richtig?«, fragte Nick.

»Ja.«

»Sie sind in der Stadt und richten ein Blutbad an. Ein paar unserer Teams sind ihnen schon auf den Fersen, aber ich muss dir nicht sagen, wie verdammt schnell sie sind.«

Ich sprang auf.

»Ich werde ihnen hinterherfliegen, von der Schnelligkeit her kann ich es mit ihnen aufnehmen. Ich werde versuchen, sie langsamer zu machen, damit ihr sie einfangen könnt.«

»Einfangen? Womit?« Rya erhob sich vom Sofa und auch Xanthos war im nächsten Moment an meiner Seite.

»Mit einem riesigen Netz aus Magie.«

Kapitel 32

Iris stand bei den Nachtfaltern, als wir wenige Minuten später das Dach stürmten. Aus allen Richtungen schrien Sirenen zu uns herauf, der Puls der Stadt war grauenerregend schrill und laut.

»Wo ist Khione?«, fragte ich.

Iris deutete in den Himmel. »Sie hat erreicht, was sie wollte, also ist sie gegangen.«

»Und du?«

»Ich werde noch gebraucht, wie mir scheint. Ich habe gespürt, dass sie hier sind. Meine Schwestern haben es wie befürchtet auch ohne meine Hilfe in diese Welt geschafft.«

»Ist Medea auch hier?«

»Ja. Aber ich kann dir nicht sagen, wo. Ich kann nur Aello und Okypete fühlen, weil sie zu meiner Familie gehören.« Sie sah auf die Stadt hinaus.

»Würdest du mit uns kommen und sie fangen?«

»Sie haben mich vor Medea beschützt. Ich schulde ihnen etwas.«

»Du müsstest mir nur dabei helfen, sie zu finden. Mehr will ich gar nicht.«

»Werdet ihr ihnen etwas antun?«

Ich biss mir auf die Lippe. »Iris, wenn es um Leben und Tod geht, dann kann ich für nichts garantieren. Ich gebe mein Bestes, dass es nicht so weit kommt, aber im Ernstfall …«

»Schon gut. Sie würden es nicht anders tun.« Ihre Miene war verbittert, sie zeigte uns einen der seltenen Augenblicke, in denen auch Götter mit ihrem Schicksal haderten.

»Danke.« Ich nickte ihr zu und wandte mich an meine Freunde, die bereits die nächsten Befehle erwarteten. »Ich werde mit Iris zu den Harpyien fliegen und versuchen sie aufzuhalten. Ihr müsst die Nachtfalter zusammen mit Skóros zu uns führen, mit ihrem Netz können wir Aello und Okypete fangen.«

»Wie sollen wir euch finden?«, fragte Rya. Ich ging auf sie zu und griff nach ihrer Hand.

»Vertraust du mir?«

»Immer.«

Mit geschlossenen Augen baute ich eine Verbindung zu dem Teil von Ryas Magie auf, der meiner entsprungen war. Es war wie nach ihrer Seele zu greifen, nur auf einer anderen Ebene; wie damals, als ich in ihren Erinnerungen nach ihrer Vergangenheit gesucht hatte. Rya ließ mich bereitwillig ein und ich fand das Flackern meiner Magie. Tröstlich strich sie über meine eigene Seele, ein Stück Heimat in dieser fremd gewordenen Welt. Ich stellte mir vor, wie sich zwischen uns beiden zwei Fäden verknüpften, zwei Teile einer Magie, die nie wieder vollkommen zusammen sein konnten. Doch für den Moment waren wir verbunden, flüchtig nur, doch es würde reichen. Zwischen uns hatte es schon vorher eine Verbindung gegeben, mit diesem Zauber verstärkte ich sie nur ein bisschen. Ich hätte auch Xanthos darum bitten können, aber der Fluch würde sich möglicherweise negativ darauf auswirken.

»Jetzt sollte es wie ein Navigationsgerät funktionieren.«

»Wie bitte?«

»Wie ein Kompass?«

»Ah!«

»Xanthos, kannst du mit Rya fliegen?«

Nick wollte etwas sagen, doch Xanthos winkte ab. »Wenn, dann nehme ich sie beide mit, das Gejammer tue ich mir nicht an. Aber ich will dich nicht allein gehen lassen.«

»Ich bin nicht allein, Iris ist bei mir.«

Er hob eine Augenbraue. »Dir traue ich mehr zu als ihr.«

Iris lachte auf. »Ich verstehe, wieso du ihn magst. Ich verspreche dir, Xanthos, ich gebe auf sie acht.«

»Falls ihr was passiert, verwandele ich dein Haus im Olymp in einen verdammten Eisklotz. Und dich gleich mit«, drohte der Krieger.

»Xanthos!«, rief ich erschrocken.

»Abgemacht«, erwiderte Iris. So langsam wurden wirklich alle verrückt. Mit einem Wink ihrer Hand ließ Iris den Pavillon über den Nachtfaltern verschwinden. Das Rascheln ihrer Flügel schwebte durch die Nacht.

Xanthos lockerte die Schultern und beschwor seine Flügel aus Schnee herauf. Es war ein atemberaubender Anblick. Mit den leuchtenden Eisaugen und der feinen Kristallschicht, die sich auf seinen Haaren ausbreitete, wirkte er wie ein Fabelwesen.

»Ich könnte mich an den Anblick gewöhnen«, rutschte es mir heraus. Zumindest den sagenhaften Anblick, nicht den, der vom teuren Preis der Magie zeugte. Xanthos grinste, legte den schönen Schein seiner Rüstung um sich und trat auf mich zu. Seine weiß schimmernden Flügel hüllten mich ein. Statt Kälte spürte ich Sicherheit und ein warmes Prickeln in meinem Bauch. Er legte die Hände an meine Wangen und senkte seine Stirn auf meine.

»Pass auf dich auf. Und halte dich nicht zurück. Wenn du sie in Stücke reißen musst, tust du das. Ich komme so schnell nach, wie ich kann.«

»Räumst du dann hinter mir auf?«

»Immer.«

Ich lächelte. »Okay.« Ich griff nach seinem Shirt und zog ihn zu mir herunter. Seine kalten Lippen legten sich auf meine und ein Schauer überlief mich, als wir uns küssten. Als ich von ihm abließ, war der Stoff seines Shirts leicht angesengt.

Mit einem verschmitzten Grinsen zog Xanthos seine Flügel zurück. »Den Trick werde ich mir merken.«

Ich wackelte mit den Augenbrauen, bevor ich meine Freunde nacheinander ansah. »Alle bereit?« Das Zittern meiner Knie ignorierte ich, auch die Übelkeit, die in mir hochstieg, als ich an den Rand des Daches trat. Als Iris sich in einen Ball aus Licht verwandelte, stieß ich mich ab und sprang vom Dach. Der Wind rauschte in meinen

Ohren und ich breitete die Arme aus. Ich folgte Iris, die immer wieder langsamer wurde, damit ich zu ihr aufholen konnte. Ein kurzer Blick über meine Schulter und ich sah, wie sich die Falter erhoben. Xanthos stand mit Rya und Nick bereits auf der Balustrade und wartete darauf, dass die Wesen bereit waren. Das Band zwischen Rya und mir zupfte an meinem Herz. Es hielt. Vorerst.

Die Hochhäuser sausten an mir vorbei, während ich Iris durch die Nacht folgte. Zwischen den Lichtern der Stadt waren die Sterne über uns kaum zu sehen. Und je weiter wir flogen, umso schlimmer wurde es. Flammen und Rauch fraßen sich durch die Straßen, der Gestank nach verbranntem Teer und Müll zog durch die Luft. Schwarze Wolken zogen gen Himmel und schirmten ihn von der Welt darunter ab. Ein rötlicher Schein fiel von unten auf meine Federn und brachte das Kupfer zum Leuchten.

Die Harpyien hatten die Hölle in unsere Welt gebracht.

Iris führte uns zielsicher durch das Chaos, dessen Ausmaße meine Vorstellungskraft überstiegen. Was auch immer Aello und Okypete antrieb, es musste sie rasend gemacht haben. Das hier war nicht das Werk von jemandem, der Seelen stehlen wollte. Das hier war das Ergebnis von Rache und dem Wunsch nach Vernichtung.

Iris hielt inne. Ich flog fast in sie hinein, wich erst im letzten Moment noch der Lichtkugel aus. Als ich sah, was sie hatte zögern lassen, vergaß ich für einen Moment das Atmen. Unter uns, mitten auf der Straße zwischen laufenden und verlassenen Autos, streiften zwei wabernde Schatten umher. Die Umrisse der Harpyien waren darin kaum auszumachen, nur gelegentlich blitzten zwischen dem Schwarz Gold und Silber auf. Die Auren der beiden erzeugten einen Sog, den selbst ich spürte. Sie kreischten wie Tiere auf der Suche nach Beute. Die Straßen waren wie leer gefegt, die Menschen hatten sich in den Häusern und Läden verbarrikadiert, doch die Schatten fanden ihren Weg durch jeden Spalt, jede Ritze. Wie Geschosse zischten die beiden umher. Was folgte, waren markerschütternde Schreie von Menschen, die abrupt endeten. So zogen sie von Haus zu Haus, von Opfer zu Opfer.

Vergessen schien ihr Ziel, denn auch Frauen starben durch ihre Hände und nicht nur die von ihnen verhassten Männer.

»Sie sind nicht sie selbst«, rief ich. Irgendetwas musste passiert sein, seit … Medea. »Scheiße«, fluchte ich. »Sie muss ihnen die Seelen gestohlen haben.«

Was bedeutete, dass Aello und Okypete keine Gnade kannten, dass sie nicht Freund von Feind unterscheiden konnten. Wobei ich weder das eine noch das andere war. Diese Nuance von Grau würden sie erst recht nicht erkennen, nicht, wenn Medea sie führte.

Ich blickte zurück, doch Xanthos und die Nachtfalter waren noch nicht zu sehen. Mir blieb nichts anderes übrig.

Ich legte die Arme an und stürzte mich hinab. Die Schatten schluckten mich und plötzlich war da nur noch Dunkelheit. Ich bremste ab und flog horizontal weiter, um nicht auf dem Boden aufzuschlagen.

Gold blitzte auf und schnitt mir ins Gesicht. Schreiend taumelte ich zur Seite und krachte gegen ein Auto. Meine Knochen knirschten, als ich auf der Straße aufschlug. Der Asphalt war kochend heiß und es zischte, als Blut von meiner Wange darauf tropfte und verbrannte. Ich blinzelte, als ich begriff, dass ich wieder etwas sah. Zwar war alles in einen trüben Schleier aus Asche und Rauch gehüllt, doch ich nahm Konturen wahr und war in der Lage, mich zu orientieren.

Die Schatten vor mir teilten sich und Aello trat vor mich. Ihr Gesicht war zu einer Fratze verzogen, ihre Augen leuchteten golden wie die Spitzen ihrer Federn. Blutsprenkel bedeckten ihr Gesicht und die Klauen trieften vor dunklem Rot. Sie schrie mich an, schlug mit den Flügeln und eine heftige Windböe drückte mich gegen das Auto hinter mir.

»Aello!«, schrie ich. »Hör auf damit!«

Sie baute sich vor mir auf, schlug weiter mit den Flügeln. Der Wind war so heftig, dass er mir Luft in die Lunge drückte und ich nicht mehr ausatmen konnte. Mit letzter Kraft hob ich den Arm und drückte mein Gesicht in meine Federn. Der Luftstrom ebbte ab. Ich ließ den Arm sinken.

Aello baute sich vor mir auf, das wabernde Dunkel zog sich um sie zusammen. Ich nutzte die Chance und stand auf.

»Aello«, versuchte ich es erneut. Ihre Augen wirkten leblos, sie schien mich gar nicht richtig zu sehen. »Du bist eine Wächterin, du solltest das nicht tun.« Die Schatten um uns herum hielten inne. Sehr gut. Solange sie sich auf mich konzentrierte, waren alle anderen in Sicherheit und hatten Zeit, um aufzuholen.

»Du solltest die Menschen beschützen, nicht töten.«

Sie legte den Kopf schief und fletschte die Zähne. Dann stieß sie einen Schrei aus und die Schwärze wurde lebendig.

»Aello, ich ...«

Etwas rammte mich von rechts, riss mich mit sich und begrub mich unter sich. Der brodelnde Asphalt schlitzte mir die Haut auf, als ich mich unter Okypete wand, die auf mir saß und mich anschrie. Ihre Augen leuchteten silbern, waren genauso leblos wie die von Aello. Sie hob eine Hand und zielte mit ihren Klauen nach mir. Doch ich war schneller. Ich rammte ihr meine Hand in die Brust.

Wie ich vermutet hatte, war darin keine Seele mehr. Doch der Schreck, der ihr daraufhin in die Glieder fuhr, schenkte mir für einen Moment die Oberhand. Ich drückte die Harpyie von mir und befreite mich, ehe ich von ihrem Körper abließ. Okypete kam zitternd auf die Beine und zischte mich an.

Hinter mir antwortete Aello mit demselben Geräusch.

Blut lief mir über den Körper und meine Muskeln prickelten, als mein Fleisch zu heilen begann. Als ich meine Arme bewegte, zuckte ich zusammen. Scheiße. Fliegen war in diesem Zustand nicht drin. Und Reden auch nicht, Aello und Okypete hörten mich ohnehin nicht. Ich musste sie nur noch eine Weile weiter beschäftigen und den anderen Zeit erkaufen.

Also rannte ich los.

Ein stechender Schmerz fuhr meinen Rücken und meine Beine entlang, doch ich lief dagegen an. Aello und Okypete waren einen Moment überrumpelt, erst einen Herzschlag später stießen sie sich hörbar vom Boden ab und folgten mir. Als ich den Wind im Rücken spürte, ließ ich mich fallen, rollte mich zur Seite und lief in die entgegengesetzte Richtung weiter. Die Schwestern fegten über mich hinweg und änderten vor Wut kreischend die Richtung, als sie ihren Fehler bemerkten.

Noch einmal würde mich dieser Trick nicht retten.

Es war an der Zeit, Feuer mit Feuer zu bekämpfen.

Ich bleib stehen und nahm einen tiefen Atemzug.

»*Fotiá!*«, schrie ich. *Feuer.*

Ein Kreis aus Flammen bildete sich um mich herum. Mit reiner Willenskraft befahl ich ihnen, höher und höher zu steigen. Das Feuer einer Harpyie mochte den beiden nichts anhaben, das einer *Mágissa* schon. Kurz bevor die beiden meinen Kreis erreichten, hob ich die Hände und hielt sie in die Flammen.

»*I fotiá mou.*« *Mein Feuer.* Ilenas Feuer.

Die knisternden Flammen färbten sich lila, genau in dem Moment, als die beiden Harpyien hindurchflogen. Ihre Federn entzündeten sich und die beiden stürzten kreischend zu Boden. Sie rollten sich auf dem Teer, um das Feuer zu ersticken.

Ich schloss mich selbst in dem Feuer ein; nur noch ein paar Sekunden, bis meine Wunden am Rücken geschlossen waren und ich wieder fliegen konnte. Meine Augen tränten und machten aus den Flammen nur eine schemenhafte Farbe.

Wo blieben nur die anderen?

Mein Rücken verheilte, und sobald die Schmerzen erträglich waren, ließ ich mein Feuer ersterben und stieß mich vom Boden ab. Die Harpyienschwestern folgten mir kurz darauf. Höher und höher stieg ich durch die Dunkelheit, bis ich einen Hauch Kühle wie von Schnee spürte. Xanthos war nicht mehr weit entfernt. Ich drehte in seine Richtung ab und …

Halt.

Mein Körper verharrte in der Luft, einen Herzschlag, zwei. Ich konnte mich nicht rühren. Aello und Okypete erreichten mich, packten mit ihren Klauenfüßen meine Arme und rissen mich mit sich nach oben. Wir durchbrachen das Dunkel und plötzlich sah ich wieder klar, nur der Gestank von Tod und Verderben folgte uns.

»Ich sagte doch, dass es noch nicht vorbei ist.«

Medea flog in mein Blickfeld. Noch immer tat mein Körper nicht, was ich von ihm wollte. Die Harpyienschwestern trugen mich wie einen nassen Sack zwischen sich. Als ich sah, was Medea an ihrer Hüfte trug, verstand ich, wieso meine Befehle im Nichts verhallten. Sie hatte einen Beutel dabei, durch dessen Stoff es unter anderem fliederfarben leuchtete.

Sie hatte meine Seele.

»Überlasst sie mir und kümmert euch um die anderen.«

Aello und Okypete ließen mich los, ich fiel.

Flieg.

Ich hörte Medeas Befehl nur im Inneren und doch reichte es aus, um meinen Körper in Bewegung zu setzen. Ich breitete die Arme aus, legte mich in den Wind und flog. In die falsche Richtung. Weg von meinen Freunden.

Tränen der Wut stiegen mir in die Augen, als ich Medea folgte. Doch dieses Mal war es anders als in der Nacht, in der Nephele durch meine Hand gestorben war. Dieses Mal wusste ich, dass ich manipuliert wurde, und wehrte mich, zumindest innerlich, auch wenn es nichts half. Es machte mir Hoffnung. Das war naiv und dumm, aber besser als nichts.

Wir ließen das Schlachtfeld hinter uns, und sosehr ich mich noch einmal umdrehen wollte, ich schaffte es nicht. Xanthos und die anderen mussten ohne mich klarkommen. Vielleicht fasste Iris sich doch ein Herz und half ihnen, wenn sie nicht schon fortgegangen war.

Ich atmete auf, als wir den Gestank und den Rauch hinter uns ließen. Wir durchflogen Gebiete, in denen die Harpyien noch nicht gewütet hatten, und bald erkannte ich unser Ziel.

Das Gewächshaus.

Mein Herz zog sich zusammen. Ich wollte nicht wieder in die Unterwelt, auf keinen Fall. Doch jeglicher Protest, den ich in Richtung meiner Arme richtete, lief ins Leere. Ich wäre lieber abgestürzt, als dem Styx immer näher zu kommen, doch den Gefallen tat mir mein Körper nicht.

Medea lenkte mich mit weiteren kleinen Befehlen und wir landeten auf einer Rasenfläche unweit vom Gebäude entfernt. Es war unheimlich still, nicht einmal Vögel oder andere Tiere waren zu hören. Auch die Alarmsirenen schwiegen, was mir komisch vorkam. Ob ein Schutzzauber über uns lag?

Zu meiner Überraschung gingen wir nicht in das Gewächshaus, sondern tiefer in den Park hinein. Auf einer Lichtung in einem kleinen künstlich angelegten Wald stand ein Pavillon, den wir über einen gekiesten Weg erreichten. Griechische Säulen trugen ein Dach, das an einen Tempel erinnerte, nur viel kleiner. Efeu wucherte aus dem Boden, rankte sich um den Stein und spannte sich zwischen den Säulen, als wollte er den Innenraum vor der Welt verstecken.

Ein paar Treppenstufen führten in das Innere und wir stiegen hinauf.

Hekate stand auf der anderen Seite und sah in den Park hinaus. Der Mond leuchtete gütig auf seine Patronin herab und schenkte ihr sein Licht, obwohl sie nichts als Finsternis verteilte. Bei unserer Ankunft drehte sie sich um und lächelte.

»Du bist nicht überrascht, mich zu sehen, Ilena.« Der Saum ihres Kleides umspielte ihre Beine, als sie näher kam. Unter dem Dach des Pavillons schwebten leuchtende Kristalle, die Hekates Gesicht in warme Farben tauchten und ihr dunkles Haar lebendig erscheinen ließen. Ihre Magie hüllte mich ein und tastete mich ab. Was einst ein schönes Gefühl in mir ausgelöst hatte, bescherte mir nun nur noch Abscheu.

Obwohl ich es geahnt hatte, tat es trotzdem weh, es mit eigenen Augen zu sehen. Hekate streckte Medea die Hand entgegen und die Harpyie übergab ihr den Beutel mit meiner Seele und die von Aello und Okypete, wie ich vermutete. Sobald er den Besitzer wechselte, entspannte sich mein Körper und ich erlangte die Kontrolle über meine Muskeln zurück. Hekate schüttelte den Kopf und befestigte den Beutel an dem goldenen Band, das über der dunklen Toga um ihre Hüfte lag.

»Du musst vorsichtiger sein, Medea. Sonst tust du ihr ernsthaft weh.«

Wie bitte? Alles andere, was sie mir bisher angetan hatte, war also nicht ernsthaft gewesen? Ich wollte den beiden die Augen auskratzen, hier und jetzt, doch ich hielt mich zurück. Zeit. Wir brauchten Zeit.

»Erkläre es mir, Hekate. Was soll das alles?« Meine Stimme war überraschend ruhig, vielleicht weil ich die Antwort auf diese Frage schon kannte.

»Medea hat es dir schon erzählt. Bis auf die Tatsache, dass ich von nichts wusste, hat es auch alles gestimmt. In Wahrheit war es meine Idee, ich will *Néa Lagína* errichten.«

»Du meinst, du willst es von anderen errichten lassen und dich dann einnisten. Um dir die Hände nicht schmutzig zu machen.« Scheiße. Jetzt war mir doch etwas herausgerutscht.

Medea zischte und rückte ein Stück näher an mich heran, doch Hekate lachte nur.

»Du hast recht. Nach Athenes kleinem Spiel sind die anderen Götter strenger geworden und sehen es nicht gern, wenn man sich in die Welt von euch Sterblichen einmischt. Aber es war an der Zeit.«

»So wie es bei den Gorgonen und bei dem Orden des Perseus an der Zeit war, dass ihr Krieg endet? Da hat es bereits angefangen, oder?«

Erschrocken stellte ich fest, dass in Hekates violettblauen Augen so etwas wie Stolz aufblitzte, der mir galt.

»Das stimmt. Ich habe euch damals nicht angelogen. Ich wollte, dass der Fluch bricht, damit Athene endlich Ruhe findet. Es musste allerdings auch passieren, damit Aello und Okypete freikommen. Um *Néa Lagína* zu errichten, brauche ich sie, die unsterblichen Wesen, die gemeinsam mit mir für Ordnung sorgen. Da es das letzte Mal so schiefgelaufen ist, wollte ich dieses Mal noch jemanden aus meinen eigenen Reihen zur Unterstützung. Deswegen habe ich Medea damals den Zauber für die Tattoos gegeben und deswegen habe ich sie von den Toten zurückgeholt, nicht Nephele. Ich hatte ihren Körper aufbewahrt für den Moment, in dem die Harpyienschwestern zurückkehrten.« Sie betrachtete Medea. »Ich habe einen persönlichen Gegenstand für das Ritual verwendet, aber offensichtlich hat er nicht die Medea repräsentiert, die du kanntest. Du musst ihr grausames Verhalten dir gegenüber verzeihen. Sie hat dir etwas vorgespielt, als sie sagte, sie wolle den Rosenquarz zurück, es war von Anfang an um dich gegangen. Das mit Rya war nur eine Scharade, damit du freiwillig mit Medea gehst.«

Auch wenn es schlimm war, tröstete es mich einen Moment, dass mein Verdacht bestätigt wurde und diese Medea nicht jene war, in die ich einst verliebt gewesen war. Interessant war zudem, dass selbst Hekate beim Zaubern Fehler unterliefen. Andererseits überraschte es mich nicht. Sie glaubte an die Überlegenheit von Magie und Macht, wobei das, was Menschen ausmachte, so viel mehr war als das.

»Warum ausgerechnet jetzt?«

»Nach dem Fall Laginas stand ich unter besonderer Beobachtung und konnte nichts tun. Dann hat Athene ihren Fluch ausgesprochen und selbst mir war es zu heikel, das Gleichgewicht durch einen weiteren Eingriff zu gefährden. Über die Jahrtausende habe ich die Gorgonen beobachtet. Sie und die verlorenen Seelen, die sie aufgenommen haben. Gestrandete Frauen auf der Suche nach einem neuen Zuhause. In gewisser Weise hielten sie das Andenken von Lagina aufrecht und ich dachte … Ich hatte tatsächlich Hoffnung, dass es eines Tages keine der verlorenen Seelen mehr geben würde. Aber über die letzten Jahre wurde es immer schlimmer, immer mehr Frauen wurden auf Abgründe zugetrieben oder direkt hineingeschubst und die Gorgonen selbst hatten auch Frauen versteinert. Es war an der Zeit. Das hat mir mein …«

»Instinkt verraten«, beendete ich ihren Satz. Natürlich, wie sollte es auch anders sein. Mir wurde schlecht.

»Du verurteilst mich«, stellte Hekate fest und hob das Kinn.

»Nur für das, was du getan hast. Nicht für das, was andere Götter taten.«

Ihr Mundwinkel zuckte. »Ich weiß, was du mir damit sagen willst. Nur weil vor einer Ewigkeit ein paar Männer etwas Falsches getan haben, sollte ich nicht ihr ganzes Geschlecht verdammen. Aber so ist es nun mal. So wird es immer sein.«

»Es ist nicht der richtige Weg.«

»Und doch mache ich den ersten Schritt.«

In die falsche Richtung. Wobei ich zugeben musste, dass ich meine Freundschaft mit Rya, Nick und Xanthos um nichts auf der Welt mehr hergeben würde, auch wenn ich sie letzten Endes Hekate zu verdanken hatte. »Warum hast du damals Rya nicht gezwungen, die Wächterinnen direkt zurückzuverwandeln? Warum bist du den Umweg über das Brechen des Fluchs gegangen?«

»Dass Euryale die Harpyienschwestern zu *Ágalmas* gemacht hat, habe ich in dem Chaos weder befohlen noch mitbekommen, es wurde mir nur erzählt. Ich war im Olymp, um die Wogen zu glätten, und als ich zurückkehrte, waren Euryale und die Wächterinnen wie vom Erdboden verschluckt. Sie war damals auf der Suche nach Medusa nach Lagina gekommen und hat Aello und Okypete bestraft, weil sie es nicht geschafft hatten, die Frauen zu schützen. So wie sie es auch nicht geschafft hatte, Medusa nach Hause zu holen. Und danach konnte ich sie nicht finden, keiner meiner Ortungszauber funktionierte. Dann kam der Fluch. Und der Kuss, der alles verändern sollte.«

Ich horchte auf. »Hast du Nick losgeschickt, um Rya zu erwecken?«

»Nein, er hat sie von selbst gefunden. Ich spürte, dass etwas Großes im Gange war, die geflüsterten Gerüchte unter den *Mageía Mésa* bestätigten mir das. Und dann verriet Nephele mir, wo sie Aello und Okypete versteckt hielten. Seit Laginas Fall hatten meine Dienerinnen die Schwestern beschützt und wie ich auf den richtigen Zeitpunkt gewartet, um mir das zu beichten. Ich war ihnen nicht böse, sie hatten sich nur auf ihre Instinkte verlassen. Doch nun war die Zeit gekommen und ich schaltete mich ein, ließ den Dingen ihren Lauf und half nur hier und dort aus. Ein Fluch bricht seinen Träger, oder der Tod des Trägers bricht den Fluch – eines von beiden musste eintreten, eine andere Chance hatte ich nicht. Euryale musste ihre Kräfte verlieren. Und jetzt sind sie so mit Athene beschäftigt, dass sie vermutlich nicht mal gemerkt haben, dass ich weg bin.«

»Irgendwann wird es auffallen.«

»Bis dahin wird *Néa Lagína* in neuem Glanz erstrahlen und sie werden nicht anders können, als es mir zu lassen. Was wäre die Alternative? Es zu zerstören? Das würden sie nicht wagen.«

»Das ist verrückt.«

Sie zuckte mit den Schultern. »Zum Glück ist deine Meinung egal, denn mit deiner Seele kann ich dir befehlen, dich mir anzuschließen. Du wirst über *Néa Lagína* wachen, ob du willst oder nicht. Du bist die mächtigste Magierin seit langer Zeit und genau deswegen brauche ich dich. Sieh nur, was du selbst mit ein bisschen Magie erreicht hast. Du hast die Unterwelt überlebt und eine Göttin aus ihrem Gefängnis befreit.«

Sie verbarg ihren Stolz nicht länger, sie legte mir sogar eine Hand an die Wange und strich mir eine Strähne hinter das Ohr. Ihre kalte Haut prickelte unangenehm auf meiner. Ihr violettblauer Blick bohrte sich in meinen und das Mal auf meiner Stirn glühte.

»In dir steckt ein Teil von mir, vergiss das nie. Ich war bereit, ihn am Tag deiner Anhörung aus dir herauszuschneiden, um dich zu einer reinen Harpyie zu machen. Doch er hatte bereits begonnen, sich mit der Harpyienmagie zu verbinden, auf eine Art, wie es bei Medea nicht der Fall gewesen war. Also ließ ich alles, wie es war. Und herausgekommen ist etwas ganz Besonderes«, flüsterte sie fast schon liebevoll. Ich stand stocksteif da. »Du bist stur und ich weiß, dass du nie aufgeben wirst, auch wenn ich deine Seele habe. Wir wollen den Einsatz also noch etwas erhöhen, ja?« Sie vollführte eine Bewegung mit der Hand. Erst geschah nichts, dann ertönte hinter den Bäumen ein lautes Klirren. Rauschend setzte sich etwas in Bewegung, wurde immer lauter, kam näher.

Schwarzes Wasser kräuselte sich durch die Luft, schmiegte sich an Hekates Arm und ihre Hand, mit der sie mich berührte. Das Styxwasser war noch kälter als ihre Haut, und weicher, sanfter.

»Schwöre auf den Styx, dass du deine Aufgaben als *Ischyró Mágo* erfüllen wirst.«

Die Position, die ich mir mit Blut erkauft hatte.

Mein Herz zog sich zusammen, als Hekate ihre Finger enger um meine Seele schloss. Das Wasser floss von ihrem Arm um meinen Hals. Eine Schlinge, die sich immer enger zog. Doch noch war ich nicht bereit, ihrem Druck nachzugeben.

»Warum hast du mich nicht einfach gefragt, ob ich dir helfe? Warum dieses ganze Chaos?«

»Du hättest Nein gesagt«, antwortete Hekate.

»Das weißt du nicht mit Sicherheit. Ich im Übrigen auch nicht.« Damals war ich jemand anderes gewesen. Wer weiß, wie ich mich entschieden hätte.

»Wir werden es nie erfahren«, sagte Hekate. »Das ist jetzt auch nicht mehr relevant.«

Weil sie lieber den Weg des Zwangs gegangen war wie ein Feigling. Ich würde nicht so sein wie sie. Niemals.

»Ich schwöre, dass ich meine Aufgaben als *Ischyró Mágo* erfüllen werde«, sagte ich. Der Wasserstrang um meinen Hals drückte sich noch enger an mich und ich röchelte nach Luft. Pulsartige Wellen aus Energie durchfuhren meinen Körper, bis der Styx den Pakt besiegelt hatte. Es war fast genauso schnell vorbei, wie es begonnen hatte, und doch spürte ich die Veränderung in mir, als das Wasser sich zurückzog. Neben meinem Herzschlag fühlte ich den schwachen Nachhall des fremden Pulses, der in mir bebte. Sobald ich mein Versprechen brach, würde er versiegen und mit ihm auch jener, der mich am Leben erhielt. Die Magie der Unterwelt war grausamer als jene von Hekate, gnadenloser.

Zufrieden lächelnd schüttelte die Göttin das Wasser von sich ab. Schwarze Tropfen fielen wie Quecksilber auf den weißen Steinboden, der Rest des Wassers floss die Treppen hinunter und versickerte im Boden. Der Styx hinterließ verdorrtes Gras und Blumen, feiner Rauch kräuselte sich an der Stelle, an der er unsere Welt berührt hatte.

Der Rasen überzog sich mit Eis.

Hekate seufzte und ging zur Treppe. »Ich dachte schon, er kommt gar nicht mehr.«

Medea kicherte so falsch und kühl, dass es mich schauerte. Mit offenem Mund beobachtete ich, wie Xanthos vor dem Pavillon auf dem Boden landete. Seine Flügel wirbelten Schnee auf, eine kalte Böe folgte ihm. In der rechten Hand hielt er die Sichel. Sein Blick fand den meinen sofort. Seine Augen wirkten fast weiß, als würde nun auch ihnen die letzte Kraft entweichen.

Er musste weg hier, schnell. Ich wollte ihn warnen, doch meine Stimme gehorchte mir nicht.

»Ah«, sagte Hekate melodisch, fast schon sinnlich, und stieg die Treppe hinunter. Sie deutete auf die Waffe in Xanthos' Hand. »Deswegen wollte Nephele das Diadem also haben. Für euch, nicht für Medea.«

Medea schloss zu ihr auf. »Wenn ich das gewusst hätte …«

Hekate brachte sie mit einem Wink der Hand zum Schweigen. Sie schnalzte mit der Zunge, als sie ihren Blick über Xanthos gleiten ließ. Ich sah nur ihren Rücken, aber die Art, wie sie sich bewegte, ließ keine Fragen daran offen.

»Als *Ischyró Mágo* ziemt es sich nicht, einen Partner zu haben. Als Wächterin von *Néa Lagína* schon gar nicht. Was meinst du, soll ich ihn dir abnehmen, es ist ohnehin nicht mehr viel an ihm dran.« Sie ließ mich nicht zu Wort kommen. »So schweigsam ist man sie gar nicht gewohnt, nicht wahr, Xanthos?« Sie gurrte seinen Namen regelrecht.

Er schenke mir ein schwaches Grinsen, dann richtete er seinen hasskalten Blick auf Hekate. »Ich kann mir ziemlich genau vorstellen, was sie denkt, und du kommst nicht gut dabei weg. Und ich bin ganz ihrer Meinung.« Langsam hob er die Sichel, brachte sie zwischen sich und Hekate.

»Willst du mich mit meiner eigenen Waffe angreifen?« Die Göttin lachte. »Töricht. Und blind vor Liebe. Medea? Bring ihn um.«

Die Harpyie zischte und schoss los, als hätte sie auf diesen Befehl gewartet. Xanthos reagierte schnell, er schlug seine Eisflügel vor sich zusammen und fegte Medea mit einer Sturmböe zur Seite. Sie krachte in eine der Säulen, Bruchstücke flogen durch die Luft und Medea kreischte. Sofort griff sie wieder an, Xanthos sprang ihr entgegen. Die beiden trafen direkt vor Hekates Nase aufeinander, die nicht mal mit der Wimper zuckte, als ein Windstoß der durch die Luft schneidenden Flügel ihr die Haare aus dem Gesicht blies. Als wäre es nicht mehr als eine Sommerbrise.

Ich blinzelte, und alles veränderte sich. Xanthos schlug einen Haken und sauste haarscharf an der Göttin vorbei. Medea strauchelte in der Luft und setzte ihm fluchend nach. Hekate keuchte überrascht auf, als in all dem Chaos aus tanzenden Flügeln etwas an ihrer Hüfte zerrte und sie aus dem Gleichgewicht brachte.

»Ilena, fang!« Ein brauner Lederbeutel flog auf mich zu, als Xanthos in einem Bogen an mir vorbeischnellte, und ich fing ihn intuitiv auf. Meine Seele! Xanthos lachte zufrieden, als ich meine Finger in den Stoff grub und meine Seele darunter spürte. Er ließ die Sichel, mit der er Hekates Gürtel durchtrennt hatte, durch seine Finger gleiten.

Die Göttin sah fassungslos auf den zerschnittenen goldenen Strick hinab, der nun zu ihren Füßen lag. Medea, die ihrem Blutrausch verfallen war, bekam davon nichts mit, sie beschleunigte ihr Tempo und verfolgte den Krieger mit neuer, hasserfüllter Inbrunst.

Und sie war nicht die Einzige. Der Saum von Hekates Toga kräuselte sich an den Rändern und sie hob die Arme, auf denen magische Male aufleuchteten. Ich stieß mich ab, flog direkt auf Hekate zu, den Lederbeutel noch immer in der Hand. Ich kreischte das erste Mal wie eine echte Harpyie und es hatte den gewünschten Effekt.

Der Blick der Göttin schweifte zu mir. Sie stieß einen kurzen Pfiff aus, eine Sekunde später sah ich aus dem Augenwinkel einen dunklen Schatten auf mich zupreschen.

Xanthos' Schrei der Warnung erreichte mich noch, dann wurde ich von Medea zur Seite geschleudert und der Lederbeutel rutschte mir aus den Händen. Doch mein Blick glitt immer wieder zu Hekate, die pulsierende Stränge aus Magie in den Himmel abfeuerte.

Ich lag auf dem Boden, wie paralysiert, und wusste nicht, welcher Bedrohung ich mich zuerst stellen sollte.

Medea kniete auf mir und holte mit dem rechten Arm aus. Ihre Krallen trafen mich im Gesicht und brüllende Hitze versengte meine Wange. Ich stieß sie von mir, rollte mich zur Seite und stand auf. Den Beutel mit meiner Seele entdeckte ich nicht, hoffentlich lag er irgendwo hinter mir, wo Medea nicht drankam. Auch sie hatte sich aufgerichtet und stellte sich zwischen Hekate und mich. Die Göttin machte vom Boden aus Jagd auf Xanthos, der in Wirbeln durch die Luft flog. Statt zu fliehen, lenkte er die Göttin ab, neckte sie, indem er ihre eigene Waffe benutzte, um ihre Angriffe abzuwehren. Doch er wurde langsamer, schwächer. Ich musste ihm helfen.

»Geh mir aus dem Weg«, fauchte ich Medea an.

»Niemals.« Ihre Stimme war ein Kratzen, das sich an meiner Geduld und meinem Verstand labte.

Das war *ihre* mächtige Wahrheit, ihr Wort, das so lange über uns herrschen würde, bis sie starb.

Hekates Lichtblitze erhellten Medea von hinten und verstärkten die Schatten in ihrem Gesicht. Sie hoben ihr wahres Wesen hervor. Ihr Lächeln, als ein Keuchen von Xanthos durch den Himmel rollte, verätzte es noch mehr.

»*Podargo*«, flüsterte ich. Medea blinzelte und ihre Augen verfärbten sich. Bronzefarbene Schlieren legten sich darüber, die Spitzen ihrer Federn loderten auf.

Sie ist eine Harpyie, sagte ich mir. *So wie du.*

Also verhalte dich endlich wie eine.

Es war gut, dass meine Seele noch nicht wieder in mir drin war. So ersparte ich ihr das nächste mächtige Wort.

»*Kelaino*«, murmelte ich. Ich sagte es noch einmal und noch einmal, mehr Beschwörung als Name.

Die Welt überzog sich mit Kupfer, als ich die Harpyie in mein Herz ließ. Hoffentlich gab der Tod mir einen kleinen Vorsprung.

Medea riss die Augen auf.

Ich stieß mich ab, spreizte die Flügel und schnitt durch die Luft auf sie zu. Die Dunkelheit eilte voraus und erreichte Medea vor mir. Sie wusste kaum, wie ihr geschah, wirkte wie gelähmt, als ich meine Krallen in ihre Schultern bohrte und sie mit mir nach oben riss.

Sie schrie vor Schmerz und mein Herz frohlockte. Darin mochte das Nest der Harpyie sitzen, doch da waren auch die Bilder von Rya,

Nick, Xanthos, Luce, Cathy, Nephele, Skóros und all den anderen, die ihretwegen hatten leiden müssen.

Ich stieg höher und höher, bohrte meine Krallen fester in ihr Fleisch. Medea kratzte mit ihren Klauen an meinen Beinen und ich schrie vor Schmerz auf, ließ aber nicht locker. Hinter mir knisterte die Luft, ich warf mich herum. Gerade noch rechtzeitig, ehe einer von Hekates Magiesträngen an mir vorbeistob.

Mit einer Fußklaue ließ ich von Medea ab, nur um sie eine Sekunde später am Arm zu packen.

»Das ist für Skóros«, schrie ich und brach ihr den rechten Flügel. Ihr Schrei begleitete meine Drehung nach rechts, als ich umgriff und den linken Arm mit meinen Klauen packte. Mit einem Zischen dröhnte Hekates Magie an mir vorbei und versengte meine Federn. Ich fauchte, konnte mich nur mit Mühe in der Luft halten.

»Das ist für alle anderen«, sagte ich unter Tränen und brach ihr den zweiten Flügel. Kaum, dass sie zu schreien begonnen hatte, ließ ich sie fallen.

Podargo, denn niemand anderes war sie mehr für mich, stürzte aus dem Himmel. Xanthos flog in ihre Richtung und Hekate bemerkte zu spät den fallenden Körper, der sich zwischen sie und den Krieger schob. Im Fallen wurde Podargo von der tödlichen Magie getroffen, die eigentlich für den Krieger bestimmt gewesen war.

Der Schrei der Harpyie riss abrupt ab und ihr schlaffer Körper schlug ungebremst auf dem Boden auf, wo er zu Asche und Rauch zerfiel.

Das Wort *Niemals* hatte sein Opfer bekommen.

Xanthos' Gesicht tauchte vor meinem auf. »Ilena«, war alles, was er sagte. Ein Name. *Mein* Name, der es schaffte, die bestialische Kelaino aus meinem Herz zu vertreiben.

Im selben Moment bemerkte ich die Lücke in diesem Plan. Eisige Finger legten sich um mein Innerstes, führten meinen Körper und meine Gedanken. Hekate hatte meine Seele wieder in die Hände bekommen, weil ich zu dumm gewesen war und sie zurückgelassen hatte.

»Verschwinde«, raunte ich Xanthos zu. Doch der Krieger gehorchte nicht. Er folgte mir, als Hekate mich zu sich rief, zurück zum Pavillon.

Wie von selbst trugen meine Flügel mich hinunter. Ich spürte Xanthos hinter mir, der auf mich einredete, doch ich wusste, dass es keinen Zweck hatte. Ich landete und Xanthos folgte mir wie ein Schatten. In Gedanken verfluchte ich ihn als Idioten, während ich gleichzeitig unendlich dankbar war, dass er mich nicht allein ließ.

Hekate stand da, in ihrer purpurnen Toga, als wäre nichts geschehen, und ließ meine Seele spielerisch durch ihre Hände gleiten. Vergessen schien ihre Rachsucht, ihr angekratztes Ego und der göttliche Hochmut.

»Die drei war schon immer eine bedeutsame Zahl für mich. Vier waren eine Harpyie zu viel.« Sie lächelte.

Wir waren wieder einmal in ihre Falle getappt. Genüsslich grinsend blickte sie uns entgegen, als wir vor sie traten wie brave Soldaten, die ihre Arbeit gemacht hatten. War das auch von Anfang an ihr Plan gewesen? Hatte ich mir gerade eine weitere Position mit Blut erkauft?

Meine Schultern sackten nach unten, meine Flügel wurden schwer und senkten sich dem Boden entgegen. Der Wind flaute ab, Ruhe kehrte ein.

Doch mein Hass dröhnte mir in den Ohren.

Dann roch ich den Rauch. Hekate sah sich suchend um und riss für eine Sekunde die Augen auf, als ihr Blick auf mich fiel. Jetzt spürte ich es, das Feuer, das unter meinen Federn brannte. Die Göttin hob meine Seele hoch und musterte sie, als suchte sie nach dem Ursprung des Ausbruchs. Und dann, ganz langsam, drehte sie den Kopf zu Xanthos. Mit einem Lächeln auf den Lippen bohrte sie ihre Fingerspitzen in meine Seele. Schmerz explodierte in mir, lautlos und glühend heiß. Ich drehte mich zu dem Krieger um.

Eisaugen und ein Lächeln, das mein Herz wärmte.

»Töte ihn«, befahl Hekate.

Eine unsichtbare Kraft schob mich nach vorn, näher zu Xanthos. Er lief langsam rückwärts, weg von mir.

»Ilena«, sagte er mit fester Stimme. »Kämpfe dagegen an. Du bist stärker.«

Da täuschte er sich, ich war nicht stärker als ich selbst. Meine eigene Seele trieb mich an, ließ mich die Arme heben und die Krallen ausfahren. Ich würde es tun, so wie ich auch Nephele umgebracht hatte.

Xanthos' Hände zitterten, als er die Arme hob. Doch nicht, um sich zu schützen, sondern um die Sichel an seinem Gürtel zu befestigen. Er streckte die nun freien Hände über seinen Kopf und für jeden Schritt, den ich nach vorn trat, ging er einen nach hinten. Der Idiot! Sobald ich seine Seele in der Hand hatte, war es vorbei.

»Ilena.« Er flüsterte meinen Namen voller Liebe und Verständnis. Er gab seine Deckung vollkommen auf. Mein Herz brach und brach und …

Es brach.

Ich spürte es.

Ich fühlte etwas.

Nicht so wie das letzte Mal, als sie mir alles genommen hatten. Der kleine Rest Seele war noch immer in mir drin. Und Magie.

Vielleicht reichte es für eine weitere Rebellion. Ich schlug meine Krallenfüße in den Boden und schloss die Augen. Suchte nach der Wärme und dem Schmerz, die Xanthos' Stimme in mir auslöste. Mein Seelenstück reagierte darauf und ich hielt mich daran fest, damit ich mich nicht selbst verlor, forschte gleichzeitig nach meiner Magie.

Das violette Feuer war noch da. Es hatte den Brand unter meinen Flügeln ausgelöst wie ein Kurzschluss in einem System, das überlastet war. Oh, es war so herrlich unberechenbar und aufbrausend. Wie jemand, den ich kannte und liebte.

Als ich die Augen öffnete, brannte in meiner linken Hand eine Kugel aus lila Feuer. Ich schleuderte sie Xanthos entgegen, sie traf ihn mitten in die Brust. Er wurde meterweit zurückgeschleudert und blieb auf dem Boden liegen.

Nun war er weit genug weg, um nicht gemeinsam mit mir unterzugehen. Hekate lachte auf, weil sie den Schwindel nicht sofort bemerkte. Sie hörte es nicht, als ich meine Stimme fand.

»Énkavma sómatos.« Körper brenne.

Meine Federn gingen in Flammen auf. Im knisternden Feuer überwog die Magie von Ilena, nicht die der Harpyie. Und dagegen hatten die Flügel keine Chance.

Schreiend sank ich auf die Knie, als sich die Hitze durch meinen Körper fraß. Hekate stimmte mit ein, als sie ihren Irrtum bemerkte. Sie feuerte Befehle ab, drückte meine Seele immer fester. Entweder starb ich durch mein Feuer oder sie. Es war mir gleich, solange Xanthos nichts passierte.

»Hör auf!« Hekate tauchte vor mir auf, schrie mich an. Sie streckte ihre Hand nach mir aus und zuckte zurück, als sie mein Feuer berührte.

»Leck mich«, stieß ich mit rasselndem Atem aus. Die nächste Welle von Schmerz erfasste mich und verbrannte mein Lachen.

»Ich sagte doch«, keuchte die mir vertraute Stimme eines Idioten, »dass wir dasselbe denken.« Hekate wirbelte herum. Xanthos stand hinter ihr, mit blutiger Brust und eisigem Blick. In der rechten Hand hielt er die Mondsichel. »Gib ihr ihre Seele zurück«, knurrte er.

»Sonst was?«, fragte Hekate. »Tötest du mich?«

»Willst du's riskieren?«

Hekate verschlug es für einen Moment die Sprache. Sie blickte auf die Sichel hinab. Ihre Hände ballten sich zu Fäusten. Sie wusste, was sie zu tun hatte, um mich am Leben zu erhalten. Langsam hob sie die freie Hand, eine gleißende Kugel aus Licht formte sich darin. Xanthos sah zwischen ihr und mir hin und her. Kämpfte er gegen sie, würde er sterben, tat er es nicht, ebenso. Er konnte nicht gewinnen. Sie würde mich nicht für ihn opfern. Und das wusste er genau.

Ich atmete ein, sofern meine glühende Lunge es mir erlaubte. Ich fokussierte die Stellen, an denen ich den verkohlten Boden unter mir berührte. Dann hetzte ich meine Flammen auf die Göttin los. Zu meiner Überraschung fing ihr Kleid Feuer und das Licht in ihrer Hand erlosch, als sie es bemerkte.

»Ilena!«, schrie Xanthos. Ich spürte die Wut in seiner Stimme. Er wollte, dass ich Hekate machen ließ. Wollte, dass sie ihn umbrachte, damit ich mich nicht selbst für ihn opferte.

»Vergiss es«, krächzte ich, doch ich wusste nicht, ob er mich über das Rauschen des Feuers hörte. Mein Körper erschlaffte, ich fiel zur Seite und die Flammen nahmen meinen Körper ein, brannten das Fleisch von meinen Knochen.

Hekate bekam das Feuer an ihrem Kleid nicht gelöscht. Xanthos nutzte die Chance und kam näher. Verdammt noch mal. Er sollte verschwinden, sich in Sicherheit bringen.

»Hör auf, Ilena. Es ist okay.«

Er streckte eine Hand aus und griff direkt ins Feuer. Die Flammen ließen ihn gewähren, er berührte meine Haut, ohne sich zu verbrennen. Er murmelte etwas, vermutlich versuchte er, mich mit seiner Magie aus Eis zu retten. Er fluchte, als nichts passierte.

»Bitte, Ilena«, flehte er. »Tu das nicht.«

Er sah auf zu Hekate, die sich den unteren Teil ihrer Toga vom Körper riss und ihn zur Seite schmiss. Xanthos stand auf und trat ihr entgegen.

Wieso musste er so stur sein wie ich?

Die Schatten zwischen den Bäumen kräuselten sich und Hekate wandte sich ihnen mit einem frustrierten Schrei zu.

»Du!«, fauchte sie, als eine Gestalt deutlich wurde. »Verschwinde.«

Die Flammen, der Rauch und das Hitzeflirren versperrten mir die Sicht, doch die riesigen schwarzen Schwingen und die Konturen eines in der Mitte geteilten Gesichtes verrieten unseren Besucher.

Thanatos.

Wie die Dunkelheit persönlich schritt er auf uns zu, wobei er einen weiten Bogen um Hekate machte.

Er war hier, um mich zu holen. Gleich war es vorbei. Ich lächelte und schloss die Augen.

»Kupferschwinge«, seufzte er. Das verdorrte Gras knirschte unter seinen Füßen, als er neben mich trat. »Es ist an der Zeit.«

Ich nickte, vielleicht auch nicht, denn ich spürte nichts mehr. Doch, da. Jemand griff nach meiner Hand, verschränkte seine Finger mit meinen. Sanft strich ein Daumen über meinen Handrücken. Ich starb nicht einsam.

Plötzlich wurde der Griff so fest, dass meine Knochen knirschten. Eine Sekunde später wich alle Kraft aus der anderen Hand und die Finger entglitten mir. Eine sanfte Brise umspielte meine Haare und kitzelte mich an den Wimpern, gefolgt von dem Geräusch mächtiger Schwingen. Ein Eissturm fegte über mich hinweg, doch ich fror nicht.

Das Band des Zwanges, mit dem Hekate mich gelenkt hatte, riss und ich konnte wieder atmen. Wieder denken.

Ich öffnete die Augen. Die Welt war schwarz und weiß, voller Asche und Schnee. Im Himmel hingen dunkle Wolken, die die Schrecken der Nacht in sich trugen und auf die Erde regnen ließen. Der Mond sah tatenlos dabei zu.

Ich war nicht tot. Das hier war nicht die Unterwelt.

Es war meine ganz persönliche Hölle.

Neben mir auf dem aschgrauen Rasen lag Xanthos. Seine Augen waren geöffnet, die Farbe der Iriden erloschen, der Blick leer. Der Hals, die Brust, der gefrorene Boden unter ihm, alles war voller Blut. Seine linke Hand lag neben meiner.

Mein Körper zitterte, als ich mich auf die Ellbogen aufstützte. Meine Haut und Muskeln war verkohlt, jede Bewegung schmerzte, doch ich streckte die Hand aus und tastete seinen Körper ab.

Da war nichts mehr. Keine Kälte, keine Wärme. Auf den zweiten Blick sah ich die Wunde an seiner Kehle, aus der ein schwacher Strom Blut quoll und im purpurnen Schnee unter ihm versickerte.

Ich robbte mich weiter hoch, näher an seinen Kopf heran, kam stöhnend auf die Knie. Ich legte ihm die Hände an die Wangen.

»Xanthos.« Ich streichelte ihn, blickte in die leeren Augen. »Xanthos!«

Mit den Fingern strich ich durch sein Haar. Es war nicht mehr weiß.

Entweder bricht der Fluch dich oder du ihn, sobald du stirbst.

Xanthos war tot.

Er hatte sich selbst geopfert.

Für mich.

Ich ließ meinen Blick schweifen. In einem Radius von gut hundert Meter war der Boden mit glitzerndem Frost überzogen. Thanatos war nicht mehr da, Hekate hatte ihre Sichel genommen und war ebenfalls verschwunden. Dort, wo sie gestanden hatte, lag etwas auf dem Boden. Auf einem weichen Kissen aus Schnee gebettet lag meine Seele und leuchtete schwach.

»Warum hast du das getan?«, fragte ich. Es richtete sich an alle. An Xanthos, Medea, Thanatos und Hekate. Und an mich.

Es kam keine Antwort.

Schluchzend sah ich zurück zu Xanthos. Zu seinen leeren Augen. Ich fuhr mit den Fingern darüber, schloss die Lider. Ich küsste ihn auf die Stirn. Einmal, zweimal. Nach Halt suchend krallte ich mich in sein Shirt und legte meinen Kopf auf seine Brust. Ich schrie in den Stoff, als könnte meine Stimme ihn zurückholen, wenn ich nur laut genug war.

Meine Seele leuchtete weiter, als wäre nichts geschehen. Wenn ich mich ohne sie so fühlte, wie mochte es dann erst mit ihr sein? Ich erhob mich zitternd und ging zu ihr. Je näher ich kam, desto heller leuchtete sie. Ich nahm sie, betrachtete sie einen Moment und schob sie in meinen Körper zurück.

Das Gewicht meiner Gefühle, meines Seins zwang mich zu Boden. Es war zu viel, zu viel, um irgendetwas davon zu fühlen. So musste sich ein Schock anfühlen. Solange dieses Gefühl anhielt, sollte ich es nutzen. Denn wenn ich erst einmal nachgab, würde ich vielleicht nicht mehr aufstehen.

Ich lief zurück zu Xanthos, fiel neben ihm auf die Knie. Eine Hand legte ich auf die Wunde an seinem Hals, die andere auf meine Brust.

»*Therapévei.*« *Heile.*

Quälend langsam flickte mein Körper sich zusammen. Ich hatte mich verletzt, ich konnte mich auch heilen. Die Magie floss durch mich hindurch, einen kleinen Teil davon lenkte ich auf Xanthos, damit die klaffende Wunde sich schloss. Ich gab mich nicht der Illusion hin, dass ihn das retten würde. Er war tot und daran konnte ich mit diesem billigen Trick nichts ändern. Ohne seine Seele, die Thanatos bereits in die Unterwelt gebracht hatte, gab es keine Chance für ihn. Es machte nur den Anblick für mich erträglicher.

Erbärmlich.

Wenig später war ich geheilt, aber es fühlte ich immer noch an, als würde ich von innen heraus verbrennen. Die Trauer war schlimmer als jedes Feuer.

Das Eis auf dem Boden schmolz und wusch die Asche von den verkohlten Überresten der Flora.

Tu irgendwas, schrie ich mich selbst an. Wenn ich still hielt, war es vorbei.

Die Seelen. Aello. Okypete. Ich stand auf und suchte nach dem Beutel. Ein paar Meter weiter fand ich ihn, achtlos zu Boden geworfen und steif gefroren.

Ich nahm ihn an mich und klammerte mich daran fest. Die Seelen waren still. Unheimlich still.

Weiter!, schrie ich mich selbst an. *Mach einen Schritt, dann schaffst du auch den nächsten.*

Du musst!

Also lief ich wieder. Zurück zu Xanthos.

Ich tippte mir auf die Stirn und aktivierte den vorletzten Teil meines Mals, den Kreis, der um den Pfeil geschlossen war. Wie einen goldenen Faden zog ich die Magie aus mir heraus und begann sie zu weben. Ich sponn ein Netz und ließ all die starken Gefühle hineinfließen, die ich mit Xanthos verband. Das Gefühl von Heimat, Freude, Frust, Liebe, Geborgenheit, Lust und Sehnsucht. Trauer und Leere.

Das Netz wuchs, die Fäden wurden immer dünner, aber stärker. Ich breitete es über seinem Körper aus und strickte es darunter weiter, bis er sicher darin eingehüllt war. Ich verdichtete die Fäden, damit sie ihn genau in dieser Position hielten, ganz fest wie eine Umarmung.

Ich stieß mich ab und flog über ihn. Vorsichtig hakte ich meine Krallen in das Netz ein und stieg weiter auf, als ich es sicher gegriffen hatte. Das Netz hielt, Xanthos' Körper bewegte sich kaum. Ich flog höher, bis der Pavillon weit unter uns lag.

»*Magikí káfsi*«, flüsterte ich. *Magie brenne.*

Der Pavillon und die Fläche um ihn herum waren mit so viel Magie in Berührung bekommen, dass der kleine Funke der magischen Worte ausreichte, um alles in Brand zu stecken. Die Flammen tanzten über den Boden, die Säulen hinauf und sickerten in die Steine. Es glühte violett, schwarz und eisblau.

Ich drehte ab und ließ die Hölle hinter mir.

Kapitel 33

Als ich zum Orden zurückflog, bevölkerten nur Menschen die Straßen, die Harpyien waren fort. Rya und Nick mussten sie gefangen haben, bevor … Bevor Xanthos zu mir gekommen war. Und jetzt, da ich die Seelen hatte und sie zu nichts mehr zwang, stellten die Schwestern keine Gefahr mehr dar.

Die Stadt heilte. Sie versuchte es zumindest.

Das Gebäude des Perseus-Ordens kam in Sicht und ich verlor kurz die Fassung. Ich sackte ein Stück ab, bevor ich mich fing und meinen Weg fortsetzte.

Ein buntes Licht schoss mir entgegen. Iris. Sie war noch hier. Als sie dicht vor mir schwebte, verblasste kurz all die Farbe ihrer Aura. Dann glitt sie nach unten unter Xanthos' Körper und stützte ihn. Gemeinsam brachten wir ihn nach Hause. Nur dass es ohne ihn kein Zuhause mehr war.

Rya und Nick warteten auf dem Dach auf uns. Sobald sie sahen, wen ich in dem Netz unter mir trug, wussten sie es. Rya schrie wie der Teufel persönlich und Nick wich alle Farbe aus dem Gesicht. Sie eilten auf uns zu und legten ihre Hände unter seinen Körper. Vorsichtig ließ ich ihn ab und gemeinsam betteten wir ihn auf den Kies. Rya war sofort an meiner Seite und umarmte mich. Nein, sie hielt mich, als ich zusammenbrach. Sie lockte all die Tränen aus mir hervor, die ich zurückgehalten hatte. Etwas auf meinem Rücken kitzelte. Skóros.

Nick fluchte, dann fing auch er an zu schreien. Er schoss eine Salve an Flüchen und Beleidigungen ab, die er alle gen Olymp richtete. Xanthos wäre stolz gewesen.

Aber er war tot.

Mein Herz blieb stehen.

Sobald es den nächsten Schlag tat, würde ich es verstehen. Wirklich verstehen. Dann war ich verloren.

Doch das nächste Pulsbeben entfachte ein neues Feuer in mir. Kalt und eisblau.

Ich schob Rya von mir, deren Augen rot und geschwollen waren. Nick hielt inne und drehte sich zu uns um. Iris, die wieder ihre alte Form hatte, stand neben Xanthos' Körper und wirkte müde.

»Wo sind Aello und Okypete?«, fragte ich. Rya wischte sich über das Gesicht und blinzelte. Das schienen nicht die Worte zu sein, die sie als erste von mir erwartet hätte. Sie stotterte kurz, bis sie ihre Stimme fand.

»Dort drüben, unter dem Pavillon. Iris hat uns geholfen, sie herzubringen. Damit Xanthos …« Ihre Stimme brach.

Ich küsste sie auf die Stirn. »Danke«, sagte ich. »Könnt ihr kurz auf ihn aufpassen?«

Nick räusperte sich und wechselte in den Kriegermodus mit der Rüstung. »Natürlich.«

Dann stand ich auf. Alle Augen richteten sich auf mich, als wäre ich durchgeknallt. Vielleicht war ich das auch. Vielleicht hatte ich den Verstand aus mir herausgebrannt. Skóros flog mir vor das Gesicht und ich lächelte. »Das hast du gut gemacht.«

Er landete auf meiner Schulter, während ich zum Pavillon ging. Die Nachtfalter saßen dort, verbunden durch das Netz, in dem sie die Harpyienschwestern gefangen hielten.

Aello und Okypete saßen Rücken an Rücken auf dem Kies und reagierten nicht auf mich. Mit gespreizten Fingern glitt ich durch die kupferfarbenen Stränge des Netzes. Sie zerfielen in meinen Händen und ich kappte die Verbindung zwischen den Nachtfaltern. Ein Anstoß genügte und das gesamte Netz zerfiel.

Die Motten blieben sitzen, die Harpyien ebenfalls, auch als das Netz sich vollkommen aufgelöst hatte. Aus dem Beutel holte ich die beiden Seelen. Eine blau, eine grün. Sie flüsterten mir zu, wohin sie gehörten. Zuerst gab ich Aello die blaue Seele zurück, dann Okypete die andere. Im ersten Moment waren sie überwältigt und atmeten tief ein. Dann blinzelten sie und wurden sich ihrer Umgebung bewusst. Zeitgleich sprangen sie auf die Beine und fielen sich in die Arme.

Dann bemerkten sie mich.

»Ilena. Bei den Göttern, wir wollten das nicht«, keuchte Aello.

»Ich weiß.«

Ihr Blick fiel auf meinen Beutel. »Du hast uns die Seelen zurückgegeben. Wieso?«

»Sie gehören euch. Genauso wie euer Leben. Ihr dürft gehen, wenn ihr mir versprecht, dass ihr die wahnwitzige Idee, die momentan hinter *Néa Lagína* steht, fallen lasst. Ich werde eine Alternative finden, aber ich brauche Zeit.«

Aello nickte. »Versprochen.«

»Danke«, sagte Okypete.

Die Falter warteten auf mich, als wüssten sie, dass ich noch einen letzten Befehl für sie hatte.

Ich erhob meine Stimme und sprach mit ihnen, als wären sie meine geflügelte Armee. »Jeder von euch trägt einen Teil meiner Magie in sich. Damit habe ich euch geheilt und aus der Unterwelt befreit. Ihr seid bereits frei, aber ich würde euch danken, wenn ihr im Gegenzug ein bisschen Magie an die Menschen in der Stadt weitergebt. Teilt mit denen, die es brauchen, so viel ihr könnt. Heilt sie, von den physischen Wunden wie den psychischen, und wenn ihr könnt, auch von den Erinnerungen an die heutige Nacht. Danach dürft ihr ziehen, wohin ihr wollt.«

Stille.

Das Schlagen eines ersten Flügelpaares. Ein zweites, drittes, viertes, bis ich sie nicht mehr zählen konnte. Die magischen Wesen erhoben sich und zogen in Richtung Stadt. Skóros auf meiner Schulter gab ein erfreutes Zirpen von sich.

Rya hatte die Augen aufgerissen, als ich zu ihr zurückkehrte. Sie sah zwischen den in die Nacht strömenden Nachtfaltern, den zitternden Harpyienschwestern und mir hin und her.

»Was sollen wir tun?«, fragte sie und ihr Gesicht nahm einen entschlossenen Ausdruck an.

»Bringt Xanthos in sein Zimmer, dann trefft mich in einer Stunde am Gewächshaus«, erwiderte ich.

Nick trat neben mich. »Ilena, ich vertraue dir. Aber gerade machst du mir wirklich Angst. Was hast du vor?«

»Ich werde nur tun, was ich dem Styx versprochen habe. Ich werde meinen Platz als *Ischyró Mágo* einnehmen.« Nick sah zu Rya. Sie legte ihm eine Hand auf die Schulter und lächelte.

»Wir werden da sein.«

Ich drehte mich zu Iris um, die sehnsüchtig zu ihren Nichten sah. »Darf ich um einen letzten Gefallen bitten?«

»Was brauchst du?«

»Die Amphore.«

Sie schnappte nach Luft. Nach einem kurzen Blick auf Xanthos' Leiche zog sie das kleine Gefäß aus ihrem Kleid und reichte es mir.

»Du bekommst sie wieder. Vielleicht.«

Sie schnaubte, lächelte aber.

Ich kletterte auf die Balustrade. Skóros löste sich von mir und wollte schon losfliegen, als ich ihn zurückhielt. »Auch für dich hätte ich noch eine Aufgabe. Bring mir etwas aus Xanthos' Zimmer, hör auf deinen Instinkt bei der Auswahl.«

Er zuckte mit den Fühlern, dann zog er los.

Ich sprang in den Abgrund.

Die Magierinnen hatten den durch Hekate angerichteten Schaden am Gewächshaus bereits repariert, als ich dorthin zurückkehrte, doch der Pavillon brannte noch. Ich gelangte ohne Probleme in das Innere des Gebäudes, lief am Becken des Styx vorbei in die Halle. Aufgeregte Stimmen schlugen mir entgegen, als ich eintrat.

Als sie das Kratzen meiner Krallen auf dem Marmorboden hörten, hielten sie inne. Hinter einer der Säulen kam mir ein Mitglied des Zirkels, *Mágissa* Katalena, entgegen. Ich blieb stehen.

»*Mágissa* Ilena!« Sie zuckte zurück, legte sich eine Hand auf die Brust und verneigte sich vor mir. »*Ischyró Mágo,* Ilena. Verzeiht mir.«

»Tu das nicht«, bat ich. »Ich verdiene das nicht.«

»Nephele sah das anders«, erwiderte Katalena und hob den Blick. Hinter ihr tauchten die anderen Mitgliederinnen des Zirkels auf. Sie waren alle hier. Wie Katalena verneigten sie sich und zollten mir den Respekt, der mir nicht zustand. »Nephele hat uns prophezeit, dass du ihren Platz einnehmen wirst. Und sie meinte, egal unter welchen Umständen das geschieht und was auch immer wir davon halten, wir sollen deinen Befehlen folgen.«

»Ich werde euch nichts befehlen«, sagte ich kühl. »Ich werde lediglich Bitten an euch richten. Und jetzt bitte ich euch um eure Hilfe. Und um einen Verrat.«

Katalena kniff skeptisch die Augen zusammen, doch sie funkelten interessiert. »Einen Verrat?«

Ich grinste schief. »Hochverrat, um genau zu sein.«

Anderthalb Stunden später saß ich auf dem marmornen Thron der *Ischyró Mágo*. Von hier oben wirkte das Styxbecken zu meinen Füßen anders, irgendwie kleiner. Vielleicht hatte es auch einfach nur seine einschüchternde Macht über mich verloren.

Das obsidianfarbene Wasser des Flusses schwappte im Becken umher und verdeckte die mondförmigen Kristalle darunter. Es schien, als scheute jedes Element der Unterwelt jegliche Anzeichen eines Himmels, fürchtete ihn womöglich sogar. Deswegen sperrten sie ihn weg, radierten ihn aus, auch wenn es nur oberflächlich war. Und das, obwohl selbst der Tod ein Kind der Lüfte war.

Skóros flatterte über das Becken hinweg auf mich zu und setzte sich auf die rechte Armlehne. Es war so weit. Ich tätschelte seinen Kopf, er flog davon und ich stand auf. Vor Hekates lebensgroßer Statue hielt ich inne. Entweder stand mein Herz bei dem Gedanken still oder es raste so schnell, dass ich die einzelnen Schläge nicht voneinander unterscheiden konnte.

Ich hatte genau einen Versuch.

»*Énkavma Ágalma.*« *Statue brenne.*

Die Füße aus Marmor fingen Feuer. Es knackte und knirschte, als die Hitze Risse in den Stein schlug. Violette Funken sprühten, als erste Brocken sich lösten. Das Pulsieren des Schwurs, den ich auf den Styx geleistet hatte, schwoll kurz an, beruhigte sich wieder.

»Ilena.« Meine Nackenhaare stellten sich auf, als sie sich hinter mir materialisierte. Langsam drehte ich mich um. Hekate trug ein neues Kleid, blutrot und hochgeschlossen. Auf ihrem Haar thronte das Diadem, hinter dem sich die Sichel verbarg. Sie neigte den Kopf und verstellte ihre Stimme, als würde sie ein kleines Kind belehren. »Das widerspricht deiner Ehre als *Ischyró Mágo.*«

»Das entscheidet der Styx«, erwiderte ich. »Außerdem habe ich meine Treue einer echten Göttin geschworen, keinem leblosen Abbild.«

Das Knistern der Flammen hinter mir untermalte ihr tonloses Lachen.

»Soll das ein Machtspielchen werden? Wozu? Um deinen toten Krieger zu rächen? Er hat sich selbst das Leben genommen, dafür bin ich nicht verantwortlich.«

»Das ist das Einzige, was bei dir zählt, oder? Macht. Du kriegst den Hals nicht voll.«

»Die Starken und Mächtigen regieren, das war schon immer so.«

»Ja. Und du hast dir wirklich viel Mühe gegeben, es den *Mageía Mésa* einzubläuen. Ich dachte auch immer, dass Magie und die damit verbundene Macht alles ist. Dass ich ein besserer Mensch bin, je mehr ich davon habe und je besser ich mich damit beweisen kann.«

»Und jetzt denkst du nicht mehr so? Jetzt, wo du ganz oben angekommen bist? Kein Mensch auf der Welt ist in diesem Moment mächtiger als du, Ilena.«

»Ich scheiß auf die Macht, Hekate. Und ich bewundere die Menschen, die auch ohne Magie wissen, wer sie sind. Sie sind sich trotzdem selbst genug, sie sind trotzdem anderen genug.«

»Menschen sind erbärmlich und schwach.«

»Und genau das ist der alles entscheidende Unterschied zwischen uns beiden. Ich weiß, wer ich ohne meine Magie bin.« Ich trat von dem Podest hinunter. »Ohne Magie bin ich Ilena. Aber du? Die Göttin der *Magie*?« Ich spuckte ihr das letzte Wort vor die Füße. »Ohne Magie bist du die Göttin von *Nichts*.«

Skóros, der an einer Stelle außerhalb unseres Blickfeldes auf dem Boden krabbelte, schob auf das Stichwort den letzten Kristall in seine Position. Hekate drehte den Kopf, als sie das Schleifgeräusch vernahm.

Alle dreizehn Steine des Zirkels saßen nun an ihrem Platz.

Und Hekate bemerkte es zu spät. Als sie das nächste Mal blinzelte, verlor ihr Gesicht alle Farbe und sie sank auf die Knie.

Ihre Magie schoss in einem gleißend hellen Ball aus ihr heraus und explodierte. Die summende Energie dehnte sich aus und drückte sich gegen die unsichtbaren Wände des Zirkels.

Sie war wunderschön wie eine Galaxie. Glitzernde Partikel flogen wie Sterne durch violettblaue Schwaden, die träge durch die Luft schwebten. Meine eigene Magie, die sich ebenfalls von mir gelöst hatte, war im Vergleich dazu ein Staubkorn. Sie schwebte neben mir, der violette Anteil kleiner als beim letzten Mal. Dafür waren dunkle Nebel dazugekommen, bedingt durch die erwachte Harpyienmagie.

Die Leere, die ich spürte, zwang mich dieses Mal nicht in die Knie.

Denn die Magie war nicht das, was mich wirklich am Leben erhielt. Sie war nicht das, was ich am meisten vermisste.

Hekate japste nach Luft und rutschte in Rückenlage auf den Boden. Ihre Haut war blass, die Augen glasig. Sie griff nach den Partikeln in der Luft, doch sie glitten ihr durch die Finger. Sie wirkte zerbrechlich und sterblich, nichts war mehr übrig von der erhabenen Aura einer Göttin.

Ich kniete mich neben sie. »Und? Was ist von dir noch übrig?«

Ihre Lippen öffneten sich, doch außer einem Wimmern kam kein Ton heraus. Ich nahm ihr das Diadem ab. Es verwandelte sich nicht in eine Sichel, doch es war scharf genug geschliffen und würde seinen Zweck erfüllen.

Hekate gab den Kampf auf. Sie legte sich flach auf den Rücken und atmete schwer. »Ist … doch … m-meine … Magie«, stotterte sie.

»Du meinst die des Zirkels? Und dass du sie kontrollieren können müsstest? Erinnerst du dich an deine Worte? Deine Magie mag in jeder *Mágissa* stecken, aber sie bleibt nicht deine Magie. Nicht nur. Wir formen sie weiter, mit unserem Sein. Wir machen sie zu einem Teil von uns selbst und entziehen sie damit zumindest ein Stück weit deiner Kontrolle. Du wusstest das, nur verstehst du es nicht. Du dachtest, dass du im Zweifelsfall stärker bist, oder? Weil du so mächtig bist. Macht ist nicht alles, Hekate.« Das blanke Entsetzen auf ihrem Gesicht vertiefte sich. Sie hustete, als würde sie ersticken. »Ich werde dich nicht töten. Ich werde dich von hier verbannen.«

Ich stand auf und ging zum Becken mit dem Styxwasser. Ich tauchte meine Hand hinein und fand auf dem Grund die Amphore, die ich dort versteckt hatte, bevor ich es geflutet hatte. Ich trug das Gefäß samt Inhalt zur Göttin und schob mir das Diadem ins Haar, damit ich eine Hand frei hatte. Ich half Hekate dabei, sich aufzusetzen, und legte die Öffnung des Kruges an ihre Lippen.

»Ich will, dass du dem Styx und mir Folgendes schwörst: Sobald du deine Magie wiederhast, verschwindest du aus dieser Welt. Du wirst dich bis in alle Ewigkeit von ihr fernhalten und die Menschen in Ruhe lassen. Nie wieder wirst du dich in ihre Angelegenheiten einmischen und ihnen schon gar nicht schaden. Du wirst niemandem in deinem Namen oder nach deinem Willen einen Auftrag dazu erteilen. Du wirst keine anderen Götter oder Wesen unterstützen, die Ähnliches vorhaben. Wenn möglich, wirst du sie sogar davon abhalten. Du wirst im Olymp bleiben. Für immer. Du wirst den *Mageía Mésa* ihre Magie lassen, sie aber nicht darüber manipulieren oder sie anderweitig beeinflussen. Die Magie gehört ab sofort ihnen, ohne Gegenleistung, sofern sie sie noch wollen. Und wenn ich dich gleich um noch etwas bitte, wirst du mich nicht täuschen oder belügen.«

Sie senkte den Kopf und nahm ein paar Schlucke des Styxwassers. Den Rest kippte ich über ihr aus, damit der Schwur besiegelt wurde.

Ihre Lippen zitterten, als sie anfing, mir nachzusprechen. Ich wiederholte die Worte immer wieder, bis sie sie alle aufsagte. Sie musste mehrmals unterbrechen, weil ihr die Stimme versagte oder ihr Körper zu schwach war und sie sich erst sammeln musste. Doch mit Geduld schafften wir es.

Ihr ganzer Körper schüttelte sich, als der Pakt geschlossen wurde. Dabei ließ sie mich nicht aus den Augen.

»Bevor ich dir deine Magie zurückgebe, brauche ich etwas von dir«, sagte ich.

»Du hast doch schon alles«, krächzte Hekate.

»Nicht alles. Und das ist deine Schuld. Ich verlange nicht viel. Nur einen Teil deiner Seele.«

Sie sah von mir zum Becken, zu dem Diadem in meinem Haar und dann in meine Augen. Ihre Lippen öffneten sich zu einem zynischen Grinsen.

»Das schaffst du nicht.«

»Das werden wir sehen.«

»Du brauchst eine ganze Seele.«

»Ich hoffe, dass die Unterwelt das Fragment einer göttlichen Seele akzeptiert. So viele dürfte es dort nicht davon geben.«

»Du bist wie ich, Ilena.«

»Vielleicht stimmt das sogar. Das würde aber bedeuten, dass du dich quasi selbst besiegt hast.«

Sie leckte sich über die trockenen Lippen und fauchte. Ein Husten schüttelte sie. Als er vorbei war, machte sie einen tiefen Atemzug und nickte. Ich griff mit den Klauen in sie hinein und nahm ein himbeergroßes Seelenstück heraus.

Es war federleicht und kalt.

Und meine einzige Chance.

Ich erhob mich und lief zum Becken zurück. Am Rand kniend verstaute ich das Seelenfragment vorerst im Beutel. Dafür zog ich den Zettel heraus, den ich darin aufbewahrt hatte. Es war der Zettel, den Xanthos für mich geschrieben und den Skóros in seinem Zimmer gefunden hatte. Vier Worte und zwei Striche, die Xanthos' gutes Herz widerspiegelten. Es musste reichen.

Ich legte den Zettel auf die Wasseroberfläche.

»Psáchno aftín tin psychí«, murmelte ich. *Ich suche diese Seele.* Die erste Beschwörung des Rituals, das sich vor Jahren in meinen Kopf gebrannt hatte. Das Papier ging unter.

Ich zog das Diadem von meinem Kopf und legte die schärfste Kante davon an meinen linken Zeigefinger. Ich schnitt in meine Haut, bis Blut hervorquoll. Vier Tropfen davon ließ ich in das Wasser fallen.

»Páre to aíma mou.« Nimm mein Blut.

Ich hob den Blick nach rechts, zu meiner alten und neuen Magie, losgelöst von meinem Körper. Meiner einst treuen Begleiterin, nun meiner Bürde. Es zischte, als ich das Diadem auf den dünnen Faden hielt, der uns verband. Ich presste die Zähne aufeinander und kappte die Verbindung. Zur *Mágissa*. Zu Kelaino.

Übrig blieb nur Ilena.

Meine Muskeln verkrampften sich, das Diadem rutschte mir aus den Fingern und klapperte auf den Marmorboden. Zuckend brach ich daneben zusammen, mein Körper bäumte sich auf und brachte meine Knochen zum Knacken. Die Federn fielen mir aus, meine Füße und Hände nahmen wieder normale Gestalt an. Es dauerte nur ein paar Sekunden, dann lag ich nackt und in meiner menschlichen Gestalt auf dem kalten Boden. Ich betrachtete meine Finger, meine Füße und strich über meine Wangen. Es war alles wieder normal.

Der Ball aus Magie schwebte losgelöst in der Luft. Ich stupste ihn einmal vorsichtig an und er gab schwingend nach. Vorsichtig schob ich ihn in den Fluss und versengte die Magie ein für alle Mal darin.

»Párte ti mageía mou.« *Nimm meine Magie.*

Als Letztes holte ich Hekates Seelenfragment aus dem Beutel und übergab dieses dem Styx. Und das Diadem schmiss ich gleich hinterher.

»Párte aftín tin psychí se antállagma.« *Nimm diese Seele im Tausch.*

Das Wasser kochte, blubberte und zischte. Ein kupferfarbener Blitz schoss durch das Wasser, dann wurde es still.

Jetzt blieb nur noch die Hoffnung darauf, dass die Unterwelt mein Angebot annahm. Ich wusste, dass diese Chance etwas war, worauf ich kein Recht hatte, und dass sie mehr war, als viele Menschen sich erträumten. Deswegen wollte ich es nur ein Mal versuchen. Ein einziges Mal.

Ich erhob mich, bevor ich mich in der Spiegelung des Styx verlor. Vor Freude darüber, wie gut sich meine nackten Füße auf dem kalten Boden anfühlten, musste ich fast weinen. Keine Krallen mehr, kein Kratzen.

Keine Magie.

Und ich hatte mich noch nie freier gefühlt.

Ich würdigte Hekate keines Blickes mehr. Sie war mir egal und ich wollte nicht sehen, wie sie auf meinen Versuch, mit der Unterwelt zu verhandeln, reagierte. Ich ging die Halle entlang bis zum Rand des Zirkels. Dort, direkt an der unsichtbaren Grenze, kräuselte sich die magische Galaxie, als würde sie sich einen Weg freikratzen wollen. Ich fand den blassblauen Kristall, den Skóros in Position geschoben hatte. Der Nachtfalter saß noch daneben und bewachte ihn. Ich atmete erleichtert auf. Er lebte auch ohne meine Magie weiter. Weil er sie sich selbst zu eigen gemacht hatte. Etwas, das Amaris, Ryas Schlange, nicht vergönnt gewesen war. Magie war nicht gleich Magie, wie es schien. Je nach Herkunft verhielt sie sich anders. Wie ein echtes, lebendiges Wesen.

Es erleichterte mich, dass ich diesem nicht mehr ausgeliefert war.

»Es ist vorbei«, sagte ich und zerdrückte den Kristall mit dem Fuß, was nur möglich war, weil ich den Kreis selbst gelegt hatte. Der Zirkel brach und die Galaxie implodierte. Mit einem Knall zog sie sich zusammen und wurde in Hekates Körper zurückgeschleudert. Ich hörte ihr Keuchen, als ihre Magie ihren Körper erfüllte, dann nichts mehr.

Sie war fort. Wie der Schwur auf den Styx es verlangt hatte.

Schritte hallten durch die Halle. Rya und Nick tauchten hinter den Säulen auf. Sie hatten mir bei den Vorbereitungen geholfen und unter einem Schleier draußen gewartet. Nick räusperte sich und zog sich seinen Pullover aus, den er mir hinhielt. Ich nahm ihn dankend an und streifte ihn mir über. Er reichte mir bis zu der Mitte meiner Oberschenkel und der weiche Stoff schmeichelte meiner Haut.

»Hat es funktioniert?«, fragte Rya und sah auf das Becken.

»Ich weiß es nicht.«

Kapitel 34

Xanthos lag mit über dem Bauch verschränkten Händen auf seinem Bett. Und war tot.

Vom Gewächshaus waren wir direkt in den Orden gefahren und in sein Zimmer gestürmt. Luce und Cathy, die am Bett Wache gehalten hatten, schüttelten den Kopf, als wir durch die Tür traten.

Eine Chance. Und ich hatte sie vermasselt.

Aus der Kommode nahm ich mir eine Schlafanzughose von Xanthos, streifte sie über und setzte mich zu ihm auf die Matratze. Luce und Cathy hatten ihn vom Blut gesäubert und ihm ein paar frische Sachen angezogen. Ich strich ihm die Haare aus der Stirn und fuhr mit den Daumen die Konturen seiner Brauen nach. Ich legte mich neben ihn und vergrub mein Gesicht in seiner Halsbeuge.

»Ilena«, sagte Rya mit belegter Stimme.

»Nur fünf Minuten«, bat ich.

Wortlos verließen die vier das Zimmer und zogen die Tür hinter sich zu. Ich krallte mich in das Shirt und schrie. So lange, bis es in ein Schluchzen überging und meine Wangen nass vor Tränen waren.

»Kupferschwinge«, sagte der Tod zur Begrüßung.

Vor Schreck fiel ich fast aus dem Bett.

»Verdammt noch mal, Thanatos.« Ich wischte mir die Tränen aus den Augen und funkelte den Tod böse an, während ich mich auf die Bettkante setzte. Zumindest versuchte ich, wütend zu sein, aber ich war nicht sauer auf ihn. Er war verflucht wie all die anderen Götter und war nur seiner Aufgabe nachgekommen, als er Xanthos' Seele nach dem Tod in die Unterwelt geführt hatte.

»Es ist mir wie immer eine Freude.« Er lächelte. Sein Blick fiel auf Xanthos. »Es tut mir leid.«

»Was? Dass du deine Aufgabe erledigt hast? Ist schon in Ordnung.«

Er zog überrascht die Brauen zusammen. »Nein. Nicht das. Es tut mir leid, dass es so lange gedauert hat.«

Er hob die rechte Schwinge an und versteckt unter den Flügeln leuchtete etwas.

»Ist das ein Scherz?«, fragte ich, und Tränen verschleierten beim Anblick der eisblauen Seele meine Sicht.

»Ich würde es mir nie erlauben, dich zu täuschen.« Er streckte die Schwinge aus und die Seele schwebte daran entlang auf mich zu. »Ich dachte nur, dass du sie ihm vielleicht selbst zurückgeben möchtest.«

Xanthos' Seele. Es war Xanthos' Seele, die der Tod höchstpersönlich mir überbrachte.

»Es hat funktioniert?« Meine Stimme brach und meine Finger zitterten. Ich konnte den Blick nicht von dem wunderschönen blauen Licht lösen.

»Du hast die Unterwelt ganz schön ins Schwitzen gebracht. Ein Teil einer göttlichen Seele? So etwas kommt nicht oft vor. Der Himmel ist schwarz geworden, die Pflanzen auf dem Boden haben geglüht – es war ein spektakulärer Anblick. Und dein Angebot wurde akzeptiert. Auch wenn ich glaube, dass es eher aus Furcht vor dir und Xanthos war. Im Leben wie im Tod seid ihr beide zu … speziell für die Unterwelt. Zumindest noch.«

Ich sah zu ihm auf. Die Augenhöhle seiner Schädelhälfte leuchtete bronzefarben.

»Wirklich?«

»Wirklich.«

Ich streckte meine Finger nach der Seele aus, hielt inne.

»Was, wenn er es gar nicht will? Was wenn er Angst davor hat, so zu enden wie *sie*?«

»Er will. Und wie er will.«

Mit einem Zucken seines Flügels gab er der Seele einen Stups in meine Richtung. Ich fing sie mit beiden Händen auf. Es kitzelte.

»Woher willst du das wissen?«

»Ich höre ihn, so wie auch du die Seelen gehört hast.«

»Und … Was genau sagt er?«

Thanatos verzog den Mund. »Er sagt: *Hör auf das Skelett.*«

Ich verschluckte mich an einem Lachen.

»Wie ich schon sagte: zu speziell«, murmelte der Tod und zwinkerte mir zu. Dann wurden seine Züge ganz weich und ein fast schon sehnsüchtiger Ausdruck trat auf sein Gesicht. »Hier gehörst du hin, Kupferschwinge.«

Lächelnd breitete der Gott des Todes seine Flügel aus und löste sich in Rauch auf, bevor ich mich bedanken konnte.

Ich zwickte mich in den Arm, spürte den Schmerz. Ich war wach.

Vorsichtig balancierte ich Xanthos' Seele über seine Brust. Dann ließ ich sie hineinsinken. Xanthos' Haut bekam wieder Farbe, seine Augenlider flatterten. Ich legte meine Hände auf seine Brust und lachte, als ich seinen Herzschlag spürte.

Sein Torso bäumte sich auf, als er einen tiefen Atemzug nahm. Dann öffnete er die eisblauen Augen, die nach mir suchten. Unsere Blicke trafen sich und ich lachte, als er seine Finger an mein Kinn legte.

»Du Idiot«, flüsterte ich mit tränenerstickter Stimme.

»*Dein* Idiot«, korrigierte er mich schmunzelnd. Er zog mich zu sich herunter, küsste mich, als wäre es das erste Mal, und nahm mir die Angst vor der Einsamkeit.

Epilog

Ein halbes Jahr später

Xanthos

Der Tag begann wie ein schlechter und viel zu langer Witz. Zwölf Magierinnen, zwei Harpyien, eine Göttin, eine Gorgone, ein Krieger, ein Mensch und eine Motte trafen sich in einer Bar … Nur dass die Bar keine Bar war, sondern ein gläsernes Gewächshaus, das im Inneren einen Tempel beherbergte.

Xanthos lehnte mit verschränkten Armen an einer der Säulen, die in der Halle des Tempels standen, und beobachtete die außergewöhnliche Versammlung. Ilena hatte den Thron entfernen lassen, die noch immer glühenden Überreste von Hekates Statue waren geblieben.

Stattdessen saßen sie und die anderen Anwesenden auf Kissen um das Mondbecken herum, das mit glasklarem Wasser gefüllt war. Ilena saß an der Kopfseite, dort, wo früher der Thron gestanden hatte, Skóros saß treu wie immer auf ihrer Schulter. Als *Ischyró Mágo* stand ihr dieser Platz zu, auch wenn sie die Sonderbehandlung nicht mochte. Es war ein Kompromiss zwischen ihr und den Magierinnen. Zu ihrer Rechten saßen Rya und Nick, zu ihrer Linken Aello und Okypete. Daneben, zu beiden Seiten gleich verteilt, die zwölf Magierinnen des Zirkels. Und an der anderen Kopfseite hatte Iris Platz genommen.

Das Prickeln in der Luft kitzelte ihn in der Nase. Die geballte Ladung Magie, die in diesem Saal vorhanden war, machte sich bemerkbar. Er freute sich schon darauf, diesen Ort bald hinter sich zu lassen. Er selbst besaß keinerlei Magie mehr und mochte es nun noch weniger als früher, sich in aufgeladenen Umgebungen aufzuhalten. Doch noch war die Sitzung nicht vorbei.

Liebevoll lächelnd beobachtete er Ilena dabei, wie sie zwischen den einzelnen Parteien ihres ganz eigenen Zirkels vermittelte. Wie ihre Muskeln am Kiefer zuckten, wenn sie ein Lachen unterdrückte. Wie ihre Nasenflügel bebten, wenn sie kurz davor war, laut zu werden. Doch sie fing sich jedes Mal und bewahrte die Ruhe.

Er an ihrer Stelle wäre des Öfteren explodiert, weswegen er sich aus den Diskussionen raushielt. Doch wenn Ilena Rat suchte oder eine zweite Meinung wollte, war er für sie da. Xanthos bewunderte es, mit welcher Würde sie ihrem Schicksal entgegentrat. Der Schwur, den sie dem Styx geleistet hatte, hatte nach wie vor Bestand und sie war die *Ischyró Mágo* – ohne Magie. Ilena selbst nannte sich manchmal die Anführerin der Verlorenen. Denn ohne Hekate waren die *Mageía Mésa* genau das – ein wenig verloren. Ilena wollte das ändern. Sie arbeitete mit allen Parteien daran, ihnen ein selbstbestimmtes Leben zu ermöglichen. Eines, das mit den Regeln der normalen Welt vereinbar war. Gleichzeitig kümmerte sie sich mit Aello und Okypete darum, eine Organisation aufzubauen, in der verlorene Menschen willkommen waren. Und zwar alle Menschen, nicht nur Frauen. Mit oder ohne Magie.

So viele Interessen unter einen Hut zu bringen verlangte Geduld und stundenlange Diskussionen. Und die Wahrheit. Deswegen war Iris hier. Das Wasser in dem Becken war ihr Werk. Sobald einer der Anwesenden anfing zu lügen, trübte es sich.

Zumindest theoretisch, vorgekommen war es noch nicht.

Gerade sprach eine der Magierinnen vor. Xanthos hörte mit halbem Ohr hin, während er Ilena dabei zusah, wie sie sich eine Strähne aus der Stirn blies. Sie war müde und versuchte, es sich nicht anmerken zu lassen. Sie bemerkte seinen Blick und erwiderte ihn. Er schnitt eine Grimasse und ihre Mundwinkel zuckten. Schnell wandte sie sich ab und schüttelte amüsiert den Kopf.

Xanthos lachte in sich hinein.

Ohne dass sie sich dessen bewusst war, spielte Ilena mit dem Armband, das Xanthos' Schwestern ihr geschenkt hatten. Die drei verehrten Ilena wie eine Göttin.

Und im Gegensatz zu den lausigen Exemplaren des Olymps verdiente sie es.

An dem kupferfarbenen Armband hingen vier Anhänger, einer davon war ein Totenkopf. Diesen hatte er ihr geschenkt. Seine Schwestern hatten ihn des schlechten Geschmacks beschuldigt, doch Ilena verstand die Bedeutung. Es war ihre düstere, leicht makabre und mit einem Hauch von schwarzem Humor versehene Form des Unendlich-Zeichens.

Sie würden sich auch dann noch lieben, wenn die Unterwelt oder der Tod sich zwischen sie stellte. Was beides schon vorgekommen war, weswegen sie wussten, wovon sie redeten. Es war greifbarer als diese vage Vorstellung der Ewigkeit.

Eine der magischen Motten flog dicht an Xanthos vorbei und verschwand zwischen den Säulen. Viele der Wesen waren nach ihrem Auftrag zu Ilena zurückgekehrt und füllten die gläserne Hülle nun mit Leben. Dank ihnen hatten viele Menschen gerettet werden können und die Erinnerungen an die Harpyien waren ausgelöscht. Digitale Beweise gab es nicht, da die starke Magie der Harpyienschwestern jeglicher Technik das Genick gebrochen hatte, als sie durch die Straßen gezogen waren.

Ilena hatte diese Menschen gerettet, auch wenn sie das nicht akzeptieren wollte, egal wie oft er es ihr sagte.

Manchmal, wenn sie vor ihm stand oder neben ihm im Bett lag, fühlte er sich, als sähe er sie zum ersten Mal. Dann erinnerte er sich wie in einem Rausch an alles, was er mit ihr verband und wie sie mit ihrer herrlichen Sturheit selbst die Unterwelt in die Knie gezwungen hatte. Für ihn.

Und dann gab es jene Momente, in denen sie sich gehen ließ und sich vollkommen entspannte. Wenn sie ihren *London Fog* trank, während sie auf dem Sofa in ihrer gemeinsamen Wohnung saß und sich in einem Buch verlor, oder wenn sie ihm fasziniert beim Kochen zusah, zum Beispiel. Er liebte alle Seiten an ihr gleichermaßen.

Vor allem jene, die sich wild fluchend zeigte, wenn er sich zu ihr in die Badewanne setzte und das Wasser zum Überlaufen brachte. Oder die, die wenig später leise seufzte, wenn er ihre nasse Haut mit Küssen bedeckte.

Ilena hatte Angst gehabt, dass er sich nach seiner Auferstehung nicht wohlfühlen würde, die Wahrheit aber war, dass es ihm nie besser gegangen war als genau in diesem Moment. Sein Körper hatte sich erholt, er erkannte sich im Spiegel wieder.

Ein weiterer Nachtfalter flog an ihm vorbei und holte ihn aus seinen Tagträumereien.

Die Sitzung war zu Ende, die Anwesenden erhoben sich und verabschiedeten sich respektvoll voneinander. Ilena bedankte sich bei jedem einzeln. Nur Rya und Nick blieben zurück, zusammen mit den Turteltauben wollten sie alle heute Abend essen gehen.

Ilena ließ die Schultern kreisen, um die Verspannung darin zu lösen, und Xanthos juckte es in den Fingern. Er stieß sich von der Säule ab und ging zu Ilena, die ihm auf halber Strecke entgegenkam. Sie legte ihre Arme um seine Taille, die Stirn auf seine Brust und seufzte. Er vergrub seine Finger in ihrem Haar, mit der freien Hand massierte er ihr den Rücken. Vergangene Nacht hatten Albträume sie wach gehalten, sie war erschöpft und müde und am liebsten hätte er sie direkt in ihre Wohnung gebracht, sie ins Bett gesteckt und zum Schlafen gezwungen. Und sich dann danebengelegt. Er selbst würde nie vergessen, wie es sich angefühlt hatte, von innen heraus aufgefressen zu werden. Dieses Echo teilten sie, blendeten es zusammen aus.

Doch seit Tagen freuten sie sich auf diesen Abend und wollten ihn nicht verschieben.

Ilena hob den Blick und legte ihr Kinn auf seine Brust. Sie lächelte. Selbst nach allem, was sie durchmachen musste und was noch vor ihr lag, lächelte sie. Es reichte sogar, um ihn damit anzustecken. Er leckte sich über die Lippen und grinste, als sie der Bewegung mit den Augen folgte.

Er würde es wieder tun. Alles. Die Magie, den Fluch, das Sterben. In seinen letzten Momenten war er fast wahnsinnig geworden, weil er geglaubt hatte, zu spät zu sein. Es nicht richtig zu machen. Khione hatte ihn auf diesen Moment vorbereitet, aber keine Erzählung kam an die Realität heran, in der auf einmal alles anders war. Doch er hatte sich seinen Ängsten gestellt, hatte den Fluch bestmöglich eingesetzt, um Hekate in die Flucht zu schlagen und Ilena zu retten.

Und dann hatte Ilena der Realität den Stinkefinger gezeigt und sie verändert. Er hoffte sehr, dass den Hoheiten im Olymp in diesem Moment der Arsch auf Grundeis gegangen war und sie sich von nun an vor dieser Naturgewalt fürchteten, die über die Erde wandelte. Sie überstrahlte sie alle.

Xanthos räusperte sich. »Ich muss dir was sagen.«

»Raus damit«, befahl Ilena und zwickte ihn in die Seite.

Xanthos lehnte seine Stirn an ihre, sog ihren Duft und das Gefühl von Heimat auf, wickelte sich eine Strähne ihres dichten Haars um die Finger. Sein Herz schlug schnell, weil er sein Glück kaum fassen konnte. Von dort kamen die Worte, die er schon lange hatte flüstern wollen.

»Ich bin verdammt stolz auf dich, Ilena.«

ENDE

Nachwort

Liebe LeserInnen,

Ihr seid schuld! (:

Weil euch die Welt aus *Magie aus Gift und Silber* so gut gefallen hat, durfte ich mit Ilena noch einmal in das Universum dahinter eintauchen. DANKE!

Ja, MAGUS war ursprünglich als ein Einzelband geplant, ich hatte darin aber schon ein paar Spuren für einen möglichen zweiten Band ausgelegt, in der Hoffnung, ihnen irgendwann nachgehen zu dürfen.

Dank euch durfte ich das, und ich hoffe, euch hat Ilenas Geschichte genauso viel Freude bereitet wie mir! Mit *Magie aus Tod und Kupfer* ist diese Dilogie nun abgeschlossen, aber das Universum der Götter werde ich noch nicht hinter mir lassen. Die griechische Mythologie ist einfach zu verlockend. ☺

Apropos griechisch … Im Nachwort zu Band 1 hatte ich geschrieben, dass ich für das nächste Buch einen Sprachkurs mache … habe ich nicht … *hüstl* Daher auch hier wieder die Bitte: Sollte euch innerhalb meiner lose übersetzten Wörter etwas unter die Augen kommen, das nicht vertretbar ist: Meldet euch! Merci!

Danksagung

In MAGUS ist die Danksagung damals etwas ausgeartet, daher halte ich sie hier kurz. Mein Dank aber ist umso größer! Der Dank aus MAGUS x 3 sozusagen. :D

DANKE,

Astrid. Für einfach alles.

Stephan. Für das Brainstormen, die tollen Anmerkungen, deinen Humor und die Unterstützung bei Sinnkrisen, die in Form von Sprachnachrichten dein Handy geflutet haben. (Nachts um 2!)

Marie. Für das wieder einmal atemberaubende und perfekt passende Cover.

Michaela. Für die Fehlersuche, bei der ich jedes Mal etwas Neues lerne (und es dann leider bis zum nächsten Buch vergesse … xD).

Sophie. For the stunning illustrations.

Corinna. Für das Panzertape und den Schlafanzug. :D

Jenny & Alex. Für die BROKKOLI-LIEBE! <3

Autorenmusketiere. Für die MUSKETIER-POWER!

Freunde. Für eure Begeisterung.

Familie. Für eure Unterstützung.

LeserInnen. Für die Möglichkeit, dieses Buch für euch zu schreiben.

Ich hoffe, wir lesen uns in einem nächsten Buch wieder! Bis dahin findet ihr mich auf Instagram unter @lisarosenbecker oder auf meiner Homepage lisarosenbecker.de !

Alles Liebe – Lisa

Rezept:

(Black) London Fog

Mittlerweile haben es meine treuen Leser herausgefunden: In jedem meiner Bücher bekommt ein (Heiß-)Getränk eine Sonderrolle. In MAGUS war es der Chai Latte, in MATUK ist es der *(Black) London Fog*. Eine Leserin hatte mich bei einer Umfrage darauf gebracht und da ich noch nie von diesem Getränk gehört hatte, bin ich neugierig geworden.

Bei *London Fog* handelt es sich um Earl Grey mit Milch und Vanillesirup. *Black London Fog* enthält zusätzlich Aktivkohle, was ihn optisch richtig cool aussehen lässt.

Letztere Variante habe ich auf dem Blog *Taste & Tea* gefunden. Statt Vanillesirup verwendet Julia, die Autorin des Blogs, Vanillezucker und das Rezept schmeckt sowohl mit als auch ohne Aktivkohle super. Julia hat mir erlaubt, das Rezept hier abzudrucken, vielen Dank dafür!

Du brauchst:
(1/2 TL Aktivkohlepulver)
150 ml Milch
100 ml kochendes Wasser
1 Teebeutel Earl Grey
1/2 TL Vanillezucker

So geht's:

Den Teebeutel mit dem kochenden Wasser übergießen und zwei Minuten ziehen lassen.

Währenddessen die Milch erwärmen (Achtung, sie sollte nicht kochen!) und aufschäumen.

Die aufgeschäumte Milch in ein Glas geben.

Den Teebeutel entfernen und den Tee mit dem Vanillezucker (und der Aktivkohle) gut verrühren.

Die Tee-Aktivkohle-Mischung langsam auf die aufgeschäumte Milch gießen – und fertig ist der *(Black) London Fog!*

Aber Achtung: Aktivkohle wirkt so stark entgiftend, dass du auf jeden Fall ein paar Stunden Pause zwischen dem Black Latte Genuss und der Einnahme wichtiger Medikamente machen solltest, ansonsten kann es nämlich sein, dass die Wirkung darunter leidet!

Für mehr Informationen und weitere leckere Rezepte könnt ihr mal bei Julia vorbeischauen: https://tasteandtea.com/black-london-fog/

Lisa Rosenbecker

Litersum – Musenkuss

ISBN: 978-3-95991-333-1, kartoniert, EUR 14,90

Litersum – Das Universum aller Buchwelten ist nur eine Tür weit entfernt …
Malou Winters hat sich damit abgefunden, dass ihr Anti-Musen-Kuss die Ideen angehender Autoren auslöscht und sie diese Gabe zum Wohle des Litersums einsetzen muss. Als der junge Detective Chris Lansbury von Scotland Yard sie jedoch verdächtigt, zwei Autoren ermordet zu haben, will sie das nicht auf sich sitzen lassen. Zusammen begeben sie sich über zwei Universen hinweg auf die Suche nach dem wahren Täter und stoßen dabei auf allerhand Lügen und Widerstände. Malous Verständnis vom Litersum wird auf den Kopf gestellt und bald weiß sie nicht mehr, wem oder was sie glauben soll.Und dann ist da noch dieses verwirrende Herzklopfen, sobald sie sich in der Nähe des attraktiven, aber grimmigen Lansbury aufhält.
Ob auch das mit einem Kuss ausgelöscht werden kann?